契诃夫文集

汝 龙 / 译

人民文学出版社

1

图书在版编目（CIP）数据

契诃夫文集：1—16卷/（俄罗斯）契诃夫著；汝龙译．—北京：人民文学出版社，2020（2021.12重印）
ISBN 978-7-02-012505-0

Ⅰ.①契… Ⅱ.①契…②汝… Ⅲ.①契诃夫（Chekhov, Anton Pavlovich1860—1904）—文集 Ⅳ.①I512.14

中国版本图书馆CIP数据核字（2017）第040377号

策划编辑　张福生
责任编辑　李丹丹
装帧设计　刘　静
责任印制　王重艺

出版发行　人民文学出版社
社　　址　北京市朝内大街166号
邮政编码　100705

印　　刷　北京新华印刷有限公司
经　　销　全国新华书店等

字　　数　5058千字
开　　本　880毫米×1230毫米　1/32
印　　张　261.75　插页48
印　　数　3001—6000
版　　次　2020年1月北京第1版
印　　次　2021年12月第2次印刷

书　　号　978-7-02-012505-0
定　　价　980.00元(全十六卷)

如有印装质量问题，请与本社图书销售中心调换。电话：010-65233595

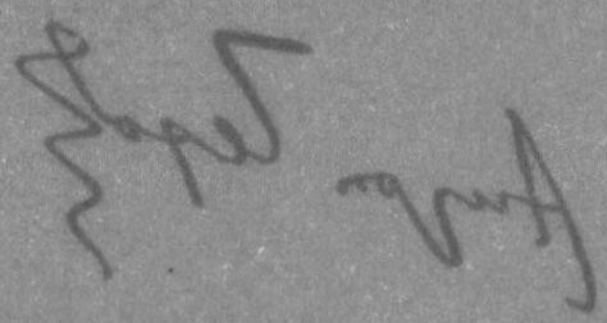

契诃夫像

追寻契诃夫的足迹

（代序）

阅读契诃夫的作品是一种旅行，游历与契诃夫相关的地方也是一种阅读。我读过契诃夫的许多作品，也游历过许多"契诃夫名胜"，一直在阅读和游历中追寻契诃夫的足迹。

一

上世纪90年代初的一个夏日，我从乌克兰的基辅乘火车返回莫斯科，列车在天蒙蒙亮时停靠一个车站，事先有所准备的我下到站台，见站牌上果然写着"塔甘罗格"的字样——这里是契诃夫的故乡。列车停靠十分钟，车站位于高高的山坡，时辰和地势都为我提供了观察这座城市的良好条件。站台上没有人，朦胧的晨雾笼罩四周，但透过薄雾可以看到山坡下低矮凌乱的城市建筑，以及更远处的亚速海，无论大海和房屋，还是山坡和车站，似乎全都是一种色调，即灰色，隐隐地有一股鱼腥味飘过来，这有些暗淡甚至肃杀的氛围几乎顿时让人心生几缕"契诃夫式的忧郁"。

1860年1月29日，未来的作家安东·契诃夫就出生在此城警察街69号的平房里。他的父亲是食品铺老板，全家共有六个孩子，安东·契诃夫排行老三，有哥哥、弟弟各两个，还有一个妹妹。

除了上学,几个孩子还有两项任务:一是帮父亲看守店铺,据说四五岁的安东就开始站在凳子上为顾客服务,当然,光顾小店的各色人等无疑也会成为幼小的安东的阅读对象;二是在教堂唱诗班唱歌,每天清晨和傍晚,契诃夫家的几兄弟便在父亲的强迫下去教堂唱歌,雷打不动,契诃夫后来将此称为"苦役",并感慨:"我在童年时没有童年。"

1876年,安东的父亲无法偿还因进货和建房而欠下的债务,带领全家自塔甘罗格逃往莫斯科,把安东独自留在塔甘罗格,名为继续学业,实为留给债主的"变相人质"。十六岁的安东寄人篱下,忍辱负重,靠当家庭教师维持生计。后来,已成为著名作家的契诃夫在给朋友苏沃林的信中这样写道:"贵族作家们天生免费得到的东西,平民知识分子们却要以青春为代价去购买。您写一个短篇小说吧,讲一个青年,农奴的后代,他当过小店员和唱诗班歌手,上过中学和大学,受的教育是要尊重长官,要亲吻神父的手,要崇拜他人的思想,为每一片面包道谢,他经常挨打,外出做家教时连双套鞋也没有……您写吧,写这个青年怎样从自己身上一点一滴地挤走奴性,怎样在一个美妙的早晨一觉醒来时感到,在他血管里流淌的已不再是奴隶的血,而是真正的人的血。"契诃夫建议苏沃林描写的这个"青年",在某种程度上就是契诃夫自己;契诃夫建议苏沃林写作的这一主题,后来却成了他自己创作中贯穿始终的红线。

契诃夫在塔甘罗格生活了近二十年,约占其一生的一半时光。塔甘罗格的童年和青少年生活在契诃夫之后的小说中留下深刻痕迹:契诃夫一家曾租住在叶夫图申科夫斯基家,契诃夫后在《冷血》《市民》等小说中写到这位房主;站柜台的经历和感受,无疑在《万卡》《渴睡》《三年》等小说中得到体现;他学生时代的体验和见闻被写进《套中人》,在《贪图钱财的婚姻》《乌鸦》《约内奇》等小说中我们也不难分辨出塔甘罗格的街景和习俗。更为重要的是,早在塔甘罗格,契诃夫已经开始了真正的文学创作。独自待在塔甘罗格的契诃夫享有较多自由,他是当地剧院的常客,耳濡目染之余,他自己也写起剧本来,除了几个篇幅很短的轻松喜剧外,他还创作了一部真正意义上的"大戏"。1878—1879 年间,在七八年级就读的契诃夫写下剧本《没有父亲的人》,此戏主角是三十岁左右的乡村教师普拉东诺夫,在与一群爱他的女人的纠葛中,在与身为将军的父亲的冲突中,这个人物展现出了其丰富的内心世界和生活哲学,契诃夫戏剧人物的诸多特质似乎都可以在他身上寻到源头。这部剧本直到 20 世纪 20 年代才被发现,许多契诃夫学家在仔细研究后断定这部作品确系中学生契诃夫所作。20 世纪 50 年代,此戏开始登上世界各地戏剧舞台,但多更名为《普拉东诺夫》。看过这部戏的观众,甚至排演此戏的导演和演员,往往都会疑惑:这样一部人物关系如此复杂、戏剧元素如此饱满的剧作,这样一部充满现代感,甚或存在主义意识的剧作,怎么会出自一位十八九岁的中学生之手呢?这种怀疑,恰恰论证了契诃夫过于早熟的戏剧才华,也是对契诃夫过人文学天赋的一种肯定。

如今,塔甘罗格已成为一座真正的"契诃夫之城",契诃夫的痕迹在这里俯拾皆是:契诃夫出生的那座平房被辟为"契诃夫故居博物馆";契诃夫故居所在的街道被命名为"契诃夫街";契诃夫家当年开的小铺也依原样恢复,成为"契诃夫家小铺博物馆"(亚历山大街 100 号),小铺门头的巨大招牌上写有"茶叶红糖咖啡暨其他殖民地产品"的字样;安东·契诃夫读过书的学校如今是"契诃夫文学博物馆"(十月大街 9 号);他当年经常去看戏的那家剧院如今是"契诃夫剧院"(彼得罗夫街 90 号);塔甘罗格的图书馆称为"契诃夫图书馆",因为契诃夫去世时捐款捐书创建了这家图书馆;塔甘罗格的博物馆称为"契诃夫博物馆",因为这也是契夫当年提议并发起募捐创建的;1934年,城里的一座街心花园被命名为"契诃夫花园";1960年,为纪念契诃夫诞辰100周年,契诃夫的纪念碑被竖立在塔甘罗格市中心。

1879年,孤身一人在塔甘罗格度过三年的安东·契诃夫考上莫斯科大学医学系,这年8月6日,踌躇满志的十九岁中学生契诃夫乘火车离开故乡城塔甘罗格,从这里走向莫斯科,走向了世界。站台上响起铃声,我乘坐的列车也即将出发,沿着契诃夫当年走过的铁路北上。

二

来到莫斯科的安东·契诃夫与家人团聚,但一家人居无定所,据契诃夫研究者统计,在19世纪80年代,他们一家在莫斯科租住过的地方有近十处,其中居住时间最长、与契诃夫的创作关联最多的,是位于花园道库德林街6号的一座两层小楼。1886—1890年间,契诃夫一家租住此地,这幢小楼如今被辟为契诃夫故居博物馆,是国家文学博物馆的分馆之一。这家博物馆称,其内部陈设与契诃夫在世时一模一样,因为契诃夫的兄弟和妹妹留有相关的图画和文字资料,屋内的展品中也有许多珍贵的实物,系契诃夫家人所赠。

2017年8月17日,借赴俄参加俄国文学大会之机,我走进了莫斯科的这座契诃夫故居博物馆。漆成朱红色的小楼上悬挂着一块大理石牌匾,上面写着:"伟大的俄国作家安东·帕夫洛维奇·契诃夫1886—1890年间生活于此。"这幢砖石结构的楼房建于1874年,当年的主人是莫斯科的名医科尔涅耶夫,主人一家住相邻的主楼,这幢二层小楼是所谓"侧房",或译"附属建筑",共有五六个房间。来契诃夫家做客的朋友开玩笑地称此楼为"准城堡",

契诃夫自己则称其为"五斗橱",并将外墙的红色称为"自由派的色彩"。

进门后的第一间展室原为契诃夫家的厨房和餐厅,这里的展览以"契诃夫和莫斯科"为主题,一些老照片展示了19世纪80年代的莫斯科建筑和街景。这里有大学生契诃夫穿过的"校服",还有哥哥尼古拉为他画的两张肖像画:一张是他1880年入学时的模样,一张是他1884年毕业时的形象,后一幅画没有画完,但契诃夫自己却认为这是他最好的肖像画之一。这里自然也摆有契诃夫的许多手稿、最早刊发契诃夫作品的几份杂志以及契诃夫最早的几部短篇小说集。1880年来到莫斯科后,契诃夫在莫斯科大学医学系上学,一家人都没有稳定收入,日子过得相当拮据,契诃夫的二哥尼古拉擅长画画,常给莫斯科和彼得堡的幽默杂志画一些插图以赚点稿费,契诃夫受他影响,也试着给幽默杂志投稿。1880年3月9日,彼得堡的幽默杂志《蜻蜓》第10期刊出契诃夫的两个短篇,即《写给有学问的邻居的信》和《在长篇小说和中篇小说等作品里最常见的是什么?》,这是契诃夫的处女作。自此以后,契诃夫的幽默小品写作一发不可收拾,每年都有百余篇面世,多家幽默杂志向他约稿,除《蜻蜓》外还有《闹钟》《观众》《娱乐》《蟋蟀》《花絮》等,看着这些五花八门的杂志以及契诃夫作品的复印件,真不知当时的医学系大学生契诃夫怎么能有如此旺盛的文学创作精力。1884年,契诃夫的第一部短篇集《梅尔波梅尼的故事》面世;1886年,第二部集子《形形色色的故事》也得以出版。这两部短篇集都摆放在展柜里,但与它们并列,展柜里还有一部已由契诃夫亲自编好的小说集,题为《谐谑集》,后由于种种原因未能面世。这一时期的契诃夫在发表小说时使用了数十个笔名,但最常用的是"安东·契洪特",这是他上中学时一位老师给他起的外号,用俄语发音时重音位于最后一个音节,能产生某种喜剧效果。契诃夫这一时期的创作,因此也被称为"契洪特时期"。一般认为,契诃夫这一时期的创作是搞笑的,为稿费写作的,但正是在这一时期,契诃夫创作的简洁、幽默、冷峻等标识性特征亦已显现,这一时期写出的《一个文官的死》《胖子和瘦子》《猎人》《变色龙》《假面》《苦恼》等,后来均成为俄国文学中的珍品。

一楼的另一个房间是契诃夫的书房,临街的一面又隔出两个小房间,分别是作家和他弟弟米哈伊尔的卧室。书房里最醒目的摆设就是契诃夫的书桌,书桌上铺着绿色呢绒布,摆有两个烛台和一个墨水瓶,还有契诃夫两位好友的照片,分别是作曲家柴可夫斯基和画家列维坦。书桌旁的墙壁上还悬挂多张照片,我认出其中一位是契诃夫的"恩师"格里戈罗维奇。德米特里·格里戈罗维奇是当时俄国文坛的一位大家,1886年3月,他读到契诃夫发表在报纸上的作品后修书契诃夫,在盛赞后者文学天赋的同时,也建议后者不要荒废自己的文学才华:"请丢开那种赶时间的写作吧。"契诃夫读信后既激动又惶恐,便转而开始以更严肃的态度对待自己的写作。在此之后,他逐渐疏远那些幽默杂志,开始与《新时代报》等主流文学报刊合作。从1886年起,也就是从住进这幢房子后起,契诃夫短篇小说的发表数量逐渐减少,从每年百余篇下降到每年十余篇,但几乎每一篇都是上乘之作,如《万卡》《灯火》《草原》《没意思的故事》《命名日》等。1888年,契诃夫因短篇集《在黄昏中》获普希金奖,由此奠定了他的俄国文学中的稳固地位。值得一提的是,作为剧作家的契诃夫也形成于这幢房子,他在这里写出《熊》《求婚》《天鹅之歌》《伊万诺夫》《林妖》等剧作。就是在这间书房里,就是在这张书桌旁,契诃夫完成了他的创作转折,从一位幽默小品作家成长为一位俄国文学大家。

契诃夫的书房里有一座壁炉,壁炉旁摆放着两把椅子,上了年纪的女讲解员指着椅子耳语般地对我说,这就是契诃夫接待病人的地方。每天上午,契诃夫大夫在这里给人看病,直到有一天,一个生命垂危的孩子被家人送来,契诃夫最终未能挽救他的生命,这件事对契诃夫打击很大,他从此放弃了行医。不知讲解员的这段"野史"来自何处,契诃夫当时可能的确不再担任"职业医生",但学医出身的契诃夫之后仍一直没有停止为人看病,在梅里霍沃,在雅尔塔,他都曾义务为周围的民众看病。契诃夫的这间"诊所"在19世纪80年代中期关门歇业倒是有可能的,因为此时,文学写作已经能给契诃夫带来比行医更多的收入和更大的影响。

契诃夫故居博物馆的二层是契诃夫的母亲和妹妹的卧室,另有一间客厅。二楼经过扩建,还辟出一间小剧场,这里经常上演契诃夫的剧目,或举办与契诃夫相关的研讨会。

走出契诃夫故居博物馆,我来到出口处的一个小花园,这花园契诃夫般地简朴自然,但几棵绣球花却开得很灿烂。坐在花园的长椅里,我突然想起契诃夫与家人的一张合影,其拍摄位置可能就在这座小花园旁,因为照片上依稀可见葡萄架的影子。这张照片往往附有这样的说明文字:"契诃夫远行萨哈林岛之前与家人合影。"1890年4月,契诃夫就是从这幢小楼出发,踏上了他艰辛的萨哈林之旅。

三

萨哈林岛位于黑龙江入海口,自隋唐起便为中国领土,清代时称库页岛。1858—1860年间,俄国通过《瑷珲条约》和《中俄北京条约》迫使清朝政府割让库页岛,并改岛名为"萨哈林",这一名称其实也源自满语,意为"黑",是满语"黑龙江"一词的首个音节。俄国占领萨哈林岛后不久,便将该岛辟为关押犯人的流放地,到契诃夫决定造访萨哈林的1890年,该岛的流放犯已逾万人。

契诃夫为何起意前往万里之外的萨哈林呢？契诃夫自己一直没有明说，他在给朋友的信中开玩笑地说，他只是想从他自己的生平传记中"抹去一年或者一年半"。实际上，促成契诃夫踏上萨哈林之旅的原因可能是多方面的：首先，他的哥哥尼古拉于1889年的去世对契诃夫打击很大，使他心烦意乱，情绪消沉，他想寻求一种摆脱这一心境的方式，用他自己的话说就是："我去旅行，是为了在半年时间里换一种方式生活。"其次，他此时正处于他创作中的又一转折时期，如何更上一层楼，是他作为一位严肃作家需要面对的问题，去往陌生疆域的遥远旅行，自然可以开阔眼界，积累创作素材，在破万卷书的同时行万里路；第三，契诃夫选中萨哈林作为旅行目的地，无疑主要是冲着那儿的特殊"居民"去的，在当时的俄国，与苦役犯、流放犯的待遇和命运密切相关的公正、公平、人道等问题已成为社会舆论的热点，作为批判现实主义作家的契诃夫，自然也会把真实地揭示萨哈林囚犯的生活实况视为自己应尽的社会责任；最后，契诃夫在给朋友的信中说过这样一句话："我们应该到萨哈林这样的地方去朝圣，一如土耳其人前往麦加。"这句话道出了契诃夫的一个心机，即他前往萨哈林是去朝觐苦难，同时也是检阅自己，检阅自己对苦难的承受能力，检阅自己的意志和良心。

1890年4月21日，契诃夫离开莫斯科，他先火车后轮船，从秋明开始乘坐马车穿越西伯利亚，历经千辛万苦，然后在6月乘上轮船，沿黑龙江北上，终于在7月9日抵达萨哈林，这次长途旅行历时近三个月。契诃夫在岛上又逗留了三个月，他挨家挨户访问当地住户，探访犯人，留下近万张田野考察卡片。他在给友人的信中写道："我走遍了所有居民点，走访了所有住户，每天五点起床，整天都在一刻不停地想着，还有很多事情要做。"10月13日，契诃夫踏上返程，他乘海船绕过亚洲东海岸，经苏伊士运河到达敖德萨,然后乘火车于12月8日回到莫斯科。

契诃夫萨哈林之旅的最重要成果就是他留下的两本书,即《寄自西伯利亚》和《萨哈林岛游记》。《寄自西伯利亚》是他应苏沃林之约为《新时代报》撰写的系列旅行随笔,契诃夫在这些随笔中记叙西伯利亚的风土人情,旅途中的趣闻逸事,他既抱怨"西伯利亚大道是世界上最漫长,似乎也最糟糕的道路",也感慨"对被关押在流放地、在这里备受折磨的人如此冷漠,这在一个基督教国度里是不可理喻的"。当然,契诃夫此行最主要的文字收获还是《萨哈林岛游记》,在旅途结束后,契诃夫花费近五年时间才最终完成此书。全书共分二十三章,前十三章以时间为序,描写作者在岛上的行踪和见闻;后十章是就专门问题展开的思考和论述,如岛上的其他民族、被强制移民的生活、妇女问题、流放犯的劳动和生活、犯人的道德面貌和逃跑问题、岛上的医疗问题等等。此书的写作和出版表明,契诃夫不仅是一位杰出的作家,还是一位杰出的社会学家和民俗学家,一位热情饱满的社会活动家。《萨哈林岛游记》的出版引起巨大社会反响,各界人士就此展开相关讨论,最终直接或间接地促成了俄国的多项司法改革,如1893年禁止对妇女进行体罚,修订与流放犯婚姻相关的法律,1899年取缔终身流放和终身苦役,1903年禁止体罚和给犯人剃阴阳头等。最近,契诃夫当时留下的近万张卡片也被结集出版,让人们对契诃夫当年工作的细致和深入有了更多的见识和赞叹。契诃夫的萨哈林之行以及他留下的这两部著作,都是伟大的人道主义壮举。

契诃夫萨哈林之行的足迹永久地留在了这座俄国面积最大的岛屿上,如今,岛上有多处契诃夫名胜,如契诃夫故居博物馆、契诃夫纪念碑、契诃夫剧院、契诃夫大街、契诃夫与萨哈林历史文学博物馆、契诃夫《萨哈林岛游记》博物馆等。契诃夫《萨哈林岛游记》博物馆建于1995年,专门展览与契诃夫此书相关的内容,如此书的写作经过，书中写到的人物和地点的照片、图画和其他实物，此书在世界各地的翻译和传播等，这家博物馆还定期举办国际性的"契诃夫研讨会"。专门为一本书建立一座博物馆，这在世界上还相当罕见。

契诃夫的萨哈林之行最令我们感兴趣的，还是他在这次旅行中与中国产生的关联。在契诃夫发自伊尔库茨克的信中有这样的话："我看到了中国人。这些人善良而又聪明。"在布拉戈维申斯克（海兰泡），他又在给苏沃林的信中称中国人"是最善良的民族"。在逗留布拉戈维申斯克的两天间，契诃夫曾渡过黑龙江游览了瑷珲城。在乘船沿黑龙江继续北上时，契诃夫与一位中国人同住一间一等舱室，契诃夫在给家人的信中详细描写了这个中国人的言谈举止，还请那位中国人在他给家人的信中写了一行汉字。值得一提的是，契诃夫的萨哈林之行时在沙皇俄国疯狂侵占中国土地、残酷迫害中国人之后不久，但在契诃夫的文字中却看不到他对中国人的居高临下和盛气凌人，相反，善良的他还感觉到了中国人的善良。契诃夫原打算自萨哈林乘海船回国途中访问上海和汉口，但因故改变计划，只在香港做短暂停留。尽管如此，契诃夫的足迹仍两度印在中国的国土上，这在19世纪的俄国大作家中是绝无仅有的。

我曾在黑河乘过江轮渡前往对面的俄国城市布拉戈维申斯克，船至江心，突然想到两岸的风光就是契诃夫当年看到过的景色，他在一封信中写道："我在阿穆尔江（即黑龙江）上航行了一千多公里，欣赏的美景如此之多，获得的享受如此之多，即使现在死去我也毫无恐惧。"如今在布拉戈维申斯克有一尊契诃夫的纪念浮雕，上面写有一行字："1890年6月27日安·帕·契诃夫曾在此停留。"而在黑龙江此岸的瑷珲古城，也立有一尊契诃夫雕像。

四

2015年9月,我随中国作家代表团走进梅里霍沃,走进了梅里霍沃的秋天。

1892年3月,三十刚刚出头、却已在俄国文坛赢得极高地位的契诃夫带领全家由莫斯科迁居梅里霍沃。契诃夫一家此前生活一直不甚宽裕,契诃夫成为大作家后,终于有可能为全家购置一座庄园。1892年,契诃夫在报上看到梅里霍沃庄园主人索罗赫金的出售广告,便花费一万三千卢布购得此处房地产。之后,契诃夫全家齐上阵,下大力气整修和新建房屋,耕种土地,终于将梅里霍沃打造成一座像样的庄园。契诃夫常在给友人的信中谈及自己的庄园。初到庄园时他写道:"我一连三天待在我购买的庄园里。印象不错。从车站到庄园的路始终掩映在森林里……庄园自身也很漂亮。"多年后他又写道:"如您所知,我现居乡间,在自己的庄园……我像从前一样没有成家,也不富裕……父母住在我这里,他们见老,但身体还行。妹妹夏季住在这里,操持庄园,冬季在莫斯科教书。几位兄弟各有工作。我的庄园不大,也不漂亮,房子很小,就像女地主科罗勃奇卡(果戈理《死魂灵》中的人物)的房子,可是生活很安静,也很便宜,夏季十分舒适。"

梅里霍沃庄园的核心建筑是一幢有八个房间的平房,其中除契诃夫的书房和卧室外,如今还保留着契诃夫的父亲、母亲、妹妹和弟弟的卧室。契诃夫的父母常住梅里霍沃,兄弟妹妹以及侄子们也是梅里霍沃的居民,他们构成一个庞大的家庭。成为大作家后的契诃夫仍与自己的大家庭合住,这在俄国作家中十分罕见,其中原因,除了契诃夫家抱团合群的小商人家庭的固有传统外,无疑也与契诃夫本人随和宽容的性格相关。

在如今辟为国家文学博物馆的这座庄园里,随时随地都能感觉到契诃夫不无幽默的温情。主屋背后有个小池塘,是契诃夫一家入住后开挖的,据说契诃夫喜欢坐在塘边钓鱼,他称这池塘为"水族箱"(也可译为"鱼缸");契诃夫的书房正对一片菜地,据说契诃夫的妹妹玛丽娅善于种菜,每到秋天,这片菜园总是硕果累累,契诃夫因而称之为"法国南方";花园里有一棵老榆树,契诃夫称之为"幔利橡树"(《圣经》里写道,耶和华在幔利橡树旁对亚伯拉罕显身),他还亲手在树上装一个"三居室"鸟笼,起名为"椋鸟兄弟酒家";契诃夫爱狗,入住梅里霍沃后,他从友人处要来两只矮脚猎犬幼崽,取名希娜和勃罗姆,几年过后,狗已长大,他认为应该像俄国人对待成年人那样对它们采用以名字加父称的尊称,即"希娜·马尔科夫娜"和"勃罗姆·以撒耶维奇"……

契诃夫不仅将他的家人安置在梅里霍沃,他更将梅里霍沃及其周边地区视为自己的大家庭。"梅里霍沃时期"(1892—1899)是契诃夫一生的壮年时期,也是他社会活动最为积极的时期。在这段时间里,契诃夫于1894、1897年两次当选谢尔普霍夫乡村自治会任期三年的议员;契诃夫在这里先后为农民子弟建起三所学校(这些学校的旧址如今分别辟为乡村教师博物馆、乡村学校博物馆和契诃夫作品主人公博物馆,均为契诃夫梅里霍沃文学博物馆的分馆);根据他的建议,在梅里霍沃所在的洛帕斯尼亚镇设立邮电局(该邮局旧址现为契诃夫书信博物馆);更为人们所记忆的是,在契诃夫入住梅里霍沃后不久,该地区霍乱流行,契诃夫作为一名医生勇敢地站出来,应地方政府之邀创办诊所,免费为病人看病,他负责的巡诊区包括二十五个村庄、四座工厂和一个修道院,他没有助手,没有补贴,所有花费均靠他自掏腰包和四处化缘,他甚至在自家园子里种植草药,自制所需药品。契诃夫在梅里霍沃的行医经历,曾让契诃夫本人说出一句名言:"医学是我的合法妻子,文学是我的情人。"也让他的研究者后来有过这样的归纳:"作为作家的契诃夫从不为人开具药方,作为医生的契诃夫则始终在治病救人。"

契诃夫当年以梅里霍沃为家,而梅里霍沃所在的广阔区域如今也成了契诃夫永远的家。为纪念契诃夫,梅里霍沃所在的洛帕斯尼亚区如今被命名为契诃夫区,作为区中心所在地的洛帕斯尼亚城也更名为契诃夫市。

契诃夫一生写作的三百余部作品(不包括他早期的大量幽默小品)中有四十二部作品写于梅里霍沃。自1886年接受格里戈罗维奇的建议开始"严肃地创作",到他去世的1904年,契诃夫的创作持续不到二十年,其中在梅里霍沃的七年写作可以说是他创作上的金色收获期。前往萨哈林的长途旅行之后,契诃夫在宁静的梅里霍沃歇息下来,静心思考,写完《萨哈林岛游记》。契诃夫这一时期的中短篇小说常以"县城C"及其附近乡间为情节发生地,这个C就是指梅里霍沃附近的谢尔普霍夫县。契诃夫的许多小说名篇,如《决斗》《第六号病室》《黑修士》《文学教师》《挂在脖子上的安娜》《带阁楼的房子》《我的一生》《套中人》《农民》等,均写于这一时期。

在契诃夫的书房,讲解员让大家注意房间的色调,从写字台上铺的呢绒到沙发和扶手椅,均为绿色,讲解员说,契诃夫患有严重的眼疾,又要长时间伏案写作,绿色能减轻他的视觉疲劳。书房里并列的三个长方形窗户正对着妹妹玛丽娅经营过的那片菜地,虽在秋天,那里仍是一片葱翠。契诃夫著名的夹鼻眼镜也摆在书桌上的玻璃罩里,眼镜旁边还有一张打着粗横线的透格板,契诃夫常把这纸板垫在稿纸下,按照透过来的横格写作。桌上的几份契诃夫手稿上,字迹也很粗大。看着夹鼻眼镜旁的透格板和手稿,我觉得契诃夫这副著名的、标识性的夹鼻眼镜所衍射出的不再是绅士般知识分子的优雅,而是一位无比勤奋的写作者的艰辛。

　　契诃夫家人丁兴旺,何况还有大量来客造访,这对一位作家而言毕竟有所妨碍,于是,契诃夫便在1894年为自己建起一座专供写作的小屋。这间小巧玲珑的木屋藏身花园深处,只有一间书房和一间小卧室,小屋被漆成浅色,楼梯和门漆成深红。正是在这间像是舞台道具的小屋里,契诃夫写出了《海鸥》。小屋入口处的外墙上如今挂着一块白色大理石板,其上镌刻着几个字:"我写成《海鸥》的屋子。契诃夫。"在这座所谓的"《海鸥》小屋"里,契诃夫又写成《万尼亚舅舅》等其他剧作。契诃夫于1899年离开梅里霍沃,将庄园出让给一位名叫斯图亚特的俄国贵族,这位贵族在十月革命后被枪毙,庄园充公,先后用作孤儿院、集体农庄的仓库和牲口棚,庄园里的建筑几乎全部被毁,仅有这幢小屋原封不动地保留下来(庄园里如今的建筑均是在1940年设立博物馆时根据契诃夫妹妹和侄子保存的设计图和照片依原样复建的,展品也大多是契诃夫家人捐出的实物),这或许是因为它位置较偏,不引人注目;或许因为它体积太小,不便挪作他用。在梅里霍沃庄园,也只有这间小屋不对访客开放,我们只能透过门缝,窥视一下这俄国现代戏剧的摇篮。

　　梅里霍沃的秋天就像列维坦的画(列维坦作为契诃夫的好友,作为契诃夫妹妹的绘画老师,是梅里霍沃的常客),色彩斑斓,宁静之中却又蕴含着躁动。我们在一场突如其来的暴雨后走进庄园,只见绿色的草地上散落着黄色的、红色的或红黄绿交织的树叶,留在枝头的叶片则依然鲜绿。成熟的苹果或挂在枝头,或落在地上,不知是博物馆的工作人员还是游客,好心地把落在地上的红苹果拾起来放在路边的长椅上,供他人食用。

　　在梅里霍沃,"像从前一样没有成家的"契诃夫还收获了他的两份爱情。契诃夫一家住进梅里霍沃后不久,契诃夫的妹妹玛丽娅常领她在莫斯科中学的女同事丽季娅·米奇诺娃来家里做客，玛丽娅后在回忆录中写道："夏季，丽卡（米奇诺娃名字的昵称）来我们梅里霍沃长住。她和我们一起举办了许多出色的音乐晚会。丽卡唱歌唱得不错……在丽卡和安东·帕夫洛维奇（即契诃夫）之间产生了相当复杂的关系。他俩走得很近，似乎彼此依恋。"关于两人的罗曼史，有人写过专著，童道明先生在《爱恋·契诃夫》一剧中做过细腻的揣摩和诗意的再现，契诃夫与米奇诺娃1897年摄于梅里霍沃的那张照片，也曾被用作该剧在中国国家话剧院上演时的海报。根据这张照片上两人的衣着和身边的植物来判断，时间像是夏末初秋。这段历时三年的恋情，以丽卡与人私奔至巴黎而告结束，但它却在契诃夫的创作中留下了深刻的痕迹，人们在《海鸥》中的尼娜等契诃夫笔下的许多人物身上都能发现丽卡的身影。1898年9月，在莫斯科艺术剧院排演《海鸥》的现场，契诃夫与该剧院女演员克尼碧尔一见钟情。次年5月初，他带克尼碧尔回到梅里霍沃，在这里度过刻骨铭心的三天，大约正是在梅里霍沃，他们做出了结婚的决定。契诃夫与米奇诺娃，契诃夫与克尼碧尔，两段相隔七年的恋情均始于秋季，两段结局不同的爱情构成了契诃夫梅里霍沃时期情感生活的开端和终结。

走在梅里霍沃长长的椴树林荫道上，秋风拂面，仿佛觉得身着风衣、头戴礼帽的契诃夫转眼之间就会出现在道路的尽头。他与这座庄园秋天的氛围太协调了，不知是这座庄园给了他的个性以很多添加，还是他用他的风格塑造了这座庄园。契诃夫在梅里霍沃住了七年。契诃夫有过七个梅里霍沃的秋天。人们总喜欢用秋天来形容契诃夫的创作个性，的确，契诃夫的生活和创作与梅里霍沃的秋天构成了某种高度的契合和呼应。梅里霍沃的秋天是优美的，却也散发着莫名的无奈；梅里霍沃的秋天是忧伤的，却又洋溢着收获的喜悦；梅里霍沃的秋天是明媚的，却也充满着神秘和疏离。

在我们即将走出梅里霍沃庄园时,突然听到契诃夫纪念碑后面的草坪上传来一阵喧闹,原来这里正在举办一年一度的"全俄契诃夫矮脚猎犬节"。讲解员颇为自豪地告诉我们,梅里霍沃每年要举办两大具有世界影响的盛事:一是"梅里霍沃之春国际戏剧节",每年都有世界各地的剧院来此演出契诃夫的剧作,花园里、大树下和池塘边都会成为演员们的舞台;另一盛事即"猎犬节",全俄的矮脚猎犬爱好者会带上他们的爱犬来此参加竞赛。我们来到赛场,但见几十只与契诃夫的爱犬希娜和勃罗姆十分相像的矮脚猎狗在场上轮流亮相,一位来自德国的主裁根据狗儿们的相貌和步态打出分数,并颁发等级不一的证书。梅里霍沃无疑是全俄,乃至全世界举办戏剧节的最理想舞台之一,可此类爱犬狂欢节却未必能讨得契诃夫欢心,我发现,纪念碑上的契诃夫始终梗着青铜的脖子,不愿回首一望身后的游戏。

五

1899年,契诃夫写了一个题为《新别墅》的短篇,小说写工程师库切罗夫在一个村子边造了一座漂亮的桥,请妻子来看,妻子来后喜欢上村子,"就开口要求她的丈夫买下一小块土地,在这儿修建一座别墅","她的丈夫依了她。他们就买下二十俄亩的土地,在陡岸上原先奥勃鲁恰诺沃村民放牛的林边空地上盖起一座漂亮的两层楼房,有凉台,有阳台,有塔楼,房顶上竖着旗杆,每到星期日,旗杆上就飘扬着一面旗子。这座房子用三个月左右的时间盖成,后来他们整个冬天栽种大树,等到春天来临,四下里一片苍翠,新庄园上已经有了树林,花匠和两个系着白色围裙的工人在正房附近挖掘土地,一个小喷水池在喷水,一个镜面的圆球光芒四射,望过去刺得眼睛痛。这个庄园已经起了名字,叫做'新别墅'"。这里关于"新别墅"的描写,几乎就是契诃夫自己为当时计划在雅尔塔兴建的别墅所作的"设计"。

这一年,契诃夫的肺结核病越来越重,医生建议他迁居气候温暖、空气清新的俄国南方。此时,契诃夫的父亲去世,梅里霍沃庄园显得空旷起来,契诃夫于是决定离开梅里霍沃。他与出版商阿多尔夫·马尔克斯签订合同,将全集的版权以七万五千卢布的价格售出,用这笔"预支"的稿费收入在雅尔塔郊外阿乌特卡村购置一块面积为三十七公亩的土地,开始建造房屋。建筑过程持续十个月,1899年9月,契诃夫便和母亲、妹妹一起住进了新家。这是一座三层楼房,共有九个房间,被称为"白色别墅"。当年曾做客契诃夫家的俄国作家库普林对这幢别墅有过这样的描述:"整幢别墅都漆成白色,很整洁,很轻盈,有一种非对称的美,用一种很难确定的建筑风格建成,有一座高塔似的阁楼,有几处意外的突出部位,下层有个带玻璃窗的阳台,上层有个敞开式露台,敞向四方的窗户有宽有窄,这座别墅有点近似现代派,但是其设计中无疑有着某人很有用心、别出心裁的创意,有着某人独特的趣味。"契诃夫请来设计此房的设计师沙波瓦洛夫当时还是一位中学教师,他在设计过程中自然会听取契诃夫本人的意见,这座别墅设计中"很有用心、别出心裁的创意"和"独特的趣味"无疑来自契诃夫本人。库普林在同一篇回忆录中还写道,有人对契诃夫说,这幢楼房建在陡坡上,屋旁的公路常有灰尘飘进房间,花园坐落在斜坡上,也很难保持水土,契诃夫听了却不以为然:"在我之前,这里是荒地和不成体统的沟壑,遍地石头和野草。我来了,把这片野地变成了漂亮的文明之地……您知道吗,再过三四百年,这块土地就将变成一座鲜花盛开的花园。那时,生活就会变得特别轻松舒适了。"他还开玩笑地说:"如果我现在放弃文学,做一位园丁,这倒不错,能让我多活十来年。"契诃夫在这片斜坡上栽种了一百多种树木,其中有柏树、杨树、雪松、柳树、木兰、丁香、棕榈、桑树和山楂等,如今,这里草木兴旺,早已成为一座真正的大花园。

从1899年9月到1904年5月,契诃夫在雅尔塔的白色别墅居住了四年多,这是契诃夫一生中的最后四年,也是他创作上的总结期。他在这里写下十个短篇,即《宝贝儿》《新别墅》《公差》《带小狗的女人》《在圣诞节节期》《在峡谷里》《主教》《补偿的障碍》《一封信》和《新娘》,还有两部剧作,即《三姐妹》和《樱桃园》,这都是他最为成熟的作品,他还在这里编成了自己的第一部作品全集。

居住在雅尔塔时的契诃夫已是俄国文坛的中心人物之一,白色别墅因此也成为当时俄国文化生活的中心之一,这里宾客盈门,高朋满座。在雅尔塔,契诃夫分别留下了与托尔斯泰和高尔基的合影,托尔斯泰是文坛的泰斗,高尔基是文坛的新秀,而契诃夫就像是俄国文学中承上启下的关键人物,他们共同组成了俄国文学的"三驾马车"。当时的其他重要作家,如安德列耶夫、柯罗连科等,以及当时刚刚崭露头角的布宁、库普林等都曾造访这里。契诃夫的艺术家朋友们也纷纷来此探望契诃夫,列维坦描绘过这里的风景,夏里亚宾曾在这里歌唱,拉赫玛尼诺夫弹奏过契诃夫家客厅里的钢琴。最让契诃夫开心的,是1900年4月莫斯科艺术剧院全体人员的造访,当时,斯坦尼斯拉夫斯基和丹琴科率团巡回演出,在雅尔塔演出契诃夫的《海鸥》,演出前后,演员们在白色别墅聚会,大家谈笑风生,此时的契诃夫正处在与艺术剧院女主角克尼碧尔的热恋之中。

白色别墅在契诃夫离开之后一直以原样保持至今,这要归功于契诃夫的妹妹玛丽娅·契诃娃,她是这座别墅真正的守护神。玛丽娅比哥哥小三岁,自三哥正式开始文学创作后,她便全副身心地帮助哥哥,照料哥哥的生活,负责处理哥哥的版权事宜,她也是梅里霍沃和白色别墅真正的女主人,她甚至因此而终身未嫁。哥哥死后,她更为保护和传播契诃夫的文学遗产而殚精竭虑,操劳一生。哥哥去世后不久,她就让契诃夫的崇拜者走进白色别墅参观作家的卧室和书房,尽管她和母亲一直住在白色别墅的二楼和三楼。十月革命后,白色别墅被收归国有,但玛丽娅被任命为终身看护人,她得以继续居住于此,直到她在1957年以九十四岁高龄去世。在她的守护下,契诃夫的这座故居始终如故。据统计,目前世界各国有十几家契诃夫博物馆,其中俄罗斯有六家,乌克兰有两家,德国和斯里兰卡各一家,而藏品最为丰富的契诃夫博物馆就是雅尔塔的这家契诃夫故居博物馆,该馆有藏品一万三千件,其中包括契诃夫的手稿、各种版本的出版物、契诃夫的生前用品、书信和图片等。

像每一座契诃夫留下深刻痕迹的城市一样,雅尔塔也深切地怀念着契诃夫,这里除"白色别墅"契诃夫故居博物馆外,同样也有契诃夫纪念碑和契诃夫大街。在前面提及的小说《新别墅》中,新别墅的主人由于与村民们合不来,最终只得卖掉别墅,离开此地,契诃夫以这个故事来表现俄国地主和农民之间的隔阂,更广义地说,是富人和穷人之间、本地人和外来人之间的隔膜,甚至人与人之间无处不在的难以沟通。但在雅尔塔的现实生活中,契诃夫却深深地融入了当地社会。契诃夫最值得一提的善举,就是他提议创建了此地的结核病疗养院。在契诃夫定居雅尔塔前后,成千上万身患肺结核病的病人也来到这里,希望这里的阳光和空气能帮助他们战胜疾病,这些病人中不乏身无分文的大学生和其他穷人,他们中的有些人曾向契诃夫求助。了解到这一情况,契诃夫倡议在雅尔塔兴建一所慈善性质的疗养院,他在报纸上刊出呼吁书,题目是《请帮助奄奄一息的人们!》,契诃夫的募捐引起热烈反响,在短时间内便募捐到四万卢布,契诃夫自己又拿出五千卢布,用这笔钱在雅尔塔郊外购置一处房产,建成疗养院。这座专门收治肺结核病患者的疗养院至今仍在发挥功用,在百余年间挽救了成千上万的病人。雅尔塔未能挽救契诃夫的生命,但由他倡议并捐资建成的"契诃夫结核病疗养院"却使众多肺结核病人恢复了健康。

雅尔塔离契诃夫的出生地塔甘罗格不远,两座城市分别位于亚速海的北端和克里米亚半岛的南端,中间隔着并不辽阔的亚速海,直线距离只有四五百公里。

六

2015年夏天,我随中国社会科学院代表团访问德国弗莱堡大学,访问结束后,我们乘坐大巴从弗莱堡驶向斯图加特机场。路途很远,但沿途的风光很美;德国的高速公路不限速,可我们大巴车的时速也只有一百多公里。我静心地欣赏着道路两旁的风景,突然,我远远地看到前方的指路牌上有一个似曾相识的地名Baden-weiler——巴登韦勒,契诃夫去世的地方!小镇巴登韦勒在我的右手,这被森林掩映着的小镇一闪而过,而我的脑海里则浮现出了一百一十年前契诃夫在这里离世的一幕。

1904年6月,契诃夫的肺结核病病情恶化,医生建议他出国疗养,契诃夫与医生和家人商量后选中了德国西南部的小镇巴登韦勒。1904年6月3日,契诃夫和妻子离开莫斯科,他对前来送行的人说:"我是去死的。"契诃夫夫妇在巴登韦勒的一家疗养院里住下,但契诃夫的病情并未见好转。7月1日夜,契诃夫醒了过来,据一直陪伴在侧的契诃夫妻子后来回忆,"他平生第一次让人去叫医生过来",并主动提出想喝点香槟酒,他从床上坐起身,大声地用德语对赶到床边的医生说了一句:"Ich sterbe."然后又用俄语向妻子重复了这句话的意思:"我要死了。"之后,他端起酒杯,面对妻子,微笑了一下,说道:"我很久没喝香槟了……"然后平静地喝干香槟,轻轻地躺下,向左侧卧着,很快就永久地睡去了,用他妻子的话说,"像婴儿一样睡去了",此时已是7月2日的凌晨。契诃夫说过:"人的一切都应该是美的,无论面孔,还是衣裳、心灵或思想。"他的一切也的确都是美的,甚至包括他的死亡。

巴登韦勒是一处驰名欧洲的温泉疗养胜地,在契诃夫之前和之后,来过此地的欧洲名人不计其数,但是,这座小镇仍以契诃夫在此留下的遗迹为荣:在小镇的一处山坡上立有一座契诃夫纪念碑;契诃夫住过的疗养院房间被辟为博物馆,阳台旁的墙壁上悬挂着契诃夫的青铜浮雕,阳台下方有一座海鸥造型的雕塑;这座小城还与契诃夫的故乡塔甘罗格建立了姐妹城市关系。

七

契诃夫留下痕迹最多的城市,可能还是莫斯科,在莫斯科给我留下最深刻印象的"契诃夫场所"三处。

首先是莫斯科艺术剧院。莫斯科艺术剧院由著名导演斯坦尼斯拉夫斯基和丹琴科联袂创建,但它艺术上的诞生却归功于契诃夫,归功于契诃夫的剧本《海鸥》。《海鸥》写于艺术剧院创建前的1895年,写成后曾在彼得堡上演,但未获成功,可这并未妨碍丹琴科要用此剧来扬名艺术剧院的决心,他苦口婆心地说服契诃夫拿出剧本,他在给契诃夫的信中称《海鸥》为"让作为导演的我难以释怀的惟一一部当代剧作"。终于,《海鸥》于1898年12月在莫斯科艺术剧院上演,并获空前成功,由此也开始了契诃夫与艺术剧院的密切合作。在接下来的几年内,契诃夫又相继为剧院写作了《万尼亚舅舅》《三姐妹》和《樱桃园》等名剧。从《海鸥》开始,人们对所谓的舞台真实产生了新的理解,人的内在世界成为戏剧主要的再现对象,所谓的"情绪的潜流"彻底改变了戏剧的面貌。在今天的莫斯科艺术剧院老剧场入口处的门楣上,有一个巨大的海鸥雕像,一个飞翔在海浪之上的海鸥图案也成了艺术剧院院徽,人们在用这样的方式昭示契诃夫及其《海鸥》的不朽。一部戏造就了一座剧院,一个戏剧流派,甚至一种戏剧美学,这就是契诃夫对于莫斯科艺术剧院、对于俄国戏剧乃至整个世界戏剧做出的奉献。1989年首度访学莫斯科,我就在一个冬夜前往艺术剧院看契诃夫的戏,记得是《三姐妹》,在戏的末尾,当三姐妹中的大姐搂着两个妹妹的肩膀在台上念出那段著名的独白:"音乐演奏得多么欢乐,多么振奋,真想生活! 哦,我的上帝! 总有一天,我们会永远地离去,人们会忘记我们,忘记我们的脸庞、声音和我们的年纪,但是,我们的痛苦却会转化为后代人的欢乐,幸福和安宁将降临大地,如今生活着的人们将获得祝福。哦,亲爱的妹妹,我们的生活还没有结束。我们将生活下去! 音乐演奏得多么欢乐,多么欢快,似乎要不了多久,我们就会知道,我们因为什么而生活,因为什么而痛苦……如果能知道的话,如果能知道的话!"全场安静极了,没有一丝声响,少顷,有黄色的树叶自舞台上方落下,一片,两片,越来越多,在雷鸣般的掌声中缓缓地飘落。

其次,就是莫斯科艺术剧院所在的侍从官胡同与特维尔大街相交处的契诃夫雕像。2004年,在契诃夫去世一百周年纪念日,一座契诃夫新雕像在莫斯科艺术剧院所在的胡同与莫斯科最主要的大街特维尔街相交处的街心花园落成。我在一次出差莫斯科期间特意来到这座纪念雕像前,这座雕像令人震撼,因为它最好不过地体现了契诃夫的性格和举止,似乎构成了契诃夫之谦逊和善良的永恒化身:身材修长的契诃夫背倚着一个半人高的台子,身体有几分紧张,似乎正要起身来帮助眼前的某位路人,他清瘦的脸庞上呈现出倦态甚至病容,但俯视的双目中却分明含有悲悯和体谅。关于契诃夫的善良,人们留下过许多描述和佐证。契诃夫的妻子克尼碧尔后来在回忆录中这样写到契诃夫给她留下的第一印象:"我永远不会忘记我第一次站在契诃夫面前的那一刹那。我们都深深地感觉到了他人性的魅力,他的纯朴,他的不善于'教诲'和'指导'……"打动克尼碧尔的是契诃夫的"纯朴"和"不善教诲"。契诃夫被托尔斯泰称为"小说中的普希金",在世时就被公认为世界上最杰出的短篇小说家之一,但他从不以大师自居,而与其同时代的所有作家几乎都保持着良好的关系;有着强烈平等意识的契诃夫,一贯反对"天才"和"庸人""诗人"和"群氓"等等的对立,他在1888年给友人的信中写道:"把人划分为成功者和失败者,就是在用狭隘的、先入为主的眼光看待人的本质。"在预感到自己将不久于人世后,契诃夫给妹妹立下遗嘱,把财产分别留给母亲、妹妹和妻子,他特意强调,"在母亲和你去世之后,全部财产捐给塔甘罗格市政府用作家乡教育基金"。他在遗嘱的最后写道:"帮助穷人,爱护母亲,保持全家的和睦。"契诃夫曾说,他的作品中"既没有恶棍,也没有天使……我不谴责任何人,也不为任何人辩护"。站在这尊契诃夫雕像前,我们似乎更能感觉到他的善良以及这种善良中所蕴含着的伟大和崇高,在当下世界,契诃夫的平和与"中立",契诃夫的冷静和宽容,较之于那些"灵魂工程师"和"生活教科书",会让我们感到更为亲近和亲切。契诃夫的善良和宽容,契诃夫的平等意识和"挤出奴性"的吁求,无疑是契诃夫创作之现代意义的重要内涵之一。去年去莫斯科出差时再去瞻仰契诃夫的这座雕像,却突然发现在这座雕像前的胡同口突然立起一座体量很大的纪念碑,纪念碑上的两个人身高体壮,气宇轩昂,宛如红场上的米宁和波扎尔斯基纪念碑,似乎是有意要与他们身后的契诃夫雕像构成反差极大的对比。走近一看,方知是斯坦尼斯拉夫斯基和丹琴科的纪念碑。与他俩的纪念碑相比，偏居两座建筑物拐角处的契诃夫雕像显得更小、更不显眼了，甚至有些寒酸，不过我想，契诃夫一定不会反对他的纪念碑所处的位置和所具的体量。

　　最后，自然就是位于莫斯科新处女公墓的契诃夫墓。一次，我领一位深爱契诃夫的中国作家去新处女公墓拜谒契诃夫墓，在墓地门口向看门人索要一张墓园地图，他问明我们的来意，便指了指契诃夫墓地所在的位置，还添了一句："来看他的中国人很多。"来到契诃夫墓前，见墓地的设计似乎具有某种童话色彩，四五米见方的墓园用高高的铁栅栏围着，铁栅栏上的花纹像是一朵朵玫瑰，白色的墓碑很厚，顶部呈楔形，有一个铁皮顶，就像一间微型的木头小屋，顶端还有三个枪矛一样的金属装饰。契诃夫与他的父亲长眠在一起，而他最爱的母亲和妹妹则长眠在雅尔塔的市民墓地。静静地站在契诃夫的墓前，树上和地面的落叶在微风中窃窃私语，似在向我们复述托尔斯泰在契诃夫去世时说过的话："契诃夫的去世是我们的巨大损失，我们不仅失去了一个无与伦比的艺术家，而且还失去了一个杰出的、真诚的、正直的人……他是一个富有魅力的人，一个谦虚的人，一个可爱的人。"

刘文飞
2017年10月

目　次

一八八〇年

写给有学问的邻居的信 …………………………………… 3
在长篇小说和中篇小说等作品里最常遇见的是什么？…… 8
同时追两兔，到头一场空 ………………………………… 10
我的纪念日 ………………………………………………… 16
贵族女子中学学生娜坚卡的假期作业 …………………… 18
爸爸 ………………………………………………………… 22
一千零一种激情，或恐怖之夜 …………………………… 31
吃苹果 ……………………………………………………… 35
婚前 ………………………………………………………… 43

一八八一年

圣彼得节 …………………………………………………… 51
气质 ………………………………………………………… 68
在车厢里 …………………………………………………… 72
审判 ………………………………………………………… 80
艺术家的妻子 ……………………………………………… 86
托莱多的罪人 ……………………………………………… 102

一八八二年

　我忘了!! ……………………………………… 111
　满是问号和惊叹号的一生 ………………… 117
　自白,或奥丽雅、任尼雅、左雅 …………… 121
　绿沙滩 ……………………………………… 130
　"虽然赴了约会,可是……" ……………… 148
　记者 ………………………………………… 155
　乡村医生 …………………………………… 176
　不必要的胜利 ……………………………… 185
　一败涂地 …………………………………… 286
　一件糟糕的事 ……………………………… 292
　六月二十九日 ……………………………… 304
　三个当中选一个 …………………………… 314
　他和她 ……………………………………… 323
　集市 ………………………………………… 333
　太太 ………………………………………… 341
　活商品 ……………………………………… 368
　迟迟未开的花 ……………………………… 411
　横祸 ………………………………………… 459
　不顺当的拜访 ……………………………… 462
　两个乱子 …………………………………… 463
　一首田园诗……然而,呜呼! …………… 475
　男爵 ………………………………………… 479
　好朋友 ……………………………………… 488
　报复 ………………………………………… 490

题解 …………………………………………… 498

一八八〇年

写给有学问的邻居的信

亲爱的邻居。①

　　玛克辛……(我忘了你爸爸叫什么名字了,务请宽宏大量原谅我为感)。② 务请原谅宽恕我这个年老的老家伙和荒唐的人间生灵,因为我不该斗胆用这封信上的鄙陋的喋嚅来打搅足下也。足下迁居到我们这个鄙地来,同我这个小人物笔邻而居,足足有一年之久矣,可是我至今还不认得您,您也不认得我这个可怜的蜻蜓耳。为此亲爱的邻居务请容许鄙人至少通过这些年老的象形文字同足下建交,在思想上握一握足下的博学的贵手,庆贺足下自圣彼得堡驾临我们这个大陆,而我们这里实在不值一顾,所住的都是庄稼汉和务农的老百姓,亦即贱民分子也。我久亦乎在找机会跟您结交,如饥似渴,因为学问在某种程度上乃是我们的亲娘,犹之乎文明焉,又因为我对文人学士素来中心钦佩,他们远近闻名,光忙四射,头戴桂冠,金鼓齐鸣,胸前戴着勋章和绶带,手里拿着毕业证书,声名赫赫,有如雷鸣电闪,传遍各地,在此一有形和无形的宇宙世界中亦即尘世下界中无人不知也。我素来热爱天闻学家、诗人、

---

① 这里不应用句号,而应用冒号。又,下文除标点符号错误外,还有错字、竭力掉文而措辞不当的句子、乱用文言而错误百出的地方,不再一一注出。

② 按照俄国上层社会习惯,对人单称本名是不恭敬的,必须将本名和父名连称才表示恭敬,如玛克辛·伊凡诺维奇。

玄学家、副教授、化学家以及其他学界泰斗,而足下既有渊博学事和科学部门,亦即有成品及成果,自亦包括在内耳。据说足下历年以来智力活动于试管、温度计、一大堆附有精美插图的外国图书,所以出版了许多的书本子。不久以前我的邻居盖拉西莫夫光临我的鄙陋的管区,亦即光临我的舍间和寒舍,此人生性狂忘,痛骂和否定足下的思想和观念,例如关于人类起原问题,关于此一有形的世界的其他现象等等,他大造其反,激烈反对足下的智力领域以及足下的布满星球和陨石的思想地平线云云。关于足下的理性的观念,我是不同意盖拉西莫夫的见解的,因为科学也者,乃是我的生命,乃是我的粮食,上帝把它赐给人类就是为了在此一有形和无形的世界的深处挖掘金属、非金属和钻石也。不过话说回来,假如我斗胆以老人之见驳斥足下有关自然本原的若干观念,那么,老兄,请宽恕我这个小得看不见的虫豸好了。盖拉西莫夫告知我说足下写过一本著作,阐明人类和人类原始状态和洪水之前①的生活,而足下立论不大高明云云。足下写道,人类来自猿猴长尾猿猩猩等。请宽恕我这个小老头子,反正在这个重大的问题上我不同意您的观念,而且能够将你一军。因为人类乃是世界的主宰,万物之林,如果来自不学无术的蠢猴子,那就会生着尾巴,说话声音怪里怪气了。要是咱们都是猴子生的,那现在茨冈②就会牵着咱们到各个大城里去耍猴戏,咱们就得花钱买票瞧彼此耍猴戏,听着茨冈的吩咐纷纷跳舞,或者关在动物园的铁栅栏里了。难道咱们身上长满了毛吗?我们岂不是穿着衣服,而猴子就没穿乎?要是娘们家的身上哪怕有一点点每到星期二我们在首席贵族家里见到的那只猴子的气味,难道我们还会爱她们,而不轻视她们哉?假如我们的祖

---

① 指太古时代:据基督教经书中的传说,太古时代人间发生过大洪水。
② 亦称吉卜赛人,一个流浪民族,在俄国常以卖艺为生。

先是猴子生的,那他们就不会葬在基督徒的墓园里。例如我的高祖父阿木甫罗西,在古代生活,住在波兰王国,他就不是照猴子那样下葬,而是同天主教修道院长姚阿基木·肖斯塔基葬在一处,他所写的有关温带气候和过量饮酒的手稿至今仍由家兄伊凡(少校)保官。夫修道院长者,乃天主教神甫绝非猢狲也。请原谅我这无知之徒打搅足下的学术工作,以我这种老人之见大发议论,用我这些鄙野而有点粗糙的观念冒渎清听,大约这类观念在有学问的文明人那里,是不会在头脑中出现,而只能在肚子里出现耳。每逢学者在头脑中思想不正,我就不能缄默,无法隐忍,不得不反驳足下。盖拉西莫夫告知我说,您关于月亮亦即明月的思想颇不正当,盖月亮也者,天色昏黑,大家睡觉以后,给咱们代替太阳之物也,而足下竟把电力移来移去,信口此黄。我这老头子用语如此愚蠢,请勿见笑是幸。足下写道,在月亮亦即明月上有人和部族生活和居住。这可是绝不会有的事,因为如果有人住在月亮上,其房屋和丰尧的牧场就会遮蔽月亮的磁性的魔光,弄得咱们看不见月光了。再者人类缺了雨水就不能生存,而雨水总是向下落到地面上,不是往上落到月亮上。人住在月亮上,就会一个觔斗摔到地面上来,然而此等事亘古未有也。月亮住了人,垃圾和泔水就会纷纷落到咱们的大陆上来矣。月亮里怎能有人呢:莫非那儿的人到夜里才活着,一到白天就死光了乎?我国政府也不可能批准人在月亮上住,因为道途摇远,难于攀登,人一到了月亮里可就极容易逃避兵役矣。可见足下犯了小小的错误耳。据盖拉西莫夫告知我说,足下在您的渊博的作品里著述和刊登道,在最大的天体,在太阳上,竟有一些黑斑点云云。这种事不可能有,因为绝不可能有这种事也。如果普通人的肉眼不能直视太阳,那么足下怎能看清太阳上的斑点哉?既然太阳没有斑点也无所谓,那又何必多此一举添上斑点乎?如果那些斑点至今尚未烧光,那他们究竟是由什么样的湿物作成的？也许衣足下看来,鱼也能在太阳上生存吧？请原谅我这个有毒的曼陀罗①如此愚蠢地说笑话！我对科学素来忠诚之至！卢布者,十九世纪之船帆也,可是在我眼里丝毫价值也没有,科学早已张开极其辽阔的双翅在我的眼睛里遮住他矣。任何发明都使我身心震动,不下于在我的背上钉进一根钉子。虽则我是个无知之徒和老派地主,然而我这个老朽的废物仍然钻言科学,亲手进行发明,以各种思想和整套最伟大的知识装满我这荒谬的脑斤和野蛮的头颅。盖自然母亲者,乃一本大书,咱们应该阅读和观赏也。我凭个人的聪明才智产生过许多发明,像那样的发明至今还没有一个改革家望尘莫及也。我要毫不夸耀地说,我的教育程度并不太差,不过这是来自苦修,而不是仰仗双亲亦即父母或保护人的钱财得来,大凡父母,因家财豪富,生活奢华,家有六层大楼,养奴畜婢,装着电铃,反而害了子女也。兹将我的渺小的才智所发明的东西开列如下。我发明,每年必有一次,我们的太阳凌晨身披宏大炽热发光的外套,五彩缤纷,引人入胜,美妙入画,他那频频霎眼的奇妙神态给人留下顽皮的印象云。还有一个发明。为什么冬季昼短夜长,而夏季则相反耶？冬季之所以昼短,乃因遇冷则缩,类似有形无形的其他事物也,而且还因为太阳提前下落。夜长则因点燃灯火蜡烛而胀大,因为空气太热也。其次,我还发明狗到春天就吃青草犹如山羊,咖啡对血旺之人有害,因为在他头中造成头眩,在他眼中造成视像模糊也,等等。我的发明很多,而且除此以外我并没有毕业文凭和证书。亲爱的邻居请到我家里来吧,千切千切。咱俩一块儿来搞发明,读图书,足下可以教我这个无聊家伙各种计算方法也。

不久以前我在一个法国学者的书中读到狮脸完全不像人脸,

---

① 一种茄科植物,可做麻醉剂。

不知学者们意见如何。关于这一点,我们自当讨论。务请大驾光临是幸。例如明天就来也未尝不可。我们目前在持斋,但为足下自当另烧荤菜。我的女儿娜达宪卡要求您带几本渊博的书来。她是我家的解放派女子她认为大家都是傻瓜只有她一个人聪明。如今的青年人我对您说吧太爱出风头了。求上帝保佑他们!过一个星期家兄伊凡(少校)到我家来,他是好人,不过我们背地里说一句,他是个世俗之辈,不喜欢科学也。这封信应由我家仆人特罗菲姆于傍晚八点整送到府上。假如他送信迟误,足下自管拿出教授派头来打他一顿嘴巴子,对这号人用不着讲什么客气也。假如送信迟误,必是这个死鬼跑到酒店里去了。夫拜访邻居早已蔚为风气不自我们始亦不自我们终也,因此务请大驾一定光临,并随身携带机器书籍是幸。本来我自己想到府上奉访,可是怪难为情的,勇气不足耳。务请原谅我这个废物打搅尊驾为荷。

我乃尊敬您的顿河部队退伍军士,出身于贵族,您的邻居

瓦西里·谢米-布拉托夫①

于布林内-谢坚内②村

---

① 这个姓可意译为"七把剑"。
② 这个村名可意译为"薄饼一概吃光"。契诃夫早期作品中常用怪诞或诙谐的人名和地名,下面各篇不再一一注出。

在长篇小说和中篇小说等作品里最常遇见的是什么？

伯爵、保留着当年美貌的痕迹的伯爵夫人、邻居男爵、自由派文学家、贫困落魄的贵族、外国音乐师、头脑迟钝的听差、保姆、女家庭教师、日耳曼籍的田庄总管、乡绅、从美洲来的继承人。人物的相貌不美，然而可爱、动人。男主人公往往把女主人公从狂奔的马上救下来，浑身是胆，善于抓住一切方便机会显出他拳头的力量。

天空高不可测，远方模模糊糊，无边无际……总之，难于理解的大自然！！！

淡黄色头发的朋友和棕红色头发的仇人。

舅舅家财豪富，至于他是自由派还是保守派，那要看情形而定。对主人公来说，舅舅的教诲不及他的死亡那么有益。①

住在唐波夫的姑姑。

医师面色忧虑，看来颇有治好重病的本事。他常常拿着圆顶手杖，头顶光秃。凡医师出场的地方，总有积劳成疾的风湿病、偏头痛、脑炎症。他热心护理在决斗中受伤的人，老是劝人到温泉去休养。

---

① 指舅舅死后，主人公继承他留下的遗产。

仆人远在老主人在世的时候就已经当差,为主人什么事都愿意干,赴汤蹈火在所不辞。极善于说俏皮话。

　　有样样事情都懂只是不会说话的狗,有鹦鹉,有夜莺。

　　莫斯科近郊的别墅和已经抵押出去的南方庄园。

　　在大多数情形下都使用得牛头不对马嘴的"电力"一词。

　　俄国皮革做的皮包、中国的瓷器、英国的马鞍、永远不会不发火的手枪、挂在纽扣眼上的勋章、菠萝、香槟酒、地菇、牡蛎。

　　无意中的偷听,不料成为大发现的根据。

　　多到数不清的感叹词、竭力想用得恰当的术语。

　　对十分重大的情况事先就有明显的暗示。

　　常常没有结局。

　　开头是七项滔天大罪,结局却是结婚。

　　完了。

同时追两兔,到头一场空

中午,时钟敲响十二点,谢尔科洛包夫少校,这个拥有一千俄亩土地和一个少俊的妻子的人,从花布被子里伸出光秃的头来,破口大骂。原来昨天他路过凉亭,听见他那年轻的妻子卡罗丽娜·卡尔洛甫娜少校太太跟外地来的表哥谈话,她毫不留情,竟然骂自己的丈夫谢尔科洛包夫少校是公羊,带着女人的轻浮态度一口咬定说,她从来就没爱过她丈夫,现在也不爱,将来更不会爱,因为他,谢尔科洛包夫,头脑糊涂,举止粗野,大有得神经错乱症和慢性狂饮症之势。妻子这种态度使得少校震动,愤慨,怒不可遏。昨天一夜和今天一早晨他都没睡着觉。他头脑里一反常态,闹腾起来。他脸上发烧,比煮熟的龙虾还要红。他使劲捏紧两个拳头,胸中乱哄哄,一团糟,像这样的骚乱,少校就连在卡尔司①也没见到过和听到过。他从被子里伸出头,看一眼上帝创造的这个世界,骂了一通,然后跳下床来,挥舞着拳头,在房间里走来走去。"喂,来人啊,混蛋!"他嚷道。

房门吱吜一响,开了。少校的听差、理发师、擦地板工人潘捷列在他面前站住。这人穿一身老爷已经不要的旧衣服,胳肢窝里

---

① 俄土战争(1877—1878)时期被俄国军队占领的一个土耳其要塞。——俄文本编者注

夹着一只小狗。他倚着门框站住,恭顺地眨巴眼睛。

"听着,潘捷列,"少校开口说,"我打算跟你像普通人那样,像人对人那样开诚布公地谈一谈。立正!把手放平,倒好像你拳头里捏着个苍蝇似的!这样才对!你能不能一老一实,诚心诚意地回答我的话?"

"行,老爷。"

"不要用这种大惊小怪的神情看着我。大惊小怪地瞧着老爷可不成。闭上嘴!你简直是头牛,伙计!你不懂你在我面前应该规规矩矩。你直截了当地回答我的话,不用吞吞吐吐!平时你打不打你的老婆?"

潘捷列用手捂住嘴,傻呵呵地笑了。

"每到星期二就打,老爷!"他嘟哝一句,格格地笑。

"很好。你笑什么?谈这种事不准嬉皮笑脸!闭上嘴!不要当着我的面抓痒痒,我不喜欢这种样子,"少校沉吟一下。"我想,伙计,不光是庄稼汉才惩治自己的老婆吧。关于这一点你怎么想?"

"不光是庄稼汉,老爷。"

"那你举个例子看!"

"城里有个法官,叫彼得·伊凡内奇。……您老人家认识他吧?十来年前我在他家里当过扫院子的仆人。一句话说完,他是个好老爷……不过,他一喝了酒,你可就得当心。有时候,他喝醉酒回来,就举起大拳头照准太太的腰上打过去。您要是不信的话,就叫我遭到天打雷劈!这还不算,往往连我也捎带上,无缘无故挨一通揍。他一边打太太,一边嘴里说:'你这个蠢娘们儿,你不爱我,'他说,'我为这个恨不得把你打死,把你的小命活活送掉。……'"

"哦,那她怎么样?"

"她就说,您饶了我吧。"

"哦?真的?这倒妙得很!"

少校高兴得直搓手。

"这是真情实话,老爷!再说,怎么能不打呢,老爷!比方就拿我的老婆来说吧。……怎么能不打呀!她一脚就把手风琴踩坏了,要不就把老爷的馅饼全吃光了。……这还了得?哼!……"

"你这个混蛋,少说废话!你还讲得出什么道理来?聪明话你一句也说不来,不是吗?不关你自己的事,不用你管!太太在做什么呢?"

"她老人家在睡觉。"

"好,该怎么着就怎么着吧!你去告诉玛丽雅,要她把太太叫醒,请太太到我这儿来。……你等一下!……你看怎么样:我像个庄稼汉吗?"

"您怎么会像呢,老爷?哪儿见过老爷像庄稼汉的?根本就不像!"

潘捷列耸了耸肩膀。房门又吱咕一响,他走出去了。少校脸上露出心事重重的神色,动手漱洗,穿好衣服。

"亲爱的!"穿好衣服的少校看见漂亮的、二十岁的少校太太走进房间里来,就用极其阴险的口气对她说,"你能从你那些对我们极其有益的时间里抽出一个钟头来陪陪我吗?"

"行啊,我的朋友!"少校太太回答说,把额头送到少校唇边去。

"我呢,亲爱的,打算散散心,到湖上去划一会儿船。……你这个千娇百媚的人儿肯做我最愉快的游伴吗?"

"外边不是挺热吗?不过呢,我的亲人,只要你愿意,我总是乐于奉陪的。你划桨,我来掌舵吧。我们要不要带点凉菜去呢?我的肚子饿得很了。……"

"凉菜我倒已经准备下了。"少校回答说,摸一摸他口袋里的一根短鞭子。

这次谈话以后,过半个钟头,少校和少校太太已经坐上小船,往湖中心划去。少校流着汗划桨,少校太太掌舵。"她是个什么娘们儿!什么娘们儿!什么娘们儿呀!"少校喃喃地说,凶恶地瞅着沉入幻想的妻子,心急火燎。"停船!"他等小船到了湖中心,就粗声粗气地说。小船停下来了。少校的脸色涨得通红,两个膝盖不住发抖。"你怎么了,阿波洛沙?"少校太太惊讶地瞧着丈夫,问道。

"说到头来,"他叽叽咕咕说,"原来我是公羊?原来我……我……我到底算是什么?原来我头脑糊涂?原来你从来也没爱过我,以后也不会爱?原来你……我……"

少校大吼一声,举起手,在空中挥动一根短鞭子,于是小船上……啊,时代呀,啊,风尚呀!① ……乱得一塌糊涂,像那样的混乱不但描写,就连想象也不大可能。即使是在意大利居住过而且想象力最为旺盛的画家,也无力描绘小船上发生的那种场面。……谢尔科洛包夫少校还没来得及感到他脑袋上一根头发也没有,少校太太也没来得及使用从丈夫手里夺过来的短鞭子,小船就翻了,于是……

这当口,少校旧日的管家和目前乡公所的文书伊凡·巴甫洛维奇正在湖岸上散步。他一边等着欣赏乡间年轻女人下湖洗澡的美妙风光,一边打着唿哨,吸着纸烟,心里玩味着他的散步目标。忽然,他听见撕裂人心的喊声。他从喊声中听出是他旧日的主人的嗓音。"救命啊!"少校和少校太太叫道。文书没犹豫多久就脱掉身上的上衣、裤子、皮靴,在胸前画三次十字,游到湖中心去救人

---

① 原文为拉丁语。

了。他游泳的本领比写公文和认公文的本领高明得多,所以不出三分钟就已经游到眼看就要丧命的人附近。伊凡·巴甫洛维奇游到就要丧命的人跟前,却茫然失措,不知道该怎么办才好。"该救谁呢?"他暗想,"真见鬼!"一下子救两个人,他根本没有那种力量。要他救活一个人也已经够费劲的了。他做出一脸的哭丧相,露出大惑不解的神情,伸出手去时而抓住少校,时而抓住少校太太。

"我只能救一个呀!"他说,"我怎么拉得动你们两个呢?莫非我是条鲸鱼还是怎么的?"

"万尼亚①,我的好人,你救我吧,"浑身发抖的少校太太尖声叫着,使劲揪住少校的衣襟,"救我!要是你救活我,我就嫁给你!我凭我认为神圣的一切起誓。哎哟,哎哟,我要淹死了!"

"伊凡!伊凡·巴甫洛维奇!拿出骑士的气概来!……是啊!"少校用男低音说,被湖水灌得直呛,"你救我,老弟!我送你一个卢布买酒喝!你就做我的父亲和恩人吧,可别让我死于非命。……我会把你从头到脚裹上金子的。……你倒是快点呀,救救我。你这个人呀,真是的。……我一定会娶你的妹妹玛丽雅为妻。……皇天在上,我一定娶!她是个美人儿。你别救少校太太,滚她的!你不救我,我就打死你,让你活不成!"

伊凡·巴甫洛维奇给闹得晕头转向,差点沉到水底下去。两人的诺言,依他看来,似乎同样有利,一个赛过一个。那该选谁呢?时间可是不等人啊!"那我索性把两人都救活好了!"他暗自决定,"得两份报酬总比得一份强。就该这么办,真的。是神,就不会出卖我;是猪呢,反正也吃不了我。主啊,给我赐福吧!"伊凡·巴甫洛维奇就在胸前画个十字,伸出右胳膊去夹住少校太太,再用

---

① 伊凡的爱称。

右手的食指钩住少校的领结,呼哧呼哧地喘着,往岸边游去。"你们要摆动腿!"他命令道,一面用左胳膊划水,一面幻想他灿烂的未来,"少校太太做我的妻子,少校做我的妹夫。……妙极了!加油干,万尼亚!是啊,等你吃饱小蛋糕,你就抽上一支名贵的雪茄烟!荣耀归于你啊,主!"伊凡·巴甫洛维奇一条胳膊拖两个人,又逆着风游泳,很费力,不过他一想到灿烂的未来,劲头就来了。他满心幸福,止不住微笑,甚至格格地笑出声来,终于把少校和少校太太送到陆地上了。他这一喜非同小可。然而他一眼看见少校和少校太太亲热地互相拥抱在一起,他……可就忽然脸色煞白,举起拳头敲自己的额头,放声大哭了。虽然这时候有些姑娘刚从湖水里爬出来,把少校和少校太太团团围住,惊讶地瞅着英勇的文书,他却无心理会她们了。

第二天,由于少校暗中使坏,伊凡·巴甫洛维奇被乡公所革职了。少校太太把玛丽雅从她住处赶走,吩咐她"去找她亲爱的老爷"好了。

"唉,人啊,人啊!"伊凡·巴甫洛维奇一边沿着那不吉利的湖在岸上散步,一边念念有词地数说道,"在你们眼里,什么叫感恩戴德啊?"

我 的 纪 念 日

诸位男女青年！

　　三年前我感到我胸中蕴藏着一团神火①，也就是使得普罗米修斯②被锁在岩石上的神火。……三年来我一直把来自上述火焰的熔炉里的作品源源不断地寄往我们辽阔祖国的四面八方。我写过散文，写过诗篇，写过各种体裁、各种风格、各种篇幅的作品，有的不要稿费，有的要稿费，总之给一切杂志写过稿子，然而……呜呼！！！那些嫉妒我的人，竟然认为我的作品不能刊登，即使有所刊登，也一定是在《邮箱》栏③里。讲到邮票，我为《田地》④种植五十枚，为《涅瓦》⑤淹没一百枚，为《火花》⑥烧掉十枚，为《蜻蜓》⑦供应五百枚。一言以蔽之，从我的文学活动开始起到今天止，我从各

---

① 在此借喻"天才"。
② 希腊神话中的一个巨人，曾盗出神火传于人世而受到主神宙斯的惩罚，被锁在悬崖上，由鹰啄食他的肝。
③ 旧俄杂志常设《邮箱》专栏，杂志主编利用该栏通知投稿人退稿，声称"尊稿不拟刊登"云云。
④ 在彼得堡出版的一种画报，每周一期。——俄文本编者注
⑤ 在彼得堡出版的一种画报。又"涅瓦"是彼得堡的一条河名。——俄文本编者注
⑥ 在彼得堡出版的一种画报。——俄文本编者注
⑦ 在彼得堡出版的一种专登幽默作品的周刊。这篇作品就刊登在该杂志上。——俄文本编者注

编辑部收到的答复,总计起来,整整有两千次!昨天我收到其中最后一次,内容同以前所有的答复差不多。不论是哪一次答复,都是连"肯定刊登"的影子也没有。诸位男女青年啊!我每次向编辑部寄去稿子,从物质方面来说,至少总要破费我十戈比。因此,我这种文学消遣使我花掉两百卢布之多。可是要知道,两百卢布能买一匹马啊!我一年收入只有八百法郎……你们得明白!!!那么,我要歌颂自然、爱情、女人的眼睛,要对傲慢的阿尔比昂人①的贪欲射出毒箭,要让……给我写答复的……先生们欣赏我的神火,我就不得不挨饿。两千次答复,两百多卢布,结果却连一次"肯定刊登"都没有!呸!不过这倒也是一件大有教益的事呢。诸位男女青年!今天我庆祝我收到两千次答复的纪念日。我举杯为我的文学活动的结束干杯,我就此睡在桂冠上了。② 请你们对我指出另外还有谁在三年当中也收到过那么多"不"的答复,要不然,你们就得给我塑造一个高大的纪念像!

---

① 指英国人。
② "桂冠",指文艺上的成就,"睡在桂冠上",意指满足于以往的成就而不再前进。

17

贵族女子中学学生娜坚卡的假期作业

"俄语"部分

(甲)"造句"五题

(1)不久以前俄罗斯同外国打仗,同时打死许多土尔其人。①

(2)铁路嘶嘶地响,载运人们来往,是用生铁和料子造成的。

(3)牛肉是用公牛和母牛制成,羊肉是用小母羊和小公羊制成。

(4)爸爸做官没有提升,也没有获得勋章,他生气了,于是因家庭情况而退休。

(5)我热爱我的女友杜尼雅·彼谢英烈彼烈霍嘉宪斯卡雅②,因为她上课时候勤奋用功,而且善于表演骠骑兵尼古拉·斯皮利多内奇。

---

① 这句话文理不通,而且"土耳其"误写做"土尔其";下文还有许多文理不通的地方和错字,不再一一注出。
② 这个长姓可意译为"步行过海"。

（乙）"变格"①题

（1）大斋期间②司祭和助祭不愿意给新婚的人举行结婚仪式。

（2）农民们冬天夏天都住在别墅③里，打马，可是非常不干净，因为身上沾着黑焦油，不雇用女仆和看门人。

（3）父母把女孩嫁给有财产和房屋的军人。

（4）男孩啊，你要敬重爹娘，为此你就会变得好看，被世界上所有的人爱你了。

（5）他连哎呀一声都没喊出口，熊就已经扑到他身上来了。④

（丙）"作　文"

我怎样度过假期？

我刚考试完毕，就立刻跟着妈妈、家具、我的弟弟三年级学生约翰一起到别墅去了。到我们家里来的有卡嘉·库节维奇和他的爹娘，有齐娜，有小叶果鲁希卡、娜达霞和许多我的其他女伴，她们跟我一块儿在新鲜空气里散步和刺绣。男人有很多，可是我们这些姑娘躲他们远远的，理都不理他们。我读了许多书，其中有美谢尔斯基⑤，有玛依科

---

① 俄语的一种语法变化。
② 基督教的斋期，在复活节前，共四十日。
③ 在帝俄时代，城里的贵族和有产者常到乡间的别墅去消夏，于是这个贵族女学生把所有的乡间房屋都叫做别墅。
④ 这是从俄国作家克雷洛夫的寓言诗《农民和工人》里抄来的。——俄文本编者注
⑤ 美谢尔斯基(1839—1914)，俄国公爵，反动的小说家和政论家。——俄文本编者注

19

夫①,有仲马②,有里瓦诺夫③,有屠格涅夫,有罗蒙诺索夫。大自然美极了。幼小的树木长得很密,还没有任何人的斧子碰到过它们的苗条树干。细小的树叶造成一片虽不浓重却几乎连绵不断的阴影,落在柔软的细草上,而草丛中点缀着毛茛的金黄色小花、风铃草的小白花、石竹的深红色小十字花(以上抄自屠格涅夫的《静静的洄流》)。太阳时而升上去,时而落下来。在朝霞放光的地方有一群鸟在飞。在一个什么地方,有个牧人在放牧他的畜群。有些白云在比天空略为低点的地方飘飞。我非常喜欢大自然。我的爸爸整个夏天都在发愁:有一家可恶的银行无缘无故地打算拍卖我们的房子,妈妈老是跟着爸爸走来走去,生怕他自寻短见。如果我假期过得很好,那是因为我好学不倦,品行端正。完了。

"算 术"部 分

〔算题〕有三个商人合资开办一家商号,一年后共得利润8,000卢布。第一个商人投资35,000卢布,第二个投资50,000卢布,第三个投资70,000卢布,问每个商人各得多少利润?

〔解答〕为了解答这个算题,首先必须算出他们哪一个投资最多,为此就要把那三个数字互相减一下,于是得出第三个商人投资最多,因为他拿出来的钱不是35,000,也不是50,000,而是70,000。好。现在我们要算一算他们每一个人分得多少,为此就得把8,000分成三份而让第三个商人分得最多的一份。这要用除法:8里有两个3即$3 \times 2 = 6$。好。8减6,余2。移下一个零来。20

---

① 玛依科夫(1821—1897),俄国诗人,"纯艺术"的拥护者。——俄文本编者注
② 指大仲马(1803—1870),法国作家,写过许多惊险小说。——俄文本编者注
③ 里瓦诺夫,19世纪60和70年代俄国的一个专写宗教界生活的作家。——俄文本编者注

减18,又余2。再移下一个零来,照这样一直算到完。结果我们得出 2,666⅔,那也就是所要算出来的答数,也就是每个商人分得 2,666⅔卢布,而第三个商人分得的一定略为多点。

(以上作业经查明确系原本,特此证明——契洪捷①)

---

① 契诃夫当时所用的一个笔名。

爸　　爸

　　像荷兰青鱼那么细长的妈妈,走到书房里去找像甲虫那样又胖又圆的爸爸,在门外咳嗽一声。临到她走进去,就有个使女从爸爸膝头上跳下来,溜到门帘背后藏起来了。妈妈对这件事毫不介意,因为她早已看惯爸爸这种小小的弱点,用凡是了解文明的丈夫的聪明妻子所应有的观点来看待那些弱点了。

　　"我的小圆饼,"她在爸爸膝头上坐下,说,"我是来找你商量事情的,我的亲人。你把嘴唇擦干净,我要吻你。"

　　爸爸眯巴着眼睛,用袖口擦嘴唇。

　　"你有什么事?"他问。

　　"是这么回事,小父亲。我们拿我们的儿子怎么办呢?"

　　"出什么事了?"

　　"你还不知道?我的上帝啊!你们这些做父亲的多么不关心呀。这真可怕!小圆饼,如果你不愿意……你不能做好丈夫,至少也总该做个好父亲嘛!"

　　"你那一套又来了。这种话我已经听过一千回了!"

　　爸爸做了个不耐烦的动作,妈妈差点从爸爸膝头上摔下来。

　　"你们这些男人都是这个样子,你们就是不爱听老实话。"

　　"你到底是来讲老实话的,还是讲儿子的?"

　　"算了,算了,我不说了。……小圆饼,我们的儿子又从学校里带回不好的分数来了。"

"哦,那又怎么样?"

"什么怎么样?要知道,那他就不能参加考试!他就不能升到四年级去了!"

"不升就不升。这也没什么大不了的。只要好好念书,在家里别淘气就行了。"

"可是要知道,小父亲,他都十五岁了!这么大岁数还能读三年级?你猜怎么着,那门可恶的算术又害他得了两分。……哎,这像什么样子?"

"应该揍他一顿,那就像样了!"

妈妈伸出小手指头去摸爸爸的肥嘴唇,她觉得自己在娇媚地皱起眉头。

"不行啊,小圆饼,你别跟我谈什么惩罚。……这不能怪我们的儿子。……这里头必是有人使坏。……我们的儿子,我们也用不着假谦虚,头脑挺聪明,不可能不懂这门愚蠢的算术。他全都懂,而且懂得很透,对这一点我是深信不疑的!"

"他是不懂装懂,就是这么的!他只要少淘点气,多念点书就成了。……你坐到椅子上去吧,我的小母亲。……我认为你坐在我的膝头上也不见得舒服呢。"

妈妈就从爸爸膝头上跳下来,她觉得自己迈着天鹅般的步子向圈椅那边走去。"上帝啊,多么没心肝!"她在圈椅上坐好,闭上眼睛,说,"是啊,你不喜欢儿子!我们的儿子这么好,这么聪明,这么漂亮。……那是人家使坏,使坏哟!不,他不应当留级,这我可不答应!"

"既然这个坏孩子学习差,你也只好随他去。……唉,你们这些做母亲的!……算了,你去吧,我在这儿还有点事……要办。……"

爸爸向桌子那边转过身去,低下头,凑近一张纸,同时像狗看菜碟似的,斜起眼睛看门帘。

"小父亲,我不走……我不走!我知道我惹得你厌烦了,不过你要忍耐一下。……小父亲,你务必到算术教员家里去一趟,叫他给我们的儿子批个好分数。……你应当对他说,我们的儿子很会做算术,不过他身体差,所以就不能使人人满意了。你得逼一逼那个教员才行。那么大个子还能再读三年级?你出把力吧,小圆饼!你猜怎么着,索菲雅·尼古拉耶芙娜认为我们的儿子挺像帕里斯①呢!"

"这话我听着倒挺光彩,可是我不去!我没有工夫去瞎胡闹。"

"不,你得去,小父亲!"

"我不去。……我说话算数。……是啊,你走吧,我的心肝。……喏,我这儿有件事要办。……"

"你得去!"

妈妈站起来,提高喉咙。

"我不去!"

"你得去!!"妈妈大叫一声,"要是你不去,要是你不肯怜惜你的独生子,那么……"妈妈尖声叫着,摆出发狂的悲剧演员的架式,用手指着门帘。……爸爸顿时发窘,心慌意乱,没来由地哼起歌来,并且赶紧脱下身上的便服。……每逢妈妈对他指着门帘,他老是张口结舌,变成十足的呆子。他让步了。他们就把儿子叫来,要他讲一讲情况。儿子却生气了,皱起眉头,蹙起前额,说是关于算术,他懂得的甚至比老师还多,至于这个世界上只有女学生、富

---

① 帕里斯,希腊叙事诗中特洛伊王披里安的儿子,诱拐斯巴达王麦尼劳斯的王后海伦,引起了特洛伊战争。

人家的子弟、马屁精才能得五分,那可不能怪他。他哇哇地哭着,把算术教员的住址详详细细说了一遍。爸爸就刮好胡子,拿起梳子理好秃顶上几根头发,打扮得很体面,动身去"怜惜他们的独生子"了。

按照大多数做父亲的惯例,他不经通报就闯进算术教员家里。照这样不经通报而直闯进去,什么事不能看见,什么话不能听见啊!他正好听见教员对他妻子说:"我为你花的钱可真太多了,阿莉雅德娜!……你那些任性的要求,简直没完没了!"他还看见教员太太扑过去,搂住教员的脖子,说道:"你原谅我吧!我倒没为你破费什么,不过我挺看重你呢!"爸爸发现教员太太好看得很,如果她穿戴整齐,倒不会这么迷人了。

"你们好!"他说着,满不在乎地走到那对夫妇跟前,停住脚,把两个鞋后跟碰一下,行了个礼。教员一时间愣住了,教员太太涨红脸,一溜烟跑到隔壁房间里去了。

"对不起,"爸爸含笑开口说,"我,也许,那个……多多少少打搅您了。……这我很明白。……您身体好吗?我荣幸地介绍一下我自己。……您看得明白,我不是庸庸碌碌的人。……好歹也算是个老军官呢。……哈哈哈!不过您也不用心慌!"

教员先生为顾全礼貌,脸上勉强笑一下,用手指指椅子。爸爸猛地转过身去,在椅子上坐下。

"我,"他接着说,掏出金怀表来让教员先生开开眼,"我是来找您谈谈的。……嗯,是啊。……您,当然,会原谅我。……要我文绉绉地讲话,我不在行。……我们这班人,您知道,都是无学不术①。哈哈哈。您念过大学吧?"

"是的,念过。"

---

① 应是"不学无术"。

"原来是这样!……嗯,是啊。……今天天气可真暖和啊。……您,伊凡·费多雷奇,给我那小儿子批了个两分。……嗯……是啊。……不过这也没什么,您知道。……不管是谁,该得什么就得什么。……该给甜头就给点甜头,该给苦头就给点苦头。……嘻嘻嘻!……不过,您要知道,这种事总还是叫人不痛快。难道我儿子不懂算术吗?"

"该怎么跟您说呢?倒不是他不懂,不过,您知道,他不用心。是的,他学得很差。"

"可是为什么他学得差呢?"

教员睁大眼睛。

"什么叫为什么?"他说,"因为他学得差,不用心呗。"

"得了吧,伊凡·费多雷奇!我的儿子用功得很。我自己都陪着他温课呢。……他天天熬夜。……他样样都懂得透。……哦,有的时候他不免淘气。……不过话说回来,这毕竟是因为年轻。……咱们谁没年轻过呢?我没打搅您吧?"

"好说,您这是哪儿的话?……我甚至很感激您呢。……你们这些做父亲的,都是我们教师的贵客。……另一方面,又表明你们十分信任我们。归根到底,顶要紧的就是信任。"

"当然了。……顶要紧的就是我们不要干预这种事。……那么我儿子不能升到四年级了?"

"是的。要知道,他全年总评,不光是算术这一门课得两分。"

"那我也不妨到别的教员那儿去一趟。哦,关于算术怎么办呢?嘻嘻嘻!……您能改一下吗?"

"我办不到,先生!"教员微微一笑,"我办不到!……我一直希望您儿子升级,我用尽了力气,可是您儿子不用心,还说顶撞人的话。……有好几次我跟他闹得很僵。"

"年轻嘛!有什么办法呢?您就给他改成三分算了。"

"我办不到!"

"何必呢,这都是小事嘛!……您跟我说什么呀?倒好像我不知道什么事能办,什么事不能办似的。这是能办的,伊凡·费多雷奇!"

"我办不到!别的得两分的学生会怎么说呢!这种事不管怎样改动,都不公道。真的,我办不到!"

爸爸挤了挤眼睛。

"可以办到的,伊凡·费多雷奇!我们不要多谈了!这又不是那种要说三个钟头废话的事。……请您告诉我,依您看来,依有学问的人看来,怎么才算公道呢?话说回来,你们的公道是怎么回事,我们可是心里有数的。嘻嘻嘻!您干脆说出来好了,伊凡·费多雷奇,不用转弯抹角了。说实在的,您是故意给他批两分的。……这哪里谈得上什么公道呢?"

教员瞪大眼睛,可是……到此为止,没有下文了。他为什么不生气呢?对我来说,这就永远是教员内心的秘密了。

"您是故意的,"爸爸接着说,"您等着客人上门呢。哈哈,嘻嘻!……那有什么不行的?就按您的意思办吧!……我同意。……该给甜头就给甜头嘛。……您要明白,我懂得在外头工作是怎么回事。……不管您怎么进步,可是……您知道,话说回来……嗯,是啊……旧风气总还是比什么都好,有益得多。……我呢,很高兴尽我的力量表一表我的心意。"

爸爸呼哧呼哧地喘气,从衣袋里取出钱夹来,抽出一张二十五卢布钞票,递到教员的手心里。

"请收下,先生!"

教员涨红脸,往后退缩,可是……到此为止了。为什么他不对爸爸指着房门,把他撵走呢?对我来说,这就永远是教员内心的秘密了。……

"您,"爸爸接着说,"也不用难为情。……说实在的,我全懂。……嘴里说不要,心里就一定要。……如今这年月,还有谁不要呢?不要,老兄,是不可能的事。……也许,这种事您还没干惯吧?请赏脸收下!"

"不,请看在上帝面上……"

"嫌少吗?哎,再多我却给不起了。……您收下吧!"

"求上帝怜恤吧,别这样!……"

"那就随您了。……不过呢,您务必把两分改一下!……倒不是我死乞白赖要求您,而是他母亲要这样。……她都急哭了,您要知道。……她害了心动过速症,另外还有别的病。"

"我十分同情尊夫人,可是我办不到。"

"要是我儿子不能升到四年级,那……会闹出什么事来?……嗯,是啊。……不,您就让他升级吧!"

"我倒高兴这样办,然而我办不到。……您抽烟吗?"

"多谢多谢①。……让他升级不碍事。……那么,您是几等文官②?"

"九等。……不过,论职位,我却是八等文官。嗯!……"

"哦。……那么,我跟您就算说妥了。……咱们一言为定,啊?行了吧?嘻嘻!……"

"我办不到,先生。您就是打死我,我也办不到!"

爸爸略微沉吟一下,想了想,然后又向教员先生进攻。这次进攻延续很久。教员不得不把他那句永不更改的话"我办不到"反复说上二十次。最后,爸爸惹得教员厌烦,弄得他难受极了。爸爸开始凑上去吻教员,又要求教员出题考他的算术,还讲了几个淫秽

---

① 原文为法语的俄语读音。
② 在帝俄时代,中学教员是文官。

的故事,态度放肆起来。这招得教员恶心了。

"万尼亚,现在你该出门了!"教员太太在另一个房间里叫一声。爸爸明白这是什么意思,就用宽阔的身体堵住门口,拦住教员先生的去路。教员筋疲力尽,开始唉声叹气。最后,他觉得想出一个绝妙的主意来了。

"这么办吧,"他对爸爸说,"只有等到我的同事们都在所教的课程方面把您儿子的分数改成三分,我才能改他的全年总评分数。"

"这可是真话?"

"是的,要是他们改了,我就也改。"

"那就一言为定!咱们来握握手!您可真是个好极了的人!那我就告诉他们说,您已经把分数改了。'大姑娘要嫁小伙子了!'我得请您喝一瓶香槟酒。不过,我什么时候能在他们家里找到他们呢?"

"现在去就成。"

"好,那么咱们,不用说,已经算是朋友了吧?往后您能到我家里去随意谈谈,坐上个把钟头吗?"

"遵命。祝您健康!"

"再见!① 嘻嘻嘻嘻!……啊,年轻人啊,年轻人!再见吧!……不消说,应该替您问候您那些同事先生吧?我一定转达就是。您也替我向您的太太敬意②。……您一定要来啊!"

爸爸把两个鞋后跟一碰,行了个礼,戴上帽子,一转眼就不见了。

"这个人挺不错,"教员先生瞧着走出去的爸爸后影,暗自想

---

① 原文为法语的俄语读音。
② 应是"致意"或"致敬"。

道,"这个人挺不错!他心里想什么,嘴里就说什么。他又单纯又善良,这是看得出来的。……我就喜欢这样的人。"

当天傍晚,妈妈又坐在爸爸膝头上了(不过她走后,那个使女就坐上去了)。爸爸对她保证说,"我们的儿子"一定会升级,又说要降伏有学问的人,与其用金钱去打动他的心,还不如先和颜悦色地笼络他,再彬彬有礼地步步进逼,掐住他的脖子不放。

一千零一种①激情,或恐怖之夜

仅有一卷的长篇小说并附尾声

献给维克多·雨果

在一百四十六名神圣殉教徒塔楼上,自鸣钟敲响午夜的时辰。我颤抖起来。时间到了。我急忙抓住泰奥朵的手,跟他一起走到街上。天空像印刷用的油墨那么黑。四下里黑得好比人们头上戴着的帽子的内腔。黑夜无异于胡桃壳里的白昼。我们把身上的斗篷裹紧,动身走去。狂风刮透我们的衣服。雨和雪,两个潮湿的弟兄,死命抽打我们的脸。尽管这是冬天,闪电仍然向四面八方划破天空。闪电像忽闪忽闪的天蓝色眼睛那样迷人,又像思想那样疾速,而它那威严雄壮的旅伴,轰雷,吓人地震撼着空气。泰奥朵的耳朵被电光照亮。圣爱尔玛之火②噼啪地响,飞过我们的头顶。我抬头看一眼。我索索地发抖。谁在大自然的宏伟面前能不发抖?好几个灿烂的流星在天空飞过。我开始数流星,一连数了二十八个。我对泰奥朵指一指流星。"不祥之兆啊!"他喃喃地说,

---

① 即"非常强烈的",因阿拉伯作品《一千零一夜》的意思是"无数的夜"。
② 即一种在雷雨中大气充电的现象:在尖顶物体上,特别是桅杆顶上,出现淡蓝色或淡红色亮光。

脸色惨白,有如喀拉拉①大理石雕像。风哀叫,呼啸,哭号。……风的哀叫声无异于良心淹没在滔天大罪中的哀叫声。我们旁边一幢八层楼的大厦被雷殛倒,燃起大火。我听见大厦里飞出呼号声。我们没有理会而照直走去。既然我胸中燃烧着一百五十所房子,我哪有心思去管那所房子?一口钟在空中不知什么地方敲响,声调悲凉,缓慢,单调。这是一场自然界的搏斗。似乎有些神秘的力量竭力造成这种吓人的自然界和声。那些力量是谁?将来会有人理解它们吗?

这是怯懦而又泼辣的幻想!!!

我们朝马车夫②叫喊。我们坐上轿车,急驰而去。马车夫就是风的弟兄。我们的马车不住地奔驰,犹如大胆的思想在神秘的脑回里遨游。我把一小袋黄金塞到马车夫手里。黄金帮着马鞭把马腿速度加快一倍。

"安东纽,你把我送到哪儿去啊?"泰奥朵哀叫道,"看上去你像恶毒的天才。……你的黑眼睛里闪着地狱的火光。……我害怕起来了。……"

可怜的胆小鬼!我一言不发。他爱她。她热烈地爱他。……我非杀死他不可,因为我爱她胜过爱我的生命。我爱她,我恨他。他必须在这个恐怖之夜送命,为他的爱情付出死亡的代价。爱和恨在我心里沸腾。它们就是我的第二生命。它们两姊妹同住在一个躯壳里,制造毁灭:它们是精神上的汪达尔人③。

"停车!"我等轿车驶到目的地,对马车夫说。我和泰奥朵跳下车来。月亮从乌云里冷冷地看我们一眼。月亮就是爱情和复仇的美妙时辰的公正沉默的见证。我俩有一个要死亡,它必须做见

---

① 意大利城名,以开采及加工白色大理石闻名,设有雕刻学院。
② 原文为法语的俄语读音。
③ 古代一个日耳曼部族,5世纪时侵占罗马,加以严重破坏。在此借喻"破坏者"。

证。我们面前有个深渊,是个看不见底的无底洞,好比丹瑙的犯罪的女儿的桶①。我们站在正要熄灭的火山口的边沿上。关于这个火山,民间流传着可怕的传说。我动一下我的膝盖,泰奥朵就一头栽下去,落进吓人的深渊。火山口无异于土地的嘴。

"该死的东西!!!"他大叫一声,回答我的诅咒。身强力壮的男子汉由于女人美丽的眼睛而把仇敌送进火山口里,这是一幅壮丽宏伟而又大有教益的图画!所缺的只有熔岩了!

马车夫。马车夫是命运为愚昧立下的塑像。打倒陈规旧套!马车夫跟着泰奥朵落进了深渊。我感到我胸膛里只剩下爱情。我扑倒在地,脸对土地,欢喜得哭起来。欢喜的眼泪来自热爱的心灵深处所发生的神的反应。马开始快活地嘶鸣。不做人而做马,那是多么难受!我把它们从兽类的悲惨生活里解脱出来。我送了它们的命。死亡既是枷锁,又是枷锁的解脱。

我走进"深紫色河马旅馆"里,喝下五大杯上等葡萄酒。

我报仇后过三个钟头,在她住处的门口站住。匕首,死亡的朋友,帮着我踏过尸首来到她的房门口。我开始倾听。她没睡着。她在幻想。我听着。她没开口说话。沉默持续四个钟头。四个钟头在热恋的人无异于四个一千九百年!最后她唤女仆。女仆从我面前走过。我凶恶地盯她一眼。她看到我的目光。她顿时神志昏迷。我把她杀死。与其活着而神志不清,不如死掉。"阿涅达!"她叫道,"怎么泰奥朵没有来?愁闷咬着我的心。一种沉重的预感压得我透不过气来。啊,阿涅达!你去找他。他现在大概跟那个不信神的、可怕的安东纽一块儿喝酒取乐呢!……上帝呀,我看见的是谁呀?!就是安东纽!"

---

① 希腊神话载,埃哥斯国王丹瑙共有五十个女儿,她们受父亲唆使,杀死了她们的丈夫,因此神命令她们向无底的桶(称"丹瑙女儿的桶")内注水。——俄文本编者注

我已经走进她的房间。她脸色惨白。……

"出去!"她叫起来。恐怖使她那高贵、美丽的面容变了样。

我看她一眼。目光就是灵魂的剑。她身子摇晃一下。她在我的目光里看清一切:泰奥朵的死亡、恶魔般的激情、一千种人类欲望。……我神态威严。我眼睛里闪着电光。我的头发一根根活动,直竖起来。她看见面前站着一个披人皮的恶魔。我看出她欣赏我。坟墓般的沉默和四目相视,持续大约四个钟头。雷声隆隆,她扑在我胸脯上。男人的胸脯就是女人的堡垒。我把她搂在怀里。我俩同声喊叫。她的骨头发出碎裂的响声。电流穿过我们全身。热烈的吻。……

她爱我身上的恶魔。我要她爱我身上的天使。"我拿出一百五十万法郎来散发给穷人!"我说。她爱上我身上的天使,哭起来。我也哭。什么样的眼泪!!!过一个月,圣契特与高尔坦济亚在教堂里举行庄严的婚礼。我娶她。她嫁给我。穷人们给我们祝福!她要求我宽恕我先前杀死的仇敌们。我宽恕了。我带着年轻的妻子动身到美洲去。我那满腔热爱的年轻妻子成为美洲原始森林里的天使,狮子和老虎纷纷朝拜她。我是年轻的老虎。我们婚后过三年,年老的我已经领着一个头发拳曲的小男孩跑来跑去。小男孩生得像母亲而不大像我。这惹得我生气。昨天我第二个儿子出世。……我快活得悬梁自尽了。……我第二个小男孩向读者诸君伸出小手,要求他们不要相信他爸爸的话,因为他爸爸不但没有儿女,甚至没有老婆。他爸爸怕结婚不下于怕火。我的小男孩没说谎。他是婴儿。你们要相信他。孩子的年龄是神圣的年龄。这些事从来也没发生过。……晚安。

吃　苹　果①

在攸克辛海②和索洛甫吉③之间,在相应的经度和纬度上,在一块黑土上,从很早的时候起就住着地主特利丰·谢敏诺维奇。特利丰·谢敏诺维奇的姓跟"叶斯捷斯特沃伊斯培达捷尔"这个词④一样长,来自一个很响亮的拉丁字,意指人类为数众多的美德当中的一种。他那块黑土共有三千俄亩。他的田产,唯其是田产,而他又是地主,所以早就抵押出去,已经在出售。田产的出售早在特利丰·谢敏诺维奇还没秃顶的时候就已经开始,却一直拖到现在都没解决,由于银行的轻信和特利丰·谢敏诺维奇的诡谲而进行得极不顺利。那家银行迟早会倒闭了事,因为特利丰·谢敏诺维奇,如同他那类人一样(那类人多得不计其数),卢布倒收下了,利息却不付,即使有时候付一点,也是为了面子,敷衍一下,犹如善心人为亡魂的安宁和建造教堂而拿出一个戈比一样。假如这个世界不是这样的世界,而是给每样东西都起上表里相符的名字;那么,特利丰·谢敏诺维奇就不会叫特利丰·谢敏诺维奇,而要另外

---

① 原题是《由于苹果》。
② 古希腊人对俄国南方的黑海的称呼。——俄文本编者注
③ 疑指俄国北方白海的索洛韦次群岛。"在攸克辛海和索洛甫吉之间"的意思大概是"在俄国的南方和北方之间"。
④ 这个词意为"博物学家"。

换个名字,就会用统称牛马的名字称呼他了。老实说,特利丰·谢敏诺维奇是地道的畜生。我想请他本人同意这一点。要是这个请求传到他那里(他偶尔也读一读《蜻蜓》①),他多半不会生气,因为他是通情达理的人,会完全同意我的见解,而且或许到秋天,他还会出于慷慨而从他那些安敦诺夫卡苹果②里拣出几十个来派人送给我呢,因为我没把他的长姓公之于世,这一回只限于提到他的本名和父名而已。我不打算描写特利丰·谢敏诺维奇的全部美德:这个题目写起来太长了。要想把整个特利丰·谢敏诺维奇连胳膊带腿一齐容纳在一篇作品里,那就至少得写出欧仁·苏③所写的《永久的犹太人》④那样又厚又大的书才成。我不想涉及他打牌的骗人手法,也不想涉及他为了不还债和不付利息而耍的各种手腕,更不想涉及他戏弄教士和诵经士的那些把戏,甚至也不想涉及他按该隐和亚伯⑤时代的打扮⑥骑马跑遍全村的漫游,而只限于描写一个小小的场面来表明他对人的态度。他凭四分之三世纪的经验,编了一段绕口令来称赞这种态度:"乡巴佬,糊涂蛋,怪娘们儿,傻瓜蛋,一'耍傻瓜'⑦准输钱。"

有一天早晨风和日丽(那是在夏末季节),特利丰·谢敏诺维奇走进他茂盛的园子,顺着那些长长短短的林荫路散步。凡是能激发诗人先生们诗兴的东西,大量散布在他的四周,比比皆是。它们似乎在说话和唱歌:"来,拿去吧,人啊!趁秋天还没有来,尽情观赏吧!"然而特利丰·谢敏诺维奇却无心观赏,因为他根本不是

---

① 这篇小说发表在彼得堡幽默杂志《蜻蜓》1880年第33期上。
② 俄罗斯的一种晚熟的黄绿色苹果。
③ 欧仁·苏(1804—1857),法国作家,写过许多篇幅极大的长篇小说。
④ 欧仁·苏的这个长篇小说原名《流浪的犹太人》。
⑤ 据《旧约·创世记》载,该隐和亚伯是上帝所创造的第一个人亚当的儿子。
⑥ 即赤身露体。
⑦ 一种纸牌戏。

诗人。再者,这天早晨他的灵魂正特别热衷于领略冬眠的味道,每逢他打牌输了钱,他的灵魂就总会有这样的感受。特利丰·谢敏诺维奇那忠心的雇工卡尔普希卡跟在他身后走,这个六十岁左右的老家伙不住往两边张望。卡尔普希卡在美德方面几乎超过特利丰·谢敏诺维奇本人。他擅长把皮靴擦亮,更擅长把多余的狗勒死,不管什么人的什么东西,见着就偷,至于做起暗探来,谁也比不上。合村的人由文书带头,一概叫他"狗腿子"。很少有一天农民和邻居不向特利丰·谢敏诺维奇抱怨卡尔普希卡的秉性和作风的,可是这些抱怨始终是白费,因为在特利丰·谢敏诺维奇庄园的经营管理上,他是谁也不能代替的人。特利丰·谢敏诺维奇每次出外散步,老是把忠心的卡尔普[1]带在身边,这样可以少遇到点危险,多添点快乐。卡尔普希卡有一肚子说不完的逸闻、俏皮话、笑谈,要他不讲是办不到的。他总是讲这讲那,只有听人家讲有趣的故事的时候才停住嘴。在上述这天早晨,他跟在主人身后走着,对主人讲起一件事,唠叨很久,说是有一天,两个戴白帽子的中学生带着枪支经过这个园子,要求他卡尔普希卡把他们放进园子里来打猎,又说两个中学生拿出半卢布银币引诱他,可是他很明白他是为谁工作的,就愤慨地拒绝收下银币,却把卡希坦和谢尔克[2]放出去咬中学生。他讲完这件事后,本来想把村里医士可恶的生活方式加油添醋地描绘一番,然而这件事没有办成,因为从苹果树和梨树的密林那边有一种可疑的沙沙声传到卡尔普希卡耳朵里来了。听见沙沙声,卡尔普希卡停住嘴,竖起耳朵,开始倾听。他断定确实有沙沙声,而这沙沙声又确实可疑,就拉住他主人的衣襟,箭也似的向沙沙声那边蹿过去。特利丰·谢敏诺维奇预感到出了小乱

---

[1] 卡尔普是正名,卡尔普希卡是卑称。
[2] 两条狗的名字。

子,就抖擞精神,赶紧迈动两条老腿,踩着碎步,跟着卡尔普希卡跑过去。他们果然没有白跑一趟。……

园子边上一棵枝桠茂密的老苹果树底下,有个农村姑娘站在那儿,嘴里嚼着东西。她身旁有个年轻的、宽肩膀的小伙子跪在地上,爬来爬去,捡起由风刮到地下来的苹果。他把不熟的丢到灌木丛里去,把熟的亲热地送到他的杜尔西内娅①宽阔而灰白的手心里。杜尔西内娅分明不怕她的肠胃消受不了,吃个不停,津津有味。小伙子又是爬,又是捡,完全忘掉自己,心目中只有杜尔西内娅一个人了。

"你从树上摘呀!"姑娘小声怂恿道。

"我害怕。"

"有什么可怕的?! 狗腿子多半到酒店里去了。……"

小伙子就站起来,往上一跳,从树上摘下一个苹果来,递给姑娘。可是小伙子和他的姑娘,如同往昔的亚当和夏娃一样,没有由这个苹果得到幸福②。姑娘刚刚咬下一小块,把它递给小伙子,他俩刚刚感到舌尖上有酸涩的味道,他们的脸就变了样子,随后就拉长、惨白了……这倒不是因为苹果酸,而是因为他们看见面前出现了特利丰·谢敏诺维奇严厉的脸和卡尔普希卡幸灾乐祸的笑脸。

"你们好哇,亲人们!"特利丰·谢敏诺维奇往他们那边走去,说道,"怎么样,在吃苹果吗? 我大概没有打搅你们吧?"

小伙子脱掉帽子,低下头。姑娘开始瞧她的围裙。

"啊,你身体好吗,格利果利?"特利丰·谢敏诺维奇对小伙子说,"你日子过得怎么样,小伙子?"

---

① 杜尔西内娅,西班牙作家塞万提斯所著《堂吉诃德》中堂吉诃德的情人,在此借喻"情人"。
② 《旧约·创世记》称,上帝创造了第一个男人亚当和第一个女人夏娃后,不许他们吃分辨善恶树上的果子,后来他们因偷吃而遭到惩罚。

"我只拿了一个,"小伙子支吾道,"而且是在地上捡的。……"

"啊,那么你身体好吗,小宝贝儿?"特利丰·谢敏诺维奇问姑娘说。

姑娘越发专心地盯住她的围裙。

"嗯,你们还没成亲吧?"

"还没有。……我们,老爷,说真的,只拿了一个,就连……那个……"

"好,好。好小子。你识字吗?"

"我不识。……说真的,老爷,我们只拿了一个,而且是在地上捡的。"

"字你不识,偷东西你倒会。不过呢,那也行,就连这个也得谢谢上帝呢。有了本事总不能丢开不用。那么你早就开始偷东西了吗?"

"难道我这算是偷还是怎么的?"

"哼,瞧瞧你那个可爱的未婚妻,"卡尔普希卡对小伙子说,"她干吗这样心事重重,一副可怜相? 莫非你不大爱她了?"

"住嘴,卡尔普!"特利丰·谢敏诺维奇说,"来,格利果利,你给我们讲个故事吧。……"

格利果利嗽一下喉咙,笑了笑。

"我,老爷,不会讲故事,"他说,"再说,莫非我真要拿您的苹果还是怎么的? 倘或我想要,我也会花钱买的。"

"你有很多钱,亲爱的,我很高兴。好,给我们随便讲个什么故事吧。我在听,卡尔普在听,你那漂亮的未婚妻也在听。你别不好意思,胆子放大点嘛! 敢做贼,胆子一定大。不是这样吗,我的朋友?"

接着,特利丰·谢敏诺维奇把阴险的眼睛盯住落网的小伙子。……小伙子的额头上冒出汗来了。

"您,老爷,还是叫他唱歌的好。他这个傻瓜哪会讲故事呢?"卡尔普希卡用讨厌的男高音刺耳地说。

"住嘴,卡尔普,让他先讲个故事。喂,讲啊,亲爱的!"

"我不会。"

"你真不会?可是偷东西你倒会?第八诫①是怎么说的?"

"您干吗问我这些?我怎么知道呢?说真的,老爷,我们只吃了一个苹果,就连这个也是在地上捡的。……"

"讲故事!"

卡尔普希卡动手拔下荨麻②来。小伙子很清楚地知道准备下荨麻是干什么用的。特利丰·谢敏诺维奇,跟他那类人一样,是横行霸道、肆无忌惮的。他捉到贼,要么就把他关在地窖里囚禁一昼夜,要么就用荨麻抽一顿,要么就放他逃生,只是事先把他的衣服剥光。……您觉得这种事新奇吗?可是有些地方,有些人,却认为这种事像平板大车那样稀松平常,自古就有呢。格利果利斜起眼睛看了看荨麻,踌躇一下,咳嗽几声,这才开口说话,然而不是讲故事,却是把故事挤出来。他不住地清嗓子,冒汗,咳嗽,不时擤鼻涕,讲起很早以前俄国的勇士们怎样痛打柯谢依③之流,怎样娶美女为妻。特利丰·谢敏诺维奇站在那儿听着,眼睛一刻也不放松讲故事的人。

"够了!"他等到小伙子把故事完全挤完,扯起题外的废话来,就说。

"你讲得很不坏,不过偷起东西来更高明。喂,还有你,美人儿……"他转过脸去对姑娘说,"你把祷告辞背一遍!"

美人儿涨红脸,屏住呼吸,背一遍祷告辞,声音小到几乎听不见。

"好,那么第八诫是怎么说的?"

"莫非您以为我们拿了很多还是怎么的?"小伙子回答说,绝

---

① 据基督教传说,神为人立下十诫,其中第八诫是"不可偷盗",详见《旧约·出埃及记》。
② 一种带刺的野生植物。
③ 俄罗斯童话中恶毒的老头,生得又老又干瘪,据说他拥有宝藏和长生秘方。

望地挥一下手,"要是您不信,那我敢凭十字架赌咒!……"

"不好啊,亲人儿,你们连十诫都不知道。应当教一教你们才是。美人儿,是他教你偷东西的吧?你干吗不吭声呀,小天使?你得答话。说呀!不吭声吗?不吭声就是同意的表示。好吧,美人儿,那你就把你那漂亮小伙子打一顿,因为他教你偷东西嘛!"

"我不。"姑娘嘟哝说。

"你稍微打他几下就行。对蠢货得教训一下。打他,我的小宝贝儿!你不愿意?好,那我就要吩咐卡尔普和玛特威拿荨麻来略微打你几下了。……你愿意吗?"

"我不。"

"卡尔普,到这儿来!"

姑娘就赶紧跑到小伙子跟前,打他一个耳光。小伙子傻笑一下,然后就哭了。

"好样的,美人儿!那你再揪他的头发!你倒是伸手啊,我的小宝贝儿!你不愿意?卡尔普,到这儿来!"

姑娘就揪她未婚夫的头发。

"你别抓住不放,那样他就太痛了!你拽着他走!"

姑娘动手拽他。卡尔普希卡乐得忘乎所以,扬声大笑,嘎嘎地叫起来。

"行了,"特利丰·谢敏诺维奇说,"多谢你惩罚了坏人坏事,小宝贝儿。喂,"他转过脸去对小伙子说,"该你教训你的小妞儿了。……刚才是她教训你,现在该你教训她了。……"

"说真的,老爷,您想的可是太奇怪了。……我为什么要打她呢?"

"什么叫'为什么'?她不是打了你吗?那你就该打她嘛!这对她会有益处的。你不肯?那就算了。卡尔普,叫玛特威来!"

小伙子就啐口唾沫,噢一噢喉咙,把未婚妻的辫子捏在手心里,开始惩罚坏人坏事。他只顾惩罚坏人坏事,自己也没觉得就打红了眼,入了迷,却忘记他所打的并不是特利丰·谢敏诺维奇,而是自己的未婚妻了。姑娘哇哇地哭。他打了她很久。要不是特利丰·谢敏诺维奇的俊俏的女儿萨宪卡从灌木丛中跳出来,我都不知道这件事会怎样结束了。

"爸爸,去喝茶吧!"萨宪卡叫道。她看见爸爸玩的把戏,放声大笑。

"够了!"特利丰·谢敏诺维奇说,"现在你们可以走了,好人儿。再见吧!等你们办喜事的时候,我打发人给你们送苹果去。"

接着特利丰·谢敏诺维奇对两个受完惩罚的人深深鞠躬。

小伙子和姑娘理好自己的头发,走了。小伙子往右走,姑娘往左走,而且……到今天为止,再也没见过面。要不是萨宪卡跑来,恐怕小伙子和姑娘就难免要尝尝荨麻的味道了。……这就是特利丰·谢敏诺维奇在老年消愁解闷的办法。他家里的人也都跟他差不多。他的女儿们养成习惯,老是在"地位低下"的客人帽子上拴上蒜头,遇到这类客人喝醉酒,就用粉笔在他们背上写上大字:"春驴①"或者"傻瓜"。他的小儿子米嘉是退役的少尉,有一年冬天胡闹得比他爸爸还厉害:他伙同卡尔普希卡在一个退伍士兵的大门上涂抹煤焦油,因为这个兵不肯把一只狼崽子送给米嘉,还因为这个兵似乎指使他的女儿们拒绝收下退役的少尉先生所送的蜜糖饼干和糖果。……

既然如此,试问怎么能把特利丰·谢敏诺维奇叫做特利丰·谢敏诺维奇!

---

① 应是"蠢驴"。

婚　　前

　　上星期的星期四,波德扎狄尔金娜姑娘在她可敬的父母家里被宣布为十四等文官纳扎利耶夫的未婚妻。订婚典礼办得再体面也没有了。来宾们喝掉两瓶拉宁牌香槟酒和一个半维德罗①的白酒。小姐们喝光一瓶拉斐特红葡萄酒。未婚夫和未婚妻的爹娘都在恰当的时候哭了一场,未婚夫和未婚妻都欣然接吻。一个八年级中学生所致的祝词里有这样的外国话:"啊,时代呀,啊,风尚呀!"②和"未来的一对好夫妇万岁!"③而且念得很漂亮。生着棕红色头发的万卡·斯梅斯洛玛洛夫正等候抽签④,干脆丢下正事不做,这天拣个最适当的时候,"抓紧机会"拉开架式,大演可怕的悲剧,揉乱大脑袋上的头发,用拳头捶膝盖,大叫一声:"他妈的,我爱她,爱她呀!"这一下逗得姑娘们乐不可支。

　　波德扎狄尔金娜姑娘唯其没有什么出众的地方,才显得出众。她的智慧谁也没见识过,谁也不知道,因而关于这一点,也就无话可说。她的外貌极其平常:鼻子像爸爸,下巴像妈妈,眼睛像猫,胸部也不怎么起眼。弹钢琴她是会的,可是要按乐谱弹就不成了。她常在厨房里帮妈妈做饭,天天穿着束腰的紧身衣,遇到持斋的日

---

① 俄国液量名,1维德罗等于12.3公升。
②③ 原文为拉丁语。
④ 指兵役的抽签,中签者就服兵役。

子吃不来素食,认为会用ѣ这个字母①就是天大的学问。人世间她最喜爱的莫过于体态端正的男人和罗兰这个名字。

纳扎利耶夫先生是个中等身材的男人,生一张任什么表情也没有的白脸,头发卷曲,后脑勺扁平。他在某处工作,薪金少得可怜,几乎连买烟草都不够用。他身上老是带着蛋制香皂和石炭酸的气味,自以为是了不起的猎艳家,说话的嗓门很高,一天到晚大惊小怪,讲起话来唾星四溅。他喜欢打扮,对父母态度傲慢,不论见着哪个小姐,总要对她说:"您多么纯朴啊!您应该常读文学作品才是!"世界上他最喜爱的是他自己写出来的那笔字、《娱乐》杂志②、走起路来吱吱嘎嘎响的皮靴,不过,他最最喜爱的还是他自己,特别是他陪着姑娘们闲坐,喝着加糖的茶,激烈地否认魔鬼存在的时候他自己的那种神态。

波德扎狄尔金娜姑娘和纳扎利耶夫先生就是这样的两个人!

举行订婚典礼后,第二天早晨,波德扎狄尔金娜姑娘从睡梦中醒来,就有一个厨娘来叫她到妈妈那儿去一趟。妈妈躺在床上,对她作了如下的一番训诲:

"你今天穿毛料的连衣裙干什么?今天满可以穿薄纱的嘛。我脑袋好痛呀,痛得要命!昨天,秃头的丑八怪,也就是你父亲,居然开了个玩笑。我才不赏识他那些荒唐的玩笑呢。他端给我一个酒杯,里边不知盛着些什么东西。……'你喝吧。'他说。我以为杯子里是酒,就一口气喝干了,不料杯子里装的是酸醋和青鱼的油。这就是他开的玩笑,醉醺醺的丑八怪!他,流口水的老东西,专叫人出洋相!你昨天高高兴兴,也没哭一场,这可叫我大吃一

---

① 一个俄语字母,现已废弃不用,读音与另一个字母 e 相同,因而在拼写时容易与它混淆。
② 当时在莫斯科出版的一种幽默杂志。

惊,闹不清是怎么回事。有什么可高兴的?莫非你拾到了钱还是怎么的?我不懂!大家都会认为你是因为就要离开爹娘的家才高兴的。恐怕事情也真是这样吧。什么?爱情?这哪儿谈得上什么爱情?你根本就不是出于爱情而嫁给他的,无非是贪图他的官品罢了!怎么,难道不是这样?没错儿,这是实情嘛。我呢,我的孩子,我可不喜欢你那口子。他太高傲,自高自大。你可得降伏他。……什么?你别胡思乱想了!……过不上一个月,你们就会打起架来:他就是那号人,你也是那号人。只有姑娘家才喜欢结婚,其实结婚没什么好处。我自己就经历过,我知道。你活下去,也总有一天会明白。你别把身子这么转来转去,你就是不这么转动,我的头也已经够晕的了。男人全是蠢货,跟他们一块儿生活可不很舒服呢。你那口子,虽然把头抬得老高,其实也是个蠢货。你别太顺着他,别样样事情都依他,也别太尊重他,千万千万。遇事你该找你妈商量。不管出了点什么事,你就赶紧来找我。没有问过你妈,你什么事也别办,上帝保佑你吧!丈夫出不了什么好主意,不会教你干什么好事,老是只顾他自己的好处。这你得明白!你父亲的话也别太听。你可别请父亲到你家里去住,说不定你会一时糊涂……冒冒失失请他去的。他去了,就会一个劲儿地盘算他们。他就会一连多少天坐在你们家里不走,可你们要他干什么用?他少不了跟你们要酒喝,吸你丈夫的烟叶子。他虽说是你父亲,却是个行为不好、对人有害的人。他这个坏心眼的家伙,相貌倒挺忠厚,可是他的心别提多狡猾了!他会开口跟你们借钱,那你可别给他,因为他虽是九等文官,却是个滑头,借了钱就不还。你听,他在哇哇地嚷,他在叫你呢!那你到他那儿去吧,不过我刚才说他的那些话,可别告诉他。要不然他马上就要缠住我不放,这个基督徒里的混蛋,巴不得叫他挺了尸才好!趁我的心脏还没出毛病,你就去吧!……你们这些冤家啊!我死了,你要记住我的话!

45

殉教徒呀！"

波德扎狄尔金娜姑娘离开她的母亲，往爸爸的房间走去。这时候，爸爸坐在床上，往他枕头上撒波斯粉①。

"我的女儿！"爸爸对她说，"你打算跟纳扎利耶夫先生这样聪明的先生结成夫妇，我很高兴。我对这桩婚事很高兴，完全赞成。你嫁给他吧，我的女儿，不用害怕！婚姻是极其庄严的事，所以……哎，说这些有什么意思呢？你好好生活，生儿养女，繁殖后代吧。求上帝赐福给你！我……我……哭了。不过，流泪是没有什么用处的。人的眼泪是什么？无非是懦弱的精神病学②，如此而已！我的女儿，你要听我的忠告！不要忘了你的双亲啊！对你来说，丈夫不如你的双亲好，真的不如！丈夫所看中的只不过是你物质性的美丽罢了，我们却喜欢你这整个人。你的丈夫看中你什么呢？看中你的性格？看中你的善良？看中你的感情的表征？不是的，小姐！他爱你是贪图你的陪嫁。要知道，我们给你的陪嫁，我的小宝贝儿，可不是什么一文半文的钱，而是整整一千卢布！你得明白这一点！纳扎利耶夫先生是非常好的先生，可是你尊敬他不要胜过尊敬你的父亲。他会迷恋你，不过他不会成为你真正的朋友。将来他少不了会……不，还是不说为妙，我的女儿。你母亲的话呢，你要听，我的小宝贝儿，可是要当心。她是个善良的女人，然而表里不一，思想放肆，为人轻浮，装腔作势。她是个高尚而诚实的人，可是……滚她的吧！你的父亲，你生命的始作俑者，给你提出的这种忠告，她就提不出来。你可别把她接到你家里去住。丈夫总是不喜欢丈母娘的。我自己就不喜欢我的丈母娘，非常不喜欢，所以不止一次斗胆在她的咖啡里撒上烧焦的软木塞粉末，结

---

① 一种消灭臭虫的药粉。
② 应是"心理表现"。下文还有一些为了掉文而措辞不当的地方，不再一一注出。

果闹出了极其堂皇的奇观。少尉玖木布木本契科夫就为丈母娘受过军事审判。难道你不记得这件事了？不过,当时你还没出世呢。要紧的是不管在什么地方,不管遇上什么事,你的父亲总能出主意。这你得明白,你要专听你父亲一个人的话。还有,我的女儿。……欧洲文明在妇女阶级当中培养了反对派,她们认为女人生孩子越多越糟。这是胡说！故事诗！父母生孩子越多越好。可是,不对！不是这么回事！完全相反！我弄错了,小宝贝儿。孩子越少才越好。这是我昨天在报章杂志上读到的。一个姓马尔萨斯①的人写了那么篇文章。对了。有人坐马车来了。……嘿！就是你的未婚夫！真是阔气呀,这个精灵鬼,调皮家伙！好一个男子汉！简直是个地道的瓦尔特·司各特②呢！去吧,小宝贝儿,你去招待他,趁这时候我也好穿上衣服。"

纳扎利耶夫先生坐着马车来了。他的未婚妻迎接他,说道:

"请坐,不要客气！"

他两次把右脚的靴后跟碰响左脚的靴后跟,然后在未婚妻身旁坐下来。

"您过得好吗？"他用平素那种随随便便的态度开口说,"您睡得怎么样？我呢,您要知道,可是通宵都没有睡。我在读左拉的作品,同时心里想着您。您读过左拉吗？真的没读过？哎呀呀！这简直是犯罪啊！那是一个文官借给我看的。写得棒极了！我借给您读吧。啊！但愿您能看懂才好！我体验到种种您从没体验过的感情！请容许我亲一亲您！"

纳扎利耶夫先生欠起身子,吻一下波德扎狄尔金娜姑娘的下嘴唇。

---

① 马尔萨斯(1766—1834),英国经济学家,《人口论》的作者。
② 瓦尔特·司各特(1771—1832),英国历史小说作家。

"您家里人都在哪儿?"他继续说,越发随便了,"我得见一见他们。老实说,我有点生他们的气。他们把我骗得好苦。您要注意。……先前您爸爸告诉我说他是七等文官,可是现在才弄明白,原来他不过是个九等文官罢了。嗯!……难道可以这样吗?其次……他们本来答应给您一千五的陪嫁钱,可是昨天您的妈妈对我说,我至多只能拿到一千。这岂不是混账?彻尔克斯人①是喝血的民族,可是这样的事就连他们也干不出来。我可不容许人家欺骗我!你什么事都可以干,可就是别碰我的自尊心和忘我精神!这不近人情!这不合理!我是个老实人,所以不喜欢不老实的人!我这个人什么都不计较,可就是别对我耍花招,别放冷箭,要本着人的良心办事!就是这么的!连他们的脸也那么土里土气!那算是什么脸?简直不成其为脸!请您原谅我,反正我对他们生不出亲戚的感情来。是啊,等我们结了婚,要好好管教他们。那种称王称霸、蛮不讲理的作风,我可不喜欢!我虽然不是怀疑主义者,也不是犬儒主义者②,不过我毕竟也还受过一点教育。我们要好好管教他们!我的父母早就对我服服帖帖了。怎么,您已经喝过咖啡了?还没有?好,那我就跟您一块儿喝他个痛快吧。您给我拿支纸烟来,我把我的烟叶忘在家里了。"

他的未婚妻走出去了。

这是在婚前。……至于婚后会怎么样,我想,那就不单是先知和梦游者③才能知道了。

---

① 俄国的一个少数民族,居住在高加索北部。
② 借喻他还不是一个学问渊博的人。
③ 按照俄国的迷信说法,梦游者有一种神秘的能力,能够解答人们的一切问题。

一八八一年

圣 彼 得 节[①]

  这个日子使人望眼欲穿,很久以来就连做梦都梦见,现在终于露出曙光了,六月二十九日终于来临了,猎人先生们万岁!!……这个使人忘却债务、虫豸、昂贵的伙食、丈母娘以及年轻的妻子们的日子,这个对禁止狩猎的乡村警察先生不妨做二十次鬼脸以示轻蔑的日子,终于来临了。……

  天空的繁星,颜色发白,开始黯淡。……有些地方响起了说话声。……从乡间烟囱里冒出刺鼻的蓝灰色浓烟。……灰白色钟楼上出现一个还没完全睡醒的教堂工友,敲响大钟,召唤人们去做弥撒。……守夜人躺在树底下,伸开四肢,发出鼾声。松雀纷纷醒来,蹦蹦跳跳,从园子这头飞到那头,叫出一片谁也受不了的、惹人厌烦的啾啾声。……金莺在乌荆子的灌木丛中唱起来。……椋鸟和戴胜鸟在仆人下房上面喊喊喳喳地叫。一场不收费的清晨音乐会开始了。……

  两辆三套马的马车驶到退役的近卫军骑兵少尉叶果尔·叶果雷奇·奥勃捷木彼兰斯基的房子门廊跟前。门廊东倒西歪,两旁长满带刺的荨麻,像画里一样。房子里和院子里掀起轩然大波。所有的活人都在叶果尔·叶果雷奇四周走来走去,东奔西跑,所有

[①] 基督教节日,在俄旧历 6 月 29 日。按俄国习俗,狩猎的季节从这一天开始。

的楼梯上、堆房里、马棚里都响起脚步声。……有一匹辕马从车上换下来。马车夫们的帽子从头顶上掉下地。跟班的听差卡特金把射出红光的提灯举到鼻子底下。厨娘们让人骂做"死尸"。恶魔和他的小鬼的名字满天飞。……不出五分钟，两辆旅行马车就装满毯子、车毯、食品袋、枪套等。

"准备停当了，老爷！"阿瓦库木用男低音喊道。

"请吧！准备停当了！"叶果尔·叶果雷奇用悦耳的声调喊道。接着门廊上出现一大群人。头一个跳上车的是年轻的医生。随后，阿尔汉格尔斯克城的小市民库兹玛·包尔瓦登上车，这人是个小老头，脚上穿着平底皮靴，头上戴着棕红色高礼帽，身后背着二十五磅重的双筒枪，脖子上生着黄绿色斑点。包尔瓦是平民，然而地主先生们尊重他的高龄（他是上个世纪末诞生的①），佩服他本领高强，一枪能打中丢到半空中的二十戈比银币，就不嫌弃他的平民身份，带着他一块儿去打猎了。

"请，大人！"叶果尔·叶果雷奇对一个白发苍苍的矮胖子说，这人穿着白色军服，纽扣发亮，脖子上套着安娜十字勋章，"您略微挪动一下，大夫！"

这个退役的将军嗽了嗽喉咙，伸出一只脚去踩在踏板上，由叶果尔·叶果雷奇搀上车去。他用肚子顶一下医生，在包尔瓦身旁沉甸甸地坐下去。将军的小狗白费劲和叶果尔·叶果雷奇的猎狗音乐家跟在将军后面也跳上车去。

"嗯……那个，小伙子……万尼亚！"将军对他的外甥说，那人是个年轻的中学生，背上背着很长的单筒枪，"你可以坐在这儿，就在我旁边。你上这儿来！对。……就是这儿。别淘气了，我的朋友！马可能受惊呢！"

---

① 这篇小说写于1880年，因此下文说他九十岁。

万尼亚再一次对着辕马鼻子喷一口他嘴里的烟雾,就跳上旅行马车,把包尔瓦从将军身旁挤开,转一个身,坐下。叶果尔·叶果雷奇在胸前画个十字,挨着医生坐下。万尼亚的中学校里又高又瘦的数理教员曼热先生,登上赶车的座位,同阿瓦库木坐在一起。

头一辆旅行马车坐满人了。第二辆旅行马车开始装人。

"都坐好了!"叶果尔·叶果雷奇看见其余的八个人和三条狗在第二辆马车周围和附近经过长久的争执和奔跑以后终于坐上车,就叫道。

"都坐好了!"客人们叫道。

"行了吧?那么,就是说,可以动身了吧,大人?主啊,求你赐福吧。赶车,阿瓦库木!"

头一辆马车摇晃一下,离开原地走了。第二辆马车装满最热心的猎人,摇晃一下,死命地吱呀一响,向旁边拐个小弯,抢到头一辆马车前面,往大门口驶去。猎人们不约而同地微微一笑,高兴得拍起手来。大家都感到仿佛到了七重天上,然而……恶毒的命运啊!……他们还没来得及走出院子,就出乱子了。……

"停车!等一下!停车!!!"从两辆三套马的马车后边传来尖声的男高音。

猎人们回头一看,顿时脸色煞白。原来马车后面追来一个全世界最难缠的人,全省闻名的爱闹事的家伙,就是叶果尔·叶果雷奇的哥哥,退役的海军中校米海·叶果雷奇。……他拼命挥动胳膊。马车停住了。

"你要干什么?"叶果尔·叶果雷奇问。

米海·叶果雷奇跑到马车跟前,登上踏板,对叶果尔·叶果雷奇抢拳头。猎人们嚷起来。

"这是怎么回事?"涨红脸的叶果尔·叶果雷奇问。

53

"是这么回事,"米海·叶果雷奇嚷起来,"你是犹大,是畜生,是猪猡!……他是头猪,大人!你为什么不叫醒我?为什么你不叫醒我,蠢驴,我问你,可恶的坏蛋?对不起,诸位先生。……我没什么。……我只是要教训他一下!你为什么不叫醒我?你不愿意带我去?我碍你的事?他昨天傍晚故意灌我不少酒,当是我今天会睡到十二点钟才醒!好小子!对不起,大人。……我只是想给他……一个嘴巴子。……对不起!"

"您上这儿来干什么?"将军叫道,摊开两只手,"莫非您没看见这儿没有空位子吗?您也未免太……对不起……"

"你用不着骂人,米海!"叶果尔·叶果雷奇说,"我没叫醒你是因为你没有必要跟我们一块儿去。……你又不会放枪。那你去干什么?去捣乱?反正你不会放枪嘛。"

"我不会?我不会放枪?"米海·叶果雷奇喊得那么响,连包尔瓦都捂住耳朵了,"不过,既是这样,大夫去干什么?他也不会放枪!他比我会放吗?"

"他说的对,诸位先生!"医生说,"我是不会放枪,我连枪都不会拿。……我听见枪声就受不了。……我不知道你们为什么把我带去。……何苦呢?让他坐我的位子吧!我不去了。这儿有空位子,米海·叶果雷奇!"

"听见没有?听见没有?你干吗要把他带去?"

医生站起来,分明打算下车。叶果尔·叶果雷奇揪住医生的衣襟,拉他坐下。

"可是……别扯破我的上衣!这件衣服值三十卢布呢。……您放我走吧!总之,诸位先生,我请你们今天不要跟我谈话。……我心绪不好,我会干出自己也不乐意干的扫兴事来。放我走,叶果尔·叶果雷奇!您坐到我的位子上来,米海·叶果雷奇!我要去睡觉了!"

"您非去不可,大夫!"叶果尔·叶果雷奇说,没有松开他的衣襟,"您保证过您一定去的!"

"那是被逼无奈才做的保证。您何苦要我去,何苦呢?"

"这里头有个原故,"米海·叶果雷奇逼尖喉咙叫起来,"他是要您别留下来跟他老婆在一起!原故就在这儿!他吃您的醋呢,大夫!您别去,好朋友!您偏不去!他吃醋,真的吃醋了!"

叶果尔·叶果雷奇脸涨得通红,捏紧拳头。

"喂,我跟你们说呀!"另一辆旅行马车上有人叫道,"米海·叶果雷奇,您胡扯得够了!上这儿来吧,这儿有位子!"

米海·叶果雷奇冷笑一下。

"怎么样,鲨鱼?"他说,"谁赢了?你听见没有?有位子!我偏要去!我就是要去捣乱!我凭我的名誉担保,我一定捣乱!反正你不能把我怎么样!您呢,大夫,别去了。让他这个醋罐子活活气炸了才好。"

叶果尔·叶果雷奇站起来,摇拳头。他的眼睛都红了。

"坏蛋!"他对哥哥说,"你算不得我的哥哥!怪不得去世的母亲诅咒过你!爸爸就是在壮年时代给你这种不道德的行径活活气死的!"

"诸位先生……"将军出面干涉说,"我看……闹得也够了。你们是兄弟,亲兄弟啊!"

"他是亲驴子,大人,不是什么亲兄弟!您不要去,大夫!不要去!"

"车该走了,见你们的鬼。……哎哎。……鬼才知道是怎么回事!动身吧!"将军叫道,用拳头捶阿瓦库木的后背,"赶车!"

阿瓦库木扬鞭打马,这辆三套马的马车就朝前走了。第二辆旅行马车上有个作家,就是卡尔达莫诺夫上尉,他把两条狗抱过来,放在膝头上,让气冲冲的米海·叶果雷奇在它们的位子上坐下。

"算他走运,有空位子!"米海·叶果雷奇在马车上坐下说,"要不然,我就要给他点颜色看看。……您把这个强盗描写一下吧,卡尔达莫诺夫!"

卡尔达莫诺夫去年寄给《田地》杂志一篇文章,题目是《农民人口中一产多胎的趣闻》,后来在《邮箱》里读到了对作者的自尊心颇不愉快的答复①,就向邻居们发牢骚,从此他就以作家闻名了。

按照事先拟定的行动计划,大家决定先到叶果尔·叶果雷奇庄园七俄里外农民的割草场上去打鹌鹑。猎人们来到割草场,下了马车,分成两伙。一伙由将军和叶果尔·叶果雷奇带领往右边走,另一伙由卡尔达莫诺夫带领往左边走。包尔瓦留下来,独自一人走。他在打猎的时候喜欢安静和沉默。音乐家汪汪叫着往前跑,过一分钟,就把鹌鹑惊得飞起来了。万尼亚放了一枪,可是没打中。

"我把枪举高了,见鬼!"他嘟哝说。

小狗白费劲是带来"实习打猎"的。它生平第一次听见枪声,就汪汪地叫起来,然后夹着尾巴跑到马车跟前去了。曼热开枪打百灵鸟,打中了。

"我就喜欢这种小鸟!"他把那只百灵鸟拿给医师看,说。

"您走开……"医生说,"总之,我请您不要跟我谈话。……我今天心绪不好。请您离我远远的!"

"您是怀疑主义者,大夫。"

"我吗?哦。……可是怀疑主义者是什么意思?"

曼热沉思一下。

---

① 指杂志主编在杂志所设的《邮箱》专栏里通知投稿人"尊稿不拟刊登"。

"怀疑主义者是这样一种人……这样一种人……这种人什么也不喜欢。"他说。

"胡说。您别用那些您自己也不懂的字眼。请您离我远远的！我会干出连自己也不愿意干的扫兴事来。……我心绪不好。……"

音乐家站住不动，摆出发现猎物的架式。将军和叶果尔·叶果雷奇脸色发白，屏住呼吸。

"我来开枪！"将军小声说，"我……我……对不起！您已经开过一次枪了。……"

然而音乐家发现猎物而作的架式却遭到了破坏。医师因为无事可做，闲得慌，拾起一块小石头往音乐家身上扔过去，正好打在它两只耳朵之间。……音乐家尖叫一声，往上一跳。将军和叶果尔·叶果雷奇往四下里看一眼。草丛里响起沙沙声，一只肥大的草原鸨飞起来。第二伙人又嚷又叫，纷纷指着草原鸨。将军、曼热、万尼亚都举枪瞄准。万尼亚放一枪，曼热的枪不发火。……已经迟了！草原鸨飞到山冈那一边，落到黑麦地里去了。

"我看，大夫……现在可不是开玩笑的时候！"将军转过身来对医师说，"这不是时候，先生！"

"啊？"

"现在不是开玩笑的时候！"

"我没开玩笑啊。"

"真不应当，大夫！"叶果尔·叶果雷奇说。

"你们本来不该带我来嘛。……谁请你们带我来的？不过……我也不想解释了。……我今天心绪不好。……"

曼热又打死一只百灵鸟。万尼亚惊起一只小白嘴鸦，开一枪而没打中。

"我把枪举高了，见鬼！"他嘟哝说。

57

空中响起连发两枪的声音:原来包尔瓦在山冈后面用沉重的双筒枪打死了两只鹌鹑,放进口袋里。叶果尔·叶果雷奇惊起一只鹌鹑,开一枪。那只雌鹌鹑受了伤,落到草丛里。得意扬扬的叶果尔·叶果雷奇把它拾起来,拿到将军跟前。

"我打中了它的小翅膀,大人!还活着呢!"

"嗯,是啊。……它还活着。……那得叫它快点死掉。"

将军说完,把雌鹌鹑拿到嘴边,用犬齿咬断它的喉咙。曼热打死第三只百灵鸟。音乐家又摆出发现猎物的架式。将军脱掉头上的军帽,举起枪来瞄准。……"抓住它!"①一只大鹌鹑飞起来,然而……可恶的医生偏巧站在射击范围内,几乎挡住枪口。

"走开!"将军叫道。

医生跳到一旁去,将军就放一枪,可是,不消说,猎枪的霰弹去迟了。

"这简直是卑鄙,年轻人!"将军喊道。

"怎么了?"医生问。

"您捣乱!是鬼请您来捣乱的!多承您帮忙,我才没打中!鬼才知道这是怎么回事,糟透了!"

"可是您嚷什么?哼……我才不怕呢!我不怕将军,大人,特别是不怕退役的将军。请您小点声,劳驾!"

"真是个怪人!走来走去,捣一下乱,走来走去,又捣一下乱,这是连天使也忍不下去的!"

"您别嚷,劳驾,将军!您要嚷就去对曼热嚷!顺便说一句,他怕将军。高明的猎人是谁也捣不了乱的。您还不如说您不会放枪的好!"

"够了,先生!我说了您一句,您却顶了我十句。……万尼

---

① 猎人叫狗捕捉猎物的用语。

亚,把弹药盒拿到这儿来!"将军转过身去对万尼亚说。

"为什么你把这个大老粗约来打猎?"医生问叶果尔·叶果雷奇说。

"没法子啊,老兄!"叶果尔·叶果雷奇回答说,"不带他来不行。要知道,我欠着他那个……八千呢。……嘻嘻嘻,老兄! 要不是这些该死的债务……"

叶果尔·叶果雷奇没说完,摇一下手。

"你真的吃醋吗?"

叶果尔·叶果雷奇转过身去,举起枪来瞄准一只在高处飞翔的鹞鹰。

"你把它弄丢了,吃奶的娃娃!"这时候响起将军雷鸣般的声音,"你把它弄丢了! 它值一百卢布呢,猪崽子!"

叶果尔·叶果雷奇走到将军跟前,问一下出了什么事。原来万尼亚把将军的弹药盒弄丢了。大家开始寻找弹药盒,打猎就中断了。这次寻找持续一个钟头零一刻钟,结果总算找到了。猎人们找到弹药盒以后,就坐下来休息。

第二伙人打鹌鹑也不大顺利。在这伙人当中,米海·叶果雷奇所起的作用同第一伙人当中的医生差不多,甚至更坏些。他打落人家手里的枪支,骂人,打狗,撒掉火药,一句话,干了些鬼才知道的事。……卡尔达莫诺夫开枪打鹌鹑,打了一阵不顺手,就带着他的狗去追一只小鹞鹰。鹞鹰受了枪伤,可是他没找到。海军中校倒用石头砸死一只黄鼠。

"诸位先生,来解剖这只黄鼠吧!"首席贵族的文牍员涅克利契赫沃斯托夫提议道。

猎人们就在草地上坐下,取出小折刀来,动手解剖。

"我在这只黄鼠身上什么也没找到,"涅克利契赫沃斯托夫看到黄鼠已经切成许多小碎块,就说,"连心脏都没有。肠子倒是有的。听我说,诸位先生!我们到沼泽那边去吧!我们在这儿有什么可打的呢?鹌鹑又算不得什么野禽。要能打着山鹬和田鹬就好了。……啊?我们去吧!"

猎人们就站起来,懒洋洋地往马车那边走去。他们走到马车附近,看见一群家鸽,就一齐开枪,打死了一只。

"大人……叶果尔·叶果雷奇!大……叶果……"第二伙人瞧见头一伙人在休息,喊道,"喂,喂!"

将军和叶果尔·叶果雷奇回过头来看。第二伙人摇着帽子。

"干什么?"叶果尔·叶果雷奇叫道。

"有事啊!我们打死了一只野雁!快到这儿来!"

第一伙人不相信打死了野雁,不过还是往旅行马车那边走去。猎人们登上马车,决定不再打鹌鹑,按照原定的行程坐车再走五俄里,到沼泽地带去。

"我遇上打猎,脾气就暴躁极了,"将军等到马车离开割草场,走出两俄里光景以后,对医生说,"暴躁极了!就连对亲爹,我也会毫不留情。您务必那个……原谅我这个老人!"

"嗯。……"

"他变成多么和善的人了,坏包!"叶果尔·叶果雷奇凑着医生的耳朵小声说,"这是因为如今流行一种风气,大家都愿意把女儿嫁给大夫!这位大人可真狡猾呢!嘻嘻嘻。……"

"车上显得空点了!"万尼亚说。

"是啊。"

"这是什么缘故?真是空极了。"

"诸位先生,包尔瓦在哪儿?"曼热发现包尔瓦不在,说。

猎人们面面相觑。

"包尔瓦上哪儿去了?"曼热又说一遍。

"一定是在那辆马车上。诸位先生,"叶果尔·叶果雷奇喊道,"包尔瓦在你们那儿吗?"

"不在,不在!"卡尔达莫诺夫叫道。

猎人们沉吟不语。

"哎,去他的吧!"将军决定道,"不回去找他了!"

"得回去,大人。他很弱。他喝不到水就会死掉。他走不到家的。"

"只要有心,他总会走到。"

"这个小老头会死掉的。要知道他已经九十岁了!"

"不要紧。"

我们的猎人坐车来到沼泽附近,顿时拉长了脸。……原来沼泽里已经满是猎人,因此也就犯不着下车了。猎人们略微考虑一下,决定坐车再走出五俄里路,到官家树林里去。

"我们到那儿去有什么可打的?"医师问。

"鸫鸟啦,雌鹰啦。……喏,还有野乌鸡。"

"哦。那么,我那些倒霉的病人现在可怎么办呢?您为什么要把我带来哟,叶果尔·叶果雷奇? 唉!"

医生叹口气,搔搔后脑壳。猎人们见到头一片小树林,就把车赶过去,下了车,开始商量:该谁往右走,该谁往左走?

"你们看怎么样,诸位先生?"涅克利契赫沃斯托夫提议道,"由于有一条规律,在某种程度上也可以叫做自然规律,那就是野禽反正跑不掉,我们总归打得着。……嗯。……野禽反正跑不掉,诸位先生! 那我们就先吃点东西提提神! 喝点葡萄酒啦,白酒啦,吃点鱼子……鲟鱼肉什么的。……喏,就摆在这块草地上! 您认为怎么样,大夫? 这一点您比谁都知道得清楚:您是大夫嘛。不是该吃点东西提提神吗?"

涅克利契赫沃斯托夫的提议被大家接受了。阿瓦库木和菲尔斯铺开两块毯子,把一些袋子放在毯子四周,袋子里装着纸包和酒瓶。叶果尔·叶果雷奇动手切腊肠、干酪、鲟鱼肉,涅克利契沃斯托夫拔酒瓶的瓶塞,曼热切面包。……猎人们舔着嘴唇,懒散地坐下。

"好,大人!喝一小杯吧。……"

猎人们开始喝酒吃菜。医生立刻又给自己斟满一杯酒,喝下去。万尼亚学他的样,也喝一杯。

"不过要知道,这个地方看样子有狼。"卡尔达莫诺夫斜起眼睛瞧树木,深思地说。

猎人们思索一下,议论一阵,过了十分钟光景,一致断定这儿大概没有狼。

"怎么样?再来一杯?咱们喝吧!叶果尔·叶果雷奇,您发什么呆呀?"

大家又喝一杯。

"年轻人!"叶果尔·叶果雷奇对万尼亚说,"您在想什么?"

万尼亚摇摇头。

"不过当着我的面你倒不妨喝点,"将军说,"背着我,你可别喝,当着我的面呢,可以喝。……稍微喝点吧!"

万尼亚斟满一杯酒,喝下去。

"怎么样?喝第三杯吗?大人……"

大家喝下第三杯。医师已经喝了六杯。

"年轻人!"

万尼亚摇摇头。

"喝吧,安菲捷阿特罗夫!"曼热用爱护的口气说。

"当着我的面你可以喝,背着我可别喝。……再略微喝点吧!"

万尼亚就喝了。

"今儿天空为什么这样蓝?"卡尔达莫诺夫问。

猎人们思索一下,讨论一阵,过了一刻钟,一致断定:今儿天空为什么这样蓝,原因不明。

"兔子……兔子……兔子!!! 捉住它!!!"

山冈后面出现一只兔子。有两条看家狗追上去。猎人们跳起来,拿起枪支。兔子飞也似的跑过去,蹿进树林里,吸引着两条看家狗,音乐家和别的狗一齐追上去。白费劲想一下,怀疑地瞧瞧将军,也跑上去追兔子。

"好大的兔子!……要能捉住才好。……我们怎么就……把它放跑了呢?"

"是啊。可是这个酒瓶怎么还会有那么多酒。……大概是您没喝吧,大人?哎哎哎。……原来您是这样?不行啊。"

大家又喝下第四杯。医生却已经喝了九杯,使劲嗽着喉咙,往树林里走去。他选好最大的树荫,在草地上躺下,把上衣垫在脑袋底下,顿时鼾声大作。万尼亚变得懒洋洋。他又喝一杯白酒,然后开始喝啤酒,这才打起精神来。他跪在地上,把奥维德①的诗背诵了二十行。

将军发表议论,说是拉丁语很像法语。……叶果尔·叶果雷奇同意他的见解,并且补充说,要研究法语非了解很像法语的拉丁语不可。曼热不同意叶果尔·叶果雷奇的见解,说这儿不是讨论语言的地方,因为这儿坐着数理教员,又摆着这么多酒瓶。他还补充说他的枪以前很贵,现在找不到好枪了。……

"喝第八杯吧,诸位先生?"

"是不是喝得太多了?"

"得了吧!您这是什么话?八杯就算多?!可见您从来就没喝过酒!"

---

① 奥维德(前43—17),古罗马诗人,著有《变形记》等。

他们喝下第八杯。

"年轻人!"

万尼亚摇头。

"得了!来,拿出军人气概来!您的枪法很好嘛。……"

"喝吧,安菲捷阿特罗夫!"曼热说。

"当着我的面你就喝,背着我可别喝。……再稍微喝点吧!"

万尼亚把啤酒放在一旁,又喝下一杯白酒。

"该喝第九杯了吧,诸位先生,啊?你们觉得怎么样?我受不了八这个数目字。我父亲费多尔……不,伊凡……就是在八号那天死的,叶果尔·叶果雷奇!斟酒!"

大家喝下第九杯。

"天气真热呀。"

"是的,很热,然而这并不妨碍我们喝第十杯!"

"可是……"

"管他天热不天热!我们,诸位先生,要向自然界的力量表明,我们不怕它!年轻人!您来做个榜样。……您把舅舅比下去,让他坍台吧!什么天冷天热的,我们一概不怕。……"

万尼亚喝下一杯。猎人们喊着"好哇",都学他的样,也喝一杯。

"这样很可能中暑呢。"将军说。

"不会的。"

"在我们这儿的气候条件下……这种事居然不会发生?哼……"

"这种事常有。……我的教父就是中暑而死的。……"

"您认为怎么样,大夫?在我们这儿的气候条件下会中暑吗……啊?大夫!"

没人回答。

"您以前治过这种病吗,啊？我们说的是中暑。……大夫！咦,大夫哪儿去了？"

"大夫在哪儿？大夫！"

猎人们往四下里看:医生不见了。

"大夫上哪儿去了？无影无踪了？好比蜡遇上火,烧化了！哈哈哈……"

"他动身去找叶果尔的老婆了！"米海·叶果雷奇愣头愣脑地说。

叶果尔·叶果雷奇脸色变白,手里的酒瓶掉下去了。

"他去找他老婆了！"米海·叶果雷奇一面吃鲟鱼肉,一面继续说。

"您胡说些什么呀？"曼热问,"您看见了？"

"看见了。刚才有个农民赶着马车路过此地……得,他就坐上去,走了。真是这样。咱们来喝第十一杯吧,诸位先生？"

叶果尔·叶果雷奇站起来,摇着拳头。

"我问他:您到哪儿去？"米海·叶果雷奇接着说,"他就说:去干风流事儿,去把那些犄角①磨一磨。他又说:犄角我是早已安上了,现在去磨一磨。他说:再见吧,亲爱的米海·叶果雷奇！他还说:请您替我向我的姻亲叶果尔·叶果雷奇致意！说完,他还这么挤了挤眼睛。咱们来干一杯吧。……嘻嘻嘻。"

"套车子！！！"叶果尔·叶果雷奇嚷道,摇摇晃晃地往旅行马车那边跑去。

"快点,要不然就迟了！"米海·叶果雷奇喊道。

叶果尔·叶果雷奇把阿瓦库木拖到赶车座位上,自己跳上马车,对猎人们威胁地摇摇拳头,坐着车回家去了。……

---

① "犄角",意指"绿帽子",下文"给人安上犄角",意指"给某人戴上绿帽子"。

"这是什么意思,诸位先生?"将军等到叶果尔·叶果雷奇的白色制帽消失后,问道,"他走了。……可是,见鬼,我坐什么车子回去呢?他坐着我的马车走了!不,不是我的马车,而是我该坐着回去的马车。……这真奇怪。……嗯……他也未免太不顾体统了。……"

万尼亚头晕目眩。白酒同啤酒搀在一起,弄得他呕吐了。……这就得把万尼亚送回家去。喝完第十五杯以后,猎人们决定把另一辆马车让给将军坐回去,只是有个条件:将军到家以后就得立刻另外打发一辆马车来接余下的这些人。

将军开始告辞。

"请转告他,诸位先生,"他说,"就说……就说只有猪才干得出这种事。"

"您,大人,可以打官司叫他还债嘛!"米海·叶果雷奇出主意说。

"啊?打官司?嗯,是啊。……他也该还了。……做人要识趣嘛。……我等来等去,实在等得不耐烦了。……那您告诉他说,要他还债就是。……再见吧,诸位先生!请到我家里来玩!他简直是猪!"

猎人们向将军告别,把他同身体不适的万尼亚并排安置在马车上。

"赶车!"

将军和万尼亚走了。

猎人们喝完十八杯以后,动身到树林里去,找着目标放了几枪,就躺下来睡觉。临近黄昏时分,将军的马车来接他们。菲尔斯交给米海·叶果雷奇一封信,请他转交"他的弟弟"。信上提出一项要求,而且威胁说这项要求若不执行,法院的民事执行吏就会登门。猎人们喝完第三杯酒(他们醒来以后又从头算起),将军的马车夫就把他们扶上马车,把他们分别送到各自的家里去了。

叶果尔·叶果雷奇一回到家里,就碰上音乐家和白费劲,原来它们追兔子只不过是找个借口跑回家来罢了。叶果尔·叶果雷奇恶狠狠地瞧瞧他的妻子,动手搜查。所有的储藏室、立柜、木箱、五屉柜都翻遍,结果叶果尔·叶果雷奇没有找到医生。他倒找到另一个人:在妻子的床底下捉住了教堂诵经士福尔通纳托夫。……

临到医生醒来,天色已经黑了。……他在树林里徘徊一阵,才想起他是来打猎的,就大骂一通,开始呼唤猎人。他的呼唤,不消说,没有得到回音。他就决定步行回家。道路挺好,没有危险,月光很亮。二十四俄里路他走了大约四个钟头,凌晨才走到地方自治局医院。他跟医士、助产士和病人们大吵一通,然后动笔给叶果尔·叶果雷奇写一封极长的信。他在信上要求"对这种不体面的行径作出解释",痛骂一切嫉妒心重的丈夫,发誓从此再也不去打猎,哪怕在六月二十九日也绝不去!

气　质

根据最新的科学结论

〔多血质的人〕一切印象总是容易而又迅速地对这种人发生作用：由这一点，据古费兰德①说，就产生了轻率。……他在青年时代是个顽童②和小调皮③。他对教员态度粗暴，不理发，不刮胡子，戴着眼镜，在墙上乱涂一气。他读书很不用功，然而总能毕业。他不敬重父母。他有了钱就讲究穿戴，穷了就生活得像猪一样。他睡到中午十二点钟才起床，上床睡觉的时候却不固定。他一写东西就错误百出。大自然把他送到人间来是专为谈情说爱的：他也就专干谈情说爱的事。他老是喜欢喝得酩酊大醉。傍晚他不住灌酒，醉得看见一群绿色小魔鬼，可是到早晨起来，却若无其事，只是脑袋微微发重，并不需要"以毒攻毒"④。他结婚出于偶然。他同丈母娘老是干仗。他跟亲戚不和。他毫无顾忌地说谎。他非常爱闹事和参加业余演出。在乐队里，他是首席小提琴手。他轻举妄动，信奉自由主义思想，要么就根本什么书也不读，要么就读得手不释卷。他喜欢报刊，甚至亲自动手给报刊写文章。幽默刊物

---

① 古费兰德(1762—1836)，德国医学家。——俄文本编者注
② 原文为法语。
③ 原文为德语。
④ 原文为拉丁语，在此指以酒解醉。

的邮箱就是专为多血质的人发明出来的。在他身上固定不变的,就是他的变化不定。在机关里,他做特任文官或者诸如此类的官吏。在中学校里,他教语文。他做官很少升到四等,如果升到四等,就会变成黏液质的人,有时候变成胆汁质的人。浪子、坏蛋、草包都是多血质的人。我不主张你跟多血质的人同在一个房间里睡觉:他会通宵给你讲可笑的趣闻,如果没有这类趣闻可讲,就痛骂亲友或者胡诌一通。他往往死于消化器官疾病和未老先衰。

多血质的女人,如果不愚蠢的话,倒往往是很不错的女人。

〔胆汁质的人〕这种人容易动怒,脸色黄里发青。鼻子有点歪,眼珠不住在眼眶里转来转去,好比关在小笼里的饿狼。他动不动就发脾气。要是跳蚤叮他一口或者别针扎他一下,他就恨不得把整个世界撕成碎片。他开口讲话,就唾星四溅,露出深黄的或者很白的牙齿。他深深相信到冬天"鬼才知道怎么会那么冷",在夏天"鬼才知道怎么会那么热"。……他每星期都更换家里雇用的厨娘。吃饭的时候,他总是心绪恶劣,因为所有的菜不是炸焦了就是太咸了。……这种人大多数是单身汉,如果结了婚,就会把妻子锁在屋里。他的醋劲大得不得了。他不懂得玩笑。他什么都受不了。他看报只为把报刊工作者骂一顿。他还在娘胎里就已经相信所有的报纸都扯谎。……这种人做丈夫和朋友是糟透了的,做部下几乎不可想象,做上司却叫人受不了,非常不得人心。不幸,他往往做教师,教算术和希腊语。我不会奉劝你们跟这种人同在一个房间里睡觉:他通宵咳嗽,啐唾沫,大声骂跳蚤。他夜里听见猫叫或者公鸡啼,就不住咳嗽,扯开破锣般的嗓门打发听差爬到房顶上去捉住歌手,无论如何要把它掐死。他往往死于肺结核或肝病。

胆汁质的女人是穿着裙子的魔鬼,是鳄鱼。

〔黏液质的人〕这是可爱的人(我讲的,不消说,不是英国的而是俄国的黏液质的人)。他外貌极其平常,粗眉大眼。他脸色老是一本正经,因为懒得笑。他吃起东西来,有什么吃什么,时间也不拘。他不喝酒,因为怕脑充血。他一天睡二十小时。他是各式各样委员会、会议、特别会议的常任委员,在会场上什么也不理解,毫不害臊地打盹儿,耐心地等着会议结束。他到三十岁才由舅舅和舅母帮忙结婚。嫁给这种人最合适:他对什么条件都同意,绝不抱怨,处处随和。他管妻子叫"宝贝儿"。他好吃乳猪加辣根,喜爱歌手,喜爱一切带酸味的吃食,喜爱寒冷。"空虚中的空虚,一切都是空虚"①(无聊中的无聊,一切都是无聊)这句话就是由黏液质的人想出来的。只有经人推选为陪审员,他才感到痛苦。他见到胖女人就嗽喉咙,动手指头,竭力微笑。他订《田地》杂志,由于杂志上不附图片,不登滑稽作品而生气。他认为写作者是最聪明的人,同时又是最有害的人。他惋惜他的孩子在中学没挨打,他自己有时候是要动手打孩子的。在机关里他官运亨通。在乐队里他拉低音提琴,吹巴松管,吹长号。在戏院里,他做售票员,做服务员,做提词员,有的时候为了一小块面包②也做演员。他往往死于中风或者水肿病。

黏液质的女人往往是日耳曼女人,爱流泪,生着暴眼睛,身材挺胖,细皮白肉,软绵绵的。她好比装满面粉的大口袋。她生下来就为日后做丈母娘。做丈母娘就是她的理想。

〔忧郁质的人〕这种人生着灰蓝色眼睛,很容易落泪。额头上和鼻子旁边有细纹。嘴有点歪,牙齿发黑。他动不动就心情忧郁。他老是抱怨心口痛、腰酸、消化不良。他喜欢干的事莫过于照着镜子观察自己的软绵绵的舌头。他认为他肺弱,神经有病,因此每天不喝茶而服煎药,不喝白酒而服长命水③。他用悲痛含泪的

---

① 原文为拉丁语。
② 原文为法语。
③ 古代炼金术士空想出来的一种仿佛可以使人延寿的饮料。

声调通知他的亲友说,稠樱叶水和缬草酊①对他已经无济于事。……他认为每星期不妨服一次轻泻剂。他早已断定医师们不理解他的病。男巫、女巫、巫医、醉醺醺的医士,偶尔还有收生婆,统统是他的头号恩人。他九月就穿皮大衣,五月才脱下来。他怀疑每条狗都有狂犬症。自从他的朋友告诉他说,猫能够把睡熟的人咬死以后,他就把猫看成人类不共戴天的仇敌。他早已写好遗嘱。他发誓赌咒绝不喝酒。他偶尔喝点热啤酒。他娶孤女为妻。如果他有丈母娘,他就口口声声说她是最美丽最聪明的女人。对于丈母娘的教诲,他总是微微歪着头听,一声不响;他认为吻她那双冒汗的、带着腌黄瓜的盐汤味的肥手是他最神圣的责任。他同舅舅、舅妈、教母、小时的朋友经常通信。他不看报。他偷偷地读德贝和若桑②的著作。在韦特良流行瘟疫③期间,他有五次吃素。他害泪漏症,常做噩梦。他的官运不大亨通:至多升到副科长为止。他喜欢《可爱的松明》④。在乐队里,他吹长笛,拉大提琴。他一天到晚唉声叹气,因此我不会奉劝诸君跟他同在一个房间里睡觉。他常预感到要发生洪水、地震、战争、道德的彻底崩溃,他自己会得一种可怕的病而死。他往往死于心脏病和巫医的治疗,还常常死于疑病。

忧郁质的女人是最使人受不了、最不安宁的人。她做妻子,就把丈夫折磨得神经麻木、灰心丧气、自寻短见。她只有一点好处,那就是要摆脱她也不难:给她点钱,打发她去朝圣就行了。

---

① 都是镇静剂。
② 德贝和若桑写过许多关于生理学和婚姻卫生问题的著作,这些书的俄译本在19世纪60和70年代流行于俄国。——俄文本编者注
③ 这场瘟疫发生在1878年,地点是俄国阿斯特拉罕省的韦特良村,离彼得堡和莫斯科极远。——俄文本编者注
④ 俄国的一首民歌。

在 车 厢 里

  第某次邮车从"快活的咚咚呛"①站开出,加足马力往"谁有办法谁就拯救自己!"站急驰而去。火车头时而嘘嘘地打唿哨,时而嘶嘶地出气,时而用力喷气,时而呼哧呼哧地喘气。……车厢颤摇,由于车轮没有加油而像狼那样嗥叫,像猫头鹰那样聒噪!天空中,大地上,车厢里,到处都是漆黑。……"要出事啦,要出事啦!"衰老得颤巍巍的车厢发出这样的叫声。……"呜呼,呜呼!"火车头接应道。……在车厢里,穿堂风同摸人衣袋的扒手一起川流不息。真是可怕呀。……我把头伸出窗外,毫无目标地眺望无边无际的远方。所有的灯火都是绿色的:大概一时还不会出什么乱子。铁路线上的圆板信号和车站上的灯火统统看不见。……只有黑暗、愁闷、死亡的念头、儿时的回忆。……我的上帝啊!

  "我有罪!!"我小声念叨着,"啊,我罪孽深重②啊!……"

  不知什么人摸我身后的裤袋。裤袋里什么东西也没有,不过这仍然可怕。……我回转身去。我面前站着个陌生人。他头戴草帽,身穿深灰色短衫。

  "您要干什么?"我问他,同时摸摸我的裤袋。

---

① 指音乐声。
② 基督教徒在急难时的祷告词。

"不干什么！我凑到窗口看看！"他回答说,缩回手去,把身子靠到我背上来。

沙哑刺耳的汽笛声响起来。……火车开始越走越慢,终于停住了。我走出车厢,往车站食堂走去,想喝点酒壮壮胆。食堂里挤满乘客和列车工作人员。

"哼。……说是白酒,可是连辣味都没有！"气度庄严的列车长对一个胖先生说。胖先生想说句什么话,可是说不出来:有块存放了一年之久的夹肉面包卡在他嗓子里了。

"宪兵！！！宪兵啊！！！"月台上有人喊道,那声音不下于古时候洪水到来以前饥饿的剑齿象、鱼龙和蛇颈龙发出的咆哮声。……我走过去看看出了什么事。……一节头等车厢旁边,站着个帽子上有帽章①的先生,对乘客们指自己的脚。这个人真倒霉,他在酣睡的时候,皮靴和袜子一齐给人剥光了。……

"现在可叫我怎么走路啊？"他嚷道,"我到烈威尔去！您得管一管！"

他面前站着个宪兵,口口声声对他说"此地不许喊叫"。……我就往我那第二百二十四号车厢走去。我的车厢里一切照旧:漆黑、鼾声、烟草味和劣酒的气味,另外还有俄国香水的气味。我身旁睡着一个头发棕红色的法院侦讯官,正在打鼾,他从梁赞到基辅去。……离侦讯官两三步外,有个俊俏的女人在打盹儿。……有个戴草帽的农民鼻子里呼哧呼哧响,气喘吁吁,老是翻身,不知该把两条长腿放到哪儿去才好。……墙角上有人吃东西,吧嗒着嘴,声音响得人人都能听见。……一个平民躺在坐椅底下,睡得十分酣畅。车门吱呀一响。两个满脸皱纹的小老太婆走进来,背上背着小包。……

---

① 在俄国政府机关里工作的标志。

"就在这儿坐吧,大妈!"一个说,"好黑啊! 这可要让鬼迷上了。……哟,我好像踩在谁身上了。……可是巴霍木在哪儿?"

"巴霍木?哎呀,圣徒啊!他上哪儿去了?哎呀,圣徒啊!"

小老太婆忙忙乱乱,推开车窗,往月台上扫一眼。

"巴霍木!"她哇哇地喊道,"你在哪儿呀?我们在这儿!"

"我倒霉了!"窗外有个声音嚷道,"人家不让我上火车!"

"不让上车?是谁不让?你啐他一口唾沫!要是你有真正的车票,谁也不能不让你上车!"

"车票已经不卖了! 售票处关门了!"

有人牵着一匹马走过月台,发出马蹄的嘚嘚声和马喷鼻子的响声。

"你回来!"一个宪兵喊道,"你往哪儿钻?你捣什么乱?"

"彼得罗芙娜!"巴霍木哀叫道。

彼得罗芙娜解下身上的包袱,怀里抱着大白铁壶,跑出车外去了。第二遍铃响了。身材矮小、留着黑色唇髭的列车员走进来。

"您该买票才对!"他对坐在我对面的老人说,"查票员就要来了!"

"是吗?嗯。…… 这不妙。…… 他是个什么人?…… 公爵吗?"

"得了吧。……公爵你就是用棍子也赶不到这儿来的。……"

"那么是谁呢?是那个大胡子?"

"对,就是那个大胡子。……"

"哦,如果是他,那倒没关系。他是个好心肠的人。"

"那就随您的便。"

"搭车的兔子很多吗?"

"有四十个上下。"

"哦? 好样的! 嘿,这些商人!"

我的心缩紧了。我也是搭车的兔子。我出门上路总是做兔子。在铁路上,所谓的兔子是指那些不找售票员而找列车员兑换钱的旅客先生们。做个搭车的兔子,读者诸君,那可是挺不错的!按照各处都没有公布过的价目表,兔子的票价应当打七五折,兔子不必在售票处前面挤着买票,兔子无须随时从衣袋里取出车票来听候查验,列车员对待兔子也客气些……一句话,您要多少好处就有多少好处!

"我什么时候花钱买过票?"老人嘟哝说,"我素来没买过!我总是给列车员钱。列车员不及波里亚科夫①有钱嘛!"

第三遍铃声响了。

"哎哟,可不得了!"小老太婆忙乱起来,"彼得罗芙娜上哪儿去了?现在第三遍铃都响了!这可是上帝的惩罚啊。……她赶不上车了!赶不上车了,可怜……可是她的东西还在这儿呢。……这些东西,这个小包,该怎么办呢?我的亲人们呀,她真的赶不上车了!"

小老太婆沉吟一下。

"那就把东西也给她留下吧!"她说着,把彼得罗芙娜的小包丢出窗外去。

我们的火车往哈尔杰耶沃②站开去,不过按旅行指南上的说法,那地方叫弗鲁木——"公墓"。查票员和举着蜡烛的列车长走进车厢里来。

"拿出……车票!"列车长嚷道。

"你们的票!"查票员对我和老人说。

我们窘住了,缩成一团,把手藏起来,眼睛盯住列车长那张带

---

① 当时俄国的一个富商,铁路的经营人和承租人。——俄文本编者注
② 这个站名可意译为"小丑"。

75

着鼓励神情的脸。

"您查吧!"查票员对他的同伴说,走开了。我们得救了。

"您的票!你!您的票!"列车长走到一个睡熟的小伙子跟前,推他一下。小伙子醒过来,从帽子里取出一张黄色车票。

"你这是坐车到哪儿去?"查票员说,把车票夹在手指头之间转动不停。"你不该坐这趟车!"

"你,笨蛋,不该坐这趟车!"列车长说。"你上错车了,糊涂虫!你要到席沃杰罗沃去,可我们这趟车是到哈尔杰耶沃去!见你的鬼!谁叫你这么傻头傻脑的!"

小伙子使劲眨巴眼睛,呆呆地瞧着微笑的乘客们,开始用袖口擦眼睛。

"你别哭!"乘客们劝道,"你还是求求他们的好!你这么个身强力壮的蠢材,居然哭起来!你大概媳妇也娶了,孩子也有了吧。"

"您的……票!……"列车长对一个戴高帽子的割草人说。

"啥?"

"您的……票!转过身来!"

"票?还要票吗?"

"票!!!"

"懂了。……既是要看,怎么能不拿出来呢?拿出来就是!"戴高帽子的割草人把手伸到怀里去摸,摸了十几分钟,这才从怀里掏出一张脏纸来,递给查票员。

"你拿出这个来干什么?这是身份证!要你拿出车票来!"

"另外的票儿我就没有了!"割草人说,显然心慌意乱了。

"你没有车票怎么坐车?"

"我给过钱了。"

"你给谁了?你胡说些什么?"

"给列车员了。"

"哪个列车员?"

"鬼才知道是哪个!反正是个列车员呗。……他说:你不用买票,我们就这么把你带去好了。……得,我就没买票。……"

"那就等着到了站再跟你说话!太太,您的票!"

车门吱呀一响,开了。使我们大家都吃惊的是,彼得罗芙娜走进来了。

"我好不容易,大妈,才找到这个车厢。……谁认得清呢,这些车厢都一个样。……他们到底也没让巴霍木上车,那些毒蛇。……我的小包在哪儿?"

"哦。……我让鬼迷了心窍。……我把它扔到窗外,留给你了!我当是你赶不上车了!"

"扔到哪儿去了?"

"扔到窗外。……谁知道你又赶上车了呢?"

"多谢。……是谁请你扔的?你啊,简直是个巫婆,求天主宽恕我这么说!现在可怎么办?你自己的东西你倒不扔,下流东西。……你还是把你这副丑嘴脸扔出去的好!哼哼哼……巴不得叫你瞎了眼才好!"

"到下一站打个电报去就是了!"乘客们笑着劝她说。

彼得罗芙娜开始嚎啕大哭,破口大骂。她的女伴抓紧自己的包袱,也哭。有个列车员走进来。

"这是谁的东西……啊?"他大叫一声,手里拿着彼得罗芙娜的东西。

"好一个美人儿!"我对面[①]的老人对俊俏的女人那边点一下

---

① 原文为法语。

头,小声对我说,"嗯……真好看。……见鬼,可惜没有哥罗方①!顶好拿哥罗方来让她闻一下,然后就死命吻她!好在大家都睡着了。……"

戴草帽的人不住翻身,气得直骂他那两条不听使唤的腿,声音响得人人都能听见。

"那些有学问的人哟……"他嘟哝说,"有学问的人哟。……大概谁也拗不过世上万物的本性。那些有学问的人……嗯……恐怕他们也想不出办法来让人随便把自己的腿卸下来,又随便装上去!"

"我跟这个案子不相干。……您去问副检察官吧!"我身旁的侦讯官在说梦话。

远处角落里,有两个中学生、一个军士和一个戴蓝眼镜的青年人利用四支纸烟的亮光在热中地打纸牌。

我右边坐着一个高身量的太太,她的身份是不言而喻的。从她那边飘过来脂粉和巴楚莉②香水的气味。

"哟,这条路多么可爱啊!"有个蠢家伙凑着她的耳朵小声说,说得那么肉麻,简直……简直惹人讨厌,而且故意带点法语的腔调,"任什么地方也不像旅途上这样能使人一转眼就愉快地亲近起来!我爱你,也爱这条路!"

他们接吻。……后来又接吻。……鬼才知道是怎么回事!那个俊俏的女人醒过来了,睁开眼睛看一下四周的乘客,然后……又糊里糊涂地把头枕在邻座乘客,一个菲米斯的祭司③的肩膀上……而他这个傻瓜却睡着了!!

列车停下来。那是个小站。"列车停靠两分钟……"车厢外

---

① 一种麻醉剂,人闻过以后昏迷不醒。
② 印度和马来亚等地所产的一种唇形科植物,叶子含有香精油。
③ 即法官(菲米斯是希腊神话中的司法女神)。

边一个沙哑而发颤的男低音咕哝一声。两分钟过去了,又两分钟过去了。……过了五分钟,十分钟,二十分钟,火车却始终不动。这搞的是什么鬼名堂?我走出车外,往火车头那边走去。

"伊凡·玛特威伊奇!你到底还要多久才修好,快了吧?见鬼!"列车长对火车头底下喊道。

火车司机肚子贴着地,从火车头底下爬出来,脸色发红,汗水淋漓,鼻子上粘着一小块煤烟。……

"你的眼里有没有上帝?"他对列车长说,"你是人不是?你催什么?你没看见还是怎么的?哼哼……巴不得叫你们这些人都瞎了眼才好!……难道这也算是火车头?这不是火车头,是一堆破布!我开不了这种火车头!"

"那怎么办?"

"你爱怎么办就怎么办!你给我换个火车头,这个我没法用!你得设身处地替我想一想。……"

火车司机的助手们在没修好的火车头四周跑来跑去,敲敲打打,这个喊,那个叫。……车站的站长戴着红色制帽,站在一旁,正对他的助手讲一个极其逗乐的犹太人生活的故事。……天下雨了。……我往我的车厢走去。……那个头戴草帽、身穿深灰色短衫的陌生人从我身旁跑过去。……他手里提着一口箱子。那口箱子就是我的。……我的上帝啊!

审　判

小铺老板库兹玛·叶果罗夫的小屋。这儿又闷又热。该死的蚊子和苍蝇纷纷飞到人的眼睛和耳朵四周来,惹得人厌烦。……屋里弥漫着烟草的云雾,然而论气味,却不是烟味,而是咸鱼味。空气里,人们的脸上,蚊子的嗡嗡声中,充满了苦恼。

屋里有一张大桌子,上边放着一个盛满核桃壳的小碟、一把剪子、一个盛着绿色软膏的小罐、几顶帽子和一些空瓶。桌子四周坐着库兹玛·叶果罗夫本人、村长、医士伊凡诺夫、教堂诵经士费奥方·玛纳富伊洛夫、教堂唱诗班男低音歌手米海洛、教父巴尔番契·伊凡内奇,还有从城里到姑妈家里来做客的安尼西雅和宪兵佛尔土纳托夫。离桌子相当远,站着库兹玛·叶果罗夫的儿子谢拉皮昂,他在城里做理发师,如今到父亲家里来休息。他觉得很不自在,举起发抖的手揪自己的短唇髭。库兹玛·叶果罗夫这个小屋已经暂时租出去做医疗"站"用,现在前堂里有些病弱的人等着看病。刚才不知从什么地方用车子送来一个农妇,肋骨给人打断了。……她躺在那儿,哼哼唧唧,静等医士终于大发善心,来给她看病。窗外聚着一群人,是来看库兹玛·叶果罗夫怎样打儿子的。

"你们全都说我撒谎,"谢拉皮昂说,"所以我也不打算跟你们多讲。在十九世纪,爸爸,说空话是不济于事①的,因为理论也罢,正如您自己并非不知道的,缺了实践就不能存在。"

"闭嘴!"库兹玛·叶果罗夫厉声说道,"你别东拉西扯。你对我们正经说一句:你把我的钱弄到哪儿去了?"

"钱?嗯。……您如此聪明,理应明白我没动过您的钱。您的钞票不是为我积攒的。……别冤枉人。……"

"您,谢拉皮昂·库兹米奇,要老实点,"诵经士说,"话说回来,我们这样问您是为了什么缘故?我们是想劝您,把您领上正路。……您的亲爸爸对您没有什么恶意,都是为您好。……所以他才把我们请来。……您要老实才是。……谁没有做过错事呢?您爸爸放在衣柜里的二十五卢布,您到底拿了没有?"

谢拉皮昂往一旁啐唾沫,没说话。

"你说话呀!"库兹玛·叶果罗夫叫道,用拳头捶桌子,"你说,是不是你干的?"

"随您的便吧。……是就是吧。……"

"应当说'就算是吧'。"宪兵纠正他的话道。

"就算是吧,是我拿的。……就算是吧!只是,爸爸,您用不着对我嚷!捶桌子也大可不必。不管您怎么捶,反正桌子也不会陷到地里去。您的钱我根本没有拿,以前我即使拿过,那也是出于正用。……我是个活人,是个动物名词②,所以我要钱用。我又不是石头!……"

"你要钱用,那你就自己去挣,用不着抢我的。我又不是只有你这么一个孩子,我有七个哪!"

"这一点您就是不开导,我也明白,不过我身体弱,这您自己

---

① 应是"无济于事"。他因掉文而讲出不通的话。
② 俄语语法中的一个术语,用在这里全不贴题。

也知道，因此之故，我挣不着多少钱。您刚才怪我不该吃您的饭，那您日后可要在天主面前为您这种话负责。……"

"身体弱！……你干的活又不重，只要给人剃剃头、理理发就成了，可是就连这活你也丢下不干，跑掉了。"

"我干的算是什么工作？难道这也算是工作？这不是工作，只不过是意图①而已。再说，按我这种教育程度，我也不能靠这种工作生存。"

"您讲的不对，谢拉皮昂·库兹米奇，"诵经士说，"您的工作是令人起敬的，是脑力劳动，因为您是在省城里任职，给脑力劳动的人和贵人理发刮脸。甚至将军也离不开您这行手艺。"②

"关于将军的这类话，要是您乐意的话，我也能给您讲上一套。"

医士伊凡诺夫微微带点酒意。

"照我们医学上的说法，"他说，"你是松节油，如此而已。"

"您那种医学，我们可懂得。……去年，容我问您一句，是谁把喝醉酒的木工错看成死尸，差点把他解剖了？要不是他醒过来，您可就活活地把他开膛破肚了。还有，是谁把大麻子油搀和在蓖麻油里的？"

"在医学上，非这么办不可。"

"那么是谁把玛拉尼雅送了命的？您给她泻药吃，后来给她止泻药吃，后来又给她泻药吃，她受不住了。您不配给人治病，对不起，只配给狗治病。"

"祝玛拉尼雅升天堂吧，"库兹玛·叶果罗夫说，"祝她升天堂吧。……这笔钱又不是她拿的，我们谈的也不是她的事。……那

---

① 应是"聊胜于无"。
② 这个诵经士也因为掉文而造成用词上的错误。

么你就说吧……你把钱拿给阿连娜了吧？"

"哼。……拿给阿连娜！……当着僧侣界的面，当着宪兵先生的面，您说这话该害臊才是。"

"那你说：你拿了钱没有？"

村长离开桌子，在膝盖上划亮一根火柴，恭恭敬敬地送到宪兵的烟斗跟前。

"呸……"宪兵生气了，"你弄得我一鼻子的硫磺味！"

宪兵点上烟斗，从桌旁站起来，走到谢拉皮昂跟前，恶狠狠地紧盯着他，尖起嗓子喊道：

"你是什么人？你这是干什么？为什么这样？啊？这是什么意思？为什么你不答话？不服管教吗？别人的钱也要拿？闭嘴！答话！说！叫你答话！"

"如果……"

"闭嘴！"

"如果……您小点声吧，先生！如果……我不怕！您把自己看得太了不起了！可您是个傻瓜，如此而已！如果我爸爸要把我碎尸万段，那我准备好了。……你们乱杀乱砍吧！你们打吧！"

"闭嘴！少说废话！我知道你的想法！你是不是贼？你是什么人？闭嘴！你站在谁面前？不准强辩！"

"不惩治他不行了，"诵经士叹气说，"如果他不愿意知错认错，借以减轻罪过，那么，库兹玛·叶果雷奇，就势必要打他一顿才行。反正我认为非打不可！"

"揍他！"男低音歌手米海洛说，声音极其低沉，把大家吓一跳。

"那我最后一次问你：是不是你拿的？"库兹玛·叶果罗夫问。

"随您的便。……就算是吧。……您乱杀乱砍吧！我准备好了。……"

"打!"库兹玛·叶果罗夫决定说。他涨红脸,从桌旁走过来。

人群在窗外探进头来。病人们挤在门口,昂起头。就连那个肋骨打断的农妇也抬起头来。……

"躺下!"库兹玛·叶果罗夫说。

谢拉皮昂脱掉身上短小的上衣,在胸前画个十字,乖乖地在长凳上趴下。

"把我碎尸万段吧。"他说。

库兹玛·叶果罗夫解下皮带,对着人群看了一会儿,仿佛等着人家来帮忙似的,然后动手。……

"一!二!三!"米海洛用低沉的男低音数着,"八!九!"

诵经士在墙角上站着,低下眼睛,翻看一本小册子。……

"二十!二十一!"

"够了!"库兹玛·叶果罗夫说。

"还得打!"宪兵佛尔土纳托夫小声说,"还得打!还得打!就该这么收拾他!"

"我认为非再打几下不可!"诵经士放下小册子说。

"他连一声都不吭!"人群惊叹道。

病人们让开一条路,库兹玛·叶果罗夫的妻子走进房间里来,浆硬的裙子沙沙地响。

"库兹玛!"她对丈夫说,"我在你衣袋里找着的是什么钱啊?莫非就是你刚才找的那笔钱?"

"就是那笔钱。……起来吧,谢拉皮昂!钱找着了!我昨天把它放在衣袋里,后来就忘了。……"

"还得打!"佛尔土纳托夫嘟哝道,"揍他!就该这么收拾他!"

"钱找着了!起来吧!"

谢拉皮昂站起来,穿上短小的上衣,在桌旁坐下。大家沉默很久。诵经士发窘,拿出小手绢擤鼻子。

"你别见怪,"库兹玛·叶果罗夫对儿子叽叽咕咕说,"你别那个。……鬼才知道这笔钱怎么会又找着了!你别见怪。……"

"没什么。……我这也不是头一回了。……您用不着操心。我素来是不管什么磨难都准备担当的。"

"你喝点酒。……喝点酒就把这点痛熬过去了。……"

谢拉皮昂喝下酒,翘起颜色发青的小鼻子,雄赳赳地走出房外去了。可是这以后很久,宪兵佛尔土纳托夫还一直在院子里走来走去,涨红脸,瞪大眼睛,不住地说:

"还得打!还得打!就该这么收拾他!"

艺术家的妻子

译自葡萄牙文

京城里斯本最自由的公民阿尔丰索·津扎加是个年轻的长篇小说作家,不过论名气……却只有他一个人知道,论远大的前途……也只有他一个人这样指望而已。有一次,他一整天在各处人行道上奔走,在各编辑部里进进出出,累得筋疲力尽,饿得不亚于一条最饿的狗,回到家里。他住在一家旅馆的第一百四十七号房间里,这家旅馆在他的一本长篇小说里化名为"毒天鹅"。他走进第一百四十七号房间,对他那狭小而不高的住所看了一眼,皱起鼻子,点上蜡烛,这以后就有一幅扣人心弦的画面展现在他眼前。原来在一大堆纸张、书籍、去年的报纸、破旧的椅子、皮靴、睡衣、短刀和帽子中间,他那漂亮的妻子阿玛兰达躺在一张蒙着灰蓝色套子的小躺椅上,睡熟了。温情脉脉的津扎加走到她跟前,沉吟一会儿,拉了拉她的手。她没醒过来。他又拉她另一只手。她深长地叹口气,然而没醒过来。他就拍她的肩膀,伸出手指头去敲她那大理石般的额头,碰她的皮鞋,扯她的连衣裙,打了个满旅馆都听得见的喷嚏,然而她……连动也没有动一下。

"睡得好香啊!"津扎加暗想,"这是怎么搞的?莫非她服毒了?我最近那本长篇小说的失败可能对她起了强烈的影响。……"

津扎加瞪大眼睛摇躺椅。一本书从阿玛兰达身上慢慢滑下来,书页沙沙地响,啪的一声掉在地板上。长篇小说作家拾起这本书来,翻开一看,顿时脸色发白。这并不是别的书,也绝不是随随便便的一本书,却是他最近写成后由伯爵唐·巴拉班达·阿里蒙达出钱印行的长篇小说,书名是《圣莫斯科四十四名娶二十个妻子的男人的车裂之刑》。这本长篇小说,读者诸君明白,所描写的是俄国生活,因而是最有趣的生活,不料忽然之间……

"她居然读着我的长篇小说睡着了?!"津扎加嘟哝道,"她对巴拉班达·阿里蒙达伯爵的出版工作,对阿尔丰索·津扎加的劳动成果,多么不尊重!而他却给了她津扎加这个光荣的姓!"

"女人啊!"津扎加放开他那葡萄牙人的喉咙大叫一声,举起拳头捶躺椅的边沿。

阿玛兰达深深地叹口气,睁开黑眼睛,微微一笑。

"是你吗,阿尔丰索?"她对他伸出手去,说。

"对,是我!……你睡着了?你……睡着了?……"阿尔丰索嘟哝说,在一把东倒西歪的椅子上坐下,"你睡着以前做什么事来着?"

"我到我母亲家里去借钱来着。"

"后来呢?"

"读你的长篇小说。"

"后来你就睡着了?说呀!后来你就睡着了?"

"后来就睡着了。……咦,你生什么气呢,阿尔丰索?"

"我不是生气,而是觉得痛心:你这么漫不经心地对待我的工作,这种工作即使还没有给我名望,以后也一定会给!你是因为读我的长篇小说才睡着的!我就是这样理解你睡着的原因的!"

"别说了,阿尔丰索!你的长篇小说我读得津津有味。……你这本长篇小说使我入了迷。我……我……我特别被一个场面所感动,就是青年作家阿尔丰索·旬节加开枪自杀。……"

"那个场面不在这本小说里,而是在《一千把火》里!"

"是吗?那么这本长篇小说里是哪个场面打动我的心呢?哦,对了。……我读到俄国侯爵伊凡·伊凡诺维奇从窗口跳出去,掉进河里……河里……伏尔加河里的时候,我就哭了。"

"啊啊。……嘿!"

"他淹死的时候还为子爵夫人克塞尼雅·彼得罗芙娜祝福。……我心里很感动。……"

"如果你真感动,那怎么会睡着呢?"

"我困极了!要知道我昨天一夜没睡觉。你那么可爱,通宵给我朗诵你那本优秀的新长篇小说,我总不能只顾睡觉,不听你朗诵,放弃这种快乐啊。……"

"啊啊。……嗯!我明白了。拿点东西来给我吃!"

"难道你还没吃饭?"

"没有。"

"可是你今天早晨临走对我说,你今天在《里斯本省新闻报》的主编那儿吃饭,不是吗?"

"是啊,我原以为我的诗会在《新闻报》上发表,见他的鬼!"

"莫非他们没发表?"

"没有。……"

"这真不走运!自从我做你妻子那天起,我就满心痛恨那些编辑!那你饿了吧?"

"饿了。"

"可怜的阿尔丰索!那你没有钱吗?"

"哼……这还用问?!一点吃的都没有吗?"

"没有,我的朋友!我母亲光叫我吃了一顿饭,没给我钱。"

"嗯……"

椅子喀嚓一响。津扎加站起来,开始走来走去。……他走一会儿,思索一阵,生出极其强烈的愿望,打算无论如何要叫自己相信饥饿是懦弱的表现,人生在世是要跟自然作斗争,不单单是用面包填饱肚子,谁不挨饿谁就算不得艺术家,等等。他本来也许真就说服自己了,可是偏巧他在思考中想起隔壁的邻居,"毒天鹅"第一百四十八号房间里的意大利风俗画家福兰切斯科·布特隆察,一个有才能而且有点小名气的人,想起他有每天弄到饭吃的本领,这种本领在人世间绝不能说不重要,可是津扎加却从没学会过。

"那我到他那儿去!"津扎加决定道,就出去找这个邻居。

津扎加走进第一百四十八号房间里,看见一个场面,使得身为长篇小说作家的他颇为欣赏,同时又使得身为饿汉的他心里发紧。长篇小说作家在许多镜框、画布框、缺胳膊的人体模型、画架和挂满不同种类和不同时代的褪色服装的椅子当中瞧见了他的朋友福兰切斯科·布特隆察,这时候他要同朋友共进晚餐的希望却化为泡影了。……原来福兰切斯科·布特隆察学万·笛克①的样子歪戴着帽子,穿着彼得·阿敏斯吉②样式的服装,站在凳子上,发疯般摇着绘画用的支腕杆,哇哇地叫。他的样子可怕极了。他一只脚踏在凳子上,一只脚踩在桌子上。他脸色通红,眼睛炯炯有光,下巴上的胡子发颤,头发直竖起来,似乎随时会把帽子顶到空中去。墙角上放着阿波罗③的塑像,缺胳膊,没鼻子,胸部有一块三角形大裂口。福兰切斯科·布特隆察正大发脾气,他的妻子紧挨那尊塑像站着。她叫卡罗丽娜,是个日耳曼女人,战战兢兢地看着灯。她脸色苍白,浑身发抖。

"野蛮人!"布特隆察吼道,"你们不爱艺术,扼杀艺术,见你们

---

① 万·笛克(1599—1641),荷兰画家。在他的画像上,他歪戴着一顶黑色的宽边大帽子。
② 中世纪法国一个苦修的僧侣,曾参加十字军远征。——俄文本编者注
③ 古希腊神话中太阳和光明之神,艺术的保护神。

的鬼！我怎么会跟你这个冷血的日耳曼女人结婚的？！我这个傻子，原是一个像风那样自由的人，一头鹰，一只羚羊，总之一个艺术家，怎么会跟这样一小块由偏见和浅薄凝成的冰结合在一起。……魔鬼①！！！你就是冰！你就是一块木石般的牛肉！你……你这蠢货！哭吧，你这倒霉的、煮烂了的德国腊肠！你丈夫是艺术家，可不是什么小商人！哭吧，你这啤酒瓶！津扎加，是您吗？您别走！等一等！您来了，我很高兴。……您瞧这个女人！"

布特隆察朝女人那边伸伸左脚。卡罗丽娜哭了。

"算了！"津扎加开口说，"您吵什么，布特隆察先生？布特隆察太太有什么对不起您的地方？为什么您气得她掉眼泪呢？要记住您伟大的祖国，布特隆察先生，您的祖国是把对美的崇拜同对女人的崇拜紧密地结合在一起的国家！您要记住！"

"我气坏了！"布特隆察叫道，"您设身处地替我想一想！您知道，我已经听从巴拉班达·阿里蒙达伯爵的建议，着手画一张大幅的画。……伯爵要求我画《旧约》的苏萨娜②。……我求她，喏，就是这个日耳曼胖女人，脱光衣服，做我的模特儿，我从大清早起就求她，时而跪在她面前，时而发脾气，可她就是不肯！您设身处地替我想一想吧！没有模特儿，我能画吗？"

"我办不到！"卡罗丽娜哭着说，"要知道这不像样子！"

"您看见没有？看见没有？这也算是理由，见她的鬼！"

"我办不到！说实在的，我办不到！他叫我脱光衣服，而且还要站在窗前。……"

"我需要这样嘛！我打算画的女人是在月光底下！月光照在她胸脯上。……非利士人一起跑来，举着火把，火光照在她背

---

① 原文为意大利语。
② 《旧约》中一个美丽、贞节而被诬为不贞的女人。

上。……五彩缤纷啊！我不能不这样画！"

"为了艺术,太太,"津扎加说,"您不但得忘掉羞耻,而且得忘掉一切……感情！……"

"可是我受不了,津扎加先生！我不能站到窗前去给大家看！"

"给大家看。……不错,我们不妨认为,布特隆察太太,您是害怕人群的眼睛,其实所谓的人群,如果加以考察的话……艺术和理性的观点,太太……是这样的,那就是……"

津扎加说了些聪明人没法在嘴上说出来而且没法在笔下写出来的话,也就是十分正派而又极其难懂的话。

卡罗丽娜摇着手,在房间里跑来跑去,仿佛生怕人家硬要剥光她的衣服似的。

"我给他洗画笔,洗调色板,洗抹布,我的衣服给他的画弄得稀脏,我为养活他而出去教家馆,我给他缝衣服,我忍受大麻籽油的气味,我一连多少天站着给他做模特儿,我样样事情都做了,可是……如今叫我赤身露体？赤身露体？那我办不到！！！"

"我要跟你离婚,红头发的泼妇！"布特隆察叫道。

"那叫我上哪儿去？"卡罗丽娜惊叫道,"你先给我钱,让我回到当初你把我带出来的柏林去,然后再跟我离婚！"

"好吧！我画完苏萨娜,就把你打发到你的普鲁士去,打发到那个满是蟑螂、臭腊肠、旋毛虫的国家去！"布特隆察叫道,无意间胳膊肘撞着她的胸脯,"要是你不能为艺术牺牲自己,你就不配做我的妻子！野……蛮人。……魔鬼！"

卡罗丽娜放声大哭,抱住头,在椅子上坐下。

"你干什么?!"布特隆察大吼一声,"你坐在我的调色板上了！！"

卡罗丽娜站起来。她身子底下果然有一块新调好颜料的调色

91

板。……啊,上帝! 为什么我不是画家? 如果我是画家,我就会献给葡萄牙一幅伟大的画! 津扎加摇一下手,溜出第一百四十八号房间,庆幸他自己不是画家,同时又痛心,因为他虽是个长篇小说作家,却没能在画家那儿吃到饭。

在第一百四十七号房间门口他遇到个脸色惨白、神色慌张、浑身发抖的女人。她是第一百十三号房间的房客,未来的皇家剧院演员彼得·彼得鲁千察·彼得鲁利奥的妻子。

"您怎么了?"津扎加问她。

"哎呀,津扎加先生! 我们闯了祸! 这可怎么办? 我的彼得受伤了!"

"怎么受伤的?"

"他练习从上边往下跳,不料一头撞在箱子上。"

"倒霉的人啊!"

"他快死了! 这可怎么办?"

"去找大夫,太太!"

"可是他不愿意找大夫! 他不信医学,再说……他在所有的大夫那儿都欠着债。"

"既是这样,那您就到药房里去一趟,买醋酸盐药水。这种药水治伤口很灵验。"

"这种药水多少钱一瓶?"

"便宜,很便宜,太太。"

"谢谢您。您永远是我的彼得的好朋友! 我们还剩下一点钱,那是他在巴拉班达·阿里蒙达伯爵家演堂会戏挣来的。……我不知道这点钱够不够。您……您能借给我一点钱去买那种酱酸盐吗?"

"醋酸盐,太太。"

"我们不久就还给您。"

92

"我办不到,太太。我买下三令纸,把钱花得一个也不剩了。"

"那就再见!"

"祝您健康!"津扎加说着,鞠个躬。

未来的皇家剧院演员的妻子还没来得及从他面前走开,他就看见第一百零一号房间的女房客来到他面前,她的丈夫是小歌剧的歌唱演员,又是葡萄牙未来的奥芬巴赫①,大提琴和长笛的演奏者费尔吉南达·拉依。

"您有什么事?"他问她说。

"津扎加先生,"歌剧演员兼乐师的妻子绞着两只手说,"请您费心,去管管我那个胡闹的家伙!您是他的朋友。……也许您能够制止他。这个不要脸的人大清早起就扯开嗓门哇哇地唱,唱得我都没法活了!小孩子没法睡觉,我呢,简直让他那哇哇叫的男中音撕得粉碎!看在上帝面上,津扎加先生!都因为他,我甚至不好意思见邻居的面了。……您信不信?连邻居的孩子们都托他的福,没法睡觉。劳驾,您跟我走一趟!也许,您好歹能够管住他。"

"遵命,太太!"

津扎加向歌剧演员兼乐师的妻子伸过一条胳膊去,由她挽住,往第一百零一号房间走去。第一百零一号房间里有张大床占去一半地方,有只摇篮占去四分之一地方,大床和摇篮之间立着一个乐谱架。乐谱架上放着颜色发黄的乐谱,葡萄牙未来的奥芬巴赫正看着乐谱唱歌。他究竟在唱些什么,一时间是很难听明白的。只有凭他那冒汗的红脸,凭他对自己和别人的耳朵所发生的影响,才能推断他唱得很差,费力,像发疯一样。看来,他唱歌是活受罪。他用右脚和右拳打拍子,同时把胳膊和腿举得高高的,老是碰掉乐谱架上的乐谱。他伸长脖子,眯细眼睛,歪着嘴,伸出拳头捶肚

---

① 奥芬巴赫(1819—1880),法国作曲家,古典小歌剧巨匠。

子。……摇篮里躺着个小小的活人,又喊又嗥,尖声怪叫,给他的声嘶力竭的爸爸伴奏。

"拉依先生,现在您该休息了吧?"津扎加走进门来,问拉依说。

拉依没听见。

"拉依先生,现在您该休息了吧?"津扎加又问一遍。

"把他抱走!"拉依唱着,同时把下巴朝摇篮那边扬一下。

"您在练习什么歌?"津扎加大声问道,竭力要盖过拉依的声音,"您在练什么歌?"

拉依唱得接不上气了,这才停住嘴,呆呆地望着津扎加。

"您有什么事?"他问。

"我?哦……我……也就是说……现在您该休息了吧?"

"可是这关您什么事?"

"不过您累了,拉依先生!您这是在练习什么歌?"

"献给巴拉班达·阿里蒙达伯爵大人的颂歌。然而这关您什么事?"

"不过现在已经是夜间了。……现在,从某种意义上说,是睡觉的时候了。……"

"我得一直唱到明天上午十点钟。睡觉对我们没有什么好处。谁喜欢睡觉,就让谁去睡,我呢,为葡萄牙的福利,也许还为全世界的福利,不应当睡觉。"

"可是,我的朋友,"他的妻子插嘴说,"我和我们的孩子要睡觉!你这么大声地嚷,慢说别人不能睡觉,就连在这个房间里坐着也不行!"

"要是你想睡觉,你自管睡好了!"

说完这话,拉依就用脚打拍子,唱起来。

津扎加堵上耳朵,像疯子一样逃出第一百零一号房间。他回到自己房间里,却看见一幅扣人心弦的画面。他的阿玛兰达靠桌子坐着,在誊清他的中篇小说。她的大眼睛里淌下大颗泪珠,滴在草稿本上。

"阿玛兰达!"他抓住妻子的手,叫道,"难道我这可怜的中篇小说里那可怜的主人公居然把你感动得流泪吗?是这样吗,阿玛兰达?"

"不是的,我不是为你的主人公哭。……"

"那你为什么哭呢?"大失所望的津扎加问。

"我的女朋友索菲雅·费尔德拉班捷罗·涅拉克鲁茨·罗兹加,也就是你的朋友雕塑家的妻子,把她丈夫已经塑好、准备献给巴拉班达·阿里蒙达伯爵的塑像碰碎了……她看到丈夫悲伤,受不了……就吞下火柴自尽了!"

"不幸的……塑像呀!哎,这些妻子,巴不得叫鬼抓了你们去,顺带把你们那些碰翻一切东西的长衣裾也抓走才好!她服毒自尽了?见鬼,这倒是长篇小说的题材呢!!!不过,这个题材没有多大意思!……在这个世界上,人人都要死的。……不是今天就是明天,不是明天就是后天,你的女朋友反正也得死。……你把眼泪擦干吧,你与其哭,还不如听我讲的好。……"

"讲新的长篇小说提纲吗?"阿玛兰达小声问道。

"对了。……"

"我明天早晨听你讲岂不更好,我的朋友?早晨脑子多少清楚点。……"

"不,你今天听吧。明天我没工夫。俄国作家捷尔查文①到里斯本来了,明天早晨我得去拜访他。跟他一块儿来的,还有你所喜爱的……说来令人遗憾……还有你所喜爱的维克多·雨果。"

---

① 捷尔查文(1743—1816),俄国诗人,古典主义的代表人物。

95

"是吗？"

"是的。……那你就听我讲吧！"

津扎加在阿玛兰达对面坐下，把头往后一仰，讲起来：

"情节发生的地点是全世界。……葡萄牙、西班牙、法国、俄国、巴西等。男主人公在里斯本的报纸上读到女主人公在纽约遭到不幸。他去了。他被海盗捉住，而那些海盗是由俾斯麦的暗探买通的。女主人公是法国暗探。报纸上的暗示。……英国人。奥地利的波兰派和印度的吉卜赛。阴谋。男主人公下狱。人家打算收买他。听明白了吗？下面……"

津扎加讲得动人而热烈，摇着手，眼睛放光……他讲了很久很久……长得要命！

阿玛兰达睡着两次，醒来两次，街上的路灯熄灭，太阳升上来了，可是他仍旧在讲。时钟敲过六下，阿玛兰达胃里不好受，想喝早茶，可是他仍旧讲个不停。

"俾斯麦提出辞呈。男主人公不愿意再隐姓埋名，就说出他的姓名阿尔丰索·宗祖加，非常痛苦地死了。安静的天使把他安静的灵魂送上蓝天。……"

等到时钟敲七下，津扎加才算讲完。

"如何？"他问阿玛兰达，"你说怎么样？你认为阿尔丰索和玛丽雅之间那个场面书报检查机关通得过吗？啊？"

"不，那个场面很动人！"

"总的说来，这篇小说好吗？你说实话。你是女人，而我的大多数读者都是女人，所以我非知道你的意见不可。"

"该怎么跟你说好呢？我觉得好像已经在什么地方遇到过你这个男主人公，只是不记得究竟是在什么地方。……"

"这不可能！"

"真的。我在一本长篇小说里遇到过你的男主人公，而且应当说,那是一本无聊透顶的长篇小说!当初我读那本长篇小说,心里就纳闷,这类荒唐的东西怎么会出版呢。我把它读完,就断定作者至少一定蠢得像木头。……荒唐的东西倒印出来了,你的作品却很少印出来。真是怪事!"

"你至少总该记得那本长篇小说的名字吧?"

"书名我记不得,不过男主人公的名字我倒记得。……这个名字我记得很牢,因为它一连有四个'尔'字。……真是个荒唐的名字……卡尔尔尔尔罗!"

"莫非是在《大海中的女梦游者》那本书里吗?"

"对,对,对,就是那本书里。我们的文学作品你记得多么清楚!就是那本书里。……你的男主人公很像卡尔尔尔尔罗,不过,当然,你写的人物聪明得多。你怎么了,阿尔丰索?"

阿尔丰索跳起来。

"《大海中的女梦游者》就是我写的长篇小说!!!"他叫道。

阿玛兰达脸红了。

"这样说来,我的长篇小说,我的作品,无聊透顶?"他嚷得那么响,连阿玛兰达的嗓子都觉得痛了,"哼,你这没脑筋的鸭子!原来您,夫人,就是这样看待我的作品吗?原来就是这样,母驴?您无意中说出了真话吧?从今以后您休想再见到我!再见!哼……呸……白痴!我的长篇小说无聊透顶?!巴拉班达·阿里蒙达伯爵明白他出版的是什么书!"

津扎加向妻子投过去轻蔑的一瞥,把帽子低低地拉到眼睛上,走出第一百四十七号房间,砰的一声关上门。

阿玛兰达叹了口气,可是没有哭,也没有当场昏倒。她知道阿尔丰索·津扎加不管生多大的气,总会回到第一百四十七号房间里来。……对这个长篇小说作家说来,永远离开第一百四十七号房间就无异于开始在葡萄牙蔚蓝色天空下生活,因而就得在里斯

97

本人行道上写作,还得找个不要报酬的女誊写员。这一点阿玛兰达是知道的,因而她丈夫走后,她倒不大担心。她只是叹口气,开始安慰自己。照例,在夫妇之间这种常有的口角以后,她总是读一张旧报纸来安慰自己。旧报纸收藏在她本来装糖果用的白铁盒里,跟装过香水的小空瓶放在一起。旧报纸上除了广告、电讯、政治、时事以及其他各项人间事务以外,还有一颗珍珠,也就是报纸上所谓的杂俎栏。杂俎栏里有几篇故事,有的描写一个美国人怎样施展巧计赚了另一个美国人,有的描写著名歌唱家杜巴多拉·斯维斯特小姐怎样吃光一大桶牡蛎,没有沾湿靴子就翻过了安第斯①,另外还有一个小故事,非常适合于安慰阿玛兰达和其他艺术家的妻子。现在我把这个故事照抄如下:

"请葡萄牙人和他们的女儿注意。在克里斯多芬·哥伦布这个精力极其充沛而且极其勇敢的人所发现的美洲一个城市里,住着医生坦涅尔。这个坦涅尔与其说是科学家,不如说是别具一格的艺术家,因此,他在地球上和葡萄牙就不是以科学家,而是以别具一格的艺术家闻名。他是美国人,同时又是普通人,既是普通人,早晚就必然会恋爱,有一回他果然这样做了。他爱上个美丽的美国女人,而且爱得神魂颠倒,不下于艺术家,爱到了有一次开药方,该写蒸馏水②而竟写成硝酸银③了,后来他求婚,终于结婚了。起初他同美丽的美国女人生活得非常幸福,结果违反蜜月的本质,把蜜月④延长,不是一个月而是六个月⑤。毫无疑问,坦涅尔是有学问的人,因而是最容易相处的人,要不是他在妻子身上发现一种可怕的恶习,他俩原会幸福地生活到死。坦涅尔太太的恶习就是她像一般人那样要吃东西。妻子这个恶

---

① 拉丁美洲的山脉,不是江河湖泊。
②③ 原文为拉丁语。
④ 蜜月比平常的月短,蜜月只有20天零5个钟头15分又16秒。——作者注
⑤ 不可能!——作者注

习使坦涅尔感到痛心。'我要重新教育她！'他给自己提出这个任务，而且开始启发坦涅尔太太。起初他教她不吃早饭和晚饭，其次教她不喝茶。婚后一年，坦涅尔太太准备出来的午饭，已经不是四道菜，而是只有一道。成亲以后过了两年，她所吃的已经只限于少得出奇的一点点食物。她一昼夜吃下和喝下的营养品的分量开列如下：

盐	1 喱①
蛋白质	5 喱
脂肪	2 喱
水（蒸馏过的）	7 喱
匈牙利葡萄酒	$1\frac{1}{23}$ 喱
共　　计	$16\frac{1}{23}$ 喱

"我们没计算气体，因为科学还不能确切地规定我们所需要的气体数量。坦涅尔胜利了，然而为时不久。在婚后生活的第四年，有个想法开始煎熬他，那就是坦涅尔太太所吃的蛋白质营养品太多了。他就越发出力训练她，要不是他觉得不再爱他的妻子，他也许就会达到目的，把五喱缩减为一喱或者零了。他是个爱美的人，因而不能不厌恶他的妻子。坦涅尔太太非但没有直到老死仍然是美国的美人儿，反而无缘无故，异想天开，变成美国木柴之类的东西，失去原有的姿色和智力，这表明，她虽然还适合于进一步训练，可是已经完全不适合过夫妇生活了。坦涅尔医生要求离婚。于是有学问的专家纷纷来到他家，从各方面考察坦涅尔太太，劝她到矿泉地去疗养，做体操，给她开食谱，认为他们可敬的同行的要求完全合法。坦涅尔医生送给同行兼专家们每人一枚金元，招待

---
① 一喱等于 0.062 克。

他们吃了一顿丰盛的早饭,于是……从那时候起,医生住在一个地方,他的妻子住在另一个地方了。可悲的故事!女人啊,你们常常成为伟人的灾难根源。女人啊,伟人身后往往缺乏子嗣,这岂不是你们的罪过?葡萄牙人啊,你们的良心负着一项责任,就是教育你们的女儿!不要把你们的女儿培养成破坏安乐家庭的人!!我讲完了。明天适逢主编诞辰,本报停刊一日。葡萄牙人啊!你们谁没有交足订报费,要赶快补交!"

"可怜的坦涅尔太太!"阿玛兰达看完这个小故事,轻声说,"可怜的女人!她多么不幸!啊,跟她相比,我多么幸福!我多么幸福啊!"

阿玛兰达暗自庆幸这个世界上还有人比她更加不幸,就小心地把报纸叠好,放回盒子里,然后,想到她不是坦涅尔太太而心里高兴,就脱掉衣服,躺下睡觉了。

她一直睡到阿尔丰索·津扎加饿得不得了,跑来叫她,才醒过来。

"我想吃东西!"津扎加说,"穿上衣服,我亲爱的,到你的母亲①那儿去要钱。不过,顺便说一句②:我给你赔罪。我说得不对。刚才我去拜访俄国作家捷尔查文,他是跟另一个俄国作家莱蒙托夫一块儿来的。据捷尔查文说,有两本长篇小说用同一个书名《大海中的女梦游者》,可是内容完全不同。去吧,我的朋友!"

津扎加趁阿玛兰达穿衣服的时候,对她讲起他打算写个故事,顺便还提到,他写这个震动身心的故事也要求她作出点牺牲。

"牺牲不大,我的朋友!"他说,"你得凭我的口述把我的描写记下来,这至多破费你七八个钟头,然后你再把它誊清。顺便,把

---

① 原文为西班牙语。
② 原文为法语。

你对我所有作品的看法捎带着写在一张纸上。……你是女人，而我的大多数读者是女人。……"

津扎加说了点谎。并不是他的大多数读者都是女人，而是他的全部读者只有一个女人，因为阿玛兰达并不是"许多女人"，只是"一个女人"而已。

"你同意吗？"

"好，"阿玛兰达低声说，脸色煞白，往一本破烂的、老是丢在一旁没人理会的、盖满尘土的百科词典上倒下去，昏迷不醒了。……

"这些女人可真是怪！"津扎加叫道，"我说的对，我在《一千把火》里说过：女人这种生物对人类来说永远是个谜，永远使人惊奇！只要有一点点喜事，就能把她乐得晕倒在地！哎，女人的脾气呀！"

幸福的津扎加就在不幸的阿玛兰达面前跪下，吻她的额头。……

诸位女读者，事情就是这样！

你们要知道，姑娘们和寡妇们，这些艺术家你们万万嫁不得！乌克兰佬说得好："求主保佑，叫那些艺术家滚蛋吧！"与其住在"毒天鹅"最好的房间里，得到巴拉班达·阿里蒙达伯爵最好的庇护，姑娘们和寡妇们啊，还不如住在随便哪家卖烟草的小店里，或者索性在市上卖鹅的好。

真的，还不如这样好！

托莱多①的罪人

译自西班牙文

"兹有女妖一名,自称玛丽雅·斯巴兰佐,若有人指出其目前所在地点,或将该女妖不论死活送交法院,则该人所犯罪恶均将予以赦免。"

这个布告由巴塞罗那②的主教和四名法官联名签署。颁发布告的日子老早已经过去,然而那段时期在西班牙历史上,也许甚至在人类历史上,却永远留下了不可磨灭的污点。

巴塞罗那全城的人都读了这个布告。搜查开始。有六十名女人被捕,因为她们貌似捉拿中的女妖。女妖的亲戚们统统受到拷问。……当时存在着一种可笑的同时又根深蒂固的信念,认为女妖有一种本领,能够变成猫狗或者其他的动物,而且必然生着黑毛。据说,猎人们常常把猛扑过来的动物的一个爪子砍下,带回家去做战利品,然而临到打开猎物袋,却发现其中只有一只血污的手,而且认出就是自己妻子的手。巴塞罗那的居民们把黑猫和黑狗一概打死,然而并没有在这些不必要的蒙难者身上找出玛丽雅·斯巴兰佐来。

玛丽雅·斯巴兰佐是巴塞罗那城一个大商人的女儿。她父亲

---

①② 西班牙的城名。

是法国人,母亲是西班牙人。她从父亲身上继承了法国人的无忧无虑以及在法国女人身上显得那么动人的无限欢畅的心境。她从母亲那儿继承了纯西班牙人的肉体。她相貌美丽,永远兴高采烈,头脑聪明,在西班牙那种快活的悠闲生活和艺术里消磨岁月,直到二十岁没有掉过一滴眼泪。……她幸福得跟孩子一样。……她是在正好满二十岁的那天,嫁给斯巴兰佐的。那个人在巴塞罗那全城以航海家闻名,相貌极其英俊,据说是个极有学问的西班牙人。她是因为爱他才嫁给他的。她丈夫对她发誓说,如果她跟他一起生活感到不幸福,那他就会自杀。他神魂颠倒地爱她。

婚后第二天,她的命运就决定了。

黄昏时分,她从丈夫家里出来,去找她母亲,不料迷了路。巴塞罗那是个大城,并不是每个西班牙人都能给您指出从本城这一头到那一头该怎样走才最近便。她遇见一个年轻的修士。

"到圣马克街去该怎么走?"她对修士说。

修士站住,一面心里思忖,一面开始打量她。……太阳早已下山。月亮已经升上来,把冷冰冰的光投在玛丽雅美丽的脸上。怪不得歌颂女人的诗人常常提到月亮!女人在月光下美丽一百倍。由于玛丽雅走路很快,她美丽的黑发披散在肩膀上,盖住她深深呼吸着的、隆起的胸脯。……她伸出手来抓住脖子上的围巾,胳膊裸露到臂肘上。……

"我凭圣扬瓦利的血起誓,你是女妖!"年轻的修士忽然无缘无故地说。

"如果你不是修士的话,我就会认为你是喝醉酒了!"她说。

"你是女妖!!"

修士咬着牙吐出一句咒文。

"刚才跑到我前头去的那条狗,到哪儿去了?那条狗变成你了!我看得出来!……我知道。……我还没满二十五岁,就已经揭发过五十个女妖。你是第五十一个。我是奥古斯丁①。……"

修士说完这话,在胸前画个十字,回转身走去,不见了。

玛丽雅知道奥古斯丁。……她在父母家里听到过许多关于他的事。……她知道他最热中于灭绝女妖,而且写过一本学术著作。他在那本书里诅咒女人,痛恨男人,因为男人是由女人生出来的。玛丽雅走出半俄里远,再一次遇见奥古斯丁。那儿有一所大厦,上边刻着一长行拉丁字,从大门里走出四个黑人影。这四个人影让她从面前走过去,然后跟着她走。她认出其中一个就是奥古斯丁。他们一直把她送到家门口。

她遇见奥古斯丁以后,过了三天,斯巴兰佐家里来了一个人,穿着黑衣服,脸孔虚胖,胡子刮光,从一切迹象看来大概是法官。这个人吩咐斯巴兰佐立刻到主教那儿去。

"你的妻子是女妖!"主教对斯巴兰佐宣布道。

斯巴兰佐脸色变白了。

"你要感谢上帝!"主教继续说,"有一个人,上帝赐给他宝贵的才干,善于在人身上发现恶魔,如今他打开我们的眼睛,也打开了你的眼睛。他看见她怎样变成黑狗,黑狗又怎样变成你的妻子。……"

"她不是女妖,她是……我的妻子!"吓呆的斯巴兰佐喃喃地说。

"她不可能是天主教徒的妻子!她是撒旦②的妻子!你这个不幸的人,难道至今还没发现她已经不止一次为恶魔对你变心吗?你回家去,马上把她带到这儿来。……"

---

① 这个姓影射历史上的奥古斯丁(354—430),北非洲希波主教,宗教黑暗势力的疯狂宣传者,号召教会残酷镇压异教徒,写有宗教著作《天主之城》等。

② 即恶魔。

主教是很有学问的人。他认为女人①这个词就是由信仰②和少量③两个字合成的,这倒似乎颇有道理:女人不大信教。……

斯巴兰佐脸色变得比死尸还白。他走出主教的房间,抱住头。现在上哪儿去,对谁去说玛丽雅不是女妖呢?修士们相信的事,谁还能不相信?如今整个巴塞罗那都会相信他妻子是女妖了!整个巴塞罗那!再也没有一件事比叫蠢人相信荒唐事更便当的了,而西班牙人就都愚蠢!

"再也没有一个民族比西班牙人更愚蠢的了!"当初斯巴兰佐的做医生的父亲临终的时候对他说过,"要藐视西班牙人,不要相信西班牙人所相信的东西!"

斯巴兰佐相信西班牙人所相信的东西,然而不相信主教的话。他很了解他的妻子,相信女人只有到老年才会变成女妖。……

"那些修士要烧死你,玛丽雅!"他从主教那儿回到家里,对妻子说,"他们说你是女妖,叫我把你带到那儿去。……你听我说,我的妻子!你要真是女妖,那就求上帝跟你同在!你索性变成黑猫,逃到别的什么地方去吧。不过要是你身上没有恶魔,我就不把你交给修士。……他们会给你戴上狗颈套,不让你睡觉,直到把你屈打成招为止。如果你是女妖,你就逃跑吧!"

玛丽雅没变成黑猫,也没逃跑。……她光是哭,开始祷告上帝。

"你听我说!"斯巴兰佐对痛哭的妻子说,"我那去世的父亲对我说过,新时代很快会到来,人们会嘲笑那些相信有女妖的人。我的父亲不信神,然而他说的永远是真理。那么你得藏到一个什么地方去,等着那个时代来临。……很简单!我哥哥赫利斯托福尔有一条船,目前在港口修理。我把你藏在那条船里,你不要从船

---

① ② ③ 原文为拉丁语。

里出来,要等着我父亲说过的那个时代到来。……那个时代,用他的话来说,很快就会到来的。……"

当天傍晚玛丽雅已经坐在那条船的舱底。她又冷又怕,不住颤抖,听着波涛的澎湃声,心焦地等候斯巴兰佐父亲所说的那个妙不可言的时代来临。

"你妻子在哪儿?"主教问斯巴兰佐说。

"她变成黑猫,从我身边跑掉了!"斯巴兰佐撒谎道。

"我早就料到,早就预感到会有这么一着! 不过那也没关系。我们会找到她的。……奥古斯丁的伟大才干! 啊,神奇的才干! 你自管放心去吧,下一次不要娶女妖为妻了! 以往有过些例子,说明恶魔会从妻子身上转移到丈夫身上去。……去年我就烧死过一个虔诚的天主教徒,他因为接触有恶魔附体的女人而不由自主地把灵魂交给撒旦了。……你去吧!"

玛丽雅在那条船里守了很久。斯巴兰佐每天晚上去探望她,给她送去一切用品。她住了一个月,两个月,住到第三个月,可是她所盼望的那个时代却没来临。斯巴兰佐的父亲所说的话是正确的,可是要对付迷信,几个月却不够。迷信跟鱼一样活得久,要持续好几百年。……玛丽雅渐渐习惯她新的生活方式,开始嘲笑修士,把他们叫做乌鸦了。……要不是发生了一件可怕而又没法挽救的祸事,她还会活很久,也许会照赫利斯托福尔所说的那样乘着修好的船漂洋过海,远离愚蠢的西班牙,到遥远的国度去呢。

主教的布告不仅在巴塞罗那居民们手里流传,而且张贴在所有的广场和市场上,连斯巴兰佐也得到一张。斯巴兰佐读完这个布告,沉思不语。布告的结尾应许赦免罪恶,引起了他的注意。

"有罪可以得到赦免,倒是件好事呢!"斯巴兰佐叹道。

斯巴兰佐认为他自己是个大罪人。他的良心上负担着一大堆罪恶,有许多天主教徒就是因此受到火刑,或者死于拷打之下的。

斯巴兰佐青年时代住在托莱多。当时托莱多是术士和魔法师汇合的地点。……十二世纪和十三世纪，数学在那里比在欧洲任何地方都发达。在西班牙城市里，从数学到魔法只要跨出一步就行了。……斯巴兰佐在父亲指导下也搞过魔法。他解剖动物的内脏，收集罕见的杂草。……有一次他在铁臼里捣碎一种什么东西，不料铁臼里发出可怕的爆响，跟着冒出一股淡蓝色火焰，就是魔鬼来了。他在托莱多的生活充满这类罪恶。父亲死后，斯巴兰佐离开托莱多，不久就感到良心非常不安。一个年老而很有学问的修士兼医生对他说，如果他不立下一种非同小可的功劳，足以使他的罪恶获得赦免，他的罪恶就永世得不到宽恕。斯巴兰佐为要罪恶得以赦免，情愿牺牲一切，只求他的灵魂能摆脱托莱多可耻生活的回忆，逃脱地狱就好。要是当时西班牙出售免罪符，他就情愿拿出一半家产去买。……要不是他的工作阻挠他，他就会动身，徒步走到圣地去了。

"如果我不是她的丈夫，我就会把她交出去……"他读完主教的布告以后暗自想道。

他头脑里反复想着，他只要说出一句话，他的罪恶就可以得到赦免了。这个想法弄得他昼夜不得安宁。……他爱他的妻子，非常爱她。……要不是这种爱情，这种为修士以至托莱多医生们极其看不起的弱点，说不定事情倒真不妨这么办。……他把布告拿给哥哥赫利斯托福尔看。……

"如果她是女妖，而且不这么漂亮，"他哥哥说，"那我就会把她交出去。……罪恶得以赦免，总是好事嘛。……不过，要是我们等玛丽雅死了，再把她的死尸交给那些乌鸦，我们倒也不吃亏呢。……让他们去焚烧死人好了。……反正死人不会觉得痛。将来我们老了，她就会死掉，我们呢，到了老年也需要让我们的罪过得到赦免了。……"

赫利斯托福尔说完这些话,就哈哈大笑,在他弟弟肩膀上捶一下。

"我可能死得比她早呢,"斯巴兰佐说,"不过我凭上帝起誓,假如我不是她的丈夫,我就会把她交出去!"

这次谈话后过一个星期,斯巴兰佐在那条船的甲板上走来走去,嘴里嘟哝道:

"哎,要是她死掉就好了!她活着,我不能把她交出去,我不干!不过她死了,我就把她交出去!那我就会蒙骗那些该死的老乌鸦,从他们那儿得到赦免了!"

于是愚蠢的斯巴兰佐把他可怜的妻子毒死了。……

玛丽雅的尸首由斯巴兰佐送交法院,由法院焚化了。

斯巴兰佐在托莱多所犯的罪恶得到赦免了。……其实他被赦免的罪恶是他学习过给人看病,研究过科学,而这种科学后来叫做化学。主教称赞他,把他自己的著作送给他一本。……有学问的主教在这本书里写道,魔鬼常常附在黑发女人身上,因为黑发是魔鬼的颜色。

一八八二年

我　忘　了!!

伊凡·普罗霍雷奇·加乌普特瓦赫托夫原是个灵活利索的中尉,擅长跳舞,又是追求女性的能手,如今却已经成为又胖又矮而且瘫痪过两次的地主了。有一天,他替他妻子买东西,忙得劳累不堪、筋疲力尽后,走进一家大的乐器商店里,要买乐谱。

"您好!……"他走进商店里,说,"请您费心给我拿……"

一个矮小的日耳曼人站在柜台里边,这时候对他伸出脖子来,脸上现出笑吟吟的问号。

"请问,您要买什么?"

"请您费心给我拿……天气好热啊!这样的气候简直叫人没法子!请您费心给我拿……嗯嗯……给我拿……嗯……请您费心……我忘了!!"

"您再想一想,先生。……"

加乌普特瓦赫托夫抿紧嘴唇,小小的额头上皱出许多纹路,抬起眼睛来沉思不语。

"我忘了!!这真是鬼记性啊,求主宽恕我这样说!喏……喏……请您费心给我拿……嗯……我忘了!!"

"您再想一想,先生!"

"我本来对她说过:你写下来!她偏不写。……她干吗不写呢?我总不能样样都记住嘛。……不过,也许您知道吧?那是一首外国曲子,弹起来响亮得很。……啊?"

"这样的曲子,您知道,我们这儿有很多呢,所以……"

"嗯,是啊。……当然了!嗯……嗯……让我想想看。……哎,这可怎么办?我买不到这首曲子就没法回家去。娜嘉,也就是我的女儿,要闹个没完了。要她弹琴而又没有乐谱,您知道,那可不方便……那她就弹不好!她本来有乐谱,不过,实不相瞒,我一不小心把煤油泼在乐谱上,又生怕惹出一场争吵来,就悄悄把它丢在五屉柜后边了。……我可不喜欢女人家吵闹!她就叫我再买一本。……嗯,是啊。……嘿……好大的一只猫!"加乌普特瓦赫托夫说,伸出手去摩挲一只躺在柜台上的大灰猫。……它呜呜地叫起来,舒畅地伸个懒腰。

"挺好的猫。……看样子,它还是西伯利亚的种呢,坏东西!……这倒是良种的猫,小坏包。……它是公猫还是母猫?"

"公猫。"

"咦,你看什么?丑嘴脸!傻瓜!老虎!你捉老鼠吗?咪呜,咪呜?……这真是该死的记性!……你好肥啊,小坏包!您能把它下的小崽子给我一只吗?"

"没有。……嗯。……"

"要不然我就带一只回去。……我的老婆最喜欢这些东西:猫!……现在可怎么办呢?我一路上都记得,可就是现在忘了。……记性不济了,完了!我老了,我的好年月过去了。……如今到死的时候了。……那首曲子弹起来响亮得很,很花哨,很庄严。……对不起……嗯……也许,我来唱一下吧。……"

"您唱吧……或者①……或者……或者吹口哨也成!……"

"在房间里吹口哨是罪过。……喏,我们那儿有个谢杰尔尼

---

① 原文为德语。

科夫,专爱吹口哨,吹啊吹的,后来就倾家荡产了。……您是日耳曼人还是法国人?"

"日耳曼人。"

"这我从您的相貌就看出来了。…… 幸好您不是法国人。……我不喜欢法国人。……他们嘴里老是嘘啊嘘的吹个不停……糟透了!打仗的时候,他们吃老鼠。……有个法国人在自己开的小铺里一天到晚吹口哨,到后来就把他的食品杂货一股脑儿吹到烟囱里去了!如今他欠下一身债。……连我这儿他也欠着二百卢布呢。……我有时候用鼻子哼几句。嗯。…… 对不起。……我要唱了。……等一等。我马上就唱。……咳。……我有点咳嗽。……嗓子眼里发痒。……"

加乌普特瓦赫托夫捻着手指头打了三个榧子,然后闭上眼睛,用假嗓唱起来:

"斗斗梯斗斗。……哈哈哈。……我唱的是男高音。……我在家里最常唱童高音。……对不起。……梯拉拉。……咳。……我的牙缝里不知卡了个什么东西。……呸!原来是一粒小谷子。……斗斗。……咳。……我多半感冒了。……我在酒店里喝了点凉啤酒。……特鲁鲁鲁。……就照这样一路高上去……然后,您知道,又低下来,低下来。……就这样忽上忽下的,后来又一步步上去,声音那么脆……斗斗梯……鲁鲁。……您听懂了吗?这时候接着是低音:古古古土土。……听懂了吗?"

"没听懂。……"

公猫惊讶地瞧着加乌普特瓦赫托夫,多半笑起来了,然后懒洋洋地从柜台上跳下去。

"没听懂?可惜。……不过我唱得也不对。……我全忘了,真叫人心烦!"

"那您就弹钢琴吧。……您会弹吗?"

113

"不行,我不会弹。……以前我倒拉过小提琴,只有一根弦,不过那也拉得不怎么样……马马虎虎。……我没好好学过。……我弟弟纳扎尔倒会弹琴。他学过。……教他弹琴的是法国人罗卡特,您也许知道,就是韦耐笛克特·福兰崔奇。……那个法国佬可真逗笑。……我们开玩笑,叫他拿破仑派。他生气了。……他说:我可不是拿破仑派……我是法国共和派。……他那模样,说实在的,也真是共和派。……简直生成一副狗嘴脸。……我那去世的父母什么也没教过我。……他们常说:你爷爷叫伊凡,你也叫伊凡,所以你一举一动都得像你爷爷:你得做军人,小坏蛋!你得跟火药打交道!!娇气,孩子……孩子……我,孩子……我,孩子,不许你娇里娇气!你爷爷多少是靠吃马肉活下来的,你也得吃马肉!你脑袋底下别垫枕头,要垫马鞍子!……现在我要是回到家里,那可够我受的!她们非把我吞下肚去不可!没买着乐谱,那可回去不得。……既是这样,那就再见!原谅我打搅您!……这架钢琴值多少钱?"

"八百卢布!"

"哎呀呀。……圣徒呀!这真叫作'只顾买钢琴,出门没裤子穿'!嘿,嘿,嘿!八百卢布!!!讲究得很呢!再见了!希烈亨齐!盖本齐!①……您猜怎么着,有一回我在一个日耳曼人家里吃饭。……吃过饭后,我问一位先生,也是日耳曼鬼子:在德国话里,'承赐盛宴,不胜感激之至'怎么说?他就对我讲了……讲了又讲。……对不起!……他是这么说的:'伊赫·里贝·笛赫·丰·冈三·盖尔三!'这句话是什么意思?"

"我……我满心爱你!"站在柜台里边的日耳曼人翻译道。

"哎哟!我走到主人的女儿跟前,把这句话照样说了一

---

① 用俄语口音学说德语:您说吧!给我吧!

遍。……她发窘了。……她差点发了歇斯底里呢。……要命啊!……再见吧! 俗语说得好:脑筋太糊涂,苦了两条腿。……我就是这样。……凭这种糟糕的记性就得倒霉:多跑二十趟路! 回头见!"

加乌普特瓦赫托夫小心地推开店门,来到街上,走出五步远,戴上帽子。

他把他的记性骂了几句,后来就沉思了。……

他暗想他会怎样回到家里,他的妻子、女儿、孩子怎样迎着他跑过来。……他的妻子把他买来的东西检查一遍,开口骂他,把他叫作一种什么动物,蠢驴或者笨牛什么的。……孩子们扑到糖果上,拼命损害他们已经吃坏的肠胃。……娜嘉走出房间,迎着他走过来,身上穿着浅蓝色连衣裙,打着粉红色领结,问道:"乐谱买了吗?"一听说"没买",她就会骂她的老父亲,跑回她的小房间里去,锁上门,放声大哭,不肯出来吃饭。……后来她从房间里走出来,泪痕斑斑,愁眉苦脸,挨着钢琴坐下。起初她弹着悲伤的曲子,哽咽着,唱一首什么歌。……直到傍晚,娜嘉才渐渐高兴起来。终于,她最后一次长叹一声,弹出她喜爱的曲子:斗斗梯斗斗……

加乌普特瓦赫托夫使劲拍一下额头,像疯子似的回转身来,往那家商店跑去。

"斗斗梯斗斗,对了!"他一面跑进商店,一面哇哇地嚷,"我想起来了!!! 就是这个! 斗斗梯斗斗!"

"啊。……好,现在明白了。这就是李斯特[①]的狂想曲,第二号。……匈牙利的[②]……"

"对,对,对。……李斯特,李斯特! 要是我说得不对,就叫上

[①] 李斯特(1811—1886),匈牙利作曲家。
[②] 原文为法语。

帝打死我,是李斯特!第二号!对,对,对。……好人呀!就是它!亲人呀!"

"是的,李斯特的曲子很难唱。……那么您要买哪一种,原本①还是简本②?"

"随便哪种都成!只要是李斯特,第二号就行!这个调皮的李斯特呀!斗斗梯斗……哈哈哈!我好不容易才想起来!一准是它!"

日耳曼人从货架上取下乐谱本,连同一大叠价目表和广告卷在一起,把纸卷递给眉开眼笑的加乌普特瓦赫托夫。加乌普特瓦赫托夫付出八十五戈比,嘴里吹着口哨,走出去了。

---

①② 原文为法语。

满是问号和惊叹号的一生

〔童年〕上帝赐给我们一个什么孩子,是儿子还是女儿?很快就要受洗了吧?好大的男孩!可别让他掉在地上,奶妈!哎呀,哎呀!他摔跟头了!!他已经长出小牙了?他的淋巴腺肿了吧?把他手里的小猫拿过来,要不然它会抓伤他!你揪舅舅的小胡子!就这样揪!别哭!妖精来了!他已经会走路了!把他带走,他太不客气了!他在您那儿闯下了什么祸呀?!可怜的礼服!哦,没什么,我们来把它晾干就是!他把墨水瓶打翻了!睡吧,小胖子!他已经会说话了!哎,他简直是我们的心头肉!来吧,你给我们讲点什么!他差点让街上的马车轧死!把奶妈赶走!你别站在风口上!您该害臊才是,打这么小的孩子下得了手吗?别哭了!给他一块蜜糖饼干吧!

〔少年〕你走过来,我要揍你一顿!你这是在哪儿把鼻子弄破的?不要去打搅妈妈!你不小了!你现在不要上桌子,等一会儿再吃!把这课书念一念!不会念?那就站到墙角上去!你的功课得了一分啊!不要把钉子放在口袋里!为什么你不听妈的话?吃东西要有个样子!别拿手指头挖鼻子!是你打米佳的吗?淘气的家伙!你把《杰米扬的汤》①念给我听!你说这个字的第一格复

---

① 俄国作家克雷洛夫的一篇寓言。

数是什么？这加起来一减就行了！从教室里滚出去！不许你吃饭！现在该睡觉了！已经九点钟了！客人一来,他就胡闹！你胡说！把头发梳好！下桌子去,不准你再吃！快,把你的记分册拿出来！你的皮靴已经穿破了?！这么大的孩子还哇哇地哭,也不害臊！你这是在哪儿把制服弄脏的？你们这些孩子,谁也供不起！你又得了一分？话说回来,要到什么时候我才能不揍你？要是你再抽烟,我就把你从家里轰出去！容易①这个字的最高级是什么？最容易②？胡说！是谁把这酒喝掉的？孩子们,有人把一只猴子牵到院子里来了！您为什么把我的儿子一连留级两年？

〔青年〕你喝白酒还嫌太早！您讲一讲时代的连续性！太早了,太早了,年轻人！我在你们这种年纪,这样的事还一点也不懂呢！你还不敢当着你父亲的面抽烟？哎,真丢脸啊！尼诺琪卡问你好！我们拿朱理乌斯·恺撒来说吧！这儿是因此③？啊,我的宝贝儿！躲开,少爷,要不然我就去……告诉你爸爸！得了,得了……调皮的家伙！了不得,我嘴上已经长出唇髭来了！在哪儿？这是你画出来的,不是长出来的！娜嘉的小下巴真好看！您现在读几年级？您会同意,爸爸,我不能没有零用钱！娜达霞？我认得她！我到她家里去过！原来是你吗？哎,你啊,谦虚的人！让我吸一支烟吧！啊,但愿你知道我多么爱她就好了！她简直是天仙！我中学毕业就跟她结婚！这跟您不相干,妈妈！我把我这首诗献给您！不要抽烟！我喝了三杯就已经醉了！再来一杯！再来一杯！好哇！难道你没读过包尔恩④的作品？这不是余弦,而是正弦！切线在哪儿？宋卡的脚可不好看！可以吻你一下吗？咱们喝点酒,怎么样？好哇,我毕业了！记在我的账上吧！您借给我二十五卢布！我要结婚了,爸爸！可是我答应人家了！你昨

---

①②③　原文为拉丁语。
④　包尔恩(1786—1837),德国作家。——俄文本编者注

天是在哪儿过夜的?

〔在二十岁和三十岁之间〕您借给我一百卢布吧!你读哪一系?我无所谓!上大学要用多少钱?便宜得很!到斯特烈尔那①去,再回来!再来一杯!再来一杯!我欠您多少钱?明天您要来啊!今天剧院里上演什么戏?啊,要是您知道我多么爱您就好了!您答应不答应?答应?啊,我的美人儿!揪着他的脖子把他轰出去!茶房!您喝赫烈斯白葡萄酒吗?玛丽雅,给我把腌黄瓜的盐汤②拿来!主编在家吗?我没有才能?这就怪了!那我靠什么生活呢?您借给我五卢布!到沙龙③去!诸位先生,天都亮了!我把她丢开了!您把礼服借给我!黄球打角④!我现在就已经醉了!我要死了,大夫!你借给我一点钱看病吧!我差点死了!!我瘦了?到亚尔⑤去,如何?犯不上!您给我找个工作吧!劳驾!哎哎哎……您真是个懒汉!难道可以来得这么迟吗?问题不在于钱!不,先生,就在于钱!我要开枪自杀了!完了!滚它的,都见鬼去吧!别了,卑鄙下流的生活!不过……不行!丽扎,是你吗?我算完了,妈妈!我已经活到头了!给我找个差事吧,舅舅!我的舅母⑥,马车来了!谢谢,我的舅舅!⑦不是吗,我变了,我的舅舅!挨了一顿臭骂吗?哈哈!请您写这件公文!你要结婚了吗?不行了!她呀,唉,嫁人了!大人!你介绍我跟你的外祖母认识一下,谢尔日!您真是漂亮呀,公爵夫人!您老了?得了吧!您要逼着我恭维您了!您给我在第二排留个座位!

〔在三十岁和五十岁之间〕完蛋了!有空缺吗?九张牌,缺

---

① 莫斯科城郊的一个饭馆。
② 供醒酒用。
③ 莫斯科的一个娱乐场所。——俄文本编者注
④ 打台球的专门用语。
⑤ 莫斯科城郊的一个饭馆。
⑥⑦ 原文为法语。

王牌！七张红桃！该您发牌了,好舅舅！您真可怕呀,大夫！我的肝脏肥大？胡说！这些大夫收的诊费可真多！可是她能带来多少陪嫁钱呢？现在您不爱她,时间长了,您自会爱她！祝贺您的合法婚姻！我不能不打牌呀,我的心肝！是胃炎吗？是儿子还是女儿？长得跟爸爸一模一样呢！嘻嘻嘻……我不知道！我赢钱了,我的心肝！我又输钱了,见鬼！是儿子还是女儿啊！长得跟爸爸……一模一样！我对你保证我不认识她！你别吃醋！我们走吧,方妮！要镯子吗？来一瓶香槟酒！祝您升官！谢谢①！应当怎么办才能瘦一点呢？我秃顶了？！别啰嗦,丈母娘！是儿子还是女儿？我醉了,卡罗琳亨。让我吻你一下,小日耳曼女人！那个坏蛋又来找我的妻子了！您有几个孩子？帮帮这个可怜的人吧！您的女儿多么可爱呀！在报纸上,那些魔鬼,揭了我的底！！走,我要揍你,坏孩子！是你把我的假发揉乱的吗？

〔老年〕我们到矿泉地去疗养？你嫁给他吧,我的女儿！他愚蠢？得了吧！她跳舞不行,两条腿倒满好看的！吻你一下要花……一百卢布？！哎,你呀,小鬼！嘻嘻嘻！你要吃松鸡吗,姑娘？你啊,儿子,有点……不讲道德！您得意忘形了,年轻人！啧！啧！啧！我喜欢音乐！来一瓶香……槟……酒！你在读《小丑》②？嘻嘻嘻！我给孙子孙女带糖果来了！我的儿子挺好,不过想当年,我比他还要好呢！你,那黄金的岁月啊,到哪儿去了？我就连在遗嘱里也没有忘记你,艾莫琪卡！你看我这个人多么好！爸爸,把表给我！得了水肿病？真的吗？祝他升天堂！他的家属在哭吗？她穿上了丧服可真好看！他已经冒出难闻的气味来了！祝你的灵魂安息,诚实的劳动者！

---

① 原文为法语。
② 在彼得堡印行的一种带有色情味的幽默杂志。

自白,或奥丽雅、任尼雅、左雅

一封信

您,我亲爱的①,我亲爱的而又难忘的朋友,在您可爱的信上顺便问我说,尽管我已经三十九岁了,可是为什么到现在还没结婚。

我亲爱的!我是满心喜爱家庭生活的,我没结婚也只是因为命运这个恶棍不愿意让我结婚而已。这以前我大约有十五次准备结婚,可是没成功,因为在这个世界上,一切事情,特别是我的生活,都要听命于机会,一切都要碰机会!机会就是暴君啊。我现在写出几个实例来说明我何以至今仍然在过这种可鄙的单身生活吧。……

第一个例子

那是六月间一个风和日丽的早晨。天空万里无云,像是最纯净的普鲁士蓝②。阳光在河面上闪烁,滑过沾着露水的青草。河面上和绿草地上似乎撒遍珍贵的钻石。鸟雀仿佛在照着乐谱唱歌。……我们

---

① 原文为法语。
② 一种蓝色颜料。

在铺着黄沙的林荫路上散步,挺起幸福的胸膛,吸进六月间清晨的香气。树木那么亲切地瞅着我们,低声喁语,大概在对我们倾吐颇为美好温柔的话语。……奥丽雅·格鲁兹多甫斯卡雅(现在她已经嫁给你们县里警察局长的儿子了)把一只手放在我的手上,她那极小的小指在我的大手指上颤抖。……她两颊绯红,而她的眼睛……啊,我亲爱的,那真是一对美妙的眼睛呀!那对浅蓝色眼睛里闪着多少魅力、真诚、纯洁、欢乐、天真烂漫!我欣赏她那淡黄色的发辫,欣赏她小小的脚留在沙地上的小小的足迹。……

"我把我的一生,奥尔迦①·玛克辛莫芙娜,献给科学了,"我小声说着,生怕她的小指从我的大手指上滑掉,"在前面等着我的是教授的讲台。……我的良心上压着许多问题……科学的问题。……这是辛劳的生活,充满了忧虑和高尚的……该怎么说好呢?……喏,一句话,我将来要做教授。……我为人诚实,奥尔迦·玛克辛莫芙娜。……我不阔绰,不过……我需要一个生活的伴侣,有她在就会……"奥尔迦·玛克辛莫芙娜发窘了,低下眼睛,她的小指颤抖起来,"有她在就会……奥丽雅!您看一下天空!天空多么洁净啊……不过我的生活也那么纯洁,那么广漠无垠。……"

我的舌头还没来得及从这一大堆胡说八道里爬出来,忽然奥丽雅抬起头,从我手上抽回她的手去,拍起巴掌来。原来有些大鹅和小鹅迎面走过来。奥丽雅跑到鹅跟前,扬声大笑,向它们伸出小手去。……啊,那是一双什么样的小手呀,我亲爱的!

"嘎……嘎……嘎……"那些鹅开口了,撑起脖子,斜着眼睛看奥丽雅。

"鹅,鹅,鹅!"奥丽雅叫道,向一只小鹅伸出手去。

那只小鹅,别看年纪小,却聪明得很。它躲开奥丽雅的手,去

---

① 奥尔迦是正名,奥丽雅是小名。

找它爸爸,一只又大又蠢的雄鹅,而且看样子,向它爸爸告状了。雄鹅就张开翅膀。顽皮的奥丽雅又向另一只小鹅伸出手去。这时候出了一件可怕的事。雄鹅把脖子伛到地面上,嘴里嘶嘶地叫,像蛇似的,不怀好意地走到奥丽雅跟前来。奥丽雅尖叫一声,回转身就跑。雄鹅追着她不放。奥丽雅回头一看,就叫得越发厉害,脸色煞白。她又怕又急,那张美丽的、少女的小脸变了相。看样子,倒好像有三百个魔鬼在她身后追过来似的。

我赶紧跑到她那边去救她,举起手杖敲雄鹅的头。可恶的雄鹅仍然不顾一切,咬一下她那连衣裙的下摆。奥丽雅睁大眼睛,面孔变了样,周身索索地抖,倒在我的怀里。……

"您的胆子真是小!"我说。

"您快打雄鹅!"她说着,哭起来。……

那张吓坏的小脸上,纯朴的神情没有了,稚气的神情没有了,剩下的是一副蠢相!我受不了懦弱,亲爱的!我不能想象我会娶懦弱、胆怯的女人!

雄鹅把这件事断送了。……我把奥丽雅安慰得定下心来,就走回家去,那张懦弱得一副蠢相的小脸印在我的脑海里。……在我的心目中,奥丽雅就此失去一切魅力。我不再跟她来往了。

第二个例子

您,我的朋友,当然知道我是作家。天神在我的胸中点燃了圣火①,我认为我没有权利不拿起笔来。我是阿波罗的祭司。……我心脏的每一下跳动,我的一声声叹息,总之我的全身心,都献到

---

① "圣火",指天才。

缪斯①的祭坛上去了。我不住地写,写,写。……夺去我手里的笔,我就会死掉。……您笑了,您不信。……我起誓:真是这样的!

不过您,我亲爱的,当然知道,地球对艺术来说是个坏地方。世界广大而富饶,然而作家在这儿却没有立足之地。作家是永生永世的孤儿,流亡者,替罪羊,无倚无靠的孩子。……我把人类分成两部分:作家和嫉妒者。头一部分人写作,第二部分人却嫉妒得要死,千方百计跟头一部分人捣乱。就因为有那些嫉妒的人,我才遭了殃,现在还在遭殃,将来也仍然会遭殃。他们破坏我的生活。他们把持着作家业务方面的生杀大权,自称为主编和出版人,用尽全力想要埋没我们这班人。他们这些该死的!!

您听我说。……

有一段时期我追求过任尼雅·普希科娃。您,当然,记得这个可爱的、黑发的、喜好幻想的孩子。……现在她已经嫁给您的邻居卡尔·伊凡诺维奇·万采了(顺便说说②:在德语里"万采"的意思是……臭虫。您不要把这话告诉任尼雅,她会生气的)。任尼雅因为我是作家而爱上我。她跟我一样深深地相信我的使命。我的希望鼓舞她生活下去。不过当时她还年轻!她还不能理解上面提到过的那种划分:人是分成两部分的!她不相信这种划分!她不相信,于是我们在一个天气晴和的日子……吹了。

当时我住在普希科娃家的别墅里。大家都认为我是未婚夫,任尼雅是未婚妻。我写作,她阅读。她是多么好的批评家呀,我亲爱的。她像阿里斯梯德③那样公正,又像老加图④那样严格。我

---

① 诗神,希腊神话中司文艺的九个女神之一。
② 原文为法语。
③ 阿里斯梯德(前540—前467),雅典政治家和统帅,号称"公正的人"。——文本编者注
④ 老加图(前234—前149),罗马执政官,极严格地卫护古罗马风习。——俄文本编者注

总是把我的作品献给她。……任尼雅非常喜欢那些作品当中的一篇。任尼雅想看到它发表。我就把它寄到一家幽默杂志去。我是七月一日寄出去的,等着两个星期后的答复。七月十五日到了。我和任尼雅收到盼望中的杂志。我们赶紧拆开包装纸,把《邮箱》栏里的答复读一遍。她脸上红一阵白一阵。《邮箱》栏里登着写给我的回答:"希连多沃村。玛·巴先生:您连一丁点才能也没有。鬼才知道您乱写些什么!您不必白糟蹋邮票,也不要再来打搅我们了。您干点别的事吧。"

哎,真是荒唐呀。……一眼就看得出来这是傻瓜们写的。

"嗯嗯嗯……"任尼雅鼻子里哼着。

"简直是些……混蛋!!!"我嘟哝说,"您看如何?您,叶甫盖尼雅·玛尔科芙娜,现在想到我划分两种人的说法就会微笑了吧?"

任尼雅沉思不语,打了个呵欠。

"话说回来,"她说,"也许您真的没有才能!这种事他们比较了解。去年费多尔·费多塞耶维奇跟我一块儿整个夏天都在钓鱼,您却不住地写,写,写。……那是多么乏味啊!……"

您瞧瞧!我和她一块儿在写作和阅读当中度过那么多无眠的夜晚,她却居然说出这种话来!我们双方对缪斯做出那么多的牺牲,结果居然会这样。……啊?

任尼雅对我的写作生活冷淡,因而对我本人也冷淡。我们就分手了。事情也不能不这样。……

第三个例子

您,我难忘的朋友,当然知道,我是非常喜爱音乐的。音乐就是我的嗜好,使我着魔的东西。……莫扎特、贝多芬、肖邦、门德尔松、古诺这些名字,不是普通人的名字,而是巨人的名字!我喜欢古典音乐。我讨厌滑稽歌剧,就跟讨厌轻松喜剧一样。我是严肃歌剧最经常的看客。霍赫洛夫、柯切托娃、巴尔察尔、乌萨托夫、柯尔索夫①……都是了不起的人!我却不认得那些歌唱家,我感到多么遗憾!要是我认得他们,我就会怀着感激的心情对他们倾吐衷曲。去年冬天我去看歌剧的次数特别多。我不是一个人去,而是同彼普西诺夫家的人一块儿去。可惜您不认识这可爱的一家人!每年冬天,彼普西诺夫一家人总在剧院里订下包厢。他们满心喜爱音乐。……给这个可爱的家庭增添光彩的是彼普西诺夫上校的女儿左雅。她是个好姑娘,我亲爱的!单是她那玫瑰色的小嘴唇就足以使我这样的人神魂颠倒!她苗条,美丽,聪明。……我爱她。……我爱得发疯,热烈,不知怎么才好!……我跟她坐在一块儿,我的血就沸腾。您微笑了,我亲爱的。……您微笑吧!您不了解作家的爱情,这种爱情在您是生疏的。……作家的爱情无异于埃特纳②加上维苏威③。左雅爱我。她的眼睛老是瞅着我的眼睛,我的眼睛经常寻找她的眼睛。……我们很幸福。……我们离结婚只差一步了。……

可是我们遭殃了。

《浮士德》正在上演。《浮士德》,我亲爱的,是古诺写的,而古诺是最伟大的音乐家。我去剧院的路上,决定等到第一幕上演就向左雅吐露爱情,反正我看不懂第一幕。……伟大的古诺不该写那第一幕!

歌剧开演了。剧院休息室里只剩下我和左雅。她在我身旁坐

---

① 都是俄国的歌唱家,莫斯科大剧院的歌剧演员:霍赫洛夫唱男中音,柯切托娃唱花腔女高音,巴尔察尔唱男高音,乌萨托夫唱男低音,柯尔索夫唱男中音。——俄文本编者注
②③ 意大利著名的火山。

着,由于期待和幸福而不住发抖,心神恍惚地玩弄她的扇子。在傍晚的灯光下,我亲爱的,她真漂亮,漂亮极了!

"这个序曲,"我表白爱情道,"引起我的遐想,左雅·叶果罗芙娜。……它勾起那么多的感情,那么多呀。……我听着,心里热乎乎的。……我渴望一种什么东西,我听着。……"

我打了个嗝,接着说:

"我渴望那么一种特别的东西。我渴望人世间所没有的东西。……是爱情吗?是激情吗?对,大概就是……爱情……"我打个嗝,"对,就是爱情。……"

左雅微微一笑,难为情了,开始用力摇扇子。我打个嗝。我恼恨自己打嗝!

"左雅·叶果罗芙娜!您说吧,我求求您!您熟悉这种感情吗?"我打个嗝,"左雅·叶果罗芙娜!我在等着回答呀!"

"我……我……不懂您的意思。……"

"这是因为我忽然打起嗝来了。……一会儿就会过去。……我说的是一种无所不包的感情,这种感情……鬼才知道是怎么回事!"

"您喝点水吧!"

"我先得表白我的爱情,然后我才能到饮食部去,"我暗自想着,就继续说,"我把话说得短点。左雅·叶果罗芙娜……您当然已经注意到……"

我打个嗝。我恼恨自己不断打嗝,就咬住自己的舌头。

"您,当然,已经注意到……"我打个嗝,"您认识我将近一年了。……嗯。……我是个诚实的人,左雅·叶果罗芙娜!我是个爱好工作的人!我不阔绰,这是实在的,不过……"

我打个嗝,跳起来。

"您喝点水吧!"左雅劝我说。

127

我在长沙发旁边走了几步,用手指头按住喉咙,可是又打了个嗝。我亲爱的,我的处境可真糟透了!左雅站起来,往包厢那边走去。我就跟着她走。我把她送进包厢里,打个嗝,往饮食部跑去。我喝下大约五杯水,打嗝的次数似乎略微少点了。我吸完一支纸烟,往包厢那边走去。左雅的弟弟站起来,把他的位子让给我,就在我的左雅身旁。我坐下去,可是立刻……打个嗝。过了将近五分钟,我又打个嗝,听起来有点特别,声音干哑。我就起来,在包厢门旁站住。我亲爱的,与其在我热爱的女人耳旁打嗝,还不如在门口打嗝好!我打了个嗝。隔壁包厢里有个中学生瞧着我,大声笑起来。……他这个坏小子,笑得那么起劲!我恨不得把这乳臭未干的坏蛋的耳朵连根揪掉才好!舞台上演唱伟大的《浮士德》,他居然发笑!这是大逆不道!是啊,我亲爱的,当初我们做孩子的时候,比他强得多。我正暗自咒骂无礼的中学生,不料又打个嗝。……邻近包厢里的人们都笑起来。

"再来一次!"①那个中学生压低喉咙说。

"鬼才知道这是怎么回事!"彼普西诺夫上校凑近我的耳朵嘟哝道,"您尽可以到家里去打嗝嘛,先生!"

左雅脸红了。我又打个嗝,就发疯般地捏紧拳头,跑出包厢。我开始在过道里走来走去。我走啊,走啊,走啊,然而老是打嗝。我什么东西没吃,什么东西没喝啊!临到第四幕开场,我啐口唾沫,索性回家去了。等我回到家里,仿佛故意捣蛋似的,偏偏不再打嗝了。……我敲着我的后脑勺,叫道:

"现在你打嗝啊!现在你尽可以放心打嗝,你这个挨人嘘的未婚夫!不,你不是挨人嘘!不是人家嘘你,是……你紧着打嗝嘛!"

---

① 原文为拉丁语。

第二天,我照例到彼普西诺夫家里去。左雅没出来吃饭,却吩咐人转告我说她有病,不能跟我见面。彼普西诺夫絮絮叨叨地讲起有些年轻人不善于在社交场所举止得体。……这个蠢货!他就不知道打嗝的器官不依赖于意志的刺激。刺激,我亲爱的,就是原动力。

"如果您有女儿的话,"彼普西诺夫吃过饭后对我说,"您肯把她嫁给一个在社交场所居然不住打嗝的人吗?啊?怎么样?"

"我肯……"我嘟哝说。

"那可不对啊,先生!"

左雅和我的事就此吹了。她不能原谅我打嗝。我遭殃了。

您还要我另外再给您写二十个例子吗?

我倒愿意写,可是……够了!我两鬓的血管胀大,眼泪扑簌簌地淌下来,肝脏翻腾不停。……作家同行们,我们的命运颇有不祥之处啊!① 请允许我,我亲爱的,祝您万事如意!我握您的手,并且问候您的波里亚。他,我听说,是个好丈夫和好父亲。……应该赞美他!只是可惜,他喝烈酒。(这不是指责,我亲爱的!)祝您健康和幸福,我亲爱的,请您不要忘记您有一个最恭顺的仆人。

玛卡尔·巴尔达斯托夫

---

① 这一句引自俄国诗人涅克拉索夫的诗《在医院里》。——俄文本编者注

绿 沙 滩

短小的长篇小说

第 一 章

在黑海岸边,我的日记里和我的男女主人公的日记里都称之为"绿沙滩"的小地方,立着一座漂亮的别墅。从建筑师的观点看来,从喜爱一切严谨的、完善的、有气派的东西的人的观点看来,这个别墅也许一无是处,不过用诗人和画家的观点来看,它却美得出奇。我所以喜欢它,是因为它具有谦虚的美,因为它并不由于自己美而把四周的美都压得透不过气来,因为它一点也不发散大理石的凉气和圆柱的傲气。看上去它显得亲切、温暖,颇有浪漫意味。……它坐落在亭亭玉立的银白色杨树当中,带着小塔和尖塔,四周是锯齿形围墙和高杆,看起来像是中世纪的建筑物。我瞧着它,就想起德国那些感伤主义的长篇小说,以及其中的骑士、城堡、哲学博士、神秘的伯爵夫人。……这个别墅建在山上。别墅四周是草木葱茏的园子,其中有林荫路,有喷泉,有温室。下边,山脚下,是严峻的、碧波荡漾的海洋。……空中常常刮来潮湿而迷人的微风,鸟雀的叫声多种多样,天空永远晴朗,海水清澈见底,这真是个美妙的小地方!

别墅的女主人玛丽雅·叶果罗芙娜·米克沙德节是公爵夫

人,她丈夫不是格鲁吉亚人就是彻尔克斯人。她年纪在五十岁上下,身量高而丰满,从前无疑地是著名的美人。她是善良、可爱、好客的女人,可是性情过于严厉。然而与其说她严厉,不如说她任性。……她用好酒和好菜款待我们,借给我们大把的钱,同时却又把我们折磨得很苦。礼节是她特别看重的事。她特别看重的另一件事,就是她是公爵夫人。她念念不忘这两件事,总是做得非常过火。比方说,她脸上从来也不带笑容,这多半是因为她认定对她来说,而且一般地对贵妇①来说,微笑是不成体统的。谁哪怕只比她小一岁,谁就是小娃娃。贵族的门第依她看来是一种美德,除此以外一切都是不足挂齿的小事。她的仇敌是轻薄和浮躁,她喜爱沉默寡言,等等,等等。有时候,我们几乎受不了这个夫人。要不是她的女儿,也许现在我们就未必会乐于回忆绿沙滩了。那个善良的女人在我们的回忆中成为一个最灰色的斑点。给绿沙滩增添光彩的是玛丽雅·叶果罗芙娜的女儿奥丽雅。奥丽雅是个大约十九岁的金发姑娘,生得娇小、苗条、俊俏。她活泼而不愚蠢。她擅长绘画,研究植物学,法国话讲得很好,德国话却讲得差,读很多书,跳起舞来不下于脱西库②本人。她在音乐学院学过音乐,钢琴弹得很不坏。我们这些男人都喜欢这个碧眼的姑娘,我们倒不是"爱上"她,而是喜欢她。我们这些人都觉得她像是亲人,自己人。……绿沙滩缺了她,在我们是不可想象的。缺了她,绿沙滩的诗意就不圆满。她无异于可爱的风景画上一个美貌的女人,而我是不喜欢没有人的图画的。海洋的波涛声和树木的飒飒声本来就很好听,不过要是再加上奥丽雅的女高音,以及我们这些男低音和男高音的伴唱和钢琴的伴奏,那么海洋和园子就变成人间天堂

---

① 原文为法语。
② 古希腊神话中九个缪斯神之一,司舞蹈。

了。……我们都喜欢公爵小姐。事情也不能不是这样。我们都管她叫作我们这伙人的女儿。奥丽雅也喜欢我们。她乐于跟我们这伙男人交往,只有在我们当中才感到心情畅快。每逢我们不在她身旁,她就容貌憔悴,不再歌唱。我们这伙人有的是客人,也就是绿沙滩的夏季房客,有的是邻居。第一种人当中有亚科甫金医师,有敖德萨城的报纸工作人员穆兴,有物理学硕士菲威依斯基(现在他做副教授了),有三个大学生,有画家契诃夫①,有哈尔科夫城的一个男爵和法学家,还有以前做过奥丽雅家庭教师的我(那时候我教她说很差的德国话,还教她捕捉金丝雀)。每年五月,我们在绿沙滩聚会,整个夏天那座中世纪城堡的多余房间和所有的厢房都由我们住满。每年三月间总有两封信寄来,约我们到绿沙滩去,其中一封是公爵夫人写的,措辞庄重而严厉,充满教诲,另一封是怀念我们的公爵小姐写的,内容很长,兴致勃勃,充满各式各样的计划。我们就到那儿去做客,直到九月间才走。邻居们每天都到我们这儿来,有退役的炮兵中尉叶果罗夫,是个年轻人,两次报考军事学院,两次都落第了,他是头脑聪明、读书很多的人;还有学医的大学生柯罗包夫②和他的妻子叶卡捷莉娜·伊凡诺芙娜;还有地主阿列乌托夫以及其他许许多多地主,有的是退役军人,有的还没退役,有的快活,有的乏味,有的是浪子,有的是废物。……整个夏天,这一大帮人无休无止、日日夜夜地吃啊、喝啊、弹琴啊、唱歌啊、放焰火啊、说俏皮话啊。……奥丽雅十分喜欢这帮人。她叫啊喊的,转来转去,比大家都闹得厉害。她成了这伙人的灵魂。

每天傍晚,公爵夫人把我们召集到客厅里去,涨红脸,指责我们的行为"不成体统",把我们羞辱一场,赌咒说我们把她闹得头

---

① 指作者的二哥,画家尼古拉·巴甫洛维奇。——俄文本编者注
② 指作者在莫斯科大学医学系读书时的同学尼古拉·伊凡诺维奇·柯罗包夫。——俄文本编者注

都痛了。她喜欢教训人,讲得恳切,深深相信她的教诲对我们有益。挨骂最厉害的是奥丽雅。按她的看法,罪魁祸首就是奥丽雅。奥丽雅怕母亲。她尊重母亲,站在那儿听她的教诲,一言不发,涨红脸。公爵夫人把奥丽雅看作小孩子。她罚奥丽雅站墙角,不准她吃早饭或者午饭。谁要给奥丽雅打抱不平,谁就是火上加油。要是可能的话,公爵夫人也会罚我们站墙角的。她打发我们去做晚祷,吩咐我们朗诵圣徒言行录,清理我们的内衣,干涉我们的私事。……我们屡次把她的剪刀拿走,后来不知放到哪儿去了,或者忘记把她的酒精放在什么地方,或者找不到她的顶针在哪儿。

"粗心的家伙!"她常常喊道,"你走过这地方,掉了东西也不拾起来!要拾起来!马上就拾!这是主打发你们来惩罚我。……躲开我!不要站在风口上!"

有时候我们为了逗乐,就由某人故意做错一件事。老太婆得到消息,就把他叫去。

"是你把花圃踩坏的吗?"法官开审道,"你怎么敢做这种事?"

"我一不小心……"

"闭嘴!你怎么敢做出这种事来,我问你?"

审判终于以开恩赦免并且让罪犯吻一下她的手而结束。等到法官走出房外,大家就哄堂大笑。公爵夫人从没对我们亲热过。她只有对老太婆和小孩子才说亲热的话。

我一次也没见过她面带笑容。有个衰老的将军每星期日都坐车到她家里来打纸牌,她总是小声对他保证说,我们虽然是些博士和硕士,有的是男爵、画家、作家,可是缺了她的聪明才智,我们就会完蛋。……我们也不打算反驳她。……我们暗想:就让她去自鸣得意吧。……要不是公爵夫人逼着我们至迟八点钟起床,至迟十二点钟上床,那么她这个人本来还不算讨厌。可怜的奥丽雅到十一点钟就得上床睡觉。顶嘴是不行的。不过,老太婆这么不近情理地侵犯我们的自由,我们也捉弄过她!我们成群结队地走到她那儿去向她赔罪,给她写些罗蒙诺索夫风格的贺诗,为她画一个米克沙德节公爵家的树形纹章,等等。公爵夫人却对这一切信以为真,我们就扬声大笑。公爵夫人喜欢我们。每逢她对我们表示惋惜,说我们不是公爵,她总是很恳切地长叹一声。她已经跟我们混得很熟,把我们看作她的孩子了。……

她唯独不喜欢叶果罗夫中尉。她满心痛恨他,对他抱着极深的恶感。她所以接待他,只是因为她跟他有钱财上的往来,要顾全礼节罢了。从前中尉倒是受她宠爱的。他相貌英俊,善于说俏皮话,平时不大开口,又是军人(这一点公爵夫人看得很重)。然而有时候叶果罗夫有点怪脾气。……他坐在那儿,用拳头支着脑袋,开始恶狠狠地咒骂。他把所有的事情和所有的人,也不管是死人还是活人,都挖苦一通。每逢他开口说刻薄话,公爵夫人就生气,把我们这些人统统赶出房外去。

有一次吃饭,叶果罗夫用拳头支着脑袋,没来由地讲起高加索的公爵们,后来从衣袋里取出一本《蜻蜓》,公然当着米克沙德节公爵夫人的面念出下面这一节文字:"梯弗里斯①是个好城。它具备好城市所应有的优点,例如在这个城里,'公爵们'甚至扫街,在旅馆里擦皮靴……"等等。公爵夫人从桌旁站起来,一句话也没说就走出去了。后来他在她的追荐亡者名册②上写下我们的姓名,她就越发痛恨他。由于中尉渴望同奥丽雅结婚,而奥丽雅也爱上了中尉,这种痛恨就显得特别不合时宜,使人失望。中尉虽然不大相信他的渴望能够实现,可是仍然热切地渴望着。奥丽雅悄悄地爱着他,遮遮掩掩,羞羞答答,只有她自己知道,外人几乎看不出

---

① 梯弗里斯是格鲁吉亚共和国的首都第比利斯的旧名。
② 这个名册记录着需要追荐的人名,由教堂的神甫在祈祷时朗读这些名字。

来。……恋爱在她无异于走私,这种感情由残酷的禁令①压制着。她是不准恋爱的。

第 二 章

这个中世纪的城堡里差点发生一件中世纪的蠢事。

大约七年前,米克沙德节公爵还在世,他的好朋友叶卡捷琳诺斯拉夫卡省的地主柴希德节夫公爵到绿沙滩来做客。他是很富有的人。他一辈子寻欢作乐,而且是发疯般地寻欢作乐,可是尽管如此,他一直到死仍然是富翁。从前米克沙德节是他的酒友。他串通米克沙德节把一个姑娘从父母家里拐走,后来她就成了柴希德节夫公爵夫人。这件事把两个公爵联在一起,成了最要好的朋友。柴希德节夫是带着儿子一起来做客的,那个青年生着暴眼睛、窄胸脯,黑头发,是中学生。柴希德节夫头一件事就是回忆往事,跟米克沙德节一块儿开怀畅饮,那个青年向奥丽雅献殷勤,当时她还是个十三岁的姑娘。这种献殷勤被人们发现了。他们的父母挤了挤眼睛,说青年和奥丽雅倒可以配成不坏的一对呢。两个喝醉酒的公爵就吩咐孩子们接吻,他们自己互相握手,也接吻。米克沙德节甚至感动得哭起来。"这是上帝成全的!"柴希德节夫说,"你有个女儿,我有个儿子。……这是上帝成全的!"

他们给孩子一人一枚戒指,让他们合照一张相。照片就挂在大厅里,惹得叶果罗夫很久心神不安。她呢,成了大家取笑的对象,俏皮话多得数也数不清。玛丽雅·叶果罗芙娜公爵夫人却郑重其事地给未来的夫妇祝福。双方的父亲闲得无聊而想出这么个主意,她觉得很满意。柴希德节夫父子走后过一个月,奥丽雅从邮

---

① 原文为拉丁语。

局收到一批极其豪华的礼品。此后她每年都收到这类礼品。出人意外,年轻的柴希德节夫对这件事倒很严肃。他是个很不开展的人。他每年都到绿沙滩来,勾留整整一星期,却始终沉默不语,躲在自己房间里写情书,派人送给奥丽雅。奥丽雅读那些信,觉得怪难为情的。聪明的姑娘暗自惊讶,不明白这样大的人怎么会写出这样的蠢话来!他写的也真是些蠢话。……两年前米克沙德节死了。他临终对奥丽雅说了下面的话:"小心,你不要嫁给一个蠢货!要嫁给柴希德节夫。他是个聪明而有出息的人。"奥丽雅知道柴希德节夫的智力如何,不过她没反驳她的父亲。她答应父亲说她会嫁给柴希德节夫。

"这是我爸爸的意志啊!"她对我们说,口气有点自豪,倒好像她在完成一件盖世无双的丰功伟绩似的。她引以自豪的是,父亲带着她的诺言进了坟墓。这个诺言那么不同寻常,富于浪漫气息!

可是自然和理性占了上风:退役的中尉叶果罗夫在她眼前不断地转来转去,柴希德节夫在她眼里就一年年变得越来越愚蠢了。……

有一次,中尉大着胆子向她隐约透露他的爱情,她就要求他以后不要向她再提这件事,对他讲起她对父亲许下的诺言,过后她哭了一夜。公爵夫人每星期都给柴希德节夫写信,当时他住在莫斯科,在大学读书。她叮嘱他快点结束学业。"在我这儿做客的不是像你这样刚留胡子的人,他们都早已毕业了。"她在信上对他说。柴希德节夫在粉红色信纸上极其恭敬地给她写回信,用两页信纸说明要早于规定的期限结束学业是不可能的。奥丽雅也给他写信。奥丽雅写给我的信却比写给未婚夫的信好得多。公爵夫人相信奥丽雅日后会成为柴希德节夫的妻子,要不然她就不会容许女儿跟一伙调皮、轻薄、不信神、"不是公爵"的家伙在一起玩乐,"干些无聊的事"了。……在这方面她不容许有任何怀疑。……

丈夫的意志在她就是神圣的意志。……奥丽雅也相信她将来会改姓柴希德节娃。……

然而这样的事却没发生。两个父亲的主张,临到快要实现的关头却垮台了。柴希德节夫的恋爱没有成功。这场恋爱注定以轻松喜剧的形式结束。

去年六月末,柴希德节夫来到绿沙滩。他这次来,已经不是在校读书的大学生,而是大学毕业生了。公爵夫人见到他,就庄严、隆重地拥抱他,对他冗长地教诲了一番。奥丽雅穿着华贵的连衣裙,这是特为迎接未婚夫而做的。仆人们从城里运来香槟酒,点起焰火,第二天早晨,凡是住在绿沙滩的人都异口同声地议论结婚典礼,据说已经定在七月底举行了。"可怜的奥丽雅啊!"我们小声议论着,从房间这一头走到那一头,气愤地瞅着我们所痛恨的那个东方人房间里朝着花园的窗子。"可怜的奥丽雅啊!"奥丽雅在园子里走来走去,脸色苍白,形容憔悴,露出半死不活的样子。"我爸爸和妈妈要我这样做嘛!"她看到我们纷纷向她提出友谊的忠告,缠住她不放,就回答说。"可是这未免太愚蠢!荒唐得很!"我们对她嚷道。她耸耸肩膀,把充满悲伤的脸扭过去,不理我们。她的未婚夫坐在自己房间里,写出一封封温柔的信来,打发听差送到奥丽雅那儿去。他望着窗外,看见我们居然有胆量同奥丽雅谈话和周旋,不由得吃惊。他只有吃饭时候才从房间里走出来。临到吃饭,他一句话也不说,什么人也不看,干巴巴地回答我们问的话。只有一次他大着胆子讲了个可笑的故事,可是就连这个故事也因为陈腐而变得庸俗了。饭后,公爵夫人叫他坐在她身旁,教他玩辟开①。柴希德节夫玩得很认真,往往考虑很久,耷拉着下嘴唇,额头上冒出汗

---

① 一种两人玩的纸牌戏。

珠。……这种玩牌的态度使公爵夫人很满意。

有一次,吃过饭后,柴希德节夫玩一阵辟开,悄悄溜走,跑去找奥丽雅,她正往园子里走去。

"奥尔迦·安德烈耶芙娜!"他开口说,"我知道您不爱我。我们的结合,说真的,愚蠢得出奇。不过我,不过我希望您将来会爱我。……"

他说完这些话,很窘,就侧着身子走出园外,回到自己房间里去了。

叶果罗夫中尉待在自己庄园上,什么地方也不去。他受不了柴希德节夫。

星期日(柴希德节夫到此地以后的第二个星期日),似乎是七月五日,大清早,公爵夫人的外甥,一个大学生,到我们厢房里来对我们传达命令。公爵夫人命令我们今天傍晚都得装束整齐,穿黑衣服,打白领结,戴上手套,态度要严肃,要机灵,要风趣,要听话,要把头发卷得像狮子狗一样,不许吵吵闹闹,我们房间里要收拾得像样。绿沙滩上要举行一次类似订婚仪式的盛典。从城里运来了葡萄酒、白酒、冷荤菜。……伺候我们的仆人都给叫走,到厨房里干活去了。吃过中饭后,客人们纷纷光临,直待到夜深。八点钟,那是在划过船以后,舞会开始了。

跳舞之前,我们这些男人开了个会。在会上我们一致作出决定:不管怎样也要让奥丽雅摆脱柴希德节夫,即使这会使得我们闹出极大的乱子也在所不惜。开完会以后,我立刻动身去找叶果罗夫中尉。他住在自己庄园上,离绿沙滩二十俄里远。我坐着车到他那儿,碰上他在家,可是他成了一副什么样子啊!中尉喝得酩酊大醉,睡得像死人一样。我使劲推醒中尉,给他洗脸,穿好衣服,不顾他用脚踢人,开口骂人,还是把他带到绿沙滩来了。

十点钟,舞会正开得热闹。人们在四个房间里跳舞,两架上等的钢琴伴奏。在休息时间,园子里小山上,另一架钢琴弹奏起来。连公爵小姐也欣赏我们放的焰火。我们在园子里,海岸边,以至海洋远处的小艇上燃起焰火。房顶上,彩色缤纷的孟加拉焰火接二连三放起来,照亮整个绿沙滩。人们在两个餐厅里喝酒:一个设在园子的凉亭里,一个在正房里。这个傍晚的主人公显然是柴希德节夫。他跟奥丽雅跳舞,脸颊上泛起红晕,鼻子上冒汗,穿一件紧身的礼服,病态地微笑着,感到不自在。他一边跳舞,一边注意自己的舞步。他渴望多少显点什么本领,可又没有什么本领可显。事后奥丽雅对我说,她这天傍晚为可怜的公爵很难过。她觉得他可怜。以前他在大学里上每一堂课,以及躺下睡觉或醒来的时候,总是思念他的未婚妻,可是现在似乎已经预感到她要被人夺走了。……目前他瞧着我们,眼睛里充满祈求的神情。他已经预感到我们是强大而无情的对手了。

高脚酒杯已经准备好,公爵夫人频频看表,因此我们推断,举行正式典礼的庄严时刻临近,大概到十二点钟,柴希德节夫就会得到许可吻奥丽雅了。必须采取行动才行。十一点半钟,我在脸上扑了点粉,为的是显得白一点,再把我的领结扯歪,把头发揪乱,然后带着焦虑的脸色往奥丽雅跟前走去。

"奥尔迦·安德烈耶芙娜,"我抓住她的手,开口说,"看在上帝面上吧!"

"出了什么事?"

"看在上帝面上。……您不要害怕,奥尔迦·安德烈耶芙娜。……事情也不可能不闹到这个地步。这是本来应该预料得到的。……"

"到底怎么回事?"

"您不要害怕。……那个……看在上帝面上,我亲爱的! 叶甫格拉弗①……"

"他怎么了?"

奥丽雅脸色苍白,睁着信任而亲切的大眼睛盯住我。……

"叶甫格拉弗就要死了。……"

奥丽雅身子摇晃了一下,用手指摩挲她苍白的额头。

"我早就料到会出这种事,"我继续说,"他就要死了。……您救救他吧,奥尔迦·安德烈耶芙娜!"

奥丽雅抓住我的手。

"他……他……在哪儿?"

"就在这儿,在花园的亭子里。可怕呀,我亲爱的! 不过……人家在看我们。我们到露台上去吧。……他没责怪您。……他知道您对他……"

"他……他怎么了?"

"不妙,很不妙!!"

"我们走吧。……我要去看他。……我不愿意他因为我……因为我……"

我们走出去,到露台上。奥丽雅膝盖往下弯。我做出擦眼泪的样子。……我们那伙人当中,不断有人带着苍白而忧虑的脸色和担惊受怕的神情跑过我们身旁。

"血止住了……"物理学硕士小声对我说,他的说话声刚好能让奥丽雅听见。

"我们去吧!"奥丽雅小声说,挽住我的胳膊。

我们就走下露台。……夜晚宁静而明亮。……钢琴声、乌黑的树木的飒飒声、草蝥的唧唧声,合成一片悦耳的音响。下边,海洋里响着低缓的波浪声。

---

① 叶果罗夫的名字。

奥丽雅几乎走不动了。……她的腿往下弯,给她沉重的连衣裙裹住,难于举步。她周身发抖,心惊胆战,挨紧我的肩膀。

"不过话说回来,这件事不能怪我……"她小声说,"我对您起誓,这不能怪我。爸爸要这么办嘛。……他应当明白才是。……他有危险吗?"

"我不知道。……米哈依尔·巴甫洛维奇已经用尽一切办法。他是个好大夫,喜欢叶果罗夫。……我们到他那儿去吧,奥尔迦·安德烈耶芙娜。……"

"我……我不会看见什么吓人的事吗?我害怕。……我看见了会受不了。他这么胡来是为什么?"

奥丽雅落泪了。

"这不能怪我……他得明白才是。我要给他解释清楚。"

我们走到凉亭跟前。

"就在这儿。"我说。

她闭上眼睛,两只手抓住我。

"我受不了……"

"您不要害怕。……叶果罗夫,你还没死吧?"我对着凉亭叫道。

"现在还没死。……什么事?"

在月光照耀下,中尉站在凉亭入口处,蓬头散发,由于饮酒过量而脸色惨白,身上穿着坎肩,纽扣都解开了。……

"什么事?"他又说一遍。

奥丽雅抬起头来,瞧见叶果罗夫。……她看看我,看看叶果罗夫,然后又看我。……我笑起来。……她脸色开朗了。她高兴得叫起来,往前迈出一步。……我心想她要生我们的气了。……可是这个姑娘不是动不动就生气的人。……她往前迈出一步,迟疑一下,就往叶果罗夫那边扑过去。叶果罗夫赶紧扣上坎肩的纽扣,张开胳膊。奥丽雅就扑在他的怀里。叶果罗夫高兴得笑起来,把头扭到一旁去,免得对着奥丽雅呼吸,嘴里叽叽咕咕地说了句毫无意义的话。

"您没有权利干那种事。……这不能怪我,"奥丽雅喃喃地说,"这是我父母的主张。"等等。

我回转身,很快地往灯火辉煌的正房走去。

这当口,正房里客人们准备向未婚夫和未婚妻道喜,焦急地不住看表。……听差们拥挤在前厅里,端着托盘,托盘上放着酒瓶和酒杯。柴希德节夫急躁地用左手揉搓右手,抬起眼睛找奥丽雅。公爵夫人在各处房间里走来走去,寻找奥丽雅,想教她该怎样行礼,用什么话回答母亲,等等。我们那伙人在微笑。

"你知道奥丽雅在什么地方吗?"公爵夫人问我说。

"不知道。"

"那你去找一下。"

我走进园子里,背着手,绕着正房走了两圈。我们的画家吹起喇叭来。这意思是说:"你要留住她,别放她走!"叶果罗夫就在凉亭里发出猫头鹰的叫声。那意思是说:"好吧!我留住她!"

我走了一会儿,回到正房里。前厅里那些听差把托盘放在桌子上,空着手站在那儿,呆望着客人们。客人们自己也莫名其妙,不住看表,而表上的长针已经指着一刻钟。钢琴不响了。所有的房间里都是一片深沉、恼人、冷清的肃静。

"奥丽雅在哪儿?"涨红脸的公爵夫人问我说。

"不知道。……她不在园子里。"

公爵夫人耸了耸肩膀。

"难道她不知道时候早已到了?"公爵夫人拉一下我的袖子问道。

我耸耸肩膀。公爵夫人从我面前走开,对柴希德节夫小声说了句什么话。柴希德节夫也耸肩膀。公爵夫人也拉一下他的袖子。

"蠢丫头!"她抱怨着,跑遍整个正房。女仆们和中学生们、公爵小姐的亲戚们顺着楼梯咚咚响地跑上跑下,往园子深处走去,纷纷寻找失踪的未婚妻。我也走进园子。我担心叶果罗夫留不住奥丽雅,破坏了我们原定的捣乱计划。我往凉亭走去。我白担心了!原来奥丽雅正坐在叶果罗夫身旁,伸出小小的指头在他眼前比划着,低声呢语,娓娓不倦。……等到奥丽雅停住嘴,叶果罗夫就开口喃喃地讲话。他向她灌输公爵夫人称之为"思想"的东西。……他每说完一句话就亲热地吻她一下。他不住地讲,随时凑过去吻她,同时又把他的嘴扭到一旁,生怕奥丽雅闻出他的酒气。他们双双感到幸福,显然忘记世上的一切,没有留意到时间在过去。我在凉亭门口站了一会儿,满心高兴,不愿意搅扰他们的幸福和安宁,就往正房走去。

公爵夫人急得支持不住,正在闻酒精。① 她猜不出原因何在,生起气来,不好意思去见客人们和未婚夫。……她素来不动手打人,然而临到使女来报告她说到处找不到公爵小姐,她却打了使女一个耳光。客人们等了许久没喝到香槟酒,也没法贺喜,就微笑着,说些恶意中伤的话,然后又跳起舞来。

时钟敲一点钟,公爵小姐不见踪影。公爵夫人简直急疯了。

"这都是你们搞出来的把戏!"她走过我们这伙人当中任何一个人身旁,总压低喉咙抱怨说,"我要给她点厉害看看!她在哪儿?"

最后总算来了一个大恩大德的人,告诉她奥丽雅在什么地方。……这个大恩大德的人原来就是又小又胖的中学生,公爵夫

---

① 为了镇静神经。

人的外甥。中学生急急忙忙从花园里跑来,到公爵夫人跟前,在她膝头上坐下,勾住她的脖子,叫她低下头,凑着她的耳朵小声说话。……公爵夫人顿时脸色变白,咬住嘴唇,几乎咬出了血。

"在凉亭里吗?"她问。

"对。"

公爵夫人站起来,做出一副难看的脸相,近似勉强的微笑,向客人们申明道,奥丽雅头痛,请大家原谅,等等。客人们表示惋惜,匆匆吃完晚饭,开始分头走散。

到两点钟(叶果罗夫费尽心机,把奥丽雅留到两点钟),我在露台入口处一排夹竹桃矮树的后边站住,等着奥丽雅回来。我想看看奥丽雅的脸。我喜欢女人的幸福的脸。我想看一看对叶果罗夫的热爱和对母亲的恐惧怎样表现在同一张脸上,而且哪一种强烈些:是热爱呢,还是恐惧?夹竹桃的香气我没闻多久。奥丽雅很快就来了。我定睛瞧着她的脸。她慢慢地走着,略微提起连衣裙,露出一双小鞋。她的脸给月亮和路灯照得很清楚,路灯挂在树干上,灯光闪烁,破坏了月光。她的脸严肃而苍白。只有她的唇角上稍微流露一点笑意。她的眼睛呆呆地望着地面,通常人们就是带着那样的眼神决定难题的。等到奥丽雅走上第一层台阶,她的眼睛就忙乱起来,左顾右盼:她想起母亲来了。她举起手微微碰一下揉乱的头发,游移不定地在第一层台阶上站一会儿,然后摇摇头,大起胆子往门口走去。……可是在这儿我注定要看见一个场面。……房门开了,奥丽雅苍白的脸给明晃晃的灯光照亮。奥丽雅全身一震,往后退一步,身子矮下半截。……看上去,倒好像有个什么东西把她压扁了似的。……原来公爵夫人站在门口,昂起头,涨红脸,由于愤怒和羞愧而发抖。……双方的沉默持续两分钟光景。……

"堂堂公爵的女儿,"公爵夫人开口说,"堂堂公爵的未婚妻,居然去跟一个中尉幽会?！而且是跟没出息的叶甫格拉弗幽会！贱丫头！"

奥丽雅把身子缩成一团,索索地打抖,像蛇似的溜过公爵夫人身旁,跑回她自己的房间里去了。她在床上坐下,眼睛里充满恐惧和忧愁,一刻也不放松地瞅着窗子,熬过整整一夜。……深夜两点多钟,我们又开会。在这次会上,我们讪笑幸福得陶醉的叶果罗夫,同时派哈尔科夫城的男爵兼法学家去找柴希德节夫办交涉。公爵还没有睡。哈尔科夫城的男爵兼法学家必须"友好地"对柴希德节夫指出,他柴希德节夫的处境尴尬,要求他,公爵,像思想成熟的人那样担起澄清这种尴尬局面的工作,顺便要求他原谅我们出面干预这件事,而且要"友好地",像思想成熟的人那样原谅才好。……柴希德节夫回答男爵说,他"很了解这一切",他对父亲的遗言并不重视,不过他爱奥丽雅,所以对婚事才这样坚定不移。……他带着感情握握男爵的手,答应明天就离开此地。

第二天早晨,奥丽雅来喝茶,脸色苍白,精神委顿,心里充满极为绝望的忧虑,又害怕又羞愧。……不过等到她在饭厅里看见我们,听到我们所说的话,就脸色开朗了。我们这伙人站在公爵夫人面前嚷叫。大家异口同声嚷个不停。我们摘掉我们小小的假面具,向老公爵夫人高声宣扬那些很像昨天叶果罗夫向奥丽雅所灌输的"思想"。我们讲到妇女的人格,讲到自由选择的合理性,等等。公爵夫人一言不发,阴沉地听我们讲话,读着叶果罗夫派人给她送来的一封信,其实那封信是我们这伙人合写的,其中满是"由于年龄太轻"、"由于缺少经验"、"希望您为我们祝福"之类的话。公爵夫人把我们的话听完,把叶果罗夫的长信读完,然后才说:

"你们这些娃娃不配教导我这个老太婆。我干的事我明白。请你们喝完茶就离开此地,到别处去弄昏人家的头脑吧。你们不应该跟我这个老太婆一块儿生活。……你们都是聪明人,我呢,是个傻瓜。……求上帝跟你们同在,诸位先生!……我一辈子都感激你们呢!"

公爵夫人把我们赶走了。我们给她写了一封道谢信,吻过她的手,就无可奈何地坐上马车,当天到叶果罗夫的庄园上去了。我们走后,柴希德节夫也走了。在叶果罗夫家里,我们不干别的,专门喝酒,思念奥丽雅,安慰叶果罗夫。我们在他家里住了大约两个星期。到第三个星期,我们的男爵兼法学家接到公爵夫人写来的信。公爵夫人请求男爵到绿沙滩去,为她起草一个什么文件。男爵就去了。他走后大约过了三天,我们也到那儿去,装成去找男爵的样子。我们是吃中饭前到达绿沙滩的。我们没有走进正房,光是在园子里溜达,不时看一下窗子。公爵夫人在窗子里看见我们了。

"是你们来了吗?"她叫一声。

"是我们。"

"有什么事吗?"

"是来找男爵的。"

"男爵可没有工夫跟你们这些该绞死的家伙一块儿找人家抬杠!他在写东西呢。"

我们脱掉帽子,往窗前走去。

"您身体可好,公爵夫人?"我问。

"你们何必在外头溜达?"公爵夫人回答说,"到屋子里来吧。"

我们就走进房间里,各自温顺地在椅子上坐下。公爵夫人非常想念我们这伙人,看见我们这样温顺,很满意。她留我们吃中饭。吃饭的时候,我们有人把汤匙掉在地下,她就骂他"粗心的家伙",指责我们在饭桌上举止不得体。我们跟奥丽雅一块儿散步,后来留下来过夜。……第二天我们又留下来过夜,而且就此在绿沙滩一直住到九月。我们自然而然地和解了。

昨天我接到叶果罗夫写来的信。中尉写道,他去年一冬向公爵夫人"低首下心",总算把公爵夫人的愤怒化为仁慈了。她答应他的婚礼今年夏天举行。

我不久一定会接到两封信:一封由公爵夫人写来,措辞严厉,官腔十足,另一封由奥丽雅写来,内容很长,兴致勃勃,写满种种计划。五月间我又要到绿沙滩去了。

"虽然赴了约会,可是……"

格沃兹吉科夫参加考试以后,坐上公共马车,花六戈比(他永远坐"上层"①),到达城门口。从城门口到别墅将近三俄里,他步行前去。别墅的女主人是个年轻的太太,在大门口迎接他。他教太太的小儿子学算术,报酬是供他在别墅里膳宿,每月还给他五卢布。

"哦,怎么样?"女主人问他,伸出手来同他握手,"顺利吗?考试及格了吗?"

"及格了。"

"好哇,叶果尔·安德烈耶维奇!得几分?"

"跟往常一样。……五分。……嗯……"

格沃兹吉科夫得的不是五分,而是三加,不过……不过,如果可能的话,撒一下谎又有何不可?参加考试的人如同打猎的人一样,是喜欢撒谎的。格沃兹吉科夫走进他的房间,在桌子上发现一封短信,上面贴着粉红色小封缄纸②。那封信有木犀草的香气。格沃兹吉科夫撕开信封,嚼着封缄纸,读信上写的话:

"就这样好了。八点钟整,您到沟旁去,也就是昨天您头上的

---

① 公共马车的上层座位票价较低。
② 一种圆形纸签,纸签的一面有胶质物,用来贴住信封的封口。

帽子掉下去的那条沟。我就坐在树底下的小长凳上。我爱您,只是您不要那么傻头傻脑。应当活泼点。我焦急地等着傍晚到来。我非常爱您。您的索。

"附白:我的妈妈走了,我们可以散步到午夜。嘿,我多么幸福啊! 到那时候我的奶奶睡觉了,不会发现我出去的。"

格沃兹吉科夫读完信,欢畅地微笑,往上一跳,然后得意洋洋地在房间里走来走去。

"她爱上我了! 她爱上我了! 她爱上我了! 我多么幸福啊,见鬼! 啊啊啊! 特拉拉拉!"

格沃兹吉科夫把信再读一遍,吻一下信,然后小心地折叠起来,收在解剖桌抽屉里。中饭送到他这儿来了。他给那封信弄得神魂颠倒,忘记世上的一切,把仆人端来的东西,菜汤也罢,牛肉也罢,面包也罢,统统吃光。饭后,他躺下来,开始幻想各式各样的事情,想到友谊,想到爱情,想到工作。……索尼雅的音容笑貌在他眼前晃来晃去。

"可惜我没有怀表!"他暗想,"我要有怀表,就能计算现在离傍晚还有多少时间。仿佛捣乱似的,时间在拖拉,慢得要命哟。"

等到他躺腻了,想够了,他就下床,走来走去,打发厨娘去取啤酒来。

"反正大局已定,"他暗想,"那就不妨喝一杯。时间就可以过得快点了。"

啤酒送来了。格沃兹吉科夫坐下,把所有的六瓶酒在他面前一字排开,满心喜爱地瞧了又瞧,开始喝酒。他喝下三大杯,感到胸膛和头脑里像是点上灯,变得那么暖和,明亮,畅快。

"她给了我幸福!"他暗自想着,拿过另一瓶酒来,"她……她正好就是合乎我心意的那种女人。……嗯,是啊!"

喝完第二瓶以后,他感到头脑里的灯已经熄灭,变得昏沉了。

然而另一方面,他却又多么快活!喝完第二瓶,他觉得在这个世界上生活真是好啊!临到开始喝第三瓶,格沃兹吉科夫在鼻子跟前摇着手,起誓说这个世界上再也没有人比他更幸福了。他对自己起誓,相信这是不容怀疑的。

"我知道她为什么爱我!"他喃喃地说,"我知道,先生!她看中我是个不平凡的人才爱上我!就是这样!她知道应该爱谁,爱他哪一点。……不平凡的人!我可不是普通人……不是随便一个什么人。……我是'钉子'①。……我……"

他喝到第四瓶,就叫起来:

"是啊,先生!我不是一般人!她爱我是因为看中我的……天才!天才!震惊世界的天才啊!我是谁!我是什么人?您以为我是'小钉子'?不错,我是格沃兹吉科夫,然而是什么样的格沃兹吉科夫呢?您是怎样看的?"

等到第四瓶酒喝完一半,他就用拳头捶着桌子,揉乱头发,说:

"我要向他们证明我是个什么人!只要让我毕业就成!只要让我用功研究就成!我要献身于科学。……她就是看中我献身于科学才爱上我的!我要证明她的看法对!您不相信我?那就滚开!她也不相信?她?索尼雅?既是这样,那就连她也滚开!我会证明的!我马上就开始研究!……我喝完这杯酒就动手。……你们这些混蛋!"

格沃兹吉科夫生气了,喝完那杯酒,就从架子上取下讲义,翻开,从半中腰读起:

"'下……下颌关节脱出,其原因可能是跌……跌跤,或张开的口部遭到打击。……'"

"废话!下颌……打击。……这样那样的。……全是废话!"

---

① 他的姓"格沃兹吉科夫"可意译为"小钉子"。

格沃兹吉科夫合上讲义,开始喝第五瓶。最后,等到喝完第五瓶和第六瓶,他却闷闷不乐,思索宇宙万物的渺小,特别是人类的渺小。……他一面思考,一面信手拿起软木塞来,放在酒瓶口上,用两个手指头瞄准,竭力要把它弹出去,击中一个在他眼前闪烁的绿色小斑点。等到他用软木塞击中绿斑点,不料又有些黑色的、绿色的、蓝色的小斑点在他眼前东奔西跑。其中一个深红色斑点,带着碧绿的细针,微笑着,直扑到他眼睛里来,喷出一股类似胶水的东西。……格沃兹吉科夫感到他眼皮发黏,睁不开了。……

　　"我眼睛里有个什么东西……在吱吱地叫!"他暗想,"应当到露天底下去,要不然我的眼睛就瞎了。应当……应当散散步。……这儿闷热。他们老是生炉子。……哼,这些蠢驴!总是吱吱地叫,总是生炉子!这些傻瓜!"格沃兹吉科夫戴上帽子,走出房外。外边天色已经暗下来。这时候有九点多钟了。天空中闪烁着繁星。月亮没出来,这一夜看样子会很黑。五月间树林的清新气息向格沃兹吉科夫这边吹过来。恋爱的约会①的种种特征在迎接他:又是树叶的沙沙声,又是夜莺的歌唱声,甚至……在黑暗中朦胧出现了"她",正在沉思默想。他连自己也没觉得就走到了信上所提到的地点。

　　她离开长凳,迎着他走过来。

　　"乔治!"她说,几乎透不过气来,"我在这儿。"

　　格沃兹吉科夫站住,听了听,开始抬头往上看,瞧着树梢。他觉得像是上边一个什么地方有人叫他的名字。

　　"乔治,是我呀!"她走到他近旁,又说一遍。

　　"啊?"

　　"是我。"

---

①　原文为法语。

"什么？谁在这儿？谁？"

"是我呀,乔治。……您走过来。……我们坐下吧。"

乔治揉揉眼睛,定睛瞧着她。……

"什么事？"

"真是滑稽！您不认识我了还是怎么的？莫非您什么也没看见？"

"啊啊啊。……对不起。……您有什么权……权……权利深更半夜到别人的花园里来溜达？先生！请您回答我的话,先生,如若不然,我可就要打……打您……一个耳……耳……"

乔治把手往前伸出去,抓住她的肩膀。她大笑起来。

"您多么滑稽呀！哈哈哈。……您可真是会演戏！行了,我们走吧。……我们来聊聊天。……"

"谁聊天？什么聊天？您为什么聊天？我为什么聊天？您笑了？"

她笑得越发响了,挽住他的胳膊,慢慢往前走去。他却不住地倒退。他好比一匹顽固的辕马,她却像是一匹奋力前进的拉套马。

"我……我想睡觉。……放开我,"他嘟哝说,"我不愿意干没要紧的事。……"

"哎,算了,算了。……为什么您来迟了半个钟头？您在研究学问吗？"

"研究学问。……我永远在研究学问。……下……下颌关节脱落,其……其原因可能是跌跤,或张开的口部受到打击。下颌被人打落,大半发生在饭馆里,酒店里。我要喝啤酒……特烈赫果尔内依厂的。"

他和她勉强走到长凳那儿,坐下。他用拳头支住脸,把两个胳膊肘放在膝盖上,鼻子里呼哧呼哧响。他的帽子从头上滑下来,落在她手上。她弯下腰去,瞧他的脸。

"您怎么了?"她小声问道。

"这不关您的事,不关您的事。……谁也没有权利干预我的私事。……他们都是傻瓜,您……也是傻瓜。"

沉默一会儿,格沃兹吉科夫补充说:

"我也是傻瓜。……"

"您接到信了吗?"她问。

"接到了。……是宋……卡写来的。……索尼雅写来的。……您就是索尼雅?那也没关系。……那信可真写得蠢。……信上有的字母写错了。还是读书识字的人呢!你们统统见鬼去吧!……"

"您喝醉了还是怎么的?"

"没没有……不过我说的话是实在的!您有什么权……权……啤酒是喝不醉的。……啊?哪一个?"

"要是您没有喝醉的话,那您这个不要脸的为什么胡说八道?"

"没没有。语法有第一格,第二格,有第三格,第一格。……颈突(连接上颚及下颚)和胸锁乳突肌。①"

格沃兹吉科夫大笑起来,脑袋却对着膝盖耷拉下去。……

"您睡着了?"她问。

答话却没有。她哭起来,开始绞手。

"您睡着了,叶果尔·安德烈耶维奇?"她又问一遍。

作为回答,传来了呼呼响的鼾声,带着嘶音。索尼雅站起来。

"混账!!"她怨恨地说,"坏蛋!你原来是这样的人!那就给你一下子!再给你一下子!再给你一下子!"

索尼雅举起小手朝着格沃兹吉科夫的后脑勺一连打五下,而

---

① 原文为拉丁语。

且打得多么重！她用脚不住地踩他的帽子。女人的报复心真是重啊！

第二天格沃兹吉科夫打发人给索尼雅送去一封信,内容如下:"我请您原谅。昨天我没有去成,因为我病得很厉害。请您另外指定时间,例如今天傍晚就行。热爱您的叶果尔·格沃兹吉科夫。"

这封信的回音是这样的:"您的帽子丢在凉亭旁边。您可以到那儿去取回来。喝啤酒比恋爱愉快,因此您自管去喝啤酒好了。我不打算妨碍您。再也不属于您的索。

"附白:您不用给我回信。我恨您。"

记　　者

乐师一共有八名。他们的领队吉利·玛克辛莫夫得到通知说,如果音乐不是一刻也不停地演奏到底,那么乐师们连一杯白酒也休想看见,而要为他们的工作领到赏钱更是难上加难。傍晚八点钟整,跳舞开始。到夜间一点钟,小姐们不满意男舞伴,喝得半醉的男舞伴也不满意小姐们,于是舞会散了。客人们分成好几伙。老人们占据客厅,那儿有张桌子,上面放着四十四瓶酒和同样多的菜碟。小姐们躲到墙角那儿去,交头接耳地议论男舞伴不像样子,然后开始推敲一个问题:新娘怎么会一开头就用"你"称呼新郎呢?男舞伴们占据另一个墙角,争先恐后地讲话,各人谈各人的事。古利是不高明的首席小提琴手兼乐队指挥,这时候带领七个乐师开始演奏契尔尼亚耶夫的进行曲。……他一刻也不停地演奏,只有想喝白酒,或者想把裤子提上去的时候才停下。他在生气:第二小提琴手本来就演奏得极差,现在又醉得不成样子,胡拉一气;长笛乐师老是把长笛掉在地板上,眼睛不看着乐谱,无缘无故地发笑。人们的谈笑声嘈杂极了。小桌那边有个酒瓶给碰掉在地下。……有个什么人在捶日耳曼人卡尔·卡洛维奇·冯福的背脊。……好几个人从卧室里跑出来,红着脸,又叫又笑,后面有个神色不安的听差追上来。助祭玛纳富伊洛夫有心在最尊贵的、醉醺醺的客人面前露一手,就踩住一只猫的尾巴不放,直到后来有个听差从他脚底下放掉那只声嘶力竭的猫,对他说"这全是胡闹",才算了事。本城的市长以为自己的怀表遗失了,恐慌得要命,浑身冒出汗来,破口大骂,竭力说明他那只怀表值一百卢布。新娘头痛得厉害。……前堂里有个什么重东西喀嚓一响掉下地。客厅里老人们围着酒瓶,言谈举止没显出衰老的样子。他们回忆青年时代,唠唠叨叨讲些鬼才知道的话。他们讲可笑的趣闻,讪笑男主人的风流韵事,说俏皮话,咯咯地笑。这时候男主人显然志得意满,懒洋洋地坐在圈椅上,说:"你们也是好样儿的,狗崽子;我很明白你们这班人,我不止一次给你们的情人送过礼物呢。"……时钟敲了两下。古利开始第七次演奏西班牙小夜曲。那些老人兴致越来越高。

"你看,叶果尔!"一个老人指着墙角,对男主人说,吐字不清,"那边别别扭扭地坐着的,是个什么人?"

墙角上,书架旁边,有个矮小的老人温顺地坐着,把两只脚缩到椅子底下,身上穿着深绿色旧礼服,配着发亮的纽扣。他因为无事可做而在翻看一本小书。男主人看一下墙角,想了想,冷冷地一笑。

"老兄,"他说,"这人是个新闻记者。莫非您不认得他?他是个挺好的人!伊凡·尼基契奇,"他对纽扣发亮的小老人说,"你坐在那儿干什么?到这边来!"

伊凡·尼基契奇打个冷战,抬起浅蓝色小眼睛,神情局促不安。

"这个人,诸位先生,是作家,报刊工作人员!"男主人继续说,"我们在这儿喝酒,他老先生呢,你们看得明白,却坐在墙角那儿,照有学问的人那样思考,而且在观察我们,心里暗暗好笑呢。你该害臊才是,老兄。过来喝酒吧。这样可是太不应该了!"

伊凡·尼基契奇站起来,温顺地走到桌子跟前,给自己斟了一杯白酒。

"求上帝保佑你们……"他慢腾腾地喝下那杯酒,嘴里喃喃地说,"保佑你们万事……如意……圆满。"

"吃点菜,老兄!吃吧!"

伊凡·尼基契奇眯巴着小眼睛,吃了块沙丁鱼。有个胖子,脖颈上套着银质奖章,从他背后走过去,在他头顶上撒一把盐。

"把他腌起来,免得他生蛆!"他说。

在座的人大笑起来。伊凡·尼基契奇摇着头,脸孔涨得通红。

"你可不要怄气啊!"胖子说,"何必怄气呢?这是我开个玩笑。你简直是怪人!你瞧,我也给自己撒上了!"胖子从桌子上拿起盐瓶来,往自己头上撒点盐。

"要是你乐意的话,我也可以给他撒上点。有什么可怄气的呢?"他说着,在男主人头上撒点盐。大家大笑起来。伊凡·尼基契奇也微微一笑,又吃了块沙丁鱼。

"你这个滑头怎么不喝酒呢?"男主人说,"喝啊!跟我一块儿喝!不,跟大家一起喝吧!"

那些老人就站起来,把桌子团团围住。酒杯里都斟满白兰地。伊凡·尼基契奇嗽了嗽喉咙,小心地端起酒杯。

"我已经喝得够了,"他对男主人说,"我就是不喝这杯,也已经醉了。好,求上帝保佑您,叶果尔·尼基佛罗维奇,保佑您……万事……如意称心。可是你们大家为什么都这样瞧着我?莫非我是外来人?嘻嘻嘻。好,求主保佑你们!叶果尔·尼基佛罗维奇,老大哥,请您费心,体恤我,吩咐古利一声,叫格利果利不要再敲鼓了。他的鼓声闹得人难受极了,这个蛮子。他敲得那么响,震得人的肚子里都翻腾起来了。……为您的健康干一杯!"

"让他去敲吧,"男主人说,"难道不敲鼓还能算是音乐?你连这个也不懂,还提笔写文章呢。好,现在你跟我一块儿喝!"

伊凡·尼基契奇打个嗝,踩着碎步走来走去。男主人斟满两大杯酒。

"喝吧,朋友,"他说,"不许躲躲藏藏的。你要是写文章说在某人家里大家都喝醉了,那就把你自己也写上。怎么样?祝你健康!快点,聪明人!你也未免太扭扭捏捏了!喝呀!"

伊凡·尼基契奇嗽了嗽喉咙,擤一下鼻子,跟男主人碰杯。

"祝您水火刀枪各种灾难都……沾不上身!"一个年轻的商人开玩笑说。男主人的姐夫哈哈大笑。

"新闻记者万岁!"胖子喊道,抱住伊凡·尼基契奇,把他举到半空中。别的老人也跑过来。伊凡·尼基契奇感到他的身体由本城最尊贵的和醉醺醺的知识分子们用手、头、肩膀托起来,高过了他自己的头。

"把他……往上扔!把他扔上去,坏包!把这个鬼头鬼脑的家伙抬走!把他拖走,深绿色的贱货!"老人们叫道,把伊凡·尼基契奇抬到大厅里。在大厅里,男舞伴们参加到老人们当中来,动手把可怜的记者一直抛到紧挨着天花板的高空去。小姐们拍起手来,乐师们停住演奏,放下乐器。主人为摆阔而从俱乐部里雇来的听差,看到这种"不成体统的举动",大吃一惊,拿出贵族的派头,把嘴凑到他们的空拳头上咯咯地傻笑。伊凡·尼基契奇的礼服上有两个纽扣绷掉,腰带也松开。他不住喘气,哼哧哼哧,尖声怪叫,浑身难过,然而……他在幸福地微笑。他无论如何也没料到会受到这样的抬举,按他自己的说法,他其实是个"零",是个"在人们当中谁也看不见、谁也不注意的人……"。

"哈哈哈哈!"新郎纵声大笑。他已经喝得大醉,这时候抓住伊凡·尼基契奇的腿。伊凡·尼基契奇给人们扔啊扔的,从本城的知识分子们手里滑下来,搂住戴银质奖章的胖子的脖颈。

"我这条命要送掉了,"他喃喃地说,"我这条命要送掉了!对不起!略微等一下,先生!这就行了。……哎呀,不,这还不行,先生!"

新郎放开他的腿,他就完全吊在胖子的脖颈上。胖子把头一摇,伊凡·尼基契奇就跌倒在地板上,叫一声哎呀,随后笑呵呵地爬起来。所有的人都哈哈大笑,就连那些从不文明的俱乐部里雇来的文明的听差,也不再那么高傲,居然皱起鼻子微笑。伊凡·尼基契奇的脸由于幸福的微笑而布满皱纹,湿润的浅蓝色眼睛里迸出火星,嘴巴歪斜,上嘴唇往右撇,下嘴唇却伸长,往左撇。

"诸位可敬的先生!"他用微弱的男高音讲起来,同时张开胳膊把腰带系好,"诸位可敬的先生!不管你们向上帝祈求什么,都求上帝赐给你们吧。我要谢谢他,我的恩人,谢谢他……喏,就是他,叶果尔·尼基佛罗维奇。……他不看轻小人物。前天他在污泥胡同里遇见我,开口就说:'你到我家里来啊,伊凡·尼基契奇。记住,务必要来。全城的人都会来,那么你,全俄国的造谣家,也要来!'他没看轻我,求上帝保佑他健康。您那真诚的爱怜使我幸福,您没有忘记这个新闻记者,破衣烂衫的糟老头子。谢谢您。诸位可敬的先生,你们也不要忘记我们这班人。我们这班人都渺小,这话是不错的,不过我们的灵魂却无害于人。不要看轻我们,不要嫌弃我们,我们会领情的!我们在众人当中是渺小、可怜的,然而另一方面,我们又是世界的精华,上帝是为我们祖国的利益才把我们创造出来的。我们教导普天下的人,我们歌颂善,痛斥人间的恶。……"

"你胡扯些什么?"男主人叫起来,"他胡扯起来了,这个傻蛋!你发表一篇演说①好了!"

"演说!演说!"客人们喊道。

---

① 在俄国的婚宴上,来宾常发表演说以示庆贺。

"演说？嗯,嗯。我遵命。请容许我想一下!"

伊凡·尼基契奇开始思索。有人把一杯香槟酒塞在他手里。他沉吟片刻,就伸直脖子,忽然举起酒杯,开始用男高音对叶果尔·尼基佛罗维奇说:

"我的演说,女士们和先生们,是简短的,过于长了就会同当前这件对我们来说非常动人的大事不相称。嗯,嗯。一个伟大的诗人说过:谁年轻的时候年轻,谁就有福! 我对这句话的真实性毫不怀疑。我甚至认为,如果我在这句话的含意里再添一点东西进去,如果我对这个盛会和大事的一对年轻的当事人用语言来表达我的愿望,祝我们的新婚夫妇不但现在按他们的体质来说还年轻的时候年轻,而且就是到了老年也仍然年轻,那我是不会做错的,因为一个人年轻的时候年轻,固然有福,可是把自己的青春保持到进入坟墓为止,那就更加百倍地有福。祝他们,我此刻发表空谈的对象,到老年只是身体衰老,灵魂却依然年轻,换句话说,他们的精神依然活泼地翱翔。祝他们的理想永不衰退,直到他们装进棺木为止,人类的真正幸福就在于那些理想的实现啊。祝他们双方的生命合而为一,形成一种纯洁的、善良的、高度正直的生活,祝那充满温柔的爱情的妻子对她的丈夫,她的思想坚定的丈夫来说,成为……嘻嘻嘻……所谓的八度音,祝他们构成一片美妙动听的和声! 万岁①,万岁②,万岁!"

伊凡·尼基契奇喝下香槟酒,用鞋后跟磕一下地板,带着凯旋者的神情瞅周围的人。

"妙啊,妙啊,伊凡·尼基契奇!"客人们叫道。

新郎身子摇晃着,走到伊凡·尼基契奇跟前。他打算把脚跟

---

① 原文为拉丁语。
② 原文为塞尔维亚语。

靠拢行礼,可是没成功,几乎跌倒。他抓住演说人的手,说:

"包库……包库-美尔西。① 您的演说非常非常好,而且也不缺乏某种倾向性。"

伊凡·尼基契奇往上一跳,搂住新郎,吻一下他的脖子。新郎很不好意思,为了掩盖困窘,就动手拥抱他的丈人。

"您能把您的感情表达得那么妙!"戴奖章的胖子说,"您的身材这么矮小,却有这么大的本事……这无论如何也料不到! 真的……对不起啊!"

"妙吗?"伊凡·尼基契奇尖声叫起来,"妙吗? 嘻嘻嘻。我自己也知道这挺妙! 只是火力不足,可是又上哪儿去找呢,那样的火力? 年月不对了,诸位可敬的先生! 从前呀,只要一开口讲话,一提笔写文章,就会觉得灵魂里汹涌激荡,自己都对自己的才能感到惊讶呢。啊,那可真是好年月! 为那样的年月,魔鬼老弟啊,应该喝他一杯才是! 朋友们,我们就来喝一杯吧! 那个年月简直是太顺心了!"

客人们走到桌子跟前,各人拿起一小杯酒。伊凡·尼基契奇变了样子。他不是给自己斟满一小杯酒,而是一大杯酒。

"我们来喝吧,诸位可敬的先生,"他继续说,"你们待我这个老头子很亲热,那就请你们也敬重当初我做过大人物的那些年月吧! 那些年月真了不起! 诸位女士②,我的小美人儿,你们跟这条赞叹你们美貌的眼镜蛇和妖龙碰杯吧! 碰杯吧! 嘻嘻嘻。我的小爱神们。我也有过好年月,我发誓③! ……我爱过,也痛苦过,我不止一次征服过女人的心,也不止一次被她们征服过呢。乌拉!"

---

① 发音不正确的法语:十分……十分感谢。
② 原文为法语。
③ 原文为意大利语。

"那才真是好年月呀,"冒汗和不安的伊凡·尼基契奇继续说,"那才真是好年月,诸位先生!现在这个年月也不错,然而对我们这班人,给报刊写文章的人来说,那个年月却好得多,原因不在于别的,而在于那时候人们心里的火焰和真理多些。从前,不管是什么样的小作家,都称得起是壮士,是勇敢正直的骑士,是殉教徒,是受尽苦难的人,是正人君子。可是现在呢?俄罗斯大地啊,你看一眼你那些写文章的儿子,就会害臊!你们,真正的作家、政论家以及在……嗯……嗯……嗯……出版界活动的其他战士和工作者,你们在哪儿呀?哪儿也没有!!!现在大家都写作。谁想写,谁就写。有些人,他们的灵魂比我的皮靴还要脏,还要黑,他们的心灵不是在娘胎里而是在铁匠铺里造出来的,他们手中的真理就跟我拥有的房产一般多①,可是现在他们竟敢走上这条光荣的道路,这条属于先知、热爱真理的人、痛恨金钱的人的道路。我亲爱的先生们!如今这条道路宽广多了,可是没有一个人配在那上面走。真正的才能在哪儿?你去找吧:真的,一准找不着!……一切都变得陈腐而贫乏。就连往日的英雄好汉当中留存下来的少数人,现在也精神贫乏、信口开河了。从前,人们追求真理,现在呢,却是追求漂亮的辞藻,追求小钱,真是该死!如今兴起一种古怪的风气!叫人难过哟,我的朋友们!我呢,该死的,尽管一头白发,却不知羞耻,也开始追求漂亮的辞藻了!是啊,是啊,就连在通讯稿里我也竭力搀进漂亮的辞藻。感谢主,天地的创造者,我总算还不贪财,也不敢写文章混饭吃。现在呀,谁想吃饭,谁就写,爱写什么就写什么,只要从旁看来像个真理的样子就成了。您想从编辑部里领点钱?想吗?好,要是您乐意的话,您就拿起笔来自管写吧:在我们城里,某年某月某日发生过一次地震,或者,不久之前一个

---

① 意谓"他们一点真理也没有",因为说话的人是一点房产也没有的。

农妇阿库里娜一胎生了六个孩子,请原谅我这个不要脸的人这样说,诸位女士。……你们难为情了,小美人儿!你们宽宏大量地原谅这个不学无术的人吧!我是个说下流话的博士,早先不止一次在小饭铺里为这方面的学位论文答辩过,而且在那种辩论会上战胜过各式各样的滑头。请原谅吧,我的亲人!哎哎……就是这样的,现在是想写什么就写什么,保管出不了什么事。从前可不是这个样子!我们即使写了假话,也是出于糊涂和愚蠢,并不是把假话当工具用,因为我们认为我们的工作目标是神圣的,我们崇拜它!"

"为什么您衣服上钉发亮的纽扣呢?"一个头上蓬起四撮头发的花花公子打断伊凡·尼基契奇的话说。

"发亮的纽扣?确实,这些纽扣是发亮的。……这是出于习惯,先生。……从前,大约二十年前,我在裁缝师傅那儿定做过礼服,不料他,那个裁缝师傅,一时出错,没钉黑纽扣而钉了发亮的纽扣。我也就习惯发亮的纽扣了,因为那件礼服一直穿了七年。……所以,我的先生,现在还是跟从前那样用这种纽扣。……这些小美人儿,我的亲爱的,在听呢;她们在听我这个老头子讲话,亲人啊。……嘻嘻嘻。……求上帝保佑你们健康!我的天仙般的美人儿!要是你们能活在四十年前才好,那时候我还年轻,能够用火焰点燃别人的心。那我就会做你们的奴隶,姑娘们,我就会跪在你们面前,把裤子的膝头磨出小窟窿来呢。……她们笑了,这些小花朵!……啊,我的小亲亲。……她们关心我,可见她们尊重这个老头子。……"

"您现在还写文章吗?"一个翘鼻子的小姐打断兴致勃勃的伊凡·尼基契奇的话说。

"写文章?怎么能不写呢?我不会埋没我的才能,我的心灵的皇后,我要一直坚持到死!我在写!莫非您没有读到过?那么请容许我问您一句,是谁在七六年①《呼声》②上发表通讯稿的?是谁?莫非您没有读过?很不错的通讯稿呢!七七年我也给《呼声》写过,不过这家可敬的报纸的主编却认为我那篇文章不便刊登。……嘻嘻嘻。……不便刊登啊。……嘿!……我那篇文章有股子味道,您要知道,有某种味道。'我们这里,'我写道,'有些表面的爱国者,然而大有问题的是,他们的爱国精神究竟在哪儿:是在心里呢,还是在衣袋里?'……嘻嘻嘻。……味道来了,小姐。……下面:'昨天,'我写道,'大教堂为普烈甫纳③阵亡将士做安魂祭。所有长官和公民都参加这次安魂祭,惟独担任本城警察局长职务的那位先生没有参加。这种故意缺席颇为引人注目,因为他认为玩纸牌比同公民们一起享受全俄国的欢乐有趣得多。'一针见血啊!哈哈哈!这篇东西却没发表!那时候我真卖力气,我的朋友们!去年,七九年,我给莫斯科出版的《俄罗斯邮报》④寄去一篇通讯稿。我在那里面,我的朋友们,写到我们县里的学校,把它寄到莫斯科去了。我这篇稿子登出来了,所以我至今收到《俄罗斯邮报》而不付报费。事情就是这样!你们感到惊讶吗?请你们为天才惊讶,而不要为零感到惊讶!我是个零啊!嘻嘻嘻!我写得少,诸位可敬的先生,写得很少!我们这个城里缺少大事可写,我又不愿意胡写一通,我的自尊心很强,再者我又怕我的良心责备我。报纸是全俄国都在读的,可是我们这个城对俄国来说算得了什么?何必写些小事来惹得俄国的读者厌烦呢?何必让俄国的读者知道我们的小饭铺里发现过一具死尸呢?不过,从

---

① 指1876年;这篇小说发表在1882年。
② 1863年至1884年在彼得堡出版的一种报纸。——俄文本编者注
③ 保加利亚北部的城市普列文的旧名,在俄土战争(1877—1878)中成为土耳其的堡垒,俄国军队经过长期围攻后,于1877年底予以占领。——俄文本编者注
④ 1879年至1889年在莫斯科出版的一种自由派报纸。——俄文本编者注

前我写过多少东西啊,从前,很久很久以前。……那时候我常给《北方蜜蜂》[①]、《祖国之子》[②]、《莫斯科》[③]写稿子。……我跟别林斯基同时代。有一次我在文章里还把布尔加林[④]顺便讥刺一下呢。……嘻嘻嘻。……你们不相信吗?这是真的!有一回我写过一首诗,歌颂尚武的勇敢精神。……至于那个时候,我的朋友们,我遭到些什么样的磨难,那只有万军之主[⑤]才知道。……我一想起那个年月,就不由得心潮起伏。当时我是个英雄好汉!我为我的理想和思想受过苦,遭到过折磨。由于我存心要做高尚的工作,就承受了种种磨难。四六年,由于我在《莫斯科新闻》上发表一篇通讯稿,此地的小市民们就把我毒打一顿,弄得我事后躺在医院里,啃了三个月黑面包。大概我的仇人花了不少钱雇那些小市民死命打我:他们把这个上帝的奴隶打得好苦,直到现在我都能把后果指给你们看。还有一回,那是五三年,本城市长绥索依·彼得罗维奇把我传去。……你们不会记得他了,而你们不记得他倒应该高兴才是。关于这个人的回忆,在我的全部回忆当中要算是最痛心的了。他把我传去,说:'你在《蜜蜂》上造什么谣,啊?'可是我何尝造过什么谣?要知道,我不过在稿子里写道:我们此地有一帮骗子,以古斯科夫的小饭铺做他们的巢穴。……这个小饭铺如今连影子也没有了,已经在六五年被勒令停业,让给鲁勃佐瓦特斯基先生开食品杂货店了。在通讯稿的结尾,我略微加上点那种味道。你们要知道,我不管三七二十一写道:'鉴于上述理由,警察当局

---

① 在彼得堡出版的一种反动的报纸。——俄文本编者注
② 1862年至1868年在彼得堡出版的一种报纸。——俄文本编者注
③ 指《莫斯科新闻》,自1865年起在莫斯科出版,1863年到1886年间由卡特科夫主编,成为一种极其反动的报纸。——俄文本编者注
④ 布尔加林(1789—1859),俄国的反动作家和批评家,"第三厅"(政治警察局)的走狗。
⑤ 犹太教的上帝耶和华的称号之一。

不妨对古斯科夫先生的饭铺予以注意。'绥索依·彼得罗维奇对我大喊大叫,不住顿脚。'难道没有你,我就不知道还是怎么的?你这个混蛋居然要指点我?你是我的导师吗,啊?'他嚷个不停,而且把我这个浑身发抖的人关进看守所里。我在看守所里坐了三天三夜,想起约拿和鲸鱼①,遭到各式各样的屈辱。……我永远也忘不了这种磨难,直到我的记忆模糊为止!说句不怕您见怪的话,无论什么臭虫,无论什么虱子,无论什么小到几乎看不见的虫豸,也绝没受到过绥索依·彼得罗维奇对我的那种欺压!如今他已经去世,那就祝他升天堂吧。还有,我们教区的监督司祭潘克拉契神甫,也就是我心里暗自幽默地称之为小刀神甫的那个人,不知在什么地方看到一篇有关某某监督司祭的文章,费力地读了一遍,竟然以为这篇文章写的就是他,而且是由我一时轻狂写出来的,其实那篇东西根本就不是写他,也不是我写的。有一次我走过大教堂,忽然间,您要知道,有人在我后边用手杖使劲打我的后背和后脑壳,打了一下又一下,一连打三下。……呸,糟透了,这是怎么搞的!我回头一看,原来就是潘克拉契神甫,接受我的忏悔的教士。……他当众打我!!这是什么缘故?我犯了什么过错?这件事我也只得忍气吞声。……我受的苦真是多啊,我的朋友们!"

颇有名望的商人格雷热夫正站在他身旁,笑一下,拍拍伊凡·尼基契奇的肩膀。

"你写吧,"他说,"写吧!要是你能写,又何必不写呢?不过你是给哪一家报纸写?"

"我给《呼声》写,伊凡·彼得罗维奇!"

"能让我们读一下吗?"

---

① 《旧约·约拿书》称,约拿违抗耶和华神的命令而乘船逃走,耶和华就使海上起风吹翻他的船,并使大鱼把他吞下肚去。

"嘻嘻嘻。……当然能,先生。"

"那我们就能看出你是干什么事的能手了。嗯,那你打算写些什么呢?"

"喏,要是伊凡·斯捷潘诺维奇为初级中学捐上一笔钱,用这样的事我就会写出一篇东西来!"

伊凡·斯捷潘诺维奇是个商人,脸上刮得光光的,衣襟丝毫也不长①。他笑一声,脸红了。

"行,你写吧!"他说,"我捐钱好了。为什么不捐呢?我可以捐一千卢布。……"

"真的吗?"

"可以办到。"

"可要是您不捐呢?"

"哪儿的话。……当然我可以办到。"

"您不是说着玩的吧?……伊凡·斯捷潘诺维奇!"

"我可以办到。……只是有一件……嗯……要是我捐了钱而你不写稿子呢?"

"这怎么可能呢?那么您说话算数,伊凡·斯捷潘诺维奇?"

"当然这样。……嗯……好,那你什么时候写?"

"很快,先生,简直快极了。……您不是开玩笑吧,伊凡·斯捷潘诺维奇?"

"开玩笑干吗?话说回来,我开玩笑,你总不会给我钱吧?嗯……好,可要是你不写呢?"

"我会写的,伊凡·斯捷潘诺维奇!我说假话就叫上帝打死我,我会写的,先生!"

伊凡·斯捷潘诺维奇皱起油亮的大额头,开始思索。伊凡·

---

① 当时俄国的商人,特别是旧式商人,往往留着大胡子,穿着大长袍。

尼基契奇踩着碎步走动,打嗝,用亮晶晶的小眼睛盯住伊凡·斯捷潘诺维奇。

"你听我说,尼基达……尼基契奇……伊凡,是吧?你听我说。……我捐两千银卢布,以后,也许,还可以再……多捐点。只是有一个条件,我的老兄,你得真写文章才成!"

"我当着上帝说,一定写!"伊凡·尼基契奇尖声叫道。

"你写吧,不过,你寄给报馆以前,先让我看一遍,要是你写得挺好,我才拿出两千来。……"

"遵命,先生。……嗯……我听明白了,高尚而慷慨的人!伊凡·斯捷潘诺维奇!请您仁慈宽厚,不要让您的诺言毫无结果而仅仅成为空洞的声音!伊凡·斯捷潘诺维奇!恩人啊!诸位可敬的先生!我已经喝醉了,不过我的神志还清楚!最最仁爱的慈善家啊!我向您敬礼!您多出点力吧!请您为国民教育出力,慷慨解囊吧。……啊,主呀!"

"行了,行了。……我们等着瞧吧。……"

伊凡·尼基契奇揪住伊凡·斯捷潘诺维奇的衣襟。

"最最慷慨的人啊!"他尖叫道,"请您跟伟人们挽手并进吧。……请您在普照天下的明灯里添上油!请您容许我为您的健康干杯。我喝了,先生,我喝了!祝您健康长寿。……"

伊凡·尼基契奇咳嗽一阵,喝下一小杯白酒。伊凡·斯捷潘诺维奇看了看四周的人,对伊凡·尼基契奇挤一下眼睛,就走出客厅,到大厅里去了。伊凡·尼基契奇站在那儿,沉吟一下,然后摩挲着秃顶,规规矩矩地穿过跳着舞进入客厅的人群。

"祝您永远身体健康,"他对男主人说,行个礼,"谢谢您的盛情,叶果尔·尼基佛罗维奇!我永生永世也不会忘记!"

"再见,老兄!你以后要再来。要是有空的话,就到我商店里去坐一坐,和伙计们一起喝喝茶。在我妻子的命名日,要是你乐意的话,请到我家里来,那你就可以发表演说了。好,再见,亲爱的朋友!"

伊凡·尼基契奇带着感情握了握向他伸过来的手,再向客人们深深地一鞠躬,然后踩着碎步走到前堂里,在那儿,他那件小小的旧大衣夹在许许多多皮大衣和大衣中间,几乎找不到了。

"你老人家赏个酒钱吧!"一个听差给他找大衣,有礼貌地对他要求道。

"我的好朋友!连我自己都到了应该讨酒钱而不是给酒钱的时候了。……"

"找着了,您的大衣!就是这件吧,穷老爷?简直可以拿它筛面粉了!穿着这样的大衣不应该出门做客,倒应该到猪圈里去打滚才是。"

伊凡·尼基契奇发窘了。他穿上大衣,卷起裤腿,走出本城富翁和大人物叶果尔·列-夫的家门,踏着泥浆,动身走回自己的住所去。

他居住在沿大街一个院子的厢房里,每年向一个商人老婆的继承人付出六十卢布的租金。厢房建在面积极大而生满杂草的院子角落里,在树丛中温顺地露出轮廓,像那样温顺的神态是……只有伊凡·尼基契奇才会有的。他关上街门,扣上门扣,小心地绕过杂草,往他那灰色的厢房走去。不知什么地方,一条狗叫起来,对他懒洋洋地吠几声。

"斯达美斯卡①,斯达美斯卡,是我呀……自己人!"他喃喃地说。厢房的门没有上闩。伊凡·尼基契奇用刷子刷净皮靴,推开门,走进他的洞穴。他干咳一声,脱掉大衣,对着圣像祷告一下,然后从他所住的被长明灯照亮的房间往前走。在第二个而且是最后一个房间里,他又对圣像祷告一下,然后踮起脚尖走到床铺前面。

---

① 狗的名字。

有个俊俏的姑娘睡在床上,年纪在二十五岁左右。

"玛涅琪卡,"伊凡·尼基契奇开始叫醒她,"玛涅琪卡!"

"嗯嗯嗯……"

"你醒一醒,我的女儿!"

"呜……呜……呜……"

"玛涅琪卡,喂,玛涅琪卡!别睡了,醒醒吧!"

"是谁?什么……事?啊?啊?"

"醒醒吧,我的天使!你起来,我的保姆,我的音乐家。……我的女儿!玛涅琪卡!"

玛涅琪卡翻过身来,睁开眼睛。

"您有什么事?"她问。

"好孩子,劳驾,给我拿两张纸来!"

"您去睡觉!"

"我的女儿,不要拒绝我的要求!"

"您要纸干什么?"

"我要给《呼声》写一篇通讯稿。"

"算了吧。……您去睡觉!在那边,我给您留下了晚饭!"

"我的独生女儿啊!"

"您喝醉了吧?好得很。……您不要搅扰别人睡觉嘛!"

"你给我把纸拿来吧!你起来一下,顺顺你父亲的心,这在你又算得了什么?我的朋友!这可叫我怎么办呢?要我跪下来还是怎么的?"

"哎哎哎……真要命!我马上就起来!您走开!"

"是。"

伊凡·尼基契奇就往后退两步,把头藏在屏风后面。玛涅琪卡从床上跳下地,拿起被子来把身子裹紧。

"没事找事做!"她叽咕道,"简直是磨人!圣母啊,这种事到什么时候才有个了局！没日没夜的叫人不得消停！哎，您也太不害臊了！……"

"女儿，不要侮辱你的父亲！"

"谁也没有侮辱您！拿去！"

玛涅琪卡从她的皮包里取出两张纸来，往桌上一扔。

"谢谢，玛涅琪卡！请你原谅我打搅你！"

"好了！"

玛涅琪卡往床上一倒，盖好被子，缩起身子，立刻就睡着了。

伊凡·尼基契奇点上一支蜡烛，靠着桌子坐下。他想一下，就拿起钢笔，在墨水瓶里蘸一下墨水；然后在胸前画个十字，动笔写起来。

第二天早晨八点钟，伊凡·尼基契奇已经站在伊凡·斯捷潘诺维奇家的大门口，用发抖的手拉门铃了。他足足拉了十分钟，这十分钟他差点为自己的大胆活活吓死。

"有啥事？一个劲儿地拉铃！"伊凡·斯捷潘诺维奇家的听差打开门，用棕色旧礼服的下摆擦他那刚睡醒而发肿的眼睛，问他说。

"伊凡·斯捷潘诺维奇在家吗？"

"老爷吗？他不在家里还在哪儿？有啥事？"

"唶……我要找他。"

"您是邮局里来的吧？他在睡觉！"

"不，我有私事要找他。……说实在的……"

"您是当官的吗？"

"不是的……可是……我可以等他一下吗？"

"那有什么不行的？行！您到前厅里去吧！"

伊凡·尼基契奇侧着身子走进前厅里，在堆着听差的破衣服的长沙发上坐下。

"呼噜……呼噜……是谁呀?"伊凡·斯捷潘诺维奇的卧室里响起说话声,"谢辽日卡!上这儿来!"

谢辽日卡跳起来,像疯子似的跑进主人卧室里去。伊凡·尼基契奇战战兢兢,动手把衣服上所有的纽扣都扣好。

"啊?是谁?"卧室里的说话声传到他耳朵里来,"是谁呀?你没有舌头了,畜生?怎么?是银行里来的?你倒是说呀!是个老头子?"

伊凡·尼基契奇的心怦怦地跳起来,眼睛发暗,腿发冷。要紧的关头临近了!

"把他叫来!"传来卧室里的说话声。

满头大汗的谢辽日卡走出来,用手捂住耳朵,领着伊凡·尼基契奇走到伊凡·斯捷潘诺维奇跟前去。伊凡·斯捷潘诺维奇刚刚醒过来,躺在一张双人床上,从花布被子里露出头来往外看。他身旁,在同一条被子里,睡着戴银质奖章的胖子,正在打鼾。胖子临睡认为用不着脱衣服:皮靴的尖头从被子底下露出来,银质奖章从脖子上滑到枕头上去了。卧室里又闷又热,满是纸烟的气味。地板上摊着打碎的灯的破片、一汪煤油和女人裙子的碎片。

"你有什么事?"伊凡·斯捷潘诺维奇瞧着伊凡·尼基契奇的脸,皱起眉头,问道。

"我打搅了您,很抱歉,"伊凡·尼基契奇郑重其事地说着,从衣袋里取出一张纸来,"最受尊敬的伊凡·斯捷潘诺维奇,请您容许我……"

"喂,你听着,你不要摆弄夜莺,我这儿可没有东西喂它吃①:你干脆谈正事。你要干什么?"

"我是抱着这样的目的来的,嗯……嗯,我要极其恭敬地奉

---

① 意谓"我不要听你那些漂亮的空话",夜莺是一种歌声悦耳的鸟。

上……"

"可你是什么人?"

"我?嗯……嗯……嗯……我吗?您忘了?我是记者。"

"你?哦,是了。现在我想起来了。那你来干什么?"

"我打算奉上那篇我应许写下的通讯稿,请您过目。……"

"已经写好了?"

"写好了,先生。"

"怎么这样快?"

"快吗?我直到现在才刚刚写完。"

"嗯。……不,你……不该这么快嘛。……你应该多花点时间写。何必着急呢?去吧,老兄,再去写吧。"

"伊凡·斯捷潘诺维奇!才华是不论地点或者时间都不能加以束缚的。……哪怕您给我整整一年时间,我也写不出更好的东西来了,真的!"

"那么好吧,拿给我!"

伊凡·尼基契奇就打开那张纸,双手捧着,送到伊凡·斯捷潘诺维奇的脑袋跟前去。

伊凡·斯捷潘诺维奇接过纸来,眯细眼睛,开始读道:"'在我们这个某某城里,每年都有好几座大厦耸立起来,为此聘请京城的建筑师,收到国外运来的建筑材料,耗费巨额资金,而所有这些,必须承认,都抱着唯利是图的目的。……可惜啊!我们有两万多名居民,本城已经存在好几个世纪,大厦纷纷耸立起来,然而足以铲除根深蒂固的愚昧的那种力量,却连借以存身的小屋也没有一所。……愚昧……'这下边写的是什么字?"

"这个吗?说来可怕①……"

---

① 原文为拉丁语。

173

"这些字是什么意思?……"

"上帝才知道这些字是什么意思,伊凡·斯捷潘诺维奇!如果写到一件不好的或者可怕的事,那就可以顺便插进这些字去。"

"'愚昧……'嗯……'在我们这里积重难返,在我们社会各阶层中享有最充分的公民权。终于,俄国整个知识界所呼吸的那种空气,也吹到我们这儿来了。一个月前,我们经国务大臣先生批准,在本城开办初级中学一所。这次批准,在我们这儿受到毫不虚假的热烈欢迎。有些人不限于仅仅表示热烈欢迎,另外还打算在行动上也表现出他们的热爱。我们的商人们素来有求必应,对任何良好的创举都提供资金上的支持,现在也没有摇头拒绝。……'见鬼!不但写得快,而且写得多么好啊!真有你的!嘿!'我认为有必要在这里举出主要捐款人的姓名。他们的姓名开列如下:古利·彼得罗维奇·格雷热夫(两千),彼得·谢敏诺维奇·阿列巴斯特罗夫(一千五百),阿维甫·伊诺肯捷维奇·波特罗希洛夫(一千),伊凡·斯捷潘诺维奇·特拉木包诺夫(两千)。最后这个人还许诺……'最后这个人是指谁?"

"最后一个?就是您啊,先生!"

"那么,照你这么说,我算是最后一个?"

"最后一个。……这就是说……嗯……嗯……嗯……是在这样的意义上……"

"那么我成了最后一个?"

伊凡·斯捷潘诺维奇坐起来,满脸通红。

"谁是最后一个?我?"

"这固然指的是您,不过那是在什么样的意义上呢?"

"是在这样的意义上:你是蠢货!明白吗?蠢货!把你这篇通讯稿拿走!"

"阁下……尊驾伊凡……伊凡……"

"那么我成了最后一个？哎，你呀……你这个脓包！蠢鹅！"伊凡·斯捷潘诺维奇的嘴里吐出一个个精巧的比喻，一个比一个不堪入耳。伊凡·尼基契奇吓得魂飞魄散，倒在一把椅子上，身子不住扭动。

"哼，你这猪猡！我成了最后一个?！伊凡·斯捷潘诺维奇·特拉木包诺夫素来不做最后一个，以后也不会！你才是最后一个！滚出去，从今以后不准你的脚再踩进我的屋子里来！"

伊凡·斯捷潘诺维奇勃然大怒，把那篇通讯稿揉成一团，朝着莫斯科和圣彼得堡报纸的通讯记者脸上扔过去。……伊凡·尼基契奇涨红脸，站起来，摇着手，踩着碎步走出房外。在前厅里迎接他的是谢辽日卡，愚蠢的脸上现出最愚蠢的笑容，给他打开大门。伊凡·尼基契奇走到街上，脸色白得像纸，踏着泥地走回他的住所去。大约过了两个钟头，伊凡·斯捷潘诺维奇走出家门，瞧见前厅的窗台上放着伊凡·尼基契奇忘记拿走的制帽。

"这是谁的帽子？"他问谢辽日卡说。

"就是刚才您赶出去的那个可怜虫丢下的。"

"把它扔掉！干吗放在这儿？"

谢辽日卡拿起制帽，走到外面街上，把它扔在最烂的泥地里。

乡村医生

地方自治局医院。早晨。

由于医生不在,跟警官一块儿出外打猎去了,医院里就由两名医士,库兹玛·叶果罗夫和格列勃·格列贝奇,给病人们看病。病人大约有三十名。趁病人们正在挂号,库兹玛·叶果罗夫坐在诊病室里,一边等着,一边喝加了菊苣的咖啡①。格列勃·格列贝奇有生以来从没洗过脸,也从没梳过头,这时候把胸部和肚子靠紧桌子,怒气冲冲,给病人们挂号。登记病人是为统计用的。他得填写病人的本名、父名、姓氏、身份、住址、文化程度、年龄,然后,等到看完病,还要填写疾病的种类和发给的药品。

"鬼才知道这是什么钢笔!"格列勃·格列贝奇生气地说着,在大册子和一些小纸片上歪歪斜斜地写下大得出奇的字母,"这算是什么墨水?这是煤焦油②,算不得墨水!这个地方自治局真叫我觉得奇怪!它叫人登记病人,可又一年只给两戈比的墨水钱!……你走过来!"他叫道。

一个脸上包着绷带的农民和"男低音歌手"③米海洛一起走过来。

---

① 咖啡里加上用菊苣研成的粉,是为了增添香味,节省咖啡。
② 煤焦油又黑又稠。
③ 指乡村教堂唱诗班的歌手。

"你叫什么名字?"

"伊凡·米库洛夫。"

"啊?什么?说俄国话!"

"伊凡·米库洛夫。"

"伊凡·米库洛夫!我又不是问你!走开!你!你叫什么名字?"

米海洛微笑了。

"莫非你不认识我?"他问。

"你笑什么?鬼才知道他们这些人是怎么回事!这儿忙得不得闲,时间又宝贵,他们却嘻嘻哈哈的!你叫什么名字?"

"莫非你不认识我了?你中煤气毒,迷了心窍了?"

"我认识你,可我还是得问,因为这是公事。……我才不会中什么煤气毒,迷了心窍呢。……我又不像尊驾那样是个醉鬼。我可不死命地灌酒。……你叫什么,姓什么?"

"既然你认识我,我又何必对你说这些?你认识我五年了。……莫非到第六年你就忘光了?"

"我没忘光,可这是公事!明白吗?莫非你不懂俄国话?公事嘛!"

"好,既然是公事,那就随你!你写吧!米海洛·费多狄奇·伊兹穆倩科。……"

"不是伊兹穆倩科,而是伊兹穆倩科夫。"

"就算是伊兹穆倩科夫吧。① ……你爱怎么写就怎么写,只要能给我看病就成。……哪怕写上小丑伊凡内奇②都没关系。……反正都一样。……"

---

① 在俄国,有许多乌克兰人的姓以"科"结尾,并不是他说错了自己的姓。
② 俄国的骂人话,近似我国的"傻老二"。

"是什么身份?"

"男低音歌手。"

"多大岁数?"

"谁知道呢!我没受过洗礼,我不知道。"

"有四十了吧?"

"也许有了,也许还没有。你爱怎么写就怎么写吧。"

格列勃·格列贝奇把米海洛端详一会儿,想了想,写上"三十七"。随后,他又想了想,把"三十七"勾掉,写上"四十一"。

"你识字吗?"

"难道做歌手的能不识字?你这个脑袋瓜呀!"

"当着大家的面,你对我得称呼'您',别这么哇哇地嚷。下一个!你是什么人?叫什么名字?"

"米基佛尔·普果洛瓦,哈普洛瓦村的人。"

"哈普洛瓦村的人不在我们这儿治病!下一个!"

"您发发上帝的慈悲吧。……老爷。我一步一步走了二十俄里路哪。……"

"哈普洛瓦村的人不在我们这儿治病!下一个!你走开!不要在这儿吸烟!"

"我没吸烟,格列勃·格列贝奇!"

"那你手里拿的是什么?"

"这是我的手指头扎上绷带了,格列勃·格列贝奇!"

"那不是烟卷?哈普洛瓦村的人不在我们这儿治病!下一个!……"

格列勃·格列贝奇登记完毕。库兹玛·叶果罗夫也喝够咖啡,就开始诊病。格列勃·格列贝奇承担药剂师的工作,这时候走到药房里去。库兹玛·叶果罗夫承担内科医生的工作,系上漆布面的围裙。

"玛丽雅·扎普拉克西娜!"库兹玛·叶果罗夫看着册子叫道。

"来了,老爷子!"

一个小老太婆走进诊病室里来,生得身材矮小,满脸皱纹,仿佛厄运把她压瘪了似的。她在胸前画个十字,恭敬地对诊病的人鞠躬。

"嗯。……关上门!……哪儿痛?"

"脑袋痛,老爷。"

"哦。……是整个脑袋痛,还是只有半边痛?"

"整个痛,老爷……整个脑袋到处都痛。……"

"脑袋根本用不着包上。……你把那块破布摘下来!脑袋应当凉着,两条腿应当暖着,身子应当不冷不热。……你肚子不好受吗?"

"不好受,老爷。……"

"哦。……那你用手把你的下眼皮往下拉!好,行了。你贫血。……我给你点药水喝。……早晨喝十滴,中午和傍晚也一样。"

库兹玛坐下来,开方子:

处方:铁溶液①。从窗台上放着的瓶子里取出三喱,可是架子上放着的瓶子,伊凡·亚卡甫里奇吩咐说他不在就不许开封每天三次每次十滴交玛丽雅·扎普拉克西娜。

老太婆问明白药水该怎样喝法,就鞠个躬,走出去。库兹玛·叶果罗夫把方子从墙上挖成的小窗口丢到药房里,然后叫下一个病人。

"季莫费依·斯土科捷依!"

---

① 原文为拉丁语。

"来了!"

斯土科捷依走进诊病室,他又高又瘦,头很大,远远看去,很像一根球顶手杖。

"哪儿痛?"

"心痛,库兹玛·叶果雷奇。"

"什么地方?"

斯土科捷依指了指心口。

"哦。……很久了吗?"

"从复活节开的头。……前些日子我赶路,一路上歇了十来次。……有时候身上发冷,库兹玛·叶果雷奇。……有时候可又浑身发烧,库兹玛·叶果雷奇。"

"哦。……还有哪儿痛?"

"老实说,库兹玛·叶果雷奇,到处都痛哟。不过呢,您光是把心痛治一下就成,别处都不用您操心了。……别处就让那些娘们儿去治吧。……您给我点酒精什么的,免得我心口再憋闷。要不然这心口老是那么憋闷啊,憋闷啊,随后,忽然有点揪痛,喏,就是这个地方,于是……那儿……背上也酸痛。……脑袋里好像装着块石头。……而且我还咳嗽。"

"胃口怎么样?"

"坏透了。……"

库兹玛·叶果罗夫走到斯土科捷依跟前,把他的身子弯过去,用拳头按紧他的心口。

"这样痛吗?"

"哎哟……哎哟……痛呀!"

"那么这样痛吗?"

"喔唷……痛得要死!!"

库兹玛·叶果罗夫又问他几个问题,想了想,就把格列勃·格列贝奇叫来帮忙。会诊开始了。

"把舌头伸出来!"格列勃·格列贝奇对病人说。

病人就把嘴张得大大的,伸出舌头来。

"再伸长点!"

"再伸长就办不到了,格列勃·格列贝奇!"

"这个世界上什么事都办得到。"

格列勃·格列贝奇瞧一会儿病人,又苦苦地思索一阵,然后耸耸肩膀,一句话也没说就走出了诊病室。

"一定是炎症!"他在药房里嚷道。

"您给他点蓖麻油①和阿莫尼亚水②吧!"库兹玛·叶果罗夫嚷道,"要他早晨和傍晚揉肚子。下一个!"

病人从诊病室里出去,走到过道里药房的小窗口跟前。格列勃·格列贝奇在茶杯里倒三分之一蓖麻油,递给斯土科捷依。斯土科捷依慢腾腾地喝下去,舔舔嘴唇,闭上眼睛,用一个指头擦另一个指头,也就是要求吃点什么东西解解药味。

"这就是你要的酒精!"格列勃·格列贝奇交给他一小瓶阿莫尼亚水,嚷道,"早晨和傍晚用一块粗呢子蘸上它揉肚子。……瓶子要交还! 不要把胳膊肘支在窗台上! 走开!"

这时候格利果利神甫家的厨娘彼拉盖雅走到小窗口跟前来,用围巾捂住嘴,不住地笑。

"您有什么事要我效劳?"格列勃·格列贝奇问她说。

"丽扎薇达·格利果利耶芙娜③问候您,格列勃·格列贝奇,而且跟您要一点薄荷药片。"

"遵命。……为美丽的女性,我赴汤蹈火在所不辞!"

---

① 原文为拉丁语,一种轻泻剂。
② 原文为拉丁语,一种镇静剂。
③ 她是格利果利神甫的女儿,因为她的父名是"格利果利耶芙娜"。

格列勃·格列贝奇从架子上取下一罐薄荷药片来,往彼拉盖雅的手帕上倒出半罐。

"请您告诉她,"他说,"就说格列勃·格列贝奇倒出药片来的时候,由于感情激动而不住微笑。我的信收到了吗?"

"收到了,而且撕掉了。丽扎薇达·格利果利耶芙娜对谈恋爱不感兴趣。"

"她是个多么调皮的姑娘啊!请您告诉她,就说她是个调皮的姑娘!"

"米海洛·伊兹穆倩科夫!"库兹玛·叶果罗夫叫道。

"男低音歌手"米海洛走进诊病室。

"米海洛·费多狄奇!向您致最深切的敬意!您哪儿痛?"

"嗓子痛,库兹玛·叶果雷奇!我来找您,说实在的,是希望您,说句不怕您见怪的话,为了我的健康……那个……我的嗓子倒不算太痛,可就是害得我吃了亏。……有了病,我就不能唱歌。我少参加一次弥撒,唱诗班的领班就扣掉我四十戈比。少参加一次晚祷扣掉二十五戈比。如今老爷们家里做安魂祭,歌手们得三卢布,可是我那一份,就因为我有病,一个钱也拿不着。说句不怕您见怪的话,关于我的嗓子,我不妨对您作如下的推测①:很痛,沙哑。倒好像我的嗓子眼里有只猫,伸出爪子来……那个……咳……咳……咳……"

"那么,这是因为喝了烈酒吧?"

"认真说来,我也说不清我这个病是怎么得的。不过我可以向您表明,说句不怕您见怪的话,烈酒对男高音才有影响,对男低音连一点影响也不会有。男低音喝了烈酒,库兹玛·叶果雷奇,声调反而更低沉,更威严。……倒是感冒对男低音的影响大得

---

① 应是"说明",由于掉文而说错。

多呢。"

格列勃·格列贝奇在小窗口那儿伸出头来。

"该给老太婆什么药呢?"格列勃·格列贝奇问,"窗台上放着的那瓶铁溶液已经用完了。我把架子上那一瓶打开吧。"

"不行,不行!伊凡·亚卡甫里奇不准啊!他要生气的。"

"那给她点什么药呢?"

"随便给点什么吧!"

在格列勃·格列贝奇的语言里,"随便给点什么"就等于"给点苏打"。

"烈酒是不应该喝的。"

"我已经有三天没喝酒了。……我得病是因为感冒。……确实,白酒能弄得男低音沙哑,不过,库兹玛·叶果雷奇,您知道,嗓音沙哑一点,八度音倒更好听了。……我们这班人不喝白酒不行。……不喝白酒还算什么歌手呢?那就不成其为歌手了,说句不怕您见怪的话,那简直就成了讽刺!……要不是我干了这个行当,我才不会往嘴里灌这种该死的玩意儿。白酒就是撒旦的血嘛。……"

"那就这么办。……我给您点药粉。……您把它放在瓶子里,兑上水,化开,然后您一早一晚拿它漱嗓子。"

"可以咽下去吗?"

"可以。"

"很好。……要是不能咽下去,心里总觉得不痛快。漱啊漱的,结果哇的一口吐出去,太可惜了!还有,喏,认真说来,我有一件事要问您。……再者①,由于我肠胃弱,而且就因为这个缘故,说句不怕您见怪的话,我每个月都从身上放出点血去,还要喝汤

---

① 应是"那就是"。

药,那么我可以明媒正娶,解决婚姻大事吗?"

库兹玛·叶果罗夫想了一会儿,说:

"不,我不主张!"

"我满腔感激地谢谢您。……您可真是我们的良医啊,库兹玛·叶果雷奇!比任何大夫都高明!真的!有多少人在为您祷告上帝!嘿嘿!……多的是呢!"

库兹玛·叶果罗夫谦虚地低下眼睛,果敢地在药方上写下碳酸钠①,也就是苏打。

---

① 原文为拉丁语。

不必要的胜利

故　　事

一

茨威布希和伊尔卡-索巴契·祖勃基在大道上拐弯,往戈尔达乌根伯爵的园子走去,这时候太阳偏西,已经落下一半了。天气又热又闷。

匈牙利的草原每到六月间就面目大变。土地裂开,大道变成河流,不过河里起伏的不是流水,而是灰色的尘土。风,即使有的话,也热得厉害,吹裂皮肤。空中从早到晚老是寂静无声。这样的寂静使得行人满心愁闷。在草原骄阳的炽热光芒下,只有葱茏苍翠、举世闻名的匈牙利果园和葡萄园才没有凋萎,没有发黄,没有干枯。那些园子经技艺高强的人培育出来,散布在为数众多的大河和小溪的岸旁,从早春起到仲秋止总是披着绿色盛装,招引来往行人,成为一切生物逃避炎阳的好去处。园子里充满阴影、凉爽和美妙的空气。

茨威布希和伊尔卡沿着很长的林荫路走。这条林荫路是两个便门之间一条最近的路,一个便门通到草原上去,另一个通到伯爵的园子里。那条路把园子切成平均的两部分。

"这条林荫路倒叫我想起当初在学校里打过你父亲手心的那

管尺了。"茨威布希说着,竭力眺望林荫路的尽头。然而路的尽头消失在绿色的远方,看不清楚。太阳照不到这里来。路至多不过一俄丈宽,两旁耸立着的树木互相伸出枝杈,连成一片。这是大自然利用橄榄树、橡树、椴树、赤杨树等的枝杈搭成的一条隧道。茨威布希和伊尔卡犹如在房顶下面走路。矮胖而腿短的茨威布希浑身大汗。他脸色紫红,好比煮熟的甜菜根。他不时用短上衣的前襟擦他流汗的下巴。他不住喘气,呼哧呼哧响,犹如没有上足油的打谷机。

"这是神仙世界才会有的凉爽啊,我的小雀儿!"他喃喃地说,伸出胖指头解开他坎肩和衬衣上的纽扣,"我敢凭我的小提琴起誓。你不觉得我们从地狱里升到天堂了?"

伊尔卡的脸色和她的玫瑰色嘴唇一样红。她的大额头和高鼻梁上闪着小汗珠。可怜的姑娘非常疲乏,腿都几乎站不稳。竖琴的皮带压痛她的肩膀,尖尖的琴边不客气地碰痛她的腰部。树荫使得她好几次露出笑容,深长地叹息。她脱下鞋来,光着脚走路。她那又小又美的光脚愉快地踏着凉快的沙地。

"我们要不要坐一会儿?"茨威布希提议道,"这条林荫路长得像老处女的舌头。它大概有三俄里长呢!"

"不,爸爸!要是我们坐下,那么待一会儿就很难站起来了。我们顶好还是走到头再歇息吧。"

"那也好。……今天,我的小雀儿,是你的生日。命运会送给你什么东西,什么样的小礼物呢?"

"我希望命运给我送来今天的午饭就好。……"

"她倒怪不错的,想要这个!哈哈!她的希望可不小呢!这太过分了吧,我的姑娘?你是不是还想要晚饭呢?"

"我已经有很久没有吃过什么热东西。……你再也没法想象,爸爸,我老是啃干面包,吃熏腊肠,弄得我的嗓子干成什么样子了!要是今天命运叫我自己挑选一样礼物,或是多活十年,或是喝一盆清肉汤,那我就会毫不犹豫地选中第二样。"

"你选得好。最差的清肉汤也要比我们这种荒唐的生活好许多倍呢。"

"我会选中第二样,喝个精光,而且津津有味!我饿得很啊。"

茨威布希同情地瞧着伊尔卡,努出厚嘴唇,吹一声口哨。每逢有什么事搅得他心神不安,或者逼得他沉思默想,他就老是发出时断时续的口哨声。他沉默一会儿,把两道突出的浓眉对着伊尔卡,眉毛底下一对眼睛含着笑意,说道:

"好,你等一等,忍一下吧。……我有一种预感,今天命运送给你的礼物不会辜负我们对它的关心。……嘻嘻。……我预感到我们辛辛苦苦走到尊贵的戈尔达乌根伯爵家的院子里,不会白跑一趟!嘻嘻。……等我们走进他家院子里,演奏起来,他们就会把那种可鄙的金属①大把地撒到我们身上来。那我们口袋里就会装满硬币。伊尔卡就会吃到一顿中饭了。……嘻嘻。……幻想吧,伊尔卡!世界上什么事不会发生呢?也许我讲的这些事真会来的!"

伊尔卡理一下挂在肩膀上的竖琴皮带,笑起来。

"连伯爵也会听我们演奏呢!"茨威布希继续说,"说不定,我的宝贝儿,他,伯爵,灵机一动,想到不该把我们从他家的院子里赶走!说不定戈尔达乌根会听你唱歌,微微一笑。……要是他醉了,那我凭我的小提琴向你起誓,他会拿出一个金币来丢在你脚跟前呢!金币!嘻嘻嘻。说不定我们走运,眼下他正坐在窗前,醉得一塌糊涂!那你可就要得着金币了,伊尔卡!哈哈哈。……"

"为什么一定要喝醉呢?"伊尔卡问。

---

① 指钱币。

"因为人喝醉了酒,就比清醒的时候善良些,聪明些。醉汉比清醒的人更爱音乐。啊,我那悦耳的琴弦呀!要是这个世界上没有醉汉,艺术就停滞不前了!你祷告吧,只求那些就要听我们演奏的人都醉着才好!"

伊尔卡沉思不语。是啊,茨威布希的话有几分道理!到现在为止,丢给她钱的人大部分都是醉汉。要不是那些醉汉,她和她父亲就会更经常挨饿,饿得更厉害了。他们演奏大半是在小饭铺和酒店里,而不是在清醒的市民们整洁的家门口。听他们演奏的,大多是男人,他们的显著特征就是皮肉松弛的脸庞、又大又红的鼻子、庸俗而不连贯的话语。伊尔卡思索着这个不愉快的问题,觉得又痛心又烦恼。现在她才明白那些人何以爱听她父亲的山羊般的歌唱和庸俗的笑话,反而不喜欢听她唱歌,何以常常要求她别再唱了,跳一跳舞才好。她的歌唱不止一次半中腰停下来,改成无聊的舞蹈,由她父亲拉着刺耳的小提琴伴奏。直到现在为止,还没有一个听客有兴趣问一声,她唱得那么动情的歌是谁编的。人们对《三骑士之歌》和空洞无味的舞曲是带着同样的兴味听的。

"清醒的人看不起你和我,因为他们认为我们是叫花子。醉汉倒容许我们接近他们,因为我们的音乐倒多少能减轻他们的头痛。"

茨威布希这些话惹得心中烦恼的伊尔卡垂头丧气。她恨不得哭一场,打坏一件什么东西才好……比方说,哪怕弄断一根手指头也好。可是不管她把手指头怎样拧来拧去,转来转去,手指头却还是没有折断。她就只得光是流泪了。

"我向可敬的戈尔达乌根伯爵府致敬!"茨威布希喃喃地说。

他看见一个便门,由细铁丝编成,上面攀附着开花的草藤。

"我致敬!一个没有祖先的人走进了这个有祖先,然而是坏祖先的人家!与其有卑鄙的祖先,还不如根本没有的好!十七世纪,卡尔·戈尔达乌根伯爵娶了个不是出身于贵族的女人,于是良心感到痛苦,就死了。他哥哥莫利茨呢,把自己妻子的钱财偷个精光,害得她患了痨病,后来经神甫批准同她离婚,他高兴极了,足足跳了一个月的舞。你看见那所房子吗,我的小鸟儿?要是能够翻开这所房子的历史看一下,你就会叫起来:'那些人简直是畜生!'你虽然连一个脏字眼也不会说,还是会破口大骂……也许就像俄国人骂得那么难听!你记得俄国人吗,亲爱的?他们的话就跟他们寒冷的气候一样厉害呢。我们来调好乐器的音吧!"

茨威布希调好小提琴的音。伊尔卡用围裙拂掉竖琴上的尘土。

"命运啊,我们向你挑战!你拾起无形的手套吧!"[1]

茨威布希和伊尔卡挺直身子,做出快活的脸相,精神抖擞地走进伯爵家的院子。尽管天气炎热,院子里却有人。那儿正在进行紧张的工作。二十来个工人,身穿灰蓝色罩衫,蒙着尘土,脸给烟子熏黑,满头大汗,在院子里铺柏油路面。灰蓝色的浓烟从三个桶子里冒出来。

茨威布希和伊尔卡生气勃勃地走到正房跟前。他们往窗子那边看一眼,瞧见最大的窗口里有一张很大的人脸。……脸是红的。

"这就是伯爵!"茨威布希低声说,"好像就是他!我的预言要实现了!再者他喝醉了酒。……你开始吧!"

伊尔卡弹响竖琴。茨威布希顿一下脚,把小提琴放在下巴底下。工人们听见音乐声,都回过头来看。窗口里那张红脸睁开眼睛,皱起眉头,升高了一点。红脸后面闪出一张女人的脸,闪出几只手。……窗子推开了。……

---

[1] 指欧洲的决斗方式:一方向对方扔出一只手套,表示挑战,若对方拾起手套,即表示同意决斗。

"回去,回去!"窗子里传出说话声,"滚出院子去!喂,说的是你们!这些卖艺的,叫你们和你们的音乐一齐见鬼去吧!"

红脸从窗子里钻出来,开始摇手。

"你们自管弹唱吧,你们自管弹唱吧!"一个女人的声音叫道。

工人们放下工作,摇着身子,往乐师那边走过去。他们站得很近,想看清伊尔卡的脸。

"世界上啊,国家真不少,"伊尔卡用指头拨弄琴弦,唱起来,"它们美丽而富饶,像太阳那样金光万道。最好的国家啊,就是匈牙利,它有好园子、好牧场、好天气,葡萄酒甜得像蜜,公牛的犄角又长又细。伊尔卡爱这个国家,也爱住在这块国土上的人民。"

红脸微微一笑,油亮的眼睛盯住伊尔卡。

"那儿的人啊,了不起,"伊尔卡继续唱道,"他们漂亮,勇敢,他们的妻子都美丽。没有人啊,能够征服他们,无论是在战场上还是舌战里。他们遭到许多民族的妒忌。他们呀,只有一个缺点:他们不懂得歌曲。他们的歌啊真可怜,不值一提,缺乏蓬勃的生气。它那种声调啊,使人为匈牙利惋惜。……"

"我们的总管老爷皮赫捷尔希塔依先生吩咐你们唱个快活点的歌!"一个穿红上衣的听差走到伊尔卡跟前,用男低音说。

伊尔卡的歌声停住了。姑娘没来得及把她的思想统统唱出来。

"快活点的歌?嗯。……请您对总管老爷皮赫捷尔希塔依先生说,他的愿望会圆满实现!不过,我可以荣幸地亲自对他说明一下!"

茨威布希说完这话,脱下帽子,走到大窗子跟前,把两个靴跟碰一下,行个礼。

"您,"他恭敬地赔着笑脸问道,"您吩咐唱个快活点的歌吗?"

"是的。"

"您要不要听外交歌呢？我自己编的！这首歌解决欧洲一个极其要紧、头等重大的问题。您有幸是匈牙利人吧，老爷？"

红脸从嘴里吐出一缕烟雾，仁慈地动一下嘴唇，算是承认了。

"我要请爱国的先生们注意！你们能保证，诸位先生，这首歌不至于张扬出去吗？你们当中会有……"

茨威布希对工人们扫一眼。那些人纷纷点头，他们发生兴趣，走到近处来了。

"奥地利呀，是什么东西？"茨威布希用山羊般的声音唱道，"政治家啊，人世间的公爵们啊，请你们告诉我，奥地利是什么东西？它岂不是一盘凉杂拌，贪婪的邻居正准备把它吞下肚去？是啊，要不是这盘凉杂拌里有金色鲈鱼，鱼骨头能卡住人的嗓子，他们早就把它吃得所剩无几。这条鲈鱼就是匈牙利。"

"好哇，好哇！"胖子叽咕说。

"奥地利是一只大鸟，羽毛的颜色花花绿绿！"茨威布希继续唱道，"它呀，生着一百个肢体。它有许多腿，许多翅膀，许多肚皮。然而脑袋只有一个，就是匈牙利。一头野兽啊，向那只大鸟扑过去，吞吃它的肢体，然而要吃它的脑袋却谈何容易！它的头颅硬得只有象牙才能相比。"

"好哇，好哇！"

"世界上有法语，有德语，有俄语，有匈牙利语。匈牙利语啊，丰富得使所有的才子学士感到惊奇。请您到维也纳①去吧，您不妨问一问：哪里有个斯芬克司②会说奥地利语？"

"好哇，好哇！给你！"

一枚很大的银币亮闪闪地从窗子里飞出来，当的一声滚到茨

---

① 奥地利的首都。
② 斯芬克司是希腊神话中带翼狮身女怪，常坐在路旁，叫过路行人猜谜，猜不出即将行人杀死。今常用以隐喻谜样的人物。

威布希脚跟前。另一个同样的硬币碰着伊尔卡的鞋。茨威布希拾起硬币来,叫道:

"一千个谢谢!我去为您老人家的健康开怀畅饮!我要喝个不停,而且我敢凭我这张胖脸起誓,一直喝到透不过气来!我为您的健康要用两个嗓子眼喝酒:一个就是普通的嗓子眼,一个是管呼吸的嗓子眼!我要喝到透不出气来才罢休!"

茨威布希摇一下帽子。这时候窗子里却发生一件出乎意外的事。那张红脸涨得发紫,姑娘大叫一声,窗子猛地关上了。工人们纷纷后退,把身子挺得笔直。茨威布希把帽子往后一摇,却感到帽子碰着什么障碍。他回过头去一看,不由得身子矮了半截。原来他身旁站着一头漂亮的黑马,给那顶不客气的帽子吓一跳,扬起前蹄直立起来。骑在马背上的是身材很高而又苗条的、全匈牙利闻名的美人。她就是戈尔达乌根伯爵夫人,出嫁以前是冯·盖依连希特拉尔男爵小姐。茨威布希看见,在他面前的就是这个绝色美人,充满了美丽、青春、尊严和……愤怒。她稳住马,脸色苍白,气得发抖,眼睛发亮,像是闪着电光,手里扬起马鞭。

"混蛋!"她低声说道,差点从马鞍上摔下来,因为茨威布希经不住马鞭抽打,身子摇晃一下,跌倒在地,魁梧结实的身体撞着黑马的前腿。他是身不由己倒下去的。

马鞭抽打着他的两鬓、面颊、上嘴唇。伯爵夫人用尽全力抽打他。

另一张女人的脸,伊尔卡的脸,歌德的格蕾岑[①]的脸,美丽而年轻,四周围绕着千万根淡黄色头发,这时候却由于气愤和无法形容的绝望而变了样。她脸色惨白,横眉竖眼。……她周身不住地打战。伊尔卡像狗似的龇着白牙,往前迈出一步,在地上没找到石

---

① 德国作家歌德的诗剧《浮士德》中的女主人公。——俄文本编者注

头,就拿起那枚银币往戈尔达乌根伯爵夫人身上扔过去。银币只擦一下迎风飘扬的面纱,就往正房那边飞去。紧跟着是奇怪而沉闷的寂静。伯爵夫人和那个生着金发的小头,脸对着脸,瞪起眼睛,互相盯紧。她们沉默了一分钟。伯爵夫人举起马鞭,可是见到那张苍白的、不幸的、变样的脸,就慢腾腾地放下手,骑着马缓步向正房走去。她走到门廊跟前,两次回过头来看伊尔卡。

"叫他们出去!"她喊道。

茨威布希爬起来,抖掉身上的尘土,脸上淌下鲜血,却微笑着,往呆若木鸡的伊尔卡面前走去。

"你感到惊讶吧,我的朋友?"他开口说,"嘿!你的父亲挨打了?用不着奇怪!他挨打并不是第一次,而是第四十一次了!现在总该习惯了!"

伊尔卡抓住她父亲的胳膊,浑身发抖,偎依在他身边。

"啊,我多么走运!"茨威布希开口说,竭力使他脸上的鲜血不致滴在伊尔卡头上,"我多么走运啊!我多么感激伯爵夫人!我的小提琴完整无恙!我没把我的小提琴压碎!"

茨威布希一只手提着竖琴,另一只手搂住伊尔卡的肩膀,很快地走回林荫路上去。

二

临到林荫路的尽头已经出现,前边就是草原,那就必须数一数左边的山毛榉。有经验的眼睛可以发现第八棵和第九棵山毛榉之间原先有过一条小径,如今却已经荒废。这条小径像蛇似的蜿蜒到一座小礼拜堂去,在那附近可以找到水。茨威布希知道有这样一条小径。他数到第八棵山毛榉就往左拐弯。伊尔卡跟在他后面走。他们得穿过密密层层的牛蒡、野麻、鼠芹、荨麻。荨麻无情地刺痛他们的胳膊、脖子和面颊,野麻和鼠芹难闻的气味弄得他们透不出气来。茨威布希和伊尔卡的肩膀上粘满蜘蛛网。蜘蛛网上有些小蜘蛛在爬,大苍蝇和蚱蜢已经落网。大蜘蛛不习惯地翻跟头①,从他们肩膀上跌到草地上。我们这两位行人不得不搅扰成千个生命的安宁。

小礼拜堂矗立在林间空地上,那儿生满高高的青草,离林荫路有一刻钟的路程。小礼拜堂怯生生地耸立在青草之上,墙上的灰泥已经脱落,生满青苔、滨藜和常春藤。它那光滑的圆锥形房顶被太阳晒成棕红色,上边立着高高的铜十字架。十字架对茨威布希来说,往往成为指路的星标。

"如果小溪干了,"茨威布希说,"那么命运的礼物就比伯爵夫人送给我们的礼物还要糟得多。我的五脏干得像牛皮纸一样了。"

然而小溪没有干涸。茨威布希和伊尔卡往小礼拜堂那边走去,随手拂掉他们肩膀上的蜘蛛,这时候就有一股清凉的水汽迎面扑来,并且传来潺潺的水声。茨威布希畅快地微笑着,把竖琴和小提琴放在小礼拜堂的台阶上,赶紧绕着小礼拜堂走动,两条短腿急忙地迈步,像是在画螺线。

"有流水的声音了……不过,见鬼,它在哪一边呢?"他大笑着说,"小溪啊,你在哪儿?往哪儿走才能找到你啊?哎,荒唐的记性!我,小溪啊,在你那儿喝过两次水,不料我这个忘恩负义的人忘记你在哪儿了!我看我跟一般的俗人差不多!我们什么也不会忘记,只会忘记我们的恩人!哎,人啊!哈哈……"

伊尔卡的听觉比较敏锐,要不是她那年老而且依她看来有病的父亲刚才受过一场可怕的凌辱,她倒能听出来小溪在哪一边汨

---

① 原文为意大利语。

泪地响。现在她却心不在焉地跟着她那不住迈步的父亲走,什么也没看见,什么也没听见,什么也不理会。她顾不上疲劳,也顾不上口渴。强烈的、年轻的、正义的愤怒压倒了一切。她一面走,一面瞧着地下,咬着上嘴唇。

茨威布希有一只耳朵发聋,他绕来绕去,最后才算走到一个地方,可以清楚地听见湍急的流水声,脚下的土地也显得柔软而潮湿。

"小溪一定就在椴树下面!"茨威布希说,"就在那儿,那棵孤零零的椴树!不过另外还有两棵,都到哪儿去了?我十年前在这儿喝水,椴树一共有三棵嘛。……必是让人家砍掉了!可怜的小椴树啊!不知什么人要用它们。喏,我们要找的小溪也找到了。……你好!伊尔卡,我们来为你的健康干一杯吧!"

茨威布希跪下去,把孩子手在一旁,把扑满尘土的脸送到清凉、发亮的水面上去。……伊尔卡心不在焉地弯下一条腿,照她父亲的样子做。茨威布希把嘴和眼睛都浸到水里,不住喝水。他在水面上看见他那血迹斑斑的脸容。他瞧着他的瘀伤和青肿,准备说几句恰如其分的俏皮话。可是等到他在镜子般的水面上看见他脸旁那张伊尔卡的脸,他的俏皮话就飞出脑子,喝进嘴里的水也吐出来了。他不再喝水,抬起头来。

"伊尔卡!"他皱起眉头说,"听见了吗,姑娘?不要这么龇牙咧嘴的!你又不是狗!我不喜欢这样!不要傻里傻气的!"

伊尔卡抬起头来,用湿润的手心摩挲额头。

"我不喜欢这样!"茨威布希继续说,"你丢开这种愚蠢的习惯吧:一点点小事就龇牙咧嘴!你得放聪明些!何必生气呢?你的脸色白得像死人一样,而且你在发抖!你瞧着吧,傻孩子,等你活活地气死,你就明白了!不要这样!算了吧!……"

"我办不到。……谁也没有权利打你的脸,茨威布希爸爸。

195

谁也不行！"

"是吗？莫非我自己就不知道？你就是不说，我也知道嘛！打脸也罢，打背也罢，打肚子也罢，一概不对。……可是你要怎么样呢？"

伊尔卡又用手心摩挲额头，小声说：

"我要任何人都不敢打你。我要……我要找她报仇。"

茨威布希吹了声口哨，弯下腰，凑近溪水，开始洗脸。他洗完脸，用手抹干，说：

"胡闹，伊尔卡！你要是还没喝够水，就再喝点，然后我们就去取我们的乐器。糊涂话也说得够了！"

茨威布希搀着伊尔卡的胳膊，把她扶起来。然后他摩挲着肚子，往小礼拜堂走去。

"我们与其生闷气，还不如去看看小礼拜堂的好！"茨威布希提议道。

茨威布希和伊尔卡走到小礼拜堂跟前，看见许多绿色和灰色的壁虎纷纷钻进墙缝里和草丛中。小礼拜堂的门上扣着生锈的铁钩，钉着木板，封得严实。大门上方有一块光滑的木板，上面钉着铜铸的字。不消说，那是拉丁文。茨威布希读了一遍，然后翻译给伊尔卡听："福兰齐斯克·戈尔达乌根——一八〇六年。过往的行人啊，你们祈祷吧，求神圣的天使保护他的灵魂长住天国！"两个窗子的玻璃都打碎了。玻璃的碎片嵌在半朽的窗框里，射出虹一般的光彩。第三个窗子被一束大麦秸堵住。那些窗子都布满蜘蛛网和尘土。

"福兰齐斯克·戈尔达乌根！"茨威布希对着窗口叫道。

"戈尔达乌根！"回声接应道。

"福兰齐斯克·戈尔达乌根就是现在的伯爵的叔祖，"茨威布希对伊尔卡说，"一八〇六年，他赴幽会回来，就在这个地方被年老的侍从打死了,那个侍从是为他的女儿报仇。有些人是这样说的,不过另外一些人却说,他是跟他外甥为一个姑娘打架而被打死的。不管怎样,反正侍从就在此地受绞刑。神诫说'不可杀人'①,然而在戈尔达乌根家里,树林里,园子里,谁也不理会神诫。你往窗子里看一眼,伊尔卡。……你看见圣徒福兰齐斯克吗?脸黄得发绿,可怕得很。……现在那张像已经模糊不清,不过从前却可以看得很清楚,吓得愚蠢的男人和妇女心惊肉跳。我至今都记得,当时那张脸前面点着蓝色长明灯,特别可怕。……每逢我看着那张脸,我背上就一阵阵发凉。问题在于,我的姑娘,画像的画家没有完成他的工作就逃跑了。他没有画完左眼,因此右眼显得很奇特,使得我们的迷信的眼睛看着不舒服。脸也没有画完。用画家的话来说,那张脸只上了底色。画家逃跑,是因为他爱上了伯爵夫人。这个怪人认为她是攻不破的堡垒。傻瓜!他只要让她明白他的心意,她就会扑过来搂住他的脖子。女人总是脆弱的。女人在问题牵涉到你不该知道的那种事情的时候是不会避开男人的,我纯洁的孩子。"

茨威布希停住嘴,瞧着伊尔卡。伊尔卡没听他讲话。她瞧着地下,嘴里小声念叨,手指头不住动弹,仿佛跟自己讨论什么事。茨威布希吹了声口哨,开始沉思。

"你听我说,红头发姑娘!"他皱起眉头说,"我不喜欢这样!你又龇出牙来了!我们坐下来吧!"

茨威布希和伊尔卡就在小礼拜堂滚烫的台阶上坐下。

"你的头脑到哪儿去了,姑娘?"茨威布希瞧着女儿苍白的脸,继续说,"为什么你不顺着情理考虑事情呢?木头打不成钢,破布

---

① 据基督教传说,神为人立下十诫,其中第六诫是"不可杀人",见《旧约·出埃及记》。

铸不成铜钟,老鼠也生不出天鹅。对一个在那种人家出生的女人,你就不能指望她会有什么天使般的行动。她的祖辈和父辈都是狼,那么她能违背自然规律,生来是只羔羊吗?她也是狼!从头到脚都是狼!她既然是狼,就不能不干出这种事来。……此外你还能希望什么呢?要教狼吃干草,我们可办不了。……你得顺着情理考虑事情嘛!她在娘家是盖依连希特拉尔男爵小姐,那么盖依连希特拉尔家都是些什么人?他们跟戈尔达乌根家的人一样。头一个盖依连希特拉尔就是阿尔土尔·戈尔达乌根的私生子。他只因为同戈尔达乌根家沾亲,才在三十年战争①时期取得男爵头衔。后来戈尔达乌根家同盖依连希特拉尔家联姻,第二家的女儿嫁给第一家的儿子,等等。结果,这两个家族不分彼此。那么你要怎么样?莫非你指望,在戈尔达乌根打你的时候,盖依连希特拉尔会跑过来吻你?哼……办不到,我亲爱的!只有像你这样不懂事的人,才会因为大自然给狼一口尖利的牙齿而生狼的气。"

茨威布希沉默一下,继续说:

"从戈尔达乌根家的历史就可以清楚地看出大自然在这儿是起重大作用的。头一个戈尔达乌根在十字军东征开始的时期出现。大家叫他'金黄色眼睛的吸血鬼'。他的头发和胡子黑得像煤一样,可是眉毛和睫毛却是淡黄色。由于大自然的这种捉弄,他才姓戈尔达乌根②。据史书上说,他那对金黄色眼睛里除了闪耀着非凡的智力以外,还搀混着猞猁的狡猾和灵活以及饥饿的雪豹的凶残。这人是在最坏的意义上的疯狗。他喝人血就像我们喝水那么随便,他像犹大那样肆无忌惮地收买人和出卖人。要他焚毁一个村子,比要我们吸一支雪茄烟便当得多。他点上一把火,就兴

---

① 三十年战争(1618—1648),起初是德国各新教诸侯与天主教诸侯和皇帝的战争,后来扩大为全欧洲的战争。
② "戈尔达乌根"译成俄语,就是"金黄色眼睛"。——作者注

致勃勃地观看火焰。以戈特福利德·布里昂斯基①为首的胜利者正在耶稣坟旁做头一次祈祷,他却在耶路撒冷城郊奔驰不停,用长枪把伊斯兰教徒的头颅串在一起。就连在那个伟大的时刻,他也没有改变本色!据文献上说,他热切地想去祈祷,然而疯狗的本能却引着他奔往另一个方向,一味杀人放火。这是可怕的反常,我亲爱的!谁也不能认为,这个生着金黄色眼睛的人要为他的反常负责。人本身是不会弄得自己堕落到这样可怕的卑鄙地步的,就像人不会想要手上生出第六个指头一样。这要由大自然负责。大自然给了他狼的脑子。这个金黄色眼睛的人生下来的儿子,只有一点跟父亲不同,就是没生金黄色眼睛……反常却照样传给他了。后来,孙子既有金黄色眼睛,又反常。依此类推。当前的伯爵没有金黄色眼睛。去年他的儿子,一个小男孩,死掉了,他却生着金黄色眼睛。这样看来,金黄色眼睛是隔代相传的,反常却每一代都有。你看得明白,我亲爱的,要戈尔达乌根家的人没有狼的脑子,就像要他们不生金黄色眼睛一样困难。好,那么现在你自己来评断吧,我亲爱的,那个美人儿能够不用鞭子抽我的嘴吗?天性总占理性的上风,要她不这样干就不行!"

"你这全是胡说,爸爸!"伊尔卡顿一下脚,尖声叫道,"你胡说!打你的嘴,跟她的反常不相干,跟她的天性不相干!这不关我们的事!你说这些话,不过是怕我生气会伤身体罢了。可是我要给她点厉害看看!我……我饶不了她!要是她欺负你,我倒饶了她,那就让上帝惩罚我!"

"别人,不论是谁,倒可以这么天不怕地不怕的,唯独你这个小羊羔不能这样!一只小羊羔要充好汉去跟狼干仗,无非是说空

---

① 布里昂斯基(死于1100年),欧洲的大公,第一次十字军东征的领袖之一,于1099年攻克耶路撒冷。——俄文本编者注

话罢了。……我们还是不谈这个的好!"

伊尔卡站起来,把竖琴的皮带挂在肩膀上,用下巴指指那条小径。

"莫非你不想休息了?"父亲问。

伊尔卡没开口。茨威布希就站起来,把小提琴夹在胳肢窝底下,嗽了嗽喉咙,迈步往林荫路走去。他已经习惯于听从伊尔卡的话了。

过一个钟头,他们已经勉强拖着疲乏的腿,在尘土飞扬而又炎热的大道上行走。他们前面,一带青色的丛林和园子后边,露出白色的钟楼和匈牙利一个小城的市政府。左边是戈尔达乌根家一个美丽的小村子,显出花花绿绿的色彩。

"法院在哪儿?是在这儿还是在那儿?"伊尔卡指着那座城和那个村子问道。

"法院?嗯。……法院是城里也有,村子里也有。城里的法院,我的黄金般的孩子,审问城里人;村子里的呢,审问戈尔达乌根下边的人。……"

伊尔卡停住脚,沉思一会儿,就沿着通到村子的道路走去。

"到哪儿去?你去干什么?"茨威布希问,"你到那儿去干什么?求上帝保佑,你可别到庄稼汉那儿去!"

"我,茨威布希爸爸,要到审问戈尔达乌根的人的地方去。"

"这是何苦来?看在上帝面上吧!你是个冒失鬼,我的宝贝儿!我们到城里可以吃顿饭,喝点啤酒,可我们在这儿……能干点什么呢?"

"干什么?很简单!我要跟那个不要脸的女流氓打官司!"

"你真是个傻瓜,闺女!你疯了!你完全丧失思考能力了,我的亲人!再不然,也许你是说着玩的吧?"

"我不是说着玩的,爸爸!我甚至觉得奇怪:你自尊心很强,可是对这场侮辱怎么会这样满不在乎呢？要是你高兴，你自管到城里去好了！我自己到法院去，要他们惩办她！"

茨威布希看一眼伊尔卡的脸，耸了耸肩膀，跟着不听话的女儿走去，嘴里嘟嘟哝哝，不住做手势，发出吹口哨的声音。

"你是傻瓜，伊尔卡！"他们走过河上搭着的桥，他叹口气说，"傻瓜！你要是不碰一鼻子灰走出村子，你就骂我秃头鬼！请你原谅我说话难听，闺女，老实说，你今天笨得像鲍鱼一样！"

他们走过桥，进了村子。街上连一个人影也没有。大家都在忙地里的活和园子里的活。他们不得不在村子里转悠很久，东张西望，最后才算迎面碰见一个老太婆，身材矮小，脸皮皱得像是干瘪的甜瓜皮。

"请容许我问一声，"伊尔卡对老太婆说，"这儿的法官住在哪儿？"

"法官？我们这儿，姑娘，有三个法官，"老太婆回答说，"这当中，有一个早已不审案子。他瘫在床上有十年了。另一个现在不管审案子的事，当地主了。他娶了个有钱的女人，得了妻子陪嫁来的土地，现在哪里还肯审案子？不过他也已经是老头子了。……他大约十五年前娶的亲，就是我大儿子死的那一年，主啊，让他的灵魂安息吧。……"

"那么第三个呢？他住在哪儿？"

"第三个？第三个倒还在审案子。……不过他也已经不中用了。……这个小老头！眼下他倒应该睡在坟墓里，不该给人劝架。……他住在……您看见那道绿门廊吗？看见吗？喏，他就住在那儿。……"

茨威布希和伊尔卡向老太婆道过谢，往绿门廊那边走去。他们正赶上法官在家。他站在他家院子里一棵枝叶茂密的老桑树底下，举起手杖把熟透的黑色桑葚打下来。他的嘴唇和下巴给染成紫一块,蓝一块,红一块。他嘴里塞满桑葚。法官懒洋洋地嚼着,比嚼腻了反刍食物的公牛还要慢。

茨威布希脱掉帽子,对法官鞠躬。

"我冒昧打搅您老人家,想提出一个问题,"他说,"请问您是法官吗?"

法官用眼睛打量这两个不速之客,吞下他那些反刍食物,说:

"我是法官,然而办公时间只限于吃中饭以前。"

"那么您已经吃过中饭了?"

"嗯,是啊。……我两点半钟吃中饭。……这一点你们应当知道。逢假日,我是一点半钟吃中饭。"

"吃饱的肚子不喜欢学习,①您老人家!嘻嘻嘻。……您说的是实话。不过,您老人家,没有一条规则是没有例外的!"

"我的规则就不然。……在我们所谈的这件事情上,我就不承认有例外。……我一定要空着肚子才审案,老头子,因为那时候我最不会生出婆婆妈妈的心肠。十年前我试过在中饭后审案。……结果怎样呢?你知道结果怎样吗,老头子?我判的刑老是比平时轻一等。……这样办事可不见得总是公平啊!不过,你身子胖得好比装一百维德罗的桶子!你,大概,吃得很多吧?你驮着这么些多余的肉,就不嫌热吗?还有,这个姑娘是什么人?"

"这,您老人家,是我闺女。……她来找您是有事要请求您。"

"哦。……是这样。……你走过来一点,美人儿!你要办什么事?"

伊尔卡走到法官跟前,用颤抖的声音对他讲了一遍在戈尔达乌根伯爵家院子里发生的那件事。法官听她讲完,瞟了瞟茨威布希的嘴唇,微微一笑,问道:

---

① 原文为拉丁语。

"那么,美人儿,你要怎么样?"

"我希望您惩办那个女人!……"

"原来是这样。……好吧。……遵命!我们马上就把她关进监牢里去。……你听着,老头子,"法官转过身来对茨威布希说,"你是在哪儿生下这个漂亮姑娘的:是在月亮上还是地球上?"

"在地球上,您老人家!月亮上是没有女人的,您老人家,所以在那儿不大可能为产妇的健康干一杯葡萄酒哩!"

"既是在地球上生下来的,为什么她就不知道……你们都是些什么样的傻瓜呀,先生们!哎,什么样的傻瓜呀!你们又是傻瓜,又是怪人!"

"为什么呢?"伊尔卡问。

"大概因为你们没有脑子。……戈尔达乌根家供我吃,供我喝,我反倒去审判他们?!哈哈哈!戈尔达乌根是伯爵,她呢,却是茨冈的女儿,父亲是个很差的小提琴手,由于小提琴拉得不好倒应该挨一顿鞭子才对!这些怪人!不,你们不是在地球上生下来的!况且,她会乐意跟你打官司吗?我派人给她送传票去,她就会在那上面画一张丑脸,勾出个大鼻子,把它往桌子底下一扔完事!再者,你的见证在哪儿呢?那些工人吗?你别痴心妄想了!他们可不是什么百万富翁,能够丢下饭碗不要!哈哈哈!你居然要跟那样的人打官司!怪人!不,你别说废话了,美人儿!这件事惹得你怄气,这是实在的……可是有什么办法呢?你总不能把这个世界换个样子吧!"

"可是,那我怎么办呢?"

"你该给你父亲一块破布,让他把嘴包扎起来。伤口一粘上苍蝇,就可能得病。……你该买醋酸盐稀溶液,擦在他伤口上。……我所能出的主意就只有这些了。……另外还要我给你出主意吗,美人儿?行啊!那你就挽着胖爸爸的胳膊,离开此地。……我看不惯傻瓜!你们应该躲开这个不公正的法官,免得我跟你们谈话。"

"可是,那我怎么办呢?"伊尔卡绞着手指头,又问道。

"嗯。……你要我再出个主意?那就照办!你得变成伯爵夫人,跟她一样。那你才有充分的权利跟她打官司!充分的权利!哈哈哈!你变成伯爵夫人吧!我说的是实话!那时候你自管跟她打官司,爱怎么打就怎么打!谁也不会拦阻你,什么东西也挡不住你!不过……再见!我没有工夫闲扯了!你们躲开我。在你没有变成伯爵夫人以前,我还有权利这么不客气地把你赶走,要你躲开我这胀饱的肚子和懒洋洋的舌头!去吧,老头子!别忘了买点醋酸盐稀溶液,擦在伤口上!"

法官转过身去,动手打桑葚。茨威布希和伊尔卡走出院外,往桥头走去。茨威布希本来想留在村子里歇一下,可是又不愿意违拗伊尔卡的心意办事。……他磨磨蹭蹭地跟着她走去,暗自咒骂饥饿害得他胃痛。饥饿妨碍他考虑事情。……

"我们,闺女,进城去吗?"他问。

伊尔卡没答话。他们走进一片属于戈尔达乌根家农民的树林,茨威布希问道:

"你,伊尔卡,生气了?我问你话,为什么你不回答呢?"

伊尔卡没答话,身子摇摇晃晃,两手抱住头。

"你怎么了,闺女?"

他女儿停住脚,扭过脸来对着父亲。那张脸变了样,露出难看的、凶恶的笑容。牙齿像狗那样龇出来。……

"看在上帝面上,你到底怎么了?"

伊尔卡举起胳膊,把头往后仰,嘴张大。……一声尖利的、发自肺腑的喊叫响遍了树林。从遭到欺凌的父亲的女儿那对天蓝色眼睛里,大颗的泪珠像泉水似的淌下来。……伊尔卡又是哭又是笑。

"你怎么了？怎么能生这么大的气呀？"

茨威布希哭起来，开始吻女儿。

"难道可以这样吗？坐下，伊尔卡！看在上帝面上，坐下吧！哎，你倒是坐下呀！"

茨威布希把两只冒汗的大手放在她颤动的肩膀上，往下按。

"你坐下！我们在树荫里坐一会儿，你定一定神！我们到这棵柳树底下去！喏，这儿有一条小溪！你要喝水吗？柳树总是生在水旁边的。有柳树的地方，就应当找得着水！我们坐下吧！"

茨威布希把伊尔卡带到柳树跟前，叫她弯下腿，在草地上坐下。她哭得越来越厉害了。……

"得了，我的闺女！我们有权利这么抱屈吗？莫非我们就没有侮辱过人？你能保证你父亲从没侮辱过人，侮辱了而又不受到惩罚？我也侮辱过人！今天我不过是遭到报应罢了。"

忽然响起了枪声。一只飞禽撞在树枝上，沙沙响地拍动翅膀，从柳树上掉下来，落在伊尔卡的围裙上。那是一只小雌鹰。一粒霰弹打在它的眼睛上，另一粒打碎了它的嘴。……

"你看，我亲爱的！这只鸟的死亡使得大自然受到很大的侮辱。……这种侮辱比我们所受的大得多呢。可是大自然隐忍了。……它没有惩罚谁，也没有向谁报复。……"

灌木丛中枝桠噼噼啪啪一阵响，随后茨威布希看见面前出现一个身量很高、体格匀称、面貌极其英俊的男子，黝黑的脸庞上留着又宽又密的大胡子。他一只手拿着枪，一只手拿着宽边草帽。他看见他打下来的野禽竟然掉在一个俊俏而且痛哭着的姑娘膝盖上，不由得愣住，仿佛在地里生了根似的。

"不过，这个人已经受过惩罚了！"茨威布希说，"受过很大的惩罚呢！他的罪过远比不上他所受的惩罚重！我来给你介绍一下,伊尔卡,这是伏尼奇伯爵,扎依尼茨男爵。您好,伯爵和男爵!您的头衔究竟哪个大:是伯爵呢,还是男爵?从您非常漂亮的身材来看,您既不愧为伯爵,又不愧为男爵。……喏,您的野禽就在这儿!我的女儿在给它做安魂祈祷呢。"

阿尔土尔·冯·扎依尼茨男爵大约二十八岁,至多也就这点年纪,然而论外貌,却像是三十开外的人了。他的脸容还英俊,还带着生气,可是在那张脸上,眼角和唇边,您却会发现只有在上了年纪和饱经忧患的人们脸上才可以见到的细纹。他的青春岁月以及其中种种挫折、欢乐、悲愁、酒宴、放荡,在他漂亮而黝黑的脸庞上刻下一道道纹路。他眼睛里露出厌倦和烦闷的神情。……他的嘴唇做出温顺而又带点讥诮的笑容,这已经成为他的习惯。……冯·扎依尼茨男爵的黑头发很长,卷曲着。他的头发使人联想到贵族女子中学年轻女学生还没编成辫子的头发。阿尔土尔很少洗澡,因此头发和脖子都肮脏,在阳光下发亮。他的装束不阔气,随随便便。……他的衣服简单,极不显眼。……他那件脏衬衫的小衣领,表明男爵不追求时髦。那样的小衣领是四年前时兴的。他的领结是黑的,很旧,原是一条带子,那花结匆匆地打成,不好看,往一边歪着,随时有散开的危险。……他的短外衣和坎肩倒挺讲究,上面已经有斑斑污迹,然而是新的。这两件衣服用上等羊毛织的贵重灰色衣料做成。绸料裤子已经穿旧,早该换掉,这时候包紧他那肌肉饱满的胯股,裤腿很漂亮地塞在高靴腰里,靴腰高过膝头,打着褶子,亮晃晃的。皮靴的后跟已经踩歪,磨损半截。羊毛料子的坎肩上系着新的金属表链。表链上坠着六个金质圆形饰章,一只嵌着钻石眼睛的黄金小鹤和一支做工极其精致的小枪,配着黄金的枪口和白金的枪托。小枪的枪托上可以读到下列一行字:"阿尔土尔·冯·扎依尼茨男爵惠存。瓦依斯达甫与索列诺果尔两地猎人协会谨赠。"您不要问男爵现在是几点钟。这条表链塞在衣袋里的那一头,没有拴着怀表,却拴着钥匙和锡制的哨子。

扎依尼茨男爵家族是不能以年代久远夸耀的。这个家族一直到本世纪①初期才出现。阿尔土尔保存着一部《冯·扎依尼茨男爵家谱》,这本小册子是从前由阿尔土尔的父亲卡尔约请一个外来的、有学问的瑞典教士写成的。有意讨好的教士得到一大笔钱,撰写尊贵的男爵的家谱既不吝惜纸张,也不顾到实情。他把家谱从十一世纪编起。这本小册子,不消说,有许多人相信,尤其是那些不需要核实教士的话的人。可是有一次,扎依尼茨家的人却不得不为他们的小册子面红耳赤,因为一家极其殷勤的画报有意捧场,把他们的家徽和家谱刊登出来,那家谱倒比花钱雇来的教士所写的近于实情。第一代扎依尼茨男爵原是普通的贵族,娶了银行家的女儿为妻,那个银行家是改信基督教的犹太人。男爵是个各方面一无可取的人,奴颜婢膝,老是吃不饱,喜爱金钱胜过世上的一切。要不是幸运之神经常仁慈地对他微笑,他就会无声无息地度完一生,从此被人们忘得一干二净。……第一代扎依尼茨男爵有两个哥哥。其中一个是耶稣会教徒,在某大学读过物理系,凭自己的力量钻营到红衣主教的地位。另一个哥哥是宫廷诗人,又是御医的女婿。由于两个哥哥极力疏通,再加上有广泛财务关系的银行家岳父出钱,冯·扎依尼茨取得男爵爵衔的证书就不像瑞典教士胡诌的头一代扎依尼茨那样困难。第二代扎依尼茨,阿尔土尔的祖父,在奥斯特尔利茨附近打过仗,后来在军事学院任教授直到去世。这个扎依尼茨相貌极像做红衣主教的伯父,而且跟他伯父一样,与其说是兵士或者地主,不如说是书生。阿尔土尔的父亲很像头一代扎依尼茨。他也是一无可取、其貌不扬、毫无出息的

---

① 指19世纪。

人。他不通文墨，眼光短浅，身心都很弱，却抱定宗旨要把微笑的幸运之神赐给他祖父和父亲的财产挥霍得一文不剩。不过这个任务却不容易。扎依尼茨男爵拥有很不小的一块领地，有两处被铁路切断。这儿有果园、葡萄园、好土壤，一向被人认为是一块最富饶肥沃的土地。这块地上有养马场和呢绒厂，两者合在一起，每天给男爵提供二千四百法郎，至于其他的收入，就更不在话下。要败光这样一份家业并不是容易的事，然而卡尔·冯·扎依尼茨却有出色的帮手。帮他忙的，有他的好色，有他的糊涂，有他的善良，还有他的……儿子。他一直到死都贪恋女色。他对女人总是死命地爱，发疯地爱，一切置之度外，遇到任何障碍也不罢休。女人是他主要的支出项目，缺了女人，他就未必能够败光他的全部财产。有一个时期他在维也纳有个情妇。为了去找情妇，他总是包下一列专用火车，带上一大群好色的食客，一味喝香槟酒。每次专用火车都给他的情妇送去丰盛得惊人的礼物，这就非常有力地说明男爵的疯魔。礼物当中有他家藏的珍宝，有名贵的骏马，有银行的期票。……他那维也纳情妇的使女每月领工钱一千法郎，并且有自用马车以备急用。他在专用列车到达之后和开出之前都要举行极豪华的宴会。他在布拉格另有一个情妇，在布达佩斯也有一个，等等。女人们都崇拜他，不消说，她们所看中的与其说是他的什么特点，不如说是他挥金如土。关于卡尔·冯·扎依尼茨，至今还流传着一大堆奇闻逸事，再好不过地表明了女人对他的崇拜。我们从这一大堆奇闻逸事当中只要举出一件来就够了。

在一家上等德国剧院里，有个刚从戏剧学校毕业的青年女演员初次登台演戏。（目前她成了很有名的女演员，专演正剧和悲剧里的老母亲角色。）当时她年轻漂亮，表演精彩。剧院被鼓掌声震得发颤。第一幕演完后，有人给她送去一束花，上面挂着一串价值连城的项链，原是卡尔的母亲，去世的冯·扎依尼茨男爵夫人遗留下来的。男爵所以把这串项链送给她,是因为它正好放在他的贴身衣袋里,这件首饰的尖头正好刺痛他的肋部。第二幕演完后,当时在剧院里看戏的几个显贵走到后台去,向新登台的女演员表达他们的赞叹。这些显贵当中就有冯·扎依尼茨。他在后台像在家里一样随便。他先在扮演主要情人角色的男演员化装室里喝了一杯香槟酒,然后往初露头角的明星的化装室走去。化装室的房门从里边锁上了。他敲门。

"您干什么?!"那些显贵惊叫道。……"您太放肆了!您忘了这儿不是马戏团,不是小歌剧剧团。……这儿也不是德罗夫人的沙龙!您未免太莽撞,男爵!"

"你们这样想吗?我不过是等得不耐烦罢了……"男爵回答说。

"可是她马上就要出来了!难道您就连等两三分钟的耐性都没有?"

"没有。"

"可是这未免不像话!她现在也许正换衣服呢!"

"也许吧。"着急的男爵说,然后又敲门。

"谁啊?"从化装室里传来年轻的女人的声音。

"是我!"男爵回答说。

"您是谁?"

"您的才能的崇拜者。老实说吧,我一点也不理解您的才能,不过人家告诉我说您演得很好。我是习惯于相信别人的话的。开门吧!"

"奇怪。……我是在化装室里!化装室里不准外人进来。不过您到底是什么人?"

"我是冯·扎依尼茨男爵。我有事要找您。"

化装室里的说话声低下来,不那么理直气壮了:

"我很高兴,男爵。……不过我没穿好衣服。……请您等五分钟。"

"我可没有工夫等人。再过两分钟我就走了。马上就开门,要不然就拉倒!"

"不行!"

"那就是您的事了。……再见!见鬼,这是谁在揪我的袖子?"

男爵身旁聚集着初次登台的女演员的一群崇拜者。这群人对男爵的无礼行动极其愤慨。他们要求男爵从门口走开。初次登台的女演员的未婚夫也在这群人当中,拉了拉男爵的袖子。

"请您离开门口!"崇拜者喊道。

"要是我不离开,那又怎么样?"男爵问道,然后,他不再用手指头而用拳头敲门了。

"您,小姐①,大概希望这些先生跟我闹出乱子来吧!"他隔着房门对初次登台的女演员说,"开门!再过一分半钟我就走了。……马上就开门,要不然就拉倒!我冯·扎依尼茨男爵不管办什么事,就喜欢马上就办,要不然就拉倒!扎依尼茨男爵有事找您,您愿意跟他谈吗?"

初次登台的女演员显然动摇了。

"您有什么事?"她问。

"唉,见鬼去吧!我能有什么事?我没有工夫多说废话!好,我来说一二三。等我数到三,要是您不开门,我就走掉,从此以后您就休想再跟我见面。……不过给您捧场的人可真是多呀!这我注意到了,因为我身后和两旁都有人揪我的衣服。……好,我开始数……一……二……好……好……"

---

① 原文为法语。

化装室里靠近房门的地方,响起轻轻的脚步声。

"三!"男爵说。

门锁咔嗒一响,房门轻轻地开了。化装室里轻盈地走出一个俊俏的使女,笑吟吟地经过男爵鼻子跟前。男爵往前迈出一步,他的嗅觉顿时淹没在化装室的幽香里。女演员裹着一块披巾,站在黑暗的窗子旁边。她身旁放着一件连衣裙,原是准备穿上身的。……她双颊绯红。她羞得脸上发烧了。……

"我的上帝,她还多么纯朴啊!"男爵暗想,然后鞠躬,说道:

"我请您原谅!我过一分钟就要走了,所以……"

初次登台的女演员抬起眼睛来瞧着男爵。她的眼睛里充满好奇的神情。她这是第一次见到他,然而她还在戏剧学校里读书的时候就已经听到过那么多关于他的议论了!她听过传说,早就崇拜他了。

"您有什么事,男爵?"在沉闷的静寂中过了一会儿,她问道。

"请您,小姐,原谅我硬要见您,可是……说老实话,我喜欢您!"

初次登台的女演员低下眼睛。她的脸越发红了。

"我不喜欢恭维。"她说。

"上帝,她多么纯朴啊!"男爵暗想,然后说:

"您的老板给您定下多少钱的薪金?"

"还没定下来,可是就要定了。……至于定多少钱,我不知道。……最初一段时期大概至多不过两千达列尔①吧。……"

"嗯。……价钱不小。……最初一段时期这个数目也就够多的了。"

男爵停住嘴,目不转睛地瞧着初次登台的女演员。女演员又

---

① 德国旧时的货币,相当于3马克。

害羞又存着希望,恨不得钻到地底下去才好。

"要是您到我那儿去,"冯·扎依尼茨沉默一下,说道,"那您得到的钱就要多一百五十倍。"

女演员粉红的脸颊变得惨白,就像男爵的麻布衬衫一样。……她高叫一声,把两只手一拍,仿佛被一百尊大炮的轰鸣震坏了似的,顿时倒在蒙着丝绒的圈椅上。她发了歇斯底里。冯·扎依尼茨鞠个躬,走出去。等到使女走进化装室里来,女演员却在痛哭。她的哭声断断续续,夹杂着笑声。使女吓坏了,从化装室里跑出去。过一会儿,演员们分成几伙人。一伙伙的人交头接耳地议论,斜起眼睛瞧着化装室的房门,不知道该怎么办才:是该对男爵的无礼行动愤慨呢,还是该……羡慕痛哭的新演员的鸿运?那个未婚夫像疯子似的冲进化装室里,在她脚跟前跪下,哀叫起来:

"您不要哭,我亲爱的!绝不能让他白白地侮辱您一场!可是……见鬼,为什么您给这个恶魔开门呢?"

初次登台的女演员把泪痕斑斑的脸靠在她未婚夫的白色胸衬上,两只手放在他肩膀上,低声说:

"啊,乔治!我多么走运啊!我和你多么走运啊!他答应多给一百五十倍呢。我们在戏剧学校里就听说,冯·扎依尼茨男爵是说话算数的!只是可惜,他生得不好看!可是……多给一百五十倍啊!!你去一趟,我的朋友,要求他们对观众申明一下,就说我有病,不能继续表演了!"

第二天,初次登台的女演员就从"被崇拜的"冯·扎依尼茨那儿得到预支给她的三个月薪金。……

这件事是真实的,不过究竟真实到什么程度,我就不得而知了。

男爵的第二个支出项目是赌博。扎依尼茨很少赌博。他嫌打牌乏味。可是他一旦坐下，就会因为乏味而输掉数目极大的款子。不过他因为感到乏味倒发明了一种他个人用纸牌赌钱的方法。他的赌法简单极了。这叫作"黑与红"。

"这是红牌还是黑牌？"扎依尼茨拿纸牌的背面给他的对手看，问他说，"要是您猜中了，您就赢了；要是您没猜中，我就赢了。"

比这更聪明的赌法，扎依尼茨就未必能发明出来了。不过他也真有本事，用这个赌法不出两个傍晚就把伏尼奇伯爵的领地输出去了，那是从前他爷爷阿尔土尔在加里西亚买下的。伏尼奇伯爵的领地是他头一宗重大的损失。

第二宗损失是他的妻子冯·扎依尼茨男爵夫人，她给他的行径活活气死了。第三宗损失是他女儿，一个假充正经而头脑糊涂的女人。他为整顿败落的家业，不得不把她嫁给一个拼命想钻营到贵族地位上来的犹太籍银行家。于是扎依尼茨男爵的领地落到最悲惨的命运。它抵押给银行家女婿，只换回一点点钱，后来拍卖的时候，女婿就把它买下，据为己有了。最后卡尔开枪自杀，却不顺利（子弹打中他的肩膀），后来在他女儿和教士们面前死去，临终给银行家留下几张金额颇大的期票"以备急需"。

他儿子阿尔土尔在母亲死后给送到维也纳进寄宿中学，那时候他才十二岁。他在学校里学会三国语言，毕业后考进大学语文系。不久阿尔土尔离开语文系，改读数学系。在这个系里他很得手。他写出关于微分学的大学生优秀论文而获得奖金。在数学系毕业后他重又研究语文学。要不是他每月从邮局和他父亲的代理人手里领到几千款项，那么这种从一个码头到另一个码头的漫游，倒也许会有很好的结果。那几千款项冲昏了他的头脑。自从进大学那天起，他花费大笔的钱购置图书，可是后来厌倦了，就失去立足点，顺着父亲的脚印走去。……他到巴黎去了。成千封要钱的信从巴黎飞到扎依尼茨男爵的庄园上来。卡尔心软,因此没有一封信没得到回答,每封复信都夹着银行的支票。说来也是阿尔土尔走运,他从祖国收到的汇款一个月比一个月少,寄到巴黎的次数也越来越稀。……几千渐渐地减成几百。随着父亲去世的消息传来,阿尔土尔收到一千法郎和银行家姐夫写来的一封信。银行家写道,寄上的一千法郎就是阿尔土尔·冯·扎依尼茨男爵的全部财产,此后他阿尔土尔就不能再有所指望了。……阿尔土尔读完信,脸涨得通红。

他为自己和他父亲感到极其羞愧。他严肃地沉思,不由得为他的前途害怕,当初他在大学读书的时候是极其热爱和珍惜他的前途的。他把姐夫的信撕碎,举起拳头,用尽全力打自己的脸。……那一千法郎他想丢到窗外去,可是他……没丢出去。这做得对。这一千法郎在他大有用处。这笔钱正好用来逃出巴黎,躲开债务。他的债主有旅馆老板,有高利贷者,而最使他惭愧的是,还有妓女。……他在巴黎最后那些日子不得不靠妓女养活。……他逃回祖国的时候,已经成为纵酒过度、精神萎靡、信口说谎的人,然而幸好还没有落到不可救药的地步。他的健康还没完全毁掉,他也一次都没明目张胆地做过坏蛋。幸亏阿尔土尔有顽强的天性。在维也纳他又开始研究学问,而且比以前更用功。他为了糊口,为了不致向亲属们要钱,就在一个军事学校里担任代数教员,为巴黎的两家大报做通讯记者。他还写诗,发表在法国杂志上,借此多少挣一点钱。(他像腓特烈大帝①一样讨厌德语。)他的生活过得平静,简单,稳定,同他在巴黎的生活截然相反,然而这却没有持续很久。……他这段生活正临到最有趣的关头,恰恰在阿尔土尔正要成为哲学博士和数学硕士的黄金时期,却被破坏了。

---

① 即腓特烈二世(1712—1786),普鲁士国王,喜爱法国文化而冷淡德国作家。

命运在宽广的道路上绊了他一个跟头。他连自己也没觉得就欠下不少债。谁以前阔绰过而现在穷了,谁就懂得"连自己也没觉得"是什么意思。再者阿尔土尔还娶了个穷贵族女人做妻子,她生得俊俏,而且爱他。他结婚既是出于爱情,又是出于怜悯。结婚增加了他的开支。不管他愿意不愿意,他非找姐姐不可了。阿尔土尔就给姐姐写信,要求她告诉他,他们母亲的田产遭到什么命运,如果没有卖掉抵债,就请求她把田产上所得到的收入拨出一小部分来给他。在这封信上,他还顺便要求姐姐把他那些先前由她保管的图书寄到维也纳来。阿尔土尔没收到复信,却接到姐夫打来的电报,请求阿尔土尔立刻到扎依尼茨庄园去一趟。阿尔土尔去了。他刚到扎依尼茨庄园,人们就要求他下车步行。

"彼尔采尔太太,"人们对他说,"不喜欢听车轮的辚辚声。请您费神步行到正房去吧。"

阿尔土尔在客厅里见到姐夫和姐姐。姐姐坐在圈椅上哭。姐夫看见他走进房间里来,却埋下头去看报。……

"我来了!"阿尔土尔对他们说,"你们不认识了?……"

"我们看见了,"银行家回答说,"这件事做得不错:您听我们的话,来了。……我们很高兴,男爵,您总算还没有丧失听话的能力。……'听话'这个词有这么点卑躬屈节的味道,不过这要请您原谅。……对您这样的先生来说,听话是颇为必要的。……"

"我听不明白您的意思,"大惑不解的男爵说,"姐姐,你哭什么?阿尔土尔弟弟来了,你却哭。……我问你好,你总该回答一句嘛!别哭了!"

"先生,"银行家说,"下人刚到我们这儿来通报说您来了,她就哭起来。……请坐。……您姐姐家里,谢天谢地,总算还有圈椅可坐。您和您父亲总算没把所有的东西统统败光。她,我的妻子,所以哭,是因为她还爱您。……"

阿尔土尔睁大眼睛,举起手心摩挲额头。他不懂。

"是啊,"银行家接着说,眼睛没离开报纸,"她的感情一时还不能消灭,可是那种感情,必须承认,是不自然的,因为事实上她不再是您的姐姐了。……嗯。……您也不是她的弟弟了。她不知比您高尚多少。您已经太低下,不能做这个女人的兄弟了。……先生!您得感激这个女人!要不是她,您就休想跨进这所房子的门槛!"

"你给我解释一下,姐姐,"脸色苍白的阿尔土尔转过身去对姐姐说,"我该怎样理解你的丈夫……彼尔采尔的话?我简直一句也听不懂!其次,还有你的眼泪。……我也不明白!"

银行家太太从脸上拿下手绢,跳起来,在客厅里走来走去,她那件沉重的连衣裙沙沙地响。大颗眼泪,地地道道的眼泪,从她眼睛里淌下来,滴在地板上。

"你不明白?"她尖声叫起来,"你现在总该明白你那些行径把我们气得要命!你的不道德行径惹得我们愤慨!我作为你的姐姐和基督徒,满腔愤慨!……"

"你解释一下,姐姐!"阿尔土尔说,"我无论如何也弄不明白:你们到底要对我说些什么?"

"住嘴!我不愿意听见你的说话声!你娶了个什么贱货做妻子?"

"是啊,男爵!"银行家用刺耳的男高音帮腔说,"您跟那样一个贱女人结婚,玷污了冯·扎依尼茨男爵家的名声,也玷污了自认为是他家亲戚的人!"

男爵本来用手扶着圈椅的把手,这时候那把手喀嚓喀嚓地响起来。阿尔土尔气得浑身发抖。

"西尔维雅!"他转过身去对姐姐说,"当初你嫁给彼尔采尔这个混账,我一句话也没对你说过。我尊重你的意志,可是你呢?你居然在彼尔采尔指使下这样厉害地侮辱我!你不要得意忘形!"

"我是混账?"彼尔采尔叫道,"我原谅您这句话,男爵!我原谅您!"

西尔维雅顿一下脚,往她弟弟面前跨出一步。

"你的事我全知道!"她咬着牙低声说,吞咽着眼泪,"全知道!我知道的还不止是你娶了个街头的贱女人,叫花子,还不止是这些!你还是不信神的人!你从来也不到教堂去!你忘了上帝!你忘了你的灵魂随时准备脱离你的肉体,投到魔鬼的怀抱里去!"

"求上帝保佑,让所有的人都能成为我这样的混账就好了!"这当口彼尔采尔叫道,"啊!那人世间就会换一个样子!那时候人世间就不会有人满不在乎,连名声和荣誉都不放在心上。……那时候就不会有那种女人,那种街头的荡妇……"

彼尔采尔忽然停住嘴。他看着阿尔土尔的脸,心里不由得害怕了。

"就连新教徒也干不出你那样的事!"西尔维雅叫道,"我们叫你来就是要你知道你多么下贱!你得忏悔才成!你得同她离婚,而且……改变你的生活方式!你不要再迟疑!听见了吗?懂了吗?"

"如果你们信奉等级的传统,"阿尔土尔压低喉咙说,"那你们就要知道,阿尔土尔·冯·扎依尼茨男爵是不屑于同一个从俄国的波兰迁来的犹太人和他的妻子为任何事争吵的!不过……我姑且对你们降低身份,提出一个问题。我提完这个问题就走。关于我去世的母亲的田产,你们有什么话要跟我说?"

"那田产是属西尔维雅所有的,"彼尔采尔说,"归她一个人所有。"

"根据什么权利呢?"

"难道您不知道您母亲的遗嘱吗?"

"您胡说些什么?根本就没有什么遗嘱!这我知道!"

217

"有遗嘱!"

"如果有,那就是假造的!我的图书在哪儿?"

"那已经卖掉,价钱是一千法郎,已经给您寄到巴黎去了。……"

"那些图书不是值一千法郎,而是值二十万!"

彼尔采尔耸耸肩膀,笑一笑。

"尽管我也想卖得贵点,可是我没办到。"

"是谁把那些图书买去的?"

"就是我包利斯·彼尔采尔。……"

阿尔土尔感到连气都透不出来了。他抱住头,从客厅里跑出去。

"回来,弟弟!回来呀!"西尔维雅在他身后叫道。

阿尔土尔打算不回去,可是办不到。他还爱他的姐姐。

"忏悔吧,阿尔土尔!"西尔维雅对走回来的弟弟说,"趁时机还不迟,忏悔吧!"

阿尔土尔从客厅里跑出去。过一分钟,他坐着马车往火车站赶去,怒火中烧,上气不接下气,周身发抖。

他在二等客车的单人房间里锁上门,脸朝下扑在沙发上,照这样一直趴到维也纳。在维也纳,命运又绊他一跤。他回到家里没有见到妻子。他所热爱的妻子趁他外出跟情人私奔了。……她留下一封信,请他宽恕她。这种负情使阿尔土尔大为震动,仿佛当头打了个响雷似的。……

过了一个星期,他妻子被情人赶出家门,回到他这儿来,在他住所门口服毒自尽了。……阿尔土尔把妻子下葬后,从墓园回到家里,遇见听差手里拿着一封信。那封信是他姐姐西尔维雅寄来的,内容如下:"我亲爱的弟弟!我们全知道了。……你秘密杀人,以便彻底消灭你玷污我们名声的罪迹,然而这是上帝所不容的。……我们所要求的仅仅是忏悔,她,你的妻子,本来是可以活下去的。没有必要害死她。只要同她脱离关系就行了。然而你也不必绝望。我们会为你祈祷,而且请你相信,我们的祈祷不会徒劳无益的。你也得祈祷。你的西尔维雅。"

阿尔土尔把这封信撕成碎片。他双脚不住践踏这些由渎神的手写出上帝名字的碎片。阿尔土尔放声痛哭,昏倒在地,不省人事。……

教师职位、哲学、数学、法文诗等,都由阿尔土尔抛在一边,丢在脑后了。最后他总算醒过来,不住灌酒,喝得酩酊大醉,并且从这时候起,把双筒枪挂在肩上,开始"像一只小野兔似的"①在扎依尼茨和戈尔达乌根庄园附近和别的村子里飘泊,打野禽,死命灌酒。他开始过奇怪的生活。……人们只在乡间道路的十字路口那些形形色色的小饭铺和酒店里见到他。所有的守林人和大多数牧人都见过他,认识他。

至于他住在什么地方,以什么为生,那就谁都不清楚了。要不是他同在路上相遇的人们谈起话来有条有理,人们就会认为他是疯子。大家不知道该怎样对待他才好。人们叫他"小野兔"、流浪的隐士、"不幸的阿尔土尔男爵"。有些庸俗的报纸开始议论他,说扎依尼茨正准备同彼尔采尔大打官司,说他姐姐用合法手段掠夺弟弟的财产。报纸莫名其妙地开始发表以阿尔土尔·冯·扎依尼茨或者他父亲的生活为题材的逸事和篇幅不大的长篇小说。甚至有些小报惋惜扎依尼茨家族就要绝种了。……

阿尔土尔大多在园子里和丛林里漫游。园子里和丛林里的野禽比旷野上和河边上多些。园子的主人们都不禁止他打猎。他们痛恨他的姐姐,把他看作彼尔采尔不共戴天的敌人。女主人们看

---

① 原文是"像野的扎依尼茨似的",在俄语里"扎依尼茨"可译为"小兔"。

到冯·扎依尼茨光顾她们的园子和丛林,甚至感到高兴呢。

"说他是树林的皇帝,那是不行的,"她们说,"不能这么说!他太年轻,还不能做皇帝。……倒不如说他是树林的王子好!"

树林的王子遇到人,照例很客气地点头行礼。不过他碰见茨威布希和伊尔卡,却呆呆地站住了。他像画家一样,见到茨威布希、伊尔卡、竖琴、小提琴、鸟等所组成的群像那么美丽而真实,不禁暗暗吃惊。阿尔土尔听见哭声,就皱起眉头,气愤地嗾了嗾喉咙。

"她为什么哭?"他问。

茨威布希笑一下,耸耸肩膀。

"她哭,"他说,"大概因为她是女人。她要是男人,就不会哭了。"

"是你把她惹恼的吧?"

"是我,男爵!很抱歉……"

男爵气愤地瞧着茨威布希那张油光光的胖脸,把右手捏成拳头。

"你是怎么惹恼她的,老畜生?"

"我惹恼她,爵爷,是因为我有这么一张脸,这张脸谁都可以用鞭子抽打而不受惩罚。……她是我的女儿,男爵,受过高等教育的人是不容许自己当着女儿的面骂她父亲的。……"

"你干吗惹恼她,混蛋?别哭,姑娘!我马上就来审问他,流氓!你打了她还是怎么的?"

"您猜对了,男爵,不过只猜对一部分。……对,打是打了,不过挨打的不是她,打人的也不是我。……您对我女儿的同情使我感动,伯爵!我谢谢您!"

"小丑!"男爵说道,摇摇手,弯下腰去凑近伊尔卡。

"你怎么了,亲爱的?"他问道,"你哭什么?谁欺负你了?你告诉我是谁欺负你了,那我就……收拾他,狠狠地收拾他!"

男爵伸出晒黑的大手摩挲伊尔卡的头发。他眼睛里闪着好意的火星。

"我们男人应当为女人打抱不平,因为强者必须保护弱者。不过你到底为什么哭呢?"

冯·扎依尼茨瞧着那张被泪湿的手指和披散的头发蒙住的脸,弯着膝头跪下去,然后小心地在伊尔卡身旁坐下。他说话是用很久以来没用过的声调。伊尔卡听见一种直接发自内心的温柔声调,一种可以放心地信任的声调。……

"你哭什么?把你的伤心事告诉我!眼前在你身旁坐着的,不是愚蠢的小丑,老头子,而是一个强有力的男人。你可以指望我。……我是有力量的,样样事情都能办到。……那么你到底为什么哭呢?啊?"

孩子们遇到别人问起哭的原因,往往会哭得更厉害。女人也是这样。伊尔卡哭得更厉害了。……

"你哭得这么厉害,看来你必是有极伤心的事。……你就对我说了吧。……你肯说的,对吧?你对我尽可以无话不谈。我问你这些并不是出于单纯的好奇心。我是想帮助你。……我凭人格担保,姑娘!"

阿尔土尔弯下腰,吻伊尔卡的头顶。

"你不再哭了吧?是吗?那就别哭了,亲爱的!你只要把心里的话说出来,就能多少减轻你的苦恼。……"

"她恐怕不会很快就止住哭的,"茨威布希说,"她的神经弱,好比穿过五年的衬衫上的线脚。我们就让她哭个痛快吧,男爵。……这不好啊,伊尔卡。俗语说得好:眼泪流得多,嘴巴渴得快。"

"啊,对了!应当给她拿点水来!"男爵说,"这附近有水。……"男爵站起来,钻进密密层层的树叶丛中,不见了。干枯的树枝和桠杈在他沉重的身体压力下喀嚓嚓响,折断了。

"这个男爵可真不坏!"茨威布希笑呵呵地说,"他温柔,殷勤,体贴!哈哈哈!可以认为,他确实就是这么个好心人。你相信他吧,伊尔卡,不过只能稍稍相信他。他是好人,可是也不能把手指头放到他嘴里去。他会把你的手连半条胳膊一齐咬下来的。戈尔达乌根家的那件事,你不要对他说。他就是戈尔达乌根家那些吸血鬼的亲戚,他会把你当作最傻的傻瓜讪笑你。你马上就不哭了吧?"

树枝又喀嚓嚓嚓地响起来,阿尔土尔从树叶丛中钻出来,手里端着猎人常用的银杯。大杯里盛满了水。

"喝吧。……你叫什么名字?伊尔卡?那么喝吧,伊尔卡!"

男爵跪下去,把盛着凉水的杯子端到伊尔卡唇边。伊尔卡把蒙着脸的手放下来,喝下半杯水。……

"我多么不幸啊!唉,我多么不幸啊!"她喃喃地说。

"我相信你的话,完全相信你的话!"男爵说,用凉水沾湿她的两鬓,"要是你说你幸福,我亲爱的,那我倒要说你撒谎了。再喝点!"

"看在上帝面上,我求求您,别骂我父亲!"伊尔卡小声说,"他也很不幸,很不幸!"

"那我就不骂。……刚才我骂他,是因为我的火上来了。我起初还以为是他欺负你呢。那我收回我那些难听的话。不过他对你的痛苦这样满不在乎,却是正派的父亲所不应有的态度。"

"您只差也拿凉水抹一抹我的双鬓了!"茨威布希笑道,"当初我习惯了让我父亲用树条打我的时候,就已经不会哭天抹泪了。不过今天您成了多么温柔的人啊,男爵!今天我认不出您就是六年前的阿尔土尔·冯·扎依尼茨男爵了,那时候您在布拉格的黑马饭店里把台球记分员的牙打掉了两颗。……您记得吧,爵爷?一颗牙您用球杆打下来,另一颗是用拳头打下来的。……"

"六年前发生的事还少吗!"冯·扎依尼茨嘟哝道,"多的是,有些事现在都不便提了。好,伊尔卡!你说吧!你现在已经略微平静点,只要把心事都说出来,就可以完全复原了。……行吗?是谁欺负你了?"

"受欺负的不是我,而是我的父亲!"

"原来是这样!那么,你是为你父亲哭?"

"他受了好大的侮辱呀!要是您亲眼看见他这个可怜人受了什么侮辱,您准会吓坏的!"

"原来有这样的事!嗯。……你是多么好的姑娘!你,老头子,倒有个好女儿呢!难得呀!好,没关系,你自管说吧。……我为他也愿意打抱不平,就跟为你一样。"

"您可不要打抱不平,男爵!"茨威布希说。

"为什么?"

"因为这是办不到的。……我荣幸地脸上挨了鞭子,打我的不是小人物,而是很大的人物。不管什么样的炮弹,都没法飞到那个人身上!再说,也不应该打抱不平!我的女儿太任性了!"

"这简直是胡说!不管侮辱人的是谁,在我都一样!我的炮弹,只要有必要,就能飞到任何人身上。……你说吧,伊尔卡。我帮助你。"

伊尔卡就结结巴巴地把她的伤心事讲给阿尔土尔·冯·扎依尼茨听,不时长声叹息,屡次重复她的话。她讲到戈尔达乌根伯爵夫人举起马鞭,男爵却皱起了眉头。

"那么这人……是个女人?"他问。

"对,是戈尔达乌根伯爵夫人……"

"嗯……你往下讲。……"

男爵脸色白得可怕,搔搔额头。

"往下讲,往下讲。……我在听。……那么是女人打了他!不是男人?"

"是女人,男爵!"

"嗯……是啊。……你为什么不继续讲下去呢?"

等到伊尔卡讲起她父亲怎样倒在马蹄底下,后来怎样满脸是血,男爵就看一眼茨威布希。……

"她是用鞭子把你嘴巴抽出血来的吗?"他问。

"哎,这种事还值得一谈吗?我们,诸位先生,还是谈谈政治好!"

"我问你,老傻瓜,用鞭子抽你嘴的是不是她?"男爵叫道,用拳头捶一下草地,"他女儿在为他苦恼,他却说笑话!我不喜欢小丑!"

"是她,是她!"伊尔卡说。

"我给我这个老傻瓜蒙上一层年轻的皮,好让我活泼点!"茨威布希叽叽咕咕说,"我不是说笑话,我说的是真话!谈政治总比谈这种毫无用处的空话强得多。……"

伊尔卡用手势比划着,表明她父亲大概流了多少血,怎样一瘸一拐地往小礼拜堂走去。后来她还讲起法官,把他的话一五一十地转述一遍,男爵鄙夷地冷笑一声,往旁边啐口唾沫。唾沫一下子飞到两俄丈开外去了。

"畜生!"他嘟哝道,"不过他的话倒是对的!这个混蛋说的对!他什么事也不可能办!这个戈尔达乌根家的阿里斯梯德是戈尔达乌根家的奴隶,好比差点把你父亲,这个莎士比亚的小丑,踩死的那匹马!"

"往常,"伊尔卡结束她的话道,"我父亲在喝醉的农民或者警察手里挨打,我就不这么气恼。警察不容许我们在大城里卖艺,男爵。可是如今一个受过教育、门第很高、脸容温柔的女人打他,那我就气恼,委屈,觉得受了侮辱……总之,委屈得很。……她有什么权利这么傲慢,这么轻蔑地对待我们?谁也没有权利这样对待我们!"

伊尔卡用手指头蒙住脸,哭起来。……

"难道她干了这样的事,就白白放过她不成?……啊,我的上帝,我的上帝呀!!她要是这样欺侮人而不受到惩罚,那我宁可死……宁可死!到那时候就让我父亲一个人去卖艺好了!就让他卖掉我的竖琴好了!"

伊尔卡把脸埋在围裙里,继续轻声哭着。茨威布希瞧着地下,发出吹口哨的声音。男爵沉思不语。……

"这是很大的侮辱,"他思索很久以后说,"不过……我应该先听明白是怎么回事,然后再许下诺言才是。刚才我说的是假话,我亲爱的。我并不像一个钟头以前吹嘘的那样有力量。我一点也帮不上你的忙。……"

"为什么?"

"因为她是女人。……我总不能跟女人决斗吧!这件事糟透了,我亲爱的。只好逆来顺受了。……"

"我可不能逆来顺受!您怎么断定我能逆来顺受呢?"

"你无能为力,逼得你只好逆来顺受。你没有力量,因为你是穷乐师的女儿,而我没有力量,却因为她是女人,见她的鬼。……"

"那我该怎么办呢?"伊尔卡问,"看在上帝面上,您不要相信我父亲的话!他自己也受不了这种侮辱!他装出满不在乎的样子,其实他……我要到布达佩斯或者维也纳去!……我会找到法院的。"

"你找不到。……"

伊尔卡跳起来,在男爵和茨威布希身旁走来走去。

"我会找到的!"伊尔卡叫起来,"哎,话说回来,您毕竟是男爵,是门第很高、头脑聪明的人,交游很广,所有显要的人物都认识您。……您不是个普通人!那您何不给法官写封信,要他根据法律审判她呢?您只要说句话,或者动动笔,什么事就都办妥了!"

"别说了,伊尔卡!"茨威布希郑重地说,"男爵先生听厌你这些糊涂透顶的废话了!他对你关心,你也别过分。"

"你,伊尔卡,这样考虑事情,"男爵说,"那只是因为你不了解生活。你刚才对我说你不幸,可是另一方面,你对生活的看法又像是分不清铜和铁的娇小姐。你多大岁数?十七?那也到了该懂得生活的时候了,美人儿!生活是一种可恶的、卑劣的、没完没了的胡闹,是一种庸俗的、毫无目标的、没法解释的荒唐事,甚至比不上一个挖掘出来装各种秽物用的污水坑。你也到了该懂得的时候了!你到底希望生活怎么样呢?你希望它向你微笑,往你身上撒下鲜花和十卢布钞票吗?是吗?你希望这样吗?"

冯·扎依尼茨涨红脸,把手伸进他那很大的猎物袋里。

"如果这样,那你就是希望不可能的事!人世间只可能有这种不堪忍受的生活。……你要过这种不堪忍受的生活,你就活下去;你不要过,就滚蛋,到另一个世界去。毒药总能随时为你效劳的。……你是小孩子,就是这么回事!你傻!"

从袋子里露出一个包着藤壳的酒瓶。男爵很快地把酒瓶送到唇边,贪婪地吞下好几口。

"生活是可憎的!"他接着说,"生活的卑劣是它不可变更的永恒规律!……把生活赐给人类,就是为了惩罚人类的庸俗。……可爱的小美人儿!要不是我极其深刻地体会到我庸俗,我早就到另一个世界去了。那只要一颗子弹就行。……我对我自己说:你受罪吧,阿尔土尔!你理当受这些罪!阿尔土尔,你这是自作自受！你,姑娘,也要学会跟你自己讲这些道理。……有这种本领,生活下去就容易多了。……"

阿尔土尔又喝下两口酒。

"宇宙之中有一种力量能够使人多多少少安于自己的生活。据说,这个力量是由魔鬼创造出来的,不过……那也随它去！它拔掉我灵魂里的刺……不消说,这只是暂时如此。这个力量就在我的瓶子里。……喝吧,伊尔卡！你来喝一口！这是挺好的白酒呢。……"

伊尔卡摇摇头。茨威布希瞧了瞧瓶子,舔一下嘴唇,不好意思地低下眼睛。

"来,喝呀,怪姑娘！"冯·扎依尼茨继续说,"那样会轻松点。你试一试嘛！……"

"喝吧,伊尔卡！"茨威布希劝道。

伊尔卡用手接过瓶子来,喝下一小口,皱起眉头。

"现在该你了,"阿尔土尔转过身去对茨威布希说,"你也喝吧,老家伙！"

茨威布希微笑着,做出一副怪相,眉开眼笑,仿佛看到很久没见过面的朋友似的。……他两只手接过瓶子,庄严地送到他的厚嘴唇上去。他小心地喝下两三口,把酒瓶放在草地上。

"索性喝到见底吧！"男爵说,"你不用客气。我另外还有一瓶呢。"

胖子不出一秒钟就执行了这道命令。

"我以前好像在什么地方见过你,老头子！"冯·扎依尼茨说,"你的相貌我好像眼熟。……我在哪儿见过你？……"

"我,男爵,就是那个倒霉的台球记分员,在布拉格,多承爵爷赏脸,把我的两颗牙齿打掉了。"

"很可能,很可能。……是啊。……从前我正是干这种事的行家。……可惜现在我不能把你那两颗牙齿归回原位了。……"

男爵从袋子里取出另一个酒瓶和一个纸包来。纸包里有馅饼、干酪和腊肠。冯·扎依尼茨把腊肠切成两半,一半递给茨威布希,另一半再切成两份,一份递给伊尔卡,另一份留给自己。

"请,诸位先生!"他说,"你们吃吧,不用客气。你吃呀,姑娘!那块干酪整个归你的肠胃消受好了。我们碰都不碰它。"

饥饿的茨威布希和伊尔卡没有让人家催请很久。他们带着饥饿的、没有受过良好教育的孩子们的馋劲吞吃冷荤菜,不出五分钟就把全部吃食一扫而空,只留下不大的一截腊肠。这一小截是由茨威布希留下来,准备喝过酒以后吃的。

喝下去的白酒顿时对阿尔土尔起作用了。他脸色发红,神采焕发。他的眼睛像被捉住的老鼠似的东张西望,炯炯有光。他坐在地上,伸直两腿,把拳头枕在脑后,不住微笑。白酒对茨威布希却没发生什么影响。他的头脑仍旧跟先前一样。对伊尔卡,白酒起了令人消沉的作用。她独自坐在一旁,双手托住头,沉思不语。

"喝呀,老头子!"阿尔土尔劝道,"与其清醒着而烦闷无聊,不如喝醉酒而兴高采烈的好。上等白酒就是我们的救星。……缺了它,人就完了!我们来为世上有酒而干杯吧!是什么缘故我把你的牙齿打掉的?你还记得吗?"

"怎么不记得?记得的。……当时您已经有几分酒意,要求我张开嘴接住您扔过来的台球。我没有表示我愿意执行您的命令,您就采取严厉措施了。……"

"畜生!"阿尔土尔嘟哝说。……

"这是说谁?"

"你听着,美人儿!"冯·扎依尼茨忽然对伊尔卡说,"我觉得你非常像我小时候爱上的一个姑娘。其实根本没有这样一个姑娘,她并不存在,可是每天傍晚我的奶妈都对我讲起她。在我的想象中,她完全跟你一样。照我奶奶的说法,姑娘住在一个王国,一个国家里,住在一朵大郁金香当中。她坐在花蕊上,从郁金香的花瓣当中向外张望上帝创造的这个世界。她的工作多种多样。她照料花卉,她把露水装在瓶子里,供洗澡和解渴用,她唱歌。这个姑娘,我忘了对你说,论身材却至多只有你的小手指那么大。她只吃蜂采来的蜜。她身上穿着罂粟花的深红色花瓣。她的专长是治病。她会念咒治牙痛,包扎伤口,调制药水,等等。有一只蚱蜢,同蜘蛛格斗,断了一条腿,她就给它动手术,真是手法纯熟,医道精通,就连比尔罗特①见了也会不胜羡慕。她一面从事医疗工作,一面也不嫌弃其他的手艺。她给贫苦的昆虫做衣服,给金甲虫修补侍从制服,给瓢虫缝制无袖短衣。昆虫们把她当作亲娘一样地敬重,爱她胜过世上的一切。是啊! 她为那些穷得要饭的软虫倾家荡产,它们从四面八方爬到她这儿来要求施舍。她对昆虫们谆谆教诲,把嗓子都说哑了。她的讲话称得起是演说艺术的顶峰。据可靠的消息来源说,有十只雄蜂听过她的讲话《论懒惰》后,感到良心负疚而放声痛哭,从此开始采蜜了。她给蝴蝶找婆家,还送给她们极美的细纱连衣裙做嫁妆。她给蟋蟀娶妻成家,极其严厉地叮嘱他们不要在夜间吱吱地叫,以免惊搅他们的妻子。……她真是名副其实的母亲啊! 有一次,毒蜘蛛到姑娘跟前来,要求她给它念咒治牙痛。姑娘就给它念咒,蜘蛛脸上的龈脓肿顿时消了。'很好,'蜘蛛说,'谢谢。我日后给你送点苍蝇酱来做你工作的报酬。……你听我说,我现在灵机一动,生出一个天才的想法! 你嫁给我吧! 啊? 肯嫁吗?'姑娘笑起来,说她无论如何也不能做蜘蛛的妻子。'我不爱你,'蜘蛛说,'我并没看中你,不过你给那些昆虫治病,做衣服,讲课,我就要收他们的费。……我需要钱。你不

---

① 比尔罗特(1829—1895),德国外科医生。——俄文本编辑注

肯吗？好吧！要是三天以后你不表示同意,我就用你治好的这些牙把你咬死!'蜘蛛对姑娘龇出可怕的牙来,然后回家去了。姑娘把蜘蛛的威胁告诉她所爱护的所有昆虫。昆虫从四面八方飞来,或者爬到她身边来,把她团团围住,布成防御阵地。'我们宁死也不把你交出去!'它们喊道。蜘蛛来了。'你同意吗?'它问姑娘说。'我不同意。你不要惹事,蜘蛛!你瞧,我有多少保卫我的战士!'蜘蛛瞧了瞧,可是它看见的不是什么战士,而是一伙吓得脸色苍白、周身发抖的胆小鬼。它就高声大笑,当着整个昆虫世界的面龇出可恶的毒牙来,把可怜的姑娘咬死了。它害死姑娘以后,心平气和地回家去了。蜜蜂用蜡做成棺材,把姑娘盛殓起来。……蚂蚁们纷纷挖坟。蚊子们来送殡,唱得好听,吹着小号。金甲虫在墓旁发表演说。……一句话,葬礼进行得很体面。丧宴办得更阔绰。所有的昆虫大吃大喝,肚子都胀痛了。丧宴结束以后,昆虫们睡了一大觉,醒来以后委托百足虫去募捐,供建立纪念碑用,然后就分头走散,回家去了。……"

"结局怎样呢?"茨威布希问。

"你还要怎样呢?"男爵问,"你希望把蜘蛛关进监狱里去吗?别痴心妄想了!我的奶妈倒是绝妙的教师。她就是对我讲童话也不说谎。在她的童话里,美德并没有胜利。直到现在蜘蛛还坐在洞里吃它的苍蝇酱呢。那些卑贱的昆虫,有的得了病,有的穿着破衣烂衫,大概常常想起丰盛可口的丧宴而不大想起姑娘了。祝你升天堂吧,奶妈!你非常了解大自然!我们喝吧,老头子!嗯,怎么样,伊尔卡?你喜欢我的童话吗?不知什么缘故,你让我猛然联想到那个姑娘。……莫非你也会给毒蜘蛛吃掉?哈哈哈!……这很可能啊。……要是能吃的话,它为什么不吃呢?反正有牙,那就吃吧。……可是你没有听我讲话,伊尔卡!瞧你脸上的神情,倒好像这儿没有我们两个人似的!"

伊尔卡打了个冷战,用恳求和疑问的眼光瞧着阿尔土尔。

"我没法忘掉她!"她低声说。

"你还在想那件事?你得逆来顺受啊,孩子!那个混账法官的劝告仍然完全有效。你再也想不出什么更好的办法来了。你就给你父亲买点醋酸盐稀溶液,你自己呢,变成伯爵夫人吧。……"

"您老是说笑话!我的上帝!做伯爵夫人。……难道这可能吗?"

"要是你能嫁给一个伯爵,那就可能;要是你办不到,那就不可能。不过你未必办得到。……是啊,要是在你这张小脸之外再添上点可鄙的金属,嗯,那就毫无问题了。见鬼,我也会跟你结婚呢。你愿意嫁给我吗,伊尔卡?"

"嫁给您这个男爵?我肯嫁。……就连男爵我也肯嫁。……"

"我也是伯爵呢。……哈哈哈。……我要不要索性把这件事弄假成真?等我想想看,等我想想看。……这样一来,倒会叫人大吃一惊呢!"

男爵沉思片刻。

"不……"他说,"这样做,未免太过分了。……犯不上。我爱郁金香里的姑娘,可是,唉!我的婚姻至少得给我带来一百万法郎才成。"

"图财而结婚,那可不体面啊,博士!"茨威布希说,白酒对他已经开始起作用,"图财而结婚,博士,是被人看作下流行径的。"

"有什么办法呢?我决心干下流事了。无论如何我也要一百万。要是我有一百万在手里……可是,不应该让你们知道这些。那我就要给他们点颜色看看!"

"那您连老太婆都肯娶?……"

"哪怕是魔鬼我都肯娶。……只要有一百万,我什么都干!

一百万无异于一根杠杆,我可以用来把地狱以及地狱里的魔鬼和大火翻个身。我所说的不是死后才去的那个地狱,而是我现在所处的这个地狱。要是我不干这件下流事,就会让别人有可能干出千百种下流事来。郁金香里的姑娘,"阿尔土尔转过身去对伊尔卡说,"为什么你没有一百万呢?要是你有一百万,我就有漂亮的妻子,你也就成了伯爵夫人,实现了法官出的主意了。……"

"您老是说笑话!"伊尔卡叹道。

"我根本就不是说笑话。……你想法弄到一百万吧,试一试!我一定叫你当上男爵夫人!你想法去弄到一百万吧!"

"我们要不要再喝点酒,博士?"茨威布希提议道,"您的话里已经开始搀进幻想的成分了。……去他的吧,幻想!难道我们配谈一百万吗?要我把自己的脑袋吃下肚去,也比见到一百万容易得多呢。……我们不要再谈钱了!谈来谈去,就要生出贪财心了。……"

"住嘴吧,劳驾!既然没事可做,那又何尝不可以梦想一下?我跟你再说一遍,老家伙,要是你有一百万,我就要抢走你的女儿,把她送进一朵郁金香里去。……我醉了吗?好得很!真的,我喜欢她!你瞧,她的小鼻子多么好看!嘿,见鬼!伊尔卡,你想法弄到一百万吧!"

"怎样才能弄到一百万呢?"伊尔卡问。

"啊,你真纯朴!神圣的单纯啊![①]怎样才能弄到一百万?那是可以用各式各样的办法弄到的。有费事的办法,也有省事的办法。……费事的办法就是不断劳动,就是自由的智力劳动,在这种情况下往往夜里不睡觉,肚子吃不饱,身体得了病。用这样的办法,人只有到老年才能把一百万弄到手,那时候却又犯不上嫁人

---

① 原文为拉丁语。

了。你是个女人,没有足够的智力,又要嫁人,因此这个办法对你不合适。第二个办法实际上倒省事,不过后果有时候却严重,关键是必须忘掉一种妨碍一切的东西——良心。那就是去偷,去抢。你越聪明,越无所顾忌,就会越早变成冯·扎依尼茨男爵夫人。偷和抢不一定非在大路上干不可。坐在自己的私室里也可以偷东西和勒死人。这个办法我不打算向你推荐。要是你不够聪明,那可要造成自取灭亡的后果。第三个办法就是得到一笔遗产。……第四个办法是什么呢?第四个办法是女人最常用,而且男人也并非永远不屑为之的,那就是善于利用自己的肉体。一个人的肉体越好,离一百万也就越近。这个办法对你最适用,伊尔卡!"

"最不适用!"茨威布希说,"这办法不行!我们不谈它吧,男爵!这种泼辣的办法有伤风败俗的味道,而伊尔卡……"

"她还年轻,对不对?没关系,让她知道好了!这既是她该提防的事,那又何必瞒着她?那么,我就接着讲下去。……你,伊尔卡,要善于把自己装束得风雅,到适当的时候就从连衣裙底下露出你那双好看的小脚,要善于装模作样,卖弄风情。人家吻你一下,你就至少①要收一千法郎。……照你目前这种情形,人家不见得肯给你很多钱,不过要是你坐在剧院的包厢里或者马车里,那就……"

"好,好……够了!"茨威布希嘟哝说,"上帝才知道您给这丫头的脑子里灌了些什么东西!我们不谈这些!我求求您,博士!我想换个题目谈谈。……哦。……听说您上个星期改信新教了,这话当真吗?"

"这是真的。……最后一个办法最省事,而且也不见得最不像样子。伊尔卡,你要学点上流社会的风度,学会他们怎样谈吐应

---

① 原文为拉丁语。

付,那么请你相信我的见识,你就会弄到一百万。用这个办法的人太多了。八个女人倒有七个用这种办法,要是她们生得好看,在市场上卖得出价钱的话。你七八年前遇上我,我一定会花钱买下你。……你这个漂亮的小坏包。"

"别说了,男爵,看在上帝面上别说了!"茨威布希说,"我们不要让舌头由着性儿胡说!"茨威布希担忧地看他的女儿:伊尔卡正坐在那儿聚精会神地听男爵讲话,显然他那些话的内容和形式一点也没使她感到难为情。

"我明白了,"她说,"不过,难道您能跟卖身的女人结婚吗?"

"能。话说回来,我贪图陪嫁钱而结婚,这也是卖身啊!如此等等。……我对你提个要求,伊尔卡。……"

男爵欠起身子,从他坎肩的口袋里取出一枚金币。

"你收下这点钱,我亲爱的,一到城里就照张相片。明白吗?你把相片寄给我……喏,照这个地址寄来。……"

男爵把金币和写着地址的名片交给伊尔卡。

"我想常常看到郁金香里的姑娘。……我想把照片经常放在贴身衣袋里。……你会寄来吗?"

"会的。"

"那才好。现在,朋友们,再见①!我想睡觉了。"

男爵在草地上躺下,把猎物袋枕在头底下。

"再见。我认识你们很高兴。我要等那张照片,而且,要是你能弄到一百万的话,我就跟你结婚。……"

茨威布希站起来,鞠躬。

"我向您道谢,男爵,"他说,"您请我们吃饱喝足,那么您允许我们演奏一下来报答您吗?在我们这种乏味的音乐声中睡觉,那

---

① 原文为法语。

是再好也没有了!"

"那就劳驾!"

茨威布希调好小提琴的音,由伊尔卡的竖琴伴奏,开始演奏《薄伽丘》①当中的一段。男爵点一下头表示满意,闭上眼睛。……等到两个乐师演奏完毕,想从他身旁走开,他却睁开眼睛,把模糊的目光停在伊尔卡身上。

"哦……哦。……我明白过来了,"他喃喃地说,"伊尔卡,是你吧?拿去,留着做个纪念吧!"

男爵从表链上解下一个圆形饰章来,递给伊尔卡,然后一头倒在猎物袋上,马上睡熟,就像给人打死了似的。

三

等到冯·扎依尼茨醒过来,已经是傍晚时分。树梢以及高坡上小城里的砖房,都浸沉在夕阳的金色晚霞里。金色晚霞微微添上点深红色,像锦缎似的铺在天空中,从太阳那儿一直伸展到东方,遮蔽整整三分之一天空。……太阳旁边和太阳上面,连一点浮云也没有,这就可靠地预告着今晚天气晴朗。树林后边,远远地传来回家的牧人的芦笛声。他吹着简单的小曲,没有曲名。他信口吹着,乐声杂乱无章,然而每天傍晚,不论是戈尔达乌根伯爵家的树林,还是黑麦、羽茅草、河流……都是在这种朴素无华的音乐声中沉入酣畅的睡乡的。

阿尔土尔在身旁草地上看见两个倒着的酒瓶和纸包所剩下的一方报纸。那个年老的胖子和俊俏的金发少女已经不在他身边了。他回想他们,回想他同他们的谈话,不由得微微一笑。等到他

---

① 德国作曲家祖佩(1820—1895)所编的小歌剧。——俄文本编者注

瞧一下胸口,看见纽扣上别着一小块纸,他甚至笑出声来了。那小块纸上用铅笔写着:"亲爱的男爵!您是头一个把我们当人看待的人。在见到您以前,平等待人的态度我们只是听人说说罢了。……您是第一个今后我不致带着沉痛的心情而会带着欢欣的心情回想的人。您的关切深深地打动我们的心。再见吧!求上帝赐给您幸福!相片我自当寄上。您的仆人伊尔卡。"

"信上的话连一个语法错误也没有!"冯·扎依尼茨把这封用可爱的女人笔迹写成的信读了两遍,说道,"这真惊人!伊尔卡了不起!"

男爵从笔记本里取出一支锡套铅笔,写道:"六月十三日收到郁金香里的姑娘来信一封。"他把这封信叠好,藏在笔记本的夹袋里。

"该走了!到吃饭的时候了!"男爵把枪挎在肩上,穿过树林,往小城那边走去。太阳本来暂时给小城镀上一层金,这时候那层金光正开始消退。

他得顺着狭长的、铺着碎石子的林间小路走。小路差不多一直伸展到小城那儿。它半中腰被一条铁路切断。铁道的路基和林间小路形成十字路口,守林人布拉乌赫尔的房子就在离这不远的地方。

阿尔土尔走到十字路口,转过弯去,脱掉帽子,鞠躬,原来布拉乌赫尔年老的妻子正坐在小房的露台上缝桌布。她很小的头上戴着大包发帽,扎着极大的花结,包发帽下面露出一副年代久远、祖辈传下来的眼镜。眼镜架在她那扁扁的长鼻子上,使得鼻子看去像是大脚趾。……她看到阿尔土尔鞠躬,就用欢畅的笑容回报他。

"您好,玛尔达太太!"男爵说,"有我的信吗?"

"有,可是只有一封。信上有纹章,男爵。……"

"是彼尔采尔的笔迹吧?"

"对了。……"

"那么您,玛尔达,就把它扔在炉子里好了。我知道它的内容。那个犹太人必是在我姐姐指使下骂我不该改信新教。……我不用看信就知道。您丈夫健康吗?我想,阿玛丽雅小姐也挺健康吧?"

"谢谢您。……那我只好烧掉第六封信了。……这个工作可不大愉快呢,因为谁都知道写那些信要费力气,动感情。……您的心肠多么硬啊!现在您到哪儿去?"

"去吃饭……随便找个地方。……"

"随便到哪个人家里去吗?"

"是啊。……"

老太婆叹口气,摇摇头。

"要不是我的布拉乌赫尔那么小心,"她说,"我就留您吃饭了。每次我们家里来了贵人老爷,我丈夫就急得扯头发。福烈赫捷尔扎克将军常到我们家里来,不过他究竟是老头子,用不着怕他。……我的布拉乌赫尔也不怕他。……我丈夫却怕您。您在我们家里吃饭,邻居们就会说您是来对我们女儿献殷勤的,上帝知道他们什么话说不出口。要知道,贵人老爷是不会为结婚才来的,谁都知道他们安着什么心。……得,布拉乌赫尔就害怕了。至于福烈赫捷尔扎克将军,那就完全是另一回事了!"

"您不用担心,玛尔达!我会到别处去吃饭。"

"不过说实话,今天我们家的饭菜也太差。如今这年月仆人都不会干活,一点办法也没有!"

"再见,玛尔达!问候您家里的人!"

"再见,男爵!"

男爵鞠躬,往林间小路走去。傍晚幽暗的阴影已经在地面上铺开。树林里的空气变得新鲜了。阿尔土尔身后有一列火车轰隆轰隆地开过来,那是傍晚奔赴别墅地带的火车,把城里人送到野外和树林里去。……傍晚的昏暗在树林里比在野外来得早些。这时候田野上却还可以穿针引线。……等到那列别墅火车的轰隆声归于沉寂,扎依尼茨就听见身后传来马蹄声。他回头一看,就停住脚:原来有个女人骑着黑色的骏马往他这边跑过来。她从他身旁疾驰而过,瞟一眼阿尔土尔,在几俄丈以外勒住马。

"是冯·扎依尼茨吗?"骑马的女人大声问道。

"就是我。……"

阿尔土尔走到骑马的女人跟前,点一下头。树林里已经黑下来,然而还不至于黑到看不清骑马的女人生得多么美。她周身上下显出真正贵妇的尊严气派。

要是茨威布希和伊尔卡都在此地,他们就会认出骑马的女人正是我们在这篇小说第一章里同茨威布希一起称之为戈尔达乌根伯爵夫人(娘家姓盖依连希特拉尔)的那个女人。她手里正好拿着今天中午把茨威布希的嘴抽出血来的那根鞭子。

"我头一眼就认出您来了,"她说,对阿尔土尔伸出一只手来,"您有点变样了。……不过……能不能跟您谈一谈呢?您写给我的最后那封信里,充满了憎恨、愤怒和极其尖刻的轻蔑。……您现在还像以前那样恨我吗?"

男爵握了握她那只美丽的手,微微一笑。

"我的信,"他说,"可以说是犯罪,不过事隔多年,您不妨原谅我了。那是四年前写的。在那封信里,我恨您贪财,当时贪财心不容许您嫁给一个为您所爱而又爱您的、然而已经破产的人。现在呢,我却丝毫也不会恼您的贪财心了。三个钟头以前我自己就谈起过我要为钱结婚。……我所以还在这个世界上活着而没有把自己打发到另一个世界去,也只是因为我有了生活的目标。……这个目标就是为一百万而结婚。……"

"原来是这样！那么,最近这四年当中您的信念起了很大变化呢。不过我很高兴……这样出乎意外地遇见您！我很愉快,男爵,真的,很愉快！至少应当为重逢而谢天谢地！"

"我无论如何也料不到竟然会在这一带遇见您。您怎么会到这儿来的?"

"我……难道您不知道？我就是这儿的住户啊。……而且已经很久了。……"

"您,男爵小姐？您是怎么搬来的?"

"我现在已经不是盖依连希特拉尔男爵小姐,而是戈尔达乌根伯爵夫人。两年前我嫁给您的邻居戈尔达乌根伯爵了。……"

"我没听说。……这可是了不得的新闻！您嫁给伯爵了。……我不认识他。……他漂亮吗？"

"不。"

"这就奇怪了。……据我对您的了解,您最喜欢漂亮的男人。从前您爱上我,据说就是因为我漂亮得出奇。那么他年轻,阔绰吗？"

"他将近四十岁。……他很阔绰。……"

"不消说,您很幸福吧？"

"一点也不幸福。我也是为一百万出嫁的。两年来的经验却告诉我说,我犯了绝大的错误。幸福不像一般人所认为的那样取决于一百万。……现在我一心想的是怎样找出办法来躲开一百万才好！"

伯爵夫人笑起来,目光停在渐渐黑下来的天空上,呆望一阵。她沉默片刻,笑着继续说：

"这样看来,现在我和您扮演过的角色颠倒过来了,男爵。我现在痛恨我以前喜爱的东西,您呢,恰好相反。……话说回来,在这个乏味的世界上,情况的变化多么古怪啊！"

"您是为幸福而想躲开一百万,不过我追求一百万却不是要做幸福的人。……您要知道,目标是各不相同的。……"

"您一点也不知道我的新生活吗?"

"一点也不知道。……"

"这样看来,闲话还不算流传得太厉害。……我正打算跟我的丈夫离婚呢。……"

"这倒是个痛快的主意。……那么,您如今住在他那儿吗?"

"嗯,是啊。……说来有点古怪,这是实在的。……不过,我们为了避免不必要的流言飞语,决定一直等到我们的破裂盖上官府的火漆印,我们再分手。……等到我在法律上正式得到自由,我就离开此地。……可是您对这些事不感兴趣。……我遇见老相识和老……朋友,高兴得很,就顾不得羞耻,只想把我的事,不管是秘密也好,不是秘密也好,统统倾吐出来。……我们还是来谈一谈您的情况吧。……您生活得怎么样?"

"就像您看见的这样。我就这样对付着过。……"

"您已经把科学丢开了?完全丢开了吗?"

"丢开了,而且大概完全丢开了。……"

"您那学者的良心能不在乎吗?"

"哦。……科学由于失去我而受到的损失,不会比零大多少。……这损失不算大。……"

伯爵夫人耸耸肩膀,摇头。

"您,扎依尼茨,辩白起来像个小学生,"她说,"不会比零大多少。……年轻的学者当前没有什么成就,然而他们是有前途的。谁知道呢,倘使您继续做您的学术工作,说不定您对科学的贡献就会比零大一千倍!"

"您表达得不正确,"冯·扎依尼茨笑起来,"零乘零,乘上一千次也还是零。"

"您彻底破产了吗？"伯爵夫人好像没听见冯·扎依尼茨的话似的,问道。

"彻底破产了。您身边带有钱吗？"

"有一点点。干什么？"

"您都给我吧。"

伯爵夫人很快地从衣袋里取出一个小小的钱包,递给阿尔土尔。阿尔土尔把钱倒在手心里,然后把钱包还给伯爵夫人。

"谢谢,"他说,"这钱算是我借的。我婚后第二天就还给您。您感到惊讶？您眼睛里露出多么惊讶的神色啊！我不但向您要钱,借钱,甚至还惋惜您钱包里的钱太少呢。"

伯爵夫人瞧着他的眼睛,心里暗想："他在说假话。"

"我一点也没感到惊讶,"她说,"阿尔土尔·冯·扎依尼茨向自己的朋友借一点点钱,这有什么奇怪的,有什么可惊讶的呢？这是生活里的小事,平常得很。……"

"可是谁对您说过,您是我的朋友呢？"

"您真奇怪。……再见吧！跟您谈话是困难的。"

伯爵夫人点一下头,扬起马鞭,在林间小路上疾驰而去。

四

她骑着马走完林间小路,来到旷野上,天色已经黑了。……城市和山峦还看得见,然而轮廓已经不清楚。来往的行人和马匹的形影也极其模糊。灯火已经在一些地方点亮。伯爵夫人在一个用芦苇和麦秸搭成的草棚旁边停住马,这棚子就在戈尔达乌根家的菜园子里。戈尔达乌根家从无法追忆的时代起就租下城区的一块地做他家的菜园。他们租下那块地是出于虚荣心。"在我的土地周围,外人的土地越少,"从前戈尔达乌根家的一个成员说,"我也就越有理由昂首阔步。"

菜园工人和他儿子在草棚旁边站着。他们看见伯爵夫人骑着马跑到他们这边来,就脱掉帽子。

"你们好,老福利茨和小福利茨!"伯爵夫人对菜园工人和他儿子说,"我在这儿见到你们很高兴。要是日后有人告诉我,说你们不大尽责,我就有理由不相信这种话了。"

"我们素来守在这儿尽我们的职责,"老福利茨说,把身体挺得笔直,"我们一步也不离开菜园。不过,太太,要是总管先生或者他的奴才不知什么缘故看不上我这副嘴脸,那他们就会把我赶走而事先并不报告太太。我们都是小人物,未必会有人为我们去惊动太太。……"

"你这样想吗,福利茨?不,你大大地错了。……我认识我们所有的仆人,而且你要相信,我分得清谁是好人,谁是坏人,谁被辞退了。比方说,我就知道老福利茨是规矩的仆人,我也知道小福利茨是懒汉,去年冬天偷过教士的手套和手杖。……我什么都知道。"

"您知道有人偷了穷教士的手套和手杖,可就是不知道……"

老福利茨停住口,冷笑一下。

"不知道什么?"伯爵夫人问。

"太太就不知道三个星期以前,伯爵老爷的侍从的狗咬过我女儿和老婆。尽管全村的人议论纷纷,弄得这件事传扬开去,可就是太太您不知道。侍从的狗看不惯寒酸的装束,见到每个农家打扮的人总是张口就咬。侍从先生就从中取乐。可不是!狗把女人咬得倒在地下,撕破她的衣服,弄得她……赤身露体,太太。……侍从先生最喜欢娘们家身上的肉!"

"好,好。……哦,那你要怎么样?……这我就不知道了。……"

"我的老婆病倒了,我的女儿羞得不好意思上街,因为,多承那些狗帮忙,男人都见过她光着身子了。"

"好,好。……我要去查查明白。我有一件事要问你们。你们今天看见两个卖艺的从这条路走到城里去吗?一个是胖胖的老头子,一个是带着竖琴的年轻姑娘。他们走过这个地方吗?"

"没看见,太太!"老福利茨说,"他们也许已经走过去了,可也许没走过去。从这条路上走过去的各式各样的人多得很。谁也不能全看见他们,全记住他们。……"

伯爵夫人沉思不语,眼睛盯住黑暗的远方。

"那不是他们吗?"她问,举起马鞭指着远处两个黑糊糊的人影。

"那是两个男人。"小福利茨说。

"他们很可能留在村子里过夜了,"伯爵夫人说,"既是这样,明天他们才会路过此地。……要是你们见到他们,就立刻打发他们来见我。"

"是,"老福利茨说,"一个胖胖的老头子和一个年轻的姑娘。明白了。可是您找他们干什么,太太?多半他们偷了东西吧?"

"为什么一定是偷了东西呢?"

"事情是这样,太太,在戈尔达乌根伯爵的领地上大家只关心一件事,就是找贼。这成了风气。在戈尔达乌根伯爵的领地上,只有管事才偷东西,结果却把所有的人都当成贼了。"

"原来这样!嗯……明天你可以另找工作了。希望明天在伯爵的领地上再也没有福利茨家的人!"

说完这话,伯爵夫人就拨转马头,跑回林间小路上去。

"她多么美!"小福利茨说,"多么漂亮!"

"是啊,很美!"老福利茨说,"不过这跟我们什么相干?"

"漂亮透了!我凭真正的上帝向你起誓,爸爸,偷教士手套和

243

手杖的不是我！我从来也没做过贼！要是我对你说谎,那就叫我马上瞎了眼睛。人家平白无故造我的谣。……她却相信这种谣言！那些下贱的家伙！"

小福利茨沉默一会儿,继续说:

"不过,也别让那些下贱的家伙白造谣言！别让他们白白讪笑我们。……我真要去偷东西。刚才她跟你说话,我瞅着她那张美丽的脸,就心里赌咒说:我一定去偷。……我真要去偷！我要到戈尔达乌根伯爵家去偷管家们没一个敢偷的东西。我说话算数。"

小福利茨坐下来,沉思。一些新奇的、极其美妙的、不是农民常有的、巴尔扎克式的幻想,抓住了他的头脑和心灵。他那青春的、炽燃的想象力,不消几分钟就建成一座宏伟绝伦的空中楼阁。……有些想法,一个钟头以前他还认为荒诞不经,难于实现,犹如幼稚的童话,立刻会被他从头脑里赶走,可是现在却突然变成他殷切希望无论如何也要加以解决的任务了。空中楼阁要求一下子变成较为牢靠的东西了。……

等到小福利茨被他那些燃烧的幻想弄得晕头转向,他就跳起来,用手指头揉揉眼睛,哈哈大笑,对他父亲嚷道:

"我一定去偷！到那时候再让他们来搜吧！"

伯爵夫人骑着马回家去。在路上,她迎面遇见冯·扎依尼茨男爵,他仍然在找地方吃饭。

"我看,我们以后还会见面吧?"伯爵夫人对他叫道。

"要是您乐意的话,那就是肯定的。"

"我们会找到我们谈得来的事情。目前我心里烦闷得很,您就成了我求之不得的人了。我灵机一动,想出个小小的主意。下星期四就是您的生日,您愿意跟我一块儿庆祝您的生日吗?您看,我对您的事记得多么清楚？我甚至没忘记您的生日呢。……您愿意吗？"

"遵命。……"

"我们得约定一个碰头的地点。……这么办好了。……您认得那个立着'铜鹿'的地方吧？"

"认得。"

"在那儿谁也不会来搅扰我们回忆往事。傍晚七点钟在那儿相见。"

"我带酒去。"

"很好。再见！顺便提一句，男爵。我们以后用法国话谈天好了。我没忘记您不喜欢德国话。关于'骗子'和聪明人，您得想一想。再见！"

伯爵夫人扬鞭打马，过一分钟就在越来越黑的树林里消失了。

当初，捷莉扎·冯·盖依连希特拉尔男爵小姐原是阿尔土尔心目中"纯洁的仙女"，阿尔土尔经历过那段可憎的巴黎生活后，他的眼睛和感情最初就萦绕在这个仙女身上。阿尔土尔把花天酒地的生活一变而为刻苦用功，不仅仅是因为他尊重科学，男爵小姐也出了很大的力才促成这个转变。缺了她，他就不会完全改过自新。

阿尔土尔从巴黎到达维也纳后，开始过隐士般的生活。在孤独的生活中，他渴望刻苦用功会使他得到安慰，他诅咒这个世界以及世界上的人，然而后来，他却违背自己的心愿，常常思念……巴黎的妓女了。要不是阿尔土尔在到达维也纳以后不久就成了盖依连希特拉尔男爵家的常客，那么他这种孤独生活究竟会怎样结束，就不得而知了。阿尔土尔住在维也纳那段时期，盖依连希特拉尔府是任何一个愿意去的人都可以登门拜访的。认真说来，他们自己并没邀请什么人。到他们家去的都是些喜欢在这个世界上的大人物家里进进出出的人,只要大门不关上,就不请自来了。

最近这些年,这家人使人联想到一种笃信宗教的人:他们知道自己死期临近,就把一切置之脑后,索性沉湎于酒色,哪怕过一天普通人的生活也是好的。

盖依连希特拉尔男爵一家人已经精力衰竭,倾家荡产,想寻求得救之道而又找不到,预感到已经濒临绝境,就把一切都置之脑后,丧失了照管任何事情的任何能力。除了日益临近的可怕结局以外,一切都被忘却。不过,对日益临近的结局的恐怖,却被美酒、爱情、幻想顺利地掩盖过去。盖依连希特拉尔一家人还在幻想他们有可能得救。得救之道,他们认为,掌握在捷莉扎手中,因为她可以嫁给很富有的人,借出嫁来挽救她家的糟糕局面。不过就连这个希望也仅仅是幻想。捷莉扎跟她父亲争吵起来,赌咒说她嫁给富人以后,一个钱也不给她的亲属。

盖依连希特拉尔一家人索性横下心,开始吃他们还没吃完的东西。他们不是简单地吃,而是吃得非常用劲,得意扬扬,摆出铺张的排场,倒好像以前从没吃过东西似的。他们的家门自动打开,于是一大群半饥半饱、寻找残羹剩饭的食客蜂拥而来。那些食客,论身份,都是家道中落的贵族、作家、画家、演员、音乐家,装束考究,脸上富于表情,香气扑鼻,乐器上等,可就是饿着肚子。这些食客不久就在男爵府里流连忘返。盖依连希特拉尔家的人本来一天天穷困下去,急等着救星,现在突然间,却看见他们自己高踞在庇护文艺的财主地位上了。他们的房子里平添了许多舞台布景、图画、罕见的水彩画等装饰品。这个住宅每到傍晚就响起交响乐、夜曲、圆舞曲、波尔卡舞曲的声音。那些有音乐和朗诵的音乐文学晚会渐渐出了名,由于有名就更招来社会各阶层的大批客人。所有这些晚会和演出,捷莉扎一概参加。她相貌美丽,仿佛是用大理石雕出来的,穿一身黑衣服,在食客们的杂色人群中周旋,从一个艺术家跟前走到另一个艺术家跟前,用尽全力摆脱她心里那种恼人的烦闷。这一大群人在她心目中是新奇的。她开始对他们发生兴趣。她为了排遣烦闷,就着手研究他们。她定睛看着他们富于表情的脸,听他们讲话,自己也说话,阅读送到她手里来的文稿。她经过长期研究只得出一个结论,那就是他们当中既有正人君子,也有骗子。这个结论是她的研究的唯一成果。她欠缺比较细致的分析能力,分不清正人君子和骗子。她引得某些人同她接近,然而就连在这部分人当中,固然有许多是有声望的人,却也有骗子。冯·扎依尼茨就是这批精选的人中的一个。

他是偶然走进盖依连希特拉尔的家门的。

有个从事写作的朋友,想让他看一看他写的喜剧在男爵家里舞台上如何演出,就硬把他拉去了。过后不久,他不限于观看演出和参加文艺晚会,连白天也开始去拜访盖依连希特拉尔家。捷莉扎每到傍晚就骑马出外,照例由马夫给她做伴,可是不久这种傍晚的闲游却开始由阿尔土尔作陪了。每天傍晚阿尔土尔总是津津有味地对她讲起这一天他做过些什么事,读过什么书,写过什么作品。他报告完毕,难免讲到他的幻想、希望、意图。捷莉扎听着他讲,她自己也讲。她能一连举出许多著名学者的姓名,不过那些姓名却都是……从阿尔土尔口里听来的。他们成了朋友。据说,从友谊到相爱,只要跨出一步就到了。阿尔土尔却没想谈恋爱。只要有个头脑聪明和朝气蓬勃的女人做伴,他就满足了。直到捷莉扎在一次傍晚的闲游中对他承认说她爱他,他才讲起爱情。……首先讲起爱情的是她。这样道破彼此相爱以后,随之而来的那些日子,就像人们常说的,是一生之中只有一回的。阿尔土尔在别的时候从没像他跟他所爱的女人一起度过的这些日子这样幸福过,对生活也从没这样满意过。然而这种幸福却没延续很久。它被捷莉扎破坏了。临到他要求他所爱的而且无疑地也爱着他的姑娘做他的妻子,做冯·扎依尼茨男爵夫人和"博士夫人",她却断然回绝了。

"我不能嫁给您,"她写信告诉他说,"您穷,我也穷。贫穷已经毒害我的上半生。莫非还要它来毒害我的下半生吗?您是男人,而男人是不像女人那样理解贫穷的种种惨痛的。贫穷的女人是最不幸的人。……您,阿尔土尔,不该提起嫁娶。……您这样一来,就使我不得不解释清楚,这却不能不在我们目前的关系上留下痕迹。我们还是停止这种沉闷的解释,仍旧照先前那样生活下去吧。"

阿尔土尔把这封信撕得粉碎,写了回信,信上呼吁天上的响雷朝着捷莉扎兜头轰下来。他满腔怒火,给"天上的仙女"写了封极长的信,大骂"时代精神"和教育。……随后捷莉扎寄来些动人的信,为她的拒绝辩白,可是那些信却没拆看就给扔进火炉里去了。阿尔土尔痛恨捷莉扎,凡是使他想起她的东西,都在他眼里变得毫无价值。他憎恨一切摆足架子的、严厉的、傲慢的人,满心热爱一切卑微的、受尽欺凌的、穷苦的人。……

这就是阿尔土尔在走去吃饭的路上想起的一切。……他那篇论文《论时代精神》,如今在他看来显得可笑了,然而旧日的憎恨却仍然在他的胸中起伏。他还没能同这种憎恨分手。

阿尔土尔到星期四他生日那天,想起应许过捷莉扎同她一起吃饭,就动身到"铜鹿"去。所谓"铜鹿",是一块小小的林中空地,从前有个国王在那儿打死过一头生着铜色毛皮的鹿。另外又有人说,古时候那儿立着一尊"狩猎"塑像,是一头用铜铸成的鹿,用来代替狄安娜①。据说,下令立这尊塑像的国王不近女色,见到古典的女人塑像总是心里憎恶。

---

① 古罗马女神,狩猎的保护神。

阿尔土尔来到林中空地上,捷莉扎已经先到了。她正焦急地在草地上走来走去,用鞭子抽掉一朵朵花。她的马拴在旁边一棵树上,在懒洋洋地吃草。

"您可真会招待您的客人!"伯爵夫人走上前去迎接阿尔土尔说,"您这个做主人的可真好! 您在闲逛,而您的客人却已经等您一个多钟头了。……"

"我去买酒来着,"阿尔土尔分辩道,"我请您坐下! 我和您已经不是头一次坐在草地上了。您记得过去的事吗?"

伯爵夫人和阿尔土尔在草地上坐下,开始回忆过去。……他们畅谈往事,可是既不涉及相爱,也不涉及决裂。……话题围绕着维也纳的生活、盖依连希特拉尔府、艺术家们、傍晚的闲游。……男爵一面说话,一面喝酒。伯爵夫人滴酒不尝。阿尔土尔喝完一瓶,有了几分酒意。他开始哈哈大笑,说俏皮话,甚至尖酸刻薄地挖苦人。

"您现在靠什么生活?"他除了讲别的话以外,顺便问一句。

"靠什么生活? 嗯。……谁都知道我靠什么生活。……戈尔达乌根家又不穷。……"

"那么您是吃伯爵的,喝伯爵的?"

"我不明白:问这些干什么?!"

"可是我请求您,捷莉扎,回答我的话。您吃伯爵的,喝伯爵的吗?"

"嗯,对!"

"这就怪了。您受不了伯爵,可是同时又靠他的面包活着。……哈哈哈。……居然有这种事! 见鬼,这算是什么原则? 您那些聪明人认为我是骗子,那他们对您有什么看法呢? 哈哈哈!"

乌云掠过伯爵夫人的脸。

249

"不要再喝了,男爵,"她厉声说道,"您已经喝醉,说起放肆的话来了。您知道,环境逼得我只好至今还住在戈尔达乌根家里。"

"什么环境?怕人家说坏话吗?这是陈词滥调!不过,劳驾,请您告诉我,伯爵夫人,你们离婚以后,伯爵答应每年一定给您多少钱?……"

"一个钱也不给。……"

"为什么您说假话?不过您也别生气。……我问这话是出于朋友的情分。您别扯那根鞭子。它又没什么过错。……哎呀!"

男爵举起拳头打自己的额头,站起来。

"对不起。……早先我怎么就没注意到呢?"

"什么事?"

男爵的眼睛忙个不停。那对眼睛从伯爵夫人的脸上移到鞭子上,再从鞭子上移到她的脸上。他烦躁地走来走去。

"早先我怎么就没想起来呢!"他喃喃地说,"款待过年老的胖子和我那郁金香里的姑娘的,原来就是您?"

伯爵夫人瞪大眼睛,耸了耸肩膀。

"郁金香里……胖子……您唠叨些什么呀,冯·扎依尼茨?您说起胡话来了。不要再喝酒了!"

"不应该打人,夫人!"

男爵脸色煞白,举起拳头捶胸口。

"不应该打人!您跟您那种贵族的派头统统见鬼去吧!听见了吗?"

伯爵夫人跳起来。她的眼睛睁大,由于气愤而闪闪发光。

"您别太放肆,男爵!"她说,"劳驾,把您那句骂鬼的话收回去!我不明白您是什么意思!"

"我不收回!见鬼!莫非您还想不承认您那种下流行径吗?"

伯爵夫人的眼睛睁得越发大了。她不明白他的话。

"什么行径？我不承认什么？我不懂您的意思，男爵！"

"是谁在戈尔达乌根伯爵家的院子里用这根鞭子打年老的小提琴手的脸的？是谁把他打得倒在这匹马的蹄子底下的？人家指名告诉我说那是戈尔达乌根伯爵夫人干的，可是天下只有一个戈尔达乌根伯爵夫人！"

伯爵夫人的脸上泛起红晕，像火光那么鲜艳。红晕从鬓角开始，一直蔓延到绲着花边的领口那儿。伯爵夫人窘得不得了。她咳嗽起来。

"我不明白您的话，"她支吾道，"什么小提琴手？您在……唠叨些什么呀？您清醒一下吧，男爵！"

"算了吧！何必说假话呢？在从前那些岁月您就善于说假话，然而不是为这样的小事！您为什么打他？"

"打谁？您说的是谁？"

伯爵夫人的嗓音低下去，发抖。她的眼珠转个不停，好比被捉住的老鼠。她羞得什么似的。男爵又侧着身子斜倚在草地上，定睛瞧着她美丽的眼睛，醉醺醺地冷笑。他的嘴唇发颤，露出恶意的笑容。

"您为什么打他？您看见他的女儿哭得多伤心吗？"

"谁的女儿？您说清楚，男爵！"

"当然！您善于放任您那双白手和长舌头，可就是不善于看见人家的眼泪！她一直在哭。……那个俊俏的金发姑娘一直在哭。……她，这个弱小、穷苦的姑娘，没法替她的父亲向伯爵夫人报仇。我跟他们一块儿坐了三个钟头，她的手一连三个钟头蒙住眼睛，没放下来。……可怜的姑娘！她和她那张泪痕斑斑的、高尚的小脸一直没离开过我脑子。啊，这些残忍的、吃饱肚子的、没有挨过打的、从没受过欺侮的魔鬼！"

"您说清楚，男爵！是谁挨了我的打？"

251

"嗯,是啊!您以为我从您脸上就认不出吃了耗子的猫?不害臊!"

男爵站起来,伸出手去取那根鞭子。

"给我!"

伯爵夫人温顺地把鞭子递给他。

"不害臊!"他又说一遍,然后把鞭子盘在一起,用力折断成三截,往旁边一丢。

伯爵夫人简直心慌意乱。她羞羞答答,生平第一次听着无礼的话,涨红脸,不知道该把她的脸和手藏到哪儿去才能躲开男爵的法官般的眼睛,简直找不出话来说。这时候幸亏出了一件小事,这才使得她好歹躲开这种尴尬的处境。阿尔土尔正折断鞭子,不料从旁边,树木后面,响起脚步声。过一会儿,伯爵夫人看见了福利茨父子。他们从树木后面走出来,好奇地瞧着伯爵夫人和阿尔土尔,穿过林中空地走去。小福利茨走在前头,肩膀上搭着一根长的钓竿梢。老福利茨跟在他身后,费力地迈动两条腿,磨磨蹭蹭地走着。老福利茨右手提着一条拴在绳上的小梭鱼。

"福利茨先生,您为什么不戴手套啊?"伯爵夫人对小福利茨说。

小福利茨低下眼睛,然后斜起眼睛瞟一下伯爵夫人,动了动嘴唇。

"您的手杖在哪儿?为什么您不拿着手杖啊?"

小福利茨脸色变白,急匆匆往树林那边走去。到树林那边,他又回过头来看一眼,就走进树林,不见了。老福利茨跟着他慢慢走去,既没开口说话,也没看谁一眼。

"您要原谅我,"男爵等福利茨父子走进树林里去以后开口说,"我不打算侮辱您。……不过,我凭我的名誉起誓,您要不是女人,我就能替小提琴手报仇。……不害臊,捷莉扎!在那个姑娘面前,我都替您害羞呢!"

男爵站起来,戴上帽子。

"您是找不出话来辩白的。……这才好!何必说假话呢?您的辩白统统是谎话。"

"我还是不明白您的话,男爵!"伯爵夫人说。

"这是真心话?"

"对……真心话。……"

"嗯……再见!您那美丽的眼睛里满是虚伪!谢天谢地,您说谎话的时候总算还会脸红。"

阿尔土尔伸个懒腰,点一下头,就穿过林中空地,往小路走去。

戈尔达乌根伯爵夫人的额头上布满细纹。她苦苦地思索,要在她脑子里找出一句话来,可是找不到。……她一心想在阿尔土尔面前替她羞于承认的行为辩白。她思索着,咬着粉红色嘴唇,绞着手指头,这时候阿尔土尔却已经走进树林里去了。

"男爵!"捷莉扎喊道,"您等一等!"

伯爵夫人没听到回答,只听到阿尔土尔的脚步声越走越远了。

"男爵!"伯爵夫人又喊一声。她担心男爵走掉,嗓音发颤。他的脚步声却沉寂了。

伯爵夫人略微站一会儿,就在地上坐下,陷入沉思。她身旁倒着两个空酒瓶。第三个酒瓶斜立在草地上,眼看就要倒下去,里面还剩着一点酒。捷莉扎把酒瓶里的酒喝完,站起来,往马那边走去。

她骑上马走出林中空地,却在围绕林中空地的树木后面两三步远的地方,看见一个男人骑在马上。那匹马见到伯爵夫人,快活地嘶鸣起来。骑马的男人年纪在四十五岁上下,生得又高又瘦,脸色苍白,胡子稀稀拉拉。他骑着马追上伯爵夫人。

"等一下!"他低声说。凭这种衰弱的、不像男人的嗓音的音色,可以断定这种嗓音是从有病的胸膛里发出来的。"您等一下!我想跟您说几句话!只说几句话!"

伯爵夫人没回头看他。……

"您在做暗探吧?"她说,"您在偷看吧?"

"可是我爱你!我看不见你,就连一分钟也活不下去。我只说几句话!……"

五

伯爵夫人看一眼她的丈夫戈尔达乌根伯爵(骑马的男人就是他),放慢马的步子。

"大夫不许您骑马走得太快,"她说,"您就骑得慢点吧。……您有什么事?"

"我只要说几句话。"

"什么话?"

"他是谁?"

"冯·扎依尼茨男爵。"

"冯·扎依尼茨?是他?原来这个人就是冯·扎依尼茨?他就是您从前……爱过的那个人?"

"也许吧。……嗯,对了,就是他。那又怎么样?"

"嗯。……就连现在他也还挺漂亮呢。……为什么您允许他对您大嚷大叫?他有什么权利?"

伯爵沉默片刻,咳嗽一声,问道:

"也许您现在也还可能……爱他吧?旧情不是可以复燃吗?"

"把您的鞭子拿给我!"伯爵夫人说。她接过她丈夫的鞭子,用力拉紧缰绳,顺着林间小路疾驰而去。伯爵也用尽全力拉紧缰绳。马就跑起来,他却衰弱无力地在马鞍上摇晃。他的胯股使不上劲,他痛得皱起眉头,勒住马。马跑得慢下来。伯爵目送妻子走后,把头耷拉在胸脯上,沉思了。

过了三天光景,阿尔土尔在离守林人布拉乌赫尔小屋不远的地方遇见捷莉扎。这一次她不是骑着马遇见他。她穿着农家的连衣裙在散步。从外表看,这不过是一件普通的、刚做好的农家连衣裙,其实却比她那件黑绸骑马装贵得多。她脖子上没挂着五颜六色的梨形石榴石,却挂着些绿松石、绿闪石、珊瑚和珍珠。她两条胳膊上都戴着大镯子。连衣裙和维也纳式短上衣都是用贵重衣料做成的。

"男爵!"她见到阿尔土尔,叫道,"等一下!"

他走到她跟前,她就对他说:

"上一回您说过那些话,后来又不辞而别,您记得吗?这弄得我发生了疑问。我经过长久的思索后才弄明白您的意思。……现在我明白了。……您指的是我……用鞭子抽过那个老头子!是吗?"

"嗯,是啊。……这有什么疑问呢?"

"喏,是这样的!我现在才明白您说的是谁。……我用不着在您面前辩白,男爵,不过为了……为了满足我们双方的正义感……我打他是有正当理由的。由于他捣乱,我从马鞍上摔下来了。……我差点摔断腿。再者……他居然笑。……"

阿尔土尔瞅着伯爵夫人的脸,快活地笑起来。

"别说假话,夫人!"他说,"我们何必互相说些假话呢?我不需要您的辩白。……再说,辩白又有什么用?我这是生平第一次看见您这双漂亮的小脚,这在我就完全满足了。……您这双小脚漂亮得不能再漂亮了,我们去散散步吧。我请您原谅我在'铜鹿'那边对您唐突无礼。当时我喝醉了。……"

阿尔土尔和捷莉扎散步很久。他们谈些极普通的事,说许多玩笑话,笑了很久。……关于卖艺的老人和他女儿,聪明人和"骗子",根本就没提到。男爵连一句挖苦话也没说。……他很亲切,就像过去那些岁月,在维也纳,在盖依连希特拉尔家里一样。临到他把捷莉扎送到离布拉乌赫尔的小屋不远的地方,来到她那辆双轮轻便马车跟前,天色已经完全黑了。

"您肯教我放枪吗?"捷莉扎坐上马车,问道。

"随您的高兴。……"

"那就麻烦您了,男爵。我闷得慌。哪怕您略微减少一点我的烦闷,也是为我做了一件大恩大德的事。……这是真心话。我们来互相帮助吧。"

捷莉扎握一握阿尔土尔的手,坐着马车走了。

过了三天,他们又相会。半个月之后,他们就没有一天不见面了。男爵教捷莉扎放枪,捷莉扎每天傍晚来打猎,有的时候凌晨也来。他们的关系变得极不明确。冯·扎依尼茨只要没喝酒,总是彬彬有礼,使得捷莉扎暗自吃惊。每逢他没喝酒,讲话就斯文,亲切,分明竭力避免生硬的字眼,亲切地微笑,客气地伸出大手同她握手,讲起话来不像"野人",却像保护女人的真正骑士。一旦冯·扎依尼茨喝了酒,却变得极其粗鲁,冷嘲热讽,恶意地冷笑。……每逢他喝醉,捷莉扎就只好听他说些极其不堪入耳的话。他嘲笑她,骂她见鬼,说他看不起她,痛恨她。

"我之所以原谅您,冯·扎依尼茨,"捷莉扎有一次对他说,"那也只是因为您喝醉了。人们是照例不打躺着的人、疯子和醉汉的。……"

"啊啊啊……原来是这样!可是您要知道,"冯·扎依尼茨笑着回答说,"我只有喝醉了才对您说实话。我清醒的时候,却像卑鄙的法利赛人[1]那样对待您。您不要相信我清醒时候说的话。"

---

[1] 指伪君子。

"我们不应该见面。……"

"为什么不应该呢?自管见面好了!您烦闷,我也烦闷。……在争吵中,厮杀中,光阴过得比在和平的时候快。哈哈!命运干得好,它在我们之间放了一只黑猫,①叫我们不尊重彼此的美德。您不尊重我,是因为您认为我是骗子。我不尊重您,是因为我认为您不过是一团女性的漂亮的肉而已。哈哈!"

捷莉扎眼睛里射出两道电光,她一句话也没说就走了。这次谈话后,阿尔土尔有整整一个星期没见到她。到第八天他遇见她,向她道歉。

阿尔土尔屡次喝醉酒。捷莉扎不止一次受到他的侮辱而离开他。她临走总是对自己赌咒发誓说今后再也不跟他见面了,可是……

夏天过去,秋天来临。枯黄的树叶已经活完短暂的一生,纷纷从树上飘下来,落在潮湿寒冷的地面上。天开始下雨。秋天的淤泥比不得夏天的,它不会干,即使会干,也不是几个小时,而是要过几天和几个星期才能干透。……风刮起来了,使人想起冬天。树林遇到这种坏天气就变得乌黑,皱起眉头,不再招引人们到它的树荫下去乘凉了。

冯·扎依尼茨的羊毛短上衣换成呢面的短棉大衣。他的皮靴失去原有的光泽,粘满污泥。……潮湿的、寒冷的风吹得他苍白的脸上现出红晕。他和捷莉扎的关系还没凝成明确的形式。他们的谈话还没结束。……捷莉扎感到还没"把话讲完",仍然跟先前一样常到树林里去。

他们得躲开树林里的寒冷、潮湿、淤泥。……命运赐给他们一个藏身之处。他们开始到戈尔达乌根伯爵的园子里,在早已无人

---

① 意谓"使我们老是不和"。

过问、生满青苔和荨麻的小礼拜堂里见面。秋天每到黄昏,没有完工的圣徒福兰齐斯克像那对可怕的眼睛就会看见阿尔土尔和捷莉扎。在挂灯的微弱亮光下,他们坐在一条半朽的长凳上,促膝谈心。他照例喝醉酒,坐在那儿打呵欠,出口伤人。……她呢,脸色白得像大理石一样,高高地昂起头,已经听惯他的谈吐,很有耐性地听完他的话,自己也说出伤人的话来了。如果他没有喝醉,那么在小礼拜堂墙角里躲着的蜘蛛,就听见他讲以往有过的那种不算太远的幸福,还看见那幸福的女人。他像老人一样,喜欢讲往事。他的说话声里响着苍老的音调:他什么也不惋惜,光是回忆过去就满足了。她却充满力量、青春和愿望,惋惜过去,嗓音里响着希望。她仍然热烈地爱冯·扎依尼茨男爵。……

一个最多雨的秋日白昼,阿尔土尔走到布拉乌赫尔太太家里去避雨。布拉乌赫尔太太笑吟吟地交给他一个邮包。

他拆开邮包,笑起来,就像孩子得到新玩具一样。邮包里是一张照片和一封信。

这两样都是伊尔卡寄来的。男爵看一下照片,瞪大了眼睛。照片上是伊尔卡的像,然而不是他几个月以前所见过的伊尔卡,不,以前那个身穿寒伧的外衣、受了侮辱而热泪纵横的伊尔卡,如今在照片上连影子也没有了。就连当初那根用来束住她淡黄色头发的便宜丝带,现在也不见了。阿尔土尔在照片上看见一个年轻的贵妇,身上穿着华丽的时式连衣裙。她的头发由别人的熟练的手梳好,戴着草帽。帽子上插着花,从照片上看,花的价钱不便宜。她俊俏的小脸上的笑容高傲而目空一切,然而是做作的。……

"小傻瓜!"阿尔土尔吻了吻伊尔卡的肖像,笑着说,"你这小傻瓜!乌鸦披上孔雀毛了。你穿上阔绰的衣服,看起来像是胜利者!那就把这身衣服穿久点吧!到时候我们就会看见你要唱什么歌了!"

信是用他所熟识的笔迹写成的。

"亲爱的男爵!"伊尔卡写道,"现在我寄上照片一张,并且告诉您,我和我父亲茨威布希都活着,身体健康。我还要告诉您:我一定会弄到一百万。我很快就会弄到手。我们现在生活得很好。等见了面,我会把我们的遭遇讲给您听。您多半已经把我忘了。我给您写这封信就是让您想起我,请您不要忘记您对我应许过的话。我很爱您。我在这儿见到许多男爵和伯爵,可是您比他们大家都好。我的爸爸问您好。请按下列地址来信(下面是很长的地名)。请您写信告诉我:我该不该存着指望? 您的伊。"

男爵不住地笑,眼睛没离开照片。他向布拉乌赫尔太太要一张纸,写成如下一封信:"你好,伊尔卡。谢谢。我在等你和你的一百万。你不要做蠢事。希望你头脑聪明,身体健康。问候你那年老的、挨过一百次打的胖子,你该从你那一百万巨款里拨出两三个金币来,送给他去喝酒。你的未婚夫冯·扎依尼茨男爵。"

阿尔土尔把这封信交给布拉乌赫尔太太,托她交邮发出,然后靠着桌子坐下,开始用铅笔在照片上画一朵大郁金香。铅笔两头都削过,一头是红的,一头是蓝的。然而两种颜色在照片的珐琅质上都粘不住。尽管阿尔土尔坐在那儿,一直画到天黑,伊尔卡却仍然没能坐在郁金香里。

六

伊尔卡和她父亲遇到一件特别的事。……

他们同冯·扎依尼茨男爵相逢后过一星期,在一个极炎热的中午,坐在火车站的天棚底下。尽管天气极其闷热,车站的月台上却有许多人。消夏别墅的男主人和女主人、地主们、停在侧线上的列车的乘客们,都在月台上来来往往,挤满车站的各建筑物。停在侧线上的列车是军用车,军用车总要在车站上停留两三个钟头。头等客车的乘客候车室里满是喝酒的军官们。三等客车的乘客候车室里,军乐队的乐声震天价响,招得大批听众纷纷拥到车站上来。

茨威布希和伊尔卡坐在大磅秤的底座上,一边休息,一边观看来往的人:茨威布希看兵士喝啤酒,伊尔卡打量女人的服饰。有些喝醉酒的军官在他们身旁走来走去,不时瞟一眼伊尔卡。他们喜欢这个俊俏的姑娘。……起初在她身边转来转去的是些低级军官,可是等到酒宴结束后,伊尔卡看见她近旁也有高级军官了。……那列火车离开车还差半个钟头,高级军官和低级军官凑在一起,用醉醺醺的目光打量她,交头接耳纷纷议论。

"他们在说你,伊尔卡!"茨威布希说,"我们来给他们演奏一下吧。他们会给钱的。恰好那可恶的乐队停下来了。"

茨威布希和伊尔卡就站起来,调好他们的乐器,开始演奏。伊尔卡唱起来。军官们不住地微笑。……伊尔卡唱道,这个世界上谁也比不上奥地利军人那么漂亮和勇敢,他们不消一分钟就能征服全世界。

"好哇!妙极了!"军官们喃喃地说,"老头子,你别唱!你那副山羊嗓子反而碍事!妙极了!"

"好主意!"一个留着很长的白唇髭的军官叫起来,拍一下军帽,"我凭我的人格起誓,我想出一个好主意来了!"

他转过身去对着同伴们,开始小声地向他们讲话。……他那些同伴赞同地点头。留着白唇髭的军官取得同伴们的同意后,摇摇晃晃地走到伊尔卡跟前,拉住她晒黑的手,说:

"听我说,小鸟!我们打算带着你一块儿上火车。……一路上你给我们唱歌和弹琴。我们会给你很多钱作为报酬。同意吗?"军官没等她回答,就拉着她的手,把她领到同伴们跟前。

"是啊,是啊……"喝醉的军官们纷纷说,"我们会给很多钱。……嗯,是啊。……"

"你们坐车到哪儿去?"伊尔卡问。

"大概是到波斯尼亚去。……我们自己也不大清楚。"

"这不行!"茨威布希赔着笑脸说。……

可是军官们不理睬茨威布希。他们把笑吟吟的伊尔卡拉到一旁去,开始说服她,对她提出保证。……有个军官托起她的下巴。

茨威布希相信伊尔卡不会同意,就站在一旁,赔着笑脸。伊尔卡不会同意的!在这以前,凡是这一类的建议,她素来一口回绝。她是个重道德的姑娘。可是临到伊尔卡发出清脆的大笑声,走进头等客车的车厢,他大吃一惊,简直吓坏了。她走进车厢,在窗口对她父亲点一下头。……她父亲就跑到她的窗前去。

"我去了,爸爸!"她说,"你上车吧。……"

"你疯了!"脸色苍白的茨威布希说,迟疑不决,没有走进豪华的车厢。

"上来吧!"军官们对他说。

他一面鞠躬,一面发窘,走进车厢,开始劝阻伊尔卡。可是固执的姑娘横下心了。

"我想弄到一百万!"她对他低声说,"要是我弄不到一百万,我宁可死。"

"你这个疯子,一百万没拿到,名誉倒先坏了!你会坏掉名誉的!这种事不道德!……"

"你不用害怕,茨威布希爸爸。那些男人在我这儿除了听到音乐以外,什么也看不到,什么也听不到。……我打定主意了。"

列车已经开动,可是老人仍然在劝她,求她,央告她。他甚至哭了一场。

"这就没意思了,爸爸!"她说着,走到军官们那边去。

她父亲脸色惨白,头上冒汗,手指和嘴唇发抖,远远地躲到车厢角落里,闭上眼睛,祷告上帝。伊尔卡兴高采烈,听军官们讲些俗不可耐的话,他认不出她就是温柔而且常常哭泣的伊尔卡了。他不相信自己的耳朵和眼睛了。这个蠢丫头真是难于理解,像谜一样!

伊尔卡给领到车厢的一个单间里。他们给她和她父亲叫来丰盛的早餐,然而他们一口也没吃。列车在最近的城市停留两小时,一个军官坐上马车到城里商店去,给伊尔卡买来新的连衣裙、手镯、鞋。……

"为我们军团的女儿干杯!"军官们看到她穿着新装从单间里走出来,就齐声喊道,"好哇!"

军官们喝酒,要伊尔卡唱歌。她唱起来,一直唱到军团抵达边境。……

这是走进新天地的一步,愚蠢的伊尔卡希望由此得到一百万。这一步成功了。等到一个月后伊尔卡跟茨威布希一块儿从军团里逃出来,她身上穿的已经是一件花掉军官们一千五百法郎的连衣裙了。她跑进头等客车的车厢里,同五个年轻的姑娘、一个生着很大的鹰钩鼻的老太婆、一个有大块秃顶的日耳曼胖子待在一起。在路上,日耳曼人常拿出名片来送人,上面写着:"尤西弗·凯尔泰尔,的里雅斯特①乐队和匈牙利合唱队的班主"。生着鹰钩鼻的老太婆是他的合伙经营者。

七

固执的姑娘又逃跑过一次,而这"次"是最后一次。

---

① 意大利的一个港口名。

那是四月里一个暖和的夜晚。……十二点钟早已敲过,可是布兰沙尔太太的夏季剧场里,节目还没结束。……魔术师丘莉小姐在舞台上变戏法。……她从女人的半高腰皮靴里放出一群鸽子,随后在雷鸣般的掌声中又拉出一件女人的很大的连衣裙。……她把连衣裙往地下一放,又往上一提,底下就钻出个小男孩来,穿着美菲斯托费尔①的服装。戏法都是老一套,不过作为"助兴节目"倒还可以看看。布兰沙尔太太的剧场所以表演节目,也不过是要使这家饭店保持剧院的名称而已。客人们多半在吃菜喝酒而不大看舞台。柱子后边和包厢里面都摆着小桌子。头一排客人背对舞台坐着,因为他们正举起长柄眼镜打量坐满整个第二排的妓女。所有的客人大半在走动而不是坐在位子上。……他们过于活跃,任凭别人怎样低声地嘘,也还是不能使他们哪怕安静一秒钟。……他们从池座走进饭店的大厅,从大厅走进花园里。……布兰沙尔太太保留舞台,还为了让客人们看一看"新人"。丘莉小姐演完魔术后,就该由"新人"唱歌。客人们等着魔术完场,已经各自占好座位。他们心情兴奋,由于无事可做而向女魔术师鼓掌。肥胖的布兰沙尔太太本人也坐在包厢里,面带笑容,手里摆弄着花束。她对那些在她身旁转来转去的"某些观众"口口声声说,他们所等待的"新人"简直美妙无比。……她的胖丈夫坐在她的对面②看报,这时候就微微笑着,赞同地点头。

"哦,是啊!"他喃喃地说,"我们办这个合唱队花那么多钱,可不是白花的!要听,真有可听的;要看呢,也真有可看的。……"

"您听我说,"一个身体结实、头发花白的老爷对肥胖的布兰沙尔太太说,"为什么今天您的戏报里没有匈牙利歌曲呢?"

---

① 德国作家歌德的诗剧《浮士德》中的魔鬼。
② 原文为法语。

肥胖的布兰沙尔太太风骚地举起一根表示疑问的手指头,摇了摇。

"我知道,子爵,为什么您这样想听匈牙利歌曲,"她说,"您想看的那个人儿今天病了,不能唱了。……"

"可怜啊!"子爵叹道,"伊尔卡小姐得了什么病?"

布兰沙尔太太耸了耸肩膀。

"我不知道。……不过,我的伊尔卡多么漂亮!今天傍晚向我问起她的人,您已经是第一百个了。她病了,子爵!疾病就连对美人儿也不肯放过哟。……"

"我们的匈牙利美人害的是极高尚的病!"一个穿着龙骑兵军服的青年人也站在包厢里,说道,"昨天她对小丑奥玛连先生说,她害的是思乡病。嘿!您快看啊,谢齐子爵!多么……多么……多么漂亮啊!"

龙骑兵对谢齐子爵指着舞台,这时候"新人"合唱队登台表演了。谢齐看了一会儿,把眼睛从舞台上移开,又跟布兰沙尔太太讲起伊尔卡来了。……

"她开玩笑!"过一刻钟他对她小声说,"她真荒唐!您知道她为那一瞬间的爱情要每人出多少钱?您知道吗?十万法郎!哈哈哈!我们倒要看看哪个疯子肯给她这么些钱!要是肯花十万,我就能把十个这样的姑娘弄上手呢!嗯……您表姐的女儿,太太,比她漂亮一千倍,也才花了我十万,而且是在三年之间陆续花掉的!可是这个呢?任性的丫头!十万啊。……您,太太,照理应该向她解释一下:她这么干太愚蠢。……她在开玩笑,不过……一个人不见得能够永远开玩笑哟。"

"那么花花公子阿尔福烈德·德齐烈会怎么说呢?"肥胖的布兰沙尔太太笑着转过身去,对龙骑兵说。

"姑娘老是捉弄人,"德齐烈说,"她一心想把自己卖贵点。……她把我们的神经搞乱,于是她原该得一千法郎,结果却得到两千。姑娘知道,要想弄得人神经紧张,破坏糟糕的神经,任什么办法也及不上使人可望而不可即。……十万也就是这种可爱的玩笑。"

这时候又有第四个人来插话,随后是第五个人,不久整个包厢里的人都在议论伊尔卡了。包厢里大约有十个人。……

他们谈话的时候,伊尔卡坐在后台一个小房间里,像那样的房间在整个后台有许许多多。房间里满是香水、脂粉、灯用煤气的气味。这种房间同时有三个名字:化装室、会客室、某小姐的房间。……伊尔卡的房间最讲究。她坐在长沙发上,那上面蒙着鲜艳的、猩红的、晃眼的丝绒。她脚底下铺着花花绿绿的上等地毯。整个房间满是粉红色亮光,是从扣着玫瑰色灯罩的灯里射出来的。……

伊尔卡面前站着一个青年男子,年纪二十五岁上下,相貌英俊,头发乌黑,穿一身干净的黑衣服。他是《费加罗报》记者安德烈·德·奥玛连。他由于职务而经常访问像布兰沙尔剧院之类的地方。他的名片使他不必买票而任意出入,这类地方也希望报纸记者把它们的丑闻登出来。……丑闻一旦经《费加罗报》发表,就成了最好的广告。

安德烈·德·奥玛连站在伊尔卡面前,嘴里咬着唇髭和胡子,眼睛一刻也不放松那个俊俏的姑娘。

"不,安德烈,"伊尔卡用不流利的法国话说,"我不能做您的情人。……说什么也不行!您不用赌咒发誓,不用紧跟着我不放,也不用低声下气。……这都是白费!"

"那是为什么?"

"为什么?哈哈哈!您太天真了,安德烈。……反正,如果您遭到拒绝,那总是有原因的。……第一,您穷,而我已经对您说过一千次:我要价十万。……您有十万吗?"

"目前我连一百法郎都没有。……您听我说,伊尔卡。……要知道,您老是胡说。……为什么您这么无情地毁谤自己呢?"

"可要是我另外爱着一个人呢?"

"那么,这个人知道您爱他,而且他也爱您吗?"

"他知道,而且他也爱我。……"

"哼。……那他一定是畜生,才会让您到这个肥胖的布兰沙尔的剧院里来!"

"他不知道我在巴黎。您不要骂人,安德烈。……"

伊尔卡站起来,在房间里走来走去。

"您,安德烈,"她说,"您不止一次说过,凡是我想办的事,您都准备替我办。……您不是说过这话吗?好,那么有件事您给我办一下。……请您设法叫那些给我捧场的人不要来纠缠我吧。……他们不容我消停。……他们有一百个,我呢,只是一个。您想想吧。……我得拒绝每个人。……难道我看见人家遭到我的拒绝而伤心,会觉得愉快吗?劳驾,您来想个办法。……我对这些献殷勤、提要求、表白爱情,简直腻味透了。"

"我会想出办法来,"奥玛连先生说,"我会安排得除我以外谁也不能来打搅您。……我算例外吧?"

伊尔卡否定地摇头。

安德烈脸色变白,眼睛跟踪着走来走去的伊尔卡,跪下来。

"可是要知道,我爱您啊,"他用恳求的声调说,"我爱您,伊尔卡!"

伊尔卡忽然惊叫一声。她手里摆弄着的圆形饰章,不知怎么一来,突然张开了。以前,尽管她使过不少力气,圆形饰章可就是打不开。冯·扎依尼茨把这个圆形饰章送给她的时候,忘记告诉她说,这个东西有秘密的开关。

"到底打开了!"伊尔卡叫道,脸上喜气洋洋。

现在她能看清这里面藏着什么东西了!也许,这个黄金的小首饰里嵌着他的照片吧?她希望看见那张高尚的、留着大黑胡子的脸,就赶紧跑到灯前,往饰章里看一眼,她的脸顿时惨白:她没看见生着大胡子的脸,却看见一张女人高傲的脸,露出尊严的笑容。伊尔卡认得那张脸!照片嵌在小金框里,金框上刻着:"捷莉扎·盖依连希特拉尔爱你。"

"原来是这样?!"

伊尔卡脸红了,把圆形饰章丢在一旁。

"原来是这样?!她爱他?哼。……好吧。……"

伊尔卡倒在长沙发上,烦躁地扭动身子。

"她敢爱他?"她喃喃地说,"那可不成!安德烈!看在上帝面上!"

记者站起来,用手拍拍膝盖,走到她跟前。

"安德烈。……好,我会爱您,不过您得照着我的要求去办一件事。……"

"不管您要求什么,我都去办!一千个要求都成,我亲爱的!"

"这以前我一直不愿意这样做,可是……现在迫不得已。……我选中您做我的报仇人。……您以前总去过我的祖国吧?"

伊尔卡就扶住记者的肩膀,凑着他的耳朵,开始小声说话。她小声诉说很久,讲得很热烈,两只手比划着。他在他的采访记事本上写下一些字。

"您肯办吗?"她问。

"肯。……我听您说过这些话以后,就恨她了。……"

"那您马上就去。……"

"可是,您怎么能知道我是否按您的委托办过了呢?"

"我相信您真心的保证。"伊尔卡说。

"现在轮到您了,伊尔卡,您也对我作出真心的保证,说您……不会欺骗我。"

伊尔卡踌躇一会儿。当然啦!她不得不卑鄙地说谎,对这个忠心而诚实的人说谎,而且……生平第一次说谎。

"我作出保证就是。"她说。

记者吻一下她的手,走出去。过一个钟头,他坐上火车,第二天走出了法国国境。

伊尔卡把记者送走以后,走出化装室,来到休息室里,那儿放着几张小桌子。她脸色苍白,心神不定,忘记这天傍晚剧院已经对外宣布说她有病,却在各处房间里走来走去。她不愿意思索,然而极其可怕的、令人惊慌的思想却在她那发热的头脑里接连出现。她想到她的男爵爱着或者爱过那个女人,就心如刀绞。等她来到剧院的池座里,观众的目光就纷纷转到她身上来,转到布兰沙尔太太的包厢里,而刚才她还口口声声说伊尔卡病了,躺在床上呢。这时候在舞台上表演的"新人"忽然听见台下发出低语声、嘁哨声、鼓掌声,就开始鞠躬……其实观众并不是对她们喝彩和鼓掌。……

"上台去!唱匈牙利歌曲啊!"发狂般的观众叫起来,"上台去!伊尔卡!好哇!"

伊尔卡微微一笑,用手指指喉咙,走出去了,听凭肥胖的布兰沙尔自己去同被欺骗的观众周旋。她走进饭店一个单间里,照例她在那儿跟"朋友们"一起吃晚饭。给她捧场的人都跟在她身后陆续走来。

这一次晚饭席上不那么快活。伊尔卡一言不发,什么东西也没吃。她那高兴的笑声没有了,她也不再对"朋友们"讲不流利的法国话,人们只能听见深深的叹息。谢齐是晚宴的主人,也闷闷不乐。

"叫那些贞洁的小脸上的贞洁表情见鬼去吧!"他用眼睛盯住伊尔卡,喃喃地说。德齐烈只顾喝酒,不说话。近来这个不幸的龙骑兵心事重重。……伊尔卡要价十万,他却连两千也出不起。他的父亲不久以前已经去世,家中的田产都由债主们处置了。他不能指望不花钱的爱情:他知道他生得不漂亮,而且知道这些姑娘是要钱的。……

银行家巴赫的儿子阿道尔夫是负责供应大家喝香槟酒的,这时候坐在伊尔卡身旁,对她特别亲热。他是最有钱的人,才有这种权利。……他喝伊尔卡杯中的酒,凑着伊尔卡的耳朵说话,等等。这种狎昵的态度惹得在座的人心里越发难受,他们看不惯有钱的阿道尔夫·巴赫。……

离他们喝酒的饭桌几步开外,有两个老头子在窗前坐着。其中一个是里昂城的工厂主玛尔克·鲁甫烈尔,另一个……虽然就是我们的老相识,小提琴手茨威布希,您却认不出他来了。他模样大变。他身子瘦了,脸色白了,额头上也不再有汗珠闪亮。他眼睛里流露出冷漠和听天由命的神情。……老茨威布希对一切事都摆一摆手,不放在心上了。……依他看来,一切,连同他的伊尔卡,都完蛋了。他不再穿破衣服。他那越来越瘦的身上穿着白衬衫和黑礼服,袖口上配着金袖扣。……他在跟鲁甫烈尔谈……文学,鲁甫烈尔是伊尔卡最热烈的崇拜者之一。

将近深夜三点钟,除了茨威布希、他的女儿和鲁甫烈尔之外,大家都喝醉了。酒意使得那些不高兴的和阴沉不语的酒徒略为振作起来。绝望的爱情使得他们酒醉的头脑发热。他们的舌头放纵起来。……

四点钟,伊尔卡跟她父亲回家去了。她临走,每个人都竭力想在告别时刻同她单独说几句话。……

"我爱您!"每个人都对她说。每个人都对她应许将来会有天堂般的生活。

"十万!"她简短地说。

五月间一个宁静的夜晚,终于有一个人给她十万,因而结束了这出喜剧。这个人就是龙骑兵德齐烈。

深夜三点钟,大家都已经喝醉,龙骑兵走进房间里来。他脸色苍白,神情激动。他跟谁也没打招呼,一直走到伊尔卡跟前,拉住她的一只手,把她带到一旁去。

"我把钱带来了,"他用低抑的声调说,"你收下吧。……你知道我干了什么事?我把我舅舅的钱搜刮来了。……明天他们就会把我送到法院里去。……你收下吧!我同意!"

伊尔卡的胸中发出欢喜的喊叫声。她已经有十万了!可是同时,她的脸又像死人般惨白:为十万付出代价的时候到了。……

阿道尔夫·巴赫一直在注意德齐烈的行动,这时候走到伊尔卡跟前,听见"同意"两个字,就脸色发白。

"我也同意!"他很快地说,抓住自己的衣袋。……"我也给十万!"

德齐烈讥诮地微微一笑。这时候他不认为娃娃巴赫是旗鼓相当的对手。

"我先同意的。……您,巴赫,不妨回家去睡觉。您的奶妈等您呢。"

"我又不跟奶妈一块儿睡觉。您这张脸,德齐烈,我可不大喜欢!简直是一副找打的样子!我给十一万!"

"我给十二万!……"

德齐烈在舅舅那儿偷来的恰好是十二万。

谢齐喝得醉醺醺的,眼睛盯紧伊尔卡,就像蛇盯紧兔子一样。他忽然站起来,走到巴赫和德齐烈跟前。

"你们……你们……同意了?"他喃喃地说,"你们发疯了!你们……你们……发疯了,小娃娃!十万啊!哈哈哈! 请原谅,小姐,①不过话说回来……您也会承认……"

"我给十二万!"德齐烈又说。

"我给十二万!"男孩巴赫说,扬声大笑,"我马上就给现钱!"

谢齐身子摇晃一下。他不愿意相信自己的耳朵了。难道真会有这样的傻瓜:明明任何时候都可以花五千就买到的女人,却偏要出十万?而且,难道买这个女人的……竟然不是他?

"这不行!"他叫起来。

"我也出十二万!"第四个走过来的男人说。他是马赛郊区的地主阿尔科,生得魁梧、健壮,是个很有钱的人。要他拿出十万来丢在姑娘脚跟前,是不算回事的。不久以前他妻子和独生子都死了,现在他就用酒和买来的爱情浇灭他的悲愁。

"我也同意!"塞尔维亚人包契奇说。他自称是某大使馆的秘书,每天吃喝玩乐,挥金如土。

谢齐动手翻开他的笔记本,写下一些字,计算起来。他的铅笔不住地在纸上写。

"何苦呢,诸位先生?"他喃喃地说,"难道你们的钱就这么不值钱?为什么一定要出十二万,而不是整数十万?三十……六百……为什么不出十万这个整数呢?"

"十二万五!"巴赫叫道,得意地瞧着对手们。

"我同意!"谢齐叫道,"我同意! 告诉你们说吧:我也同意!"

"我不要您添的零头,"伊尔卡对巴赫说,"您把您那五千收回去。十二万我也同意。……不过,诸位先生,大家都有份可不行。……只能一个人。……那么这个人该是谁呢?"

"我,"龙骑兵说,"我是头一个提出同意的。……"

---

① 原文为法语。

"这不算数!"另外的人说,"不算数！头一个也罢,第二个也罢,还不是一样？"

"这不算数,"伊尔卡说,"可是该怎么办呢,诸位先生？你们这些人我一概喜欢。……你们这些人都可爱,招人喜欢。……你们大家都同样爱我。……那可怎么办呢？"

"那就抓阄!"一个青年男子提议道,他没有参与这场抢购,眼热地瞧着那些买主。……

"好,我们就来抓阄,"伊尔卡同意说,"你们同意吗,诸位先生？"

"同意!"大家说,只有龙骑兵除外,他坐在窗台上,死命地咬他肥厚的下嘴唇。

"那么,诸位先生,我们就来准备小纸片。……谁碰巧拿着有我名字的小纸片,谁就得着我。茨威布希爸爸,你准备吧！"

茨威布希像往常一样无不从命,就把手伸进他新礼服的衣袋里,从那儿取出一张纸来。他把纸裁成小方块,其中一个小方块上写了"伊尔卡"。

"钱,诸位先生,都放在这张桌子上!"伊尔卡提议道,"小纸片写好了!"

"要我们各自拿出多少呢？"巴赫问,"要我们拿出多少？八个人合在一起吗？那么,十二万用八除,就是……就是……"

"每人都拿出十二万!"伊尔卡说。

"每人多少？"

"每人十二万!"

"您的算术很差呀,我亲爱的!"塞尔维亚人说,"或许您是开玩笑吧？"

"每人十二万。……要不然我就不干。"伊尔卡说。

那些男人默默无言地从伊尔卡身旁走开,围着桌子坐下。他们愤愤不平。谢齐开始骂街,寻找帽子。

"这简直是敲竹杠!"他说,"这叫作骗财!这是看到我们这些傻瓜,醉驴,血气方刚,一味逞强,就乘机打劫!"

"我连一个生丁[①]也不出!"巴赫说。

"我又没要您出,"伊尔卡说,"不过,现在该回家了。……你准备好了吗,茨威布希爸爸?我们走!你把那些纸片收起来留作纪念吧。"

"再见!"男人们说,"您回您的匈牙利,到那儿去找给您一百万的傻瓜吧。您不是要一百万吗?您得放明白点,怪姑娘!花一百万连整个巴黎都能买下呢!再见!"

然而,力量无穷的情欲占了上风。……等到伊尔卡伸出热乎乎的手同每人握手,临别对每人都说几句热情的话,而且唱了"最后"一支歌,他们的情欲就达到顶峰了。……

五点钟,他们把遇到的头一个仆役找来,要他从巴赫的帽子里把方块纸一一取出来。……所有的方块纸都取出来摊开,所有的男人胸膛里就一齐发出笑声。这是绝望的笑声,是对于命运的荒诞和疯狂所发出的笑声。

原来那张带有"伊尔卡"名字的纸片落在里昂城的工厂主,衰老的玛尔克·鲁甫烈尔手里了。玛尔克·鲁甫烈尔"逢场作戏"拿出十二万来,可是他只能吻一下伊尔卡而已!

八

那是十二月间一个严寒的傍晚。天空中闪烁着刚出来的繁星,冷冰冰的月亮在飘游。四下里一片肃静,既没有什么动静,也

---

① 法国辅币名,合一个法郎的百分之一。

没有任何声音。

阿尔土尔·冯·扎依尼茨顺着宽广的林间通道走着,为的是去"吃饭"。他是从圣福兰齐斯克小礼拜堂那边走来的,半个钟头以前他在那儿跟捷莉扎·戈尔达乌根分手,约定第二天再见面。他照例顺路到守林人的小屋里,问一声有信没有。布拉乌赫尔交给他两封信:一封信很大,一封信很小。小的一封是伊尔卡从巴黎寄来的。扎依尼茨没读这封信,却把它塞在口袋里。他知道它的内容:"我爱您!"比这更新和更聪明的话伊尔卡就想不出来了。大信封上的地址是由彼尔采尔亲笔写的。要不是信封上注明的"重要文件"字样扑进扎依尼茨的眼帘里来,他就会把这封信也塞在口袋里了。阿尔土尔略一思索,就把信封拆开。他在信封里发现他母亲的遗嘱。他就开始读遗嘱,下款是以前由亲爱的、摩挲过男爵的手署名的,不过他越往下读,他的脸上就越是现出惊讶的神情。母亲在遗嘱上要求把全部财产交由他继承,没有给他姐姐留下任何东西。……可是彼尔采尔却把这个遗嘱寄给他,用意何在呢?

"啊哈!"他暗想,"他们悔悟了! 早就该这样。……"

他母亲的田产不多。它所提供的收入每年至多一万达列尔。不过就连得到这样一笔钱,阿尔土尔也是高兴的。使他感到愉快的是,这笔钱是从守财奴彼尔采尔的爪子底下夺过来,而彼尔采尔只要能得到一个达列尔,就不惜干出各种下流事来。

阿尔土尔向布拉乌赫尔要来纸张,靠着桌子坐下,给彼尔采尔写信。他写道,遗嘱已经收到,他很想知道他母亲留给他的田产这些年来的收入下落如何。他把信交给布拉乌赫尔太太,托她第二天送到火车站去交给邮车发出。过一个星期他收到了彼尔采尔的回信。回信相当古怪,使人莫名其妙:"我什么也不知道,"彼尔采尔写道,"我既不知道遗嘱,也不知道钱。请您不要来搅扰我们。……"

"这是什么意思?"阿尔土尔读完信,问自己,"奇怪极了!莫非他后悔把遗嘱寄给我了?嗯。……如果这样,那你就等着瞧吧!"

阿尔土尔收到回信后第二天动身到城里去,根据遗嘱打官司。于是一场诉讼开始了。

阿尔土尔从此常到城里去。他先到法院里,然后去找他的律师。捷莉扎往往一个人坐在圣福兰齐斯克小礼拜堂里,由于呆等和烦闷无聊而受尽煎熬。她在小礼拜堂里坐着,瞧着圣徒福兰齐斯克那对可怕的眼睛,听着呼啸的风声。……每逢在小礼拜堂外面的风声中听出男爵的脚步声,她眼睛里就闪着多么幸福的光芒呀。可是每逢她没有同他见面,深夜走出小礼拜堂来,她的脸色就白得像死人一样。即使他到小礼拜堂里来,也总是嘲弄她,出口伤人,哈哈大笑。……捷莉扎焦躁地等待着春天,到那时候就又可以在露天底下相会了。

然而春天却给她带来了灾难。……

那是春天一个宁静而暖和的"下午"。

捷莉扎坐在"铜鹿"那边等候阿尔土尔。她坐在刚刚生出嫩草的地上,听着离她不远的地方小溪的流水声。……太阳晒着她美丽的肩膀,使她感到很舒服。

"他会不会来呢?"她暗想。阿尔土尔把全副心思都放在诉讼上,不乐意到"铜鹿"来。不过这天下午他却来了。他照例带点醉意,皱着眉头,满心不痛快地走来。

"您来了?"他问捷莉扎说,捷莉扎看见他来了,很高兴,"您好!像您这样没有什么事要办,真好!说实话,这样才好!没事干的人,总是可以散散步,在绿草地上坐坐。……"

他在捷莉扎身旁坐下,死命往旁边啐唾沫。

"您生气了?"伯爵夫人问。

"我生彼尔采尔这个坏蛋的气。您知道他们对我干了件什么事?他们寄给我的遗嘱,原来是假的,就像虚伪的女人一样。它是伪造的。我拿着它打官司,现在却要因为犯伪造罪受审了。……彼尔采尔夫妇耍了套阴险的把戏!他们见到遗嘱,耸耸肩膀,根本不认账。他们犯了伪造罪,我却来受审!见他的鬼!法庭叫我具结不离开此地,不久侦讯官就要开始找我的麻烦了。如何?哈哈!冯·扎依尼茨男爵伪造遗嘱!只有彼尔采尔这样的骗子,才想得出这样的圈套!哦,夫人,那么您呢?我昨天听说您跟伯爵离婚了。你们之间一刀两断了。那您还坐在这儿干什么?为什么您不离开丈夫,离开使您联想到那个可恨的人的地方?"

"我不想离开这儿。"捷莉扎说。

"哦。……那我可以问一声:这是什么缘故吗?"

"您不知道?"

"我怎么会知道!"

随后他们沉默了一会儿。他俩都知道为什么她还留在此地,为什么她不离开这个地方,可是阿尔土尔偏要折磨她。……

"我……您不知道?……我爱您!"伯爵夫人说,她那骄傲严峻的脸上泛起红晕,"我爱您,阿尔土尔。……要不是这种爱情,我现在就已经离开'铜鹿'远远的了。"

伯爵夫人抬起眼睛看阿尔土尔的脸。那张醉醺醺而且带着讥诮神情的脸,对她道破了真情。沉默肯定了这种真情。他不爱她。

"那您为什么老是到这儿来?"她轻声问道,绞着手指头,"为什么当初这种约会刚开始的时候,您不躲开我?"

"那时候您烦闷无聊,"阿尔土尔说,"我呢,还愿意做陪伴女人的骑士,凡是可爱的女人要我做的事,我都乐于做。哈哈!"

"这做得多么不聪明!"

"很可惜,我不能用爱情来报答爱情。我爱上另一个人了。……"

阿尔土尔笑着把手伸到他上衣的贴身口袋里,取出伊尔卡的照片,送到捷莉扎眼前。

"这就是她,我所爱的人。您认识她吗?"

"这就是那个老头的女儿吧? 可是她为什么穿着这样的衣服?"

"她穿得很体面呢。……可爱的小脸!"

"如今她在哪儿?"

阿尔土尔沉默不语。他本来预料这件事会对她发生强烈的影响,结果却不是这样。伯爵夫人见到这张照片,没脸色煞白,也没涨红脸。……她光是叹口气,而且,奇怪! 她见到那张俊俏而几乎稚气的小脸,眼睛里反而流露出善意的神情。

"再见!"阿尔土尔说,"再见! 我要去读法律了。啊,彼尔采尔,彼尔采尔! 要是我在法庭上说遗嘱是他寄来的,大家一定会对我大笑!"

阿尔土尔转过身去,背对着捷莉扎,做着手势,迈步往密林里走去。

捷莉扎走到马跟前,它正站在一旁,懒洋洋地啃嫩草。

"我们要走了,今后再也不到这儿来了,"捷莉扎摩挲着马的额头说,"人家不爱我们。我们呢,也用不着去求人家赏脸。"

然后捷莉扎翻身上马,向树林外边奔驰而去。她眼睛里闪着果断的神情。她骑着马走进我们在这篇小说第一章里讲起过的那道便门,来到漫长的林荫路上,这时候却听见身后响起脚步声。她回过头去,看见一个陌生的青年男子,手里拿着一根鞭子,在她马后面跑过来。

"等一会儿!"他用法国话对她叫道。

伯爵夫人勒住马,向青年人点一下头。

"大概他有事要请我帮忙吧。"她暗自想道。

记者奥玛连先生面带笑容,神采焕发,跑到她跟前,欣赏着她的美貌,举起鞭子。

"您相貌这样美,心肠却那么狠!"他说,"任什么事都不应当白白放过而不受惩罚。您回想一下卖艺的老人和他的女儿吧!"

伯爵夫人感到她脸上一阵热辣辣的刺痛。……

"打就打吧!"她说完,拉了拉缰绳,走了。

奥玛连先生朝着美丽的伯爵夫人后影看了很久。这个法国人热切地想跟那女人谈一谈,她挨了他的打,却只用法国话回答说:"打就打吧。"可是等到她在他眼前消失,他就回转身,赶紧往火车站走去。他办完交托他的任务,现在回去领赏了。……

九

"有个上流女人在找您!"一天傍晚,布拉乌赫尔太太对走进房来取信的阿尔土尔说,"她留下一张字条!"

"我住在大锚饭店,"阿尔土尔读字条,"您快点来。伊尔卡。"

阿尔土尔就动身进城,直到午夜才见到伊尔卡。他见到她就放声大笑。她穿得多么讲究,她多么不像当初他在树林里遇见的哭成泪人般的歌女啊!

"你有一百万了?"他笑着问道。

"有了。就在这儿!"

阿尔土尔忽然止住笑。他面前的桌子上放着一百万,地地道道的一百万。

"见鬼!"他说着,不相信自己的眼睛了,"你,我的孩子,是按法郎算的吧?我忘了告诉你,要按达列尔算呢。……不过也没关系。……这些钱也很好！你是从哪儿弄来的？"

伊尔卡挨着他坐下，把她和他分手后的种种遭遇一五一十地讲给他听。

"后来呢？你把老头子怎么办了？"阿尔土尔问。

"我给他喝下吗啡，当天晚上我就赶紧逃跑了。"

"好正直！"阿尔土尔说，"哈哈哈！换了在别的时候，我就会拿鞭子抽你，不过现在我却要请你做冯·扎依尼茨男爵夫人了。喏，我向你求婚！明天我们就去找本城的市长！"

第二天，冯·扎依尼茨和伊尔卡去拜访市长。六月二日上午九点半钟，伊尔卡做了冯·扎依尼茨男爵夫人。

当天下午两点钟，阿尔土尔·冯·扎依尼茨男爵被判褫夺男爵头衔：陪审员认为他犯了伪造遗嘱罪。……彼尔采尔夫妇达到目的了。

在法庭上，伊尔卡见到戈尔达乌根伯爵夫人。

伯爵夫人坐在旁听席后排带扶手的椅子上，眼睛紧盯被告。黑色的面纱从她的黑帽子上挂下来。她显然有意不让人认出她。一直到她听完检察官的发言，说出一句："这多么愚蠢！"伊尔卡才凭她清脆的嗓音听出是她。

"她有什么权利瞅着我的丈夫？"伊尔卡暗想，由于心里怀恨而脸色发白，同时又为她的胜利得意。她现在相信她胜利了：伯爵夫人心爱的人给她夺过来了。

被告在法庭上的举动很奇怪。他略为带点醉意，他的舌头不住地吐出挖苦的俏皮话来。应该由他发言的时候，他却保持沉默，不理那些法官和陪审员；该他沉默的时候，他倒讲起来了。检察官是他的大学同学，然而在发言中却对他不留情面。检察官既是他的同学，就熟悉他的过去，这时候毫不客气地翻他的老账，叙述他在巴黎的生活、破产、贫穷以及冯·扎依尼茨男爵由于贫穷而经历的困境。检察官在发言的结尾对彼尔采尔太太大唱赞歌,说她不惜牺牲手足的情分以满足正义感和惩恶劝善的感情。……

"按她的行动,她不愧是模范的公民!"他说。

"你该害臊才是,"阿尔土尔说,"以前你在大学里吸我的雪茄烟的时候,倒还不会这么胡扯!"

只有这两句话是严肃而诚恳地说出口的。阿尔土尔所说的其余的话,都引起笑声和审判长的铃声。

旁听的人们鼓掌欢迎法庭定罪的判决。他们几乎都是彼尔采尔的奴仆。凡是同情阿尔土尔的人,无法在法庭里找到座位。从凌晨起,所有的座位都被银行家的仆从们占据了。阿尔土尔满不在乎地听完判决。

"到皇帝那儿去的路,我是很熟的,"他说,"一旦我再需要男爵头衔,我自会去找他。维也纳的人都了解我,他们会嘲笑这种判决!"

伯爵夫人离开法庭,坐上马车,满腔沉痛的心情,感到那些人可耻,极端厌恶他们。在她面前,一个无辜的人被控犯了讹诈罪,定了罪。要欺骗那些头脑简单和身材肥胖的陪审员多么容易!只消花费多么小的力气就能断送一个人!

"我要恢复他的名誉!"她气愤地暗自决定,"他对他们说,他熟悉到维也纳去的路,然而他不会为恢复名誉去奔走,依他看来这都是无关紧要的小事。……再者他是个懒汉,办事拖拉。……我来替他奔走就是。……"

"我要给他点施舍,"她心里接着想道,"他不得不违背他的心意,接受我的施舍!"

第二天,她到本城的俱乐部去参加慈善性舞会,出售彩票。花园里有个天棚,是用旗子、葡萄藤、鲜花搭成的,底下放着几张小桌子。桌上放着盛彩票的轮盘。……有八个面貌很俊俏、衣服很华丽的贵妇在小桌旁边坐着出售彩票。生意最兴隆的就是戈尔达乌根伯爵夫人。她一刻也不休息，不住转动轮盘，把找还的钱交给买主。彼尔采尔来参加舞会，在她那儿买下两千张彩票。

"您的内弟生活得怎样？"伯爵夫人问彼尔采尔说，从他手里接过钱来。

彼尔采尔叹口气。

"他，这个可怜人遇上两件不幸的事，"他说，"他结了婚，而且……今天他不再是男爵了。……"

"我听说了。……现在他妻子在哪儿？"

"她就在这儿。您没见到吗？滑稽！哈哈！……她做了男爵夫人。……要是她迟几个钟头结婚，现在就仅仅是女市民扎依尼茨了。……"

伯爵夫人打量一切过路人的脸，开始用眼睛寻找伊尔卡。

伊尔卡就在舞会上。她高高地昂起头，露出骄傲的、目空一切的笑容，已经走过伯爵夫人面前一次。伯爵夫人正忙于卖彩票，没注意到她。她第二次走过来，四周围着一群好奇的人，他们直勾勾地瞅着她那张漂亮的脸。伯爵夫人瞟她一眼，分明没认出她来。等到她第三次走过，她们的眼睛才相遇。

伯爵夫人心慌意乱，而且使得伊尔卡大为高兴的是，她竟然把钱掉在地下了。好几个硬币从她发抖的手上滑下来，叮叮当当地在地板上滚动。

伊尔卡走到伯爵夫人桌前，照直瞧着她的脸，拿过几张彩票来。

"我想把一个小东西捐给学校。"她说着，没等回答，就把一个黄金的圆形饰章塞到伯爵夫人手里。伯爵夫人用手接过她所熟悉的圆形饰章，把它打开，不由得微微一笑。她照片上的脸被一枚胸针划破了。

"请您把这个东西交到俱乐部管理处去,"她说着,把圆形饰章交给伊尔卡,"我们的事情光是卖彩票。……"

伯爵夫人嫣然一笑,补充一句:

"对不起,我没有工夫!"

伯爵夫人的笑容和冷静倒使得伊尔卡窘住了。她不习惯于这类交锋,心慌意乱,就从桌旁走开。她懊恼而羞愧,站在伯爵夫人桌旁的人发现她的窘相,就互相看一眼,微微一笑。这种不理解的笑容刺痛伊尔卡的心。

"请让我过去。"她对那些青年人说,他们像一堵墙似的站在她面前,好奇地瞧着她。

青年人不知什么缘故突然笑起来。她身后也传来同样的笑声。伊尔卡回头一看,瞧见同样是一群青年人。

"请让我过去。"伊尔卡又说一遍。

笑声又响起来,接着一个很大的啤酒瓶木塞打在伊尔卡的粉红色额头上。另一个瓶塞打在她肩膀上。……

"哈哈!……乌拉!冯·扎依尼茨男爵夫人,革掉爵衔的骗子的老婆!"有人喊道,随后传来嘘声。……

第三个和第四个瓶塞合在一起,打在她脸上。她受尽委屈和凌辱,差点昏厥过去。她看一下伯爵夫人,觉得伯爵夫人好像在笑。……伊尔卡目光模糊了。她那昏眩的头沉甸甸地低垂下去。

"阿尔土尔!"她叫道。

没有人回答这声召唤。革掉爵衔的男爵离这儿很远。他喝醉酒,在离布拉乌赫尔小屋不远的灌木丛底下躺着,正在梦中见到他的一百万呢。……

伯爵夫人走到伊尔卡跟前,搂住她的肩膀,把她从人群中带出去,而遭到侮辱的姑娘,眼睛昏花,却没认出她来。

"放开我!我要打死她!"伊尔卡叫道,然后不省人事了。

等到她醒过来,她却看见自己待在蒙着紫红色丝绒的小房间里。她躺在长沙发上。她身旁坐着一个姑娘,手里拿着小瓶。……

"我们是在哪儿?"伊尔卡问。

"在俱乐部里,太太。"姑娘回答说。

玛祖卡舞曲的声音传到伊尔卡耳朵里,证实了姑娘的话。伊尔卡抬起沉甸甸的头,略微想一下,这才想起刚才发生的一切事情。

"请您给我拿一小杯莱茵葡萄酒来。"她对姑娘说。

姑娘走出去。伊尔卡赶快从衣袋里取出钱夹来。伊尔卡从钱夹里拿出一个很小的瓶子,里面装着吗啡。不久以前她就是用这吗啡款待老头子鲁甫烈尔的!现在她却要用它来款待自己了,因为那些人对她的侮辱伤透了她的心。……她把小瓶里所有的吗啡统统吞下去。伊尔卡一面等候长眠,一面斜靠在丝绒枕头上,开始思索。……她并不留恋这种没有光彩的生活。她丢下茨威布希爸爸却觉得难过:只剩下他孤身一个人了!对阿尔土尔,她倒不留恋,他爱酒胜过爱他年轻的妻子。

"您觉得怎么样?"她听见一个清脆的嗓音说。

伯爵夫人,她那不共戴天的仇人,走进房间里来,弯下腰凑近她。……伊尔卡看见面前出现一对亮晶晶的眼睛和两块脸颊上的红晕。

"奥玛连先生!"她看见伯爵夫人左脸上隐约有一条红色印痕,就小声说。

"那些欺负过您的人会受到惩罚的,"伯爵夫人说,"他们是由彼尔采尔雇来的,他痛恨阿尔土尔。……我会惩罚彼尔采尔这个坏蛋。……我有力量。……您还生我的气吗?"

伊尔卡把脸扭到一边去。

"你还在生气吧,伊尔卡?得了……你原谅我吧。……我不对。……我侮辱过你父亲和你。……我后悔了,请你原谅。"

伊尔卡感到伯爵夫人在她头上吻了一下。

"我找了你很久。……自从那个不幸的日子我遇到你的目光以后,我就日夜不得安宁。……在梦里,你那对眼睛火一般地烧着我。……"

伊尔卡忽然哭起来。

"我就要死了。"她小声说着,在她那忏悔的仇敌的温柔语声中昏昏睡去。

"请你原谅我,伊尔卡,就像我也原谅你一样。……"

伊尔卡伸出手去,碰到伯爵夫人的脖子。……伯爵夫人就低下头去凑近她,吻她的嘴。

"我就要死了,"伊尔卡小声说,"我吃了吗……吗啡。……在地毯上。……"

伯爵夫人弯下身子,在地毯上看见小瓶子。她心里全明白了。过了一分钟,她在俱乐部里找到医生,把他带到伊尔卡跟前来。医生只能根据小瓶子确定她服了毒,可是要把沉睡的伊尔卡救活过来,他却办不到了。……

记者奥玛连先生从匈牙利回到巴黎,恰好赶上那些人为争夺伊尔卡而抓阄的那个晚上。他在歌女所住的房间里没找到她,只看见鲁甫烈尔在圈椅上沉睡,就跑去找巴赫。巴赫把记者出门期间这儿发生的事情一五一十地讲给他听。

"她逃跑了!"记者断定道。第二天他就又到匈牙利去,指望在那儿会得到他工作的报酬。

在匈牙利,他听到他心爱的女人死了。这个死讯无异于残酷的报酬,一下子弄得他病倒在床上。他害了热病,起不了床,搬到戈尔达乌根的树林里去养病,后来他从各方面搜集到种种情况,写成一篇关于美人儿伊尔卡的中篇小说。去年我路过戈尔达乌根的树林,同奥玛连先生相识,读到他的中篇小说。

如今我把它译成俄语,献给我们的读者。

一 败 涂 地

类似轻松喜剧的故事

我恨不得哭一场才好！要是我痛哭一场,我的心头似乎就会轻松点了。

那是一个天朗气清的傍晚。我装束整齐,梳好头发,在衣服上洒过香水,像唐璜①似的坐着马车到她家里去了。她住在索科尔尼吉的一座别墅里。她年轻,美丽,有三万卢布的陪嫁钱,略微受过点教育,像猫那样爱着我这个作家。

我来到索科尔尼吉,在高大匀称的云杉下面发现她在我们平时喜欢坐的长椅上坐着。她看到我,赶快站起来,眉开眼笑,迎着我走过来。

"您多么狠心！"她说,"难道可以来得这么迟吗？您应当知道我多么烦闷无聊！您这个人呀！"

我吻她那只好看的小手,浑身颤抖着,跟她一块儿走到长椅跟前。我全身发颤,胸口发痛,觉得我的心燃烧起来,快要炸开了。我的脉搏跳得像患热病似的。

这并不奇怪！我是来最后决定我的命运的。俗语说得好,要么就青云直上,要么就一败涂地。……一切都要看今天傍晚了。

---

① 中世纪西班牙传说中游戏情场的人物,在此借喻"风流才子"。

天气真好,然而我顾不上这些。甚至夜莺在我们头顶上歌唱,我也不去听,每逢有略微正派的约会,夜莺是准定会来听的。

"您怎么不说话呢?"她瞧着我的脸问。

"哦。……今天傍晚天气这么好。……您母亲身体健康吗?"

"健康。"

"嗯。……是啊。……我,您要知道,瓦尔瓦拉·彼得罗芙娜,打算跟您谈一谈。……我就是为这件事才来的。……我一直没讲,一直没讲,可是现在……忍不住了! 我不能再保持沉默了。"

瓦莉雅①低下头去,用发抖的手指头扯一朵小花。她知道我要说什么。我沉默一会儿,接着说:

"何必不讲呢? 不管怎么沉默,也不管怎么胆怯,可是早晚总会管不住……我的感情和舌头。您也许会感到受了侮辱……也许会不理解,不过……那又有什么关系呢?"

我停住嘴。我得找出恰当的字眼来才成。

"您倒是说呀!"她那对可爱的眼睛在抗议,"这个慢性子的人! 您何苦折磨我呢?"

"您,当然,早已猜到了,"我沉默一会儿,继续说,"您早已猜到我为什么天天到这儿来,天天在您眼前晃来晃去,惹您讨厌了。怎么能猜不出来呢? 您一定早已凭您特有的眼力猜出我心中的感情,而且……"我顿了一下,"瓦尔瓦拉·彼得罗芙娜!"

瓦莉雅越发低下头去。她的小手指头开始跳动。

"瓦尔瓦拉·彼得罗芙娜!"

"啊?"

"我……可是说这些有什么用?! 就是不说也很明白。……

---

① 瓦尔瓦拉的爱称。

我爱您,就是这么回事。……这还有什么可说的呢?"我顿了一下,"我非常爱您!我那么爱您,就像……一句话,您把世上所有的长篇小说全拿来,读一读其中各种爱情的表白、海誓山盟、牺牲,那么……您就能体会到……目前在我胸中起伏的那种……瓦尔瓦拉·彼得罗芙娜!"我顿一顿,"瓦尔瓦拉·彼得罗芙娜!!您怎么不说话呀?!"

"您要我说什么呢?"

"莫非……不行?"

瓦莉雅抬起头来,微微一笑。

"啊,见鬼!"我暗想。她微微一笑,动一动小嘴唇,声音低得几乎听不见地说:"为什么不行呢?"

我就使劲抓住她的一只手,使劲吻它,然后发疯般地抓住另一只手。……她真是好样的!我正忙着抓那两只手,不料她把小脑袋靠在我胸膛上了,这时候我才头一次看出她那美妙的头发生得多么蓬松浓密。

我吻一下她的头,胸中变得那么温暖,就像那里面烧着个茶炊似的。瓦莉雅抬起脸来,于是我再也没有别的事要做,只有吻她的小嘴唇了。

现在,瓦莉雅已经完全属于我了,那三万卢布也已经决定交给我,只等签字了,总之,漂亮的妻子、大笔的款项、美好的前途,对我来说差不多已经有了保证,可是偏偏在这时候,魔鬼来扯我的舌头了。……

我想在我未婚妻面前卖弄一下,把我的原则摆出来炫耀一番,显得我不同凡俗。不过,我自己也不知道我究竟想怎么样。……结果却糟糕透顶!

"瓦尔瓦拉·彼得罗芙娜!"我头一次吻过她以后,开口说,"我要求您答应做我妻子以前,为了避免可能发生的误会,我认为我有极为神圣的责任对您说几句话。我要说短点。……您,瓦尔瓦拉·彼得罗芙娜,知道我是什么人,我是怎样一个人吗？对,我诚实！我是个勤奋工作的人！我……我自豪！再者……我有前途。……可是呢,我穷。……我一个钱也没有。"

"这我知道,"瓦莉雅说,"幸福不在于钱财。"

"是啊。……谁要谈钱呢？我……我为我的贫穷自豪呢。我凭我的文学工作只能挣来几个小钱,可是我不会拿它去换那成千上万的……成千上万的……"

"这我明白。您往下讲吧。……"

"我过惯了穷日子。我对穷日子已经满不在乎。我能一个星期不吃饭。……可是您！您呀！您走不了几步路就得雇马车,您天天换新衣服,您花钱大手大脚,您素来没经历过苦日子,对您来说不时髦的花色就已经算是很大的不幸,那么您难道能同意为我丢开世俗的享受？嗯。……"

"我有钱。我有陪嫁钱！"

"那也白搭！一万两万,只要几年工夫就花掉了。……可是以后呢？过苦日子？流眼泪吗？您,我亲爱的,要相信我的经验！我知道！我知道我在说什么！要同苦日子做斗争,就得有坚强的意志和超人的性格才成！"

"我简直是胡说八道！"我暗想,然后接着说：

"您要仔细想一想,瓦尔瓦拉·彼得罗芙娜！您要仔细想想,您在决定跨出什么样的一步！无法挽回的一步啊！您有力量,就嫁给我；您没有斗争的力量,就回绝我！哎！与其让您失去……您的安乐,还不如让我失去您好。文学工作每月给我带来百把卢布,等于一无所有！这点钱不够花的！趁时机还不算迟,您仔细地想一想吧！"

我跳起来。

289

"您要仔细想一想！缺乏那种力量,就一定会闹得流泪啦,责怪啦,头发提前变白啦。……我所以预先警告您,是因为我是正直的人。您觉得有那么大的力量足以跟我一起过那样的生活吗？那种生活,从外在的一面来说,不同于您的生活,在您是格格不入的。"我顿一下。

"可是我有陪嫁钱啊！"

"有多少呢？两三万罢了！哈哈！有一百万吗？再者,除此以外,我能够允许我自己侵占那些……？不！那决不行！我是有自尊心的！"

我在长椅旁边来回走了好几趟。瓦莉雅沉思不语。我得胜了。既然她在沉思,那就可见她尊敬我。

"所以,要么就跟我一块儿生活,吃苦,要么就不跟我一块儿生活,富裕。……您自己选择吧。……您有力量吗？我的瓦莉雅有力量吗？"

我照这样说了很久。我不知不觉说得入了迷。我一面说,一面却又觉得我自己分裂成两个人了。一个说得入了迷,另一个却在幻想:"你等着瞧吧,小亲亲！我们要用你那三万卢布把日子过得舒舒服服！那笔钱够花很久呢！"

瓦莉雅一直在听。……最后她站起来,对我伸出手。

"我感谢您！"她说。可是我一听她说话的声调,却不由得打个冷战,看一下她的眼睛。她眼睛里和脸颊上闪着泪光。……

"我感谢您！您开诚布公地对我讲出来,这做得好。……我是个娇生惯养的人。……我过不了那种日子。……我做不了您的配偶。……"

她放声大哭。我失算了。……我本来见到女人哭泣就张皇失措,现在就更不消说了。我正思忖该怎么办才好,不料她止住哭泣,擦干眼泪。

"您做得对,"她说,"要是我嫁给您,我就欺骗您了。我不应该做您的妻子。我是富人家的女儿,娇生惯养,出门坐马车,吃惯田鹬和昂贵的小蛋糕。我吃饭从来也不喝素汤和白菜汤。我妈妈也经常数落我……可是我不这样就不行!我走不动路。……我嫌累。……还有我的衣服。……衣服也都得由您出钱缝制。……不!我们分手吧!"

她做个悲剧的手势,没头没脑地说了一句:

"我配不上您!我们分手吧!"

她说完,扭转身,回家去了。我呢?我站在那儿像个傻瓜一样,什么也没想,瞧着她的后影,感到土地在我脚底下摇晃。等到我清醒过来,想起我是在什么地方,我的舌头给我闯下了多大的祸,我就放声痛哭。我想对她喊一声:"您回来!!"可是她已经连影子都不见了。

我丢尽脸,空欢喜一场,动身走回家去。在城门口,公共马车已经没有了。我想雇出租马车,却又没钱,没奈何只好步行回家。

过了三天光景,我坐车到索科尔尼吉去。我来到别墅,那儿的人对我说,瓦莉雅得了什么病,准备跟她父亲到彼得堡去找她的祖母了。结果我一无所获。……

现在我躺在床上,咬着枕头,自己打自己的后脑壳。似乎有好几只猫抓挠我的心。……读者诸君,该怎样挽回这件事呢?怎样把我的话收回来呢?该对她说些什么或者写些什么呢?我简直想不出来!这件事算是一败涂地了,而且是多么愚蠢的一败涂地!

一件糟糕的事

类似长篇小说的作品

事情是远在去年冬天开始的。

那天举行舞会。音乐震天价响,枝形烛架都点亮,男舞伴们兴致勃勃,始终没有泄气,小姐们尽情享受生活。大厅里的人在跳舞,房间里有人打牌,饮食部里少不得有人喝酒,阅览室有人谈情说爱,情意绵绵。

金发姑娘辽丽雅·阿斯洛夫斯卡雅却似乎故意跟所有的人,跟全世界,跟她自己作对,独自一人坐在那儿生闷气。她有着圆滚滚的身材、绯红的脸颊、天蓝色的大眼睛、极长的头发,身份证上标明数目字"二十六"①。她的心像是被好几只猫抓挠着。问题在于男人们对她的态度可恶透了。特别是近两年来,他们的举止简直吓人。她发觉他们不再把她放在眼里。他们已经不乐意同她跳舞。事情还不止如此。他们那些混蛋,走过她面前,连看都不看她一眼,仿佛她已经不是美人儿了。即使有人偶然间,无意中瞥她一眼,他的眼光也没露出惊讶,更没现出痴迷,却随随便便,如同吃饭前看着加奶油的大馅饼或者烤乳猪一样。

然而,在过去那些岁月里……

---

① 指她的年龄。

"现在每个傍晚,每个舞会都是这样!!"辽丽雅咬着嘴唇,气愤地暗想,"我知道他们为什么不理我,我知道!他们在报复!他们所以报复我,是因为我看不起他们!可是……可是我到底什么时候才能嫁出去呢?难道这样就能嫁出去?时间可是不等人,不等人呀!你们这些坏蛋!"

在上述这天傍晚,命运总算来怜悯辽丽雅了。先是纳勃雷德洛夫中尉答应跟她一块儿跳第三场卡德里尔舞,可是后来喝得酩酊大醉,从她身旁走过,有点愚蠢地吧嗒着嘴唇,表明他完全没把她放在眼里,她就受不住了。……她的愤怒达到了顶峰。她的天蓝色眼睛蒙上一层泪水,嘴唇开始颤抖。泪水眼看就要淌下来了。……为了不让外人看到她的眼泪,她就扭转头去,对着乌黑而冒水汽的窗子。不料,喜从天降,她看见一个窗子旁边有个英俊的青年男子,眼睛盯紧她不放。那青年像是一幅动人的图画,正好打中她的心坎。他风度潇洒,眼睛里充满热爱、惊讶、疑问、回答,脸色忧郁。辽丽雅顿时振作起来。她就摆出适当的姿态,进行适当的观察。她的观察表明青年不是无意中,随随便便地看着她,而是目不转睛,如醉如痴地瞅着她。

"上帝啊!"辽丽雅暗想,"要是有个人想起把我介绍给他就好了!新来的男人就是有眼力!他一下子就注意到我了!"

不久,青年忙起来,在大厅里走来走去,开始找那些男人谈话。

"他想认识我!他要求他们介绍呢!"辽丽雅暗想,高兴得透不出气来了。

果然不差。过了十分钟光景,就有个胡子刮光、外貌吊儿郎当的业余演员,听从青年的要求,拖着两只脚懒洋洋地走过来,介绍他和辽丽雅相识。原来这青年是"我们自己人",是才气大得不得了的画家,姓诺格捷夫。诺格捷夫是个二十四岁左右的黑发青年,生着格鲁吉亚人那种热情的眼睛,留着漂亮的唇髭,脸色白净。他从没画过什么东西,然而他是画家。他蓄着长发,胡子又短又尖,怀表的链子上坠着黄金的小调色板,衬衫的袖扣也是黄金的小调色板,手套很长,一直戴到胳膊肘上,靴后跟高得叫人没法相信。这个人善良,然而蠢得像只鹅。他父亲是贵族,母亲也是贵族,祖母很有钱。他还没娶妻成家。他怯生生地握一下辽丽雅的手,怯生生地坐下,等到坐好,就睁大眼睛盯住辽丽雅。他讲话不快,而且胆怯。辽丽雅讲得滔滔不绝,然而他光是说:"对……不……我,您要知道……"他一讲话就上气不接下气,回答的话往往文不对题,屡次慌张得搔左眼睛(搔他自己的而不是辽丽雅的眼睛)。辽丽雅心里暗暗喝彩。她断定画家已经爱上她,心里不免得意。

舞会过后,第二天,辽丽雅在她房间里的窗边坐着,得意洋洋地瞧着街上。诺格捷夫正在她窗前街道上走来走去。诺格捷夫溜达着,眼珠盯紧她的窗子。他看啊看的,仿佛马上就要死了:眼神那么忧郁,慵懒,温柔,像火一样。第三天也还是这样。第四天下雨,他没到窗外来(有人劝他说,他的身材配上雨伞就不好看)。第五天局面大变,他居然到辽丽雅父母家里登门拜访了。他们的相识就由戈尔迪之结①捆紧,拆也拆不开了。

大约过了四个星期,又举行舞会。(请参看这篇小说的开端。)

诺格捷夫站在房门口,肩膀倚着门框,眼睛盯紧辽丽雅。辽丽雅有意要挑起他的嫉妒心,就远远地向纳勃雷德洛夫中尉卖弄风情,当时中尉喝过酒,然而没有大醉,而是略微有点酒意。

辽丽雅的父亲侧着身子走到诺格捷夫跟前。

---

① 据古希腊传说,弗里吉亚国王戈尔迪把车轭系在一辆二轮马车的车辕上,打了一个解不开的乱结。

"您一直在画吗?"父亲问,"您在搞绘画工作吧?"

"对。"

"哦。……这是好事。……求上帝保佑,求上帝保佑吧。……嗯。……可见上帝赐给您这样的才能。……是啊。……各人有各人的才能嘛。……"

她父亲沉默一会儿,继续说:

"喏,您,年轻人,要知道,如果您那个……老是画画儿,那您倒不妨这么办。春天您就下乡到我们家里来。那是个非常引人入胜的地方呢!那儿的名胜,我跟您说吧,多极了!像那样的风景连拉华尔①也没有机会画过。我们很欢迎您来。再者,我的女儿又跟您那么……要好。……嗯,嗯。……年轻人,年轻人啊!嘻嘻嘻。……"

画家鞠躬。这年五月一日,他就带着行李到阿斯洛夫斯基家的庄园上去了。他的行李有一个不用的颜料箱、一件凸纹布坎肩、一个空烟盒和两件衬衫。他受到非常热情的接待。他们拨给他两个房间、两个听差、一匹马,他想要什么就给什么,只要让他们觉得有希望就行。他尽量利用他的新地位,大吃大喝,睡得很长,欣赏风景,目不转睛地瞅着辽丽雅。辽丽雅幸福得了不得。他对她那么亲密,他那么年轻,那么漂亮,那么怯生生……那么爱她!他胆怯得很,总也不肯走到她跟前来,老是远远地站在窗帘或者灌木丛后面看她。

"胆怯的爱情啊!"辽丽雅想,叹口气。……

有一天早晨风和日丽,她父亲和诺格捷夫在花园里长椅上坐着谈天。父亲大谈家庭幸福的种种妙处,诺格捷夫有耐性地听着,用眼睛寻找辽丽雅的身影。

---

① 他把意大利名画家拉斐尔说成"拉华尔"了。

"您父亲只有您一个儿子吗?"父亲顺便问道。

"不。……我有个哥哥,叫伊凡。……他是个很好的人!可爱极了!您不认识他吗?"

"不认识。……"

"可惜您不认识他。您猜怎么着,他很会说俏皮话,欢欢喜喜,招人爱!他干文学工作。所有的编辑部都请他写稿。他在《小丑》上发表作品。可惜您不认识他。他会很高兴和您相识的。……这样办吧!您要我写信叫他到此地来吗?啊?真的!那就真有乐子了!"

父亲听到这个建议,心就像被房门夹痛了一样。可是这又毫无办法!他只得说:"欢迎欢迎!"

诺格捷夫从座位上跳起来,显得兴致很高,立刻给他哥哥写了封邀请信。

他哥哥伊凡毫不迟延,立时就来了。他不是一个人来的,还带着他的朋友纳勃雷德洛夫中尉,另外有一条硕大无比、牙齿脱落的老狗土耳卡。他带着他们一块儿来,按他的说法,是不致在路上遭到强盗打劫,喝酒也可以有人做伴。他们分到三个房间、两个仆人和供两人合用的一匹马。

"你们,诸位先生,"伊凡对主人说,"不要为我们操心!我们用不着你们操心!什么鸭绒褥了啦,酱汁啦,大钢琴啦,我们一概不要!不过呢,啤酒和白酒,要是肯慷慨供应的话,嗯……那就是另一回事了!"

倘使您能够想象一条汉子,年纪在三十岁左右,身材极为魁梧,生得肥头胖脑,身穿帆布短衫,留着稀稀拉拉的胡子,眼睛浮肿,领结歪在一边,那您就算让我省得再去描写伊凡了。他是世界上最难相处的人。

他不喝酒的时候,倒还可以勉强相处,无非是躺在床上不说话而已。他一喝了酒,就叫人受不了,犹如人光着身体碰到牛蒡①一样。他喝了酒,话就多得停不住嘴,而且脏字眼不离口,即使有女人和孩子在场也全不管。他讲跳蚤,讲臭虫,讲裤子,讲鬼才知道的事。其他比较新的话题,他是没有的。每逢伊凡在饭桌上讲起俏皮话来,辽丽雅和她的父母总是听得莫名其妙,涨红脸。

不幸,他在阿斯洛夫斯基家居住期间一次也没清醒过。身材矮小难看的纳勃雷德洛夫中尉也竭力模仿伊凡。

"我和他都不是画家!"他说,"我们怎么配做画家!我们是大老粗哟!"

伊凡和纳勃雷德洛夫住下来,嫌主人家的正房闷热,所以第一件事就是搬到厢房里去跟总管一块儿住,而总管倒是不反对陪着上流人喝酒的。他们第二件事就是脱去上衣,只穿着内衣在院子里和花园里大模大样地散步。辽丽雅屡次在花园里碰见哥哥或者中尉衣冠不整地躺在树荫底下。哥哥和中尉又吃又喝,用牛肝喂狗,说俏皮话讥笑主人,满院子追逐厨娘,洗起澡来水声哗哗地响,像死人般地沉睡。他们感激命运无意中把他们送到这个可以尽情享福的地方来了。

"你听着!"有一次伊凡对画家说,朝辽丽雅那边挤了挤醉眼,"要是你在追她……那就让魔鬼保佑你!我们不会去碰她。你已经先开了头,那就归你所有。请便,请便!我们都是高尚的人嘛。……我们祝你成功!"

"我们不会抢你的人,不会的!"纳勃雷德洛夫肯定道,"要不然我们就太不讲义气了。"

诺格捷夫耸了耸肩膀,用贪婪的眼睛盯住辽丽雅。

人们厌烦了寂静,就希望来一场暴风雨;厌烦了规规矩矩、气

---

① 一种带刺的野生植物。

度庄严地坐着,就希望闹出点乱子来。辽丽雅厌烦了胆怯的爱情,就开始生气了。胆怯的爱情无异于喂夜莺的寓言①。使她大为烦恼的是,画家到六月却仍然像在五月那么胆怯。正房里的人已经在缝制嫁妆,她父亲夜以继日地盘算着借一笔钱来办喜事,可是他们的关系却还没有取得明确的形式。辽丽雅逼着画家成天价陪她去钓鱼。然而这也无济于事。他站在她身旁,手里举着钓竿,什么话也不说,不住打饱嗝,用眼睛盯住她,如此而已。甜蜜得要命的话却一句都没有! 表白爱情的话,也一句都没有。

"你就叫我……"她父亲有一次对他说,"你就叫我……请你原谅……我用'你'称呼你了。……你知道,这是因为我喜欢你。……你就叫我爸爸好了。……我喜欢这样。"

画家就不假思索地叫他"爸爸",可是这也无济于事。他照旧不言不语,弄得人只好埋怨上帝只给人一根舌头而没给十根。伊凡和纳勃雷德洛夫不久就识破了诺格捷夫的那套招数。

"鬼才知道你是怎么回事!"他们抱怨道,"放着干草不吃,也不让人家吃! 简直是畜生! 一块肥肉自己送到你嘴边来了,你这蠢货就该把它吃下去才是! 你不想吃,那我们就来吃! 你瞧着就是!"

然而世界上一切事情都有个了结。就连这篇小说也有结局。画家和辽丽雅之间不明确的关系,也终于结束了。

这段爱情的转折点,发生在六月中旬。

那是一个安静的傍晚。空中充满清香。夜莺唱得欢快极了。树木在喁喁私语。空气里,按俄国散文作家的长舌头的说法,弥漫着恬适安乐的气息。……月亮,不消说,也升上来了。要让这种天

---

① 借喻"空洞的东西"。俄国有一句谚语:"寓言喂不饱夜莺。"

堂般的诗意十全十美,只差费特①先生到这里来,站在灌木丛后面,高声朗诵他那些迷人的诗句了。

辽丽雅坐在长椅上,身上裹着披巾,梦幻般地隔着树木眺望远方的小河。

"莫非我就这样难于使人接近吗?"她暗自想着,于是在她的想象里现出自己的面容,那么庄严,骄傲,目空一切。……她的父亲走过来,打断她的思路。

"哦,怎么样?"她父亲问,"还是老样子吗?"

"还是老样子。"

"嗯。……见鬼。……这一切究竟到什么时候才有个了结呢?要知道,好闺女,我养活这些无业游民,可是破费不小啊!一个月就是五百!不是闹着玩的!单是买牛肝喂狗,一天就要花三十戈比呢!要是他有心结婚,那就该结婚了,要是不想结婚,就该带着他哥哥和狗一齐滚蛋!他至少也总该对你说点什么吧?他对你说过吗?他表白过他的心意吗?"

"没有。他,爸爸,那么腼腆!"

"腼腆。……咱们可知道他们这种腼腆是怎么回事!他这是打马虎眼。你等一下,我马上去把他打发到这儿来。你得跟他谈出个结局来,好闺女!用不着讲什么客气。……是时候了。你就这么干,好闺女。……反正你也老大不小的了。……所有那些把戏,大概你都懂!"

父亲走了。大约过十分钟,画家胆怯地从丁香花丛里钻出来,露面了。

"是您叫我吗?"他问辽丽雅说。

"是我叫您。您走过来吧!您别老是躲着我!您坐下!"

---

① 费特(1820—1892),俄国诗人,擅长写风景抒情诗和爱情抒情诗。

画家轻手轻脚走到辽丽雅跟前,又轻手轻脚在长椅边沿上坐下。

"他在昏暗的暮色里显得多么好看!"辽丽雅暗自想道,然后她对他说:

"您讲点什么吧!为什么您这么不爱说话,费多尔·潘捷列伊奇?为什么您老是不言不语?为什么您从来也不在我面前吐露您的衷曲?我哪方面使得您这样不信任我呢?我都觉得难过了,真的。……人家可能认为您和我不算是朋友了。……您开口说话吧!"

画家嗽一嗽喉咙,嗓音发颤地叹口气,说:

"我有许多话要跟您说,很多啊!"

"究竟是什么话呢?"

"我担心您会生气。叶连娜①·季莫费耶芙娜,您不会生气吧?"

辽丽雅噗嗤一声笑了。

"要紧的关头到了!"她暗想,"他颤抖得多么厉害!他颤抖得多么厉害呀!你已经神魂颠倒了吧,亲爱的?"

辽丽雅自己的膝头也发抖。每个小说作者都十分喜爱的那种颤栗,把她抓住了。

"再过上大约十分钟,就要开始拥抱,接吻,海誓山盟了。……啊!……"她暗自幻想着,然后为了在火上泼一瓢油,就把她那裸露的、滚热的胳膊肘碰一下画家。

"啊?到底是些什么话呢?"她问,"我不是您所想象的那种动不动就生气的人。……"她顿一顿,"您说呀!……"她顿一下,"快点吧!!"

---

① 叶连娜是辽丽雅的正名。

"您要知道……我,叶连娜·季莫费耶芙娜,在生活里所喜爱的莫过于绘画……也就是所谓的艺术。朋友们都认为我有才能,认为将来我会成为一个不坏的画家。……"

"啊,这是一定的!毫无疑问!①"

"嗯,是啊。……就是这样。……我爱我的艺术。……那就是说……我喜爱写实画,叶连娜·季莫费耶芙娜!艺术……艺术,您知道……美妙的夜色啊!"

"是啊,这种夜色很少见!"辽丽雅说着,像蛇似的扭动,在披巾里缩起身子,半闭着眼睛。(女人在恋爱方面都是能手,非常了不起的能手!)

"我,您要知道,"诺格捷夫接着说,绞着白净的手指头,"我早就想跟您谈一谈,可是一直……不敢开口。我心想您会生气的。……不过您,要是理解我的话,就……不会生气。您也爱艺术嘛!"

"啊。……嗯,是啊!……当然!谁能不爱艺术呢?"

"叶连娜·季莫费耶芙娜!您知道我为什么到此地来?您猜得出来吗?"

辽丽雅很难为情,而且仿佛出于无意似的,把手放在他的胳膊肘上。……

"这话是不错的,"诺格捷夫沉默一下,接着说,"画家中间有些卑鄙的人。……这话是不错的。……他们根本不顾女人的羞耻心。……不过话说回来,我……我可不是那种人!我有细致的感情。女人的羞耻心是那种……那种谁也不能等闲视之的羞耻心!"

"他对我说这些干什么?"辽丽雅暗想,把胳膊肘藏在披巾里。

---

① 原文为法语。

"我可不像那种人。……对我来说,女人是神圣的!因此您用不着害怕。……我不是那种人,我是不容许自己胡来的人。……叶连娜·季莫费耶芙娜!您肯答应吗?不过您要听明白,真的,我是诚心诚意的,因为我不是为我自己,而是为艺术!在我心里占首要地位的是艺术,而不是满足兽性的本能!"

诺格捷夫抓住她的手。她就略微往他那边凑过去。

"叶连娜·季莫费耶芙娜!我的天使!我的幸福!"

"怎……怎么样?"

"我可以向您提个请求吗?"

辽丽雅噗嗤一声笑了。她的嘴唇已经抿好,等着第一次接吻。

"我可以向您提个请求吗?求求您!真的,这是为了艺术!您那么合我的心意,那么合我的心意啊!您恰好就是我所需要的那种人!别的女人都滚蛋吧!叶连娜·季莫费耶芙娜!我的朋友!请您就做我的……"

辽丽雅挺直身子,准备人家来拥抱她。她的心怦怦地跳。

"请您就做我的……"

画家抓住她另一只手。她就温顺地把头靠在他肩膀上。幸福的眼泪在她的睫毛上闪亮。……

"我亲爱的!请您就做我的……模特儿吧!"

辽丽雅抬起头来。

"什么?!"

"请您做我的模特儿吧!"

辽丽雅站起来。

"怎么?要我做什么?"

"做模特儿。……劳驾!"

"嗯。……光是做这个?"

"这您就使我感激不尽了!您就使我有可能画出一幅画来,

而且是……什么样的画呀!"

辽丽雅脸色煞白。爱情的眼泪突然变成绝望、怨恨以及其他各种恶感的眼泪。

"原来就是……这么回事?"她说,浑身发抖。

可怜的画家!等到一记清脆的耳光声,连同它的回声,响遍昏暗的花园,他那白净的半边脸上就现出一块鲜艳的红晕。诺格捷夫搔一搔脸颊,愣住了。他张口结舌,呆若木鸡。他感到他的身子沉到整个宇宙里去了。……他眼睛里金星乱迸。……

辽丽雅索索地打抖,脸白得像死人一样,头昏脑涨,往前跨出一步,身子摇晃一下。似乎有个车轮从她身上轧过去。她勉强打起精神,迈着不稳的、病态的步子往正房走去。她的腿不住往下弯,眼睛里冒出金星,两只手伸到头发上去,分明打算揪头发。……

她走到离正房只差几俄丈远,脸色又一次变白。她路上经过一个凉亭,上面攀附着野葡萄藤,肥头胖脑的伊凡正站在凉亭旁边,喝醉了酒,蓬头散发,解开坎肩的纽扣,张开两条胳膊。他瞧着辽丽雅的脸,讥诮地冷冷一笑,然后发出他那恶魔般的"哈哈"声来污染四周的空气。他抓住辽丽雅的手。

"滚开!"辽丽雅咬着牙低声说,缩回她的手。……

这可真是一件糟糕的事啊!

303

六月二十九日[①]

素来打不中目标的猎人的故事

那是清晨四点钟。……

草原浸沉在朝阳的金光里,由于布满露珠而闪闪发亮,仿佛撒上了钻石的碎屑似的。早晨的清风赶走迷雾,那雾在河对岸停住,好比一堵铅色的墙。黑麦穗、牛蒡和野玫瑰的球形花朵安静而温顺地立在那儿,只是偶尔互相凑近,交头接耳地谈几句话。鸢鹰、鹞隼、猫头鹰,飞过草地,飞过我们的头顶,平稳地扇动翅膀。它们在猎取食物。……

阿基木·彼得罗维奇·奥特列达耶夫、调解法官、地方自治局医师、我、奥特列达耶夫的女婿普烈德波洛任斯基、乡长柯左耶多夫,这一行六人,乘着奥特列达耶夫那辆可以改装成无座雪橇的四轮马车,出外去打猎。马车后面有四条狗伸出舌头跟着跑。我和地方自治局医生都是瘦子,其余的人却胖得不亚于大酒桶,因此,尽管这辆由祖辈传下来的四轮马车又宽又深,车里却挤得要命。我的胳膊肘和枪托屡次戳着柯左耶多夫的肚子。我们大家互相碰撞,呼哧呼哧地喘气,皱起眉头,彼此满心痛恨,焦急地等着我们可以下车的时刻。我们正坐车到草原深处去打鹧鸪、草原鸨、鹌鹑和

[①] 基督教的圣彼得节;在俄国,打猎的季节从这一天开始。

沼泽里的野禽,如果我们运气好的话,还要打野雁。马车和马的主人奥特列达耶夫率领我们前进,多亏有他帮忙,我们才能坐车出来打猎。我们的身体挤得很不好受,可是另一方面,我们的灵魂里却洋溢着极其强烈的欢欣!

谁素来没有坐车出外去打过猎,谁也就不能理解这种欢欣。我们握着我们的枪,怀着热爱瞧着它们,犹如母亲瞧着她的大有希望的爱子一样。

"我们的行程是怎样安排的?"我问,这时候我们走出奥特列达耶夫的家已经有十俄里光景了。

"现在我们到叶兰契克去,"奥特列达耶夫回答说,"在那儿打田鹬。……从这儿再走八俄里就到了。我们在那儿还可以打黍田里的鹌鹑。……我们打完鹌鹑,就在那儿过夜。我们真正的射猎要在明天快黎明的时候才开始呢。……"

"怎么样,诸位先生,"我用手指头指着远处在蓝天当中浮沉的一只鸢鹰,问道,"你们认为怎么样:从这儿开枪能打中那只鹰吗?你们打得中吗?"

"打不中!"奥特列达耶夫说,"太远了!不过呢,用我的枪倒打得中。……"

"用您的枪也打不中。"普列德波洛仟斯基说。

"打得中。用霰弹是打不中的,因为够不着。不过,用子弹就一定打得中。……"

"用子弹也打不中。"

"对不起,能不能打中,我心里有数!您不熟悉我的枪,可是我熟悉。……您活到这么大从没见过好枪,所以您才会觉得那么奇怪。……我再远点也打得中。……"

普列德波洛任斯基把头往后一仰,笑起来。

"这有什么可笑的?"奥特列达耶夫继续说,"看样子,你不相信吧?"

"当然我不信。"

"嗯。……可见你不熟悉我的枪。……这可是一管了不起的枪!它不是无缘无故值六百卢布的。……"

"多……少钱??"普烈德波洛任斯基问,伸长了脖子,"多少?您再说一遍,爸爸!"

"六百卢布。……你笑什么?你先看一下枪,再龇着牙笑!"

"我看见了。……是哪家厂子的?"

"法国马赛的……列彼列厂。……"

"列彼列厂?这厂子我没听说过。……这不过是普普通通的一管枪。……值百把卢布罢了。……我不喜欢您这么胡说,丈人!何必胡说呢?我真不懂您为什么要胡说!"

"枪倒是好枪,"调解法官说,"可是六百卢布不值。您花了冤枉钱,阿基木·彼得罗维奇!"

"他根本就没花什么冤枉钱!"普烈德波洛任斯基激昂地说,"他胡说!像个小学生似的胡说!"

奥特列达耶夫扭动身子,涨红脸。

"我可不是那种胡说八道的人,"他说,"就是嘛!你……你才爱胡说!嗯,是啊!你老是想挖苦人!本来就不该带你出来。我也不知道为什么把你带来了!……"

"不出来倒好。……何必胡说呢,我真不懂!胡说八道,像猪一样!"

"你自己才是猪!你又是猪,又是傻瓜蛋。"

我们开口责备普烈德波洛任斯基。

"那就叫他别胡说!"女婿不服气,辩白道,"我一听见人家胡说,心里就有气。……再者,他也别骂人是猪。他自己才是猪,就是这么的!要是他不喜欢我去,那就……叫魔鬼保佑他!我不去也成。"

"得了,别说了!阿基木·彼得罗维奇并不是有心要侮辱您!为一点点小事,犯得上闹得不可开交吗?"

普烈德波洛任斯基噘起嘴,如同胀饱了的火鸡一样,不吭声了。

"不能这样!"过了一会儿,柯左耶多夫对普烈德波洛任斯基说,"不能这样!如今对您来说,他可以说就是父母。他是您丈人,您却对他撒野。……这是有罪的!"

女婿轻蔑地瞧一眼乡长,讥诮地冷冷一笑。

"莫非有谁向你请教?"他问,"谁请教你了?既是没人请教你,你就少说话。……你既是坐着,就乖乖地坐着好了!……什么'就是父母'。……连话都不会说,还要来多嘴。……嗯。……无非是个做生意的买卖人。……大老粗!"

"您看看,您是个什么样的人啊!您不喜欢人家安静地坐着。我虽然出身于老百姓,虽然可以说一点教育也没受过,不过我还是可以说,我的胸中,我的心里,我的灵魂里,什么样的感情都有。您呢,虽说五花八门的学问都学过,可就是没有什么感情。……就是这么回事,先生!"

"住嘴吧,诸位先生!"我出头干预道,"你们别互相教训了!大家都少说几句吧。……"

奥特列达耶夫呼哧呼哧地喘气,从上衣的贴身衣袋里取出个很大很旧的烟盒来,把粗手指头伸进去。医生和调解法官向他的烟盒伸出手去。

"不行,对不起,先生!"奥特列达耶夫庄严地说,"朋友是朋友,可是各人抽各人的烟。这点烟我自己抽还嫌不够呢。……路程这么长,可是我带来的纸烟只有四十支。……"

医生和调解法官很难为情,为了使他们的困窘瞒过大家的耳

307

目,就用口哨吹起《安果夫人》的曲调来。

奥特列达耶夫愚蠢得不得了,对人极不礼貌。……

我们跟他合不来。发窘的医生点上自己的纸烟,开始讲奇谈趣闻。他讲了二十来个,其中只有一个不带色情,其余那些我们都听得津津有味。

"您,老兄,真是个能手!"我称赞医生说,"我倒不知道您这么会讲逗笑的故事呢!"

"是啊。……我知道的不算少,"医生说,"要是我有心给报刊写稿,那我就会挣下一百万。我挣的会比您挣的多。"

"这我不怀疑。……那您为什么不写呢?"

"我不想写!"

"那是为什么?"

"我不想写,就是这么回事!我有良心!难道有良心的人能给你们那些报刊写稿吗?办不到!我甚至从来也不看报!我认为花钱订报的人都是傻瓜。……"

"我正好相反,"调解法官说,"我认为不花钱订报的人才是傻瓜。……"

"今天大夫心绪不好,"我说,"我们不要去惹他。……"

"谁告诉您说我心绪不好?我心绪挺好嘛。……您替报纸打抱不平,是因为您给报纸写东西,可是依我看来,报纸是……呸!连一个空鸡蛋壳也不值。那上面总是胡说,胡说,胡说。头一号的胡说和造谣!报刊工作者无异于律师。……他们一味胡说,没有良心!"

"我就做过律师,"调解法官说,"可是我有良心。"

普烈德波洛任斯基和柯左耶多夫互相看一眼,冷笑一下。

"我说的不是您。……我是泛泛而论的。……一般说来,所有的人都是骗子。……报刊工作者也罢,律师也罢,其他的人也罢,统统都是骗子。……"

我没有沉默下来,仍旧为报刊工作者辩护。调解法官继续为律师辩护。……马车上掀起一场争论。

"那么您的医学呢?"我抓住这个题目说,"医学呢?医学值几个钱?莫非您医病就不胡说?您一味要钱!医生是什么?医生就是掘墓人的序言……就是这么回事!不过,我也不知道为什么要跟您争吵。难道您的话有什么道理?您固然在大学毕了业,可是讲起道理来却跟澡堂里擦背的差不多。……"

"您讲话要冷静点!我认为大可不必用侮辱的字眼!"

"我们只顾骂报刊工作者和律师,"普烈德波洛任斯基用男低音说,"可是真正爱胡说的,我们却没看见。……你们跟我丈人谈一谈吧,他在胡扯方面比任何律师都高明得多呢。……"

如此等等。……你一句,我一句;你做个鬼脸,我做个鬼脸;你骂,我也骂;鬼才知道这个局面会闹到什么地步。……

整个冬天我们相互之间积下不少芥蒂,现在统统说出口了。我们比老处女还凶。

可是,我们这些没有睡醒而且喝得半醉的人正互相攻击,太阳却越升越高了。……迷雾终于完全消散,夏日的白昼开始了。……四下里安静而美妙。……

只有我们在破坏这种寂静。……

我们来到我们所遇到的第一个沼泽,就走下马车,气呼呼的,噘着嘴,缓慢地往四处走去。柯左耶多夫竭力要在我们之间造成和睦的气氛。他把一枚三戈比硬币高高地丢到空中,朝它放一枪,打中了。我们大家就一块儿拾起那枚硬币,数一数霰弹在硬币上留下多少弹痕,七嘴八舌地谈起来。

普烈德波洛任斯基惊起一只秧鸡,它飞起来,他就放一枪,把它打死了。我们祝贺他,高声欢呼。要不是医生捣乱的话,和睦的

309

气氛就终于建立起来了。医生趁我们庆贺普烈德波洛任斯基的第一次成功,独自走到马车跟前,解开蒲包,拿出白酒和冷荤菜来款待自己。

"大夫!您在那儿干什么?"奥特列达耶夫叫道。

"我在吃菜喝酒。"

"您有什么权利支配那些东西?"

"怎么了?"

"这都是给您预备的吗?我真不懂怎么干得出这种卑鄙行径,对不起!等都等不得!您开的是哪一瓶酒?圣徒啊!那是我的药酒!您有什么权利喝,先生?"

"您别嚷,劳驾!小声点!"

"要知道,这瓶药酒是我带来给我自己喝的!我身体弱,才带药酒,可是……这真叫人没办法!他居然把它打开了!是谁要您这么干的!您把咸鱼肉包好!"

"我不包!您这个不正派、不礼貌的人,应当知道打猎的时候所有的东西都是公用的。……您这个人,对不起,多么不顾礼貌!"

医生喝下一杯药酒,而且故意要气一气奥特列达耶夫,偏给他自己切下极大的一块咸鱼肉。普烈德波洛任斯基跑到马车跟前,为了惹他丈人生气,凑着酒瓶口喝下半瓶药酒。……奥特列达耶夫淌眼泪了。

"您这是故意捣乱吧?"他小声说,"好吧!好!原来您是这样。……多谢①……"

调解法官不知道出了什么事,走到马车跟前。

"啊啊?……您吃起来了?"他问,"这不嫌太早吗?不过呢,

---

① 原文为法语。

喝一杯倒也不碍事。……为您的健康干一杯！"

调解法官给自己斟一小杯药酒，喝下去。

"很好！好得很！"奥特列达耶夫喊一声。

"什么事好得很？"调解法官问。

"没什么。……"

奥特列达耶夫坐上马车，把蒲包丢在草地上，讥诮地向我们一鞠躬，拍拍车夫彼得的后背。

"走！"他叫道。

"您这是到哪儿去？"我们惊讶地问。……

"要是你们认为我讨厌……没受过教育……柯左耶多夫！你上车来，好朋友！咱们这些乡巴佬，哪儿配跟有学问的先生们一块儿打猎？咱们别待在这儿惹他们讨厌！走，亲爱的！"

"可是您上哪儿去？您要干什么傻事？"

"既然我傻，您又何必多操心？……就算是这样吧！我就是傻瓜。……再见。……我回家去。……"

"那我们坐什么车子回去呢？"

"你们爱坐什么就坐什么……这辆车子是我的。"

"你，老丈人，吃了毒草，迷了心窍还是怎么的？"普烈德波洛仟斯基嚷谑。

柯左耶多夫在奥特列达耶夫身边坐下，温顺地脱掉帽子。

"你发疯了？"普烈德波洛任斯基继续说，"快下车来！"

"我不下车。再见，姑爷！你是受过教育的人，懂得人道，又文明。……我呢……我是什么人？"

"你是傻瓜！诸位先生，这究竟是怎么回事啊？是谁惹恼他了？是您吧，大夫？您啊，见鬼，您老是拱起您那有学问的鼻子，去管那些跟您不相干的事！"

"我不是您的丈人。……我请您不要这么哇哇地叫，"医生怄气了,"要是您再大嚷大叫,那我就走!……"

"您自管走!这又不是什么大不了的损失!您还怪不错的呢!"

医生耸耸肩膀,叹口气,登上马车。调解法官摆了摆手,也登上马车。

"我们老是这样,"他叹道,"我们不论干什么事,总是弄得一无结果。……"

"赶车!"奥特列达耶夫喊道。

彼得吧嗒一下嘴唇,拉了拉缰绳,马车就开动了。

我和普烈德波洛任斯基互相看一眼。

"站住!"我叫道,跑过去追那辆马车,"站住!"

"站住!"普烈德波洛任斯基大叫起来,"站住,畜生!"

马车停住了,我们就坐上马车。

"你干的这种事我要永远记住!"普烈德波洛任斯基说,两眼闪闪发光,举起拳头对他丈人摇了摇,"永远记住!到死都忘不了这一天!"

我们一直沉默无言地坐车到家。在我们的灵魂里,极其强烈的欢欣为极其恶劣的心情所代替。我们恨不得互相吃掉,其所以没有吃掉,也只是因为我们不知道从哪儿吃起罢了。……我们坐车来到奥特列达耶夫的房子跟前,奥特列达耶娃太太正在露台上坐着喝咖啡。

"你们回来了?"她惊讶地说,"怎么这样早?"

我们走下马车,默默地往大门口走去。

"你们往哪儿走啊,诸位先生?"奥特列达耶娃太太叫起来,"总得喝咖啡吧?总得吃饭吧?你们往哪儿走啊?"

我们转过身去对着门廊,什么话也没说,光是庄严地摇我们的大拳头。普烈德波洛任斯基朝门廊这边啐口唾沫,骂起来,然后就走到马棚里去睡觉。

两天后,奥特列达耶夫、普烈德波洛任斯基、柯左耶多夫、调解法官、地方自治局医生和我,在奥特列达耶夫家里坐着打牌。我们一面打牌,一面照例互相痛骂。……

过三天,我们互相骂得死去活来,可是过了五天,又在一块儿放焰火了。……

我们互相争吵,毁谤,痛恨,鄙视,可是我们又没法分手。你们不要惊奇,也不要发笑,读者诸君!请你们搬到奥特列达耶夫卡村来,在这儿住上一个冬天和一个夏天,你们就会知道是怎么回事了。……

穷乡僻壤比不得京城。……在奥特列达耶夫卡村,一只虾无异于一条鱼,福玛①也算个人物,于是争吵也就成了活生生的语言。……

---

① 指普通老百姓。

三个当中选一个

古老而又永远新颖的故事

在五等文官夫人玛丽雅·伊凡诺芙娜·兰盖尔华丽的旧式别墅里,玛丽雅·伊凡诺芙娜的女儿娜嘉和莫斯科著名商人的小儿子伊凡·加甫利洛维奇一起站在露台上。

暮色好极了。倘使我是描写景物的能手,我就会描写月亮从乌云里亲切地向外张望,把美好的光芒倾注在树林上、别墅上和娜嘉的小脸上。……我还会描写树木轻柔的絮语声、夜莺的歌唱声、小喷水池轻得几乎听不见的溅水声。……娜嘉站在那儿,一个膝头跪在圈椅边沿上,一只手扶着栏杆。她那对眼睛是深色的,像丝绒那样柔和、深邃,瞧着幽暗而碧绿的丛林出神。……她的小脸被月光照亮,面色苍白而又有一块块深色的阴影,像是斑点,其实是红晕。……伊凡·加甫利洛维奇站在她身后,发抖的手烦躁地揪稀疏的胡子。等到揪得厌烦了,他就用另一只手开始摩挲和拉扯他衬衫的难看的高领口。伊凡·加甫利洛维奇相貌不漂亮。他生得像母亲,而他母亲却像从乡下来的厨娘。他额头又小又窄,仿佛给压瘪了似的。他鼻孔朝天,鼻尖滚圆,鼻梁不像鹰钩,却明显地凹下去,头发像刚毛那么硬。他的眼睛又小又细,像小猫一样,带着疑问的神情瞧着娜嘉。

"请您原谅我,"他结结巴巴地说,紧张地叹气,不住地重复他的话,"请您原谅我对您讲出……我的感情。……可是我那么爱您,简直不知道我的神志是不是还清醒着了。……在我胸膛里,我对您的感情那么强烈,连表达出来都不可能!我,娜杰日达①·彼得罗芙娜,当初一见到您就立时对您钟情,也就是说爱上您了。当然,这要请您原谅,不过……话说回来……"他顿一顿,"今天,景色真是招人喜爱啊!"

"是啊。……天气不错。……"

"在这样的景色里,您要知道,爱上像您这样一个妙人儿,那是多么愉快呀。……可是,我不走运!"

伊凡·加甫利洛维奇叹口气,揪一下胡子。

"我很不幸!我爱您,我痛苦,可是……您呢?难道您能对我有感情吗?您受过教育,有学问……处处都高尚。……我呢?我却是商人身份,此外……什么也说不上!简直什么也说不上!钱倒有很多,可要是没有真正的幸福,有钱又有什么用呢?没有幸福而单有钱,那无非是活受罪,无非是……不结果实的花罢了。我吃的倒好,还有……出门也不必走路……可就是生活空虚。……娜杰日达·彼得罗芙娜!"

"怎么?"

"没……没什么!认真说来,我想麻烦您。……"

"您有什么事?"

"您能爱我吗?"他顿一顿,"我在您娘面前……也就是您的妈妈面前,献出了我对您的心和手,②可是她老人家说,这事全由您做主。……她说,您可以自己决定,用不着父母管。……您会怎样回答我呢?"

---

① 这个名字的爱称就是娜嘉。
② 即求婚。

娜嘉没开口。她瞧一眼幽暗的绿色丛林,那儿隐约现出树干和图案般的树叶。……树梢在清风中微微摇摆,她入神地看着树木的黑影摇动。她的沉默使得伊凡·加甫利洛维奇透不出气来。泪水涌上他的眼眶。他心里痛苦。"要是她拒绝,那可怎么办呢?"他暗自想着。这个令人发愁的想法好比一瓢凉水浇下来,他宽阔的背脊上冒出一阵阵冷气。……

"请您发发慈悲吧,娜杰日达·彼得罗芙娜,"他说,"您不要折磨我的心了。……要知道,我这样纠缠您,那都是出于爱情。……因为……"他顿一顿,"倘使……"他顿一顿,"倘使您不回答我,我不如索性死掉的好。"

娜嘉转过脸来对着伊凡·加甫利洛维奇,微微一笑。……她对他伸出手,开口讲话,她的声调在莫斯科商人的耳朵里无异于塞壬①的歌声:

"我很感激您,伊凡·加甫利洛维奇。……我早就知道您爱我,我知道您多么爱我。……可是我……我……我也爱您。让②……凭您善良的心,凭您的忠诚,谁也不能不爱您。……"

伊凡·加甫利洛维奇张大嘴,笑起来。这个幸福的人用手心摩挲脸,心里说:这莫非是做梦?

"我知道,要是我嫁给您,"娜嘉继续说,"我就会极其幸福。……可是您要知道,伊凡·加甫利洛维奇,关于我的回答,您略微等一下吧。……要我目前就确切地回答您,我做不到。……对终身大事,我得好好想想。……这得仔细考虑。……您稍微忍耐一下吧。"

"要等很久吗?"

---

① 希腊神话中人身鸟足的女妖,常以其美妙的歌声诱惑航行者触礁而死。
② 法国人名,相当于俄国人名伊凡。

"不,等不了多久。……一天,至多也不过两天。……"

"这行。……"

"您现在就走吧,我写信回答您好了。……现在您就回家去,我也好考虑一下。……再见。……过一天再见。……"

娜嘉伸出手去。伊凡·加甫利洛维奇抓住她的手,吻了吻。娜嘉点点头,对着空气吻一下,从门廊上跑掉,不见了。……伊凡·加甫利洛维奇呆站了两三分钟,思忖一阵,就穿过小花圃和丛林,去找他的马车,马车就停在林中小路上。他幸福得身子发软,四肢无力,仿佛在滚热的澡堂里待了一整天似的。他一面走,一面幸福得笑起来。

"特罗菲木!"他唤醒睡熟的车夫,"醒一醒!我们走吧!我要赏给你五张黄票子①做茶钱呢!听明白了吗?哈哈!"

这当儿娜嘉已经跑着穿过所有的房间,到另一个露台上,从那儿走下去,再穿过树木、灌木丛、小矮树,跑到另一条林中小路上。在那条林中小路上,她幼年时代的朋友符拉季米尔·希特拉尔男爵,一个大约二十六岁的青年男子,在等她。希特拉尔是日耳曼人,生得又矮又胖,头顶已经看得出在秃了。这一年他大学毕业,现在要到哈尔科夫他的庄园上去,今天最后一次到此地来,是来辞行的。他带点酒意,在长椅上半躺半坐,嘴里打着唿哨,吹着《射击手》的曲调。

娜嘉跑到他跟前,呼呼地喘气,跑得很累,一下子搂住他的脖子。她扬声大笑,用手揪他的脖子、头发和衣领,不住地吻他那张冒汗的胖脸。……

"我已经等你整整一个钟头了。"男爵搂住她的腰说。

"哦,怎么样,身体挺好吗?"

---

① 在俄国,黄色的钞票是一卢布钞票。

"挺好。……"

"你明天走?"

"明天走。……"

"这真不妙。……你不久就回来吗?"

"我不知道。……"

男爵吻娜嘉的脸,把她从膝头上放到长椅上。

"好,我们也吻得够了,"娜嘉说,"等一会儿再吻也不迟。……反正还有许多时间呢。现在我们来谈一谈正事。"她顿一顿,"你,沃里亚①,想过了吗?"

"想过了。……"

"那么怎样,该怎么办呢?什么时候……举行婚礼?"

男爵皱起眉头。

"你又是这一套!"他说,"要知道,昨天我就已经给过你……确切的答复了。……根本就谈不到举行婚礼!我昨天就已经对你说过。……这件事已经谈过一千遍,何必再提呢?……"

"可是,沃里亚,我们的关系总得有个了结吧?你怎么会连这也不懂?不是应该有个了结吗?"

"应该是应该,然而不是用举行婚礼来了结。……你,娜嘉,我要说第一百遍,未免太天真了,像三岁的孩子一样。……天真倒是适合漂亮的女人的,不过在目前这种情况下却不相宜,我亲爱的。……"

"这是说你不肯结婚!你不肯,对不对?直截了当地说吧,你这个昧良心的人,直截了当地说吧:你不肯?"

"我就是不肯。……我何苦断送我的前程呢?我爱你,可是话说回来,要是我跟你结婚,那你就把我毁了。……你既不会给我

---

① 符拉季米尔的爱称。

带来钱财,也不会给我带来田产。……婚姻,我的朋友,应当算是半个前程,可是你呢……用不着哭。……考虑事情应当合乎情理嘛。……为爱情而结婚绝不会幸福,结局照例是空欢喜。……"

"胡说。……你胡说!就是这么回事!"

"结婚倒不要紧,以后可就要活活饿死。……生下来的子女也得做叫花子。……这可得考虑啊。……"

"可是那时候为什么你就不考虑?……你总记得吧?那时候你可是对我发誓赌咒,说你会跟我结婚的。……你不是说过吗?"

"我说过。……不过现在我改变主意了。……话说回来,你总不会嫁给穷人吧?那你为什么硬逼着我娶穷人呢?我可不愿意卑鄙地对待我自己。我有我的前途,我必须在我良心面前对前途负责。"

娜嘉用手绢擦干眼泪,突然间,出人意外,一下子又搂住改信东正教的日耳曼人的脖子。她偎紧他,一个劲儿地吻他的脸。

"你娶我吧!"她喃喃地说,"娶我吧,亲爱的!要知道我爱你!要知道我缺了你就活不下去,我的心肝!要是你丢开我,你就会害得我死掉。你娶我吗?行吗?"

日耳曼人沉吟一下,用坚决的声调说:

"我办不到!爱情是好东西,可是在这个世界上,它不是占第一位的东西。……"

"那么你不肯?"

"对。……我办不到。……"

"你不肯?真的你不肯?"

"我办不到,娜嘉!"

"你这下流坯,坏蛋……就是这么的!骗子!日耳曼佬!我受不了你,恨你,看不起你!你坏透了!我从来也没爱过你!即使那天傍晚我委身于你,那也只是因为我把你看作正人君子,以为你会娶我。……那时候我就讨厌你！那时候我愿意嫁给你,是因为你是男爵,又是阔人！"

娜嘉摇着手,从希特拉尔面前退后好几步,又狠狠地挖苦他几句,然后走回家去。"我刚才不该来找他,"她一面走回家去,一面暗想,"我本来就知道他不愿意结婚。他真是坏蛋！那天傍晚我做了傻瓜！要是那时候我没委身于他,现在也就没有必要在他面前低声下气了……这个日耳曼佬！"

娜嘉走进别墅的院子,却没回到房间里去。她在院子里走了一会儿,然后在一个灯光微弱的窗子跟前站住。窗子里是个房间,由年轻的首席小提琴手米佳·古塞夫住着,他刚在音乐学院毕业,在这儿消夏。娜嘉开始往窗子里看。米佳在家。他生着卷曲的金发,肩膀很宽,相貌挺不错。他躺在床上,已经脱掉上衣和坎肩,在读长篇小说。娜嘉站一会儿,思考一下,敲了敲窗子。首席小提琴手抬起头来。

"谁啊？"

"是我,德米特利①·伊凡内奇。……您开一会儿窗子吧！……"

米佳赶紧穿好上衣,推开窗子。

"您到这儿来。……您爬出窗口,到我这儿来……"娜嘉说。

米佳在窗口出现,不消一秒钟工夫就已经站在娜嘉身旁了。

"您有什么事？"

"我们去散散步吧！"娜嘉说,挽住米佳的胳膊。

"您听我说,德米特利·伊凡内奇,"她说,"您不要给我写情书了,亲爱的！劳驾,不要再写了！您不要爱我,也不要对我说您爱我！"

---

① 这个名字的爱称就是米佳。

泪水在娜嘉的眼睛里闪亮,一串串地顺着脸颊,顺着胳膊淌下来。

那是最真诚、热烈的大颗眼泪。……

"您不要爱我,德米特利!不要为我拉小提琴!我是个卑鄙的、可憎的、不好的女人。……像我这样的女人应该遭到鄙视、憎恨、痛打才对。……"

娜嘉哭起来,把小小的头靠在米佳胸脯上。

"我是最卑鄙的女人,我的思想也卑鄙,我的心也卑鄙。……"

米佳张皇失措,叽叽咕咕说了句文不对题的话,吻娜嘉的头。……

"您善良,心好。……我,说心里话,是爱您的。……哎,不过您可不要爱我!在这个世界上我最爱的就是金钱、服装、马车。……我一想到我没有钱,就宁可死掉。……我坏透了,我自私自利。……您不要爱我,德米特利·伊凡内奇,亲人!您不要再给我写信!我就要出嫁了……嫁给加甫利雷奇①。……您看我是个什么样的人!您居然还……爱我!再见!我将来嫁了人也还是会爱您。……再见,米佳!"

娜嘉急匆匆地拥抱古塞夫,急匆匆地吻他的脖子,然后往大门口跑去。

娜嘉回到自己房间里,挨着桌子坐下,伤心地哭着,写了下面这封信:"亲爱的伊凡·加甫利雷奇!我属于您了。我爱您,愿意做您的妻子。……您的娜。"

她把信封好,交给女仆按地址送去。

"明天……他会给我带点什么礼物来的……"娜嘉暗想,深深

---

① 加甫利洛维奇的简称。

地叹口气。

这一声叹息结束了她的哭泣。娜嘉在窗边略坐一阵,定下心来,就赶紧脱掉衣服睡下。到午夜时分,这个年轻、漂亮、放荡的坏女人已经睡熟,身体在贵重的、绣了花和姓氏的绒毛被子里睡暖,只是偶尔颤动一下。

这天午夜,伊凡·加甫利洛维奇在他书房里走来走去,讲出他的种种幻想。

他父母在这个房间里坐着,听他讲他的幻想。……他们兴高采烈,由于儿子幸福而感到幸福。……

"她是个好姑娘,人品高尚,"他父亲说,"她是五等文官的女儿,再者又是美人儿。只有一件事不好:她姓的是日耳曼人的姓!人家会以为你娶了个日耳曼女人呢。……"

他　和　她

　　他们飘游四方。他们只在巴黎盘桓几个月,至于在柏林、维也纳、那不勒斯①、马德里、彼得堡以及其他大城,他们却不肯久留。他们在巴黎感到宛如②在家里。对他们来说,巴黎才算是大城,才可以做他们的居留地,至于欧洲的其余地方,却都是枯燥无味而又乱糟糟的内地,只能在大饭店③里隔着放下来的窗帘,或者站在舞台前部看一眼。他们都不算老,然而欧洲各大城市他们已经有机会去过两三次。他们对欧洲已经腻烦,开始谈到要作美洲之行,而且以后也还会谈下去,除非人们能把他们劝住,说她的歌喉已经不那么出色,犯不上再到另一个半球上去演唱了。

　　要见他们的面是很难的。在街上无从见到他们,因为他们出门总坐轿式马车,而且总要天黑下来,到傍晚和夜间,才会出门。他们常常一觉睡到吃中饭的时候才醒。可是他们醒过来后,照例心绪不佳,不肯接待任何人。只有偶尔,时间不一定,在后台或者坐下来吃晚饭的时候,他们才肯见客。

　　在市上出售的照片上倒可以见到她。不过在照片上她是美人儿,其实她根本就算不得美人儿。您不要相信她的照片:她相貌难

---

　　① 意大利的一个城名。
　　② 原文为拉丁语。
　　③ 原文为法语。

看。大多数人都在她登台的时候见到她。可是她一到舞台上,就面目全非了。白粉、胭脂、黑墨和别人的头发,像假面一样掩盖了她的脸。在音乐会上也是如此。

她这个二十七岁、脸上起了细纹、动作不大灵活、鼻子上布满雀斑的女人,扮演玛加丽特的时候,看上去却俨然是个苗条而俊俏的十七岁少女。在舞台上,她最不像她自己。

假使您想见他们的面,那就请您取得权利去出席由外人招待她的宴会,以及她自己从一个大城转到另一个大城去,临行之前偶尔也举行的宴会吧。要取得这样的权利,只是乍看起来才很容易,其实,只有某些有资格的人才能走到饭桌跟前去。……这类人当中有剧评家先生,有冒充剧评家的滑头,有本地的歌唱家、乐队指挥和乐队长,有成为剧院常客的、头顶半秃的业余爱好者和鉴赏家,有由于家财豪富或者门第显赫而来出席的食客。这些宴会并不乏味,在善于观察的人看来颇有趣味。……这样的宴会参加一两次是值得的。

名流们(这样的人在宴席上很多)一面吃东西,一面说话。他们的姿态随随便便,把脖子歪到这一边,脑袋歪到那一边,一只胳膊肘倚在桌子上。老人们甚至用手指头剔牙。

报刊工作者占据离她最近的椅子。他们几乎都喝醉酒,举止极其随便,倒好像他们认识她已经一百年了。如果他们把温度再提高一度,这种局面就会变成狎昵。他们大声说俏皮话,喝酒,互相打岔,(同时也不忘记说一声"对不起!")讲些浮夸的祝酒词,显然不怕做出蠢事来;有些人带着绅士风度从桌角上探过身子来,吻她的小手。

冒充剧评家的人用开导的口吻同业余爱好者和鉴赏家讲话。那些业余爱好者和鉴赏家沉默不语。他们嫉妒报刊工作者,幸福地微笑着,专喝在这类宴会上往往特别好的红葡萄酒。

她,宴会的皇后,穿得相当朴素,然而衣料极其贵重。在她脖子上,大颗的钻石从花边的衣领里露出来。她两条胳膊上都戴着光滑的大镯子。她的头发梳成极不明确的发型:只有女人看了才喜欢,男人看了却不喜欢。她脸上喜气洋洋,对所有在座的人一概露出极其畅快的笑容。她能够同时对所有的人微笑,同时跟所有的人谈话。她妩媚地点头,而且使每个在座的人都觉得她在对他点头。您瞧着她的脸,就会觉得她四周坐着的似乎都是她的朋友,她对这些朋友一律抱着最友好的感情。临到宴会结束,她就拿她的照片分送给某些人,而且当场,就在饭桌上,在照片背后亲笔写上得到照片的幸运儿和她自己的姓名。她,不消说,讲法国话,可是临到宴会结束,又讲别国的语言。她讲英国话和德国话糟糕到可笑的地步,可是就连这种糟糕的外国话,出之于她的口,也仍然显得可爱。总之她那么可爱,您会很久忘掉她生得难看。

他吗?他,她的丈夫①,坐在宴席上,同她相隔五把椅子,喝很多酒,吃很多菜,大部分时间一言不发,信手把面包屑揉成小球,不时读酒瓶上的商标。人们瞧着他的体态,就感到他无事可做,闲得无聊,懒懒散散,心里腻烦。……

他生着淡黄色头发,不过头顶已经渐渐光秃,头发稀了。女人、醇酒、不眠的夜晚、走遍世界的漂泊生活,在他脸上刻下沟痕,留下很深的皱纹。他大约三十五岁,不会再大,可是论外貌,却显老。他的脸似乎在克瓦斯②里泡过。他眼睛好看,可是眼神懒散。……他以前相貌不丑,然而现在丑了。他生着罗圈腿,两只手带泥土般的颜色,脖子上满是毫毛。由于他的弯腿和特别古怪的步态,他在欧洲不知怎么得了"四轮马车"的外号。他穿着礼服活

---

① 原文为法语,此处含有"夫以妻贵"的讥诮意味。
② 俄国的一种带酸味的清凉饮料。

像一只身上淋湿而尾巴还干着的寒鸦。宴席上的人都不注意他。他也不理他们。

如果您去参加宴会,见到他们,见到那对夫妇,那就请您观察一下,告诉我,以前和现在究竟是什么东西把这两个人联系在一起的。

您见到他们,就会这样回答(当然,大致这样):

"她是著名的女歌唱家,他却仅仅是著名的女歌唱家的丈夫,或者用后台的行话来说,无非是妻子的跟班丈夫而已。她每年,合成俄国钱,一共挣八万卢布,他却什么事也不做,因而有的是时间做她的仆人。她需要管钱的人,同剧院经理办交涉、讲条件、订合同的人。……她专同鼓掌的观众周旋,至于钱财方面的事,她活动中乏味的一面,她却不屑于去管,所有那些事情她一概不碰。所以她才需要他,犹如需要随从或者仆人一样。……要是她自己能管,她就会把他赶走。可是他,一面从她那儿领到大笔的薪金,(她不知道金钱的价值!)一面却理所当然地串通她的女仆合伙偷她的财物。他挥霍她的钱,死命地灌酒,甚至也许藏起私房钱来供日后急难用。他满足于他的地位,如同钻进好苹果里的软虫一样。要是她没有钱,他就会离开她了。"

凡是在宴席上观察过他们的人,都是这样想,这样说的。他们所以这样想,这样说,是因为他们不可能深入考察这件事的底细,只能凭表面现象判断。大家都把她看做著名的歌唱家,可是对他却都躲着,如同躲开一个渺不足道而且周身沾满青蛙黏液的人似的。其实,这个名满欧洲的女歌唱家同那只癞蛤蟆却是由一种最使人羡慕的、最高尚的关系结合在一起的。

下面就是他写下的一段话:

"人们常问我为什么爱这个恶婆娘。不错,这个女人不值得爱。她也不值得恨。对这样的女人,只配不加理睬,置之度外。必得是我,或者是疯子,才会爱她,不过呢,我也就是疯子。

"她生得不好看。当初我跟她结婚,她就生得丑,现在更不用说了。她像是没生额头。她眼睛上面没有眉毛,只有两道看不大清的纹路。她那应该生眼睛的地方,只有两条不深的缝。这两条缝黯淡无光:既显不出才智,也显不出愿望,更显不出激情。她的鼻子活像土豆。她的嘴小而美,然而牙齿难看极了。她没有胸脯,没有腰身。不过后一种缺陷倒也掩盖过去了,因为她有一种鬼本事,善于把她的束腰衣勒得紧紧的,简直巧夺天工。她身材矮而丰满。她虽则丰满,却又皮肉松弛。总的说来①,她周身有一种我认为最重要的缺点,就是完全缺乏女性的特征。我倒并不认为皮肤白净和肌肉无力才是女性的特征,在这方面我的看法同很多人不一样。她算不得上流女人,算不得太太,却像是小铺的老板娘,风度不雅:走起路来老是甩手,坐下来就把一条腿搭在另一条腿上,整个身子前后摇晃,躺在床上总是把腿架起来,等等。

"她邋邋遢遢。在这方面特别突出的,就是她那些皮箱。皮箱里,干净的内衣同穿脏的内衣混在一起,套袖和拖鞋以及我的皮靴放在一块儿,新的束腰衣和穿破的束腰衣搀和在一起。我们素来不接待任何人,因为我们的旅馆房间里老是又脏又乱。……唉,何必提这些呢?要是您中午见到她,看着她刚睡醒,懒洋洋地从被子里爬出来,您就会认不出她是有夜莺般歌喉的女人。她没梳头,蓬松着头发,眼睛浮肿而带着睡意,衬衫的肩部破了一块,光着脚,斜着眼睛,四周弥漫着昨天的纸烟的薄雾,那她还像夜莺吗?

"她常喝酒。她喝起酒来不亚于骠骑兵,不管是什么时候,也不管是什么酒,想喝就喝。她早就喝酒了。要是她不喝酒,那她就

---

① 原文为法语。

会超过巴蒂①,不管怎样总不会低于她。她由于喝酒已经断送一半前程,她再喝下去,很快就会把另一半前程也毁掉。可恶的日耳曼人教会她喝啤酒,如今她临睡前不喝完两三瓶就不肯上床。要是她不喝酒,原是不会得上胃炎的。

"她不讲礼貌,这是偶尔来约她到音乐会上去演唱的大学生可以作证的。

"她喜爱广告。我们每年要花掉好几千法郎的广告费。我对广告满心看不起。这种愚蠢的广告不论多么昂贵,总比她的歌喉低贱。我的妻子只喜欢人家摩挲她的脑袋,而不喜欢人家说出什么不像称赞的真话。对她来说,被收买的犹大的一吻②要比没有被收买的批评可爱些。她全然缺乏个人尊严感!

"她聪明,然而她的头脑没有受过充分的训练。她的脑子早就失去弹性,布满脂肪,沉睡了。

"她任性,反复无常,没有什么坚定的信念。昨天她还说,钱是毫无价值的东西,问题根本不在于钱,可是今天她却到四个地方去,在四个音乐会上演唱,因为她终于相信这个世界上再也没有一样东西高过钱的了。明天她又会说昨天说过的那些话。她不想熟悉祖国,她心目中没有政治上的英雄,没有她所喜爱的报纸和她所喜爱的作者。

"她富裕,可是不帮助穷人。不但这样,时装女工和理发师的工钱,她也常不付足。她没有心肝。

"这个坏到无可再坏的女人啊!

"可是等到她擦上脂粉,梳光头发,勒紧腰身,走到舞台脚灯

---

① 巴蒂(1843—1919),意大利女歌唱家。——俄文本编者注
② 根据基督教传说,耶稣的门徒犹大以三十块银币将耶稣出卖给犹太教当权者,为拘捕耶稣的人带路,并且给他们一个暗号,说他与谁亲嘴,谁就是耶稣。犹大见到耶稣,果然吻他,于是耶稣被捕,受审,处死。

跟前,开始同夜莺和欢迎五月朝霞的云雀比一比高下,您就再来看看这个恶婆娘吧。她那天鹅般的步态流露多少尊严,多少妩媚呀!您瞧一瞧吧,而且我请求您要看得仔细点。她一举起手,张开嘴,她那两道细缝就变成很大的眼睛,充满了光辉和激情。这样神奇的眼睛您在其他任何地方都是找不到的。等到她,我的妻子,开始歌唱,等到最初的颤音在空中回荡,等到我开始觉得我那骚动不安的心灵在这些神奇声音的影响下渐渐平静下来,那么请您看一下我的脸,您就会领悟我的爱情的秘密了。

"'她真美,不是吗?'那时候我常问邻座的人。

"他们就说:'是啊',可是这在我还嫌不够。谁敢于认为这个不平常的女人不是我的妻子,我就恨不得打死谁。过去的事我统统忘记了,我专为现在活着。

"您看看她是个什么样的演员吧!她的每个动作都包含着多么深刻的意义!她了解一切:爱情、憎恨、人的灵魂。……无怪乎鼓掌声震得剧院不住颤动。

"等到最后一幕结束,我就带着她走出剧院。她脸色苍白,筋疲力尽,一个晚上经历了人的整整一生。我也脸色苍白,四肢无力。我们在轿式马车里坐下,回旅馆去。在旅馆里,她一句话也没说,也不脱衣服,就倒在床上了。我一言不发,在床沿上坐下,吻她的手。在这样的傍晚,她不把我赶出她的房间。我们就一块儿睡下,睡到第二天早晨,然后我们醒过来,又互相辱骂。……

"您知道我还在什么时候爱她吗?在她出席舞会或者宴会的时候。在这类地方我所以爱她,也是因为她显出她是出色的演员。真的,必得是多么了不起的演员,才能像她那样善于战胜和克制自己的本性啊。……我在这些愚蠢的宴会上都认不出她来了。……她能把拔净了毛的鸭子变成孔雀。……"

这封信是在喝醉的时候写的,字迹几乎模糊不清。它用德语写成,其中有很多错字。

下面是她写的一段话:

"您问我是不是爱这个孩子。是的,有的时候我挺爱他。……爱他哪一点?那就只有上帝知道了。……

"不错,他不漂亮,不可爱。像他这样的人,天生就没有权利得到女人的爱情。像他这样的人只能花钱买爱情,不花钱是得不到爱情的。您自己来判断吧。

"他一天到晚喝得酩酊大醉。他的手索索地抖,那是很难看的。他喝醉酒就唠唠叨叨,动手打人。他连我也打。他清醒的时候,就随便在一个什么地方躺下,沉默寡言。

"他虽然从不缺少买衣服的钱,却老是穿得破破烂烂。我的收入倒有一半经他的手不知花到哪儿去了。

"我丝毫也不打算约束他。凡是不幸的、结了婚的女演员,找个管钱的人总要付出极高的代价。这样的丈夫总是拿去一半的钱作为他的工作报酬。

"他倒没有把钱花在女人身上,这一点我是知道的。他看不起女人。

"他是懒汉。我从没见过他任何时候做任何事。他吃喝睡觉,如此而已。

"他根本没有念完大学。他在大学读一年级的时候,由于举止狂妄而被开除了。

"他不是贵族,而最糟糕的是,他是日耳曼人。

"我不喜欢那些日耳曼先生。一百个日耳曼人倒有九十九个白痴,只有一个是天才。这句话我是从一个公爵那儿听来的,他是有法国人气质的日耳曼人。

"他吸一种难闻的烟草。

"不过他也有好的一面。他爱我那高尚的艺术胜过爱我。每逢演出之前剧院宣布说我因病不能歌唱,也就是说我在耍小性子,他总是走来走去,愁得要命,捏紧拳头。

"他不是胆小鬼,他不怕人。我在人们身上最喜爱的莫过于这一点。我要给您讲一个我生活里的小插曲。事情发生在巴黎,那时候我离开音乐学院已经有一年了。我当时还很年轻,在学喝酒。每到傍晚我都灌酒,一直喝到我年轻的力量顶不住了才罢休。我灌酒,不消说,是有同伴在一起的。有一次,在这样的酒宴上,我正跟那些捧场的显贵们碰杯,不料一个我不认得的、很不好看的孩子走到桌前来,直着眼睛瞧我,问道:

"'您为什么喝酒?'

"我们哈哈大笑。这个孩子却不慌张。

"他问的第二句话更放肆,却直接发自他的内心:

"'您笑什么?等到您喝坏嗓子,做了叫花子,现在这些用酒把您灌醉的坏蛋却连一个小钱也不会给您!'

"这样放肆还了得?我那一伙人都嚷起来。可是我让这孩子在我身旁坐下,吩咐给他送酒来。原来这个主张不喝酒的人却很会喝酒。顺便说说①:我管他叫做孩子,只因为他的唇髭很少而已。

"我就因为他放肆才同他结婚的。

"他不爱讲话。他最常说的是两个字。他说这两个字总是用出自肺腑的胸音,嗓子发颤,脸上肌肉痉挛。他说这两个字往往是在宴会上,在舞会上,坐在人们中间的时候。……每逢有人(不管是谁)说了假话,他就抬起头来,什么东西也不看,丝毫也不心慌,说道:

"'胡说!'

---

① 原文为法语。

"这就是他喜爱的两个字。每逢他讲出这两个字,他的眼睛总是光芒四射,哪个女人经得住呢？我爱这两个字,也爱他眼睛里的光辉,也爱他脸上肌肉的痉挛。并不是每个人都会说这两个优美而大胆的字的,我的丈夫却不管任何场合,任何时候都会讲。我有的时候挺爱他,而这个'有的时候',据我回忆,往往恰好就是他讲出这两个优美的字的时候。不过,上帝才知道我是看中他哪一点才爱他的。我是个很差的心理学家,在目前的情况下却似乎接触到心理学问题了。……"

这封信是用法语写成的,字迹优美,几乎像是男人的手笔。您在信里连一个语法错误也找不到。

集　市

　　这个小城很小,几乎看不见。它名为城市,其实,如果说它像城市,那么,很糟的乡村就也像城市了。即使您是瘸子,走路拄着拐杖,也只要十到十五分钟,或者更少一点时间,就可以把这块地方前前后后走遍。所有的小屋都很差,很旧。任何一所房屋您都可以花一枚十五戈比银币买下,分三期付款。城里的居民,您扳着手指头就能数清楚：市长、警官、神甫、教员、助祭、在防火的瞭望台上走来走去的人、诵经士、两三个市民、两个宪兵,除此以外似乎就没有什么人了。……女性倒有很多,不过话说回来,统计学家在大多数情形下是不把女性计算在内的(统计学家们知道,母鸡算不得家禽,雌驹算不得马,军官的妻子算不得太太……)。外来的人却多得不得了：邻近的地主啦,别墅的主人啦,暂时在此地消夏的炮兵连中尉啦,邻村那个头发很长、身穿酱紫色法衣、男低音歌喉类似河马吼声的助祭啦,等等①。天气平平常常。不时下一点雨,弄得买东西和卖东西的人有点扫兴。空气清爽。此地倒没有莫斯科城里那些气味。到处弥漫着树林、铃兰、松焦油的气味,此外好像还略有畜栏的气味。重商主义精神从一切小巷、缝隙、角落里发散出来。不管您往哪儿走,到处都是售货棚。大街两旁,从街头到

---

①　原文为拉丁语。

街尾,排列着两行售货棚。大街尽头是一个广场,也挤满售货棚。村妇们在教堂的院子里卖葵花子。就连树上的苹果也找不到可以掉下来的空地。车队,马匹,奶牛,公牛犊,乳猪,多得吓死人!男人很少,可是女人……女人呀!! 各处都挤满女人。她们都穿着红色连衣裙,套着黑色棉绒短上衣。她们人数那么多,挤得那么密,一旦发生火灾,消防队"全班人马"尽可以放心大胆从她们头顶上开过去哩。

醉醺醺的人(唉!),不知什么缘故,倒很少。空中充满不停的吵嚷声、尖叫声、呼啸声、破裂声和牛羊的叫声。闹声那样嘈杂,倒好像在造第二座巴比伦高塔①似的。

市民房屋所有的窗子都开着。从那儿望进去,可以看见茶炊、缺嘴的茶壶、市民们那些鼻子发红的脸庞。他们的熟人站在窗外,手里拿着买来的东西,在抱怨天气。穿酱紫色法衣的助祭,头发里夹着麦秸,②跟所有的人握手,大声说话,嗓音响得人人都能听见:"您好!荣幸地祝您过节好!哦……什么?!"

男性成群地围着马匹和奶牛。那儿的生意是按几十卢布,甚至几百卢布成交的。做马生意的大商家,不消说,是茨冈。他们赌咒发誓,口口声声说情愿蚀掉血本。马匹买卖的成交要借助于长衣襟,③由此可见,凡是衣服没有长衣襟的人既不能卖马,也不能买马。马匹大多是干粗活的,属于普通的品种。

女性把出售各色布匹和蜜糖饼干的货棚围得水泄不通。不讲情面的时间已经在蜜糖饼干上留下烙印。它们布满甜食的锈菌和绿霉。您自管买蜜糖饼干,不过请您务必叫它离嘴远一点,要不然

---

① 根据基督教传说,古人在巴比伦造一座通天塔,后来因众人语言混乱而中止。
② 暗指他刚才躺在一个干草堆上睡觉。
③ 指买卖双方把手伸到长衣襟底下,借手指的活动讨价还价,借此避开外人耳目。

可就要倒霉！关于干瘪的梨和糖果，也可以这样说。那些不幸的面包圈上盖着粗席，也蒙着灰尘。可是女人们满不在乎。反正肚子又不是镜子①。

男孩们见到出售玩具的货棚便纷纷围上去，就连苍蝇见着蜜汁也不见得能围得那么密。他们身边却一个钱也没有。……他们站在那儿，眼巴巴地盯紧假马、假兵和白铁做的小手枪。常言说得好：可望而不可即。有个胆大的孩子拿起鸟笛，放在手里握一会儿，转来转去看一阵，吹得吱吱地响，然后放回原处，于是心满意足，擦擦鼻子。像这样的货棚没有一个不是挤满二三十个孩子的。他们站在那儿，往往一连看上两三个钟头，真是有耐性极了。不管您给哪个费玖希卡、彼得、瓦秀特卡买上一支小手枪或者一只生着牛脸而背上有黑色条纹的假狮子，您总会给他心里注满无限的喜悦。

小女孩们从男孩们的胳膊肘后面探出头来张望。她们的注意力也被小马和穿着纱布小裙子的玩偶吸引住。您还会看见孩子们围住卖冰激凌的小贩，其实他们卖的"白糖"冰激凌是很次的。谁手里有一个小钱，谁就凑着绿色小杯子吃起来，吃得很久，津津有味，慢条斯理，从容不迫，不住地舔嘴唶舌，把手指头吮了又吮，唯恐放过这幸福的时刻。他一个人吃，可是总有二十来个没钱的孩子站在四周，摆出"立正"的架式，眼热地瞅着走运的孩子的嘴。那一个呢，一边吃一边装模作样。……

"彼得，给我……吃一匙吧！"一个小姑娘盯住走运的孩子的右手，哀叫道。

"躲开！"走运的孩子说，把他手里的绿色小杯子捏得更紧了。

"彼得呀！"一个男孩，戴着父亲的大帽子，哀叫道，"你借给

---

① 意谓镜子有土就不能照人，而肚子里吃进尘土却没有关系。

我点!"

"借什么?"

"白糖冰激凌啊。稍微给我点吧,"他顿一顿,"你肯给吗?你给我一匙好了。往后我就还给你五个羊拐子①。"

"躲开!"走运的孩子说。

幸运儿吃完他那杯冰激凌,把嘴唇舔了很久,从此以后很久很久都忘不了白糖冰激凌。

啊,要是有钱就好了!!你们,五戈比铜币和十五戈比银币,都在哪儿呀?戴着父亲的帽子在市上走来走去,看这样,听那样,摸这个,闻那个,同时身边却连一个小钱也没有,这是再糟糕、再难受、再恼人也没有了。可是费玖希卡或者叶果尔卡,却能花一个小钱买冰激凌吃,或者买一管小手枪,砰的放一枪,声音响得人人都能听见,或者花一枚五戈比铜币买匹小马,那是多么幸福啊!那是很小的幸福,小得几乎看不见,可是就连这点幸福也得不到呢!

龇着牙笑的人、喝醉酒的人、在市上无事闲逛的人,都想到演戏的棚子里去。剧院有两个。它们坐落在广场中央,互相挨着,看上去灰溜溜的。棚子用木棍和潮湿黏滑的坏木板搭成,外边蒙一层破布。棚顶上补丁压补丁,线缝挨线缝。寒酸极了。几根梁木和几块木板胡乱搭成房外的露台,上面有两三个小丑站着,逗下边站着的观众发笑。那是些最不苛求的观众。他们哈哈大笑倒不是因为真有什么可笑的,而是因为看见小丑理应大笑。小丑挤眼睛,扮鬼脸,装洋相,可是……唉!所有我们那些普希金时代和非普希金时代的舞台祖宗们早就过时了,很久很久以前就完成任务了。从前那年月,他们的杰出人物传播过辛辣的讽刺和海外的真理,然而现在他们的诙谐却弄得人莫名其妙,才能的贫乏不亚于棚子设

---

① 儿童游戏的用具。

备的寒酸。您一面听,一面觉得恶心。在您面前表演的,不是流浪艺人,而是两条腿的饿狼。驱使他们向缪斯求援的是饥饿,而不是别的什么东西。……他们饿极了!他们饥肠辘辘,破衣烂衫,神色憔悴,面带病容,身体消瘦,不住在露台上扭动身子,竭力做出一脸的傻相,好让场子里多添一个龇着牙笑的人,因而多得一枚十戈比硬币。……结果他们做出来的却不是傻相,而是庸俗的脸相:那是把冷漠的神情和矫揉造作、习以为常、什么感情也没表达的怪相混在一起的杂拌。他们挤眉弄眼,打耳光,互相捶脊梁,对观众说些狎昵的话,学着京城里人的音调……此外就什么也没有了。您不要去听他们的话。那些艺人饥寒交迫,讲出来的话不是出自灵感,也不是根据事先想好的、目的明确的提纲。他们的话毫无意义。他们讲起话来扭扭捏捏,大概也就是因为这个缘故,观众才报之以笑声吧。

"立正!"

"我不是玛丽雅·彼得罗娃,而是伊凡·费多塞耶夫。"

这就是他们诙谐的例子。常言道:"小丑和孩子有的时候会说出真理。"不过,必须承认,小丑也得有天赋才不至于老是胡说八道,才会有的时候说出真理来。……

可敬的观众看啊看的,扬声大笑。不过观众是可以原谅的。他们没见过更好的表演,再者他们总想笑一场。他们吃过很差的蜜糖饼干,又有空闲的时间,再加上带着几分"醉意",所缺的只有大笑一通了。您只要给他们点刺激,他们就会笑起来。

这样的游艺场有两家。这两家,每刻钟有一次精彩的演出。每天傍晚都有特殊节目,美妙绝伦。让我来描写一下这样的演出吧。

最精彩的演出总是在艺人离城前夕举行,那是集市过后第一个星期日。演出的前一天,小丑们在城里分发戏报(手抄的)。他们也发给我一张。下面就是那张戏报的内容：

在某某城公演

兹经当居①批准在某广场举行胜大演出有体操及武术节目由尼·格·勒游艺班公演计有体操武术讽刺歌曲两幕哑剧等。

（一）各种磨术或戏法惊人而有趣手脚灵巧共二十节目由丑角乌罗别尔特主演。

（二）窜跳飞跃空中惊险节目由小丑多别尔特及幼童安德里亚斯·伊万孙主演。

（三）英国无骨人又名象胶明四肢柔刃如象胶。

（四）滑鸡歌曲由伊万孙·捷罗哈幼童演唱。（节目繁多不及背载）

每晚九时开演票价

座位

头等座五十戈比

二等座四十戈比

三等座三十戈比

四等座二十戈比

普通座十戈比

我把戏报作了删节，不过一个字也没增添。

上述那场演出，当地所有的要人（区警察局长全家、调解法官全家、医生、教员等，一共有十七人）都光临了。当地知识分子讲

---

① 应是"当局"。下文还有许多错字和其他错误，并且缺标点符号，不再一一注出。

一阵价钱,只花二十五戈比就买了头等座的票。戏票由班主,一个相当典型的人物,亲自售卖。他是格拉切甫科和玖柯甫科①之类地方常见的那种班主。我们付完钱,走进去,在头等座上坐下。观众不住拥进来,场子里挤满人。游艺场内部简陋极了。一块一俄丈见方的破旧印花布,算是舞台幕布,同时又充当舞台布景。代替枝形烛架的,是四支蜡烛。艺人们不辞辛劳,执行演员、验票员、警察的任务。他们对各种工作都精通。乐队最为出色,坐在右边长凳上。乐师一共有四位。有一位拉小提琴,声音刺耳,另一位拉手风琴,第三位拉大提琴(琴上只有三根弦),第四位打小鼓。他们大部分时间演奏曲子《射击手》,信手胡拉,荒腔走板。小鼓打得出神入化。他用手打,用胳膊肘打,用膝盖打,甚至差点用脚跟打。他显然打得津津有味,感情激动,专心致志。他手打鼓面,灵活得出奇,手指头跳动不停,打出来的调子连小提琴手也摸不着头脑。似乎他那只手在绕着一个纵轴和一个横轴活动。

开演之前,一个穿农民式厚呢长外衣的人走进场子里来,在胸前画个十字,到头等座位上坐下。小丑走到他跟前。

"劳驾,坐到普通座位上去,"小丑要求说,"这儿是头等座位。"

"躲开!"

"为什么您坐在这儿不动,像熊似的?您走开。这不是您的座位!"

穿厚呢长外衣的人毫不动心。他把帽子拉到眼睛上,不肯让出座位。

魔术开始了。小丑向观众要一顶帽子。观众不肯给他。

"好,那就连戏法也变不成了!"小丑说,"诸位先生,谁有一枚

---

① 指普通的小村镇。

五戈比铜钱?"

穿厚呢长外衣的人拿出一枚五戈比硬币。小丑演完魔术,交还那个硬币,可是一转手却把它藏进衣袖里。穿厚呢长外衣的人吓坏了。

"喂,你那个……等一等!你,老兄,可别变戏法!你把钱给我!"

"有人想刮脸吗,诸位先生?"小丑高声叫道。

有两个男孩从人群里走出来。他就拿过脏被单来盖在他们身上,然后涂抹他们的脸,给这一个涂上煤烟,给那一个涂上糨糊。对观众用不着讲什么客气!

"难道这些人也算是观众?"班主的妻子叫道,"这都是些该死的家伙!"

演完魔术就是柔软体操,附带演一个莫名其妙的"惊险节目"。随后有个姑娘,是大力士,用辫子曳起一个不知多少普特①重的东西。演出中间,场子里出事了:有一面墙倒下来。临到结尾,整个场子都塌了。

总的说来,演出留给人的印象淡而无味。倘使集市上没有游艺场,买东西和卖东西的人也不会有多大损失。流浪艺人已经不再是艺术家。如今他们在骗钱了。

艺人的游艺场旁边有一架秋千。您付出一枚五戈比硬币,秋千就一连五次把您举得高过一切房屋,一连五次放下来。小姐们觉得头晕恶心,村姑们却感到美滋滋的。各有各的爱好!②

---

① 俄国重量名,约合我国33市斤。
② 原文为拉丁语。

太　　太

一

一辆带弹簧的四轮马车,由一对漂亮的维亚特省小马拉着,滚过干枯而又扑满尘土的杂草,窸窸窣窣地响,来到玛克辛·茹尔金的小屋跟前。车上坐着叶连娜·叶果罗芙娜·斯特烈尔科娃太太和她的管家费里克斯·阿达莫维奇·尔热威茨基。管家灵巧地跳下马车,走到小屋跟前,用食指敲窗上的玻璃。小屋里有个小小的灯火。

"谁呀?"一个老太婆的声音问道,窗子里露出玛克辛的妻子的头。

"出来,老大娘,到街上来!"太太叫道。

过一分钟,玛克辛和他妻子从小屋里走出来。他们在门口站住,一言不发地向太太,然后向管家鞠躬。

"你费神讲一讲,"叶连娜·叶果罗芙娜对老人说,"这都是什么意思啊?"

"怎么了,太太?"

"什么叫'怎么了'?莫非你不知道?斯捷潘在家吗?"

"不在,太太。他到磨坊去了。"

"他这是怎么搞的?这个人我简直不明白!为什么他从我家

里走了？"

"不知道，太太。我们怎么知道呢？"

"他也太不像话了！他一走，我就没有赶车的了！都因为他走了，费里克斯·阿达莫维奇才不得不亲自动手套车，赶车。这太荒唐了！你们要明白，这简直是胡闹嘛！他嫌工钱少还是怎么的？"

"基督才知道他是怎么回事！"老人回答说，斜起眼睛看一看管家。管家正往窗子里瞧。"他没对我们说。他脑子里是怎么想的，谁也没法知道。他只说一声不干，就完了！他有他自己的主意！他多半嫌工钱少！"

"是谁躺在圣像底下的长凳上？"费里克斯·阿达莫维奇往窗子里瞧，问道。

"是谢敏，你老！斯捷潘不在家。"

"他也太放肆了！"太太点上纸烟，继续说，"尔热威茨基先生，他在我们那儿挣多少工钱？"

"一个月十卢布。"

"要是他嫌十卢布少，那我可以给他十五卢布！可他却一句话也没说就走了！这正当吗？有良心吗？"

"我不是早就说过，跟这种人根本用不着讲客气！"尔热威茨基开口说，把每个音节都念清楚，竭力不让重音落在倒数第二个音节上，"您把这些寄生虫惯坏了！根本用不着一下子把工钱全发给他！这有什么好处？再者您又何必打算给他添工钱呢？反正他得回来！已经跟他谈妥，雇下他了！你对他说，"波兰人对玛克辛说，"他简直是猪。"

"别再说了！①"

---

① 原文为法语。

"听见了吗,乡巴佬? 把他雇下了,他就得干活,不能想走就走,鬼东西! 他明天再不来,就让他试试看! 他不听话,我要给他点厉害看看! 你们也要倒霉! 听见了吗,老婆子?"

"别说了①,尔热威茨基!"

"你们全得倒霉! 到时候你别上我的办公室里来,老狗! 跟你们讲客气?! 难道你们也算是人? 难道你们懂得好话? 只有揍你们一顿,给你们点苦头吃,你们才会明白! 叫他明天一定来!"

"我对他说就是。为什么不对他说呢? 可以说的。……"

"你告诉他说我给他加了工钱,"叶连娜·叶果罗芙娜说,"我家里不能没有赶车的。等我另外找到人,他要想走就让他走。叫他明天早上一定再到我家里来! 你们告诉他说,他这种不礼貌的行动惹得我非常生气! 老大娘,你们一定要对他说! 我希望他明天就来,不要逼得我打发人来叫他。你走过来,老大娘! 这给你,亲爱的! 怎么样,这么大的孩子恐怕难管吧? 你收下吧,亲爱的!"

太太从衣袋里取出一个好看的烟盒,在纸烟底下抽出一张黄色钞票来,递给老太婆。

"要是他不来,"太太补充道,"那我们就只好吵架,那就非常没意思了。不过我希望……你们会劝他。我们走吧,费里克斯·阿达梅奇! 再见!"

尔热威茨基登上马车,拿起缰绳,马车就顺着柔软的道路走掉了。

"她给了多少钱?"老人问道。

"一个卢布。"

"拿给我!"

---

① 原文为法语。

老人接过那个卢布,用两个手心把它摩挲平,小心地叠好,收在衣袋里。

"斯捷潘,她走了!"他走进小屋里,说,"我随口撒了个谎,说你到磨坊里去了。她急坏了,急得什么似的!……"

马车刚刚走远,看不见了,斯捷潘立刻就在窗口露面了。他脸色白得像死人一样,不住发抖,从窗子里探出半个身子,对着远处乌黑的花园摇他的大拳头。那是地主家的花园。他摇六下拳头,嘴里叽叽咕咕说了句什么话,就把身子缩回小屋里,砰的一声关上窗子。

太太走后过半个钟头,茹尔金的小屋里开晚饭了。厨房里炉子附近一张油污的桌子旁边,坐着茹尔金和他妻子。玛克辛的大儿子谢敏坐在他们对面,他是暂时回来休假的兵,脸庞又红又瘦,鼻子很长而有麻点,眼睛油亮。谢敏相貌酷似他父亲,只是头发不白,头顶不秃,眼睛也不像他父亲那样狡猾和近似茨冈。玛克辛的第二个儿子斯捷潘坐在谢敏身旁。斯捷潘什么东西也不吃,用拳头支住他那漂亮的、金发的头,瞅着烟熏的天花板,一个劲儿地想心事。晚饭是由斯捷潘的妻子玛丽雅端上来的。大家沉默地喝完白菜汤。

"收走!"玛克辛看见白菜汤已经喝完,就说。玛丽雅把桌上的空汤钵拿走,可是没能顺利地送到炉子那边,其实炉子离得很近。她身子摇摇晃晃,倒在长凳上了。汤钵从她手里掉下来,落在膝头上,又滑到地上。她发出抽抽搭搭的哭声。

"像是有人在哭吧?"玛克辛问。

玛丽雅哭得更响了。照这样过了两分钟。老太婆站起来,亲自把粥端到桌子上。斯捷潘嗽了嗽喉咙,站起来。

"住嘴!"他嘟哝说。

玛丽雅仍旧在哭。

"我叫你住嘴!"斯捷潘喊道。

"我顶不喜欢听娘们儿嚎!"谢敏大胆地嘟哝说,搔搔他的硬后脑壳,"她哇哇地哭,可是自己也不知道为什么哭! 俗语说得好:娘们儿总是娘们儿! 要是想哭,就该到院子里去哭个痛快!"

"娘们儿的眼泪好比清水!"玛克辛说,"幸好眼泪用不着花钱买,是白来的。哼,有什么可哭的? 哎! 别哭了! 人家又没把你的斯捷潘抢走! 她简直给惯坏了! 娇里娇气! 快来喝粥!"

斯捷潘弯下腰去凑近玛丽雅,轻轻地打她的胳膊肘。

"喂,你哭什么? 住嘴! 叫你别哭! 哎哎……贱货!"

斯捷潘抡起胳膊,一拳头打在玛丽雅躺着的长凳上。大颗亮晶晶的眼泪顺着他的脸颊淌下来。他抹掉脸上的眼泪,在桌旁坐下,开始喝粥。玛丽雅站起来,抽抽搭搭,在炉子另一边坐下,离大家远远的。他们把粥也喝完了。

"玛丽雅,拿克瓦斯来! 自己该做的事,自己要知道做,小娘们儿! 一把眼泪一把鼻涕的,也不害臊!"老人叫道,"你也老大不小的了!"

玛丽雅从炉子另一边走过来,脸色苍白,泪痕斑斑。她没举眼看人,把大匙递给老人。大匙在众人手里传来传去。谢敏用手接过大匙,在胸前画个十字,喝几口,呛住了。

"你笑什么?"

"没什么。……我是喝呛了。我想起一件可笑的事。"

谢敏就把头往后一仰,咧开大嘴,咯咯地笑起来。

"太太来过了吧?"他斜起眼睛看着斯捷潘,问道,"啊? 她都说了些什么? 啊? 哈哈!"

斯捷潘瞧谢敏一眼,面孔涨得通红。

"她给十五卢布。"老人说。

"真有你的! 只要你乐意,她连一百也肯给呢! 我说错了就让上帝打死我:她一定肯给!"

谢敏挤挤眼睛,伸个懒腰。

"哎,要是我有这么个娘们儿就好了!"他接着说,"那我就会挤出她的油水来,妖婆!我要榨干她的油水!我要榨……"

谢敏缩起脖子,打一下斯捷潘的肩膀,哈哈大笑。

"说的就是啊,亲人!你太缩手缩脚!我们这种人可不能怕难为情!你这傻子,斯捷潘!咳,什么样的傻子啊!"

"那还用说:他就是傻子!"父亲说。

抽抽搭搭的哭声又响起来。

"你的娘们儿又哭了!可见她吃醋了,她怕胳肢①!我可不喜欢听娘们儿哭鼻子。就像拿刀子扎了她似的!哎,娘们儿呀,娘们儿呀!上帝干吗把你们造出来?到底为了什么?谢谢这顿晚饭,诸位可敬的先生!现在要有点酒喝才好,那就能舒舒服服睡一觉,做一场好梦!你那个太太家里,想必不知有多少美酒吧!要喝多少就喝多少!"

"你这没心肝的畜生,谢敏!"

斯捷潘说完,叹口气,抱起一床毯子,从小屋走到院子里。谢敏也跟着他走出去。

外边很静,俄罗斯的夏夜安然来临。月亮从遥远的山丘后面升上来。蓬松的浮云镶着银白色边缘,迎着月亮游过去。天边白茫茫,十分宽广,铺满悦目的淡绿色。星光变得微弱,仿佛见了月亮害怕,把微弱的亮光收敛起来似的。夜间的潮气从河里升上来,摩挲人的脸颊,向四面八方扩展开去。神甫格利果利的小木房里,时钟连敲九下,声音响得全村都能听见。开酒店的犹太人砰砰响地关上窗子,在店门上方挂一盏污浊的提灯。街上和各处院子里

---

① 意谓"一点小事就受不住了"。

一个人影也没有,一点声音也听不见。……斯捷潘把毯子铺在草地上,在胸前画个十字,躺下去,把胳膊肘垫在头底下。谢敏嗽一嗽喉咙,在他脚旁坐下。

"嗯,是啊……"他说。

谢敏沉默一会儿,设法坐得舒服点,点上小小的烟斗,开口说:

"今天我到特罗菲木那里去过。……喝了啤酒。一共喝了三瓶呢。你想抽烟吗,斯捷巴①?"

"不想抽。"

"这烟草挺好。现在有点茶喝就好了!你在太太家里有茶喝吗?茶好吗?一定挺好吧?多半是五卢布一磅的茶叶。有那么一种茶叶,一磅要一百卢布呢。真有那样的。虽说我没喝过,可是我知道。当初我在城里做店员,就见过。……只有太太才喝那种茶叶。单是那股香味就值多少钱啊!我闻过。明天你到太太那儿去吗?"

"躲开我!"

"你生什么气呢?我又没骂你,只不过说说话罢了。用不着生气嘛。可是为什么你不去呢,怪人?我不懂!钱又多,吃的又好,酒呢,想喝多少就有多少。……她的烟,你拿过来就抽,好茶也自管喝。……"

谢敏沉默一会儿,接着说:

"她又长得俊。跟老太婆勾搭上才倒霉,可是跟这个勾搭上,那可是福气!"谢敏啐一口唾沫,沉默一会儿,"这个娘们儿好比一团火!一团旺火!她脖子真好看,那么胖乎乎的。……"

"可要是干坏事,灵魂有罪呢?"斯捷潘忽然翻过身来对着谢敏,问道。

---

① 斯捷潘的小名。

"有罪？哪有什么罪？穷人干什么都没罪。"

"要是干坏事,连穷人也得下地狱。……而且难道我算是穷人？我不是穷人。"

"可是这算是什么罪？是啊,又不是你去勾搭她,是她来勾搭你嘛！你简直是草包！"

"你呢,是强盗,你讲的都是强盗的理。……"

"你这个笨人啊！"谢敏叹道,"真笨！自己有福气,却不懂得消受！你连一点灵性也没有！大概,你的钱多得很呢。……看样子,你不缺钱用。"

"缺钱是缺钱,可是人家的钱我不要。"

"你又不是去偷,那是她亲手拿给你的。不过跟你这个傻瓜有什么可说的！这就像拿豌豆往墙上碰,白费劲。……跟你说话简直是白费唇舌。"

谢敏站起来,伸个懒腰。

"你会后悔的,可是那时候就迟了！从今以后我都不想理你了。你不配做我的弟弟。叫鬼去保佑你吧。……你找你那头蠢母牛去亲热吧。……"

"玛丽雅是母牛？"

"就是母牛。"

"哼。……你就连给这头母牛踩一脚都不配。走开！"

"本来这件事不但对你有好处,而且……对我们也有好处。傻瓜！！"

"走开！"

"走就走。……可惜没有人揍你一顿！"

谢敏转过身去,嘴里打着嗳哨,慢腾腾地往小屋走去。大约过了五分钟,斯捷潘附近的青草窸窸窣窣地响起来。斯捷潘抬起头。原来玛丽雅到他这边来了。玛丽雅走到他跟前,站一会儿,在斯捷潘身旁躺下。

"你别去了，斯捷巴！"她小声讲起来，"你别去，我的亲人！她会把你生生地毁了！她，这个该死的，有了那个波兰人嫌不够，还要找你。你别到她那儿去，斯捷巴！"

"你别缠我！"

玛丽雅的泪水像滚烫的小雨点那样滴在斯捷潘的脸上。

"你别毁掉我，斯捷潘！你别让你的灵魂担上罪名。你要专爱我一个人，不要去找别人！上帝把我许配给你，那你就跟我一块儿过。我是孤儿啊。……我只有你这么一个亲人了。"

"躲开我！啊……恶魔！我已经说过我不去了！"

"就是嘛。……你可别去，亲爱的！我已经怀孕了，斯捷巴。……孩子不久就要生下来。……你别丢下我们，上帝会惩罚你的！公公和谢敏一心要打发你到她那儿去，你可别去。……你别听他们的。……他们是野兽，不是人。"

"你去睡吧！"

"我去睡，斯捷巴。……我去睡。"

"玛丽雅！"玛克辛的声音响起来，"你在哪儿呀？来，婆婆叫你！"

玛丽雅跳起来，理理头发，往小屋那边跑去。玛克辛慢腾腾地往斯捷潘这边走过来。他已经脱掉外边的衣服，只剩下内衣，看上去像是死尸。月光在他秃顶上闪烁，照亮他那对茨冈般的眼睛。

"你是明天还是后天到太太那儿去？"他问斯捷潘说。

斯捷潘没答话。

"要是去的话，就明天去，而且要早点。恐怕那些马一直没有刷洗过。不过你别忘了她答应给十五卢布。只给十卢布，那你就不干。"

"我再也不去了。"斯捷潘说。

349

"这是为什么?"

"不为什么。……我不想去。……"

"到底是什么缘故?"

"您自己也知道嘛。"

"哦。……小心,斯捷巴,可别逼得我到老了还要打你一顿!"

"您打吧。"

"能这样回答爹妈的话吗?你这是在回答谁?你可要小心!嘴巴上的奶还没干呢,就跟父亲顶嘴。"

"我不去,就是这么回事!您常到教堂里去,可是您却不怕犯罪。"

"傻瓜,我正打算让你分家另过!那要不要造新房子呢?你说要不要?那么木材去找谁要?恐怕只有向斯特烈尔契哈①要吧?还有,钱去向谁借?要不要向她借?她又会给你木材,又会给你钱。她会赏给你的!"

"让她去赏给别人好了。我不要。"

"我要抽你一顿!"

"那就抽吧!抽吧!"

玛克辛笑一笑,把胳膊伸出去。他手里有根鞭子。

"我要抽你,斯捷潘。"

斯捷潘翻过身去,做出人家在妨碍他睡觉的样子。

"那么你不去?你真是这么说的?"

"真的。要是我去,就叫上帝活活把我打死。"

玛克辛就举起胳膊。斯捷潘顿时感到肩膀上和脸颊上一阵剧烈的疼痛。斯捷潘像疯子一样跳起来。

"别打,亲爹!"他叫起来,"别打了!听见没有?你别打!"

---

① 女地主斯特烈尔科娃这个姓在农民中的俗称。

"那怎么样?"

玛克辛沉吟一下,又抽斯捷潘。他抽了三下。

"你父亲吩咐你的话,你得听!要你去,你就去,混蛋!"

"别打了!听见没有?"

斯捷潘放声痛哭,一下子倒在毯子上。

"我去!好!我去。……不过你要记住!你会后悔!你会诅咒这件事!"

"好吧。反正你去是为你自己,又不是为我。要造新房子的是你,不是我。我说过要抽你,我就抽了。"

"我……我去!不过……不过你会想起这根鞭子的!"

"好吧。你吓唬我吧。看你还对我说什么!"

"好。……我去。……"

斯捷潘不再痛哭,翻过身去,脸朝下,小声抽泣着。

"你把肩膀耸个不停!哭鼻子了!那你就多哭一会儿吧!明天你早点去。你先支一个月工钱。还有,你已经上过四天工,那四天的工钱也要领。那点钱足够给你的母马买块头巾用。你不要因为挨了鞭子而生气。我是爹。……我想打就打,想饶就饶。就是嘛。……你睡吧!"

玛克辛摩挲一阵胡子,转过身往小屋那边走去。斯捷潘好像听见玛克辛一走进小屋就说:"我抽了他一顿!"接着传来谢敏的笑声。

格利果利神甫的小木房里,一架走了音的钢琴发出哀怨的琴音:每到八点多钟,他的女儿照例要练琴。安静而奇怪的琴声传遍整个村子。斯捷潘站起来,翻过篱墙,顺着街道走下去。他走到河边。河水亮晃晃的,像是水银。水面上映着天空以及月亮和星斗。四下里是坟墓般的寂静。没有一样东西动一下。只有一只蟋蟀偶尔叫几声。……斯捷潘在河岸上坐下,下边就是河水。他用拳头支住头。种种阴郁的思想,一个接着一个在他头脑里翻腾起来。

河对面,有些高大、匀称的杨树耸立着,把地主家的花园团团围住。地主家窗户里的灯光,从树木之间射过来。太太大概还没睡。斯捷潘坐在岸上,不住思忖,一直到河面上开始有燕子飞翔,他才站起来,那时候照着河水的已经不是月亮,而是正在升上来的太阳了。他站起来,用河水洗了洗脸,面对东方祷告一阵,然后迈开坚决的步伐,沿着河岸,很快地向浅滩走去。他蹚水走过不深的浅滩,朝着地主家的院子走去。……

二

"斯捷潘来了吗?"叶连娜·叶果罗芙娜第二天醒来,问道。
"来了!"使女回答说。
斯特烈尔科娃微微一笑。
"啊啊……很好。现在他在哪儿?"
"在马房里。"
太太从床上跳下地,赶紧穿好衣服,走到饭厅里去喝咖啡。

斯特烈尔科娃外貌还年轻,比她的岁数少俊。只有她那对眼睛露出破绽,说明她已经活过女人一生当中的好岁月,年纪已经三十开外了。她那对眼睛是栗色的,深不可测,带着不相信人的眼神,与其说是女人的,倒不如说是男人的眼睛。她生得不美,可是能招人喜欢。她脸庞丰满,讨人喜爱,健康。谢敏讲起过的她那脖子,以及她的胸部,都挺好看。倘使谢敏知道美丽的小脚和小手的价值,那他一定也不会绝口不提女地主的小脚和小手。她周身的装束素雅而轻飘,是夏季服装。她的头发梳成极简单的款式。斯特烈尔科娃为人懒散,不喜欢为梳妆忙碌。她所住的庄园,原是她哥哥的。她哥哥是单身汉,住在彼得堡,很少想到自己的庄园。她自从同丈夫分手后,一直住在庄园上。她丈夫斯特烈尔科夫上校是很正派的人,也住在彼得堡,很少想念他的妻子,甚至还不如她哥哥想念他的庄园。她和丈夫共同生活还没满一年就分开了。婚后二十天,她就对他变心,有外遇了。

斯特烈尔科娃坐下来喝咖啡的时候,吩咐人去叫斯捷潘来。斯捷潘来了,在门口站住。他脸色苍白,头发也没梳,两眼的神情像是被捉住的狼:愤恨而阴沉。太太瞟他一眼,微微脸红了。

"你好,斯捷潘!"她一面说,一面给自己斟上咖啡,"劳驾,你说说看,你这搞的是什么把戏?为什么你走掉了?你干了四天活,就走掉了。你没说一声就自管走了。你应当先说一声才对!"

"我说过了。"斯捷潘没好气地说。

"向谁说的?"

"向费里克斯·阿达梅奇。"

斯特烈尔科娃沉默一会儿,问道:

"你是生气了还是怎么的?斯捷潘,你答话呀!我在问你!你生气了吗?"

"要是您没说那样的话,我就不会走掉。我是来管马的,不是来……"

"这件事我们不要再提了。……你没听懂我的话,就是这么回事。你不应当生气。我并没说什么了不得的话。即使我说过些你认为可气的话,那你……那你……是啊,我毕竟是……我有权利说几句多余的话嘛。……嗯。……我给你加工钱了。我希望,从今以后你我之间不会再发生什么误会。"

斯捷潘转过身子,走回去。

"等一下,等一下!"斯特烈尔科娃止住他说,"我还没把话说完。你听着,斯捷潘……我这儿有一身新的马车夫衣服。你拿去穿上吧,你现在身上穿的这些衣服都要不得。我这儿的一身很漂

353

亮呢。……回头我打发费多尔给你送去。"

"是。"

"你的脸色多么难看。……你心里还不痛快吗？难道能生这么大的气？得了，别这样。……反正我又没怎么样。……往后你会在我这儿过得挺好。……你会样样都满意的。你别生气了。……你不生气了吧？"

"难道我们这种人能生气吗？"

斯捷潘摇一下手，眨巴着眼睛，扭过脸去。

"你怎么了，斯捷潘？"

"没什么。……难道我们能生气吗？我们不能生气。……"

太太站起来，做出忧虑的脸色，走到斯捷潘跟前。

"斯捷潘，你……你哭了？"

太太拉住斯捷潘的衣袖。

"你怎么了，斯捷潘？你怎么了？你倒是说话呀！是谁欺负你了？"

太太的眼眶里涌上泪水。

"你说呀！"

斯捷潘摇一下手，使劲眨巴眼睛，哇的一声哭了。

"太太！"他喃喃地说，"我往后会爱你。……你要我怎么样，我就怎么样！我答应就是！不过，你任什么东西都别给他们，那些该死的！一个小钱也别给，一块小木片也别给！我样样都答应！我把我的灵魂出卖给魔鬼好了，不过你任什么东西都别给他们！"

"给谁？"

"我父亲和哥哥。一块小木片也别给他们！让他们活活地气死才好，这些该死的！"

太太微微一笑，擦干眼泪，大声笑起来。

"好,"她说,"行,你走吧！我马上就打发人把你的衣服给你送去。"

斯捷潘走出去。

"他那样傻,这多好呀!"太太暗自想道,瞅着他的后影,欣赏他那副极宽的肩膀,"他倒省了我的事,免得我对他表白了。……他倒先提起'爱情'了。"

临到天色将近黄昏,西下的夕阳把天空染成紫红色,给大地涂上金黄色,斯特烈尔科夫家的那些马就从村子里出来,在长得看不见尽头的草原大道上,像发疯似的朝着遥远的地平线急驰而去。……带弹簧的四轮马车颠动得像小皮球一样,一路上无情地压断那些向着大道垂下沉重的穗子的黑麦。斯捷潘坐在赶车座位上,发狂地用鞭子抽马。看样子,他像是竭力要把缰绳扯断成一千截似的。他装束得颇为体面。看得出来,他这身打扮是花了不少时间和金钱的。价钱不小的丝绒和红布裹紧他强壮的身体。他胸前挂着一串表链,上面有些表坠。皮靴的靴腰用最地道的鞋油擦亮。车夫帽上插着孔雀毛,帽子几乎像是没碰到他卷曲的金发。他脸上现出麻木的顺从神情,同时又露出怒不可遏的疯狂神情,害得那些马吃尽苦头。……太太在四轮马车上坐着,让四肢舒服地摊开,用宽阔的胸膛吸进有益于健康的空气。她脸颊上现出青春的红晕。……她感到她在享受生活。……

"真好,斯捷巴！真好啊!"她叫道,"使劲抽马！叫它快跑！快得像风一样!"

要是车轮轧着石头,石头就会迸出火星来。……村子离他们越来越远。……农民的小屋不见了,地主家的谷仓不见了。……不久,连钟楼也看不见了。……最后,村子变成一条烟雾迷蒙的长带,淹没在远方。可是斯捷潘仍然赶马,赶个不停。他一心想远远地离开他极其害怕的罪孽。可是,不行,罪孽就坐在他肩膀后面,坐在马车上。斯捷潘躲也躲不开。这天傍晚,草原和天空做了他出卖灵魂的见证。

十点多钟,马在回去的路上奔驰起来。拉边套的马瘸了腿,辕马周身布满泡沫。太太在马车的角落里坐着,把身子蜷缩在斗篷里,眼睛半睁半闭。她唇边露出满足的笑容。她呼吸得那么轻松,那么自在!斯捷潘一面赶车,一面却在暗想:他就要死了。他头脑里空洞而昏沉,苦闷咬啮他的心。

每天傍晚,那些刷洗干净的马总要从马房里牵出来。斯捷潘把它们套在四轮马车上,赶着车往花园旁门走去。眉开眼笑的太太就从旁门里走出来,坐上马车,于是疯狂的奔驰开始了。这样的奔驰没有一天躲得开。说来也是斯捷潘倒霉,他命中注定连一个阴雨连绵而不能乘车外出的傍晚也没遇上。

有一次,斯捷潘赶车外出,从草原上回来后,走出院子,沿着河岸溜达一下。他头脑里照例昏昏沉沉,一点思想也没有,心里苦闷极了。夜色又美又安静。清淡的香气在空中飘荡,温柔地抚摸他的脸。斯捷潘想起了村子,它就在河对面,黑糊糊的一片,近在他的眼前。他想起小屋、菜园、他的马,想起那条又长又宽的凳子,他同他的玛丽雅一块儿在那上面睡过,觉得极其舒服。……想到这儿,他痛苦得难忍难熬。……

"斯捷巴!"他听见一个轻微的声音叫他。

斯捷潘回头看一眼。原来玛丽雅朝他走过来了。她刚刚蹚水过滩,手里提着鞋。

"斯捷巴,你为什么离家走了?"

斯捷潘茫然看着她,然后扭过脸去。

"斯捷巴,你把我这个孤儿撇给谁呀?"

"躲开我!"

"要知道,上帝会惩罚你,斯捷巴!你会遭到惩罚的!上帝会叫你来不及行忏悔礼①就一下子死掉。你记住我的话!当初特罗菲木大爷跟兵的妻子一块儿过,后来他是怎么死的,你记得吗?求主保佑人不要那样死掉才好!"

"你干吗缠住我?哎……"

斯捷潘往前迈出两步。玛丽雅伸出两只手揪住他的外衣。

"要知道,我是你的妻子,斯捷潘!你不能就这样丢开我!斯捷巴!"

玛丽雅放声痛哭。

"亲人呀!我情愿给你洗脚,喝掉你的洗脚水!咱们回家去吧!"

斯捷潘挣脱玛丽雅的手,举拳打她。他是出于无意,心里痛苦才打她的。不料一拳恰好打在她肚子上。玛丽雅叫一声哎呀,捧住肚子,在地上坐下。

"哎哟!"她哀叫道。

斯捷潘眨巴眼睛,举起两个拳头抵住他的双鬓,头也不回地往院子里走去。

他回到马房里,倒在长凳上,拿起枕头来压在头上,死命咬他那只打人的手。

这时候,太太坐在她的寝室里,用纸牌占卦,算一算明天傍晚的天气好不好。纸牌说,天气会很好。

三

尔热威茨基那天晚上在邻居家里做客,一清早坐着马车回家

---

① 基督徒在病死前照例要请教士来行忏悔礼。"来不及行忏悔礼",在此指"不得好死"。

357

去。太阳还没升上来。那是早晨四点钟光景,不会更迟。尔热威茨基的头脑里乱哄哄的。①他赶着马车,身子微微有点摇晃。他有一半的路程要穿过树林走。

"出了什么鬼事?"他赶着马车往他做总管的庄园驰去,暗自想道,"好像有人在砍树!"

树木的砍伐声和树枝的折裂声,从树林深处传到尔热威茨基耳朵里来。尔热威茨基尖起耳朵,想了想,嘴里骂着,笨手笨脚地从那辆供快跑用的轻便马车上下来,往树林深处走去。

谢敏·茹尔金正坐在地上,用斧子砍绿树枝。他身旁躺着三棵已经砍倒的赤杨树。旁边有一匹马套在大板车上,正在吃草。尔热威茨基看见了谢敏。他的酒意和睡意顿时消散。他脸色发白,往谢敏跟前跑过去。

"你这是干什么?啊?"他叫道。

"你这是干什么?啊?"回声接应道。

可是谢敏什么话也没回答。他点上烟斗,继续干他的活。

"我问你,混蛋,你在干什么?"

"难道你没看见?莫非你瞎了眼?"

"什么?你说什么?你再说一遍!"

"我是说:你给我走开!"

"什么?什么?什么?"

"你走开!用不着大嚷大叫的。……"

尔热威茨基涨红脸,耸起肩膀。

"好家伙!你怎么敢这样?"

"我就是敢。你算是什么东西?我才不怕呢!你们这种人多的是!要是见着每个人都巴结,那可太费事了。……"

---

① 指他隔夜的醉意还没全消。

"你怎么敢砍树?这树是你的?"

"也不是你的呀。"

尔热威茨基举起短马鞭,不过这时候谢敏也对他举起斧子,他才没打下去。

"你知道,坏蛋,这是谁家的树林?"

"我知道,地主家的!这是斯特烈尔契哈的树林,我会跟斯特烈尔契哈说。这是她的树林,她问话,我来回答。可你算是什么东西?听差!奴才!我不认识你。你这个过路的,走你的路吧!走!"

谢敏把烟斗在斧子上敲几下,冷冷地一笑。

尔热威茨基跑到轻便马车那儿,用缰绳抽马,箭也似的飞奔到村子里去。在村子里他找到几个见证,带着他们坐上马车,直奔犯罪地点。见证正好碰上谢敏在干活。局面顿时热闹起来。村长啦,副村长啦,文书啦,乡村警察啦,都来了。他们写了好几份公文。尔热威茨基签了名,也叫谢敏签上名。谢敏一个劲儿地冷笑。……

中饭前,谢敏去见太太。太太已经知道砍伐树木的事。他没问候一声,一开口就说这种日子没法过,说波兰人打他,说他只砍了三棵小树,等等。

"可是你怎么敢砍别人的树?"太太冒火了。

"他专门整人,"谢敏嘟哝道,欣赏着太太面红耳赤的样子,一心巴望着无论如何也要给波兰人吃点苦头,"不管你说什么,他就动手打人!难道这能行吗?而且他老是打人的脸!这可不行。……我们到底也是人嘛。"

"我问你,你怎么敢砍我的树?坏蛋!"

"他对您胡说,太太!我,确实……砍过树。……我承认。……可是他凭什么打人!"

地主的血在太太身上奔腾起来。她忘记谢敏是斯捷潘的哥哥,忘记她的好教养,忘记世上的一切,举手就打谢敏一耳光。

"你马上带着你那副乡巴佬的嘴脸给我滚!"她叫道,"滚出去!立刻给我滚!"

谢敏心慌意乱。他无论如何也没料到会出这样的丑。

"再见!"他说,深深地叹口气,"这有什么办法!有什么办法呢!"

谢敏嘟嘟哝哝,走出去了。他只顾走到外面去,甚至忘记戴上帽子。

大约过了两个钟头,玛克辛来见太太。他拉长脸,眼神阴沉。从他的脸容可以看出他到这儿来是要说些顶撞的话,或者干一件放肆的事。

"你有什么事?"太太问。

"您好!我,太太,一多半是想求您点事。您给点木材才好,太太。我想给斯捷潘造小木房,可又缺木料。您给点木头就好了。"

"那有什么关系?行啊。"

玛克辛脸色开朗了。

"要造小木房,可又缺木料。这可是再糟也没有的事了!坐下来想吃白菜汤,可是偏偏又没有白菜汤。嘻嘻。……我想要点小木板,薄板子。……刚才谢敏说了些顶撞的话。……您千万别生气,太太。傻瓜终究是傻瓜。他那点傻气还没从他脑子里出去呢。没一点灵性。他就是那种人嘛。那么,太太,您答应我们去砍树了?"

"去吧。"

"那么您费心跟费里克斯·阿达梅奇说一声。求上帝保佑您健康!那斯捷巴就有房子住了。"

"不过我要的价钱很贵,茹尔金!你知道,木材我是不卖的,我自己要用,我要卖的话,那就贵了。"

玛克辛的脸拉长了。

"这话是什么意思?"

"就是这个意思。第一,要出现钱买;第二……"

"要出钱买,那我不要。"

"那你要怎么样?"

"您知道我要怎么样。……您心里有数。如今庄稼汉哪有钱?就连一个小钱也没有。"

"我不能白给。"

玛克辛把帽子捏在拳头里,开始看天花板。

"您这话是认真说的?"他沉默一会儿,问道。

"认真说的。你还有话要说吗?"

"我有什么说的呢?木材您不给,那我何必再跟您多说呢?再见。可是,您不该不给木材。……您会后悔的。……我倒无所谓,可您会后悔的。……斯捷潘在马房里吗?"

"不知道。"

玛克辛意味深长地瞧一下太太,嗽了嗽喉咙,迟疑一下,走出去。他气得浑身肌肉发紧。

"原来你是这么个娘们儿,骗子手!"他暗自想着,往马房走去。这时候,斯捷潘正坐在马房里的长凳上,懒洋洋地给站在他面前的马刷洗身子。玛克辛没有走进马房,在门口站住。

"斯捷潘!"他说。

斯捷潘没答话,也没看他父亲一眼。那匹马摇晃了一下。

"你打点一下回家去!"玛克辛说。

"我不想去。"

"难道你能对我说这种话?"

"既然我说了,那就可见能说。"

"我叫你回去!"

斯捷潘跳起来,把马房的门对着玛克辛的鼻子砰的一声关上。

傍晚,村子里一个男孩跑到斯捷潘这儿来,告诉他说,玛克辛把玛丽雅赶出家门,弄得玛丽雅不知道该到哪儿去过夜了。

"她现在坐在教堂旁边哭呢,"小男孩讲道,"她身旁围上一群人,都在骂你。"

第二天一清早,地主家的人还在睡觉,斯捷潘却穿上他那身旧衣服,走回村子里去。教堂在敲钟,召唤人们去做弥撒。那是星期日早晨,明亮而欢畅:但愿人们都能活着,高高兴兴才好!斯捷潘路过教堂,茫然看一眼钟楼,迈步向酒店走去。不幸的是酒店比教堂开得早。他走进酒店,柜台旁边已经有人在喝酒了。

"白酒!"斯捷潘命令道。人家就给他斟满一杯白酒。他喝下去,坐一会儿,然后又喝。斯捷潘喝得醉醺醺,开始请别人喝。一场热闹的狂饮开始了。

"你在斯特烈尔契哈家里挣很多工钱吧?"西多尔问。

"该挣多少就挣多少。你喝吧,蠢驴!"

"这是好事。为假日干一杯,斯捷潘·玛克辛梅奇!为星期日干杯!可是您怎么不喝呀?"

"我……我喝。……"

"那很好。……这种事,老实说,是很不坏,很迷人的,斯捷潘·玛克辛梅奇!是啊。……那么容我问您一句,您挣十卢布的工钱吧?"

"哈哈!难道做老爷的能靠十卢布过日子?你这是什么话?他挣一百哪!"

斯捷潘看一看说话的人,认出他就是谢敏哥哥。谢敏坐在墙角里长凳上喝酒。从谢敏身后探出教堂诵经士玛纳富伊洛夫的醉脸,极其恶毒地微笑着。

"容我问您一句,老爷,"谢敏脱下帽子说,"太太的马好不好?您喜欢吗?"

斯捷潘沉默地给自己斟上白酒,沉默地喝下去。

"大概很好吧,"谢敏接着说,"只是可惜,没有马车夫。没有马车夫可就有点那个了。……"

玛纳富伊洛夫走到斯捷潘跟前,摇晃着头。

"你……你……是猪!"他说,"猪!你不觉得这是造孽?诸位正教徒啊!他不觉得这是造孽!可《圣经》里是怎么写的,啊?"

"躲开我!傻瓜!"

"傻瓜。……你才聪明!你做了马车夫,可是不管马。嘻嘻。……她也给您咖啡喝吧?"

斯捷潘抡开胳膊,把酒瓶砸在玛纳富伊洛夫的大头上。玛纳富伊洛夫的身子摇晃了一下,他接着说:

"爱情!这是多么好的感情呀。……哎哎……可惜就是没法办喜事成亲。要不然,就当上老爷了!乡亲们,他会变成挺不错的一位老爷呢!又严厉,又聪明!"

接着是哄堂大笑。斯捷潘抡开胳膊,把酒瓶又砸在同一个脑袋上。玛纳富伊洛夫的身子摇晃一下,这回倒在地上了。

"你为什么打人?"谢敏喊着,往弟弟那边扑过去,"你先办了喜事再来打人!乡亲们,他凭什么打人?你凭什么打人,我问你?"

谢敏眯细眼睛,抓住斯捷潘胸口的衣服,一拳打在他心窝上。玛纳富伊洛夫爬起来,伸出长手指头在斯捷潘的眼前摇来摇去。

"乡亲们!打人了!真的,打人了!快上手啊!"

酒店里人声嘈杂。谈话声夹杂着哄笑声。

酒店门口围上来一群人。斯捷潘揪住玛纳富伊洛夫的衣领,

363

把他抛到门外。诵经士嘴里尖叫着,身子像球似的滚下台阶。哄笑声更响了。人们把酒店挤得满满的。西多尔与这件事不相干,却也插上一手,自己也不知道为什么就朝着斯捷潘背上打一拳。斯捷潘抓住谢敏的肩膀,把他摔出门外。谢敏一头撞在门框上,踉踉跄跄跑下台阶,汗湿的脸扑在尘土里。他弟弟跑到他跟前,踩着他的肚子又蹦又跳。他跳得那么用劲,那么解恨,那么高。他跳了很久。

钟楼上敲响赞美歌《应当》的乐声。斯捷潘往四下里看。他四周净是一张张笑脸,一张比一张醺醉而欢乐。那些脸好多呀!谢敏从地上爬起来,蓬头散发,血迹斑斑,捏紧拳头,脸容凶恶得像野兽。玛纳富伊洛夫躺在尘土里,不住地哭。灰尘眯了他的眼睛。在斯捷潘周围,鬼才知道出了什么样的事!

斯捷潘打个冷战,脸色发白,像疯子一样拔腿就跑。人们在后面追他。

"抓住他!抓住他!"人们在他身后喊道,"揪住他!打死他!"

斯捷潘不禁心惊胆战。他觉得人家要是追上他,就一定会打死他。他跑得更快了。

"抓住他!揪住他!"

他自己也没注意就跑到神甫家里。大门敞开着,两扇门让风吹得摇摇晃晃。……他跑进院子里。

他的玛丽雅正坐在离大门三步远的一堆刨花和木屑上。她把两条腿盘在身子底下,向前伸出两条软弱无力的胳膊,眼睛一刻也不离开地面。一看到玛丽雅,斯捷潘的兴奋而迷醉的头脑里忽然闪过一个光明的想法。……

从此地跑掉吧,带着这个脸色像死人一样惨白的、受尽委屈的、他所热爱的女人,跑到远方去吧。躲开这些恶棍,跑到远方去,比方说跑到库班去。……库班多么好呀!要是相信彼得舅舅信上的那些话,那么库班草原是多么神奇的广阔天地呀!不但那儿的生活畅快,夏季也长,人也勇敢。……他们,斯捷潘和玛丽雅,在最初一段时期不妨去做雇工谋生,以后就耕种他们自己的一小块地。在那儿,他们不会再同头顶光秃而且生着茨冈般的眼睛的玛克辛打交道,也不会再同醉醺醺地冷笑的谢敏打交道。……

他带着这个想法走到玛丽雅跟前,在她面前站住。……可是他由于喝醉酒而头晕,眼睛里闪着五颜六色的斑点,周身感到酸痛。……他的两条腿站不稳了。……

"到库班去……那个……"他勉强说出口,感到他的舌头失去说话能力了。……"到库班去……找彼得舅舅。……知道吗?他来过信。……"

可是这办不到了!库班化成一股风,飞得无影无踪。……玛丽雅抬起恳求的眼睛,瞧着他苍白而神志不清的脸,那早已披散下来的头发把脸盖住了一半。她站起来。……她的嘴唇开始颤抖。……

"是你,强盗?"她哭道,"是你吗?大概,你这张脸是在酒店里给人打出血了吧?该死的东西!你这个害人精!你吸干我心里的血,等你到那个世界,巴不得叫你也受受这种罪,混蛋!你活活要了我这个孤儿的命!"

"住嘴!"

"凶神恶煞!你们一点也不怜惜基督徒的灵魂!你们坑害所有的人,强盗!……你是杀人的凶手,斯捷巴!圣母会惩罚你!你等着就是!为这件事不会白白放过你!你当是只有我一个人受苦?你想错了。……你也照样要受苦。……"

斯捷潘开始眨巴眼睛,身子摇晃一下。

"住嘴!别说了,看在基督面上!"

"醉鬼!我知道你拿谁的钱去喝酒。……我知道,强盗!你是高兴了才去喝酒吧？大概你快活得很吧？"

"闭嘴！玛丽雅！别说了……"

"你来干什么？你要怎么样？你是来夸耀一番？用不着你夸耀,我们都知道。……全世界都知道。……昨天差不多整整一天大家都拿你的事挖苦我,该死的。……"

斯捷潘跺了跺脚,摇晃一下身子,闪着两只发光的眼睛,用胳膊肘碰了碰玛丽雅。

"叫你住嘴！不要撕扯我的心了！"

"我偏要说！你要打人吗？好吧。……给你打。……你来打这个孤儿吧。反正一样。……我还能指望你疼我？你自管打吧。……把我打死好了,强盗！你还要我干什么？你有太太了。……她有钱。……她长得漂亮。……我是个粗人,她是个贵族。……你怎么不动手打呀,强盗？"

斯捷潘抡起胳膊,用尽全力,一拳打在玛丽雅气得变了样的脸上。这醉醺醺的一拳,恰好打在她的太阳穴上。玛丽雅身子一摇晃,没发出一点声音,就倒在地上。她正倒下去,斯捷潘又给她当胸一拳。

丈夫弯下腰去凑近他妻子的温热然而已经死亡的身体,昏花的眼睛瞧着她极其痛苦的脸,他什么也不明白,在死尸旁边坐下。

太阳已经升到小屋上面,火一般地晒着。风都变热了。浑身发抖的人群密密层层地围住斯捷潘和玛丽雅,炎热的空气里弥漫着使人透不过气来的痛苦。……人们看啊看的,明白这儿出了人命案,不相信自己的眼睛了。斯捷潘睁着昏花的眼睛打量人群,把牙齿咬得咯咯地响,嘴里嘟哝着,前言不搭后语。谁也没动手捆绑斯捷潘。玛克辛、谢敏、玛纳富伊洛夫在人群里站着,彼此挨紧。

"他为什么打死她？"他们问道,脸色白得跟死人一样。

他母亲跑过来,号啕大哭。

有人把所发生的事报告太太。太太叫一声哎呀,抓起小酒精瓶闻一下,然而并没昏倒在地,不省人事。

"可怕的人呀!"她小声说,"哎,什么样的人呀!坏蛋!好吧!我要拿出点颜色来给他们看看!他们马上就会知道我是个什么人。"

尔热威茨基走来安慰太太。他把太太安慰好,就重新占据他原来的位子,而那个位子本来已经由朝三暮四的太太从他那儿夺走,让给斯捷潘了。那个位子又有油水又温暖,对他来说是极其适当的。一年总有十次,他让人从这个位子上挤走,不过每次人家都对他付出了赔偿。他们付出的代价可不小呀。

活 商 品

献给费·费·波普多格洛

一

格罗霍尔斯基抱住丽扎,吻遍她所有的小手指头,那些手指上的粉红色指甲都已经由她用牙齿啃坏了。然后他把她放在蒙着便宜的丝绒的躺椅上。丽扎躺下去,把一条腿架在另一条腿上,把两只手垫在脑后。

格罗霍尔斯基挨着她在椅子上坐下,弯下腰去凑近她。他全神贯注地瞅着她。

在夕阳的光辉照耀下,他觉得她多么俊俏啊!

从窗口望出去,金黄的落日微微带点紫红色,可以完全看清楚。

落日那种明亮而不刺眼的光辉照亮整个客厅和丽扎,一时间给所有的东西都镀上了金黄色。

格罗霍尔斯基看得入迷了。丽扎并不是怎么了不起的美人。不错,她那张小小的猫脸配上栗色的眼睛和翘起来的小鼻子,挺娇嫩,甚至撩人的心,她那稀疏的头发黑得跟煤烟一样,卷曲着,她那小小的身体优雅,灵活,匀称,好比一条电鳗,不过总的说来……然而,还是把我的审美口味放在一边的好。格罗霍尔斯基素来为女人所宠爱,他这一辈子所爱过和断绝过的女人已经有百把个,可是他认为她是美人。他爱她,而盲目的爱情是到处都会找到理想的美的。

"你听我说,"他直勾勾地瞧着她的眼睛,开口说,"我来找你商量事情,我的美人。爱情是不能忍受任何不明确和不固定的情况的。……我指的是不明确的关系,你要知道。……我昨天已经对你说过,丽扎。……我们今天就来努力决定昨天提出的问题吧。好,我们来共同解决。……应该怎么办呢?"

丽扎打个呵欠,用力皱起眉头,从脑后抽出右手来。

"应该怎么办呢?"她把格罗霍尔斯基的话重复一遍,声音低得几乎听不见。

"嗯,是啊,应该怎么办呢?你来解决吧,聪明的小脑袋。……我爱你,而一个热爱着的人是不能跟外人平分爱情的。他比利己主义者还要利己主义。我可不能跟你的丈夫分享爱情。我一想到他也爱你,就在心里把他撕成粉碎。第二,你爱我。……对爱情来说,不可缺少的条件就是充分的自由。……可是难道你自由吗?你想到老是有那么一个人压在你心上,难道会不觉得难受?况且那个人又不是你所爱的人,说不定你还憎恨那个人,而这是极其自然的。……这是第二。……那么第三……第三是什么来着?啊,我想起来了。……那就是我们在欺骗他,这是……不正直的。真诚第一,丽扎。丢开虚伪!"

"是啊,那该怎么办呢?"

"这你猜得出来。……我认为你必须,而且义不容辞地对他说明我们的关系,离开他,去过自由的生活。这前后两件事都应当尽快办到才对。……比方说,哪怕今天傍晚,你就……可以跟他说穿。……这件事也该了结了。……这样偷偷摸摸地谈情说爱,难道你就不嫌厌烦?"

"说穿？对万尼亚说穿？"

"嗯,是啊！"

"那可不行！昨天我就对你说过,米谢尔,那不行！"

"为什么呢？"

"他会生气,大嚷大叫,闹出各式各样不愉快的事来。……难道你不知道他是个什么样的人？求上帝保佑,可别这么办！不能跟他说穿！亏你想得出！"

格罗霍尔斯基举起手来摩挲额头,叹口气。

"是啊,"他说,"他还不止是生气呢。……要知道,我把他的幸福夺走了。他爱你吗？"

"爱。很爱。"

"这又是麻烦事！真不知道这件事该怎样着手。瞒住他吧,那是卑鄙的,可要是对他说穿,又无异于要他的命。……鬼才知道该怎么办！哎呀,该怎么办呢？"

格罗霍尔斯基沉思了。他那苍白的脸上满是愁容。

"我们就老是照现在这样过下去算了,"丽扎说,"要是他想知道这件事,就由他自己撞破好了。"

"可是要知道,这样做……这样做不但是造孽,而且是……话说回来,你是我的,谁也没有权利认为你不属于我而属于别人！你是我的！我可不能把你让给别人！……我怜惜他,上帝看得见,我多么怜惜他,丽扎！我一看见他,心里就痛苦！可是……可是,话说回来,这又有什么办法呢？你不是不爱他吗？那你何苦守着他受罪呢？非说穿不可！我们跟他说穿了,就一块儿到我家里去。你是我的妻子,不是他的妻子。他要怎么样就随他怎么样吧。他好歹总能熬过这种愁苦。……他不是头一个,也不是末一个。①……你肯逃

---

① 意谓"有他这种遭遇的人多的是"。

跑吗？啊？快点说！你肯逃跑吗？"

丽扎站起来,用疑问的目光瞧着格罗霍尔斯基。

"逃跑？"

"嗯,是啊。……跑到我的庄园上去。……然后再到克里米亚去。……我们可以写信给他说穿这件事。……不妨今天晚上就走。坐一点半钟的那班火车。啊？好吗？"

丽扎懒洋洋地搔着鼻梁,沉思不语。

"好。"她说,然后就……哭了。

她的小脸蛋上泛起小块的红晕,小眼睛肿起来,然后泪水顺着小小的猫脸淌下来。……

"你哭什么？"格罗霍尔斯基心神不定地问,"丽扎！你怎么了？啊？干吗哭呀？你这个人！这究竟是为了什么呢？亲爱的！我的小亲亲！"

丽扎对格罗霍尔斯基伸出两只手去,搂住他的脖子。她抽抽搭搭地哭了。

"我可怜他……"丽扎喃喃地说,"啊,我多么可怜他！"

"可怜谁？"

"可怜万……万尼亚。"

"我就不可怜他吗？可是有什么办法呢？我们会惹得他痛苦。……他会痛苦,会咒骂。……可是我们彼此相爱,这能怪我们吗？"

说完这话,格罗霍尔斯基就像被蛇咬了一口似的,从丽扎身边跳开,在圈椅上坐下。丽扎丢开他的脖子,很快地,转眼间就在躺椅上坐下了。

他俩满脸通红,低下眼睛,开始咳嗽。

原来有人走进客厅里来了,这个人高身量,宽肩膀,年纪三十岁左右,穿着文官制服。他不声不响地走进来了。可是他走进门口,碰响一把椅子,这才使得那对情人知道有人来了,回头看一眼。来人就是丽扎的丈夫。

他们虽然赶紧回过头去看一眼,可是已经迟了。那个人已经看见格罗霍尔斯基抱住丽扎的腰,已经看见丽扎搂住格罗霍尔斯基的贵族气派的白脖子。

"他看见了!"丽扎和格罗霍尔斯基不约而同地暗自想道,竭力把他们忽然沉重起来的手和困窘的眼睛掩藏起来。……

那个丈夫呆若木鸡,绯红的脸顿时惨白了。

痛苦的、奇怪的、扰乱人心的沉默持续了三分钟。啊,那三分钟!格罗霍尔斯基直到现在还记得。

头一个走动起来,打破沉默的是丈夫。他走到格罗霍尔斯基跟前,脸上做出毫无意义而又近似笑容的怪相,向那人伸出一只手去。格罗霍尔斯基轻轻地握一下那只柔软而冒汗的手,周身打个哆嗦,仿佛他拳头里捏着冰凉的癞蛤蟆似的。

"您好。"他喃喃地说。

"您身体好吗?"丈夫说,声音沙哑,低得几乎听不见。他在格罗霍尔斯基对面坐下,不住地整理他脑后的衣领。……

痛苦的沉默又来了。……不过这次沉默不那么尴尬。……那头一步,最困难、最暧昧不明的一步,已经过去了。

现在剩下来要做的,只是这两个人应当找一个借口去取火柴,或者去干点别的什么小事而退场。他俩都巴不得赶快走掉了事。他们坐在那儿,谁也不看谁,揪着自己的胡子,极力在乱哄哄的头脑里找出个办法来摆脱这种非常别扭的处境。两个人都出汗了。两个人都痛苦得受不了,两个人人都满腔愤恨。他们恨不得扭打一场,可是……该怎样动手呢,该谁头一个动手呢?但愿她走出去才好!

"昨天我在俱乐部里看见您了。"布格罗夫(丽扎的丈夫的姓)

喃喃地说。

"我到那儿去过……是去过。……您跳舞了吗?"

"嗯……跳舞了。我跟那个……跟留科茨基家的小女儿一块儿跳的。……她跳得很笨。……跳得再糟也没有了。她倒是聊天的能手,"他顿一顿,"她讲个没完没了。"

"是啊……那很乏味。我也看见你们了。……"

格罗霍尔斯基无意中看布格罗夫一眼。……他的眼睛遇上被欺骗的丈夫那种迷茫的目光,他受不住了。他很快地站起来,很快地抓住布格罗夫的手握一下,拿起帽子,往门口走去,感到他的后背很不自在。他觉得有千百只眼睛盯住他的脊梁。这样的心情只有演员给人喝了倒彩,从台口退下场去,或者花花公子后脑勺上挨了人家的拳头,由警察押走的时候才会领略到。

格罗霍尔斯基的脚步声刚刚消失,前堂的房门刚刚嘎吱一响关上,布格罗夫就跳起来,在客厅里兜几个圈子,迈步走到他妻子跟前。她那张小小的猫脸缩成一团,眼睛眨巴起来,好像额头上等着挨一个爆栗似的。丈夫走到她跟前,脚踩着她的衣裾,膝盖撞着她的膝盖,苍白的脸变了样子,胳膊、脑袋、肩膀一齐索索地抖。

"你这个贱货,"他用低沉的、要哭的声调说,"要是你再让他上这儿来,哪怕再来一次,我也要收拾你。……不准他再跨进门来!我要打死他!听明白了吗?哼哼……没出息的畜生!你发抖!卑卑……鄙!"

布格罗夫一把抓住她的胳膊肘,摇撼她,然后把她像小皮球似的摔到窗口去。

"贱婆娘!下流坯!不害臊!"

她几乎脚不点地,一直扑到窗口,伸出两只手抓住窗帘。

"闭嘴!"丈夫走到她跟前,嚷道。他瞪起亮闪闪的眼睛,跺一下脚。

她真就闭住嘴不出声了。她眼望着天花板,抽抽搭搭,脸上的神情就像是小女孩看到人家要责罚她而懊悔不迭似的。

"原来你是这样?啊?跟一个轻薄的花花公子勾搭上了?好哇!莫非你没到圣坛①前面去过?你是什么人?好一个贤妻良母!闭上你的嘴!"

他就一拳打在她那好看的和弱不禁风的肩膀上。

"闭嘴!贱婆娘!我还要给你点更厉害的苦头吃!要是这个下流货胆敢哪怕再来一次,要是我哪怕再撞见一次……听着!!……你跟这个流氓在一起,那……你就别讨饶!我情愿到西伯利亚去②也要打死你!把他也打死!我连眼睛也不会眨一下!走开!我不想再看见你!"

布格罗夫用衣袖擦了擦额头和眼睛,迈开步子在客厅里走来走去。丽扎哭得越来越响,耸动肩膀,皱起小鼻子,眼睛盯住窗帘上的花边。

"你胡闹!"她丈夫叫道,"蠢娘们儿的脑子里,糊涂想法就是多!全是些胡思乱想!丽扎威达③,小娘们儿……我可不许你来这一套!你还是给我小心点的好!我不喜欢这一套!你要干下流事,那就……滚蛋!我家里没有你待的地方!要是……你就走你的!你做了妻子,就得把那些花花公子忘掉,从你愚蠢的脑子里赶出去!这全是些胡闹!下一次不许再这样!你还有什么话说!要爱你的丈夫!有了丈夫,就得爱他!就是嘛!有一个还嫌不够?现在,你给我走开……害人精!"

布格罗夫沉默一会儿,叫道:

"叫你走开嘛!到儿童室里去!你哭什么?自己做错了事,

---

① 即教堂里的圣坛,指俄国人在教堂里举行婚礼时在圣坛前宣誓相爱不渝。
② 在俄国,杀人犯通常被判流放西伯利亚,并服苦役。
③ 这是正名,丽扎是爱称。

还要哭!你这个人啊!去年你勾搭上彼特卡·托契科夫,现在呢,求上帝宽恕我这么说,又勾搭上这个魔鬼了。……呸!现在你该明白你是什么人!你是妻子!母亲!去年闹出一场纠纷,现在又闹出一场纠纷。……呸!"

布格罗夫大声叹口气,于是空气里弥漫着白葡萄酒的气味。……他刚吃完中饭回来,微微带点醉意。……

"你知道你的责任吗?不知道!……那就得管教你!你还没受过管教!你母亲就是荡妇,你也是。哭吧!对!哭个够吧!"

布格罗夫走到妻子跟前,从她手里把窗帘夺过来。

"你不要站在窗前。……人家会看见你哭。……下回不许再有这样的事。这么搂搂抱抱,迟早要惹出祸事来。……你会倒霉。我戴绿头巾难道会愉快?可要是你跟他们,跟那些下流家伙胡搞,那你就是给我戴绿头巾,那你就会……哎,不说这些了。……下一次你……不要那样。……要知道我……丽扎……你不要做那种事了。……"

布格罗夫叹口气,于是白葡萄酒的气味把丽扎笼罩住了。

"你年纪轻轻,傻里傻气,什么也不懂。……我又总是不在家。……好,他们就乘虚而入。你得聪明点,头脑清醒点!他们会引你上钩!到时候我就会受不住。……那我就会横下心。……什么都完了!那时候你只有死路一条。一旦你变了心,小娘们儿,我……我就豁出去,什么事都干得出来。我活活把你打死……我把你赶出门去。那时候你就去找你那些坏蛋吧。"

说来可怕![1] 布格罗夫伸出又大又软的手掌……然而只是擦一擦变心的丽扎那张沾满泪水而湿漉漉的脸。他对待他二十岁的妻子就像对待娃娃似的。

---

[1] 原文为拉丁语。

"好,够了。……我原谅你了,只是下一次……千万不要这样。我已经原谅你五次,到第六次我再也不原谅了。我这话说了算数。就连上帝也不会为这种事原谅你们这种人。"

布格罗夫低下头去,伸出发亮的嘴唇,要吻丽扎的小脑袋。

可是他没吻成。……

这时候,前堂、饭厅、大厅、客厅的房门发出一连串的砰砰声,格罗霍尔斯基像旋风似的飞奔到客厅里来了。他脸色发白,周身发抖。他挥舞胳膊,揉搓他那顶贵重的帽子。他的礼服在身上晃荡,就像挂在衣架上一样。看上去他像是发高烧了。布格罗夫一看见他,就从妻子身旁走开,掉转头去,对着另一个窗口。格罗霍尔斯基却一直跑到他跟前,摇着胳膊,呼呼地喘气,眼睛没看着人,用颤抖的声调开口说:

"伊凡·彼得罗维奇①! 我们彼此不要再演滑稽戏了! 够了,我们不要再互相欺骗了! 够了! 我受不住了! 您要怎么办就怎么办吧,我反正受不住了。归根结蒂,这样太可憎,太下流! 太叫人恶心! 您要明白,太叫人恶心!"

格罗霍尔斯基讲得上气不接下气,喘个不停。

"这不合我的原则。而且您也是正直的人。我爱她! 我爱她胜过世上的一切。这一点您已经看出来,而且……我理当说明这一点!"

"该对他说些什么呢?"伊凡·彼得罗维奇暗想。

"这件事得了结一下。这出滑稽戏不能再这么长久地拖下去! 好歹总得解决。"

格罗霍尔斯基深深地吸进一口气,接着说:

"我没有她就活不了。她也一样。您是有学问的人,您明白

---

① 布格罗夫的名字和父名。上文的万尼亚系伊凡的爱称。

在这样的条件下您的家庭生活不能再维持下去。这个女人不是您的了。嗯,是啊。……一句话,我请求您用宽厚的……人道观点看待这件事。伊凡·彼得罗维奇! 归根结蒂,您要明白,我爱她胜过爱我自己,胜过爱世上的一切。我没有力量压制这样的爱情!"

"那么她呢?"布格罗夫用阴沉而有点讥诮的口气问。

"您问她吧! 是啊,您问她嘛! 要她跟她所不爱的人一块儿生活,跟您一块儿生活,同时却又爱着另外一个人,那岂不是……岂不是……受罪!"

"那么她呢?"布格罗夫又说一遍,不过这次已经不是用讥诮的口气了。

"她……她爱我! 我们互相热爱……伊凡·彼得罗维奇! 您打死我们吧,藐视我们吧,迫害我们吧,您想怎么办就怎么办……不过我们再也不能瞒您了! 我俩都在这儿! 您是被我们……被命运夺去幸福的人,尽管极其严厉地审判我们吧!"

布格罗夫脸涨得像煮过火的龙虾那么红,一只眼睛瞟了瞟丽扎。他开始眨巴眼睛。他的手指、嘴唇、眼皮一齐颤抖起来。他真可怜! 丽扎的哭泣的眼睛告诉他说,格罗霍尔斯基的话是对的,事情是严重的。……

"好吧,"他喃喃地说,"如果你们……在当前这段时期里……你们老是这样……"

"上帝看得见,"格罗霍尔斯基用很高的男高音尖叫道,"我们了解您! 难道我们没脑筋,没感情? 我知道我叫您受了多大的苦。上帝看得见! 不过,请您宽容吧! 我求求您! 我们没有错处! 爱情不是过失。任什么样的意志都拗不过它。……您把她让给我吧,伊凡·彼得罗维奇! 您放了她,让她跟我一块儿走! 您痛苦,那我这儿的东西,您要什么就拿什么,就是把我的生命拿去都行,不过您把丽扎让给我! 我不惜牺牲一切。……好,请您告诉我,您

377

让出她而受了损失,我能在哪方面至少略微补偿一下。我可以给您另外一种幸福代替这种已经失去的幸福。我办得到,伊凡·彼得罗维奇!我样样事情都答应!要是我听凭您灰心丧气,置之不理,我就未免太卑鄙了。……我了解您目前的心境。"

布格罗夫摆了摆手,仿佛说:"看在上帝面上,您走吧!"他的眼睛开始被抑制不住的泪水蒙住。……人们马上就看出来,他是好哭的人。

"我了解您,伊凡·彼得罗维奇!我会给您另外一种您没领略过的幸福。您想要什么?我是有钱的人,我父亲又是有势力的人。……您想要什么?那么,您想要多少钱呢?"

布格罗夫的心忽然怦怦地跳起来。……他伸出两只手去抓住窗帘。

"您要……五万?伊凡·彼得罗维奇,我求求您。……这不是收买,不是做买卖。……我只不过想从我这方面做出点牺牲,至少稍稍弥补一下您那种无法衡量的损失。……您要十万?我愿意照办!您要十万吗?"

我的上帝呀!有两个硕大无比的锤子开始敲打不幸的伊凡·彼得罗维奇冒汗的太阳穴。……他耳朵里像是有几辆俄国四轮马车响起大大小小的铃铛跑过去。……

"请您接受我的牺牲!"格罗霍尔斯基继续说,"我求求您!您搬掉我良心上的重负吧。我求求您了!"

我的上帝呀!布格罗夫的泪眼瞧着窗外。这时候,马路上由于刚下过五月的小雨而有点潮湿,一辆华美的、有四个座位的、安着弹簧的四轮马车正好经过窗前。那几匹马剽悍、凶猛、皮毛发亮、很有气派。马车上坐着几个人,头戴草帽,露出心满意足的脸色,带着长钓竿梢和捞鱼网。……有个男中学生头戴白色制帽,双手拿着一管枪。他们这是到别墅去钓鱼,打猎,在空气新鲜的露天里喝茶。他们这是到仙境般的地方去,而从前,乡村助祭的儿子布格罗夫还是小男孩的时候,就常在那样的地方光着脚,跑遍田野、树林、河岸,皮肤晒得挺黑,然而心里无限地幸福。啊,五月真是迷人得很啊! 一个人,能脱掉身上沉重的制服,坐上四轮马车,奔驰到野外去,听一听鹌鹑的叫声,闻一闻新鲜的干草气味,该是多么幸福啊。布格罗夫的心感到愉快的凉意,缩紧了。……十万啊! 在他眼前,所有他那些珍藏在心里的幻想,随同那辆马车一起驰骋不已,他在漫长的文官生涯中,在省政府或者他那可怜的小书房里坐着,常常喜欢沉湎于那类幻想。……他总是幻想一条河,河水很深,水里有鱼;又幻想一个宽广的园子,有狭窄的林荫道、小喷泉、树荫、花卉、凉亭;又幻想华美的别墅,有露台和塔楼,安着一个风吹琴①和一些银铃……(至于世上有风吹琴,他是在德国的长篇小说里读到的。)天空万里无云,深不可测。空气清澈,洁净,弥漫着各种香气,使他联想到他那光着脚的、忍饥挨饿的、受尽困苦的童年。……他幻想他五点钟起床,九点钟睡觉,白天去钓鱼、打猎、同农民们谈天。……真好啊!

"伊凡·彼得罗维奇! 您别折磨人了! 您要十万吗?"

"嗯。……十五万!"布格罗夫嘟哝一句,声调低沉,像是公牛嘶哑的叫声。……他说完,就低下头去,为他的话害臊,等着回答。……

"好,"格罗霍尔斯基说,"我同意! 我感激您,伊凡·彼得罗维奇。……我去一去就来。……我不会叫您久等。……"

格罗霍尔斯基跳起来,戴上帽子,往后倒退,从客厅里跑出去。

布格罗夫把窗帘抓得更紧了。……他觉得羞愧。……他心里感到卑鄙、愚蠢,可是另一方面,他那两个跳动的太阳穴之间有些

---

① 一种因风吹而鸣响的乐器。

多么美丽灿烂的希望在活动呀!他发财了!

丽扎什么也不明白,生怕他走到她窗子这边来,把她摔到一旁去,就周身颤抖,从半开半掩的房门口溜出去。她走到儿童室里,在奶妈的床上躺下,身子缩成一团。她像害了热病似的索索地抖。

客厅里只剩下布格罗夫一个人了。他感到气闷,就推开窗子。扑到他脸上和脖子上来的空气,多么凉爽啊!要是现在能坐在马车上,舒舒服服地倚在靠垫上,吸一吸这样的空气才好。……那边,远在城外,在乡村和别墅附近,空气还要清新呢。……布格罗夫幻想将来他从自己的别墅里走出来,站在露台上,欣赏风景,被这种空气笼罩着,他甚至微微一笑。……他幻想了很久。……太阳已经落下去,可是他还站在那儿幻想,用尽全力把丽扎的模样从他脑子里撑出去,可是她在他的一切幻想里却总是跟他在一起,形影不离。

"我拿来了,伊凡·彼得罗维奇!"格罗霍尔斯基走进房间里来,凑着布格罗夫的耳朵小声说,"我拿来了。……您收下吧。……喏,这儿,这一叠是四万。……这张票据,麻烦您后天拿着到瓦连契诺夫家里去取两万。……这儿是一张借据。……这是一张支票。……其余的三万过几天……我的总管会给您送来。"

格罗霍尔斯基脸色绯红,神情兴奋,手忙脚乱地在布格罗夫面前放下一堆钞票、证券、纸包等。那是很大的一堆,五颜六色,花花绿绿。布格罗夫有生以来从没见过这么一大堆钱财!他张开肥手指头,眼睛没看着格罗霍尔斯基,着手清点那一叠叠钞票和单据。……

格罗霍尔斯基摊出所有的钱,然后就踩着碎步在房间里走来走去,寻找那个已经卖出去而且经他买下的杜尔西内娅。

布格罗夫把衣袋和钱夹塞得满满的,再把单据收在桌子抽屉里,然后喝下半瓶清水,跑到街上去了。

"马车!"他扯开嗓子大叫一声。

当天晚上十一点半钟,他坐马车来到巴黎旅馆门口。他叮叮咚咚地登上楼梯,敲格罗霍尔斯基所住的房间的门。门开了。格罗霍尔斯基正把衣物收拾到皮箱里去。丽扎坐在桌旁试镯子。布格罗夫走进他们房间里来,把他俩吓一跳。他们以为他来是退回钱,叫丽扎回去,以为他收下钱是一时冲动,不是打定了主意。然而布格罗夫不是来叫丽扎回去的。他穿着一身新衣服,怪不好意思的,觉得极不自在。他鞠躬,在门口站住,姿态像是听差。……他的新装很体面。布格罗夫变了样。簇新的、刚做好的、最时髦的法国花呢衣服包紧他魁梧的身子,平时他身上除了普通的文官制服以外什么也没穿过。他脚上是一双亮晃晃的半高勒皮鞋,配着闪光的扣子。他站在那儿,为他的新装感到难为情,举起右手遮住带表坠的表链,那是一个钟头以前他花三百卢布买来的。

"我来是为了谈一件事情……"他开口说,"常言说得好:事先谈妥,比钱还宝贵。米舒特卡我是不放的。……"

"哪个米舒特卡?"格罗霍尔斯基问。

"我的儿子。"

格罗霍尔斯基和丽扎互相看一眼。丽扎的眼睛睁圆,脸蛋涨红,嘴唇颤抖。……

"好吧。"她说。

她想起米舒特卡的暖和的小床。要那孩子不睡暖和的小床而睡到旅馆里冰凉的长沙发上来,那未免残忍,于是她同意了。

"将来我要跟他见面。"她说。

布格罗夫鞠躬,走出去,神采焕发地跑下楼去,一路上在空中挥舞昂贵的手杖。

"回家去!"他对出租马车的车夫说,"明天早晨五点钟我要出门。……那时候你把车赶来。要是我睡熟了,你就叫醒我。我要

381

出城去。……"

二

  那是八月里一个天气晴和的傍晚。太阳嵌在金黄而又带点紫红的背景上,悬在西方地平线上空,准备落到遥远的山冈后面去。各处园子里那些或浓或淡的树荫已经消失,空气变得潮湿,可是树梢上仍然闪着金光。……天气温暖。不久以前刚下过一场雨,使得本来就新鲜、清澈、芬芳的空气越发新鲜了。

  我所描写的不是京城里的八月,那儿总是烟雾迷蒙,细雨连绵,天色阴暗,到傍晚天气就转凉,潮湿得不得了。上帝不许!我所描写的不是我们北方严酷的八月。我请求读者诸君把思想转到克里米亚靠近费奥多西亚的海岸上,我的人物的别墅就在那里。那别墅漂亮而干净,四周围绕着花卉和剪得整齐的灌木。别墅后边,相距大约一百步远,有个果树园,葱葱茏茏,别墅住客们常在那里散步。……格罗霍尔斯基为这所别墅付出很高的租金,一年大概一千卢布。……别墅不值这么多租金,不过倒挺漂亮。……房屋高而秀丽,配上薄的墙壁和很细的栏杆,显得纤弱而娇贵,再加上房子涂成浅蓝色,四面挂着窗帘、门帘、帷幔,这就像俊俏、娇弱的千金小姐了。

  在上述那个傍晚,格罗霍尔斯基和丽扎在别墅的阳台上坐着。格罗霍尔斯基在看《新时报》①,端着带把的绿色杯子喝牛奶。他面前的桌子上,放着盛满矿泉水的虹吸瓶。格罗霍尔斯基认为他肺部害炎症,就听从德米特利耶夫医师的劝告,不断地吃大量的葡萄、牛奶和矿泉水。丽扎坐在离桌子很远的软圈椅上。她把胳膊

---

① 1868—1917年在彼得堡发行的一种反动报纸。——俄文本编者注

肘撑在栏杆上,用小拳头支着小脸,瞅着对面①别墅。……阳光映在对面别墅的窗子上。……起了火一般的窗玻璃,把耀眼的光芒投到丽扎眼睛里。……从别墅四周的花圃和稀疏的树木望出去,远处就是海洋,波涛滚滚,颜色发蓝,广阔无垠,点缀着一根根白色船桅。……这一切是那么美!格罗霍尔斯基在读"不相识者"②的小品文,每读完十行就抬起天蓝色眼睛瞅着丽扎的后背。……他的眼睛里仍旧闪着他原先那种热烈、沸腾的爱情。……尽管他自以为害着肺炎,却无限地幸福。……丽扎感到他的眼睛盯住她后背,她在思索米舒特卡的光明前途,心里那么平静,那么舒畅。

她对于海洋和对面别墅窗玻璃上耀眼的闪光都不大在意,却津津有味地观看一长串大车一辆接一辆地往那所别墅赶去。

那车队满载着家具和各式各样的家庭用品。丽扎看见别墅的栅栏门和大玻璃门都开了,看见赶车人在家具周围走动,不断相骂。从玻璃门里搬进去的,有巨大的圈椅,有蒙着深紫色丝绒的长沙发,有供大厅、客厅、饭厅用的桌子,有大双人床,有儿童床。……他们还搬进去一个又大又重的东西,用蒲席包着。……

"那是钢琴。"丽扎暗想,她的心跳起来。

她有很久没听过钢琴声了,她是极其喜欢这种乐声的。他们的别墅里却一样乐器也没有。她和格罗霍尔斯基仅仅是心灵上的音乐家而已。

在钢琴之后,还搬进去许多箱子和包裹,上面写着"小心轻放"字样。

那是些装着镜子和盘盏的箱子。他们把一辆富丽堂皇的四轮马车运进大门,又把两匹天鹅般的白马牵进去。

---

① 原文为拉丁语。
② 俄国反动文人,《新时报》的发行人和主编苏沃陵的笔名。——俄文本编者注

"我的上帝！多么阔绰呀！"丽扎暗想,同时记起格罗霍尔斯基怎样花一百卢布为她买一匹年老的矮马,他是既不喜欢骑马出游,也不喜欢马匹的。在她看来,同这些天鹅般的骏马相比,她的矮马活像臭虫。格罗霍尔斯基生怕丽扎骑马跑得太快,就故意给她买一匹劣马。

"多么阔绰啊！"丽扎瞧着吵闹的赶车人,一面想,一面小声说。

太阳已经藏到山冈后面去了,空气不像原先那样清澈和干燥,可是他们仍旧在搬运家具。最后,天色大黑,格罗霍尔斯基不能再读报,然而丽扎仍旧往那边看,看得津津有味。

"要不要点灯？"格罗霍尔斯基问,生怕牛奶里掉进苍蝇,在黑暗中被他吞下肚去,"丽扎！要点灯吗？我们就在黑地里坐着,我的天使？"

丽扎没回答。一辆轻便的双轮马车来到对面别墅的大门前,引起她的注意。……拉马车的小马多么可爱！中等身量,个头不大,气派优雅。……马车上坐着一位先生,戴着高礼帽。一个孩子,大约三岁,大概是个小男孩,坐在他的膝头上,摇着小手。……他摇着小手,高兴得叫起来。……

丽扎忽然发出一声尖叫,站起来,整个身子往前探出去。

"你怎么了？"格罗霍尔斯基问。……

"没什么。……我随便叫一声。……好像……"

那个高身量、宽肩膀、戴高礼帽的先生从马车上下来,抱起男孩,三步并作两步,兴高采烈地往玻璃门那边跑去。

玻璃门哗啷一声开了,他就消失在别墅幽暗的房间里了。

两个仆人跑到轻便马车跟前,恭恭敬敬地把马牵进大门。不久,对面别墅里就点亮灯火,响起杯盘刀叉的声音。戴高礼帽的先生坐下来吃晚饭了,根据盘盏的不停的响声来判断,晚饭吃了很久。丽扎觉得仿佛闻到鸡汤和烤鸭的气味似的。晚饭后,别墅里传来钢琴杂乱的弹奏声。大概戴高礼帽的先生想给孩子解闷,就随他在钢琴上乱弹。

格罗霍尔斯基走到丽扎跟前,搂住她的腰。

"多么美妙的天气!"他说,"空气真新鲜呀!你感觉到没有?我,丽扎,很幸福……简直太幸福了。我的幸福大极了,我甚至怕它一下子化为泡影。巨大的东西照例容易倒塌。……你知道吗,丽扎?尽管我这样幸福,我的心里仍旧不是绝对地……平静。……有一个缠住我不放的想法在折磨我。……它把我折磨得好苦。……它害得我日夜不得安宁。……"

"是什么想法呢?"

"什么想法!一种可怕的想法哟,我的心肝。我一想到……你的丈夫,就心里难受。这个想法我一直没提起过,生怕打搅你内心的平静。可是现在我没法再沉默下去了。……他在什么地方呢?他的景况怎么样?他拿那些钱干什么去了?可怕呀!每天晚上我都见到他的脸,憔悴,痛苦,带着恳求的神情。……是啊,你来评断一下,要知道我们把他的幸福夺走了!我们把他的幸福破坏了,砸碎了!我们是把我们的幸福建筑在他的幸福的废墟上。……他宽宏大量地收下那些钱,可是难道那些钱能弥补他失去你而受到的损失?他不是很爱你吗?"

"很爱!"

"喏,那你就明白了!如今他,要么在借酒浇愁,要么……我真替他担心!唉,多么担心!给他写封信好吗?要安慰他才成。……应该对他说几句好心的话,你要知道……"

格罗霍尔斯基深深地叹口气,摇摇头,给他沉重的思想压得招架不住,一下子在圈椅上坐下。他用拳头支住头,开始思索。根据他的脸容来判断,他的思想是痛苦的。……

385

"我要去睡了,"丽扎说,"到时候了。……"

丽扎回到她的房间里,脱掉衣服,一下子钻进被子里。她十点钟上床,第二天十点钟起床。她贪舒服,爱睡懒觉。

摩耳浦斯①不久就把她抱在怀里,她通宵做最迷人的梦。……她的梦像是一本本长篇小说、中篇小说和阿拉伯神话。……所有这些梦里的男主人公都是……今天傍晚引得她发出尖叫声的戴高礼帽的先生。

戴高礼帽的先生时而把她从格罗霍尔斯基身边夺走,时而唱歌,时而殴打格罗霍尔斯基和她,时而在窗子跟前鞭笞小男孩,时而对她诉说爱情,时而带着她坐上轻便马车去兜风。……啊,那些梦!有的时候,人闭上眼睛,躺在床上,一夜之间就能度过不止十年的幸福岁月呢。……这天晚上,丽扎尽管挨了打,却经历了很多极为幸福的岁月。

第二天早晨七点多钟,她醒来了。她披上衣服,赶快梳好头发,甚至没穿她那双靰鞡式的尖头便鞋,就一溜烟跑到阳台上去。她举起一只手来搭在眼睛上遮住阳光,另一只手把滑下来的衣服拉住,开始看对面的别墅。……她的脸色开朗起来。

再也不能有任何疑问了。那就是他。

对面别墅的阳台下面,玻璃门前边,放着一张桌子。桌上有一套茶具,以一个小小的银茶炊为主,擦得雪亮,闪闪发光。桌旁坐着的就是伊凡·彼得罗维奇。他两只手端着带银托的茶杯喝茶。他喝得十分畅快。这可以从传到丽扎耳朵里来的吧嗒嘴唇的声音听出来。他穿一件家常长袍,深棕色,带黑花。长袍底襟极长的流苏一直垂到地面上。这是丽扎生平第一次看见她丈夫穿长袍,而且长袍又那么华贵。……米舒特卡坐在他的一个膝头上,搅得他

---

① 希腊神话中的睡神。

喝不好茶。他不住把身子往上耸,极力要抓他父亲发亮的嘴唇。他父亲每喝过三四口茶,就低下头去凑近儿子,吻他的头顶。一只毛色灰白的猫贴紧桌子的一条腿,把尾巴翘得高高的,悲切地咪咪叫,表示想吃东西。

丽扎躲到门帘后面,定睛瞧着她往日的家庭成员。她脸上闪着高兴的神情。

"米舒特卡!"她小声说,"米舒特卡!你在这儿啊,米舒特卡!亲爱的!他多么爱万尼亚!主啊!"

临到米舒特卡拿起匙子搅和他父亲的茶,丽扎就格格地笑起来。

"而且万尼亚也多么爱米舒特卡!我亲爱的!"

丽扎又欢喜又幸福,心怦怦地跳起来,头昏目眩了。她支持不住而在圈椅上坐下,从那儿眺望对面。

"他们怎么会到这儿来的?"她问自己,向米舒特卡那边送过一个飞吻去,"是谁指点他们到这儿来的?主啊!难道所有那些富丽堂皇的东西都是他的?难道昨天牵进大门的那些天鹅般的马都归伊凡·彼得罗维奇所有?啊!"

伊凡·彼得罗维奇喝完茶,走进房里去了。过十分钟,他在门廊上出现……使得丽扎大吃一惊。他,这个青年人,一直到七年前才不再被人叫做万卡和万纽希卡①,那时候只要能得到二十戈比,就自告奋勇去打坏人家的下巴,捣毁人家的房屋,如今却打扮得考究极了。他头戴宽边草帽,脚穿极其精美的、亮晃晃的长靴,上身穿一件凸纹布坎肩。……他表链上像有千百个大大小小的太阳放光。他右手潇洒地拿着手套和短马鞭。

他优雅地挥一下手,意思是吩咐听差把马牵过来,这时候他那

---

① 伊凡的小名。

387

沉重的身体流露出多么强烈的高傲和自负!

他大模大样地在马车上坐下,吩咐把米舒特卡和钓竿梢送上车来,听差们已经带着米舒特卡,拿着钓竿梢站在马车周围。他把米舒特卡安置在身旁,伸出左手去搂住他,然后拉了拉缰绳,马车就走了。

"嘚儿唷!"米舒特卡叫道。

丽扎自己也没觉得就拿出手绢来,对他们的后影摇了摇。要是她这时候照一下镜子,就会看见她的小脸变得通红,又在哭又在笑。她心里懊恼,因为她不在欢天喜地的米舒特卡身旁,而且由于某种缘故,她不能马上去把米舒特卡吻个够。

由于某种缘故!……你们,所有那些死板的规矩,统统滚蛋吧!

"格利沙!格利沙!"丽扎跑进寝室里,开始叫醒格罗霍尔斯基,"起床吧!他们来了!亲爱的!"

"谁来了?"格罗霍尔斯基醒过来,问道。

"我们家的人。……万尼亚和米舒特卡。……他们来了!就在对面别墅里。……我一瞧,原来是他们。……他们在喝茶呢。……米舒特卡也在喝。……我们的米舒特卡长成一个多么可爱的小天使啊,只要你看见他就明白了!圣母啊!"

"你说的是谁呀?哎,你那个……是谁来了?在哪儿?"

"万尼亚和米舒特卡。……我一瞧对面的别墅,不料他们正坐着喝茶呢。米舒特卡已经会自己喝茶了。……你看见昨天人家在搬运东西吗?那就是他们来了!"

格罗霍尔斯基皱起眉峰,擦擦额头,脸色变白了。

"他来了?你的丈夫?"

"嗯,是啊。……"

"他来干什么?"

"他们多半就在这儿住下了。……他们不知道我们在这儿。要是他们知道,就会往我们的别墅这边瞧,可是他们光喝茶……一点也没理会。……"

"现在他在哪儿?看在上帝面上,你倒是说清楚啊!唉!你说,他在哪儿?"

"他带着米舒特卡一块儿坐着马车钓鱼去了。……他们坐着轻便双轮马车。你昨天看见那些马吗?那就是他们的马。……万尼亚的。……万尼亚用那些马拉车。你看怎么样,格利沙?我们就把米舒特卡接来住一阵吧。……接他来吧,好吗?他是那么好的男孩!好极了!"

格罗霍尔斯基沉思不语,可是丽扎讲啊讲的,停不住嘴。……

"这可是意料不到的相逢……"格罗霍尔斯基经过长久而且照例是痛苦的思索以后,说,"哎,谁能料到我们会在这儿相逢呢?喏……现在可真的相逢了。……相逢就相逢吧。可见这也是命该如此。我能想象,他跟我们相见的时候会觉得多么尴尬!"

"我们把米舒特卡接来住一阵吗?"

"把米舒特卡接来住好了。……可是跟他相见就别扭了。……是啊,我该跟他说什么好呢?谈点什么呢?他也别扭,我也别扭。……不应该跟他见面。如果必要的话,我们就打发仆人传话好了。……今天,丽扎,我头痛得不得了。……胳膊和腿都痛。……周身酸痛。我脑袋在发烧吧?"

丽扎伸出手心去摸他的额头,发现他的脑袋滚烫。

"我做了一夜的噩梦。……今天我就不起床了,躺一躺。……我得吃点奎宁才成。你打发人把茶送到我这儿来吧,小母亲。……"

格罗霍尔斯基吃下奎宁,在床上躺了整整一天。他喝温水,哼哼唧唧,更换床单,不住诉苦,闹得他四周的人都厌烦得要命。每

389

逢他自以为得了感冒,就闹得叫人受不了。丽扎不得不常常打断她那好奇的观察,从阳台上跑到他房间里去。吃中饭的时候,她不得不去给他敷上芥末膏。要不是对面的别墅帮我女主人公的忙,那么,读者诸君,这种局面该是多么枯燥乏味啊。……整整一天丽扎都在观看别墅,幸福得透不过气来。

十点钟,伊凡·彼得罗维奇和米舒特卡钓鱼回来,吃早饭。两点钟,他们吃中饭。四点钟,他们坐着四轮马车不知到哪儿去了。那些白马把他们拉走,快得像闪电似的。七点钟,客人们纷纷来到他们家里,都是男客。阳台上,人们凑着两张桌子打牌,一直玩到午夜。有个男客钢琴弹得很好。客人们打牌,吃喝,扬声大笑。伊凡·彼得罗维奇放开嗓门哈哈大笑,给他们讲亚美尼亚生活中的故事,声音响得所有的别墅全能听见。他们兴高采烈!米舒特卡也跟他们一起坐到午夜。

"米舒特卡挺高兴,不哭,"丽扎暗想,"可见他不记得妈妈。可见他已经忘记我了!"

丽扎心里觉得极其辛酸。她哭了一夜。她那小小的良心、她的烦恼、她的痛苦、她想同米舒特卡谈话和吻他的热烈愿望,都在折磨她。早晨她起床,头很痛,眼睛带着泪痕。格罗霍尔斯基却以为她那些眼泪是为他流的。

"不要哭,亲爱的!"他对她说,"今天我已经好了。……胸口还有点痛,不过这不算什么。"

他们喝茶的时候,对面别墅里的人在用早饭。伊凡·彼得罗维奇只顾瞧他的碟子,除了流油的鹅肉以外什么也没看见。

"我很满意,"格罗霍尔斯基斜起眼睛看一下布格罗夫,小声说,"我很满意,因为他生活得还算不错!至少让这种相当舒适的生活环境来消除他的悲愁吧。你快藏起来,丽扎!他们会看见你的。……现在我不想跟他谈话。……求上帝保佑他!何必去搅扰他的安宁呢？"

然而,中饭却没有这样太平无事地吃完。……吃饭中间,恰好出现了格罗霍尔斯基极担心的那种"尴尬的局面"。格罗霍尔斯基最爱吃的烤沙鸡那道菜刚端到桌子上来,丽扎忽然发窘了,格罗霍尔斯基也动手用餐巾擦脸。他们看见布格罗夫站在对面别墅的阳台上。他站在那儿,用手扶住栏杆,瞪大眼睛,直勾勾地瞧着他们。

"你快走,丽扎！……快走……"格罗霍尔斯基小声说,"我早就说过,应该在房间里吃饭！真的,你这个人啊……"

布格罗夫瞧啊瞧的,忽然大叫一声。格罗霍尔斯基对他看一眼,瞧见他那大吃一惊的脸。

"是你们呀?!"伊凡·彼得罗维奇叫道,"是你们呀?！你们也在这儿？你们好！"

格罗霍尔斯基用手指头从这个肩膀划到另一个肩膀。他的意思是说:他胸部衰弱,因而隔这么远喊话是不可能的。丽扎心跳起来,眼花了。……布格罗夫从他的阳台上跑下来,穿过大路,不出几秒钟就已经站在格罗霍尔斯基和丽扎用饭的阳台底下。沙鸡算是吃不成了！

"你们好,"他开口说,脸红了,把他那双大手塞进口袋里去,"你们到这儿来了？你们也到这儿来了？"

"对,我们也到这儿来了。……"

"你们是怎么到这儿来的？"

"那么您是怎么到这儿来的呢？"

"我？说来话长！那是整整一篇叙事诗呢,老兄！可是别打搅你们,你们自管吃饭！自从……那个以后,你们要知道,我一直在奥列尔省住着。我租下一个小小的庄园。挺好的庄园！可是你们吃饭呀！我从五月底起就一直在那儿住着,不过现在呢,我

391

不要住了。……那儿太冷,嗯,再者,医生叮嘱我到克里米亚来。……"

"莫非您得了什么病?"格罗霍尔斯基问。

"嗯,是啊……这儿老是好像……有个什么东西在翻腾。……"

伊凡·彼得罗维奇说到"这儿",就伸出手来,从脖子起一直摩挲到肚子中间。

"原来你们也在这儿。……哦……这很愉快。你们在这儿住了很久吗?"

"我们是六月里来的。"

"哦,那么你,丽扎,怎么样?身体好吗?"

"好。"丽扎回答说,很窘。

"你恐怕很想念米舒特卡吧?啊?他跟我一块儿来了。……我马上打发尼基佛尔把他送到你们这儿来。这很愉快!好,再见!我现在得出去一趟。……昨天我认识了捷尔-加依玛左夫公爵。……他虽然是亚美尼亚人,却是极好的人!今天他家里打槌球。……我们要去打槌球了。……再见!马车已经来了。"

伊凡·彼得罗维奇把身子往后一转,摇摇头,用手做了个"再见"的姿势,跑回他的别墅去了。

"不幸的人啊!"格罗霍尔斯基目送他出去,说道,深深地叹口气。

"他有什么不幸?"丽扎问。

"他看见你,却又没有权利叫你妻子!"

"傻瓜!"丽扎放肆地想,"草包!"

将近傍晚,尼基佛尔把米舒特卡送来,丽扎就搂住米舒特卡,吻他。起初米舒特卡哇哇地哭,不过,等到把石枣酱拿给他吃,他就亲切地微笑了。

格罗霍尔斯基和丽扎一连三天没见到布格罗夫。他不知到哪儿去了,只有晚上才在家。第四天,他又在吃中饭的时候到他们家里来。……他来后,同他们两个人握过手,就挨着桌子坐下。他脸色严肃。

"我是来找你们商量事情的,"他说,"你们把这封信读一遍!"

他把信交给格罗霍尔斯基。

"您读一遍!大声读吧!"

格罗霍尔斯基把这封信大声念一遍:

"我亲爱的、孝顺的、永不忘怀的儿子约翰[①]!我收到你恭顺多情[②]的来函,你约你老朽的父亲赴空气清新而性情温和的克里米亚一游,借以呼吸有利的空气,观看我前所未见的土地。兹谨对你的来函答复如下:一俟我请准假,即将前来尊处,只是为期不能太久。我的同事盖拉西木神甫是体弱多病之人,我不能留下他一个人太久耳。你没有忘记你的双亲,亦即父母,我实不胜其敏感。……你以爱抚满足你的父亲,在祷告辞中提及你的母亲,因为这是理应如此矣。希望你到费奥多西亚迎接我是幸。费奥多西亚究是何等城市?这个城市什么样子?鄙人颇愿一观。你的教母,亦即把你从圣水盘[③]里捞出的女人,名字就叫费奥多西亚也。你来函声称上帝赐恩使你打牌赢得二十万卢布。此一消息我闻之实甚诱人。然而你官卑职小,尚未高升,便丢官不做,此事我实不便恭维。盖富人也当做官也。我永久为你祝福,现在如此,将来亦复如此。安德罗诺夫家的伊里亚和谢烈日卡问候你。你可寄给他们每人十卢布。他们很穷!你慈爱的父亲,司祭彼得·布格罗夫。"

格罗霍尔斯基念完这封信,跟丽扎一起瞧着布格罗夫,露出疑

[①] 写信人是教士,故用基督教圣徒约翰的名字(在俄国人名中相当于伊凡)。
[②] 由于掉文而用词不当。下文还有这类错误和文理不通之处,不再一一注出。
[③] 基督教洗礼仪式所用的器具。

393

问的神情。

"你们看得出来这是怎么回事……"伊凡·彼得罗维奇结结巴巴地开口说,"他住在此地的时候,我想请求你,丽扎,不要让他看见,躲起来。我给他写过信,说你得了病,到高加索医病去了。要是你跟他见面,那么……你知道……那就尴尬了。……嗯。……"

"好吧。"丽扎说。

"这倒可以照办,"格罗霍尔斯基暗想,"既然他肯牺牲,我们又何尝不可以有所牺牲呢?"

"劳驾。……要不然,他一看见你,那就糟了。……我父亲是个规矩很严的人。他会在七个大教堂里诅咒我。你,丽扎,不要走出房外,只要做到这一点就行。……他不会在这儿住很久。不用担心。……"

彼得神甫没叫他们久等。有一天早晨,天气晴和,伊凡·彼得罗维奇跑过来,用鬼鬼祟祟的口气小声说:

"他已经来了!眼下在睡觉呢!那就麻烦你们了!"

于是丽扎关在四堵墙当中,出去不得。她不敢走到院子里去,也不敢走到阳台上去。她只能从窗帘里看一下天空。……说来也是她倒霉,伊凡·彼得罗维奇的父亲老是在露天底下散步,甚至在阳台上睡觉。彼得神甫是个矮小的教士,头戴卷边的高礼帽,身穿棕色法衣,经常慢腾腾地在别墅四周溜达,戴着旧式眼镜观赏"前所未见的土地"。伊凡·彼得罗维奇陪着他散步,纽扣眼上挂着斯坦尼斯拉夫勋章。通常他是不戴勋章的,然而在亲属面前,伊凡·彼得罗维奇却喜欢装腔作势。他跟亲属们在一起,总要戴上斯坦尼斯拉夫勋章。

丽扎烦闷得要死。格罗霍尔斯基也难受。他不得不独自出外散步,没有人做伴。他差点哭了,不过……也只得听天由命。此外,每天早晨布格罗夫都要跑过来,低声报告谁也不要听的消息,说矮小的彼得神甫身体如何如何。他这些报告惹得他们满心腻烦。

"晚上他睡得挺好!"他报告说,"昨天他生气了,怪我家里没有腌黄瓜。……他喜欢米舒特卡。老是摩挲他的脑袋。……"

大约过了两个星期,矮小的彼得神甫终于最后一次在别墅周围散步,而且使得格罗霍尔斯基大为庆幸的是,他终于走了。他玩得尽兴,极其满意地走了。……格罗霍尔斯基和丽扎又照老样子过活。格罗霍尔斯基又感谢他的命运。……然而他的幸福没有持续很久。……新的灾难又来了,比彼得神甫更加恼人。

伊凡·彼得罗维奇已经养成习惯,每天都到他们家里来。伊凡·彼得罗维奇,老实说,是挺好的人,然而又是个很难相处的人。他总是在吃饭的时候来,在他们家里吃饭,在他们家里坐很久。这还不去说他。可是招待他吃饭就得买白酒,格罗霍尔斯基却受不了。他总要喝五杯白酒,吃饭的时候唠叨没完。然而这也不去说他。……可是他常常一直坐到深夜两点钟,不让他们睡觉。……主要的是有些不该说的话,他居然说出来了。深夜两点钟,他喝足白酒和香槟,就把米舒特卡抱起来,一面哭着,一面当着格罗霍尔斯基和丽扎的面对他说:

"我的儿子!米哈依尔[1]!我算是什么人?什么人呀?我……是坏蛋!我把你母亲卖了!我贪图三十块银币[2]就把她卖掉了!……主惩罚我吧!米哈依尔·伊凡内奇!小猪!你的母亲在哪儿?呸!没有了!卖给人家做奴隶了!是呀!可见……我是坏蛋哟。"

---

① 米哈依尔的小名就是上文的米舒特卡。
② 这是犹大出卖耶稣的报酬。

这些眼泪和话语把格罗霍尔斯基的整个心翻过来了。他胆怯地看一眼脸色苍白的丽扎,绞自己的手。

"去睡吧,伊凡·彼得罗维奇!"他胆怯地说。

"我就走。……我们走,米舒特卡!上帝审判我们吧!我一想到我妻子做奴隶,我就休想睡着觉。……不过这也不能怪格罗霍尔斯基。……我出货,他出钱嘛。……自由的人才有自由,得救的人才能上天堂啊。……"

白天,伊凡·彼得罗维奇也不让格罗霍尔斯基好受些。使得格罗霍尔斯基大为惊恐的是,他一步也不离开丽扎。他带她一块儿去钓鱼,给她讲故事,跟她一起散步。甚至有一次,他趁格罗霍尔斯基得了感冒,竟然拉着她坐上他那辆四轮马车,上帝才知道到什么地方去了,直到深夜才回来。……

"岂有此理!太不近人情!"格罗霍尔斯基咬着嘴唇想道。

格罗霍尔斯基喜欢随时吻丽扎。缺了那些甜蜜的吻,他就活不下去,然而当着伊凡·彼得罗维奇的面,不知怎的,又不好意思吻她。……真是活受罪!这个可怜人感到孤苦伶仃。可是命运不久就怜悯他了。伊凡·彼得罗维奇忽然整整一个星期不知去向。他家里来了些客人,把他带走了。连米舒特卡也给带走了。

有一天早晨,天气晴和,格罗霍尔斯基出外散步,然后兴高采烈、精神奕奕地回到别墅里。

"他回来了,"他搓着手对丽扎说,"他回来了,我很高兴。……哈哈哈!"

"你笑什么?"

"他带着女人回来了。……"

"什么女人?"

"我不知道。……他身边有女人了,这才好。……简直好得很。……他还那么年轻,那么生气勃勃。……你快到这儿来!你来看。……"

格罗霍尔斯基把丽扎领到阳台上,对她指指对面的别墅。他俩不禁捧腹大笑。那情形也真滑稽。伊凡·彼得罗维奇站在对面别墅的阳台上微笑。下边,阳台底下,站着两个黑发女人,还有米舒特卡。两个女人用法国话大声讲一件什么事,哈哈大笑。

"她们都是法国女人,"格罗霍尔斯基说,"那个离我们比较近的,相貌很不坏。她活像轻骑兵,不过那也没什么。……这种女人往往也有好的。……不过她们多么……不顾体面啊。"

滑稽的是伊凡·彼得罗维奇把身子从阳台上探出去,放下两条长胳膊,用两只手抱住一个法国女人的肩膀,弄得她格格地笑,然后把她抱上来,放在阳台上。

他把两个女人都抱到阳台上,然后又把米舒特卡也抱上去。接着两个女人又跑下去,于是举重游戏就又开始了。……

"嘿,他的筋肉可真结实!"格罗霍尔斯基瞧着这个场面,喃喃地说。

这种举重,大约重演了六次。两个女人可爱得很,就连她们往上升、空中的大风尽情地掀起她们膨胀的连衣裙的时候,她们也一点都不觉得难为情。每逢女人升到阳台上,迈腿跨过栏杆,格罗霍尔斯基就不好意思地低下眼睛。可是丽扎看着却哈哈大笑!依她看来,这有什么了不得的?反正又不是男人在撒野;如果男人干出撒野的事,那么她作为女人,看见了应当害臊,可是如今撒野的是女人啊!

傍晚,伊凡·彼得罗维奇跑过来,忸怩地申明说,他现在是有家庭的人了。

"你们不要把她们看得一无是处,"他说,"不错,她们是法国女人,老是大嚷大叫,不住喝酒……然而这是理所当然的!法国人受的就是这样的教育!这是毫无办法的……"伊凡·彼得罗维奇接着说下去,"她们是公爵转让给我的。……几乎没要我的钱。……他说:你就干脆收下吧!……日后你们应当跟公爵认识一下才好。他是个有学问的人!他老是写文章,写啊写的。……你们知道她们的名字吗?一个叫番妮,一个叫伊萨贝拉。……欧洲啊!哈哈哈……西方啊!再见!"

伊凡·彼得罗维奇从此不再来打搅格罗霍尔斯基和丽扎,终日跟那两个女人在一起厮混。从他的别墅里成天价传来说话声、欢笑声、盘盏声。灯火点到深夜才熄灭。格罗霍尔斯基喜不自胜。经过痛苦的长期间隔以后,他终于又感到幸福安宁了。伊凡·彼得罗维奇同两个女人在一起也不及他同一个女人在一起那么幸福。可是,唉!命运却没有心肝。它玩弄格罗霍尔斯基、丽扎、伊凡、米舒特卡,把他们当做棋盘上的小卒。格罗霍尔斯基又失去安宁了。

有一天(那是过了大约一个半星期以后),他醒得很迟,走到阳台上,不料在那儿看见一个画面,使得他震惊、愤慨,引起他的满腔怒火。原来对面别墅的阳台底下站着两个法国女人,而且……丽扎插在她们中间。她一面谈话,一面斜起眼睛看她自己的别墅:他,那个霸王,那个暴君,醒过来没有?(格罗霍尔斯基就是这样解释这种目光的。)伊凡·彼得罗维奇站在阳台上,卷起袖子,把伊萨贝拉抱上来,然后又把番妮抱上来,再把……丽扎抱上来。他把丽扎抱上来后,格罗霍尔斯基却觉得他好像把她搂在怀里了。……丽扎也抬起一条腿跨过栏杆。……啊,那些女人!她们个个都是斯芬克司啊!

等到丽扎离开从前的丈夫,走回家去,装得若无其事,踮起脚尖走进寝室里来,格罗霍尔斯基却躺在床上,脸上红一块白一块的,那样子像是奄奄一息的人,嘴里不住呻吟。

他见到丽扎,就跳下床,在寝室里走来走去。

"原来您是这样一个人?"他用男高音大声尖叫道,"原来您是这样一个人?多谢多谢!这真是岂有此理,高贵的夫人!这简直是不顾廉耻!您要明白这一点。"

丽扎脸色煞白,而且,不消说,哭起来了。女人觉得自己有理就会又骂又哭,可是等到她觉得自己有错,就只有哭的份儿了。

"居然跟那些荡妇混在一起?!那……这……这比不顾体统还恶劣!您知道她们都是些什么人?那是卖笑的女人!妓女!您这么个规矩的女人居然混到她们堆里去了?!还有那个家伙……那个家伙!他要怎么样呢?他还要我拿出什么东西来呢?我不明白!我把我的一半财产都给了他,而且还不止一半呢!您自己也知道!我把我自己没有的也都给了他。……我差不多把样样东西都给他了。……可是他!您同他用'你'相称,在这方面他没有任何权利,可是我忍住了没说,你们出外散步,饭后接吻,我也忍住了没说……样样事情我都忍气吞声,可是这种事我再也忍不下去。……有我就没他!叫他离开此地,要不然我就走!我再也不能这样生活下去。……不行!这你自己也明白。……有我就没他。……够了!这已经忍无可忍。……就是没有这种事我也已经痛苦极了。……我马上就去找他谈判。……立刻就去!说真的,他是什么东西?他有什么了不起的!嗯,不行。……他不该这么目中无人。……"

格罗霍尔斯基另外还说了许多大胆的刻薄话,不过没有"马上"就去:他又胆怯又害臊。他三天以后才到伊凡·彼得罗维奇家里去。

他走进他的住宅里,不由得目瞪口呆。布格罗夫在他四周布置得那么富丽堂皇,使他暗自吃惊。四壁蒙着丝绒,椅子贵重得吓人……豪华的地毯简直弄得人不敢站上去。格罗霍尔斯基生平见过很多阔人,可是在任何一个阔人家里都没见过这种发疯般的奢华。然而他带着莫名其妙的战战兢兢的心情走进大厅里,却又看到那儿多么凌乱!钢琴上放着几个菜碟,碟子里盛着些小面包块,椅子上有只玻璃杯,桌子底下有个筐子,里面装着脏得不像样的女人衣服。窗台上摊着核桃的碎壳。格罗霍尔斯基走进去的时候,布格罗夫本人也穿得不大整齐。他在大厅里走来走去,脸色绯红,头发没梳,身上只穿着内衣,嘴里自言自语。……看来他在为一件什么事心神不安。米舒特卡也在大厅里,坐在长沙发上,刺耳的哭叫声在空中震荡。

"这真可怕,格利果利·瓦西里奇!"布格罗夫一看见格罗霍尔斯基就开口说,"这么乱糟糟的,这么乱糟糟的。……请坐请坐!请您原谅我这身亚当和夏娃①的打扮。……这没什么关系。……这儿可真乱得厉害!我都不懂:人怎么能在这种地方生活下去?我不明白!仆人们不听使唤,天气坏透了,样样东西都贵。……你闭嘴!"布格罗夫突然在米舒特卡面前站住,嚷道,"闭嘴!叫你闭嘴!畜生!你不闭嘴?"

布格罗夫就拧一下米舒特卡的耳朵。

"岂有此理,伊凡·彼得罗维奇!"格罗霍尔斯基用含泪的声音开口说,"怎么能打这么小的孩子?说真的,您这个人啊。……"

"那就叫他别哭。……闭嘴!我拿鞭子抽你!"

"你别哭了,米舒特卡,乖孩子。……爸爸不会再打你。您别打他,伊凡·彼得罗维奇!要知道他还是个孩子呢。……得了,得了。……你想要小假马吗?我会叫人给你送个小假马来。……说真的,您多么……狠心啊。……"

---

① 据基督教传说,他们是上帝所创造的第一对男女,赤身露体,见《旧约·创世记》。

400

格罗霍尔斯基沉默一会儿,问道:

"您那两个女人过得怎么样,伊凡·彼得罗维奇?"

"不怎么样。……我把她们赶走了。……我不客气了。本来我倒还想留下她们,可是不合适:孩子长大了。……父亲的榜样很要紧。……要是只有我一个人,喏,那就是另一回事了。……再者我留下她们又有什么意思呢?呸……简直是滑稽戏!我对她们讲俄国话,她们却对我讲法国话。……她们什么也不懂,笨得跟木头一样。"

"我来找您,伊凡·彼得罗维奇,是要商量一件事。……嗯。……倒不是什么了不得的事,而是很普通的……三言两语就说完。实际上,我有一件事要请求您。"

"什么事呢?"

"您认为,伊凡·彼得罗维奇,您可以……离开此地吗?您在这儿,我们倒很高兴,也很愉快,不过,您知道,就是不大方便。……您明白我的意思。这样有点别扭。……相互的关系有点不明确,彼此相处老是有点别扭。……那就有必要分开。……甚至非分开不可。……您要原谅我,不过……您自己,当然,也明白,在这类情况下,生活在一起,往往会引起……某种想法。……那就是说,不是想法,而是会有一种别扭的感觉。……"

"对。……是这样。这一点我自己也想到了。好,我走就是。"

"我们会很感激您。……请您相信,伊凡·彼得罗维奇,关于您,我们会保留最美好的回忆!您的牺牲……"

"好。……只是这许多东西我放到哪儿去呢?您听着,我这些家具您就买下吧!您肯买吗?这倒不算贵。……八千……一万就行了。……家具啦、钢琴啦、四轮马车啦。……"

"好。……我给您一万。……"

401

"那太好了!明天我就走。……我到莫斯科去。在这儿没法生活!样样东西都贵!贵得吓人!钱像流水似的花出去了。……动不动就是一千。……这我可受不了。……我有个家呀。……喏,谢天谢地,您总算把我的家具买下了。我手头总算可以宽裕一点,要不然我就完全破产了。……"

格罗霍尔斯基站起来,跟布格罗夫告别,欢天喜地,回到他的别墅去了。傍晚他打发人给布格罗夫送去一万。

第二天一清早,布格罗夫和米舒特卡就已经到达费奥多西亚了。

三

好几个月过去。春季来临了。

随着春天,明朗晴和的白昼来了,生活就不那么可憎而乏味,大地也变得好看多了。……温暖的空气从海洋上和田野上吹来。……大地覆盖着新生的青草,树上的嫩叶绿油油的。大自然复活,换上一身新装了。

既然大自然的万物都焕然一新,年轻而富于朝气,看样子,人的头脑里似乎也应该有新的希望和新的愿望活动才对。然而人却是难于重生的。

格罗霍尔斯基仍旧住在那个别墅里。他的希望和愿望都很小,不算苛刻,而且仍然集中在那个丽扎身上,在她一个人身上,不在别人身上!他跟从前那样,眼睛一刻也不放松她,心里快乐地暗想:"我多么幸福啊!"这个可怜人确实感到幸福极了。丽扎跟从前一样,坐在阳台上,不知为什么总是烦闷地瞧着对面的别墅和她四周的树木,从树木里望出去可以瞧见蓝色的海洋。她跟从前一样,老是沉默不语,常常哭泣,有的时候给格罗霍尔斯基敷上芥末膏。不过她倒也有新的变化值得庆贺。她的内心有一条虫子。这条虫子就是怀念。她心里满是强烈的怀念,怀念她的儿子,怀念过去的生活,怀念欢乐。以往的生活不算特别快乐,然而毕竟比当前的生活快乐些。……当初她同丈夫一起生活,偶尔总要到剧院去一趟,到俱乐部里走走,到熟人家里坐坐。可是在这儿,同格罗霍尔斯基一起呢?这儿的生活空虚而平静。……她身旁只有一个人,而且这个人常常生病,随时凑过来甜蜜地吻她,像是沉默寡言而又总是高兴得流泪的老爷爷。真是枯燥无味!这儿没有那个喜欢跟她跳玛祖卡舞的米海·谢尔盖伊奇,也没有《省报》主编的儿子斯皮里东·尼古拉伊奇。斯皮里东·尼古拉伊奇善于唱歌和朗诵诗篇。这儿没有放满冷荤菜的桌子,没有客人,没有保姆盖拉西莫芙娜,听不见保姆经常抱怨她果酱吃得太多。……一个人也没有!简直只能躺在这儿,活活地愁死。格罗霍尔斯基却为他的孤独生活高兴,然而……他高兴错了。他很快就为他的利己主义付出了代价。五月初,那是连空气本身似乎也爱着什么,而且幸福得神魂颠倒的时候,格罗霍尔斯基却失去了一切:他所爱的女人,以及……

这一年,布格罗夫又到克里米亚来了。他倒没租下对面的别墅,光是带着米舒特卡一起游逛克里米亚的各个城市。他在那些城市吃喝睡觉,打纸牌。他对钓鱼和打猎,对法国女人,已经丧失一切兴趣,不瞒读者诸君,以前那两个法国女人从他那儿拐走了一点钱。他面容消瘦,不再神采焕发,欢畅地微笑,身上只穿帆布衣服了。伊凡·彼得罗维奇偶尔也到格罗霍尔斯基的别墅来拜访。他给丽扎带来果酱、糖果、水果,似乎努力要给她解闷。这种访问倒没惹得格罗霍尔斯基不安,特别是因为来访的次数很少,时间又短,再者看起来他的目的是把米舒特卡带来,而米舒特卡跟母亲会面的权利却是在任何情形下也不能剥夺的。布格罗夫来后,总是摊出他的礼物,说上几句话,就走了。而且那几句话也不是对丽扎说,却是对格罗霍尔斯基说的。对丽扎,他什么话也没说。格罗霍尔斯基就放心了。……然而俄国有句谚语,格罗霍尔斯基却不妨记住,那就是"汪汪叫的狗不用怕,闷声不响的才要怕。……"这句谚语是恶毒的,不过在实际生活中有的时候却十分有用呢。

有一回,格罗霍尔斯基在园子里散步,听见两个人在说话。一个是男人的声音,另一个是女人的。头一个是布格罗夫的,第二个是丽扎的。格罗霍尔斯基仔细地听,脸色白得跟死人一样,悄悄地往说话人那边走去。他在丁香花丛后面站住,开始观察和倾听。他手脚一齐发凉。他额头上冒出冷汗。他伸出两只手去抓住几根丁香枝子,免得摇晃和摔倒。一切全完了!

布格罗夫搂住丽扎的腰,对她说:

"我亲爱的!哎,我们有什么办法呢?可见这是天意如此。我是坏蛋哟。……我把你卖了。我贪图那个希律①的钱财,巴不得叫他死了才好。……可是要这些钱财有什么用呢?反而心神不定,到处去摆阔罢了!既不得安宁,也说不上幸福,更没有官品。……弄得人像个傻子似的坐在一个地方不动,连一步也迈不出去。……你听说了吗?安德留希卡·玛尔库津当上科长了。……就是安德留希卡,那个傻瓜!可是我呢,坐着不动了。……主啊,主啊!我又失去了你,又失去了幸福。我是坏蛋!流氓!你以为到世界末日审判的时候我会好受吗?"

"我们离开这儿吧,万尼亚!"丽扎哭着说,"我闷得慌。……我愁得要死。"

---

① 基督教传说中对耶稣加以侮辱和迫害的希律王,见《新约·马太福音》。在此借喻"暴君"。

"不行。……我拿过钱了。"

"喏,把钱退回去好了!"

"我倒乐意退回去,可是……唉唉……等一下,母马!钱全花完了!现在只得听天由命,小母亲。……这是上帝在惩罚我们。我是因为贪财而受罚,你呢,是因为轻浮。哎,我们就活受罪吧。……到下个世界就可以轻松点了。"

布格罗夫由于宗教感情涌上心头而举眼望着天空。

"可是我没法在这儿生活下去!我闷得慌!"

"那有什么办法呢?我就不闷得慌?难道我缺了你还会高兴?我苦闷极了,憔悴极了!我胸口都痛起来了!……你是我合法的妻子,我肉上的肉……我的亲骨肉。……你活下去,忍着吧!我呢……以后还会来,还会拜访你们的。"

布格罗夫低下头去凑近丽扎,开始小声说话,不过声音还是挺响,几俄丈开外都听得见:

"我可以晚上来找你,丽扎。……你不用担心。……我就住在费奥多西亚,就在附近。……我要住在这儿,紧挨着你,直到我把钱都花光为止。……不久我就会花得一个也不剩!哎,哎!这算是什么生活哟?心里烦闷,周身酸痛……胸口也痛,肚子也痛。……"

布格罗夫停住嘴。这时候轮到丽扎讲话了。……我的上帝,这个女人多么残忍啊!她开始哭泣,诉苦,列举她情夫的种种缺点和她自己的苦处。……格罗霍尔斯基听着她讲话,觉得自己成了强盗,恶棍,害人精。……

"他把我折磨得好苦哟!"丽扎结束她的话说。

布格罗夫在分手的时候同丽扎接吻,然后走出园子的旁门,不料碰见了格罗霍尔斯基,正站在旁门附近等他。

"伊凡·彼得罗维奇!"格罗霍尔斯基用奄奄一息的人的声调

说,"我全听见,全看见了。……这种事,从您那方面来讲,是不正派的,不过我不怪您。……您也爱她。……可是您要明白:她是我的!我的!我缺了她就活不下去!这您怎么就不明白呢?好,就算您爱她,您痛苦吧,可是,难道我没有付出代价,多多少少补偿您的痛苦吗?看在上帝面上,您走吧!看在上帝面上,您走吧!您永远离开此地吧。我求求您!要不然您就会送掉我的命。……"

"我没有地方可去。"布格罗夫闷声闷气地嘟哝一句。

"嗯。……您已经把钱都花光了。……您是个大手大脚的人。……嗯,好吧。……您到切尔尼戈夫省我的庄园上去吧。……愿意去吗?我把那个庄园送给您就是。……那庄园小,不过很好。我说实话,很好!"

布格罗夫畅快地微笑了。他忽然感到他到了七重天上。

"我送给您就是。……今天我就给庄园上的管事写信,托他办妥地契过户的手续。您逢人就说您买下了那块地。……您走吧!我求求您!"

"好。……我走。……我明白。"

"我们去找个公证人。……现在就去。"格罗霍尔斯基高兴起来,说道,然后就去吩咐人把马车备好。

第二天傍晚,丽扎坐在通常跟伊凡·彼得罗维奇相会的长椅上,不料格罗霍尔斯基悄悄地走到她跟前来。他在她身旁坐下,拉住她的手。

"你闷得慌吗,丽扎?"他略微沉默一下,就开口说,"你烦闷吗?我们何不坐上马车出去玩玩呢?我们何必老是坐在家里?应该坐车出去,快活一下,同外人来往来往。……不是应该这样吗?"

"我什么也不需要。"丽扎说。她脸色发白,面容消瘦,瞧了瞧小路,平时布格罗夫就是顺着那条路走到她这儿来的。

格罗霍尔斯基沉思不语。他知道她在等谁,她需要什么。

"我们回家去吧,丽扎,"他说,"这儿潮湿。……"

"你去吧。……我等一会儿就来。"

格罗霍尔斯基又沉思了。

"你在等他吧?"他问,脸上现出一副苦相,好像有一把烧红的钳子夹住他的心似的。

"是的。……我想把一双小袜子托他交给米舒特卡。……"

"他不会来了。"

"你怎么知道?"

"他走了。……"

丽扎瞪大眼睛。……

"他走了。……到切尔尼戈夫省去了。我把我的庄园送给他了。……"

丽扎顿时脸色白得吓人。她怕跌倒,就抓住格罗霍尔斯基的肩膀。

"我把他送上轮船了。……那是下午三点钟。……"

丽扎忽然抱住头,身子扭动着,倒在长椅上,四肢颤抖。

"万尼亚!"她哭叫道,"万尼亚!我也去,万尼亚!……亲人呀!"

她歇斯底里发作了。……

从这天傍晚起一直到七月止,在别墅住客们常常散步的园子里,可以看见两个影子。那两个影子一天到晚走来走去,弄得别墅住客们很扫兴。丽扎的影子后面,紧跟着格罗霍尔斯基的影子,一步也不放松。我把他们叫做影子,那是因为他俩已经丧失原来的形象了。

他们面容消瘦,脸色苍白,缩起身子,与其说像活人,还不如说像影子。……两个人都憔悴不堪,好比关于售卖除蚤粉的犹太人的古典故事里的跳蚤。

七月初,丽扎从格罗霍尔斯基家里逃走,留下一张便条,上面写着她暂时到她的"儿子"那儿去一趟。暂时!她是夜间趁格罗霍尔斯基睡熟的时候逃走的。

格罗霍尔斯基看完她的信,有整整一个星期像疯子似的绕着别墅走来走去,既不吃饭,也不睡觉。八月间,他得了回归热,九月间就到国外去了。在国外他开始灌酒。他打算在美酒和放荡当中寻求安慰。他把他的家产全部荡尽,然而他,可怜人,仍然没能把他所爱的、生着小猫脸的女人的形象从他头脑里赶出去。人们不会幸福得死掉,也不会不幸得死掉。格罗霍尔斯基头发变得花白,可是没死。他一直活到现在。他从国外回来,就去"探望一下"丽扎。布格罗夫张开怀抱迎接他,留他在家里做客,而且没有确定的期限。他一直到现在还在布格罗夫的家里做客。……

今年我有机会路过格罗霍烈夫卡,也就是布格罗夫的庄园。我正碰上主人们在用晚饭。伊凡·彼得罗维奇见到我,高兴极了,开始招待我。他发胖了,皮肤有点松弛。他的脸跟先前一样饱满,油亮,红润。他头顶还没秃。丽扎也发胖了。她一胖就不好看了。她的小脸开始失去猫的模样,而且,唉!近似海豹的脸了。她的脸胖得往上,往外,往两旁铺展开来。布格罗夫夫妇生活得很好。他们样样东西都有很多。他们家里满是仆人和吃食。

我们吃晚饭的时候,开始谈天。我忘了丽扎不会弹琴,却要求她弹个什么曲子。

"她不会弹琴!"布格罗夫说,"她不是玩乐器的人。……喂!有人吗?伊凡!你去把格利果利·瓦西里耶维奇叫来!他在那儿干什么?"然后,布格罗夫扭过头来对着我,接着说,"玩乐器的人马上就来了。……他会弹六弦琴。这架钢琴,我们是留着供米舒特卡用的,我们叫他学钢琴。……"

大约过了五分钟,格罗霍尔斯基走进大厅里来,睡眼惺忪,头发没有梳好,胡子也没刮。……他走进来,对我鞠躬,然后在一旁坐下。

"喂,谁那么早就上床睡觉?"布格罗夫扭过头去对他说,"你这个人是怎么回事,老兄!老是睡觉,老是睡觉。……成了睡觉迷了!好,给我们弹个快活点的曲子吧。……"

格罗霍尔斯基调好六弦琴的琴音,边弹边唱道:

昨天我等着一个朋友……

我耳朵听着歌,眼睛瞧着布格罗夫的饱足的脸,心里暗想:"下流相!"我不由得想哭一场。……格罗霍尔斯基唱完歌,对我们鞠躬,走出去了。

"我拿他怎么办呢?"布格罗夫等他走后,对我说,"他真叫我没法子!白天,他老是想心事,想个没完。……到了晚上就哼哼唧唧。……他睡着了,可还是哼哼唧唧,唉声叹气。……他必是得了什么病。……究竟该拿他怎么办,我这脑筋就是想不出辙来!他闹得人没法睡觉。……我生怕他发疯。人家会以为他在我们这儿生活得不好……其实有哪点儿不好呢。他跟我们一块儿吃,跟我们一块儿喝。……只是我们不给他钱。……给了他钱,他就拿去买酒喝,要不然就胡乱送给人家。……反正这又是我的一个累赘!主啊,宽恕我这个有罪的人吧。"

他们留下我在这儿过夜。第二天早晨我醒来,布格罗夫正在隔壁房间里教训一个什么人说:

"俗语说的好:你叫傻瓜祷告上帝,他就在地板上把脑门子磕破!喏,谁会把船桨涂上绿漆呢?你想想看,你这脑袋瓜子!你来说说这个理!你干吗不吭声啊?"

"我……我……做错了……"一个沙哑的男高音分辩说。

那个男高音就是格罗霍尔斯基的声音。

格罗霍尔斯基送我到火车站去。

"他是暴君,是霸王,"他一路上对我小声讲道,"他是个慷慨的人,然而是霸王!他的心灵也罢,头脑也罢,都没受过好教养。……他折磨我!要不是那个高尚的女人在这儿,我早就从他这儿走掉了。我不忍心把她丢在这儿。两个人受苦总比一个人受苦好过些。"

格罗霍尔斯基叹口气,接着说:

"她怀孕了。……您看出来了吗?实际上,那是我的孩子。……我的,先生。……她走后,不久就明白她犯了错误,就又委身于我了。她受不了他。……"

"您是草包!"我忍不住对格罗霍尔斯基说。

"是的,我是个性格软弱的人。……这都说的对。我天生就是这样。您知道我是怎么生出来的?我那去世的父亲狠命地欺压过一个品位低微的小文官。欺压得好厉害!简直毒害了他的生活!嗯。……我那去世的妈妈却心肠慈悲,出身于平民,是个小市民。……她出于怜悯心,就不管三七二十一跟小文官接近。……好。……我就生出来了。……我是受欺压的人的儿子。……那我怎么会有坚强的性格呢?哪儿会有呢?不过,第二遍铃声响了。……再见!请您再到我们这儿来,不过我对您讲到伊凡·彼得罗维奇的那些话,您可别告诉他!"

我握一下格罗霍尔斯基的手,跳上火车。他对着我的车厢鞠躬,然后走到一个盛着水的小木桶那儿去。看来,他口渴了。……

迟迟未开的花

献给尼·伊·柯罗包夫

一

事情发生在秋天一个阴暗的"下午",普利克隆斯基公爵家里。

年老的公爵夫人和玛鲁霞公爵小姐,在年轻的公爵房间里站着,绞着手指头,恳求他。她们提起基督和上帝,提起荣誉,提起父亲的遗骸,三番四次地恳求他,只有遭遇不幸和哭哭啼啼的女人才会这样苦求不已。

公爵夫人站在他面前不动,一味哭泣。

她老泪纵横,滔滔不绝地讲着,打断玛鲁霞的每句话,时而责难公爵,说出些刻薄的以至辱骂的话,时而对他爱抚备至,时而提出各种要求。……她千百次提到商人富罗夫怎样逼他们还债,提到去世的父亲的骸骨如今怎样在棺材里翻腾,等等。她甚至还提到托波尔科夫医生。

普利克隆斯基公爵一家人总是对托波尔科夫医生看不上眼。他父亲是农奴,就是去世的公爵的跟班森卡。医生的舅舅尼基佛尔至今还是叶果鲁希卡公爵的侍仆。托波尔科夫医生本人,幼年间也因为没擦干净公爵家的刀叉、靴子和茶炊而让他们打过后脑勺。可是现在,嘿,这岂不荒唐?他竟然成了大名鼎鼎的青年医生,生活得跟老爷一样,住在大得不得了的房子里,出门就坐双套马的马车,仿佛故意要叫普利克隆斯基家的人"难堪"似的,因为他们出门却要步行,遇到雇马车总要讲很久的价钱。

"他受到一切人的尊敬,"公爵夫人说,哭哭啼啼,没擦掉眼泪,"大家都喜爱他。他家财豪富,相貌漂亮,到处受到款待。……他就是你旧日的仆人,尼基佛尔的外甥!说起来真是丢人!那么这是因为什么缘故呢?就因为他品行端正,不灌酒,不同坏人来往。……他从早到晚工作。……可是你呢?我的上帝,主啊!"

公爵小姐玛鲁霞是个二十岁光景的姑娘,相貌俊俏,如同英国长篇小说里的女主人公一样,生着好看的亚麻色鬈发,眼睛又大又聪明,颜色像南方的天空。她也费不少的力气恳求她哥哥叶果鲁希卡。

她跟她母亲抢着讲话。她吻她哥哥刚硬的唇髭,却闻到酸臭的酒气。她摩挲着他的秃顶和脸颊,依偎着他,就像是受了惊吓的小狗。她所说的全是温柔体贴的话。公爵小姐不忍心对她哥哥说出一句哪怕是近似挖苦的话。她那么热爱哥哥!依照她的看法,她那沉湎于酒色的哥哥,退伍的骠骑兵叶果鲁希卡公爵,是最高真理的表达者,最高美德的模范!她相信,而且死心塌地相信,这个醉醺醺的糊涂虫有一颗神话中的仙女都会羡慕的心。她把他看做不得志的人,不为人所理解,也不为人所赏识。她几乎带着欣赏的心情原谅他酗酒的放荡生活。可不是!叶果鲁希卡早已说得她相信他是因为痛苦才灌酒的,他用葡萄酒和白酒浇灭燃烧他心灵的绝望的爱情,他之所以投入淫荡的少女的怀抱是为了竭力要从他骠骑兵的头脑里把她那优美的形象挤出去。玛鲁霞也罢,一般女人也罢,哪一个不认为爱情是使一切可以得到原谅因而无比正当的理由呢？哪一个不是这样呢？

"乔治！"玛鲁霞说，依偎着他，吻他干瘦而鼻子发红的脸，"你借酒浇愁，这是实在的。……不过，既是这样，那你就忘掉你的痛苦吧！难道一切不幸的人都得喝酒？你忍耐一下，拿出勇气来，克制自己吧！做个英雄好汉！有你这样的才智，有你这样正直而充满热爱的心灵，就经得住命运的打击！啊！你们这些不得志的人，都是这么脆弱！……"

这时候，玛鲁霞想起了屠格涅夫的罗亭①（请原谅她吧，读者诸君），就开始对叶果鲁希卡议论这个人物。

叶果鲁希卡公爵躺在床上，他那对发红的、细小的眼睛瞧着天花板。他头脑里有点乱哄哄，不过肠胃里倒有一种愉快的饱足感觉。他刚刚吃过中饭，喝下一瓶红葡萄酒，现在吸着三戈比一支的雪茄，正在纳福。他那昏沉的头脑和痛苦的心灵里聚集着极其杂乱的思想和感情。他觉得对不起哭泣的母亲和妹妹，同时又恨不得把她们赶出房外去才好：她们妨碍他睡一会儿，打一打呼噜。他心里有气，因为她们竟敢教训他，同时他的（大概很小的）良心装着小小的痛苦，在折磨他。他愚蠢，然而还没有愚蠢到不能理解普利克隆斯基家确实在败落，而且这或多或少是由他造成的。

公爵夫人和玛鲁霞恳求很久。客厅里已经点起灯火，有个女客来了，她们却仍旧在恳求。最后，叶果鲁希卡由于躺着却不能睡觉而感到腻烦了。他伸个懒腰，骨节咯吱咯吱地响，说：

"行，我改过就是！"

"这话是真心诚意的？"

"我说了假话，就叫上帝惩罚我！"

---

① 俄国作家屠格涅夫的中篇小说《罗亭》中的男主人公，一个"语言的巨人和行动的侏儒"的典型。

他的母亲和妹妹抓住他的手,逼着他再一次对上帝起誓,凭人格起誓。叶果鲁希卡就再一次对上帝起誓,凭人格起誓,说要是他再不停止这种不规矩的生活,就让天雷当场劈死他。公爵夫人逼着他吻圣像。他果然吻圣像,同时在胸前画三次十字。一句话,他起的誓再地道也没有了。

"我们相信你!"公爵夫人和玛鲁霞说着,扑过去拥抱叶果鲁希卡。她们都相信他。是啊,最真诚的话语,极重的誓言,对圣像的亲吻,所有这些加在一起,怎能叫人不相信呢?再者,凡是有热爱的地方,也就有盲目的信心。她们像是复活了,两个人眉开眼笑,如同犹太教人庆祝耶路撒冷复兴那样庆祝叶果鲁希卡的新生。她们把客人送走后,在墙角坐下,小声谈论她们的叶果鲁希卡会怎样改过自新,怎样过新的生活。……她们断定叶果鲁希卡会大有发展,不久就会改善他家的局面,那她们就不必再忍受极端的贫困,这种贫困好比讨厌的鲁比肯河①,凡是荡尽家财的人都得渡过。她们甚至断定叶果鲁希卡一定会娶个又富足又美丽的女人。他那么英俊,聪明,门第又那么高贵,天下未必会有一个女人胆敢不爱他!最后,公爵夫人还讲了讲他祖先的身世,认为叶果鲁希卡很快就会开始步他们的后尘。普利克隆斯基的祖父是公使,会说欧洲各国语言,他父亲是极其著名的军团的司令官,那么儿子将来会做……将来会做……他会做什么呢?

"您一定会看见他将来成为大人物!"公爵小姐断定说,"您一定会看见的!"

她们在床上睡下后,又说起美好的前途,讲了很久。等到她们睡熟,就做许多极其迷人的梦。她们在睡乡中幸福得不住微笑,梦境太美了。那些梦大概是命运用来补偿她们第二天经历到的恐怖

---

① 意大利的河名。古罗马恺撒曾不顾禁令,越过这条河而引起内战。

的。命运并不永远吝啬,有的时候甚至还肯预先付给你一点代价呢。

大约凌晨三点钟,恰好公爵夫人梦见她的孩子①穿着光彩夺目的将军服装,玛鲁霞正在梦中为她那发表精彩演说的哥哥鼓掌,不料一辆普通的出租马车来到普利克隆斯基公爵家门口。马车里坐着花卉饭店的仆役,怀里抱着醉得像死人一样的叶果鲁希卡公爵的高贵身体。叶果鲁希卡已经完全人事不知,在"炸房"②的怀抱里摇来晃去,犹如刚刚宰完、正送进厨房里去的鹅。马车夫从赶车座位上跳下来,在大门口拉响门铃。尼基佛尔和厨师走出来,付完车钱,把烂醉如泥的身体抬上楼去。年老的尼基佛尔既不惊讶,也不害怕,用他干惯这种事的手给那不动的身体脱掉衣服,把它放到羽毛褥子中央,盖上被子。仆人们一句话都没说。他们早已看惯主人变成一种必须抬上来、脱掉衣服、盖上被子的东西,因此毫不惊讶,也毫不害怕。对他们来说,醉醺醺的叶果鲁希卡已经是常规了。

第二天早晨,大家都吓坏了。

大约十一点钟光景,公爵夫人和玛鲁霞正在喝咖啡,尼基佛尔走进饭厅里来,报告她们说叶果鲁希卡公爵情形不妙。

"公爵多半要死了!"尼基佛尔说,"请您去看一看吧!"

公爵夫人和玛鲁霞的脸顿时白得像亚麻布一样。公爵夫人的嘴里掉出一小块饼干。玛鲁霞碰翻咖啡杯,两只手抓住胸口的衣服,她胸膛里那颗心受到出其不意的打击,惊慌不安,怦怦地跳起来。

"公爵是凌晨三点钟喝醉酒回到家里来的,"尼基佛尔用发抖

---

① 原文为法语。
② 醉汉舌头不灵便,把"茶房"说成了"炸房"。

415

的声音报告说,"跟往常一样。……喏,可是现在,上帝才知道是怎么回事,他不住地翻身,嘴里哼哼唧唧的。……"

公爵夫人和玛鲁霞互相抓住,一齐跑到叶果鲁希卡的寝室里去。

叶果鲁希卡脸色白里发青,头发蓬松,面容极其憔悴,在很厚的鸭绒被子里躺着,呼呼地喘气,身子发抖,翻来覆去。他的头和手一刻也不安静,老是在动,不住颤抖。他胸中冒出一声声的呻吟。他的唇髭上挂着一小块红东西,大概是血。要是玛鲁霞弯下身去凑近他的脸,就会看见他的上嘴唇有个小小的伤口,上颚缺了两颗门牙。他周身冒出热气和酒气。

公爵夫人和玛鲁霞跪下去,放声痛哭。

"他要是死了,那就要怪我们!"玛鲁霞说着,捧住自己的头,"我们昨天不住责备他,伤了他的心,于是……他受不住了!他的灵魂脆弱得很!这怪我们不对,妈妈!"

她俩一面感到负疚,一面睁大眼睛,浑身发抖,互相偎紧。人只有眼见头顶上的天花板随着稀里哗啦的声音和喀嚓的一响,马上就塌下来,兜头盖脑地把自己砸得粉碎,才会这样发抖,这样互相偎紧。

厨师灵机一动,跑出去请医生。医生伊凡·阿多尔佛维奇来了。他是个矮小的人,周身似乎只有一块很大的秃顶、一对愚蠢的和猪一般小的眼睛以及一个滚圆的小肚子。她们见到他都高兴,就像见到亲爹一样。他闻了闻叶果鲁希卡寝室里的空气,摸了摸脉搏,深深地叹口气,皱起眉头。

"您不用担心,夫人!"他用恳求的口气对公爵夫人说,"我不知道对不对,可是,按我的看法,夫人,我认为您的儿子不是处在很大的所谓危险之中。……不要紧的!"

可是他对玛鲁霞说的就截然不同了:

"我不知道对不对,公爵小姐,可是,按我的看法……各人是有各人的看法的,公爵小姐。按我的看法,公爵……哼!……就像日耳曼人说的那样……病势沉重①。……不过呢,一切都要看……都要看所谓的转变期。"

"他有危险吗?"玛鲁霞小声问。

伊凡·阿多尔佛维奇皱起额头,开始说明各人有各人的看法。……她们给他三卢布。他道过谢,很不好意思,咳嗽几声,走掉了。

公爵夫人和玛鲁霞清醒过来后,决定派人去请有名的医生。有名的医生收费很贵,可是……有什么办法呢?亲人的性命总比金钱贵重啊。厨师就跑出去请托波尔科夫。他在医生家里,不消说,没有找到医生。他只得留下一张字条。托波尔科夫没有很快地应邀而来。她们心里发紧,神魂不定地等一天,又等整整一夜,再等了一个上午。……她们甚至打算派人去另外请医生。她们决定等托波尔科夫来了,就骂他"大老粗",而且要当着他的面骂他,叫他下次再也不敢害得人家这么久等。普利克隆斯基公爵家里的人尽管发愁,却从心底里愤愤不平。最后,到第二天下午两点钟,才有一辆带弹簧的四轮马车来到他们家的大门口。尼基佛尔赶紧踩着碎步往房门口走去,过几秒钟,极其恭敬地从他外甥的肩头脱下厚呢大衣。托波尔科夫咳嗽一声,表示他来了,然后对谁也没点头,照直往病人的房间走去。他穿过大厅、客厅、饭厅,对任何人也没看一眼,气度庄严,如同将军一样,脚上穿着亮晃晃的皮靴,踩出嘎吱嘎吱的响声,闹得整个房子都能听见。他那魁梧的身材引起人们的尊敬。他稳重,庄严,仪表堂堂,五官极其端正,仿佛是用象牙雕出来的。他那副金丝眼镜和极其严肃呆板的面容,越发衬托

---

① 原文为德语。

出他高傲的气概。论出身,他是平民,然而在他身上,除了颇为发达的肌肉以外,平民的特点几乎什么也没剩下。一切都是老爷的气派,甚至是绅士的气派。他的脸绯红,漂亮,而且,如果可以相信他的病人们的看法,甚至漂亮极了。他的脖子白得像女人一样。他的头发像丝线那么柔软、好看,不过,可惜剪得太短。要是托波尔科夫注重仪表,他就不会把头发剪短,而会留长,让它卷曲着,垂到他的领口上。他的脸漂亮,然而神情过于冷淡,过于严肃,反而不招人喜欢。那张脸又冷淡,又严肃,又呆板,除了终日繁忙所造成的极度疲劳以外,什么表情也没有。

玛鲁霞迎着托波尔科夫走过去,在他面前绞着手,开始求他帮忙。以前她从来也没求过任何人帮忙。

"您救救他,大夫!"她说着,抬起大眼睛来瞧着他,"我求求您!所有的希望都寄托在您身上了!"

托波尔科夫绕过玛鲁霞,向叶果鲁希卡那边走去。

"打开通气窗!"他一走进病人的房间就命令道,"为什么不打开通气窗?叫人怎么呼吸呢?"

公爵夫人、玛鲁霞和尼基佛尔赶紧跑到窗子和火炉那边去。窗子上已经安上双层窗,通气窗没有了①。炉子没有生火。

"没有通气窗。"公爵夫人胆怯地说。

"奇怪。……嗯。……在这种条件下怎么能医病!我医不了!"

托波尔科夫略微提高嗓音,接着说:

"把他抬到大厅里去!那儿不这样闷。叫人来!"

尼基佛尔赶紧扑到床跟前去,在床头那边站住。公爵夫人涨

---

① 俄国的窗子,到冬天在窗外再安上一层窗子,借以避寒。原有的窗上有一个小小的通气窗可以推开通风,后加的窗上没有通气窗。

红脸,因为她家里除了尼基佛尔、一个厨师、一个半瞎的女仆以外,再也没有别的仆人。她就亲自跑过去抬床。玛鲁霞也抓住床,用尽气力把它抬起来。一个年迈的老人和两个弱女子呼哧呼哧地喘着气,把床抬起来,搬出去。他们一边抬,一边不相信自己的力量,跌跌撞撞,生怕把床打翻。公爵夫人的连衣裙的肩部裂开,她觉得肚子里似乎有个什么东西脱了节,在掉下去。玛鲁霞头晕目眩,两条胳膊痛得厉害。叶果鲁希卡好重啊!可是他,医学博士托波尔科夫,却庄严地跟在床后面走,生气地皱起眉头,怪这些小事占用了他的时间。他连手指头都没动一下去帮助那些女人!简直是畜生!……

他们把床放在钢琴旁边。托波尔科夫撩开被子,一面向公爵夫人问话,一面动手给翻来覆去的叶果鲁希卡脱掉衣服。不出一秒钟,他的衬衫就脱下来了。

"您说得短一点,劳驾!这些话跟病情不相干!"托波尔科夫听着公爵夫人讲话,咬清字音说,"没事的人可以出去!"

他用小锤子敲一阵叶果鲁希卡的胸部,然后把病人翻个身,脸朝下,又敲一阵。他听诊的时候呼呼地喘气(医生们听诊总要喘气),断定这是单纯的酒狂症。

"不妨给他穿上治热病用的紧身衣。"他用平稳清楚的声调说出每个字。

他另外又叮嘱一些话,然后写好处方,很快地往房门口走去。他写处方的时候,顺便问起叶果鲁希卡的姓。

"普利克隆斯基公爵。"公爵夫人说。

"普利克隆斯基?"托波尔科夫反问道。

"你怎么这样快就忘记了你旧日的……地主的姓!"公爵夫人暗想。

公爵夫人没敢想"旧日的……主人",这个旧日的农奴的气派太威严了!

在前厅里,她走到他跟前,心里发紧,问道:

"大夫,他有危险吗?"

"我想没有危险。"

"按您的看法,他会复原吗?"

"我想会。"医生冷冷地答道,稍微点一下头,就走下楼去找他的马车,那辆马车也是又稳重又庄严,不下于他本人。

医生走后,公爵夫人和玛鲁霞经过一昼夜的疲劳后第一次舒畅地叹口气。名医托波尔科夫让她们觉得有希望了。

"他多么仔细,多么可爱!"公爵夫人说,心里暗暗为世界上一切医生祝福。孩子有了病,母亲总喜爱医学,相信医学!

"这个老爷可真神气啊!"尼基佛尔说。很久以来,他在主人家里除了见到叶果鲁希卡的朋友,那些浪子和酒徒以外,再也没见过另外的人。这个老头子做梦都没想到神气的老爷不是外人,就是从前那个肮里肮脏的孩子柯尔卡,那时候他不止一次揪住孩子的腿,把他从运水车上拉下来,饱打一顿呢。

公爵夫人一直瞒住他,没有说出他的外甥做了医生。

傍晚,太阳落下去后,由于忧愁和疲劳而四肢无力的玛鲁霞,突然猛烈地打冷战。这场冷战把她推倒在床上,紧跟着她就发高烧,肋部痛。她通宵说梦话,呻吟道:

"我要死了,妈妈!"

第二天早晨九点多钟,托波尔科夫来了,这回不是给一个人而是给两个人看病:叶果鲁希卡公爵和玛鲁霞。他发现玛鲁霞得了肺炎。

普利克隆斯基公爵家里弥漫着死亡的气息。肉眼看不见然而可怕的死神,在两张床的床头上忽隐忽现,随时威胁着年老的公爵夫人,要夺去她的两个孩子。公爵夫人急得没了魂。

"我不知道!"托波尔科夫对她说,"我不知道,我不是预言家。要过几天才能看清楚。"

他说这些话的口气干巴巴,冷冰冰,伤了不幸的老太婆的心。至少也该说一句有希望的话啊!仿佛要增添她的不幸似的,托波尔科夫几乎没有为病人开什么药,光是忙于敲打,听诊,责难,嫌这儿的空气不洁净,嫌压布放的不是地方,不是时候。老太婆却认为所有这些新近时兴的玩意儿都是毫无用处的空忙。她日夜不断地从这张床旁边走到那张床旁边,忘掉世上的一切,只顾发誓许愿,祈祷上帝。

她认为热病和肺炎是最容易致人死命的疾病。等到玛鲁霞痰中见血,她以为公爵小姐已经到了"肺结核末期",就倒在地下,不省人事了。

不料,公爵小姐在得病的第七天,竟然微微一笑,说道:

"我好了!"

您可以想象,公爵夫人是多么高兴啊!

连叶果鲁希卡也在第七天醒过来了。公爵夫人见到来这里看病的托波尔科夫,就走过去,好像见到天神似的不住祈祷着,幸福得又是哭又是笑,说:

"我感激您,大夫,救活了我的孩子。谢谢您!"

"什么?"

"我对您感激不尽!您救活了我的孩子!"

"可是……现在都第七天了!我本来料着五天就会好的。不过,反正也一样。早晨和傍晚给她吃这药粉。压布继续要用。这条厚被子可以换一条薄点的。给您的儿子喝点带酸味的饮料。明天傍晚我再来。"

这位名医就点一点头,迈开平稳的将军步伐,往楼梯口走去。

二

　　白昼明亮而清澈,略有寒意。这是秋季的白昼,遇上这样的日子,人们往往甘心忍受寒冷,忍受潮湿,忍受沉重的套鞋。空气明净极了,就连停在最高的钟楼上一只寒鸦的嘴都可以看清楚。空气里浸透秋天的气息。您走到大街上,您的脸上就会泛起一大片健康的红晕,类似上等的克里米亚苹果。黄色的枯叶早已凋落,遭到人们践踏,有耐性地等着头一场大雪。太阳光芒四射,照得枯叶黄澄澄的,像是一枚枚金币。大自然安稳温顺地睡熟,没有风,没有声音。它静止不动,默默无声,仿佛经过春天和夏天感到筋疲力尽,如今在温暖而爱抚的阳光下纳福。您瞧着这种正在开始的安宁气氛,您自己就也想心平气和地安定下来。……

　　正是在这样一个白昼,玛鲁霞和叶果鲁希卡坐在窗前,最后一次等候托波尔科夫来临。温暖而爱抚的阳光也射进普利克隆斯基家的窗子里来,在地毯上、椅子上、钢琴上闪亮。一切东西都浸沉在这种亮光里。玛鲁霞和叶果鲁希卡从窗口瞧着街上,庆幸他们痊愈了。病愈的人,特别是如果年轻,总是感到很幸福。一般健康的人是不会感到和理解健康的,他们却感到了,理解了。健康就是自由,那么除了被解放的奴隶以外,谁还能领略自由的快乐?玛鲁霞和叶果鲁希卡每分钟都感到自己是被解放的奴隶。他们多么畅快啊!他们想呼吸,想看窗外,想活动,一句话,想生活。所有这些愿望,每秒钟都在实现。逼债的富罗夫、毁谤、叶果鲁希卡的行为、贫穷……一概都忘在脑后。只有那些愉快的、不搅乱人心的事情才没忘却,例如好天气、最近要开的舞会、好心的妈妈和……医生。玛鲁霞有说有笑,一刻也不停嘴。主要的话题就是他们一直在等待的医生。

"了不起的人,万能的人!"她说,"他多么神通广大啊!你来评断一下,乔治,这是多么崇高的事业:同自然界斗争而且战胜它!"

她说个不停,每说完一句夸张而又诚恳的话,总是用手和眼睛表现出一个大惊叹号。

叶果鲁希卡听妹妹讲那些热情洋溢的话,眯巴着小眼睛,随声附和。他自己也尊敬托波尔科夫严厉的容貌,相信他的痊愈完全归功于他。妈妈坐在一旁,眉开眼笑,心花怒放,分享孩子们的快乐。

她喜欢托波尔科夫,不仅是因为他有医病的本领,还因为她在医生脸上看出一种"奋发有为"的神采。

不知什么缘故,老年人都非常喜欢这种"奋发有为"。

"可惜的只是他……他出身那么低贱,"公爵夫人胆怯地瞥一眼女儿,说,"而且他的行业……也不大干净。他老得翻弄各式各样的脏东西。……呸!"

公爵小姐脸红起来,坐到另一把圈椅上去,离她母亲远点。叶果鲁希卡也扭动身子。

他受不了贵族的傲气和妄自尊大。

贫穷能给任何人上课!他已经不止一次亲身经历过比他富有的人对他摆架子了。

"如今这个年月,妈妈①,"他说,轻蔑地耸一耸肩膀,"谁肩膀上长着个脑袋,裤子上有个大口袋,谁就是好出身。谁在该长脑袋的地方长了个屁股,该有口袋的地方只有肥皂泡,谁就……等于零,事情就是这样!"

叶果鲁希卡说这些话是在学舌。这些话,他是两个月前从一

---

① 原文为德语。

423

个宗教学校学生那儿听来的,他在台球房里跟那个学生打过架。

"我情愿拿我的公爵头衔去换他的脑袋和口袋。"叶果鲁希卡补充道。

玛鲁霞抬起充满感激的眼睛瞧着她哥哥。

"我有很多话想跟您说,妈妈,可是您不懂,"她说,叹口气,"谁也没法改变您的想法。……很可惜!"

公爵夫人由于守旧思想当场被人揭穿而觉得难为情,就开始分辩。

"不过,在彼得堡我认识过一个大夫,是个男爵,"她说,"对,对。……在国外也有这样的大夫。……这是实在的。……教育可是大有用处的。……嗯,对了。……"

十二点多钟,托波尔科夫来了。他仍然像头一次那样走进来:气度庄严,对任何人也不看一眼。

"不要服用含酒精的饮料,要尽可能避免饮酒过量,"他放下帽子,转过身来对叶果鲁希卡说,"要注意肝脏。您的肝已经肿大不少。这种肿大应当完全归因于服用那些饮料。要喝我开的药水。"

他回过身来对着玛鲁霞,也向她提出几个最后的忠告。

玛鲁霞专心地听着,仿佛听有趣的故事似的,眼睛直勾勾地瞧着那个有学问的人的眼睛。

"怎么样?我想,您听明白了吧?"托波尔科夫问她。

"哦,听明白了!谢谢。"

这次来访持续整整四分钟。

托波尔科夫咳嗽一声,拿起帽子,点点头。玛鲁霞和叶果鲁希卡都把眼睛移到母亲身上。玛鲁霞甚至脸红了。

公爵夫人像鸭子似的摇摆着身子,走到医生跟前,涨红脸,把她的手别扭地塞到他白皙的拳头里。

"请容许我向您道谢!"她说。

叶果鲁希卡和玛鲁霞低下眼睛。托波尔科夫把拳头举到眼镜跟前,瞧着一卷钞票。他毫不忸怩,也不低下眼睛,却把一根手指头塞进嘴里,蘸点唾沫,几乎不出声地数起钞票来。他一共数了十二张二十五卢布钞票。怪不得尼基佛尔昨天拿着她的镯子和耳环在外边奔走!托波尔科夫的脸上掠过一小块明亮的云,类似人们在圣徒头上所画的光晕。他的嘴微微嘻开,露出笑意。看来,他对这笔报酬很满意。他数完钱,把它放进口袋里,又点一下头,回转身往房门口走去。

公爵夫人、玛鲁霞和叶果鲁希卡定睛瞧着医生的后背,三个人一齐感到他们的心缩紧了。他们的眼睛里闪着美好的感情:这个人要走了,再也不来了,他们却已经习惯了他平稳的步伐、清楚的声调和严肃的脸相。母亲的头脑里闪过一个小小的主意。她忽然有意对这个木石般的人亲热一下。

"他是个孤儿,可怜呀,"她暗想,"他孤孤单单。"

"大夫。"她用老太婆的柔和声调说。

医生回过头来看一眼。

"什么事?"

"您跟我们一起喝杯咖啡好吗? 您不要客气!"

托波尔科夫皱起额头,慢腾腾地从口袋里取出怀表来。他看看怀表,略为沉吟一下,说:

"我喝茶。"

"请坐,劳驾! 就坐在这儿吧!"

托波尔科夫放下帽子,坐下来。他直挺挺地坐在那儿,像是人体模型,弯着膝盖,挺起胸膛,直着脖子。公爵夫人和玛鲁霞忙碌起来。玛鲁霞睁大眼睛,露出操心的眼神,仿佛人家对她提出一个难于解答的问题似的。尼基佛尔穿着黑色旧礼服,戴着灰色手套,

425

在各处房间里跑来跑去。房子里到处传遍茶具的响声,茶匙叮叮当当地响。不知什么缘故,叶果鲁希卡被人暂时从大厅里叫出去,而且是悄悄地、秘密地叫出去的。

托波尔科夫等着送茶来,坐了大约十分钟。他坐在那儿,瞧着钢琴的踏板,四肢完全不动,也没有发出一点声音。最后客厅的房门开了。满面春风的尼基佛尔走进来,手里端着大托盘。托盘上放两个大玻璃杯,外面套着银茶托:一杯茶是端给医生的,另一杯是端给叶果鲁希卡的。两杯茶周围,遵照严格的对称款式,放着鲜奶油壶和煮开的奶油壶,另外有糖缸以及夹糖的夹子,一杯柠檬以及小叉子和饼干。

叶果鲁希卡跟着尼基佛尔走进来,脸上为要显出庄严而变得死板板。

殿后的是额头冒汗的公爵夫人和睁着大眼睛的玛鲁霞。

"喝茶吧,请!"公爵夫人对托波尔科夫说。

叶果鲁希卡拿起茶杯来,走到旁边去,小心地喝一口。托波尔科夫也拿起茶杯来,喝一口。公爵夫人和公爵小姐在一旁坐下,开始研究医生的相貌。

"您的茶也许还不够甜吧?"公爵夫人问。

"不,够甜了。"

随后,正如应该预料到的,沉默来了。那是可怕而讨厌的沉默,不知什么缘故,这使人感到局面极其别扭,令人忸怩不安。医生只顾喝茶,没开口说话。看来,他没把周围的一切放在眼里,在他面前除了茶以外,他什么也没看见。

公爵夫人和玛鲁霞非常想跟有学问的人谈一谈,却又不知道从何说起。两个人都怕自己显得愚蠢。叶果鲁希卡瞧着医生,从他的眼神可以看出,他有心问一句什么话,却怎么也打不定主意。房间里像坟墓般寂静,偶尔被喝茶声打破。托波尔科夫喝茶的声音很响。他看来并不觉得拘束,自由自在地喝着。他一边喝,一边发出咕嘟的声音。那口茶似乎从他嘴里落到一个什么深渊里,在那儿碰响一个又大又光滑的东西。尼基佛尔也偶尔打破寂静,不时吧嗒着嘴,咀嚼着,倒好像把做客的医生放在嘴里,品尝他的滋味似的。

"据说吸烟有害,是真的吗?"叶果鲁希卡终于打定主意问道。

"尼古丁,烟草的生物碱,对人的身体所产生的影响不亚于一种剧烈的毒药。每支纸烟带到身体里去的毒素,在数量上微不足道,不过另一方面,这种毒素的引入却是持续不断的。毒素的数量以及它的力量,同服用的持续性成反比。"

公爵夫人和玛鲁霞互相看一眼:他多么有学问啊!叶果鲁希卡开始眨巴眼睛,拉长他那张鱼样的脸。他这个可怜人,没听懂医生的话。

"当初在我们军团里,"他开口说,打算把学术的谈话换成普通的谈话,"有个军官,姓柯谢奇金,是很正派的人。他生得非常像您!非常像!就跟两滴水一样。简直没法分清!他是您的亲戚吗?"

医生没回答,光是发出很响的喝茶声。他嘴唇的两角微微抬起来,皱成轻蔑的笑容。他分明看不起叶果鲁希卡。

"请您告诉我,大夫,我彻底痊愈了吗?"玛鲁霞问,"我能认为我充分痊愈了吗?"

"我看是这样。我认为您已经充分痊愈了,理由是……"

医生高高地昂起头,定睛瞧着玛鲁霞,开始阐明肺炎的成因。他讲得从容不迫,咬字清楚,声调既不提高,也不降低。大家都极乐意听他讲,听得津津有味,然而可惜,这个枯燥乏味的人不善于讲得通俗,认为没有必要换个说法来迁就外行人的头脑。他好几次提到"脓肿"和"凝块状变性"之类的词。大体说来,他讲得很好,很精彩,可就是很难懂。他发表一大篇演讲,其中夹杂着许多医学术语,连一句能让听者理解的话都没说。然而这并没妨碍听众坐在那儿张开嘴巴,几乎带着崇拜的心情瞧着这个有学问的人。玛鲁霞眼睛没离开过他的嘴,把每个字都听进去了。她瞅着他,拿他的脸同她天天看见的脸暗自比较一下。

那些向她献殷勤的人,叶果鲁希卡的朋友们,每天都来拜访,惹得她腻烦,而他们那些憔悴、麻木的脸多么不同于这张有学问而又疲劳的脸!从那些酒徒和浪子的嘴里,玛鲁霞连一句好心的正经话都没听到过,他们的脸同这张冷冰冰而缺乏热情,可是聪明高傲的脸相比,简直有天壤之别啊。

"可爱的脸!"玛鲁霞暗想,欣赏着他的脸、他的声调、他的话语,"它显出多少才智,多少学识啊!为什么乔治做军人呢?他也应该做学者才是。"

叶果鲁希卡深情地瞧着医生,暗自想道:

"既然他谈学问方面的事,可见,他把我们看成有学问的人了。我们在社交场中处于这样的地位,倒也不错呢。不过刚才我胡扯了些关于柯谢奇金的话,却做得蠢极了。"

等到医生结束演讲,听众都深深地吐口气,仿佛完成了一件出色的业绩似的。

"无所不知是多么好啊!"公爵夫人叹道。

玛鲁霞站起来,仿佛打算感谢医生发表演讲似的,挨着钢琴坐下,开始弹琴。她很想跟医生谈一下,谈得深点,恳切点,音乐总是能引人谈话的。再者,她也有心在这个有学问的和有理解能力的人面前显一显本领。

"这是肖邦的曲子,"公爵夫人开口说,娇慵地微笑着,像贵族女子中学学生那样把两只手合在一起,"这个作品真好听!大夫,我敢夸一句口,她唱得也很好听。她是我的学生。……从前我有一副出色的嗓子呢。喏,那个女歌唱家……您知道她吗?"

这时候公爵夫人说出俄国一个著名的女歌唱家的姓。

"她对我感激不尽。……是啊。……我教过她的课!那时候她是个可爱的姑娘!她跟我那去世的公爵多少沾点亲。……您喜欢听唱吗?不过这又何必多问?谁不喜欢听唱呢?"

玛鲁霞开始弹圆舞曲的最精彩的部分,含笑回过头去看一眼。她需要从医生脸上看出她自己的演奏给医生留下什么印象。

可是她什么也没能看出来。医生的脸跟先前一样泰然自若,神情淡漠。他在很快把茶喝完。

"我喜欢这一段曲子。"玛鲁霞说。

"我跟您道谢,"医生说,"我不打算再听下去了。"

他喝下最后一口茶,站起来,拿起帽子,没有表示一丝一毫愿意把这个圆舞曲听完的意思。公爵夫人跳起来。玛鲁霞发窘,又感到委屈,就把钢琴盖上了。

"您已经要走了,"公爵夫人开口说,皱紧眉头,"您不想再喝点什么吗?我希望,大夫……这条路您现在已经走熟了。那么,以后随便哪天傍晚,过来坐坐吧。……您不要忘了我们。……"

医生点两下头,别扭地握了握公爵小姐伸过来的手,默默地走去穿他的皮大衣。

"他简直是块冰!是块木头!"公爵夫人等医生走后,开口说,"这真可怕!他连笑一笑都不会,这个木头人!你白给他弹琴了,玛鲁霞!他仿佛是单为喝茶才留下来的!一喝完就走了!"

"可是他多么有学问啊,妈妈!非常有学问!在我们这儿他能跟谁谈话呢?我没有学过什么,乔治又不爱讲话,老是不开口。……这样的学术谈话我们谈得下去吗?不行啊!"

"这就叫做平民!这就是尼基佛尔的外甥!"叶果鲁希卡说,凑着壶嘴喝奶油,"你们觉得怎样?什么合理啦,淡漠啦,主观

429

啦……他说得可顺溜了,坏包!这算是哪家子平民?还有他那辆四轮马车!你们快来看!多么讲究!"

三个人就一齐瞧着窗外的四轮马车,车上坐着名医,身穿肥大的熊皮大衣。公爵夫人羡慕得脸都红了。叶果鲁希卡意味深长地挤了挤眼睛,打一声呼哨。玛鲁霞却没看见马车。她没有工夫看它:她在打量医生,因为他给她留下了强烈的印象。新鲜事物对谁能不起作用呢?

对玛鲁霞来说,托波尔科夫太新奇了。……

头一场雪来了,随后来了第二场、第三场。冬天拖得很久,严寒把树木冻得咔咔地响,大雪成堆,水凝成冰柱。我不喜欢冬天,也不相信那些自称喜欢冬天的人。一到冬天,街上就冷冰冰,房间里烟雾腾腾,套鞋里发潮。天气时而严酷得像个婆婆,时而阴雨连绵,像个爱哭的老处女,因此,尽管有仙境般的月夜、三套马的马车、狩猎、音乐会、舞会,冬天还是很快就惹得人厌烦。而且它也拖得太长,结果它所毒害的就不仅仅是无家可归和害痨病的人的生命而已。

普利克隆斯基公爵家的生活又照常进行。叶果鲁希卡和玛鲁霞已经完全复原,就连母亲也不再认为他们是病人。他们的景况却依然如故,无从改善。局面越来越糟,钱越来越少。公爵夫人把她所有的珍贵物品,不论是祖传的还是自己购置的,统统拿去抵押了又抵押。尼基佛尔跟先前一样,趁主人打发他到小铺里去赊买各种零星物品,就在小铺里闲谈,讲起主人家欠他三百卢布,却不想着还给他。厨师也发这样的牢骚,小铺老板出于怜悯就把自己的旧皮靴拿出来送给他。富罗夫逼债越发紧了。不管公爵家提出什么延期偿还的办法,他一概不同意,遇到公爵夫人要求他暂缓向法院提出偿债诉讼,他就出言不逊。由富罗夫带头,别的债主也吵闹不休。每天早晨公爵夫人不得不接见公证人、法庭执行吏和债主。似乎,处理破产事务的债权人会议就要举行了。

公爵夫人的枕头,跟先前一样,泪痕不干。白天公爵夫人强打精神,可是到晚上就听凭眼泪尽情地流,通宵哭泣直到天明。她无须乎走远,就可以找到痛哭的根据。那些根据就摆在面前,彰明较著,十分刺目。贫穷、随时受到侮辱的自尊心……而且是受谁的侮辱呢?无非是微不足道的小人物,例如各式各样的富罗夫、厨师、小商人等。她所珍爱的物品都送去典当了。公爵夫人割舍那些东西的时候,伤透了心。叶果鲁希卡跟先前那样过着不规矩的生活,玛鲁霞还没出嫁。……痛哭的根据还嫌少吗?前途渺茫,而且公爵夫人从渺茫的前途中窥见了险恶的幽灵。这种前途凶多吉少。人对它不能存什么指望,而只能害怕。……

钱越来越少,可是叶果鲁希卡灌酒却越来越厉害。他拼命地灌,不顾死活,倒好像有意补上生病期间所损失的那些时间似的。他把一切东西,不管是他有的还是没有的,他自己的还是别人的,统统换酒喝掉。他沉湎在放荡生活中,肆无忌惮,恬不知耻。他不论见到什么人就开口借钱,这在他已经无所谓了。他口袋里一个钱也没有,就坐下来打牌,这在他也成了常规,至于大吃大喝而由别人花钱,坐上别人的出租马车派头十足地出外兜风,临了却不给车钱,他都不认为是罪过。他改变得很少:从前人家嘲笑他,他就生气,现在他遭到驱逐或者被人押走,只是略微有点难为情罢了。

只有玛鲁霞变了。她起了新变化,而且是极可怕的新变化。她对哥哥所抱的幻想开始破灭。不知什么缘故,她忽然觉得他不像是那种不为人赏识和不为人理解的人,而纯粹是极普通的人,同大家一样,甚至还不如他们。……她不再相信他那绝望的爱情。可怕的新变化!她一连几个钟头坐在窗前,毫无目标地瞧着街上,暗自想象哥哥的脸,竭力要在那张脸上看出一种端正而不让人失望的东西,可是她在那张没有光彩的脸上却什么也没看出来,只看到一点:他是个空虚无聊的人！没有出息的人！在她的想象里,紧挨着这张脸,还闪过他朋友们的脸,客人们的脸,用《圣经》上的话安慰人的老太婆的脸,求偶的男人的脸,以及公爵夫人本人那张哭哭啼啼、由于悲伤而变得麻木的脸,于是玛鲁霞的可怜的心痛苦得缩紧了。在这些关系亲密、为她所爱、然而渺小的人们旁边生活,是多么庸俗、没有光彩、麻木不仁,多么愚蠢、乏味、懒散啊！

她痛苦得心里发紧,此外,又有一种热烈的和离经叛道的愿望使她透不出气来。……有时候,她恨不得一走了事,可是到哪儿去呢？不消说,她想到另一个地方去,在那儿生活的人不在贫穷面前发抖,不沉湎于酒色,专心工作,不成天价同愚蠢的老太婆和醉醺醺的傻瓜闲谈。……于是,在玛鲁霞的想象里,像一枚拔不掉的钉子似的,出现一张正派而聪明的脸,她在那张脸上看到智慧,看到渊博的学识,看到疲劳。这张脸是没法忘记的。她每天都看见那张脸,而且是在最幸运的情况下,也就是在那张脸的主人正忙于工作,或者显出正忙于工作的样子的时候看见。

托波尔科夫医生每天都从普利克隆斯基家的门前急驰而过,坐着他那辆豪华的雪橇,盖着熊皮毯子,赶车的是个胖子。他的病人很多。从凌晨起他就出诊,一直忙到夜深,一天之内能够跑遍所有的街道和小巷。他坐在雪橇上就跟坐在圈椅上一样,气度庄严,昂起头,挺起胸,不看两旁。从他熊皮大衣那毛茸茸的皮领里,只露出又白又光滑的额头和一副金丝眼镜,别的什么也看不见,不过玛鲁霞能看到这些也就心满意足了。她觉得这位人类恩人的眼睛似乎透过眼镜射出冰冷、高傲、轻蔑的光芒。

"这个人有权利蔑视一切！"她暗想,"他聪明过人！而且他的雪橇多么豪华,他那些骏马多么漂亮！他过去却是农奴！必得是多么坚强有力的人,才能生下来是奴仆,而后来却成为像他这样高不可攀的人！"

只有玛鲁霞还记得医生,其余的人却已经开始忘记他,而且,要不是他做了一件使人想起他的事,人们很快就会把他忘光。他所做的那件事却未免太叫人难受。

圣诞节第二天中午,普利克隆斯基一家人都在家,前厅里胆怯地响起了门铃声。尼基佛尔走去开门。

"公爵夫人在家吗?"前厅里响起一个老太婆的声音,没等答话,就有个矮小的老太婆溜进客厅里来,"您好,公爵夫人,老人家……恩人啊!您近来可好?"

"您有什么事?"公爵夫人问,好奇地瞧着老太婆。叶果鲁希卡凑着空拳头扑哧一笑。依他看来,老太婆的头像是熟透的小香瓜,上边翘起一根小尾巴。

"您不认得我了,好太太?莫非您不记得我了?您把普罗霍罗芙娜忘了?您生小公爵就是我接的生啊!"

小老太婆就跑到叶果鲁希卡跟前,吧嗒着嘴,很快地吻他的胸口和手。

"我不懂,"叶果鲁希卡生气地嘟哝说,把手在上衣上擦干净,"那个老魔鬼尼基佛尔,把各式各样的傻瓜都放进来了。……"

"您有什么事?"公爵夫人又问一遍,她觉得老太婆身上冒出一股很浓的橄榄油气味。

老太婆在圈椅上坐下,说了一段极长的开场白,然后微微地笑,做出媚里媚气的样子(媒婆总是媚里媚气的),声明说公爵夫人有一宗货物,而她这个老太婆却有个买主。玛鲁霞脸红了。叶果鲁希卡鼻子里哼一声,发生了兴趣,往老太婆跟前走去。

"奇怪,"公爵夫人说,"这样说来,您是来说媒的吧?给你道喜,玛鲁霞,有人来向你提亲了!他是什么人呢?可以打听一下吗?"

老太婆呼呼地喘气,把手伸进胸前的衣服里,从那儿取出一块

433

红色花布手绢。她解开手绢包上的结子,把包里的东西抖落在桌子上,于是一张照片随着一个顶针掉下来。

大家都皱了皱鼻子:那块红地黄花的手绢有烟草味。

公爵夫人拿起照片来,懒洋洋地举到眼睛跟前。

"他是个美男子,好太太!"媒婆开始说明照片上的人,"他阔绰,出身高贵。……这个人好得不得了,从不灌酒。……"

公爵夫人脸红起来,把照片递给玛鲁霞。玛鲁霞顿时脸色煞白。

"奇怪,"公爵夫人说,"要是大夫有心,那么我想,他自己就可以来。……这根本用不着找中间人嘛!……他是受过教育的人,可是想不到……是他打发您来的吗?是他本人打发的?"

"是他本人的意思。……他对你们很中意。……你们是上流人家。"

玛鲁霞忽然尖叫一声,手里捏紧照片,飞快地跑出客厅。

"奇怪,"公爵夫人接着说,"这真叫人惊讶。……我简直不知道该对您说什么好了。……我再也没料到大夫会这么办事。……他何必惊动您呢?他自己就可以到我们家里来嘛。……这样办事甚至惹得人不痛快。……他把我们看成什么人了?我们又不是什么商人家庭。……再说商人现在过日子也不按老章法了。"

"怪人!"叶果鲁希卡咕噜一句,轻蔑地看着老太婆的小脑袋。

这个退伍的骠骑兵宁可付出很高的代价,只求能让他伸出手指头去哪怕在小脑袋上只"弹"一下也好!他不喜欢老太婆,犹如大狗不喜欢小猫一样。他一瞧见小香瓜般的脑袋,简直就像狗那样兴奋起来。

"是啊,好太太,"媒婆说,叹口气,"虽说他没有公爵的爵位,不过,我可以说,好公爵夫人……您可是我们的恩人啊。哎呀,罪过,罪过!难道他不高贵?他什么样的教育都受过,又阔绰,主又赐给他各式各样的荣华富贵,圣母呀。……要是您愿意叫他上这儿来,那就照您的意思办。……他肯来的。为什么不来呢?可以来的。……"

老太婆攀住公爵夫人的肩头,把她拉过来,凑着她耳朵低声说:

"他要六万。……这是理所当然的!老婆是老婆,钱是钱嘛。您自己也明白。……他说,'我娶媳妇不能不要钱,因为她在我这儿准会得到各式各样的享受。……那她自己就得有钱。……'"

公爵夫人涨红了脸,离开圈椅站起来,她那件沉重的连衣裙沙沙地响。

"麻烦您转告大夫,就说我们都觉得奇怪极了,"她说,"我们很不痛快。……这样是不行的。此外我也没有什么话要对您说了。……你怎么不说话呀,乔治?让她走吧!这真叫人忍无可忍!"

媒婆走后,公爵夫人用手抱住头,倒在长沙发上,开始哀叫道:

"瞧,我们都活到什么地步了!"她哭道,"我的上帝啊!一个看病抓药的郎中,下贱货,昨天的奴仆,居然到我们这儿来求婚了!还说他高贵!……高贵!哈哈!你们倒是说说看,他有哪点儿高贵!他打发媒婆来了!可惜你们的父亲不在!他可不会把这种事白白放过去!那个庸俗的傻瓜!大老粗!"

不过使得公爵夫人抱屈的,与其说是一个平民来向她女儿求亲,倒不如说是人家向她要六万,而她没有这笔钱。只要对她的贫穷有一丁点暗示,她就感到受了侮辱。她不住哭号,一直闹到夜深,而且夜里有两次醒过来,又哭两次。

然而媒婆的来访,对任何人的影响都不及对玛鲁霞严重。可怜的姑娘像是一下子得了极厉害的热病。她四肢索索地抖,倒在

床上,把滚烫的头藏在枕头底下,用尽全力解答一个问题:

"这是真的吗?!"

这个问题伤透了她的脑筋。玛鲁霞都不知道该怎么回答好了。这个问题既表现她的惊讶,也表现她的慌张,更表现她暗中的喜悦,可是不知什么缘故,她又不好意思承认她的喜悦,却要瞒过自己。

"这是真的吗?!他,托波尔科夫。……不可能!事情有点蹊跷!老太婆搞错了!"

同时那些幻想,那些最甜蜜的、心向往之的、令人心醉的幻想,那些使人头脑发热和心脏缩紧的幻想,纷纷在她头脑里活动起来,她小小的全身心沉浸在说不出的欢乐里。他,托波尔科夫,要她做他的妻子,可是要知道,他是那么庄重,漂亮,聪明!他把他的一生献给人类,而且……坐着那么华丽的雪橇!

"这是真的吗?!"

"我可以爱他!"临近傍晚,玛鲁霞做出决定,"啊,我同意!我丢开一切偏见,跟这个农奴走遍天涯海角去!哪怕母亲只说一句怪话,我也会离开她!我同意了!"

至于那些次要的和更次要的其他问题,她都没有工夫去考虑。她根本顾不上了!例如,为这件事何必派媒婆来呢?他爱上她的哪一点,而且是什么时候爱上她的?如果他爱她,他自己为什么不来?她哪里有心去管这些以及其他许多问题呢?她震动,惊讶……幸福……这在她就已经心满意足了。

"我同意!"她小声说着,竭力在想象里描绘他的脸、他的金丝眼镜以及从眼镜里往外看的他那对聪明、稳重、疲乏的眼睛,"让他来吧!我同意了。"

玛鲁霞正这样在床上翻来覆去,全身心感到幸福得发热,那个媒婆却在走访一个个商人家庭,大量散发医生的照片。她从这个富裕人家走到那个富裕人家,寻找货物,以便向"高贵的"买主推荐。托波尔科夫并没打发她专到普利克隆斯基家去。他打发她"随便到哪儿去都行"。他感到他有必要结婚,可是毫无成见:对他来说,不论媒婆到哪一家去说亲,都完全一样。……他需要的是……六万。六万,少了不行!他打算买下的那所房子,少了这笔款子就买不成。他想借这笔钱,却无处可借,想分期付款,人家又不答应。剩下来就只有一个办法:为筹钱而结婚,他果然照这样做了。确实,讲到他有心用许墨奈俄斯①的枷锁束缚自己,这跟玛鲁霞毫不相干!

晚上十二点多钟,叶果鲁希卡悄悄走进玛鲁霞的寝室里来。玛鲁霞已经脱掉衣服,竭力要睡熟。出乎意外的幸福使得她疲乏了,她的心怦怦地跳,一刻也不停,声音似乎响得整个房子里都听得见,因此她打算好歹安一安神。叶果鲁希卡脸上每条细纹里都藏着一千种秘密。他鬼鬼祟祟地咳嗽一声,意味深长地瞧着玛鲁霞,然后,仿佛打算告诉她一件极其重大而秘密的事似的,在她脚旁坐下,微微弯下腰去凑近她的耳朵。

"你知道我要跟你说什么吗,玛鲁霞?"他小声开口说,"我要开诚布公跟你谈一谈。……谈一谈我的看法什么的。……要知道,我是为你的幸福打算。……你就嫁给那个人……嫁给托波尔科夫吧!你不要装腔作势,嫁给他算了!他这个人在各方面……而且他阔绰。他出身低贱也没什么关系。你不要把这放在心上。"

玛鲁霞把眼睛闭得更紧了。她害臊。同时,她听到哥哥同情托波尔科夫,又感到很愉快。

"是啊,他阔绰!至少,人没有饭吃就活不成。你只顾等公爵

---

① 希腊神话中的婚姻之神。

和伯爵来求婚,可是说不定你什么也没等着就活活地饿死了。……要知道,我们家里连一个小钱也没有!呸!全空了!可是你睡着了还是怎么的?啊?你不说话是表示同意吗?"

玛鲁霞微微一笑。叶果鲁希卡笑出声来,而且生平第一次热烈地吻她的手。

"你就嫁给他吧。……他是受过教育的人。而且我们会过得多么好!我们的老太婆也就不会再哭哭啼啼了!"

然后叶果鲁希卡沉浸在幻想里。他幻想一阵,摇摇头,说:

"只是有一件事我弄不懂。……他何必打发那个媒婆来呢?为什么他自己不来?这事有点蹊跷。……他不是那种打发媒婆说亲的人啊。"

"这倒是实在的,"玛鲁霞暗想,不知什么缘故打个冷战,"这也真有点蹊跷。……打发媒婆来说亲是愚蠢的。确实,这是什么意思呢?"

叶果鲁希卡素来没有推断事理的本领,可是这一回他却推断说:

"不过要知道,他自己没有工夫闲溜达。他一天到晚忙着工作。他跑来跑去,走遍病人们的家,忙得不亦乐乎。"

玛鲁霞心情安定下来,然而没有持续很久。叶果鲁希卡沉默片刻,说:

"另外还有一件事我也不懂。他吩咐那个老妖婆说明陪嫁钱至少要六万。你听见了吗?她说:'要不然就不行。'"

玛鲁霞忽然睁开眼睛,周身打个冷战,急忙起来,坐好,甚至忘记用被子盖上肩膀。她的眼睛开始发亮,脸颊发红。

"这话是老太婆说的?"她拉住叶果鲁希卡的手说,"你对她说:这是胡扯!像那样的人,也就是说,像他那样的人……不可能说这种话。他……要钱?!哈哈!只有不知道他多么骄傲,多么正直,多么不爱财的人,才会怀疑他有这种卑鄙的想法!是啊!他是个优秀无比的人!人们不想了解他!"

"我也这样想,"叶果鲁希卡说,"老太婆满嘴胡说。大概,她是有意巴结她。她在商人家里搞惯这一套了!"

玛鲁霞肯定地点点头,然后把头钻到枕头底下去。叶果鲁希卡站起来,伸个懒腰。

"母亲在哭,"他说,"哎,我们不要管她了。那么,就这样说定了?你同意了?那才好。你用不着装腔作势了。就做医生太太吧。……哈哈!医生太太!"

叶果鲁希卡拍拍玛鲁霞的脚底,心里很满意,从她寝室里走出去。临到他躺下睡觉,头脑里就开了个很长的名单,列举他约来参加婚礼的客人们。

"香槟酒要在阿包尔土霍夫商店里买,"他一面想,一面昏昏睡去,"冷荤菜要在柯尔恰托夫商店里买。……它那儿的鱼子新鲜。……嗯,龙虾也新鲜。……"

第二天上午,玛鲁霞穿得朴素而雅致,坐在窗前等着,不免带点娇媚的神态。十一点钟,托波尔科夫坐着雪橇急驰而过,可是没登门拜访。中饭后,他又一次坐着由几匹黑马拉着的雪橇在窗前急驰而过,不但没登门拜访,甚至没看一眼窗子,玛鲁霞却在窗旁坐着,头发上系着粉红色丝带。

"他没有工夫,"玛鲁霞一面暗想,一面打量他,"到星期日他就会来了。……"

然而就连星期日他也没来。过一个月他仍旧没来,过了两个月,三个月,他始终没来。……他,不消说,根本没想起普利克隆斯基家,可是玛鲁霞在等他,等得人都瘦了。……有些不同寻常的猫,生着黄色的长爪子,抓挠她的心。

"他怎么不来?"她问自己,"什么缘故呢?啊……我知道

439

了。……他生气了,因为……因为什么缘故他生气呢?因为妈妈对老媒婆很不客气。他现在认为我不可能爱他。……"

"畜生!"叶果鲁希卡嘟哝道。他已经到阿包尔土霍夫商店里去过十来次,问他们能不能在他们那儿定购最上等的香槟酒。

三月底复活节过后,玛鲁霞不再等他了。

有一次叶果鲁希卡走进她的寝室里,恶毒地放声大笑,通知她说,她的"求婚人"同一个商人家的女儿结婚了。……

"我荣幸地给你道喜!真是荣幸!哈哈哈!"

这个消息对我那娇小的女主人公来说太残酷了。

她灰心丧气。她不是一天,而是一连几个月成为无法形容的悲愁和绝望的化身。她从头发上揪掉粉红色丝带,痛恨生活。然而人的感情是多么偏袒,多么不公平啊!玛鲁霞就是到这时候也还能为他的行动找出理由来。她没有白读那许多长篇小说,因为在那些小说里,人们嫁娶往往只是故意气一气他们所爱的人,要叫他们明白,叫他们难堪,叫他们伤心而已。

"他娶那个傻女人就是故意气人,"玛鲁霞暗想,"啊,他来求亲,我们却用那么一种侮辱的态度对待,这做得太不对了!像他这样的人是忘不了侮辱的!"

她脸颊上健康的红晕消失,嘴唇再也不抿出笑容来,头脑再也不去幻想未来,总之,玛鲁霞变得呆头呆脑了!她觉得,对她来说,她的生活目标也跟托波尔科夫一起化为乌有了。从今以后,既然她注定只能跟那些蠢货、寄生虫、酒徒来往,那么活着还有什么意思呢?她开始心情忧郁。她什么也不注意,什么也不在心上,什么人讲话都不理会,只是糊里糊涂地过一种枯燥无味和没有光彩的生活,我们的处女,不论是年老的还是年轻的,都很善于过这样的生活。……她不去注意那些为数众多的求亲的男人,也不去注意她的亲人和熟人。她对困窘的家庭景况漠不关心,置之度外。她甚至没注意到银行已经把普利克隆斯基家的房子连同一切历史悠久而且使她感到亲切的家具什物一齐卖掉,她不得不搬到一个简陋便宜而具有小市民风格的新居里去住。那是漫长的昏睡,然而倒也不缺少梦境。她梦见托波尔科夫以各种形式出现:他时而坐在雪橇上,时而穿着皮大衣,时而没穿皮大衣,时而坐着,时而气度庄严地走着。她的全部生活都变成梦了。

然而一声雷响,睡梦从她天蓝色的眼睛里,从她亚麻色的睫毛上飞走了。……她的母亲,公爵夫人,经不起倾家荡产,在新居里生了病,死了,临终为孩子们祝福,留下几件连衣裙,此外再也没有给子女留下别的东西。她的死亡,对公爵小姐来说,是可怕的灾难。睡眠飞走,让位给悲伤了。

三

秋天来临,跟去年的秋天一样潮湿,一样泥泞。

外边是阴雨连绵的早晨。深灰色的云仿佛涂满泥浆似的,密密层层,遮蔽天空,停在那儿不动,惹得人发愁。似乎太阳不存在了,它整整一个星期没出来照一次大地,倒好像生怕稀泥会染污它的光芒似的。……

雨点特别猛烈地敲打窗子。风在烟囱里痛哭,哀叫,活像失去了主人的狗。……简直看不到哪张脸上不流露出绝望的烦闷神情。

就连最绝望的烦闷也比那天上午玛鲁霞脸上露出的走投无路的悲哀好得多。我的女主人公正踏着泥浆,往托波尔科夫医生家里慢慢走去。为什么她去找他呢?

"我去看病!"她想。

可是,不要相信她,读者诸君!她脸上不是平白无故露出内心斗争的神情的。

公爵小姐走到托波尔科夫家门口,心里发紧,胆怯地拉一下门铃。过一分钟,门里边响起脚步声。玛鲁霞觉得两条腿僵了,要弯下去。门扣咔哒一响,玛鲁霞看见面前出现一个使女,长得很不错,脸上带着疑问的神情。

"大夫在家吗?"

"他今天不看病。明天来!"使女回答说,由于湿气迎面扑来而发抖,往后倒退一步。大门就在玛鲁霞鼻子跟前砰的一声关上,震颤着,门扣咔哒一声又扣上了。

公爵小姐很难为情,懒洋洋地走回家去。家里正有一场戏等着她免费去看,不过那样的戏她早已看腻了。那样的戏绝不是公爵家里所应有的!

叶果鲁希卡公爵在小小的客厅里,坐在蒙着光滑的新花布的长沙发上。他学土耳其人的样子坐在那儿,两条腿盘在身子底下。他的女朋友卡列丽雅·伊凡诺芙娜在他身旁地板上躺着。两个人玩"鼻子"游戏,喝酒。公爵喝啤酒,他的情人喝马德拉葡萄酒。赢的一方,除了有权利打对方的鼻子以外,还可以得到一枚二十戈比银币。卡列丽雅·伊凡诺芙娜既是女人,就由对方做出小小的让步,不必付出二十戈比银币,用接吻来折合。这种游戏使得两个人说不出地高兴。他们笑得前仰后合,你拧我一把,我拧你一把,随时从自己的位子上跑开,互相追逐。叶果鲁希卡赢了,就像牛犊似的欢蹦乱跳。卡列丽雅·伊凡诺芙娜输了就接吻,她那种半推半就的样子总是引得叶果鲁希卡神魂颠倒。

卡列丽雅·伊凡诺芙娜每天都到叶果鲁希卡家里来。她是高而且瘦的黑发女人,眉毛非常黑,眼睛像虾一般凸出。她总是上午九点多钟来到普利克隆斯基家里,在他们这儿喝早茶,吃中饭,用晚饭,夜里十二点多钟离开。叶果鲁希卡口口声声对妹妹说,卡列丽雅·伊凡诺芙娜是歌唱家,她是很可敬的女人,等等。

"你跟她谈一谈!"叶果鲁希卡劝妹妹说,"她是聪明女人!聪明透顶啊!"

尼基佛尔,依我看来,却说得比较正确,他管卡列丽雅·伊凡诺芙娜叫骚娘们儿和骑兵·伊凡诺芙娜①。他满心痛恨她,遇到不得不伺候她的时候,总是不由得冒火。他看出了真相,这个年老忠心的仆人的本能告诉他说,那个女人不配在他主人的周围。……卡列丽雅·伊凡诺芙娜愚蠢、无聊,然而这没有妨碍她每天总是肚子胀得饱饱地走出普利克隆斯基家门,口袋里装满赢来的钱,相信他们缺了她就活不下去。她其实是俱乐部台球记分员的妻子,如此而已,然而这没妨碍她成为普利克隆斯基家十足的女主人。这头母猪喜欢把两只脚放在桌子上。

玛鲁霞靠抚恤金活着,那是她在父亲死后领到的。她父亲的抚恤金比普通的将军该得的多。可是玛鲁霞名下所得的那份却很少。然而,要不是叶果鲁希卡那么任性挥霍,那份钱原也够维持温饱的生活了。

他不愿意,也不会工作。他不愿意相信他穷,如果人家叫他迁就家里的景况,尽量不要乱花钱,他就会暴跳如雷。

"卡列丽雅·伊凡诺芙娜不喜欢吃小牛肉,"他不止一次对玛鲁霞说,"应当给她做烤子鸡。鬼才知道你们是怎么回事!又要当家,又不会当家!明天万万不能再做这种无聊的小牛肉!我们会把这个女人活活饿死!"

玛鲁霞略微顶撞他几句,可是为了避免发生误会,还是买了子鸡。

"为什么今天没有烤菜?"有时候叶果鲁希卡叫道。

---

① 在俄语中,"骑兵"和"卡列丽雅"读音相近。在此,"骑兵"借喻"轻浮的人"。

443

"因为昨天我们吃过子鸡了。"玛鲁霞回答说。

然而叶果鲁希卡不大懂得当家的算术,而且一点也不想弄懂。他坚决要求吃饭的时候要为他准备啤酒,为卡列丽雅·伊凡诺芙娜准备葡萄酒。

"一顿像样的饭能缺酒吗?"他耸耸肩膀,问玛鲁霞说,对人的愚蠢感到惊讶,"尼基佛尔!一定要有酒!你的事就是管这些嘛!你呢,玛鲁霞,应该害臊才是!莫非要我自己来当家不成!你们多么喜欢惹得我冒火!"

他是谁也管不了的大少爷!不久卡列丽雅·伊凡诺芙娜也来帮他的忙。

"给公爵预备酒了吗?"她看见要开饭了,问道,"啤酒在哪儿?那就得跑一趟,去买啤酒!公爵小姐,您给仆人钱,叫他去买啤酒!您有零钱吗?"

公爵小姐说有零钱,就把手边剩下的一点钱统统拿出去。叶果鲁希卡和卡列丽雅又吃又喝,却没看见玛鲁霞的表、戒指、耳环,一件跟着一件送进当铺,她那些贵重的连衣裙也陆续卖给旧货商人了。

他们没看见,也没听见玛鲁霞向年老的尼基佛尔借明天的菜钱,那个仆人怎样嗽着喉咙,嘴里嘟嘟哝哝,打开他的箱子。这两个庸俗而麻木的人,叶果鲁希卡和他那出身低贱的女人,根本就不管这套!

第二天上午九点多钟,玛鲁霞动身到托波尔科夫家里去。给她开门的又是那个长得很不错的使女。她把公爵小姐让进前堂里,帮她脱掉大衣,然后叹口气说:

"您一定知道吧,小姐?大夫看病至少要收五卢布。这您是知道的。"

"她对我说这话是什么用意?"玛鲁霞暗想,"多么无礼!他,可怜的人,却不知道他用了这么无礼的女仆!"

同时玛鲁霞的心有点发紧:她口袋里只有三卢布。他总不至于因为少了区区两卢布就把她赶出去吧。

玛鲁霞从前堂走到候诊室里,那儿已经坐着许多病人。渴望治好病的,不消说,大多数都是女人。她们占据了放在候诊室里的所有家具,三个一群、五个一伙地坐在那儿谈天。她们谈得极热闹,而且无所不谈:谈天气,谈疾病,谈大夫,谈孩子……她们大声讲话,扬声大笑,就像在自己家里一样。有几个女人一面等着看病,一面打毛线,做女红。在候诊室里,穿得朴素和很差的人是没有的。托波尔科夫在隔壁房间里诊病。人们按次序走到他的房间里去。走进去的人都脸色发白,神情严肃,微微有点发抖,可是临到从他那儿走出来,却脸色发红,冒汗,就像在教堂里刚行过忏悔礼,或者从身上卸掉一种力不胜任的重负,不由得暗自庆幸似的。托波尔科夫为每个病人至多只用十分钟。大概她们的病都不重吧。

"这一切多么像是庸医骗钱!"玛鲁霞要不是在想自己的心事,就会这样想。

玛鲁霞最后一个走进医师的诊室,那儿到处都堆着书,书脊上印着德语和法语书名。她走进去,索索地发抖,像是浸进凉水里的母鸡。他站在房间中央,左手扶着写字台。

"他多么漂亮啊!"他的女病人头脑里首先闪过这个想法。

托波尔科夫从没装出过神气活现的样子,再者,他也不见得有装模作样的本事,然而他平时的一切姿态,不知怎么都显得特别威严。玛鲁霞这一回见到的他那姿态,使她联想到画家画伟大的统帅而雇用的模特儿的威严。他一只手扶着桌子,手旁边放着他刚从女病人手里收下的十卢布钞票和五卢布钞票。桌子上还特别整齐地放着些工具、器械、试管,这些东西对玛鲁霞来说都极难于理解,极"富于学术气息"。那些东西,再加上这个设备豪华的诊室,使得威严的画面越发威严了。玛鲁霞关上身后的门,站住。……托波尔科夫伸出手来指了指圈椅。我的女主人公文静地走到圈椅跟前坐下。托波尔科夫威严地摇晃着身子,在她对面另一把圈椅上坐下,睁着疑问的眼睛盯住玛鲁霞的脸。

"他不认识我了!"玛鲁霞暗想,"要不然他就不会沉默。……我的上帝啊,他为什么不说话?哎,我该从哪儿讲起呢?"

"怎么样?"托波尔科夫咕噜一句。

"有点咳嗽。"玛鲁霞喃喃地说,而且,仿佛为了证实她的话似的,咳了两声。

"很久了吗?"

"有两个月了。……夜里厉害点。"

"嗯。……发烧吗?"

"不,好像没发过烧。……"

"您,似乎,在我这儿看过病吧?以前您得过什么病?"

"肺炎。"

"嗯。……对,我想起来了。……您似乎姓普利克隆斯基吧?"

"对了。……那一回我哥哥也病了。"

"请您吃这种药粉……睡觉以前吃……要避免着凉。……"

托波尔科夫很快地写下处方,站起来,做出原来那种姿势。玛鲁霞也站起来。

"另外没有什么病吗?"

"没有什么了。"

托波尔科夫定睛瞧着她。他瞧着她,又瞧着房门。他忙得很,等着她走出去。她却站在那儿,看着他,欣赏他,等着他会对她说些什么话。他多么好看啊！在沉默中过了一分钟。最后她打个哆嗦,看出他有张嘴打呵欠的意思,他眼睛里露出等她出去的神情,就递给他一张三卢布钞票,回转身向房门口走去。医生把钱丢在桌子上,等她走后关上房门。

玛鲁霞从医生家里出来,走回家去,心里非常生气:

"哎,我为什么不跟他说话呢？为什么？我胆小,就是这么回事！弄出这样的结果,未免太荒唐。……光是空打搅他一场。为什么我把该死的钱捏在手里,好像要显一显阔气似的？钱是很微妙的东西啊。……求上帝保佑吧！我可能得罪人了！给他钱,应当做到神不知鬼不觉才对。哎,我为什么不说话呢？……那他就会对我讲起来,解释清楚。……那就可以弄明白为什么他打发媒婆来了。……"

玛鲁霞回到家里,在床上躺下,把头藏在枕头底下,每逢她心情激动,她总是这样做。然而这也没能使她定下心来。叶果鲁希卡走进她的房间,开始从这个墙角走到那个墙角,皮靴踩着地板嘎吱嘎吱地响。

他的脸色鬼鬼祟祟。……

"你有什么事？"玛鲁霞问。

"啊啊。……我当你睡着了,不想惊动你。我要告诉你一个消息……很愉快的消息。卡列丽雅·伊凡诺芙娜愿意在我们这儿住下了。是我把她请来的。"

"这不行！不能这么办！① 你把个什么人请来了？"

"为什么不行呢？她很好嘛。……她会帮你料理家务。我们可以叫她住在拐角上那个房间里。"

"妈妈就是在拐角上那个房间里去世的。这不行！"

---

① 原文为法语。

玛鲁霞扭动身子,索索地抖,好像有谁刺痛她似的。她脸颊上泛起红晕。

"这不行!要是你逼着我跟那个女人一起生活,乔治,那你就要了我的命!亲爱的,乔治,别这样!别这样!我亲爱的!喏,我求求你了!"

"咦,她有哪点儿惹得你不喜欢呢?我不懂!她跟别的女人一样嘛。……她又聪明,又快活。"

"我不喜欢她。……"

"哦,可是我喜欢她。我爱那个女人,而且要她跟我住在一块儿!"

玛鲁霞哭起来。……由于绝望,她那苍白的脸变了样。……

"要是她在这儿住下,我就会死掉。……"

叶果鲁希卡轻声吹着口哨,来回走一阵,然后从玛鲁霞房间里走出去。过一分钟,他又进来了。

"借给我一个卢布。"他说。

玛鲁霞给他一个卢布。她得设法减轻叶果鲁希卡的悲伤才行,依她看来,目前他心里正发生可怕的斗争,他对卡列丽雅的爱正在跟他的责任感相持不下!

傍晚,卡列丽雅来看公爵小姐。

"您为什么不喜欢我呢?"卡列丽雅拥抱公爵小姐,问道,"要知道,我是个不幸的人!"

玛鲁霞挣脱她的拥抱,说:

"您没有什么可以使我喜欢的地方!"

可是她为这句话付出了很高的代价!不出一个星期,卡列丽雅就搬进她妈妈去世前所住的房间里,这个女人认为首先必须为那句话报仇。她选择最粗鲁的报复方法。

"您干吗这样装腔作势?"她每次吃饭都问公爵小姐说,"您既穷成这样,那就用不着再装腔作势,见着好人应该鞠躬才是。要是我早知道您有这样的缺点,我就不会搬到您这儿来住了。再者,我又何必爱上您哥哥呢?!"她补充说,叹口气。

她对玛鲁霞的贫穷发出种种责难、暗示、微笑,最后竟然哈哈大笑。叶果鲁希卡对这种讪笑满不在乎。他认为自己对不起卡列丽雅,只好听其自然。可是台球记分员的妻子,叶果鲁希卡的情妇,却用这种极其愚蠢的讥笑毒害了玛鲁霞。

每到傍晚,玛鲁霞就到厨房里去坐着,那么狼狈,软弱,迟疑不决,不住地把眼泪滴在尼基佛尔的大手心上。尼基佛尔就陪着她呜咽,向她追述往事,可是对往事的回忆却加深她的创伤。

"上帝会惩罚他们!"他安慰她说,"您不要哭了。"

冬天,玛鲁霞再一次到托波尔科夫家里去。

她走进他的诊室,他正坐在圈椅上,仍然同先前一样英俊而威严。……这一次他的脸容十分疲劳。……他的眼睛眨个不停,没有工夫睡觉的人总是这样。他眼睛没看玛鲁霞,光是用下巴指一下对面的圈椅。她坐下来。

"他脸上有悲哀的神情,"玛鲁霞瞧着他,暗想,"他大概跟商人的女儿一起过得很不幸福吧!"

他们默默无言地对坐一分钟。啊,她会多么津津有味地对他诉说她的生活呀!她会对他讲许许多多话,那是他在任何印有法语和德语书名的书里都读不到的。

"我咳嗽。"她小声说。

医师瞥了她一眼。

"嗯。……发烧吗?"

"是的,每到傍晚就发烧。……"

"夜里出汗吗?"

"出汗。……"

"那您脱掉衣服。……"

"怎么?"

托波尔科夫做出不耐烦的手势,指指自己的胸口。玛鲁霞涨红脸,慢慢解开胸前的纽扣。

"请您脱掉衣服。快点,劳驾!……"托波尔科夫说,伸手拿过小锤子来。

玛鲁霞从衣袖里抽出一条胳膊。托波尔科夫很快地走到她跟前,伸出熟练的手,一刹那间把她的连衣裙脱到腰部。

"解开衬衫!"他说道,没等玛鲁霞自己动手做这件事,就亲自解开她衬衫衣领上的纽扣,然后,使得他的女病人大为惊恐的是,他拿起小锤子开始在她那消瘦的白胸脯上敲敲打打。……

"您把手放下去。……不要碍我的事。我不会把您吃掉。"托波尔科夫嘟哝道。她就涨红脸,恨不得钻进地里去才好。

托波尔科夫敲打一阵,开始听诊。她左肺尖的声音很浊。可以清楚地听见嘶嘶响的杂音和不顺畅的呼吸声。

"穿好衣服吧。"托波尔科夫说,开始向她提出问题:她的住处可好,她的生活方式是否正常,等等。

"您必须到萨马拉①去,"他对她发表一大篇关于正规生活方式的演讲以后,说,"您要到那儿去喝马奶②。我说完了。您可以走了。……"

玛鲁霞好歹扣上纽扣,别扭地递给他五卢布,略为站一会儿,就从充满学术气味的诊室里走出去。

"他足足留了我半个钟头,"她在走回家的路上暗想,"可是我没说话!没说话!为什么我不跟他谈一谈呢?"

---

① 俄国城名,曾改名古比雪夫市,现已恢复旧名。
② 马奶有医疗肺结核的功效。

她走回家去,脑子里想的却不是萨马拉,而是托波尔科夫医生。她到萨马拉去干什么?不错,那儿没有卡列丽雅·伊凡诺芙娜,然而另一方面,那儿也没有托波尔科夫呀!

去他的吧,那个萨马拉!她一边走,一边生气,同时却又扬扬得意:他已经承认她是病人,那么从今以后,她就不必拘礼,自管到他那儿去,爱去多少次就去多少次,哪怕每个星期都去也未尝不可!他的诊室里那么好,那么舒适!特别好的是放在诊室深处的长沙发。她很想跟他一块儿坐在那张长沙发上,谈各式各样的事情,诉一诉她的苦处,劝他对病人不要收费太贵。对富人,不消说,倒可以而且应该收费贵,可是对穷病人就得打折扣才对。

"他不了解生活,分不清富人和穷人,"玛鲁霞暗想,"我能教会他!"

这一回,家里又有一出免费的戏等着她去看。叶果鲁希卡在长沙发上躺着,发了癔症。他又哭又骂,身子颤抖,好像发高烧似的。眼泪顺着他的醉脸淌下来。

"卡列丽雅走了!"他哭道,"她已经有两夜没在家里睡了!她生气了!"

可是叶果鲁希卡白哭一场。傍晚,卡列丽雅又来了,原谅他,带着他一块儿到俱乐部去了。

叶果鲁希卡的放荡生活达到了顶峰。……玛鲁霞的抚恤金不够他用,他就开始"工作"。他向仆人借钱,靠打牌舞弊来骗钱,偷玛鲁霞的钱和物品。有一回他同玛鲁霞并排走路,从她口袋里摸走两卢布,那是她积攒起来为自己买鞋用的。他留下一个卢布自己用,另一个卢布给卡列丽雅买梨吃。熟人们纷纷躲开他。普利克隆斯基家旧日的客人们,玛鲁霞的朋友,现在都当着他面叫他"骗钱的爵爷"。甚至临到他向新朋友借到钱,约请花卉饭店的"姑娘们"一块儿吃晚饭,姑娘们也怀疑地瞧着他,讪笑他。

玛鲁霞看见这种放荡生活的顶峰,明白了。……

卡列丽雅的放肆也在不断增长①。

"您别翻我的衣服,劳驾。"玛鲁霞有一回对她说。

"翻一下您的衣服也没什么要紧,"卡列丽雅回答说,"如果您认为我是贼,那就……随您的便。我走就是。"

叶果鲁希卡就痛骂妹妹,在卡列丽雅脚旁足足跪一个星期,求她不要走掉。

然而这样的生活不能持续很久。一切小说都有个结局,就连这篇短短的小说也要结束了。

谢肉节②来了,随后就来了预报春天降临的日子。白昼变长,房檐滴水,从野外吹来清新的空气,您呼吸着那样的空气,就感到春意了。……

谢肉节期间一天傍晚,尼基佛尔在玛鲁霞的床边坐着。……叶果鲁希卡和卡列丽雅不在家里。

"我在发烧,尼基佛尔。"玛鲁霞说。

尼基佛尔呜呜地哭,向她追述往事,可是对往事的回忆却加深她的创伤。……他讲起老公爵,讲起公爵夫人,讲起他们的生活。……他描绘去世的公爵打过猎的树林,描绘公爵追捕过兔子的原野,描绘塞瓦斯托波尔③。在塞瓦斯托波尔,去世的公爵在战争中负过伤。尼基佛尔讲了许许多多。玛鲁霞特别喜欢听他讲旧日的庄园,五年前它已经卖掉抵债了。

"那时候我常到阳台上去。……春天开始了。我的上帝啊!眼睛简直一刻也离不开上帝的世界!树林仍然是黑的,可是那儿已经发散出愉快的气息!那条小河真招人爱,水深得很。……您

---

① 原文为意大利语。
② 基督教节日,在冬季,大斋前的一个星期。
③ 俄国南部的一个港口。

的妈妈年轻的时候常去钓鱼。……她成天价在河边站着。……她老人家喜欢待在露天底下。……大自然啊!"

尼基佛尔讲来讲去,声音都哑了。玛鲁霞一直听他讲,不肯让他离开。她在老仆人脸上仿佛看到他对她讲的她父亲、母亲、庄园的种种情形。她听着,瞅着他的脸,不由得想活下去,想幸福,想在她母亲钓过鱼的河里钓鱼。……那条河对面是原野,过了原野是颜色发青的树林,太阳亲切地照耀着这一切,那么温暖。……活着真是好啊!

"亲爱的,尼基佛尔,"玛鲁霞握紧他的干瘪的手说,"好人。……明天借给我五卢布吧。……这是最后一次。……行吗?"

"行。……我也只有五卢布了。您拿去吧,求上帝保佑您。……"

"我会还给你的,好人。你借给我吧。"

第二天上午,玛鲁霞穿上最好的连衣裙,头发上扎着粉红色丝带,往托波尔科夫家里走去。她走出家门以前,照了十来次镜子。在托波尔科夫家的前堂里,一个新来的使女迎接她。

"您知道吗?"新使女帮玛鲁霞脱掉大衣,问她说,"大夫看病至少要收五卢布。……"

这一次候诊室里女病人特别多。所有的家具上都有人坐。有个男人甚至坐在钢琴上。十点钟诊病开始。十二点钟,医生停止诊病,开始动手术。下午两点钟,他又开始诊病。一直到下午四点钟才轮到玛鲁霞。

她一直没喝茶,等得很疲乏,由于发烧和激动而周身发抖,竟然没有留意到她自己是怎样在医生对面圈椅上坐下的。她头脑里有点空荡荡,嘴里发干,眼睛上蒙着一层雾。透过那层雾,她只看见东西闪来闪去。……他的头时隐时现,胳膊和小锤子也时隐时现。……

"您到萨马拉去过吗?"医生问她说,"为什么您没去呢?"

她一句话也没回答。他敲一阵她的胸脯,然后听诊。她的左肺尖的浊音已经扩大范围,几乎整个肺部都有。连她的右肺尖上也可以听出浊音了。

"您不必到萨马拉去了。您别出门。"托波尔科夫说。

玛鲁霞隔着那层雾在他冷漠严肃的脸上看出一种近似怜悯的神情。

"我不去。"她小声说。

"您要告诉您的父母,不要叫您到露天底下去。您要避免吃难消化的粗食。……"

托波尔科夫开始叮嘱各种事情,讲得娓娓不倦,发表了一大篇演讲。

她坐在那儿,什么也没听见,透过那层雾瞧着他一张一合的嘴唇。她觉得他讲得太久了。最后他停住嘴,站起来,眼睛盯着她,等着她走。

她没走。她喜欢坐在那把舒适的圈椅上,害怕回家,害怕见到卡列丽雅。

"我说完了,"医生说,"您可以走了。"

她扭过脸来对着他,瞧他。

"不要把我赶走!"医生如果略微懂得察言观色,就会在她眼睛里读到这样一句话。

她眼睛里掉下大颗泪珠,胳膊无力地垂在圈椅两旁。

"我爱您,大夫!"她小声说。

由于内心燃起烈火,她脸上和脖子上泛起了红霞。

"我爱您!"她又一次小声说。她的头摇晃两下,无力地垂下来,额头碰到桌子。

那么医生呢? 医生……行医这么多年以来,头一次涨红脸。

他的眼睛开始眨巴,就像顽皮的男孩被人罚跪一样。他一次也没听到过任何女病人说这样的话,而且是用这样的方式!没有一个女人对他说过这话!莫非他听错了?

他的心不安地翻腾,怦怦地跳起来。……他窘得不住咳嗽。

"米科洛沙!"隔壁房间里响起一个说话声,他那出身于商人家庭的妻子在半开着的房门口露出两个粉红色脸颊。

医生利用那声喊叫,很快地走出诊室。他巴不得找个借口,只要能摆脱这种别扭的局面就成。

过十分钟,他走进诊室里来,玛鲁霞已经躺在长沙发上。她仰面朝天躺在那儿。一条胳膊同一绺头发一起,垂到地板上。玛鲁霞已经不省人事。托波尔科夫红着脸,心跳着,悄悄走到她跟前,解开她衣服上的带子。他扯掉一个领钩,自己也没觉得就把她的连衣裙撕开了。不料连衣裙所有的皱边里,线缝里,角落里掉下许多东西来,落在长沙发上,那是他的处方、他的名片、他的照片。……

医生往她的脸上喷水。……她睁开眼睛,用胳膊肘撑起身子,瞧着医生,沉思不语。她心里在问:我是在哪儿啊?

"我爱您!"她认出医生,呻吟道。

她的目光充满热爱和祈求,停在他脸上。她那神情像是受了枪伤的小野兽。

"我该怎么办呢?"他问道,不知道怎么办才好。……他问话的声音,依玛鲁霞听来,不像他往日的声音,不那么平稳,咬字不那么清楚,而是柔和,几乎可以说是温柔了。……

她的胳膊肘发软,支撑不住,头就倒在长沙发上,可是眼睛仍然凝神瞧着他。……

他在她面前站着,在她眼睛里看出祈求的神情,感到他处境极其可怕。他的心在胸膛里怦怦地跳,头脑里出现一种以前从没发生过的、生疏的情况。……千百种往事的回忆,不请自来,纷纷在他发热的头脑里活动。这些回忆是从哪儿来的？莫非是那对充满热爱和祈求的眼睛招引来的？

他想起他的幼年时代,想起他怎样擦亮老爷家里的茶炊。除了擦茶炊和后脑勺挨打外,他的记忆里又闪过那些男恩人和穿着厚大衣的女恩人,闪过宗教小学,主人家因为他有一条"好嗓子"就把他送去上学了。在宗教小学里,他挨过不少打,吃的是搀沙子的稀粥,后来宗教小学又换成宗教中学。在宗教中学里,他学拉丁语,常常挨饿,幻想,读书,同掌管校务的神甫的女儿恋爱。他还想起他怎样违背恩人们的心意,逃出宗教中学而进了大学。他逃跑的时候,口袋里连一个小钱也没有,脚上穿着破靴子。那次逃跑多么有意思！到了大学里,他为读书而挨饿受冻。……艰难的道路啊！

最后他胜利了,用他的额头打通一条通到生活去的隧道,走完那条隧道,然后……喏,他精通他的业务,读很多书,工作很忙,准备夜以继日地干下去。……

托波尔科夫斜起眼睛,瞧着那些胡乱地放在他桌上的十卢布和五卢布钞票。他还想起那些太太和小姐,钱就是刚才从她们手里收下的。于是他脸红了。……难道他走完那条辛苦的道路完全是为了五卢布钞票和太太小姐们吗？是的,完全是为了这些。……

在回忆的压力下,他威严的身材变得瘦小,傲慢的气概消失,光滑的脸上现出皱纹来了。

"我该怎么办呢？"他瞧着玛鲁霞的眼睛,又一次小声说。

他在那对眼睛面前感到羞愧。

如果她问一句,你在行医的整个时期都做了什么,得到什么,那该如何答对呢？

只有五卢布和十卢布钞票,别的一无所有!为了挣钱,他把科学、生活、安宁,统统献出去了。那些钱给了他公爵府般的住宅、考究的桌子、马车,一句话,给了他种种所谓的舒适。

托波尔科夫想起他在宗教中学时代的"理想"以及大学时代的幻想,于是眼前这些蒙着贵重丝绒的圈椅和长沙发,这些铺满地毯的地板,这些烛架,这个值三百卢布的时钟,在他心目中就统统变成一摊可怕而黏稠的污泥了!

他走上前去,把玛鲁霞从她躺着的污泥里抱起来,连胳膊带腿一齐举得高高的。……

"你不要躺在这儿!"他说着,转过身去离开长沙发。

仿佛为了对这个举动表示感激似的,她那美丽的亚麻色头发像瀑布似的倾泻到他的胸口上。……他的金丝眼镜旁边闪着一对陌生的眼睛。而且是什么样的眼睛!简直使人情不自禁,想伸出手指头去摸一下!

"给我一点茶喝!"她小声说。

第二天,托波尔科夫同她一起在头等车厢一个单间里坐着。他正把她送到法国南部去。这个奇怪的人!他知道她已经没有痊愈的希望,这一点他知道得很清楚,就像他知道他的五个手指头一样,可是他仍然把她送去。……一路上,他敲打,听诊,问话。他不肯相信他的学识,在她的胸脯上敲敲打打,听来听去,用尽全力想找出哪怕一丁点的希望来!

讲到金钱,昨天他还那么热心地积攒,如今在路上,却大把大把地花出去。

现在他情愿献出一切,只求在姑娘的哪怕一个肺叶上听不出那该死的杂音就行!他和她那么殷切地想活下去!对他们来说,太阳已经升起来,他们在等候白昼到来。……可是太阳没有把他们从黑暗里救出来,而且……晚秋天气开不出花来了!

公爵小姐玛鲁霞,在法国南部连三天都没有住满就死了。

托波尔科夫从法国归来,仍然像以前一样生活。他像以前那样给太太小姐们看病,积攒五卢布钞票。不过在他身上也可以看出一点变化。他跟女人讲话,总是往旁边看,往空地方看。……不知什么缘故,他看着女人的脸,心里就觉得害怕。……

叶果鲁希卡活着,而且健康。他已经抛弃卡列丽雅,如今住在托波尔科夫家里。医生把他接到家里来,对他十分爱护。叶果鲁希卡的下巴使他联想到玛鲁霞的下巴,因此他容许叶果鲁希卡拿他那些五卢布钞票去饮酒作乐。

叶果鲁希卡很满意。

横　　祸

摘自里果夫斯科-切尔诺烈倩斯基银行的大事记

"我困了!"我在银行里坐着,暗想,"那我就回家去,躺下睡觉吧。"

"多么快活啊!"我草草吃过饭,站在我的床前,小声说,"在这个世界上生活真是好啊! 好得很!"

我不住地微笑,伸懒腰,在床上躺得舒舒服服,好比晒太阳的猫。我闭上眼睛,开始睡觉。我闭着的眼睛里仿佛有些蚂蚁爬来爬去。我的头脑里有一团雾在旋转,有些翅膀在扇动,一些白毛从我脑袋里飞出去,腾上天空……天上有些棉花降下来,钻进我的脑袋。……一切都那么大,那么软,毛茸茸,雾蒙蒙的。……那团雾里有些小人东奔西跑。他们跑一阵,转来转去,隐到雾的后面,消失了。……临到最后一个小人不见,摩耳浦斯的工作大功告成,我却打个冷战,惊醒了。

"伊凡·奥西培奇,到这儿来!"不知什么地方有人大叫一声。

我睁开眼睛。隔壁房间里有脚步声,有开酒瓶的声音。我在床上翻个身,拉起被子来蒙上头。

"我爱过您啊,现在也许还爱您……"隔壁房间里有个男中音唱起来。

"为什么您不添置一架钢琴呢?"另一个声音问道。

"这些魔鬼,"我嘟哝说,"不让人睡觉!"

那边又开酒瓶,盘盏叮叮当当地响起来。有人迈步走路,靴后跟上的马刺发出声响。房门砰的一声关上。

"季莫费依,你很快就能把茶炊烧好吧?快着点,老兄!另外还得拿菜碟来!怎么样,诸位先生?咱们按基督徒的规矩办事吧。各人喝一小杯。……蜻蜓小姐,羊蹄小姐,我求求你们!①"

酒宴在隔壁房间里开始了。我把头埋到枕头底下去。

"季莫费依!要是来了个高身量的金发男人,穿着熊皮大衣,你就告诉他说,我们在这儿。……"

我啐口唾沫,跳起来,敲几下墙。隔壁房间里就静下来。我又闭上眼睛。于是蚂蚁爬来爬去,还有白毛,棉花。……可是,唉!过一分钟他们又大声吼叫了。

"诸位先生!"我用恳求的口气喊道,"这也太不像话了!我求求你们!我有病,要睡觉。"

"您自管睡您的,谁也没有拦着您。要是您有病,那就该出外去找大夫!'骑士的爱情和荣誉啊……'"男中音唱起来。

"这多么愚蠢!"我说,"愚蠢极了!简直下流。"

"我请求您不要说废话!"一个苍老的声音隔墙响起来。

"莫名其妙!居然跑出发号施令的人来了!好一个大人物!可您到底是什么人?"

"少说废话!!!"

"大老粗!灌饱了白酒,就哇哇地嚷!"

"少说废话!!!"苍老沙哑的声音重复了十来回。

我在床上不住翻身。我想到那些闲散的浪子害得我不能睡

---

① 原文为法语。

觉,怒火就渐渐地升上来。……那边开始跳舞了。……

"要是你们再不安静下来,"我叫道,气愤得上气不接下气,"那我就打发人去叫警察来!来人哪!!季莫费依!"

"少说废话!!!"苍老的声音又一次叫道。

我跳起来,像疯子似的跑到隔壁房间里去。我打定主意,无论如何非达到我的目的不可。

那边正在灌酒。……桌子上放着些酒瓶。一些人围着桌子坐着,眼睛像龙虾似的突出。房间深处放着长沙发,有个秃顶的小老头在那上面半倚半躺着。……一个金发妓女把头靠在他胸脯上。他瞧着我那面墙,扯开破锣般的嗓子嚷道:

"少说废话!!"

我张开嘴,刚要骂人,可是……哎呀,不得了!!! 我一看,原来小老头就是我工作的那家银行的经理。一刹那间,我的睡意,我的愤怒,我的高傲,一齐从我身上飞掉了。……我从隔壁房间里跑出来。

足足有一个月之久,经理一眼也不看我,一句话也不对我说。……我们互相躲避。过一个月他侧着身子走到我桌子跟前来,低下头,瞧着地板,说:

"我本来以为……本来指望您自己会识趣。……不过现在我看出来,您并没有那种打算。……嗯。……您不用激动。您甚至可以坐着。……我认为……我们两个人不能再在一处共事了。……您在布尔狄兴公寓里的那种举动……您把我的外甥女吓坏了。……您明白。……那您把您的工作移交给伊凡·尼基契奇吧。……"

然后,他抬起头,从我身边走开了。……

我完蛋了。

461

不顺当的拜访

一个花花公子跑进以前从没来过的一所房子里。他是来登门拜访的。……在前堂里他碰见一个十六岁左右的姑娘,穿着花布连衣裙,系着白色小围裙。

"你们的主人在家吗?"他满不在乎地对姑娘说。

"在家。"

"嗯。……好一个鲜桃!太太也在家吗?"

"在家。"姑娘说。不知什么缘故她脸红了。

"嗯。……小东西!小调皮!我的帽子该放在哪儿?"

"随便放在哪儿都成。您放开我!真奇怪。……"

"咦,你脸红干什么?这个人呀!我又不会吃了你。……"

花花公子拿手套打姑娘的腰。

"这个姑娘!长得倒怪不错的!不坏!你去通报吧!"

姑娘脸红得像罂粟花一样,跑掉了。

"她还年轻!"花花公子暗自下结论道,往会客室走去。

在会客室里他遇见女主人。他们就坐下来谈天。……

过了五分钟光景,系着小围裙的姑娘穿过会客室。

"这是我的大女儿!"女主人指一指穿着花布连衣裙的姑娘说。

这一下可就将了军。

两个乱子

"等一等,见鬼!要是这些唱男高音的公山羊再唱得不搭调,我走掉就是!要瞧着乐谱,红头发姑娘!您,红头发姑娘,右边第三个!我在跟您说话!您要是不会唱歌,何必带着您那种乌鸦叫的呱呱声跑到舞台上来?从头唱起!"

他这样嚷着,用指挥棒啪啪响地敲打总乐谱。这些头发蓬松的指挥先生不论怎么发脾气,却往往能得到原谅。而且不这样也不行。要知道,如果他大喊见鬼,骂人,扯自己的头发,那他是在捍卫神圣的艺术,对于艺术是谁也开不得玩笑的。他小心戒备着;要不是他,演员们岂不是会唱出那些可憎的半音,不时搅乱而且破坏和声吗?他总是保护和声,为它不惜绞死全世界的人,连他自己也情愿去吊死。谁也不能对他生气。如果他是为自己打算,那就是另一回事了!

他那种痛心疾首、怒不可遏的火气,多一半是对右边第三个红头发姑娘发作的。他恨不得把她吞下肚去,叫她陷进地里去,把她打得死去活来,扔出窗外去才好。她比所有的人都容易荒腔走板,因此她,这个红头发姑娘,是他在世界上所有的人当中最憎恨和蔑视的一个。要是她陷进地里去,在他眼前立时死掉,要是衣服上粘着油泥的管灯人不去点燃灯火,而是把她焚化,或者当众打她一顿,他就会乐得哈哈大笑。

"嗨,见您的鬼!归根结蒂,您要明白:您对歌唱和音乐的理解,同我对捕鲸术的理解差不多!我在跟您说话,红头发姑娘!请你们对她解释一下,说那儿不是'升F调',而是简单的'发'!请你们教会这个不学无术的人认乐谱!好,您一个人唱!开始!第二小提琴手,您带着您那把没擦松香的弓子见鬼去!"

她,十八岁的姑娘,站在那儿,瞧着乐谱,周身发抖,像是用手指头使劲拨了一下的琴弦。她那张小脸不时红得像朝霞一样。泪水在她眼睛里发亮,眼看着就要滴在那些竖起针头般小黑脑袋的音符上。她那丝线样的金黄色头发像瀑布似的落在她的肩膀上和背脊上,要是能遮住她的脸不让人看见,她就喜之不尽了。

她的胸脯在胸衣里波浪般地起伏。那里,她的胸衣里和胸脯里,正掀起轩然大波:她又觉得愁闷,又良心痛苦,又蔑视自己,又战战兢兢。……可怜的姑娘感到自己有罪,她的良心在抓挠她的五脏六腑。她觉得对不起艺术、指挥、同事、乐队,大概也觉得对不起观众。……倘使观众嘘她,那他们是一千倍地正确的。她的眼睛不敢看人,可是她感到大家都带着憎恨和轻蔑的神情看她。……特别是他!他恨不得把她抛到天涯海角去,离开他的音乐耳朵越远越好。

"上帝啊,指点我好好唱吧!"她暗想。她的嘹亮颤抖的女高音流露出绝望的音调。

他却不肯理解这种音调,骂她,揪他自己的长头发。既然今天傍晚就要公演,他才顾不上什么怜悯不怜悯呢!

"糟透了!这个丫头今天要用她那副山羊嗓子把我活活地折磨死!您算不上歌剧女主角,您是洗衣女工!你们干脆把红头发的乐谱拿走!"

她愿意唱好,不愿发音不准。……她也能够避免发音不准,她原是精通她的工作的。可是她的眼睛不听她的话,难道这也能怪她?它们,那对美丽而不老实,因此她一直到死都要诅咒的眼睛,总也不肯看着乐谱,不肯注意指挥棒的动作,却老是瞧着指挥的头发和眼睛。……她的眼睛喜欢指挥的乱蓬蓬的头发和他的眼睛,可是那两只眼睛却对她冒出火星,看上去实在吓人。可怜的姑娘神魂颠倒地爱上了他那张不时掠过乌云和闪电的脸。她那小小的智慧总也不肯投到排演中去,却老是思索那些妨碍她工作、生活、心情平静的不相干的事情,难道这也能怪她?……

她的眼睛瞅着乐谱,随后从乐谱上移到他的指挥棒上,再从他的指挥棒上移到他的白色领结上,下巴上,唇髭上,……

"把她的乐谱拿走!她有病!"他终于喊道,"我不能再指挥了!"

"是的,我病了。"她温顺地小声说,准备道歉一千次。……

他们打发她回家去,她在演出里的位子就由另一个演员来接替。那个演员的嗓子差一点,可是对工作能采取严格的态度,工作老实而认真,不去想什么白色领结和唇髭。

她就是到了家里,他也不容她消停。她从剧院里回来,倒在床上。她把头埋在枕头底下,却从闭着的眼睛的一团漆黑里看见他那张气愤得变了样的脸,觉得他好像用那根小棒敲打她两边的鬓角。这个蛮横的人成了她初恋的对象!

头一张油饼往往煎不好①。

第二天,排演结束以后,她那些艺术同行纷纷到她家里来,探问她的健康情况。报纸上和戏报上都登载着她害病的消息。剧院经理和导演也来了,人人都向她表示恭敬的关切。他也来了。

每逢他不站在乐队前边,不看着总乐谱,他就完全成了另一个人。这时候他总是彬彬有礼,殷勤,恭敬,像个男孩一样。他脸上

---

① 借喻"初次的尝试难免失败"。

洋溢着尊重而可爱的笑容。他不但不喊见鬼,甚至当着女人的面不敢吸烟,也不敢把一条腿架在另一条腿上。这时候很难找到比他更和善、更正派的人了。

他来到这里,脸色极其忧虑,告诉她,说她的病对艺术来说是很大的不幸,说所有她的同事和他自己都不惜牺牲一切,只求"我们的小夜莺"①身体健康,心情平静就行。唉,这些病!它们使得艺术遭到很大的损失。必须对经理说一声,要是舞台上还跟以前那样有穿堂风,那就谁也不同意演戏,大家一齐走掉了事。健康比世上一切东西都宝贵啊!他带着感情握她的手,恳切地叹口气,要求她准许他下次再来探望,然后一边咒骂疾病,一边走掉。

这个好人!可是另一方面,等到她声明已经恢复健康,又回到舞台上来,他却又对她大喊见鬼,又有电光在他脸上闪来闪去了。

实际上他是个很正派的人。有一次,她站在后台,倚着一株上面装饰着木制花瓣的玫瑰花丛,瞅着他的一举一动。她见到那个人,不禁痴迷得气都透不出来了。他正在后台站着,跟美菲斯托费尔和瓦兰廷②一起喝香槟酒,扬声大笑。他的嘴是骂惯了见鬼的,这时候却不住吐出俏皮话来。他喝完三杯酒,从歌剧演员面前走开,向乐队席入口处走去,那边的小提琴和大提琴正在调音。他走过她身旁,微笑着,神采焕发,摇摇手。他脸上洋溢着满意的神情。谁敢说他是个不好的指挥?谁也不敢!她涨红脸,对他微微一笑。他带着酒意,在她身旁站住,讲起来:

"我喝得浑身发软了,"他说,"我的上帝啊!我今天心里痛快极了!哈哈!你们今天都这么好!您的头发可真漂亮!我的上帝啊,莫非我至今一直没注意到这只夜莺生着那么漂亮的长发吗?"

---

① 原文为法语。
② 法国作曲家古诺(1818—1893)根据德国作家歌德的诗剧《浮士德》改编的同名歌剧中的两个人物,在此指扮演这两个角色的男演员。

他低下头,吻她那披散着头发的肩膀。

"我喝了那点该死的酒,浑身发软了。……我亲爱的夜莺,您不会再出错了吧?会专心地唱吧?为什么您常常发音那么不准呢?以前您可不是这样,金黄的小脑袋!"

指挥浑身发软,吻她的手。她也讲起来:

"您不要再骂我。……要知道我……我……您骂得我心都碎了。……我受不了。……我向您起誓!"

泪水涌上她的眼睛。她自己也没觉得就挽住他的胳膊肘,几乎把她全身的重量都压在他身上。

"真的,您不知道。……您那么凶。我向您起誓。……"

他在树丛上坐下,差点摔下来。……为了不致跌倒,他就搂住她的腰。

"铃响了,我的小亲亲。到幕间休息的时候再谈吧!"

散戏以后,她不是一个人回家。跟她一块儿回去的还有他,带着醉意,浑身发软,幸福得放声大笑!她多么幸福呀!我的上帝!她坐在车上,感到他搂住她,她都不相信她的幸福了。她觉得命运似乎在诓哄她!然而不管怎样,这以后有整整一个星期,观众一直在戏报上读到指挥和他的她都病了。……他整整一个星期没离开她,这个星期在他俩心目中却像是一分钟。姑娘一直到不便于再避开人们,什么事也不做,才放开他。

"应当把我们的爱情拿出去透一透风了,"指挥第七天说,"缺了我那个乐队,我心里闷得很。"

到第八天,他又摇着指挥棒,骂所有的人见鬼,连"红头发姑娘"也不能幸免了。

这些女人像猫似的充满温柔的爱情。我的女主人公虽然跟她的凶神结合在一起,开始共同生活,可是她仍然没有放弃她的愚蠢习惯。她还是像从前一样,眼睛不看着乐谱,不看着指挥棒,却看

467

着他的领结和脸。……临到排演和公演,她屡屡发音不准,而且比以前更厉害。为此,他把她骂得好苦!以前他只在排演的时候骂她,如今却可以在散戏后,回到家里,站在她床前骂她。那个多情的丫头!她唱歌的时候,只要看到她热爱的那张脸,就顿时落下整整四分之一拍子,或者嗓音颤一下。每逢歌唱,她总是从台上看着他,而她不歌唱的时候,站在后台,眼睛也仍然离不开他颀长的身材。遇到幕间休息,他们就在化装室里相会,两个人喝着香槟酒,讪笑那些给她捧场的人。乐队一奏起序曲,她总是站在台上,凑着幕布上的小洞瞧他。演员们往往凑着这个小洞讪笑第一排的秃顶观众,并且根据可以看到的人头的数目来断定剧院卖座的多少。

幕布上的小洞断送了她的幸福。有一次闹出了乱子。

那是谢肉节的一天,剧院里上演《法国清教徒》①,座无虚席。开演前,指挥穿过乐谱架往他的位子走去,这时候她已经站在幕布后面,凑着小洞如饥如渴地往外看,心里发紧。

他做出一副难看的严肃脸相,向四面八方摇指挥棒。乐队开始演奏序曲。他那英俊的脸起初还相当平静。……可是后来,序曲演奏到中间部分,他右边脸颊上却现出闪电,右眼眯细了。右边的乐声有点乱:那边长笛吹走音了,巴松管手不合时宜地咳嗽起来,这一声咳嗽可能妨碍巴松管准时开始演奏。然后他左边的脸颊红起来,开始颤动。这张脸瞬息万变,充满烈火!她瞧着他,感到自己升到七重天上,幸福极了。

"大提琴,见你的鬼!"他咬着牙很快地嘟哝一句,声音小得几乎听不见。

大提琴手是熟悉乐谱的,可是他不想理解乐谱的灵魂!这种温柔的乐器,声音那么柔和,怎么可以交托给那些不知感情为何物

---

① 德国作曲家梅耶贝尔(1791—1864)创作的歌剧。

的人去演奏呢？指挥整个脸上一阵阵痉挛，他伸出空着的手，一把抓住乐谱架，倒好像胖胖的大提琴手只为挣钱才演奏，不是因为他的灵魂想演奏，这都要由乐谱架来负责似的！

"快离开舞台！"旁边什么地方有个人说。……

忽然间，指挥的脸大放光彩，闪着幸福的神情。他的嘴角露出笑意。原来有个困难的地方由首席小提琴手极其精彩地演奏出来了。指挥心里愉快得很。我那红头发的女主人公心里也感到愉快，仿佛她就是首席小提琴手，或者她有指挥的心似的。然而她的心不是指挥的心，虽然指挥确实藏在这颗心里。"红头发女鬼"瞧着那张微笑的脸，自己也开始微笑……然而这不是微笑的时候。紧跟着就发生一件令人惊讶的、非常愚蠢的事。……

她眼前那个小洞，忽然不见了。它到哪儿去了？上边有个什么东西唰唰地响，仿佛吹起一股平稳的风。……有个什么东西擦着她的脸，卷上去。……到底出了什么事？她开始用眼寻找小洞，想见到她热爱的那张脸，可是她没找到小洞，却忽然看见一片汪洋大海般的亮光，高而且深。……那一大片亮光里闪出多得数不清的灯火和头颅，她在形形色色的头颅当中看见了指挥的头颅。……指挥的头颅正瞧着她，惊讶得呆住了。……随后，惊讶让位给无法形容的恐惧和绝望。……她自己也没觉得就往脚灯跟前迈出一小步。……后排的观众发出笑声，不久整个剧院都淹没在接连不断的笑声和嘘声里。见鬼！在《法国清教徒》里歌唱的女人竟然戴着帽子和手套，穿着最时髦的衣服！……

"哈哈哈！"

头一排的那些秃顶，笑个不停，身子不住扭动。……全场掀起轩然大波。……他的脸变得苍老，添了皱纹，像伊索的脸了！那张脸上露出痛恨和诅咒的神情。……平时他那么看重他的指挥棒，别人就是用元帅杖来掉换，也不肯放手，现在他跺一下脚，把它丢在脚跟前了。乐队胡乱演奏一会儿,停下来。……她往后退去,脚步踉跄,瞧着两旁。……两旁都是布景,有些苍白而气愤的脸从布景后边向外张望。……那些野兽般的嘴脸在咬牙切齿地小声抱怨。……

"您把我们毁了!"剧团经理小声抱怨道。……

幕布缓慢地放下来,飘飘摇摇,迟疑不定,仿佛不是落到该落的地方似的。……她身子摇晃起来,倚在一块布景上。……

"您把我们毁了,骚娘们儿,疯娘们儿。……哼,见鬼去吧,可恶极了的贱婆娘!"

说这些话的声音,也就是一个钟头以前她动身到剧院里来,对她喁喁私语的那个声音:"不爱你是不可能的,我的小亲亲!你啊,我的好天才!你的吻抵得上穆罕默德的天堂啊!"可是现在呢?她完了,实实在在,她完了!

等到剧场里恢复秩序,勃然大怒的指挥第二次着手指挥乐队演奏序曲,她却已经回到自己家里。她很快脱掉衣服,钻进被子里。躺着死掉,总不及站着或者坐着死掉那么可怕。她相信良心的折磨和悲伤会送掉她的命。……她把头埋到枕头底下,索索地抖,在被子里不住翻身,什么也不敢想,羞得透不出气来。……被子上有他吸过的雪茄烟味。……过一会儿他回来,会说些什么呢?

夜里两点多钟他回来了。指挥喝醉了。他又伤心,又气愤,灌了不少酒。他两条腿发软,手和嘴唇发抖,好比微风吹拂下的树叶。他没脱掉皮大衣和帽子,照直走到她床前,站一会儿,沉默不语。她屏住呼吸。

"当着全世界的面丢尽了脸,居然还能心平气和地睡觉!"他咬牙切齿地低声说,"我们这些堂堂正正的艺术家,居然能昧良心!好一个真正的女艺术家!哈哈!简直是妖婆!"

他揭掉她身上的被子,把被子往壁炉那边一扔。

"你知道你干了什么事?你要笑我,见你的鬼!你知道吗?莫非你不知道?坐起来!"

他抓住她的手,猛然一拉。她在床沿上坐下,把脸藏在她那披散下来的头发里。她的两个肩膀发抖。

"原谅我吧!"

"哈哈!这个红头发!"

他猛然扯一下她的衬衫,看见她美丽的肩膀白得像雪一样。可是他没有心思欣赏肩膀。

"你从我家里滚出去!穿上衣服!你毒害了我的生活,没出息的东西!"

她往椅子跟前走去,那儿凌乱地堆着她的衣服。她开始穿衣服。她毒害了他的生活!她毒害这个伟大的人的生活,这太卑鄙,太恶劣了!她走掉就是,免得继续干这种卑鄙的事。其实,没有她,也还是会有人来毒害他的生活。……

"滚出去!马上就走!"

他拿起她的短上衣,摔在她脸上,把牙咬得嘎吱嘎吱响。她穿好衣服,在门边站住。他沉默着。然而这种沉默没持续多久。指挥身子摇摇晃晃,对她指着门口。她走出房门,到前堂里。他推开临街的大门。

"出去,贱婆娘!"

他抓住她窄小的后背上的衣服,把她推出门外。……

"再见!"她用忏悔的声调小声说,然后消失在黑暗里。

外边大雾迷蒙,天气很冷。……天空下着毛毛细雨。……

"见鬼去吧!"指挥对着她的后影叫道。他没听她咯吱咯吱地踏着泥浆走去的声音,却关上大门。他把他的伴侣赶到寒冷的迷雾中去后,就在温暖的床上睡下,开始打鼾。

"她活该!"他第二天早晨醒来说,可是……他说的是假话!

好像有几只猫抓挠他那颗音乐的心。他怀念红头发姑娘,心都痛了。整整一个星期,他像喝得半醉的人那样走来走去,心里痛苦,盼着她回来,由于下落不明而苦恼。他认为她会回来,他相信这一点。……可是她没回来。她爱这个人胜过爱她自己的生命,因此她不愿意破坏这个人的生活。由于她"行为不检点",她的名字从剧院演员们的名单上勾销了。人们没原谅她闹的乱子。关于辞退她的决定,没通知她本人,因为谁也不知道她跑到哪儿去了。大家什么也不知道,然而揣测纷纭。……

"她冻死了,要不然就是投河自尽了!"指挥揣测道。

过了半年,大家都把她忘了。连指挥也把她忘了。每个漂亮的艺术家都有很多与他有过关系的女人,要记住每个女人,那就得有非常好的记性呢。

如果相信道德高尚和笃信宗教的人们的话,那么这个世界上的人都会受罚。指挥受到惩罚了吗?

是的,他受到惩罚了。

五年以后,指挥路过某城。城里有个出色的歌剧院。他在城里停留一天,为的是了解一下歌剧院的演员们。他在最好的旅馆里住下。他到达后的头一天早晨就收到一封信,清楚地表明我这个头发很长的男主人公享有多么高的名望。信上要求他为歌剧《浮士德》担任指挥。原来的指挥突然病倒,于是指挥棒没有人执掌了。他,我的男主人公(信上要求他说),是不是愿意不辞辛劳,利用这个机会让城里爱好音乐的市民们欣赏一下他的艺术?我的男主人公同意了。

他就拿起指挥棒,"素不相识的"乐师们看见了他那张掠过乌云和闪电的脸。闪电很多。这也难怪:排演已经来不及举行,他只得直接在公演的时候显出他的艺术本领。

头一幕顺利地过去了。第二幕也这样。可是到第三幕却闹出了小乱子。指挥没有看舞台或者看任何地方的习惯。他的全部注意力都集中在总乐谱上。

第三幕里,玛加丽特①,一个出色而嘹亮的女高音,边纺线边歌唱,他听得很满意,就微微一笑:这个小姐唱得好听极了。然而等到这个小姐唱慢八分之一拍子,他脸上就掠过闪电,带着痛恨的心情看舞台上。可是那些闪电出了大事!他惊讶得张大嘴巴,眼睛瞪得像小牛犊那么大。

舞台上纺车旁边,坐着个红头发姑娘,就是从前被他从暖和的床上赶下来,推到外边黑暗的冷雾中去的那个姑娘。现在她,红头发姑娘,就坐在纺车旁边,不过已经完全不是从前被他赶出来的那种样子,而是另一种样子了。她的脸还是跟从前一样,可是嗓音和体态却大不相同。她的嗓音和体态已经运用自如,细致多了,优雅多了,也大胆多了。

指挥大张嘴巴,脸色煞白。他的指挥棒烦躁地活动,在一个地方胡乱挥舞一阵,随后就停在那儿不动了。……

"就是她!"他大声说,笑起来。

他心里充满惊愕、兴奋、无比的欢乐。被他赶走的那个红头发姑娘,并没有消沉,却变成巨人了。这使他那指挥的心感到愉快。舞台上多了一颗明星,他为艺术事业高兴得透不出气来!

"就是她!就是她!"

指挥棒已经停在一个地方不动。等到他想挽救这个局面,挥舞它,它却从他手里滑下去,啪的一声掉在地板上。……首席小提琴手惊讶地瞧着他,弯下腰去拾指挥棒。大提琴手以为指挥头晕,就停住手,后来又拉起来,却跟不上。……音乐声转来转去,在空中兜圈子,想从混乱中找出路,却绕成一团乱麻。……

---

① 歌剧《浮士德》中的女主人公格蕾琴的名字,在此指扮演这个角色的女演员。

她,红头发的玛加丽特,跳起来,用愤怒的眼光打量"那些醉鬼",他们……忽然,她脸色惨白,她的眼睛上下打量指挥。……

观众们跟这些事全不相干,他们是花钱来看戏的,于是开始喝倒彩,打唿哨。……

给这个乱子添上最后一笔的,是玛加丽特发出一声尖叫,声音响得整个剧院都能听见,然后举起双手,整个身子往脚灯跟前扑过去。……她认出了他,现在她别的都没看见,只看见他脸上重又出现的乌云和闪电。

"啊,该死的坏娘们儿!"他叫道,一拳头打在总乐谱上。

要是古诺看见人家这样嘲弄他的作品,他会怎么说!啊,古诺就会把这个人打死,而且他这样做是对的!

这是指挥生平第一次出错,然而出这样的错,这样的乱子,他却不能原谅自己。

他把下嘴唇咬出血,从剧院里跑出去,一直回到旅馆里,关上房门。他关在房间里,坐了三天三夜,大概一直在反省和悔恨。

据乐师们说,这三天三夜他把头发都熬白了,而且把头发揪掉了一半。……

"我侮辱了她!"现在他喝醉了酒就哭着说,"我破坏了她的独唱!我不配做指挥!"

可是当初他把她赶走后,这样的话为什么就一句也没说过?

一首田园诗……然而,呜呼!

"我的舅舅是好到不能再好的人啊!"纳塞奇金上尉的穷外甥和唯一继承人格利沙,不止一次对我说,"我满心爱他。……我们到他家里去吧,好朋友!他会很高兴的!"

格利沙讲起亲爱的舅舅,眼泪就涌上眼眶。应当说一句为他增添光彩的话,他从不为这种好眼泪害臊,而是当众落泪!我听从他的请求,一个星期前到上尉家里去了。我走进前堂,向大厅里看一眼,瞧见一个动人的画面。苍老消瘦的上尉在大厅中央一把大圈椅上坐着喝茶。格利沙在他面前屈下一个膝头跪着,满腔深情地用匙子给他搅茶。

格利沙的未婚妻伸出一条好看的胳膊搂住小老头的深棕色脖子。……穷外甥和他的未婚妻正在争论:他们两个人究竟谁该先吻可爱的舅舅?随后他们就没完没了地吻他。

"现在该你们自己接吻了,我的继承人!"纳塞奇金喃喃地说,幸福得透不过气来。……

在这三个人中间存在着一种令人极其羡慕的关系。我这个铁石心肠的人瞧着他们,不由得又快乐又嫉妒,心都缩紧了。……

"是啊!"纳塞奇金说,"我可以说一句:我这辈子过得蛮不错!求上帝保佑人人都能过到这样的生活才好。单是鲟鱼,我就吃过多少啊！多极了！比方，就拿我在斯科平银行①吃过的鲟鱼来说吧。……嗯！就连现在我都在流口水呢。……"

"您讲讲吧，讲讲吧！"未婚妻说。

"那天，孩子，我带着好几千卢布到斯科平银行去，直接找……嗯……找雷科夫②……雷科夫先生。他是个大人物……嘿！黄金般的先生！上等人！他招待我就像招待亲人。……其实他何必那么殷勤呢，可是……他把我看成亲人了！真的！他请我喝咖啡。……喝完咖啡又吃冷荤菜，喝酒。……后来又摆席。……桌上各色美酒一应俱全。……有一条鲟鱼……长得很大，从桌子这头到那头。……还有龙虾……鱼子。大饭馆的排场啊！"

我走进大厅，打断了纳塞奇金的话。这天恰好是莫斯科收到第一条电讯说斯科平银行已经破产倒闭的那一天。③

"我正跟孩子们同享天伦之乐！"纳塞奇金跟我打过招呼后对我说，然后转过脸去对孩子们继续用夸耀的口气讲道，"同桌的全是达官贵人。……有大官，有宗教界人士……什么修士司祭啦，教士啦。……我每喝完一小杯，就走到他们跟前去求他们祝福。……我自己也戴满了勋章。……比将军还神气呢。……我们就吃那条鲟鱼。……仆人又端上来一条。……我们全吃光了。……后来又喝鲟鱼汤……吃野鸡。……"

"换了我是您，我现在就会让鲟鱼闹得打饱嗝，胃气痛了，您却夸个没完……"我说，"那么雷科夫害得您白白损失很多钱吧？"

"为什么白白损失？"

"什么叫'为什么'？要知道那家银行已经倒闭了！"

"开玩笑！老是这一套。……以前就有人用这话吓唬过

---

① 彼得堡的一家私营银行。
② 斯科平银行的经理。
③ 这家银行在 19 世纪 80 年代初期倒闭，曾轰动一时。——俄文本编者注

我。……"

"那您还不知道?我的老先生!谢拉皮昂·叶果雷奇!要知道这……这……这……您自己看吧!"

我把手伸进口袋里,取出一张报纸来。纳塞奇金戴上眼镜,不相信地微笑着,开始看报。他越看,他那张脸就越苍白,越拉得长。

"它倒……倒……倒闭了!"他哀叫道,周身发抖,"我这可怜人呀!"

格利沙涨红脸,把报纸看了一遍,顿时脸色惨白。……他伸出颤抖的手去拿帽子。……他的未婚妻身子摇摇晃晃。……

"诸位先生!莫非你们直到现在才知道这个消息?要知道,全莫斯科都在议论这件事呢。诸位先生!安静一下!"

过了一个钟头,我独自一个人站在上尉面前,安慰他说:

"算了,谢拉皮昂·叶果雷奇!这有什么关系呢?钱是完了,可是孩子们都还在嘛。"

"这倒是实话。……钱是身外之物。……孩子们都在。……这话说得对。"

然而,呜呼!一个星期后我遇见格利沙。

"老兄,到您舅舅家里去一趟吧!"我对他说,"为什么您不到他家里去?您把老头子完全丢开了!"

"叫他见鬼去吧!我才不稀罕他呢,老魔鬼!傻瓜!他就不能另找一家银行去存钱!"

"您还是应当去。要知道他是您舅舅嘛!"

"他?哈哈!……您在开玩笑吧?您打哪儿知道他是我舅舅?他是我后妈的表哥!八竿子打不着的亲戚!牛头不对马嘴哟!"

"哎,您至少也该打发您的未婚妻到他那儿去一趟!"

"是啊!必是有魔鬼支使您,您才会在我们举行婚礼前拿出

477

那张报纸来！您就不能等到我们结婚后再宣布您那个新闻啊！……现在她已经扭过脸去，不理我了。要知道，她本来也张大嘴巴等着我舅舅的大白面包哟！这个蠢透了的娘们儿。……现在她大失所望了。……"

这样，我不是出于本心而破坏了最紧密的三部合唱……最令人羡慕的三部合唱！

男　　爵

　　男爵是个矮小精瘦的老头子,年纪在六十上下。他的颈项同脊骨成钝角,而且很快就要变成直角了①。他头大,颧骨高,眼睛无精打采,鼻子像个圆疙瘩,下巴颜色发紫。他整个脸上泛起淡淡的青紫色,这大概是因为柜子里放着烈酒,道具管理员又很少锁上柜子。不过除了喝公家的烈酒外,男爵有的时候也享用香槟酒,那是常常可以在化装室中酒瓶底和酒杯底上找到的。他的脸颊、他眼睛底下的大肉囊耷拉下来,颤动着,像是些小块破布,挂在那儿以便晾干似的。他头戴有护耳罩的皮帽,它那绿色的衬里在他秃顶上留下淡淡的绿色。那顶帽子如果没戴在男爵头上,就总是挂在第三块侧面布景板后面一个用坏了的煤气喷嘴上。他的说话声刺耳,好比煎锅里发出噼噼啪啪的爆响。他的衣服吗?要是您讪笑那身衣服,那就无异于不承认权威,这可是不会给您增添光彩的。他的深棕色上衣已经掉了纽扣,肘部磨亮,衬里不但磨亮,而且变成一条条破布,然而它本来却是一件了不起的上衣呢。如今它穿在男爵两个窄肩膀上,晃里晃荡,如同挂在破衣架上一样,可是……由此应当得出什么结论呢?话说回来,当初它原是穿在一个最伟大的天才喜剧演员身上的。他那件带天蓝色花纹的丝绒坎

---

① 意谓"他背部伛偻"。

肩,如今已经有二十个裂口和多得不计其数的污斑,然而丢掉它却不行,因为它是在威力无穷的萨尔文①住过的房间里找出来的!谁能担保悲剧演员本人没穿过它?它是在伟大的演员走后第二天找出来的,因此可以起誓,它不是假的。男爵脖子上系着的领结,来头也不小。虽然从纯粹卫生学观点和美学观点看来,应该另外换个比较结实和油污少一点的领结才对,可是系上那个领结总还是可以夸耀一番的。它原是从一件伟大的旧斗篷上剪下来的,那件斗篷就是艾尔涅斯托·罗西②在《麦克佩斯》③里同女巫谈话的时候披在肩膀上的。

"我的领结上有邓肯国王④的血腥气!"男爵常常一面在领结里捉虱子,一面说。

至于男爵所穿的杂色花条长裤,您倒可以爱怎么嘲笑就怎么嘲笑。它以前确实没经权威人物穿过,不过演员们还是开玩笑说,这条长裤是用当初萨拉·贝尔纳尔⑤去美洲乘坐的那只轮船的船帆做的,它是从第十六号验票员的手里买来的。

不论冬夏,男爵老是穿一双大套鞋,为的是保住皮靴不坏,又为了他在提词人小亭的地板上走来走去的时候,他那有风湿病的腿不致被穿堂风吹得受寒。

人们只能在三个地方,也就是售票处、提词人小亭、后台男演员化装室里见到男爵。在这些地点之外他哪儿也不去,很难设想

---

① 托玛索·萨尔文(1829—1916),意大利悲剧演员,曾在俄国演出。——俄文本编者注
② 艾尔涅斯托·罗西(1829—1896),意大利悲剧演员,曾在俄国演出。——俄文本编者注
③ 莎士比亚的剧本之一。
④ 《麦克佩斯》中的一个人物。
⑤ 萨拉·贝尔纳尔(1844—1923),法国话剧女演员,1881年曾在俄国演出。——俄文本编者注

他会在别处出现。晚上他在售票处里过夜,白天他在那儿登记预订包厢票的观众姓名,同售票员下棋。年老而害瘰疬病的售票员,是唯一肯听男爵讲话、回答他问话的人。在提词人小亭里,男爵执行他的神圣职务。在那儿他给自己挣一小块面包糊口。小亭只有外部粉刷成耀眼的白色,内部狭小的墙壁上却布满蛛网、裂缝、木刺。那里面弥漫着潮气和熏鱼、烈酒的气味。幕间休息的时候,男爵常到男演员化装室里去。凡是新来的人,头一次走进化装室,看见男爵,往往鼓掌大笑。他们以为他是演员呢。

"好哇!好哇!"他们说,"您的扮相可真妙!您那模样多么逗笑!您从哪儿弄来这么一身别致的衣服的?"

可怜的男爵!人们居然不承认他有自己的长相!

在化装室里他津津有味地观察著名的演员,或者,如果没有著名的演员,就大着胆子在别人的谈话里插嘴,说说他的意见,而他的意见是很多的。谁都不听他的意见,因为大家已经听厌,无非是些老生常谈,大家毫不客气,干脆当成耳边风。一般说来,大家对男爵不喜欢以礼相待。要是他在别人鼻子跟前转来转去,碍人的事,人家就对他说:滚开!如果他在亭子里提词的声音太轻或者太响,大家就骂他见鬼,威胁说要罚他的钱或者革他的职。在后台,大多数玩笑话和俏皮话都以他为目标。谁都可以放心大胆地在他身上施展一下耍笑人的本领,反正他是不会还嘴的。

自从人们开玩笑地叫他"男爵"以来,已经过去二十年了,可是这二十年中间他一次也没对这个绰号提出过抗议。

硬叫他抄写台词而又不给他报酬,这也可以办到。样样事都可以办到!人家踩了他的脚,他反而赔笑脸,道歉,很难为情。您当众打他那张布满皱纹的脸,我也敢凭人格向您担保,他不会到调解法官那儿去告状的。您从他那件了不起的、他所热爱的衣服上扯下一小块衬里来,就像不久前男一号①做过的那样,他也只是眨巴眼睛,涨红脸而已。他忍气吞声的温顺力量就有那么大!谁都不尊敬他。他活着,大家都漫不经心地对待他,等到他死了,就立刻把他忘掉。他是个可怜人!

不过,话说回来,从前有过一个时期他倒几乎成了他崇拜的人们的同事和弟兄,他热爱那些人胜过热爱生命。(他不能不爱有的时候扮演哈姆雷特和弗朗茨·穆尔的人!)他自己也差点做了演员,要不是一件可笑的小事作梗,大概真就做成了。在他身上,才能是很多的,愿望也不少,而且起初甚至有人要提拔他,可是他缺少一点小东西:勇气。他老是认为,如果他胆敢登上舞台,那么他们,挤满上下五层阶梯式座位的看客们,就会哈哈大笑,开始嘘他。临到人家请他登台表演,他就脸上红一阵白一阵,吓得说不出话来。

"我再略微等一下吧。"他说。

他等来等去,到后来年纪老了,穷愁潦倒,于是经人说项,走进提词人小亭里去了。

他做提词人了,然而这也不坏。如今再也没有人因为他没有戏票而把他从剧院里赶出去:他是有职务的人了。他坐的位子比第一排还靠前,比大家都看得清楚,却不必为他的位子付一个小钱。这很好。他幸福了,满足了。

他出色地执行他的职务。演出前,他总要把剧本通读好几遍,免得出错。等到响起第一遍钟声,他就已经在小亭里坐好,翻开他的小册子。全剧院很难找到比他更热心尽职的人了。

可是后来人们仍然不得不把他从剧院里赶出去。

剧院里是不能容忍混乱的,可是男爵有时候却惹出大乱子来。

---

① 原文为法语。

他总爱闹事。

每逢舞台上演得特别精彩,他就眼睛离开小本子,不再小声提词。他常常停住提词,叫起来:好哇!妙极了!而且观众还没鼓掌,他居然鼓起掌来。有一次他甚至嘘演员,几乎为此丢了差事。

总之,您看一看他坐在臭烘烘的小亭里低声提词的那种样子吧!他脸上红一阵、白一阵,指手画脚,提词声响得过火,呼呼地喘气。有的时候,甚至在场外过道上,在存衣处附近验票员打呵欠的地方,都可以听到他的提词声。他甚至敢于在小亭里开口骂人,指点演员该怎样表演。

"把右手举起来!"他常常小声说,"您的道白倒热烈,可是您的脸活像冰!您不配演这个角色!您还是个吃奶的娃娃,演不了这个角色!您应该看一看艾尔涅斯托·罗西是怎样演这个角色的!何必演得这么夸张?嗨,我的上帝啊!他那种小市民的派头把什么都糟蹋了!"

他只顾小声说这类话,却忘记应该按着小册子提词了。他们不该容忍这个怪人。要是早点把他赶走,观众也就不至于看到前些日子闹出的一场乱子了。

那场乱子是这样的。

当时正上演《哈姆雷特》。剧院里满座。在我们这个时代,莎士比亚的戏仍然像一百年前那样受欢迎。剧院里一演莎士比亚的戏,男爵总是心情极其激动。他喝很多酒,说很多话,不住用拳头揉鬓角。他那两个鬓角之间正展开一场剧烈的活动。他那老年人的头脑里激荡着疯狂的嫉妒、绝望、憎恨、渴望。……应该由他自己来扮演哈姆雷特才对,虽然哈姆雷特跟驼背,跟道具管理员忘记藏好的烈酒是格格不入的。应该由他来演,不应该让那些今天演听差,明天演拉皮条的,后天演哈姆雷特的无聊家伙来演!四十年来他一直在研究这个丹麦王子,一切正派的演员都渴望扮演他,他不仅仅把桂冠给了莎士比亚一个人。四十年来他研究,痛苦,被渴望煎熬着。……如今死亡已经不是隔着万水千山。死亡不久就会光临,把他从剧院里带走,从此再也回不来了。……但愿他一生中哪怕只交一次好运,穿上王子的短装走过舞台,来到海洋旁边,在一片荒地当中,靠近巉岩。

无论谁到这样的地方,
瞧着下面千仞的峭壁,
听着远处的惊涛骇浪,
即使没有别的原因,
也会吓得魂飞天外。

如果渴望甚至能使人不是在几天之内,而是在几个小时之内熔化,那么秃顶的男爵的渴望一旦成为现实,就会有什么样的烈火来把他烧为灰烬!

在上述那天傍晚,他心里又嫉妒,又怨恨,恨不得把全世界的人都吞下肚去才好。哈姆雷特已经交给一个小孩子去扮演,他说话用微弱的男高音,特别是生着火红的头发。难道哈姆雷特会生着火红的头发?

男爵坐在小亭里就跟坐在灼热的煤块上一样。哈姆雷特还没出场,他倒比较沉稳,可是等到台上响起那个红头发的微弱的男高音,他就转来转去,坐立不安,长吁短叹。他的低语声,与其说像提词,还不如说像呻吟。他的手颤抖,胡乱翻动书页,时而把烛台拉近点,时而又推远点。……他盯紧哈姆雷特的脸,不再小声提词了。……他一心想把那个红脑袋上的头发统统拔光,一根也不剩。叫哈姆雷特生着红头发,还不如叫他索性秃头的好!他演得夸张,太夸张了,见他的鬼!

到第二幕,他根本不再提词,光是愤愤不平地冷笑,骂街,嘘演员。幸好演员们记住了台词,没有发觉他的沉默。

"这个哈姆雷特可真好!"他骂道,"没说的! 哈哈! 这些士官生先生自不量力! 他们应该去追逐女裁缝,不该跑到舞台上来演戏。要是哈姆雷特生着那么愚蠢的脸,莎士比亚就未必会写出这个悲剧!"

等到他骂得腻烦,就开始教导红头发的演员。他比划手势,做怪相,念台词,用拳头捶他的小册子,硬要演员照他的主意表演。他要挽救莎士比亚,不让他挨骂。为了莎士比亚,他赴汤蹈火,在所不辞:即使闹出十万个乱子来也不去管他!

红头发的哈姆雷特一开口跟别的演员对话,就糟糕透了。他装腔作势,就像"身强力壮、头发很长的大汉"一样,关于那种大汉,哈姆雷特自己就说过:"这样的演员我恨不得拿起鞭子抽一顿。"临到他开始朗诵大段台词,男爵就受不住了。他呼呼地喘气,秃顶不住撞响小亭的顶板,把左手按在胸口上,举起右手比划着。苍老而痛苦的说话声响起来,打断红头发演员的朗诵,逼得他扭回头来看小亭一眼:

> 他冒着火焰的熏炙像恶魔一样,
> 身上沾满凝结的血浆,
> 圆睁着血红的双眼,
> 来往寻找普里阿摩斯老王。

男爵从小亭里探出半个身子,对主要演员点一下头,然后不再用朗诵的声调,而是用漫不经心、有气无力的声调补充一句说:

"你接着念!"

主要演员就接着念,然而没有马上开口。他迟疑了一分钟,这时候整个剧院充满深沉的寂静。这种寂静却被男爵本人打破,他正把头缩回去,不料他的头撞响小亭的边沿。剧场里响起了笑声。

485

"好哇,鼓手!"最上层楼座的观众嚷道。

他们以为打断哈姆雷特朗诵的不是提词人,而是在乐队席上打盹的老鼓手。那个鼓手就像小丑似的向最上层楼座的观众鞠躬行礼,于是整个剧院哄堂大笑。观众是喜欢剧院里的小风波的,要是不演戏而专演这类小风波,他们倒愿意出双倍的票价呢。

主要演员继续朗诵,寂静才逐渐重新恢复。

男爵却是个怪人。他听见笑声,羞得满脸通红,举起双手抱住秃头,多半忘记头上已经没有当初为漂亮的女人所喜爱过的那些头发了。现在,不但全城的人和所有的滑稽杂志都要嘲笑他,而且人家还会把他赶出剧院去!他羞得发烧,生自己的气,然而另一方面,他又兴奋得四肢发抖:现在他就要朗诵大段台词了!

"这不关你的事,生了锈的老门闩鼻!"他暗想,"要是你脖子上不想挨揍,像个最没出息的听差似的,那么你的本分就光是做提词人。不过这也太可气了!那个红头发小孩简直不打算演得像个样子!难道这一段能那么演吗?"

男爵眼睛盯紧演员,又开始嘟嘟哝哝地出主意。他又受不住了,又惹得观众笑起来。这个怪人太神经质。演员正念第二幕最后一段独白,念到半中腰略微停顿一下,为的是沉默地摇摇头,小亭里却又传出说话声,充满愤怒、轻蔑、憎恨,可是那声音,唉!却又苍老而无力:

　　嗜血的、荒淫的恶贼!
　　狠心的、奸诈的、淫邪的、悖逆的恶贼!

男爵沉默大约十秒钟,然后深深地叹口气,接着念下去,声音却已经不那么响:

　　嗨,我真是个蠢材!
　　我的勇气上哪儿去了!

如果人世间没有衰老这种现象，那么，这个声音就会是真正的哈姆雷特的声音，而红头发的哈姆雷特的声音是不对的。衰老破坏了许多东西，也妨害了许多东西啊。

可怜的男爵！不过他不是头一个，也不是末一个。

现在他已经从剧院里给赶出去了。您会同意，这个措施是必要的。

好　朋　友

　　男人的长筒马靴和女人那些用毛皮镶边的皮鞋,在镜子般的冰面上滑来滑去。滑冰的脚那么多,要是这些人都到中国去,那儿的竹筷子就会不够他们用呢。太阳照得特别明亮,空气特别清澈,人们的脸颊比平时红润,人们的眼睛比往常多情。……一句话,生活吧,享乐吧,人啊! 可是……

　　"别妄想了。"命运借我的……好朋友的口说。

　　我离溜冰场很远,在秃树底下一张长椅上坐着,跟"她"谈话。我恨不得把她,连同她的帽子、皮大衣、闪着冰刀的脚一股脑儿吞下肚去:她那么漂亮啊! 我又痛苦又快乐! 啊,爱情! 可是……别妄想了。……

　　我们衙门里那个"开门关门的",我们的阿尔克斯和莫考莱①,平时给我们买糕点和送信件的斯彼甫西普·玛卡罗夫,这时候走过我们面前。他两只手里拿着许多套鞋,不知是什么人的,有男人的,有女人的,大概都是长官大人家里的吧。斯彼甫西普把手举到帽檐上,对我行个礼,带着温情和热爱瞧着我,在我们长椅旁边站住了。

----

① 阿尔克斯是希腊神话中一个生着许多眼睛的巨人,莫考莱是古罗马的商业之神,在此借喻"通报消息和跑腿买东西的人"。

"好冷啊,老爷……哎哟,哎哟。……您赏给我几个茶钱吧!嘻嘻。"

我给他一枚二十戈比银币。这种盛情把他感动得不得了。他使劲眨巴眼睛,回过头去看一眼,小声说:

"我为您感到难过,委屈,老爷!……我难过极了!就好像您是我的亲儿子似的。……您是金子般的人!心肠好!为人厚道!您又是脾气温顺的人!前几天,他,也就是大人,对您破口大骂,我看了简直伤透心了!真的!我心想:他干吗骂他呢?'你又是懒汉,又是小娃娃,我要把你赶走,'他说了一大套。……这都是为什么呀?您从他屋里走出来,脸色都变了。真的。……我瞧着您,心里不好受哟。……啊,我对官老爷素来忠心得很!"

斯彼甫西普转过脸,对我的邻人接下去说:

"讲到写公文,他也真是太差。……这种动脑筋写公文的活,可不是他的行当。……他应该到商界去,要不然……就到宗教界去。……真的!他写出来的公文没有一篇合格的。……全是白费劲!所以他才老挨骂。……我们的长官大人把他整得够呛。……简直想把他赶走了事。……我瞧着真痛心。他老人家心肠那么好。……"

她露出最令人难堪的怜悯神情瞧着我的眼睛!

"走开!"我对斯彼甫西普说,急得上气不接下气。

我觉得连我的套鞋都好像涨红了脸。这个坏蛋,他丢尽了我的脸!旁边,光秃的灌木丛后面,她爸爸坐在那儿听着,瞧着我们,弄得我再也不敢妄想升到"九等文官"了……另一边,另一个灌木丛后边,她妈妈在散步,监视"她"。……我感到那四只眼睛都盯紧我……我恨不得当场死掉才好。……

489

报　　复

这天正赶上我们的少女角色①福利场演出②。

早晨九点多钟,喜剧演员在她门口站住。他听一下,然后举起大拳头敲她的两扇房门。他非见到女演员不可。不管怎样,不管她多么想睡觉,她也只得从被子里爬出来。……

"您倒是开门呀,见鬼!莫非我还得迎着穿堂风冻很久?要是您知道您这条走廊上冷到零下二十度,您就不会叫我这么久等!要不然,也许您没有心肝?"

直到十点一刻,喜剧演员才听到一声深长的叹息。叹息以后,跟着是下床的声音。下床以后,就是趿拉着拖鞋的声音。

"您有什么事?您是谁呀?"

"是我。……"

喜剧演员不必通报姓名。凭他的说话声就很容易听出是他,声音又沙哑又刺耳,就跟害着白喉症的病人一样。

"您等一等,我穿上衣服。……"

过了三分钟,她开门放他进来。他就走进去,吻女演员的手,在床边坐下。

---

① 原文为法语。
② 即借某一演员生日等机会,举行演出,以使该演员多得收入。

"我是有事来找您的,"他点上雪茄烟,开口说,"我必得有事才找人,至于串门做客,我情愿让闲得没事做的先生们去干。那么现在就来谈正事。……今天我在您的戏里演伯爵。……这您当然知道吧?"

"知道。"

"那是个年老的伯爵。第二幕里,我得穿长袍上场。这,我想,您也知道吧。……您知道吗?"

"知道。"

"很好。要是我不穿长袍,我就违背真实了。在舞台上,也像在任何地方一样,首先要求真实! 不过,小姐,我何必说这话呢?要知道,实际上,人生在世本来就完全是为了追求真理……"

"对,这是实在的。……"

"这样,在我说完上述这些话以后,您就可以明白我急需一件长袍。然而我又没有一件配得上伯爵穿的长袍。要是我穿上我那件花布长袍给观众看,那您就要遭到很大的损失。这就会给您的福利场演出留下污点了。"

"我能帮您的忙吗?"

"能。自从您那位走后,您这儿留下一件漂亮的天蓝色长袍,镶着丝绒领口和红色穗子。真是一件漂亮而出色的长袍!"

我们的少女角色脸红了。……她那对可爱的眼睛发红,眨巴,闪闪发亮,像是两颗迎着阳光的玻璃珠。

"您就把那件长袍借给我今天演戏穿吧。……"

少女角色开始在房间里走来走去。她那没梳过的头发凌乱地披散在脸上和肩膀上。……她的嘴唇和手指头颤动起来。……

"不,我不能借!"她说。

"这就怪了。……嗯……我可以问一声这是什么缘故吗?"

"什么缘故? 哎,我的上帝,这不是明摆着的吗! 我怎么能

491

借？不行！……不行！说什么也不行！他待我不好,他为人不正。……这是实在的!他像最坏的流氓似的对待我。……这我承认!他把我丢开,纯粹是因为我挣的薪水少,我不会敲男人竹杠!他要我在那些先生手里捞到钱,再把肮脏钱送给他用,他要这样!真是卑鄙龌龊!只有不要脸的庸俗家伙才能够提出这类要求!"

少女角色往圈椅上一坐,那上面放着新熨平的衬衫。她抬起双手蒙住脸。喜剧演员看见她那些小手指头缝里漏出亮晶晶的光点:那是窗玻璃映在她的泪珠上了。……

"他把我搜刮空了!"她一面哭泣,一面讲下去,"要搜刮就搜刮吧,可是为什么把我丢开呢?这是为什么?我做了什么对不起他的事?我有什么地方对不起你?什么地方?"

喜剧演员站起来,走到她跟前。

"别哭了,"他说,"流泪是懦弱。再者,我们每一分钟都可以找到安慰。……您想开点!……艺术就是最彻底的安慰嘛!"

可是就连最彻底的安慰也无济于事。

哭泣之后,紧跟着就是歇斯底里发作。

"一会儿就会过去!"喜剧演员说,"我等一等好了。"

他一面等她清醒过来,一面在房间里走来走去。他打个呵欠,然后在床上躺下。她的床是女人的床,然而不像大剧院里少女角色所睡的床那么软和。有一根弹簧顶痛喜剧演员的腰。羽毛的尖头穿透粉红色枕套,从枕头里胆怯地钻出来,搔他秃顶的头皮。床的边沿凉得像冰一样。然而所有这些都没有妨碍那个老脸皮舒舒服服地摊开四肢。见鬼,这些女人床上的气味倒蛮好闻呢!

他躺在那儿,摊开四肢,女演员却耸动肩膀,胸中冒出时断时续的呻吟声,手指头不住颤动,撕扯胸前的法兰绒短上衣。……喜剧演员使得她想起一次最不幸的恋爱,以及其中最不幸的一页!歇斯底里持续十分钟左右。女演员清醒过来,把头发往后一扬,用眼睛扫一下房间,继续讲下去。

女人跟您讲话,您是不便于躺在床上的。礼貌第一。喜剧演员就嗽一下喉咙,爬起来,坐好。

"他对待我不正派,"她接着说,"不过由这一点却不能得出结论说,我应当把长袍拿给您。尽管他行为卑鄙,可是我仍然爱他,那件长袍是他留给我唯一的东西!我一看见长袍,就想起他……流眼泪。……"

"我对这种该赞扬的感情丝毫也不反对,"喜剧演员说,"正好相反,在我们这个讲究实际和非常喜欢实利的时代,遇到有这样心地、这样灵魂的人,是件愉快的事。要是您给我长袍穿一晚上,那您就是作出了牺牲,这一点我同意。……不过,请您想一想,为艺术而牺牲是多么愉快啊!"

喜剧演员沉吟一下,叹口气,补充一句说:

"特别是因为明天我就会把它还给您。……"

"说什么也不行!"

"可这是为什么?要知道,我又不会把它吃下肚去,我要还给您的!您这个人啊,真是的。……"

"不,不!说什么也不行!"

女演员在房间里跑来跑去,挥舞胳膊。

"说什么也不行!我只有这么一件珍贵的东西,您却想拿走!我宁死也不能给您!我至今还爱这个人!"

"这我完全了解,不过有一点我却不懂,小姐:您怎么能把长袍看得重于艺术呢?……您是个艺术家啊!"

"说什么也不行!您不要说了!"

喜剧演员涨红脸,搔他的秃顶。他沉默一会儿,问道:

"您不肯给?"

"说什么也不行!"

"嗯……原来是这样。……这就叫同事的情分。……只有同事之间才干得出这种事来!"

喜剧演员叹口气,接着说:

"真可惜,见鬼!我们只是口头上而不是行动上的同事,这太可惜了。不过呢,在我们这个时代,言行不一致是很大的特点。比方说,您看一看文学作品就明白了!很可惜啊!特别是我们这些演员,缺了团结的精神,缺了真正的同事情分,就要倒霉。……唉,这把我们坑害得好苦!可是,不对!这只表明我们不是演员,不是艺术家。我们是奴仆,算不得艺术家!我们上台演戏,无非是叫观众看我们裸露的胳膊肘和肩膀……为了做媚眼……逗得最上层楼座的观众的心里发痒罢了。……您不肯给吗?"

"您出多少钱都不行!"

"这是最后的决定?"

"对。……"

"好得很。……"

喜剧演员戴上帽子,彬彬有礼地鞠躬,从女演员房间里走出去。他脸红得像虾一样,气得发抖,咬牙切齿地辱骂,在大街上走着,直奔剧院。他边走边用手杖敲着结冰的路面。他真想举起这根节节疤疤的手杖在他卑鄙的同事们身上捅出大窟窿来,那才解恨呢!要是他能用这根演员的手杖捅穿整个地球,那就更好!如果他是天文学家,他就会证明地球是最坏的行星!

剧院坐落在街道尽头,离监狱三百步远。剧院粉刷成砖色。整个房子都是那种颜色,只有张大的裂口除外,那些裂口表明剧院是用木料搭成的。这个剧院原本是个粮仓,里面储存过一袋袋面粉。粮仓改成剧院,倒不是因为它有什么长处,而是因为它是全城最高的破房子。

喜剧演员走进售票处。那里,他的好朋友,售票员施达木在肮脏的椴木桌旁坐着,他原是日耳曼人,却冒充英国人。售票员眼睛近视,头脑蠢笨,耳朵发聋,然而所有这些却没有妨碍他规规矩矩地注意听他的同事讲话。

喜剧演员走进售票处,皱起眉头,在售票员面前站住,摆出拳斗家的架式,把两条胳膊交叉在胸前。他沉默了一会儿,摇摇头,大叫一声:

"请问,应该把这些人叫做什么东西,施达木先生?!"

喜剧演员举起拳头砸在桌子上,然后愤愤不平,往木头长凳上一坐。他很久没有刮过脸,一大片胡子围绕着他的嘴,从那张嘴里,恶毒的、气急败坏的、疯狂的话语不是像涓涓的细流那样吐出来,而是像汪洋大海那样倾泻出来。即使只有个售票员同情他也好!缺了他,这所糟糕的破房子就会垮台,可是那个小妞儿,那个自作多情的瘟女人,偏偏不尊重他的要求!她居然对这个主要喜剧演员不给面子(更不要说拒绝为他效劳了),而他十年前却被人邀请在京城的剧院里演过戏!这真是岂有此理!

不过,话说回来,这个可怜的剧院冷得要命。狗窝都不会比它冷。老售票员倒聪明,他穿着皮袄,套着毡靴,坐在这儿。窗子上结着冰,地板上吹过一股比北极更强烈的风。房门关不严,门边是白的,因为结了霜。鬼才知道是怎么回事!甚至他的愤怒都带着寒意。

"她会记住我的!"喜剧演员结束他的戟指痛骂的演说道。

他把两条腿放在长凳上,用他的皮大衣的底襟盖上,那件皮大衣是十二年前他的朋友,一个死于肺痨病的演员留给他的。他把身上的皮大衣裹紧,停住口,把鼻子缩进皮大衣里,对着胸口呼吸。

他的舌头停住了,然而另一方面,脑筋却在活动。他的脑筋在想办法。必须对那个冒犯他和不尊敬他的小妞儿报复一下!

喜剧演员没有把眼睛藏在皮大衣里,而让它们随意观赏,爱看哪儿就看哪儿。……幸好那对眼睛倒没有冻僵。售票处里没有什么东西能够引得眼睛发生兴趣。木板隔墙旁边放着一张桌子,桌子前面有一条长凳,老售票员就坐在长凳上,身穿狗皮大衣,脚上套一双毡靴。一切都灰色,平庸,陈旧。甚至灰尘也陈旧了。桌子上放着一本还没动用过的戏票册。看客们还没有来。他们要到吃中饭的时候才开始来。除了桌子、长凳、戏票和墙角上一叠纸以外,再也没有别的。寒酸透了,乏味透了!

不过,我说错了:售票处里确实有一件奢侈品。那件东西丢在桌子底下,同废纸混在一起,只因为天冷才没有扫出去。再者,那把扫帚也不知去向了。

桌子底下丢着一块大纸板,扑满尘土,而且撕裂了。售票员毫不客气地用毡靴踩它,把唾沫吐在上面。这块纸板就是奢侈品,上面写着几个大字:"本日戏票全部售完"。这东西,在它存在的全部时间里,还没有机会在售票处的小窗口挂过一次,没有一个看客能够夸口说见过它。那是块挺好而又幸灾乐祸的纸板!可惜它没有经人使用过。观众不喜欢它,不过另一方面,演员倒都喜欢它呢!

喜剧演员的眼光在墙壁上和地板上移来移去,不能不碰到那件珍品。喜剧演员是不善于思考的,然而这次他却灵机一动。他看见那块纸板后,拍着脑门子,大叫一声:

"有办法了!妙得很!"

他弯下腰去,把写明戏票售完的布告牌拉到他跟前来。

"好极了!美妙绝伦!这个办法要弄得她吃大亏呢,比失掉带红穗子的天蓝色长袍还厉害!"

过了十分钟,那块纸板,在它存在的全部时间里,第一次,也是最后一次挂在小窗口了,而且……说的是假话。

它说的是假话,可是人家相信它。傍晚,我们的少女角色在旅馆房间里躺着,放声痛哭,声音响得整个旅馆都能听见。

"观众不喜欢我了!"她说。

只有风才不嫌麻烦,来同情她。它,好心肠的风,在烟囱里和通风小窗里哭着,哭出各式各样的调门,而且,大概哭得很诚恳。至于喜剧演员,这天傍晚却坐在酒店里喝啤酒。他一味喝啤酒,心满意足。

题　　解

《写给有学问的邻居的信》

最初发表在一八八〇年三月九日彼得堡幽默杂志《蜻蜓》第十期"蜻蜓档案"栏内，原名《顿河区地主斯捷潘·符拉季米罗维奇·某某写给有学问的邻居福利德利赫博士的信》，署名"……夫"，一八八三年经作者修改后收入他编成的小说集内。小说集在一八八三年下半年编成，定名《在闲暇中》，由契诃夫的哥哥、画家尼古拉·巴甫洛维奇作插图，原拟自己筹资出版，可是结果因缺乏资金而未能出版。该书现存排印稿，共收短篇小说十一篇和小说《一千零一种激情，或恐怖之夜》的开端。

契诃夫将这篇小说编入小说集时，改动题名，更换收信人和发信人姓名（信的原下款是"斯捷潘·符拉季米尔之子"），并作了一系列文字上的修改。

《蜻蜓》杂志收到这篇小说后，在杂志"邮箱"栏内答复契诃夫说："致德拉切夫卡，安·契-夫先生。尊稿写得很不坏。本刊将予以发表。敬希百尺竿头更进一步。"（一八八〇年一月十三日《蜻蜓》第二期）此外，一八八〇年一月二十日杂志主编写信通知契诃夫说："先生！编辑部荣幸地通知您，您寄来的小说写得不坏，将在本杂志发表。稿费定为每行五戈比。主编伊·瓦西列夫斯基。"

契诃夫认为这是他发表的第一篇作品。一九〇四年一月十九日他在写给文学史家和文学批评家费·巴求希科夫的信上说:"……第一篇小东西,约十行到十五行,发表在一八八〇年三月或四月的《蜻蜓》上。"契诃夫的弟弟米哈依尔·巴甫洛维奇也肯定这篇小说是契诃夫所发表的第一篇作品。

米哈依尔·巴甫洛维奇在《安东·契诃夫和他的题材》以及《在契诃夫周围》中回忆契诃夫的儿童时代说:"那时候在弟兄们当中,论虚构的能力,他最有才气。他常常假装演说,或者演一场戏,再不然就模仿或者扮演一个什么人。例如他表演一个老教授讲课,讲课的内容后来几乎逐字逐句地收在他的第一篇小说《写给有学问的邻居的信》中。"米哈依尔·巴甫洛维奇在《安东·契诃夫和他的题材》中认为"他祖父叶果尔·米海洛维奇写给他父亲巴威尔·叶果罗维奇的一封信为这封信提供了格式。早在一八七八年,那封信就由安东·巴甫洛维奇亲笔抄下来,信稿至今由他妹妹玛丽雅·巴甫洛芙娜保存着。……"

《在长篇小说和中篇小说等作品里最常遇见的是什么?》

最初发表在一八八〇年三月九日《蜻蜓》杂志第十期上,署名"安托沙"。一九〇〇年这篇作品收入彼得堡出版的作品集《在嬉笑和打趣的世界里》,作者修改过的校样没有保留下来。

《同时追两兔,到头一场空》

最初发表在一八八〇年五月十一日《蜻蜓》杂志第十九期上,原有副题"仅有一卷而无前言和尾声的长篇小说",署名"契洪捷"。一八八三年经作者略加修改,取消副题,收入他的小说集(请参看《写给有学问的邻居的信》题解)。

《我的纪念日》

最初发表在一八八〇年七月六日(七月三日经书报检查官批准)《蜻蜓》杂志第二十七期上,署名"散文诗人"。

这篇作品经阿·柯罗达耶夫根据《蜻蜓》杂志编辑部的信,查明是契诃夫所写。该信内容如下:

寄交莫斯科安·巴·契诃夫先生。

先生!

《蜻蜓》编辑部遵照您的意愿,荣幸地根据下开账单随信汇上稿费三十二卢布二十五戈比:

第27期	32行	我的纪念日
第30期	117行	一千零一种激情
第30期	12行	蚊子和苍蝇
第33期	235行	吃苹果
第41期	183行	婚前
第49期	66行	像美国人那样

共645行,每行5戈比

……32卢布25戈比。

一八八一年一月十七日。

(请参看一九三八年四月《文学同时代人》杂志第四期上阿·柯罗达耶夫所写《安·巴·契诃夫的无人知道的作品》。)

《贵族女子中学学生娜坚卡的假期作业》

最初发表在一八八〇年六月十五日《蜻蜓》杂志第二十四期上,署名"契洪捷"。

《爸爸》

最初发表在一八八〇年六月二十九日《蜻蜓》杂志第二十六

期上,署名"安·契"。一八八三年经契诃夫略加修改,收入他的小说集(请参看《写给有学问的邻居的信》题解)。一九〇〇年收入彼得堡出版的作品集《在嬉笑和打趣的世界里》。

《一千零一种激情,或恐怖之夜》
仅有一卷的长篇小说并附尾声
献给维克多·雨果

最初发表在一八八〇年七月二十七日《蜻蜓》杂志第三十期上,署名"安托沙·契"。

一八八三年这篇小说收入契诃夫的小说集,但是从拼版的校样上看,只排了小说的开端(请参看《写给有学问的邻居的信》题解)。一九〇〇年,这篇小说收入彼得堡出版的作品集《在嬉笑和打趣的世界里》。

从一八八三年小说集留存的校样中可以看出契诃夫对小说的开端有过改动,他把两个副题改为一个新副题:"对维克多·雨果的胆怯的模仿",删掉第一句话中"一百四十六名神圣殉教徒"等字。

《吃苹果》
最初发表在一八八〇年八月十七日《蜻蜓》杂志第三十三期上,署名"契洪捷",一九〇〇年收入彼得堡出版的作品集《在嬉笑和打趣的世界里》。

《婚前》
最初发表在一八八〇年十月十二日《蜻蜓》杂志第四十一期上,原有副题"献给亲爱的心",署名"安托沙·契洪捷",一八八三年经契诃夫删去副题,加以修改后,收入他的小说集(请参看《写给有学问的邻居的信》题解),一九〇〇年收入彼得堡出版的作品集《在嬉笑和打趣的世界里》。

一八八三年契诃夫把这篇小说收入小说集时，曾将它大为缩短，并作过文字上的修改。

《圣彼得节》

最初发表在一八八一年六月二十九日莫斯科幽默杂志《闹钟》第二十六期上，原来的标题是《六月二十九日》，并有副题"趣闻。愉快地献给枪法不佳和不会射击的猎人先生们"，署名"安托沙·契洪捷"，一八八三年经作者更换标题，作文字上修改后收入小说集（请参看《写给有学问的邻居的信》题解）。

《气质》

根据最新的科学结论

最初发表在一八八一年莫斯科幽默杂志《旁观者》第五期（出版日期未注明，只注明九月十四日经书报检查机关批准），署名"安托沙·契……"，一八八三年经作者略加修改和删削后，收入他的小说集（请参看《写给有学问的邻居的信》题解）。

《在车厢里》

最初发表在一八八一年《旁观者》杂志第九期上（九月二十九日经书报检查机关批准），原题名是《旅行日记摘录》，署名"安托沙·契"，一八八三年经作者更换标题，加以修改后，收入他的小说集（请参看《写给有学问的邻居的信》题解）。

《审判》

最初发表在一八八一年《旁观者》杂志第十四期上（十月二十三日经书报检查机关批准），原标题是《乡村画面：（一）审判》，署名"安托沙·契洪捷"。

契诃夫晚年编选自己的文集以供出版,曾将这篇小说付排,以便编入文集。根据保存下来的排样看,契诃夫曾修改过小说全文,可是后来又把全部排样取消,没有收入文集,并注明:"小说《审判》,不收入。"

《艺术家的妻子》
译自葡萄牙文

最初发表在一八八二年莫斯科《闹钟》杂志文选上(一八八一年十二月五日经书报检查机关批准),署名"安托沙·契洪捷",一八八三年经作者略加修改,收入他的小说集(请参看《写给有学问的邻居的信》题解)。一八八四年又经作者作文字上修改,收入他的小说集《美利波美娜①故事》。

《托莱多的罪人》
译自西班牙文

最初发表在一八八一年《旁观者》杂志第二十五——二十六期上(十二月二十三日经书报检查机关批准),署名"安托沙·契",一八八三年经作者略加修改,收入他的小说集(请参看《写给有学问的邻居的信》题解)。

《我忘了!!》

最初发表在一八八二年幽默杂志《莫斯科》第八期上(二月二十五日经书报检查机关批准),署名"无脾人"。

---

① 希腊神话中九个缪斯之一,代表悲剧。

《满是问号和惊叹号的一生》

　　最初发表在一八八二年《闹钟》杂志第九期上(二月二十六日经书报检查机关批准)，署名"安托沙·契洪捷"。

《自白，或奥丽雅、任尼雅、左雅》
一封信

　　最初发表在一八八二年《闹钟》杂志第十二期上(三月二十日经书报检查机关批准)，没有副题，一八八三年经作者略加修改，添上副题，收入他的小说集(请参看《写给有学问的邻居的信》题解)。

《绿沙滩》
短小的长篇小说

　　最初发表在一八八二年《莫斯科》杂志第十五期和十六期文学增刊上(分别在四月二十三日和三十日经书报检查机关批准)，署名"安托沙·契洪捷"，由契诃夫的哥哥、画家尼古拉·巴甫洛维奇作插图，名为《相会以后》。

《"虽然赴了约会，可是……"》

　　最初发表在一八八二年《莫斯科》杂志第十七期上(五月七日经书报检查机关批准)，有总标题《别墅故事》，署名"安托沙·契洪捷"。

《记者》

　　最初发表在一八八二年《闹钟》杂志第二十期上(五月二十日经书报检查机关批准)，署名"安托沙·契洪捷"。

《乡村医生》

最初发表在一八八二年六月十八日彼得堡幽默杂志《光与影》第二十二期上,署名"安托沙"。

《不必要的胜利》

故　　事

最初发表在一八八二年《闹钟》杂志上,自六月十八日第二十四期起,至八月二十七日第三十四期止,署名"安·契洪捷"。

据作家安菲捷阿特罗夫和契诃夫的弟弟米哈依尔·巴甫洛维奇(在《在契诃夫周围》中)说,《闹钟》的编辑库烈平同契诃夫发生过一场争论,库烈平向契诃夫挑战,要他写关于外国生活的长篇小说,而且要"不逊于"当时那些翻译过来的长篇小说,由此才产生小说《不必要的胜利》。小说在《闹钟》的读者中取得很大成功。据米哈依尔·巴甫洛维奇在《在契诃夫周围》中说,"读者纷纷写信给杂志编辑部,问起这个长篇小说是不是玛夫尔·尤卡伊写的,或者是不是福利德利赫·希皮尔加根写的。"确实,契诃夫的小说绝妙地模仿了匈牙利多产作家玛夫尔·尤卡伊长篇小说的风格。在《不必要的胜利》写成以前,已经有好几部玛夫尔·尤卡伊的长篇小说译成俄文出版(《新地主》,一八八〇年;《双重死亡》,一八八一年;《黑钻石》,一八八二年)。

一八八二年七月二十九日,《闹钟》主编基切耶夫写信给契诃夫说:"刚才我读过您交来的《胜利》的全文,相信现在是结束的时候了。您正好写到一个方便的地方:下一期可以写伊尔卡在巴黎的奇遇,再下一期就结束,于是小说就完了①。以后我们还是发表短小的小说好。"八月二日,基切耶夫在另一封信里又写

---

① 原文为拉丁语。

道:"……问题在于《胜利》。……您安排三期的稿子吧。……一期已经有了。第二期可以写伊尔卡在巴黎的奇遇,第三期写结局。"

这篇小说不止一次改编成电影。

《一败涂地》

类似轻松喜剧的故事

最初发表在一八八二年六月二十二日《旅伴》杂志第十一期上,署名"安托沙·契洪捷"。

《一件糟糕的事》

类似长篇小说的作品

最初发表在一八八二年六月二十六日《光与影》杂志第二十三期(总第一七九期)和七月四日该杂志第二十四期(总第一八〇期)上,署名"安托沙·契洪捷"。

《六月二十九日》

素来打不中目标的猎人的故事

最初发表在一八八二年六月二十九日《旅伴》杂志第十二期上,署名"安托沙·契洪捷"。

《三个当中选一个》

古老而又永远新颖的故事

最初发表在一八八二年七月十三日《旅伴》杂志第十四期上,署名"安托沙·契洪捷"。

《他和她》

最初发表在一八八二年七月二十三日《人间闲话》杂志第二十六期上，署名"安·契洪捷"，一八八四年经作者作文字上润饰后，收入他的小说集《美利波美娜故事》（在莫斯科出版）。

《集市》

最初发表在一八八二年《莫斯科》杂志第二十八期上（七月二十五日经书报检查机关批准），署名"安托沙·契洪捷"。

《太太》

最初发表在一八八二年《莫斯科》杂志第二十九、三十和三十一期上（分别在七月三十日、八月七日和十七日经书报检查机关批准）。第二十九期上未署名，第三十和三十一期上署名"安托沙·契洪捷"。

《活商品》

献给费·费·波普多格洛

最初发表在一八八二年八月六日《人间闲话》杂志第二十八期、八月十四日第二十九期、八月二十二日第三十期、八月二十七日第三十一期上，署名"安·契洪捷"。

这篇小说是献给契诃夫的朋友费多尔·费多塞耶维奇·波普多格洛（于一八八三年十月十四日去世）的。波普多格洛在《闹钟》杂志、莫斯科报纸《莫斯科小报》以及其他小刊物上写稿，作品主要描写商人生活。波普多格洛死后不久，一八八三年十月十四日和十九日之间，契诃夫在写给哥哥亚历山大的信中说："十月十四日我的好朋友费多尔·费多塞耶维奇·波普多格洛去世。这在我是无可弥补的损失。虽然《闹钟》上刊登过他的照片，然而他不是天才。他是文学的老行家,有敏锐的文学嗅觉,这样的人在我们这班初学写作的人是宝贵的。我常常像夜里的盗贼那样悄悄地到库德利诺去找他,他总是对我倾吐衷曲。他对我颇有好感。我了解他内心的一切。……他死于酗酒和好朋友,那些人的姓名姑且隐而不提①。缺乏理智、漫不经心、对自己和别人的生命的轻率态度,就是他活了三十七岁而死掉的缘故。"

一八八三年《闹钟》第四十二期刊登悼文,列举波普多格洛所写主要取材于商人生活的篇幅不大的生活素描和小说,证明他观察力的敏锐。编辑部说:"可惜,艰苦的生活环境促使他,正如我们现在常说的,'分散精力',毁灭才能,忙于琐碎的,然而(唉!)足以使他和他的家人糊口的报刊工作。……这正是许多报刊工作者的命运。"

《迟迟未开的花》

献给尼·伊·柯罗包夫

最初发表在一八八二年十月十日《人间闲话》杂志第三十七期、十月十七日第三十八期、十月二十三日第三十九期、十一月十一日第四十一期上,署名"安·契洪捷"。

关于这篇小说,保存着作者的两份草稿:第一份草稿只有一页,是小说的开端;第二份共十八页,是小说的第一章。第一份草稿的内容和第二份草稿的开端相同,只有三处文字略为不同。小说第一章草稿与发表出来的文字大为不同。

小说献给尼古拉·伊凡诺维奇·柯罗包夫,他是契诃夫的大学同学,后来做医师。柯罗包夫在大学读书的时候,一度在莫斯科契诃夫家里寄宿搭伙。契诃夫同他保持友好关系,互相通信,直至

---

① 原文为拉丁语。

生命结束。

《横祸》

摘自里果夫斯科-切尔诺烈倩斯基银行的大事记

最初发表在一八八二年十一月二十日《花絮》杂志第四十七期上,署名"安托沙·契洪捷"。目前保存着从杂志上剪下的小说,经契诃夫修改过,但未完工。

在剪下的小说上,删去了副标题,并有增补。契诃夫已开始修改,但未完工,并且在上面写道:"不收入全集。安·契诃夫。"

契诃夫在这家杂志上多年写稿,是从这一篇开始的。杂志主编列依金一八八二年十一月十四日写信给契诃夫说:"先生,我荣幸地通知您,您分两次寄来的小小说,我已经收到,并且从中选出三篇供《花絮》杂志刊登:《演说和小皮带》、《不顺当的拜访》和《横祸》。多承赐稿,无任感铭。然而您的小说《教会了》和《顺便提到》随信奉还。总的来说,您为本刊写稿,我感到愉快。您那些短小的散文作品,如果符合本刊方针的话,我是永远乐于发表的。要是以后您有可供小《花絮》栏刊登的小东西或图画说明词,也请赐下。"在十二月三日所写的下一封信里,列依金通知契诃夫说,他的稿费已经定为每行八戈比。

《不顺当的拜访》

最初发表在一八八二年十一月二十七日《花絮》杂志上,署名"无脾人"。

《两个乱子》

最初发表在一八八二年十二月十六日《人间闲话》杂志第四十六期上,署名"安·契洪捷",原有献词"献给费·奥·谢赫捷尔"。后来作者将这篇小说加以修改,删掉献词,收入一八八四年他在莫斯科出版的短篇小说集《美利波美娜故事》。

福兰茨(费多尔)·奥西波维奇·谢赫捷尔(一八五九——一九二六)是契诃夫家的亲密的朋友,尼古拉·契诃夫在绘画雕刻建筑学校的同学,后来成为科学院的建筑师院士。谢赫捷尔八十年代常在《蟋蟀》和《闹钟》杂志上发表画稿,有时署真名,有时署名"费·谢"和"芬襄潘"。他为一八八六年出版的契诃夫短篇小说集《形形色色的故事》画过封面。契诃夫同谢赫捷尔互相通信,直到生命结束。

据契诃夫的弟弟米哈依尔·巴甫洛维奇在回忆录《在契诃夫周围》里说,乐队指挥的原型是音乐家彼·阿·肖斯塔科夫斯基,契诃夫和哥哥尼古拉·巴甫洛维奇都跟他熟识,常常不拘礼节地到他家里去玩。

《一首田园诗……然而,呜呼!》

最初发表在一八八二年十二月十八日《花絮》杂志第五十一期上,署名"安托沙·契洪捷"。目前保存着这篇小说的原稿,原稿内容同杂志上的略有不同。

小说里提到的雷科夫是斯科平银行的经理,这家银行在八十年代初期倒闭,轰动一时,而他就是一个要为倒闭负责的人。一八八四年契诃夫在《彼得堡报》上发表文章,叙述雷科夫在法院受审经过。

《男爵》

最初发表在一八八二年十二月二十日《人间闲话》杂志第四十七期上,署名"安·契洪捷"。这篇小说经作者修改后,收入一八八四年他在莫斯科出版的短篇小说集《美利波美娜故事》。

在收入集子时，契诃夫将小说大加删削，尤其是男爵过去的生活经历，而且作了很多文字上的修改。

《好朋友》

最初发表在一八八二年十二月二十五日《花絮》杂志第五十二期上，署名"无脾人"。

《报复》

最初发表在一八八二年十二月三十一日《人间闲话》杂志第五十期上，署名"安·契洪捷"。这篇小说经作者修改后，收入一八八四年他在莫斯科出版的短篇小说集《美利波美娜故事》。

作者将小说收入集子时，作过文字上的修改，而且改写了结尾。